I0587362

www.ingramcontent.com/pod-product-compliance
Lightning Source LLC
Chambersburg PA
CBHW070928100726
47908CB00001B/141
9781595845092

عایشه بعد از پیغمبر

نویسنده: کورت فریشلر

مترجم: ذبیح الله منصوری

شرکت کتاب

Aisha After the Prophet
Subject: World Literature (Historical Novel)
Author: Kurt Friechel
Translator: Zabihollah Mansouri
Copyright© 2025 By Ketab Corporation
All right reserved.
2nd Edition by: Ketab Corporation

عایشه بعد از پیغمبر
موضوع: ادبیات جهان (رمان تاریخی)
نویسنده: کورت فریشلر
ترجمه: ذبیح الله منصوری
چاپ دوم شرکت کتاب: ۱٤۰٤ خورشیدی- ۲۵۸٤ ایرانی خورشیدی- ۲۰۲۵ میلادی

The Library of Congress Cataloging-in-publishing Data is available upon request.

ISBN: 978-1-59584- 509-2
Ketab Corporation:
12701 Van Nuys Blvd., Suite H,
Pacoima, CA, 91331, USA

2 2 3 4 5 6 7 8 25

این سرگذشت انسانهاست

درمیان انواع‌مسائل وموضوعات خواندنی وشنیدنی‌و کتابهای‌مربوط بآن، نمیدانم در سرگذشت‌هاو تراجم احوال،که‌با کیفیت‌زندگی وسرنوشت‌ما انسانهاسروکاردارد،خاصه‌سرگذشت‌های مربوط ببزرگان، چه‌رازی نهفته‌است‌که طبع‌انسان، اینسان بخواندن آن راغب و بدانستن و شنیدن‌سرنوشت‌قهرمانانش‌مایل‌میباشد .

باآنکه سرگذشت وسرنوشت انسانهاهمگی، مانند «غم‌عشق، یك‌قصه بیش‌نیست» و آنهم باوضعی کم‌وبیش متفاوت عبارت از، بدنیاآمدن، خوردن‌وخوابیدن‌و تولیدنسل کردن،ویادر راه بهتر کردن‌این‌هرسه، دست‌تجاوزو تعدی‌بهمه‌چیزدراز کردن. معهذا هروقت،هرجا، وازهردهان‌که میشنویم. برایمان نامکرراست.

گوئی‌مردم درهرعصرودیار، بفیلم‌سرگذشت یکدیگرازآنرونگاه میکنندوبنوارداستان آن، ازآنجهت گوش‌میدهند‌که‌شاید، آینده و حال‌وبطور کلی‌سرنوشت، ورازموفقیت‌دیگران‌وعدم موفقیت خویش‌را درلابلای فصول‌وسطور این‌جام‌جهان‌نما جستجو کنند.

بدیهی است هرقدر این‌سرگذشت‌ها باوضع روحی‌وخصوصیات اخلاقی و موقع اجتماعی و زندگی خانوادگی افراد بیشتر شباهت وسروکارداشته‌باشد برای‌آنها لذت‌بخش‌تر و درعین‌حال عبرت آورتراست.شایدعلت عمدهٔ استقبال‌مردم ازقصه‌ها وافسانه‌هـا درقدیم که امروزه بصورت رمان وتآتروفیلم درآمده بیشتربخاطر همین جنبهٔ آن باشدکه‌سرنوشت‌عایشه‌ام‌المؤمنین،همسر رسول‌خدا(ص)یکی‌ازجالب‌ترین‌ودرعین‌حال واقعی‌ترین‌آنها میباشد .

زندگی‌عایشه، بعدازپیغمبر تنهاسرگذشت‌یك‌فرد، یایك‌قوم‌وملت، یاکیش‌وآئین‌ویاکشورو سرزمین‌نیست، این‌سرگذشت وسرنوشت نوع‌انسان است‌که‌کم‌وبیش‌بااندکی‌اختلاف‌درهرجا ودر هرزمان،درمورد هرکس‌بنحوی‌تکرار میگرددوتادنیادنیاست‌ودندان‌هست وبرای خوردن هست، تکرار خواهدشد .

اینکه‌میگویند: «تاریخ‌تکرارمیگردد» ودرست‌هم میگویند. این‌تاریخ نیست‌که تکرار میگردد این رفتار واعمال‌ما انسانها وخواست‌هاو تمنیات‌ارضاشده ونشدهٔ ماست‌که‌درچهارچوب غرائز طبیعی وطبایع ذاتی‌ما به‌نسبت وضع‌روحی وجسمی وسنی وجنسی و اجتماعی‌مان بصورت رشك‌و طمع وترس وتهور وتقوی یا برتری‌جوئی‌و جاه‌طلبی و نوعدوستی، عرض‌اندام میکند و پیوسته تکرارمیشود .

سرگذشت عایشه‌آئینه‌تمام نمائی‌ازروحیات انسانی‌است‌که‌در هرعصروزمان بمقتضای‌طبع متلون‌آن، باوجود انواع قیوددینی ومذهبی‌و ملی‌واجتماعی واخلاقی‌و خانوادگی،هرکس درهر وضعی بی‌اختیار بنده وبردهٔ روحیات ونفسانیات‌خوب وبدخویش‌بوده‌است

دراین‌سرگذشت شنیدنی ومستند خواهیددیدکه انسانهای‌مسلمان، بیست‌وچهارسال بعداز رحلت‌پیغمبراکرم (ص)درمدینه پایتخت‌اسلام، برجانشین‌پیغمبر ویکدیگر،هماطوریاغی‌شدند و شوریدندوآنسان‌جان‌ومال‌او وبیت‌المال‌مسلمین‌وسکنهٔ بیگناه‌شهرراغارت‌کردندکه ۶۳ سال‌بعد در کربلابافرزندزهرا(ع) کردندوقرنها قبل‌ازاسلام‌هوقرنها باملل‌دیگروقرنها بعدازاسلام پیروان‌سایر ادیان وخودمسلمانها درسایرجاها بادیگران‌ودراینکاربقول نویسندهٔ کتاب:«نه‌تنهااصول انسانیت ورسوم دین، بلکه تمام‌قواعد جوانمردی و تعصب قومی که عرب‌ها دربارهٔ آن اشتهار داشتند نیززیرپاگذاشتند»

سرگذشت عایشه‌که هرکس‌وهرچه باشدبالاخره‌همسررسول‌خدا(ص) ویکی‌ازهوشمندترین دختران‌باعرضه‌وباتدبیر حواست آنقدر آموزنده است ودرلابلای قسمت‌های مختلف آن‌بقدری سرمشق‌های‌سودمندوزیان‌بخش‌وجنبه‌های عبرت‌آوروجوددارد که درصدهاسرگذشت‌دیگر،مفاهیم‌و نکات آموزنده دینی و تاریخی وسیاسی ونظامی‌و اقتصادی‌و اجتماعی‌وروانی نظیرآنرا نمیتوان پیدا کرد .

اهمیت این‌نکات عبرت‌آوربرای مسلمانها عموما وما شیعیان‌و ایرانیان‌خصوصاً بیشتر از آن‌جهت واز آن‌روست‌که قهرمانان آن‌ازپیغمبراکرم‌صلی‌الله‌علیه‌واله‌و سلم گرفته تاخلفای راشدین‌و ائمه‌طاهرین صلوات‌الله علیهم‌اجمعین، همگی‌ازشخصیت‌های بزرك‌و معروف تاریخ‌جهان ومورد علاقه مسلمانان می‌باشند، هم‌چنین سایرصحابه ومسلمانان‌صدراسلام.

سرگذشت عایشه، سرگذشت زندگی یك زن تنهانیست ، سرگذشت بعثت وقیام ومعراج ومعجزات‌رسول‌خداست(ص)سرگذشت‌عروسی وازدواج ساده وبی‌سروصدای حضرت‌زهراست (ع) شرح‌تقوی ومردانگی‌های‌علی‌مرتضی است(ع) بیان آقائی وبزرگواری‌و اصالت ونجابت‌ذاتی و خانوادگی سیدالشهداست(ع) وبالاخره‌برای‌ایران و ایرانی‌شرح‌سقوط‌پایتخت‌ساسانیان‌وافتادن کاخ مدائن‌و فرش‌بهارستان و میلیاردها طلا آلات وجواهرات‌خزائن‌آن بدست اعراب میباشد . روبهمرفته‌اهمیت وعظمتی‌که‌خواننده مسلمان‌وپیرو قرآن‌اعم‌ازشیعه‌و یاسنی‌در این‌کتاب نسبت ببزرگان‌صدراسلام‌ومفاخر آن‌درك واحساس‌میکنددرهیچ کتابی‌یکجا احساس‌نخواهدکرد.

برای‌ما ومجله‌خواندنیها موجب‌نهایت‌مسرت وافتخار است‌که‌بعدازکتاب‌گرانقدروارزندهٔ **«محمدپیغمبری که‌ازنو بایدشناخت»**وسرگذشت‌تاریخی وملی و میهنی **«شاه‌جنك ایرانیان»** سومین‌نشریهٔ خوانندیهارا بایك‌چنین سرگذشت‌آموزنده وعبرت‌آور،دینی واجتماعی و اخلاقی تحت عنوان، **«عایشه‌بعدازپیغمبر»** باجتماع مسلمانان‌جهان ومردم‌فارسی‌زبان‌وشیعه‌مذهب‌ایران تقدیم‌میکنیم.وازاینکه‌باانتشاراین‌اثرقدمی‌بهدف اصلی‌واساسی‌وانسانی‌خودکه نزدیك‌کردن‌فرق اسلامی واتحادبرادران‌مسلمان‌جهان‌میباشد نزدیك‌شده‌ایم‌بی‌نهایت‌خرسندیم.

اهمیت این‌نشریه همانندآن‌دو نشریه‌نخست بیشتراز آن‌روست‌که بقلم‌یك‌نویسنده‌بیگانه

وغیرمسلمان باتحقیق و تتبع در کتب دینی و اسناد تاریخی مسلمانان بی هیچگونه تعصب و افزودن پیرایه ای بر آن نوشته شده، بنابراین خوانندگان همانطور یکه مترجم محترم نیز در هر موردبموقع در متن کتاب تذکرداده اند درخواندن روایات تاریخی باین موضوع توجه فرموده مخصوصا برادران دینی، اعم از شیعه و یاسنی این نکته را درنظر داشته فراموش نکنند که ما مسلمان و شیعه مذهب هستیم واین کتاب را از زبان دیگران بزبان فارسی ترجمه کرده و در ایران چاپ میکنیم.

تهران اسفندماه ۱۳۴۳ مدیر خواندنیها ـ علی اصغر امیرانی

توضیح مترجم

کتابی که اینک بخوانندگان تقدیم میشود دومین کتاب از نشرات مجله خواندنیها بترجمه این ناتوان میباشد حاوی کلیات وقایع دنیای اسلام است از رحلت حضرت ختمی مرتبت صلی الله علیه و آله تازمان خلافت (معاویة بن ابوسفیان)، ودر واقع این کتاب، ازلحاظ تاریخی متمم کتاب (محمد پیغمبری که از نو باید شناخت) بشمار میآید و هر کس آن کتاب را خوانده میباید این کتاب را هم بخواند.

این کتاب اززبان (ثابت بن ارطاة) رئیس پلیس مخفی (معاویه) نقل میشود و (معاویه) در دنیای اسلامی، اولین خلیفه است که پلیس مخفی بوجود آورد.

بطوریکه ازمطالب کتاب میفهمیم (عایشه ام المؤمنین) همسر رسول الله (ص) در تمام وقایع سیاسی بعد از رحلت ختمی حضرت مرتبت (ص) مستقیم یا غیرمستقیم دست داشته و بهمین جهت نام کتاب را (عایشه، بعد از پیغمبر) انتخاب کردیم.

سبك مطالب این کتاب طوری است که خواننده را خسته نمیکند و برعکس بعد ازهر فصل راغب میشود که فصل دیگر را بخواند و با اینکه کتابی تاریخی میباشد، هرخواننده، آنرا مثل یك افسانهٔ شیرین، با میل وشوق میخواند.

دراین کتاب مطالبی هست که برای ما تازگی دارد چون ازمنابعی اقتباس شده که ما بدان دسترسی نداریم وقسمتی زیاد، ازکتابهای ما ازدورهٔ صفویه تاامروز، ازایران خارج شد ودرموزه‌ها وکتابخانه‌های مغرب زمین جاگرفت و (کورت فریشلر) نویسندهٔ آلمانی این یادداشت‌های تاریخی ازآن منابع استفاده کرده وهمچنین ازمنابع دیگرهم استفاده بسزا نموده است.

دراین کتاب مطالبی است بعنوان (توضیح مترجم) که درخارج ازمتن میباشد ومترجم آنها را برای توضیح بعضی ازقسمت‌های کتاب لازم دانسته است.

کتاب حاضر قبل از اینکه جداگانه چاپ شود در مجله خواندنیها منتشر گردید وهنگام انتشار آن ازطرف خوانندگان محترم، تذکراتی داده شد که مربوط بود باختلاف در متون تاریخی راجع ببعضی ازحوادث

ازجمله تذکر دادند که (زیدبن حارثه) غلام آزادشده رسول الله (ص) درجنگ (موته) درسال هشتم هجری کشته شد و نمیتوانست دوره خلافت معاویه را ادراك کند تا مورد تحقیق (ثابت بن ارطاة) قرار بگیرد وسلمان فارسی درسال سی و پنجم هجری زندگی را بدرود گفت و او هم نمیتوانست دورهٔ خلافت (معاویه) را ادراك نماید تا اطلاعات خود را در دسترس (ثابت بن ارطاة) بگذارد و ما توضیحی را که درموقع انتشار این یادداشت‌ها درمجله خواندنیها دادیم تکرار میکنیم ومیگوئیم تاریخ مرگ قسمتی ازمعاریف اسلام درقرن اول هجری مورد اختلاف است و این اختلاف بقدری است که حتی در

موردتاریخ رحلت حضرت ختمی مرتبت(ص) هم وجوددارد وماشیعیان میگوئیم که پیغمبراسلام درثلث سوم ماه صفررحلت فرمودند ومسلمین دیگرمیگویند تاریخ‌رحلت حضرت‌رسول‌الله(ص) ثلث دوم ماه‌ربیع‌الاول میباشد واختلاف تاریخ‌فوت برخی‌ازسرشناسان‌اسلام درقرن‌اول‌هجری‌مثل بعضی‌ازهمسران‌رسول‌الله(ص) به پنجاه سال هم‌میرسد.

(کورت‌فریشلر) درمورد(زیدبن حارثه) و(سلمان‌فارسی)مأخذهائی‌راموردِاستفاده قرار داده‌که‌قائل‌بتأخیر تاریخ‌مرگ آنها بوده وطبیعی‌است‌که نظریه‌منقدین‌مامحترم‌است وما نمیتوانیم نظریه‌آنهارا تردیدکنیم ونه نظریه نویسنده این‌کتاب‌را.

(کورت‌فریشلر) آلمانی‌است واین‌کتاب را بزبان آلمانی نوشته، ولی مترجم ، ازمتن انگلیسی این‌کتاب استفاده‌کرده وعنوان متن‌آلمانی‌کتاب(کورت‌فریشلر) چنین است:
(عایشه همسر محبوب محمد) .

هیچ‌کتاب ، بوجود نیامده که‌از انتقاد مصون‌باشد واین‌کتاب هم ازقاعده‌کلی مستثنی نخواهدبودامااطلاعاتی‌که دراین‌کتاب جمع‌آوری‌شده‌بقدری زیادومتنوع‌است‌که منقدین‌باانصاف تصدیق‌میکنندکه مطالعه‌این اثربرای اطلاع‌از وقایع دورهٔ خلفای‌راشدین‌تازمان خلافت(معاویه) ونقشی‌که (عایشه ام‌المؤمنین)درآن حوادث داشته فوق‌العاده مفیداست وگنجینه‌ای‌است‌ازاخبار وحوادث‌تاریخی‌اززمان رحلت حضرت رسول‌الله (ص)تا دوره خلافت (معاویه)که‌تاکنون‌بگوش عده‌ای‌زیادنرسیده‌است.

ذبیح‌اله منصوری

فهرست مطالب و موضوعات

با آنکه عناوین فهرست از روی مطالب مندرج در متن کتاب تهیه شده، چون اساس این سرگذشت بصورت تحقیقات از افراد میباشد، بناچار بسیاری از مطالب و موضوعات مستقل دیگر که وجود دارند در زیر عناوین جداگانه ای در ستون مقابل ذکر شده اند.

بهمین مناسبت بمنظور تسهیل کار خوانندگان در مراجعات بعدی بکتاب، علاوه بر عنوان که شامل موضوع کلی مطلب است، بسایر مطالب مختلف و مندرج در زیر آن عنوان نیز بعنوان موضوع در ستون روبرو اشاره شده است.

نظر رئیس پلیس مخفی معاویه

درباره‌عایشه‌وسرگذشت او

من بدوران خلافت معاویه پسر ابوسفیان، رئیس پلیس‌مخفی او بودم و نامم «ثابت‌بن‌ارطاة» است. آنچه دراینجا بیان میکنم‌عبارت از مطالبی‌است که ازنوشته‌های دوره (ریاست‌خفیه) خود استخراج مینمایم یاسخنانی است‌که‌بگوش‌خود ازکسانیکه مورد تحقیق قرارداده‌ام شنیده‌ام. مرکزکارمن در(دمشق)مرکزخلافت معاویه‌بود ودردوره‌ای‌که‌رئیس خفیه‌بودم‌زیادبا (معاویه) تماس داشتم واومرا احضارمیکرد وراجع بمسائل مختلف بامن‌مذاکره مینمود وهنگامی‌که‌برای انجام‌کارهای مربوط‌بشغل خود از(دمشق) دورمیشدم ، بوسیله پیك‌های‌سریع‌السیر که‌سواربرشتران‌ماده بودند بامعاویه‌مکاتبه میکردم . یك‌روز(معاویه) موقعی‌که دردمشق بودم مرا احضارکردوگفت ای(ثابت‌بن‌ارطاة) من از اوضاع (مدینه) نگران هستم وگزارش‌هائی‌که تاکنون راجع‌به(مدینه) بمن داده‌ای مرا آسوده خاطر نمیکند . تو درگزارش‌های خود میگوئی‌که نباید از(عایشه) نگرانی‌داشته باشم درصورتیکه ازمنابع دیگر خبرهائی بمن‌میرسد که تولید اضطراب مینماید . تو میدانی که(ابوسفیان) پدرمن‌مردی بود باحشمت ودلیرولی‌قبل ازاینکه‌زندگی‌رابدرود‌بگوید بمن‌گفت‌ای معاویه ، من‌آنقدرکه‌از(عایشه) میترسم‌از جهنم‌خداوند وحشت‌ندارم زیرا(عایشه) زنی است‌زیبا وبااراده وباهوش ودر کارها بااستقامت ووقتی عزم‌میکند که‌کاری را ازپیش ببرد ازپا نمی‌نشیند تاوقتی‌که کار رابانجام برساند.

این‌گفته پدر من‌بود ومن‌که برای تمام‌حرفهای پدرم قائل بارزش‌هستم این‌گفته‌را نیزپذیرفتم. یك ماه قبل درنامه‌ای‌که توبرای من‌نوشتی گفتی‌که اگر من‌مایل باشم تومیتوانی بوسیله غلامانی‌که‌مسلمان‌نیستند ودرسازمان خفیه‌توخدمت میکنند(عایشه) رابهلاکت برسانی‌زیرا محال‌است‌که بتوان یك‌مسلمان‌را یافت‌که‌راضی به‌قتل(ام‌المؤمنین) (لقب‌عایشه) بشود. من‌درجوابی‌که نوشتم‌گفتم نامه‌تو، دلیلی‌است که نشان میدهد(ام‌المؤمنین) دارای نفوذی‌فوق‌العاده است. چون‌دردنیای‌باوسعت‌اسلام، یك‌نفر رانمیتوان یافت که‌برای قتل(ام‌المؤمنین) آماده‌گردد زیرا تمام‌مسلمین، وجودعایشه‌رامقدس‌میدانند. امروزهرمسلمان که‌ازهرنقطه دنیا بمدینه برود تااینکه بتواند لحظه‌ای درجوارقبرپیغمبر اسلام‌باشد خودرا مکلف میداند که بخانه عایشه سربزند ومادر مؤمنین‌رامشاهده نماید.

خانه(عایشه) درمدینه‌یك‌دستگاه خلافت‌است‌که‌باشکوه‌ترازدستگاه‌خلافت من میباشد ومن شنیده‌ام‌که همواره‌چندهزارتن، درپیرامون(عایشه)هستندوکمرخدمتگزاری اورا برمیان بسته‌اند .

ای(ثابت‌بن‌ارطاة)طرز فکرتوشبیه‌است باجدادماکه دربیابان‌های‌عربستان زیرخیمه‌زندگی میکردند وشیرشترمینوشیدند . تومثل‌پدران‌بدوی‌ما عقیده‌داری‌که برای رفع هراشکال باید متوسل به‌شمشیرشد وخون برزمین‌ریخت‌درصورتیکه شمشیر ، درهمه‌وقت حلال‌مشکلات‌نیست. ماامروز نمیتوانیم (عایشه)را بقتل‌برسانیم برای‌اینکه طوری‌از اومحافظت‌میکنندکه کارد یاشمشیر یك‌قاتل‌بوی‌نخواهدرسید. بفرض‌اینکه بتوانیم اورا بقتل‌برسانیم، جز اینکه تمام مسلمین‌را علیه‌خودبشورانیم نتیجه‌ای نخواهیم‌گرفت زیراروزی‌که(عایشه) بقتل برسد، همه خواهندفهمیدکه‌من اوراکشته‌ام‌وتمام مسلمین ازمن متنفرخواهندشد . من بتوتعلیم میدهم که فکر

شمشیر وخون‌ریختن‌را کنار بگذار چون شمشیر سلاحی است که در(ام المؤمنین) کار نمیکند یا اینکه امروز بکار نمیآید. سیاست‌را باید از ایرانی‌ها ورومیها فراگرفت که باشمشیر بجنگ حریف نمیروند بلکه اول سعی مینمایند که نقاط‌ضعف اورا پیدا کنند و بعد از اینکه نقاط‌ضعف‌را یافتند باچندحمله‌وی‌را ازپادرمیآورند .

ولی برای اینکه بتوان نقاط ضعف حریف‌را پیدا کرد باید اورا شناخت وما عایشه را نمیشناسیم واطلاعات توکه رئیس خفیه من‌هستی ، راجع به(عایشه)بیش‌از اطلاعات یکی از افرادی که اینک‌در بازار دمشق مشغول راه رفتن‌هستند نیست. (عایشه‌ام المؤمنین) امروز، درنظرما، مثل یکی ازهرم‌هائی‌است که من‌در مصر دیده بودم و چون کوه، که یك‌مرتبه بوجودمیآید، بچشم‌میرسد. من‌وقتی که‌هرم‌رادیدم، روزنه‌وشکافی درآن مشاهده نکردم و نتوانستم بفهمم چگونه بوجود آمده درصورتیکه آن‌هرم یکمرتبه اززمین خارج‌نشده بلکه بتدریج آنرا بپا کرده‌اند.

ماچون اطلاعی‌ازسوابق(عایشه‌ام المؤمنین) نداریم، اورا مانندهمان(هرم) میبینیم که یك‌مرتبه بوجود آمده مقابل‌دیدگان‌ما مثل کوه‌جلوه‌مینماید واگراز سوابق او، اطلاع بدست‌بیاوریم بنقاط‌ضعف‌این‌زن باهوش پی‌خواهیم برد وآنوقت میفهمیم‌چگونه‌باید اورا از پادرآورد. این‌است که‌من‌تورا مأمور تحقیق‌راجع بسوابق (ام المؤمنین) میکنم‌و تاآنجاکه میتوانی‌باکسانیکه از قدیم عایشه رامیشناخته‌اند آشناشو وازآنها تحقیق‌کن و(ام المؤمنین)را بخوبی‌بشناس‌ومن‌دستور میدهم‌که ازخزانه‌خلافت تاپنجاه‌هزاردینار دردسترس تو بگذارند که‌بمصرف‌شناسائی (ام المؤمنین) برسانی وسوابق وی‌را کشف‌کنی وبنقاط ضعف اوپی‌ببری تا بتوانیم مثل ایرانیان ورومیان، بوسیله جارچیان وخطباء وافسانه‌سرایان وکسانی‌دیگرکه مبلغ‌هستند عیوب ونواقص را باطلاع‌مردم برسانیم واین‌کوه‌راکه امروز تزلزل‌ناپذیراست بلرزانیم‌ووقتی(ام المؤمنین) متزلزل‌شد و از چشم‌مسلمانها افتاد میتوان‌بوسیله شمشیروی را ازپادرآورد . بدین‌ترتیب‌من‌مأمور تحقیق درخصوص سوابق (ام المؤمنین)گردیدم.

زن زیبا وجوان ابوبکر
در آستانهٔ مرگ وزایمان

اولین کسی که ازطرف من‌مورد تحقیق‌قرار گرفت یك‌زن‌قابله بود موسوم به(اسماء) دختر(ام‌عمرو) و از این‌جهت اورا مورد تحقیق قراردادم که (اسماء) شاهدچگونگی بدنیا آمدن(عایشه)بود . من بعدازشنیدن دستور(معاویه)متوجه‌شدم که وقتی‌انسان‌میخواهد یکنفر رابشناسدباید مثل ایرانیان‌ورومیان، تحقیق‌را ازدوره‌طفولیت اوشروع نماید . (اسماء) که امروز زنی‌است‌قابله برای من‌حکایت‌کردکه مادرش (ام‌عمرو)درمکه قابله‌بود وبین زنها و مردهائیکه امروز درمکه‌زندگی میکنندکمترمیتوان کسی‌رایافت‌که باکمك‌مادرم بدنیا نیامده‌باشد. مادرمن‌علاوه براینکه‌کمك بوضع‌حمل زنها میکرد دختران‌را نیزختنه مینمود وازروزی که‌مادرم (ام‌عمرو) راشناختم، از او،غیراز وضع‌حمل زنها، وختنه‌کردن دختران صحبتی‌نشنیدم .

مادرم باهر کس‌صحبت‌میکرد ، راجع باین‌دوموضوع صحبت مینمود و وقتی همصحبت نمییافت بامن که‌دختری‌خردسال بودم حرف‌میزد، بطوریکه من‌ازطفولیت‌میدانستم که‌بعضی‌از زنهاهستندکه وضع‌جسمی آنهاطوری است که‌بدون‌خطرمیزایندوزنهائی‌وجوددارندکه بمناسبت وضع‌جسمی خاص‌خود، هنگام زایمان دوچارخطرمیشوند. یکروزغلامی ازطرف (ابوبکر) بخانه ماآمد وبمادرم گفت‌که مولایش‌ازوی درخواست میکندکه بخانه‌اش برود وزوجه‌اش (زینب) راموردمعاینه قراربدهد. درآنموقع من‌هفت ساله بودم ومادرم(ام‌عمرو) هرجا میرفت مرا باخود میبرد ومن وسائلی‌که رادرموقع وضع حمل مورد استفاده قابله قرار میگیرد حمل میکردم .

(زینب) زوجه ابوبکر بسیار زیبابود ومن باوجودخردسالی میدانستم‌که (زینب)برای اولین مرتبه باردار شده وقبل‌ازآن طفل‌نزائیده است. زیبائی (زینب) زوجه (ابوبکر) با زیبائی زن‌های مکه خیلی تفاوت داشت زیراهمسر(ابوبکر) از زن‌های مصری‌بشمارمیآمد و(ابوبکر) او راازاسکندریه‌آورد وزوجه خودکرد. مادرم بعداز اینکه (زینب) رامعاینه نمودبه (ابوبکر) گفت همسرتودرموقع وضع حمل دوچارخطرخواهد شدبرای اینکه فاصله

فیمابین استخوان‌های بعضی ازاعضای بدن اوکم است ولی من میتوانم قسمی ازبدن او راپاره نمایم تااینکه فرزندتوزنده بدنیا بیایدلیکن مادرش زندگی رابدرودخواهد گفت. مادرم بقدری مهارت داشت که میتوانست بدن زائو رابشکافدتااینکه طفل، سالم بدنیا بیاید وبعضی ازمردان مکه که اکنون درحال حیات هستندبهمین ترتیب، بدست مادرم بدنیاآمدند. وقتی(ابوبکر) شنیدکه (زینب) درموقع وضع حمل دوچارخطرخواهد گردیدخیلی مهموم شدبرای اینکه زن جوان وزیبایش راخیلی دوست میداشت ومن فراموش نمیکنم که زن‌های مکه بخانه (ابوبکر) میرفتند تااینکه زیبائی(زینب) راتماشاکنند.

(ابوبکر) بمادرم (ام‌عمرو) گفت که من مردی توانگرهستم وهرقدر طلابخواهی بتو میدهم مشروط براینکه زنم، بی‌خطر فارغ شودوزنده بماند. ولی مادرمن نمیتوانست به (ابوبکر)قول بدهدکه همسرش بیخطروضع حمل خواهدکرد. آن‌روز گذشت ومادرم روزهای بعد ، به‌کارهمیشگی خودمشغول‌شد . روزبیست‌وسوم ماه‌رمضان قبل‌ازظهر، غلامی ازطرف (ابوبکر)بخانه ماآمد وبمادرم گفت که (زینب) دوچار درد زایمان‌شده وبایدبیدرنك بخانه مولایش برود. مابرخاستیم ومادرم بقچه‌ای راکه وسایل کارش درآن بودبدست من‌داد ومازیر آفتاب‌سوزان‌ظهر، ازکوچه‌های‌مکه بسوی‌خانه ابوبکر براه‌افتادیم. وقتی‌واردخانه(ابوبکر) شدیم من ازخنکی‌آن خانه لذت بردم ومشاهده کردم که زمین دارای فرش‌است وشمشیرها وسپرهای قشنك رابدیوارهانصب کرده‌اند. چون‌ظهربود وازآن گذشته مادرم‌یك قابله بشمار میآمد مارا باطاقی بردند وبماگوشت گوسفند وخرماوماست خورانیدند ودرمکه رسم‌است که قبل‌ازاینکه قابله شروع بکارکند وکمك بوضع حمل‌زائو نمایدباوغذامیخورانندکه قوت بگیرد وبهتر کارکند. هنگامی که‌ماغذامیخوردیم چندمرتبه صدای‌ناله(زینب) زوجه‌ابوبکر بگوشمان رسیدولی مادرم‌اعتنانکرد تااینکه غذای ماتمام‌شد.

هنگامیکه زائووضع‌حمل میکند مردهانباید دراطاق حضورداشته باشند ولی وقتی‌من ومادرم وارداطاق (زینب)شدیم‌فهمیدیم که (ابوبکر) درآن‌اطاق، اماپشت‌پرده، حضور دارد. (زینب)راروی‌بسترنرم خوابانیده بودند ومن‌باوجود خردسالی‌فهمیدم که روپوش‌آن بستراز ابریشم میباشد زیرا درخانه اشراف مکه، ابریشم را دیده بودم و میشناختم. یك‌کنیزسیاه پوست وخردسال‌کناربستر (زینب) نشسته بودواورا بابادبزنی که ازبرك درخت‌نخل میبافند بادمیزد. بعداز اینکه مادرم وارداطاق گردید و زائورا معاینه‌کرد دستور دادکه یك تخت بیاورند وزائورا ازروی‌زمین بلندکنند ورو‌ی‌تخت بخوابانند. خدمه (ابوبکر) تختی راباآن اطاق‌آوردندو(زائو) را بابسترش بلندکردند وروی‌تخت قرار دادند.

(زینب)گاهی مینالید وسرزیبای خود راکه دارای گیسوی خرمائی بودازطرف چپ وراست تکان‌میداد وبعدآرام میگرفت زیرادردزایمان مداوم نیست وزائودوچار درد دائمی نمیشودمگرموقعی که ساعت‌فراغت‌نزدیك گردد. تاوقتی‌آفتاب دروسط‌آسمان بودمادرم کاری

نکرد جز اینکه گاهی زائو را دلداری میداد ولی بعد از اینکه آفتاب از آسمان گذشت و بدیوار خانه (ابوبکر) نزدیک شد مادرم باکمك چند نفر از خدمه خانه (زینب) را به تختی که روی آن خوابیده بود بست و طولی نکشید که شب بیست وچهارم ماه رمضان فرارسید. آنوقت درد بر (زینب) غلبه کرد و نتوانست لحظه‌ای آرام بگیرد ومادرم از کنار تخت زائو برخاست و به‌پرده‌ای که (ابوبکر) در قفای آن بود نزدیك شد وآهسته باو گفت مولای من، بیاو برای آخرین مرتبه همسرت را ببین زیرا بزودی خواهد مرد چون من برای اینکه طفل را سالم بدنیا بیاورم مجبورم که با چاقوئی که از فولاد (دمشق) ساخته شده بدن (زینب) را پاره نمایم. (ابوبکر) از پشت پرده خارج شد و به (زینب) نزدیك گردید. در آن موقع همسر (ابوبکر) طوری از دردبی حال بود که نفهمید شوهرش در کنار اوست. مادرم از درون بقچه‌ای که من آورده بودم یك چاقوی بزرك و بسیار تیز را خارج کرد وآماده دریدن بدن زائو گردید.

(ابوبکر) گفت ای (ام‌عمرو) چه میخواهی بکنی؟ مادرم گفت من میخواهم بااین چاقو بدن (زینب) را پاره کنم تا بتوان طفل را بی‌نقص خارج کرد. (ابوبکر) با اضطراب گفت ای (ام‌عمرو) این کار را نکن. مادرم گفت مولای من، اگر اینکار را نکنم. مادر و فرزند، هردو خواهند مرد ولی اگر مادر را فدا کنی فرزند تو زنده میماند. (ابوبکر) گفت ای (ام‌عمرو) اگر زن من بمیرد تو از این خانه زنده بیرون نخواهی رفت. مادرم ازشنیدن این حرف متغیر نشد چون میدانست تمام مردانی که زوجه آن‌ها درموقع وضع حمل، درمعرض خطر مرك هستند این حرف را به قابله میگویند ولی هیچیك تهدید خود را بموقع اجرا نمی‌گذارند زیرا میفهمند که قابله گناه ندارد.

مادرم، چاقوی خود را دربقچه نهاد و گفت مولای من زن تو وطفلی که در بطن دارد درمعرض خطر مرك هستند ومن نمیتوانم زنت را نجات بدهم ولی میتوانم فرزند تو را بدون نقص بدنیا بیاورم مشروط براینکه تصمیم بگیری چه باید کرد. (ابوبکر) گفت من راضی نمیشوم که (زینب) بدست تو بقتل برسد وبعد مثل اینکه امیدی پیدا کرده گفت باید متوسل به (خدیجه) شد. مادرم گفت کدام (خدیجه) را میگوئی. (ابوبکر) گفت (خدیجه) همسر محمدامین (ص) را میگویم برخیز وبرو وبه (خدیجه) بگو اینجا بیاید وشاید بتواند (زینب) را ازمرك نجات بدهد. مادرم این حرف را چون توهین نسبت بخود تلقی کرد برای اینکه میدانست خدیجه همسر محمد(ص) قابله نیست واز وضع حمل اطلاع ندارد. مادرم نمیخواست که بااستمداد از (خدیجه) موافقت کند برای اینکه اورا وارد نمیدانست ولی (ابوبکر) گفت من نمیخواهم از قابلگی (خدیجه) استفاده کنم برای اینکه او قابله نیست. ولی خدیجه دارای نفسی گرم ودستی سبك میباشد ووقتی بر بالین یك بیمار حاضر میشود، بیمار احساس میکند که حالش بهتر شده و موقعی که بر بالین یك زائو حضور بهم میرساند آن زن، بدون خطر وضع حمل مینماید. بهمین

جهت من‌ازتودرخواست میکنم‌که بیدرنك‌بمنزل (خدیجه) برو واز اوخواهش کن، که بدون لحظه‌ای‌تأخیر اینجا بیایدوشاید(زینب)ازمرك‌رهائی‌پیدا کند. مادرم مرا صدازد و گفت(اسماء) براه بیفت وبخانه (خدیجه) برو وباوبگوکه (زینب)همسر(ابوبکر) درمعرض خطرمرك‌است وازطرف (ابوبکر) از او تقاضاکن‌که این جابیاید . من میدانستم‌که خانه (خدیجه) کجاست واسم‌شوهرش (محمدامین)را شنیده بودم واطلاع داشتم‌که بازرگان است وبیشتر ابریشم میفروشد.

خدیجه در آن‌تاریخ‌زنی بودپنجاه ساله، وهرچهاردختراوکه ازنسل(محمدامین) بشمار میآمدند بوسیله مادرم(ام‌عمرو) بدنیا آورده‌شدند ومحتاج بذکر نیست‌که چون من هنوزبدنیا نیامده بودم وضع حمل دختران(خدیجه) راندیدم.(خدیجه) زنی بودبسیارمهربان وپیوسته لباس‌زردمیپوشیدبرای‌اینکه‌میدانست‌شوهرش(محمدامین)رنك‌زرد را درلباس‌او دوست‌میدارد. من درکوچه‌های‌تاریك مکه بطرف خانه خدیجه دویدم وقدری ازمأموریت خویش کسل‌بودم برای‌اینکه میدانستم‌که بعداز ورود بخانه خدیجه، اگردختران خردسال همسایه‌که قدری بزرگترازمن بودندمرا ببینندسربسرم خواهند گذاشت ومرادست خواهندانداخت.

شبی که عایشه بدنیا میآمد

درخانه محمد(ص) چه خبر بود ؟

وقتی بخانه (خدیجه) رسیدم دیدم مردی که از او بوئی خوش استشمام میشود قصد دارد وارد آن خانه شود. آن مرد متوسط القامه بود ومتوجه نشد که من هم قصد ورود بآن خانه را دارم ومن با اینکه تا آنموقع(محمدامین)را ندیده بودم حدس زدم که آن مرد (محمدامین) شوهر (خدیجه)است. من چون درعقب محمد(ص) ایستاده بودم صورتش را نمیدیدم اما ازطرز راه رفتنش حس میکردم که باید خیلی خسته باشد. محمد(ص) وارد حیاط شد ، ومن هم درقفایش قدم بحیاط گذاشتم ودیدم که محمد(ص) بسوی اطاقی رفت که من میفهمیدم زنها آنجاهستند . صدای پای محمد، توجه خدیجه راکه درآن اطاق بود جلب کرد وبرخاست وبدرب اطاق که محمد (ص) میباید از آنجا وارد شود نزدیك گردید . من دیدم که وقتی محمد(ص) به آنجا رسید طوری خسته بود که نتوانست بایستد و(خدیجه) خودرا بشوهرش رسانید ودستش را گرفت و گفت یا محمد تورا چه میشود؟. برای چه اینطور بیحال هستی؟ آیا احساس ناخوشی مینمائی. تو هرگز بعد از مراجعت ازغار دوچار این حال نمیشدی .

(توضیح ـ مقصود ازغاردراینجاغار(حرا)است که حضرت خاتم النبیین(ص) در ان بسر میبردند ـ مترجم)

محمد گفت آری خدیجه، من بدفعات بغاررفتم واینطور نمیشدم ولی این مرتبه، واقعه ای شگرف درغار ، برای من پیش آمد، وفرشته ای برمن ظاهر شد . خدیجه وقتی این حرف را از شوهرش شنید دست بر پیشانی اش گذاشت و گفت تو بسیار خسته هستی واحتیاج باستراحت داری ولی خوشبختانه، من در تو احساس تب نمیکنم . بیا تامن برای تو بستر بگسترانم تا استراحت کنی وامیدوارم بعد از استراحت، خستگی تو ازبین برود . خدیجه شوهرش راوارد اطاق کرد ومن هم وارد اطاق گردیدم، محمد(ص) بقدری خسته وضعیف بود که خدیجه بازویش راگرفت که برزمین نیفتد وباملایمت ومحبت اورا نشانید و گفت قدری صبر کن تامن بروم و

بسترتورا بگسترانم. آیا گرسنه یا تشنه نیستی ؟ محمد(ص) گفت‌نه یا خدیجه من احساس گرسنگی وتشنگی‌نمیکنم . (خدیجه) خواست از اطاق‌خارج‌شود وبرود وبرای‌شوهرش‌بستر خواب‌بگستراند ودرآن‌موقع‌درروشنائی چراغ مرا دیدوفوری مرا شناخت وپرسید آیا تو دختر (ام‌عمرو)هستی ؟ گفتم بلی‌ومادرم ازطرف (ابوبکر) مرا نزد تو فرستاده ومیگوید بدون‌تأخیر خودرا بخانهٔ(ابوبکر) برسان . (خدیجه) پرسیدبرای‌چه‌مادرت تقاضامیکندکه من‌بیدرنك بمنزل (ابوبکر) بروم؟ گفتم‌برای اینکه (زینب) زن (ابوبکر) نمیتواند وضع حمل کند وممکن‌است‌بمیرد وچون دست‌تو شفابخش میباشد باید بیائی واورا از مرك نجات بدهی. واضح‌است‌که من‌چون درآن‌موقع دختری هفت‌ساله بودم نمیتوانستم اینطور صحبت کنم‌ولی‌منظورخودرا به(خدیجه) فهمانیدم . طوری(خدیجه)بشوهرش‌علاقمند بودکه‌حتی‌بعد از اینکه شنید (زینب)درشرف‌نزع‌میباشد روی‌ازمن‌برتافت وبسوی‌شوهرش رفت و با محبت گفت یامحمد، هم‌اکنون‌من‌بسترخواب‌تورا آماده میکنم. آنگاه دراطاق‌مجاوربستری‌برای محمد(ص) گسترانید وکمك‌کرد تا شوهرش ازجابرخیزد . تا آنموقع محمد(ص) ازفرط خستگی‌کفش‌هارا ازپادرنیاورده بودو (خدیجه)کفش‌هایش‌رادرآورد وردای‌شوهررا ازدوش اوبرداشت‌واورا باطاق دیگربرد ودربسترخوابانید وروی‌محمدرا پوشانیدوبعدباطاقی‌که من آنجابودم برگشت .

من‌تصورکردم‌که (خدیجه) آماده است تا بامن ازمنزل خارج شود و باتفاق بمنزل (ابوبکر)برویم. ولی اوبانك‌زد رقیه ... رقیه... من‌میدانستم‌که(رقیه) دختر دوم(خدیجه) وزیباترین دختران‌اوست . رقیه‌دارای چشم‌های‌سیاه وگیسوان سیاه وبلند ومواج بود ومن بااینکه بیش‌ازهفت‌سال نداشتم آرزومیکردم گیسوانی‌چون موی(رقیه) داشته‌باشم . (خدیجه) بدخترش گفت‌که(ابوبکر) این‌دختررا (اشاره‌بمن)که دختر(ام‌عمرو)است دنبال‌من‌فرستاده تابخانه اوبروم زیرا (زینب) همسر(ابوبکر) دوچار وضع حمل‌غیرعادی‌شده وامیدوارندکه حضورمن درآن‌خانه‌سبب‌شودکه زائو بدون خطر وضع‌حمل‌نماید وتا وقتی‌که من مراجعت میکنم مواظب پدرت باش واز اوپرستاری‌کن وچون‌شب وکوچه‌ها تاریك است این دخترهم اینجاباشد تامن‌مراجعت کنم ومن بمادرش خواهم گفت‌که برای دخترش نگران‌نباشد. من تصور میکردم‌که(خدیجه)مرا باخود بخانه ابوبکر خواهد برد وبااینکه توقف من در آن خانه غیر منتظره‌بود ومیبایدِ ناراضی‌شوم ، برعکس خوشوقت‌گردیدم زیرا میدانستم که تا موقع مراجعت (خدیجه) بارقیه‌بسرخواهم‌برد وبا اوصحبت‌خواهم‌کرد وگیسوی‌زیبای دختر (خدیجه)راتماشا خواهم نمود .

ولی‌بعد ازرفتن (خدیجه)همین کەمن خواستم با(رقیه)صحبت‌کنم، آن‌دختر، انگشت بردهان گذاشت وآهسته گفت‌حرف‌نزن وساکت‌باش زیراپدرم‌قصددارد بخوابد و حرف زدن

تومانع ازخواب اومیشود . من بااینکه(رقیه)را دوستمیداشتم ومیخواستم با اوصحبت کنم ، جرئت نکردم دیگر حرفی بزنم و بین ماسکوت برقرارشد . من که نمیتوانستم با (رقیه) صحبت کنم بفکر(زینب) همسر(ابوبکر) ومادرم افتادم . من‌میترسیدم که‌اگر(زینب) هنگام وضع‌حمل‌زندگی رابدرودبگوید (ابوبکر) مادرم‌را بقتل‌برساند. لیکن‌چون(خدیجه)همسر محمدامین(ص) بمنزل (ابوبکر) رفته بود امیدواری‌داشتم که قدم میمون(خدیجه) زینب را ازمرگ‌برهاند واوبدون‌خطروضع‌حمل کند . هنگامیکه درفکرمادرم‌بودم ناگهان از اطاقی که‌محمد(ص)درآنجاخوابیده‌بودصدای (لبیك) برخاست. من‌و(رقیه) گوش‌فرادادیم وشنیدیم که‌محمد بازگفت لبیك... لااله‌الاالله .

من‌ازشنیدن آن‌صداوحشت‌کردم زیرا نمیدانستم چرا محمدامین (ص) پدر (رقیه)در حال‌خواب‌صحبت‌میکند. ولی‌متوجه شدم‌که محمد(ص) درخواب‌نیست بلکه بیدار است واز جابرخاست‌وردای خودرا دربرکرد وکفشهارا‌پوشید ومرتبه‌ای‌دیگر گفت‌لبیك...لااله‌الاالله وبراه‌افتاد . (رقیه) وقتی‌مشاهده کرد که‌پدرش‌عازم خروج ازمنزل‌است گفت پدرکجامیروی؟ مادرم تورا بمن‌سپرده وگفته ازتوپرستاری‌کنم . ولی‌محمدامین(ص) مثل این‌بود که صدای دخترش‌را نشنیده‌است‌زیرا بازگفت‌لبیك...لبیك. آمدم... آمدم وباسرعت‌گام‌برداشت وو‌ارد حیاط‌گردید و سپس ازحیاط بیرون رفت. (رقیه) بعداز اینکه پدرش بیرون رفت، برای تعقیب وی‌براه افتاد ومن‌هم‌که درآن‌خانه خودرا تنهادیدم نتوانستم توقف‌کنم و عقب رقیه روان‌شدم. هنوزماه طلوع‌نکرده بود ولی نورستارگان‌کوچه‌های مکه‌را روشن میکرد ومن چون تمام‌کوچه‌هارا میشناختم بااستفاده ازروشنائی ستارگان، راه خودرا میدیدم. تااینکه ازکوچه‌های مکه‌خارج‌شدیم وقدم‌به‌بیابان گذاشتیم .

من‌که خودرا به(رقیه)رسانیده بودم وبا اوراه میپیمودم گاهی صدای محمد (ص) را میشنیدم ومعلوم‌بودکه اوصحبت‌میکند ولی‌ما میدانستیم‌کسی‌نیست که محمد(ص) باوی‌صحبت نماید یا ما نمیتوانستیم مخاطب اورا ببینیم . بعد از اینکه به‌بیابان رسیدیم محمد(ص) بر سرعت افزودبطوریکه ازنظرمانا‌پدید شد لیکن ما وی‌را تعقیب میکردیم‌و(رقیه) دنبال پدر میرفت ومن‌هم‌که‌نمیتوانستم تنهابمانم با(رقیه)میرفتم‌وگاهی سررا متوجه اطراف‌مینمودم تا اینکه بدانم ماه ازکدام‌طرف‌طلوع میکند تا صحرا را روشن‌نماید ولی‌نمیدانستم درآن شب که ازشب‌های‌آخر ماه‌میباشد، قمرنزدیك‌صبح طلوع‌خواهدکرد نه‌درآن‌موقع‌ازشب. ازرقیه پرسیدم‌دراین‌تاریکی‌کجا میروی ؟ (رقیه) گفت که‌مادرم‌قبل از اینکه از منزل خارج شود پدرم‌را بمن‌سپردومن نمیتوانم اورا تنها بگذارم‌وباید خودرا بوی‌برسانم وازپدرم مواظبت کنم . گفتم‌دراین‌بیابان‌تاریك ، تونمیتوانی پدرت را پیداکنی وبهتراین‌است که‌برگردیم.

(رقیه) گفت اگر من نمیدانستم که پدرم کجا میرود، نمیتوانستم او را پیدا کنم ولی چون مقصدش را میدانم، وی را پیدا خواهم کرد.

آنگاه مقداری دیگر راه پیمودیم تا اینکه کوهی نمایان شد و (رقیه) گفت پدرم بالای کوه است. از او پرسیدم برای چه پدرت در این تاریکی بالای کوه رفته و (رقیه) گفت بالای این کوه غاری است که پدرم آنجا رفته و من یقین دارم که وی را در آنجا پیدا خواهم کرد. سپس دختر محمد (ص) خواست که از آن کوه بالا برود و من ابراز وحشت کردم و گفتم (رقیه) بالا نرو، زیرا جانوران ما را خواهند خورد. (رقیه) گفت نترس چون این کوه جانور ندارد و دست مرا گرفت و با خود از کوه بالا برد. (توضیح ـ سکنه مکه تپه‌های کم ارتفاع اطراف شهر را باسم (جبل) یعنی (کوه) میخوانند ـ مترجم).

وقتی ببالای کوه رسیدیم چشم‌ما به محمد امین (ص) افتاد. (رقیه) بمن گفته بود که آنجا غاری است که پدرش را در آن خواهد یافت. لیکن محمد (ص) کنار غار روی سنگی نشسته، دودست را بطرف آسمان بلند کرده ، چیزهائی میگفت که چون فاصله بین‌ما واو، زیاد بود نمی‌شنیدیم. من مشاهده میکردم که محمد (ص) بدون اینکه دودست‌را فرود بیاورد صورت‌را بسوی جهات اربعه میکند وچهار طرف آسمان‌را از نظر میگذراند وشگفت آنکه باوجود تاریکی شب، من در روشنائی ستارگان صورتش‌را میدیدم وآهسته به (رقیه) گفتم آیا میبینی که صورت پدرت چقدر روشن میباشد؟ (رقیه) گفت بلی ومن هرگز صورت پدرم را اینطور روشن ندیده بودم. من از حرکات محمد (ص) میترسیدم بطوری که از وحشت خود را عقب (رقیه) پنهان نمودم و (رقیه) بانك زد پدر... پدر.... چه میکنی و برای چه بخانه مراجعت نمینمائی که بخوابی. آخر امشب هنگام استراحت تو است و باید بخوابی وگرنه بیمار خواهی شد. ولی محمد مثل این بود که صدای دخترش‌را نمی‌شنود وهمچنان دودست‌را بسوی آسمان بلند کرده بود وچیزهائی میگفت که من نمیفهمیدم چیست؟

(رقیه) از من دور شد که بپدر نزدیك شود وشنیدم که گفت پدر، برای‌چه بخانه نمیآئی که بخوابی... امشب مادرم تورا بمن سپرده وگفته که از تومواظبت کنم واگر بخانه مراجعت نماید وتورا نبیند بمن پرخاش خواهد کرد وتصور خواهد نمود که من از مواظبت وپرستاری کوتاهی کرده‌ام.

ولی باز محمد (ص) جوابی بدخترش نداد وانگار که صدایش را نمی‌شنید. من جرئت نمیکردم عقب (رقیه) بروم وبه محمد امین (ص) نزدیك شوم زیرا میترسیدم. علاوه بر آن از تاریکی‌هم وحشت داشتم ووقتی نظر باطراف میانداختم، مثل این بود که در ظلمت، جانورانی کمین گرفته‌اند وقصد دارند بمن حمله‌ور شوند. ولی (رقیه) که دختری بزرك بود نمیترسید

وبه‌پدرش نزدیك شد ودست اورا گرفت ومن‌دیدم‌که دودست محمد (ص) فرود آمد وناله‌ای ازدهانش خارج گردید.

من صدای‌ناله محمد(ص) راشنیدم ودیدم‌که رقیه روی محمد (ص) خم‌شد وچندلحظه اورا نگریست و آنگاه گفت پدرم ازحـال رفته است. من‌که از فرط وحشت، نمیتوانستم خودداری کنم گفتم رقیه... من میترسم... بیا برویم.

(رقیه) گفت‌من نمیتوانم پدرم‌را تنها بگذارم زیرا ازحال رفته ولی اگر تونمیتوانی اینجا بمانی مراجعت کن. گفتم من نمیتوانم به‌تنهائی مراجعت کنم ومی‌ترسم وتوبـاید بامن بیائی ومرا بشهر برسانی. ولی (رقیه) درخواست مرا نپذیرفت و گفت‌که نمیتواند پدرش را تنها بگذارد ومرا بشهر برساند. من ازفرط وحشت واندوه بگریه درآمدم. از یکطرف درآن کوه میترسیدم وازطرف دیگر، بیم داشتم‌که (ابوبکر) مادرم‌را بقتل برساند چون وی گفته بود که هرگاه همسرش زینب بمیرد مادرم را بقتل خواهد رسانید. در حالی‌که میگریستم متوجه نبودم‌که(رقیه) میکوشدکه پدرش‌را بحال بیاورد. آنگاه براثر گریستن واینکه مدتی ازشب میگذشت ومن‌هم‌کودك بودم بخواب رفتم. وقتی مرا بیدارکردند(خدیجه) و(ابوبکر) را دیدم وتصورکردم‌که درخانه (خدیجه) یادرمنزل (ابوبکر) هستم ونظرباطراف انداختم ومشاهده کردم‌که همه‌جاهمچنان تاریك است ومن‌بالای‌کوه میباشم. من نمیدانستم چه‌شدکه (خدیجه) و (ابوبکر) بآنجا آمدند وهمینکه آن‌هارا دیدم بطرف (خدیجه) دویدم ودامان پیراهنش‌را گرفتم و گفتم‌که آیامادرم زنده هست‌یا نه؟ (خدیجه) گفت بیم نداشته باش ومادرت زنده میبـاشد. محمد امین (ص) بحـال آمده بود ولی خیلـی خسته بنظر میرسید و از صحبت‌هائی‌که (خدیجه) و(ابوبکر) و(رقیه) میکردندفهمیدم چه‌شده‌که(خدیجه) و(ابوبکر) آنجا آمده‌اند.

آن‌شب وقتی (خدیجه) خواست از منزل (ابوبکر) بخانه خود برود چون مدتی از شب میگذشت (ابوبکر) با(خدیجه) از منزل خود خارج گردید تازوجه محمد امین (ص)را بخانه‌اش برساند. آن دونفر وقتی بخانه (خدیجه) رسیدند مشاهده کردندکه نه‌محمد (ص) آن‌جاست نه (رقیه). (خدیجه) ازکنیز خود پرسید که شوهرو دخترش کجاهستندو(اسماء) چه شد. کنیزجواب دادکه محمد (ص) ازمنزل خارج گردید ورفت و(رقیه) و(اسماء)هم در قفای او رفتند و مراجعت نکردنـد. (خدیجه) به (ابوبکر) گفت بدون تردید شوهـرم به (جبل النور) رفته‌که غار (حرا) درآنجاست وچون (رقیه) و (اسماء)هم‌مراجعت نکرده‌اند میترسم اتفاقی افتاده باشد. (ابوبکر) باسرعت دوشتر آماده کرد و (خدیجه) سوار یك‌شتر گردید و(ابوبکر)هم سوارشتردیگرشد وخودرا بکوه رسانیدند وشتران‌را پائین‌کوه‌نشانیدند وزانوی هردوشتررا بستند وازکوه صعود نمودند ووقتی مرا درسرراه خود دیدند از خواب

بیدار کردند وچشم من بآنها افتاد. من متوجه شدم که محمد (ص) از مشاهده (ابوبکر) و (خدیجه) درآن کوه حیرت کرد وانتظار نداشت که آن‌هارا درآن‌جا ببیند. بعد، بین (محمد) وخدیجه و(ابوبکر) صحبتی طولانی‌شروع شدکه مربوط بودبه‌فرشتهٔ خداموسوم به(جبرئیل) واینکه برای محمدامین (ص) کلام خدارا آورده‌است. من بمناسبت کودکی نمیتوانستم‌بارزش آن‌صحبت پی‌ببرم وچون نمی‌فهمیدم ، مراخسته میکرد. ولی بعدازاینکه موضوع صحبت به (زینب) همسر (ابوبکر) رسیدگوشهای خود را بازکردم زیرا میفهمیدم که‌آنهاچه‌میگویند.

ابوبکر گفت یامحمد (ص) امشب‌زن‌تو (خدیجه) جان زن وفرزند مراخریداری‌کرد واگراوبخانه‌من نمی‌آمد وباقدم میمون ودست سبك خودوضع حمل (زینب) راسهل نمینمود زن من زندگی‌را بدرود میگفت ولی خدیجه سبب شدکه (زینب) بدون خطروضع‌حمل‌کرد لیکن افسوس‌که دخترزائید ومن عزم دارم‌که فرداآن‌دختررا ببرم ودفن‌کنم.

محمد(ص) گفت‌یا(ابوبکر)این‌کاررا نکن وازدفن‌کردن دخترت منصرف شو. خود من‌دارای‌چهاردخترهستم وهیچ‌یك‌ازآن‌هارا دفن‌نکردم‌وهرچهاردختررامثل‌جان خوددوست میدارم. همانطورکه‌پسرعزیزاست دخترهم عزیز میباشد واگردختر بدنیا نمیآمد من وتو، چگونه ممکن بود بدنیابیائیم زیراتازن نباشد مرد بوجودنمیآید. بعد محمد (ص) تبسم‌کنان از (ابوبکر) پرسیدآیادخترت زیباهست یانه؟ (ابوبکر) گفت آری زیبااست امادارای یك نشانه‌عجیب میباشد وآن اینکه‌موی انبوه دارد وموی‌سرش‌سرخ‌حنائی‌میباشدومن‌تصور میکنم که درهریکصدسال‌یك‌مرتبه دربین ماعراب ، دختری متولد میشودکه یك‌چنین موی انبوه آنهم برنگ سرخ‌حنائی داشته باشد.

محمد (ص) گفت ای‌ابوبکرقدم این دختررامبارك بدان زیرادختر تودرشبی، متولد گردیدکه باری دیگر(جبرئیل) برمن ظاهرشد. آنگاه‌ما ازکوه مراجعت‌کردیم و (ابوبکر) شترخودرا به محمد (ص) واگذارکردکه وی‌سوارشود.

خدیجه‌هم سوارشتردیگرشد ومن جلوجهازشترخدیجه نشستم ورقیه (دخترش) درعقب اوبرجهازنشست ومابسوی شهربراه افتادیم . بااینکه من‌کودك بودم در آنشب فهمیدم‌که (ابوبکر) برای محمد (ص) خیلی قائل باحترام است زیرابااینکه مردی بودثروتمند شتر خودرا به‌محمد (ص) واگذاشت وخود پیاده راه شهر را پیش‌گرفت. وقتی بشهر رسیدیم (ابوبکر) اصرارکردکه شترها بخانه محمد (ص) بروند تا(محمد) و (خدیجه) مقابل‌خانه خود پیاده شوند. پس از اینکه‌آن دونفرپیاده شدند ابوبکر سوار یکی از دوشترشد ومرا جلوی خود نشانید وشتردیگررا یدك‌کشید ومابخانه صاحبان‌شترمراجعت‌کردیم.

پس از ورود بخانه من نزد مادرم رفتم و مشاهده کردم که عده‌ای ازکنیزان ابوبکر اطرافش‌راگرفته‌اند واوراجع به وضع حمل دختر (زینب) صحبت میکنند ومیگوید

که امشب همسر (ابوبکر) براثر مهارت من بدون خطرفارغ شد وزائید و(خدیجه) زوجه محمد (ص) کوچکترین اثر در وضع حمل زینب نداشته زیرا از قابلگی بی‌اطلاع است. کنیزان حرف مادرم را تصدیق میکردند ومن تانظر بمادرم انداختم متوجه شدم که شراب نوشیده ومست است. وقتی من خردسال بودم ، شراب درمکه خیلی گران بود چون بطوری که تو(ای ثابت بن ارطاة) میدانی مکه تاکستان نداردتااینکه بتوان ازانگور محلی شراب بدست آورد .

اطراف مکه هم انگورنیست مگر در (طائف) و انگورطائف آن‌قدر نمی‌باشد که بتوان مقداری ازآن شراب بوجودآورد. من راجع بامروز صحبت نمیکنم برای اینکه امروز در تمام کشورهای اسلامی شراب حرام است وهیچ مسلمان شراب نمیاندازد وفقط اقوام دیگر که درکشورهای اسلامی بسرمیبرندمثل یهودیها وعیسویان شراب میاندازند. وقتی من خرد سال بودم نوشیدن شراب هنوزحرام نشده بود.

(توضیح ـ بعضی از علمای روحانی‌ما عقیده دارند هرچیزکه در دین اسلام حرام شده ازجمله شراب ازآغاز خلقت بشر از طرف خداوند برنوع انسان حرام‌گردیده ولذا بعقیده علماشراب بریهودیان وعیسویان‌هم حرام شده است. بنده چون برای اظهار نظردر خصوص مسائل دینی صالح نیستم نمیتوانم چیـزی راجع باین موضـوع بگویم وفقط عرض میکنم که اگر راوی این سرگذشت که برای(ثابت‌بن‌ارطاة) صحبت میکندبگویدکه‌در دوره خردسالی او شراب حرام نبوده دلیل براین نمیشودکه نوشیدن شراب ازنظرخداوند مجاز بوده است ـ مترجم)

در دوره خرد سالی من فقرا نمیتوانستند شراب بنوشند زیرا استطاعت خرید آن‌را نداشتند. من ازشراب‌نوشیدن مادرم نفرت‌داشتم چون‌بعدازاینکه شراب مینوشید،چشمهایش کوچك وسرخ میشد وگاهی درموقع مستی بی‌جهت نسبت بمن ابرازخشم میکرد. ولی در آنشب،ابرازخشم ننمود ومن بمادرم گفتم که میل دارم بروم ودختر (زینب)را ببینم. مادرم پرسید برای‌چه میخواهی دخترش راببینی؟ گفتم من‌ازابوبکرشنیدم که موهای دخترش‌سرخ حنائی است وچون تاکنون دختر سرخ‌مو ندیده‌ام میخواهم اورا ببینم . مادرم گفت بسیار خوب برووواورا ببین ولی متوجه باش‌که (زینب) ودخترش خوابیده‌اند وهردواحتیاج‌بادامه خواب واستراحت دارند واگرتودراطاق (زینب) حرف بزنی یـابخندی وهمسر (ابوبکر) ودخترش ازخواب بیدارشوند وای برحال تو. من وارد اطاق (زینب) شدم ودیدم که او و دخترنوزادش خوابیده‌اند. من آهسته به‌نوزاد نزدیك شدم ودیدم که صورتی سفیددارد ولی نتوانستم موی سرش‌را ببینم. زیرابرسرنوزاد روسری بسته بودند. خواستم روسری‌رابگشایم وموهای اورا ببینم ولی ترسیدم که ازخواب بیدارشود ومادرم صدای نوزادرابشنود. وبیاید

ومرا ازآن اطاق خارج کند وکتك بزند. لذاآهسته،ازاطاق خارج شدم و مراجعت کردم. مادرم ازمن پرسیدآیاموهای دختر (زینب)را دیـدی؟گفتم آری دیدم در صورتیکه دروغ میگفتم .

وقتی من و مادرم از منزل (ابوبکر) مراجعت کردیم که بمنزل خود برویم آفتاب طلوع کرده بود ومن پس ازمراجعت بمنزل خودمان خوابیدم. وقتی از خواب بیدارشدم و وقایع شب قبل را از نظر گذرانیدم برمن محقق شدکه اگر (خدیجه) زوجه محمد (ص) بخانه (ابوبکر) نمیرفت وبربالین زینب حضوربهم نمیرسانید آن‌زن بدون تردید تلف‌میشد. چون من میدانستم که مادرم یك‌قابله ماهراست و اگر بگویدکه یك‌زائو،هنگام وضع حمل تلف خواهد شد مگراینکه بعضی‌ازاعضای بدن اورا باچاقو بشکافد وطفل‌را بیرون بیاورد و شوهرزائوباشکافتن موافقت ننماید زائوخواهد مرد.

شب‌قبل مادرمن گفته بودکه (زینب) خواهد مرد مگر اینکه اوراموردعمل جراحی قراربدهد و (ابوبکر) موافقت نکرد. معهذا (زینب) زنده ماند ومادرم سلامتی زائو وطفل رابحساب خود میگذاشت ولی من میدانستم حضورخدیجه درخانه (ابوبکر) سبب گردیدکه زائووطفلش سالم بمانند. بازهم مادرم مراباخودبخانه (ابوبکر) برد ومن توانستم موهای نوزادراکه بنام (عایشه) موسوم‌کرده بودند ببینم و مشاهده نمودم‌که سرخ وحنائی میباشد. مادرم از سرخی مـوی سر (عایشه) حیرت نمیکرد و میگفت که (زینب) ساکن اسکندریه بـود و قسمتی از سکـنه اسکندریـه از نـژاد یونـانی هستند و مـوهـایشان ، طـلائـی یا سرخ است و گرچه موی سر خود (زینب) سرخ نیست ، لیکن شاید مادرش یاپدر او ، سرخ موبوده و عایشه موی سرخ را ازجد یاجده خویش بمیراث برده است. هرقدر عایشه بزرگترمیشد زیباترمیگردید بطوری‌که بین دختران مکه،انگشت نمابودتااینکه پدرش‌اورا نامزد محمد (ص) کرد. توای (ابن ارطاة) میدانی تاروزی‌که (خدیجه) زنده‌بودمحمد(ص) زنی دیگراختیارنکرد ولی‌بعدازمرگ(خدیجه)باچندزن‌ازجمله با(عایشه) دختر (ابوبکر) ازدواج نمود . ولی شگفت آنـکه (عایشه) بعد از اینکه همسرپیغمبر خداگردید ، برایش فرزندنزائید .

من پس از اینکه سالی‌ازازدواج محمد (ص)باعایشه‌گذشت بدفعات بخانه‌محمد(ص) رفتم تاعایشه را ببینم. مادرم مرده بود ومن بجای اوقابلگی میکردم ومثل مادرم ، درفن خود مهارت داشتم. بعدازاینکه مسلمین از(مکه) بمدینه مهاجرت‌کردند من‌هم‌که مسلمان شده بودم به‌مدینه رفتم ودرآنجاعایشه‌را میدیدم. هرقدرمن میکوشیدم‌که عایشه‌باردارشود، باردار نمیشد درصورتیکه وقتی زوجه پیغمبر اسلام‌گردید دربحبوحه جوانی ودوشیزه بود.

من میدانستم که عقیم ماندن (عایشه) مربوط به‌پیغمبراسلام نیست زیرا پیغمبرماازخدیجه چند فرزند داشت .

با اینکه عایشه نمیتوانست برای پیغمبر ما فرزند بزاید هرگز از محبت رسول‌الله نسبت باوکاسته نشد ولی درحضورزنهای دیگر نسبت به‌عایشه طوری ابراز محبت نمیکرد که سبب حسادت سایرهمسرانش گردد چون محمد (ص) علاقه داشت که باهمسران‌خود بعدالت رفتارکند تااینکه بعضی ازآنهاازشوهر نرنجند.

وقتی صحبت (اسماء) دختر(ام عمرو) باینجا رسید گفتم ای (اسماء) اینهاکه‌تومیگوئی بین مسلمین معروف است و همه میدانند که پیغمبرما عایشه را خیلی دوست میداشت زیرا جوان‌ترین‌وزیباترین‌زن‌اوبود. تمام زن‌های پیغمبرماقبل‌از اینکه بامحمد (ص) ازدواج کنند بیوه بودند،وفقط (عایشه) باحلیه دوشیزگی وارد خانه پیغمبر شد و اینموضوع را نیزتمام مسلمین میدانند واطلاع دارندکه پیغمبرما بمناسبت اینکه عایشه سرخ‌مو بوداورا (حمیرا) میخواند .

آن قسمت از اظهارات تو مربوط باشکال وضع حمل (زینب) زوجه (ابوبکر) و اینکه قدم میمون ونفس‌مبارك (خدیجه) سبب شدکه آن زن بیخطر وضع حمل‌کند تازگی دارد وهنوز مسلمین از این واقعه اطلاع بهم نرسانیده‌اند . ولی مطالب تو ، راجع باینکه پیغمبرما(عایشه) رادوست میداشت‌وآن زن‌درخانه پیغمبرعقیم ماند،جزومطالب مشهوراست و برای من تازگی وفایده ندارد.

من ازاینجهت توراکه یك‌قابله بودی وهستی موردتحقیق قرار میدهم‌که یك‌زن قابله درتمام خانواده‌های عرب،محرم اسراردختران وزنان‌است. توزنی‌هستی‌که دختران‌راختنه میکنی واسرارآنهارا اززبانشان میشنوی.

توزنی‌هستی‌که کمك‌بوضع‌حمل زنهامینمائی وآنهابتوچیزهائی‌میگویندکه‌نه‌بشوهرشان ابرازمیکنند نه‌بمادرشان نه‌بکس دیگر. من از توخواهان افشای اسرارهستم وتو باید بمن بگوئی درآن‌دوره‌که برای دیدارعایشه به‌خانه محمد (ص) میرفتی وسعی میکردی‌که عایشه رامعالجه‌کنی تاباردارشود (ام‌المؤمنین) راجع به‌نقشه‌های سیاسی خودبتوچه میگفت. وقتی این سئوال‌را از (اسماء)کردم پشیمان شدم زیرابخاطر آوردم‌که (عایشه) درآن‌موقع زنی بود بسیار زیبا ودربحبوحه جوانی بسرمیبرد و زنیکه جوان وزیبا باشد وبداندکه محبوبه شوهرش بشمارمیآید بفکرنقشه‌های سیاسی نمیافتد مگر اینکه شوهرش نقشه‌های‌سیاسی‌را باو القاء نماید وپیغمبرمانقشه‌های سیاسی خودرا بازنهـا دربین نمیگذاشت. این بودکه حرف خودرا تغییردادم وگفتم منظورم این است که عایشه در آن‌دوره درچه فکر وراجع بآتیه خود بتوچه میگفت؟ (اسماء) جواب داد درآن‌دوره (عایشه) هیچ فکرو آرزونداشت، جز

اینکه بچه‌دارشود، وتمام صحبت‌هائیکه بامن میکردمربوط بود باشتیاق برای باردار شدن وزائیدن. بعدازآنهم که پیغمبرمارحلت کرد من دیگر بمنزل(عایشه) نرفتم برای اینکه علتی وجود نداشت تابخانه‌اش بروم. من متوجه شدم که (اسماء) تعمد داردکه اسرار (عایشه) را نزد من افشانکند زیرامحال است که یك‌زن قابله،سال‌ها بخانه یك‌زن جوان که‌آرزو دارد صاحب فرزند شودبرود وازاسرارآن‌زن مطلع نگردد .

من متوجه شدم که (اسماء) یاازعایشه میترسد وفکر میکند که‌آن زن بـدورهٔ قدرت خواهدرسیدونبایدراجع باوچیزی بگوید که بعدبرایش گران تمام‌شود. یااینکه(عایشه)راخیلی دوست‌دارد ونمیخواهد چیزی بگوید که بضررآن زن‌تمام شود.

تحقیقات از (شنفره) شاعر معروف
در باره عایشه

بعد از اینکه من متوجه شدم که نخواهم توانست اطلاعی دیگر از (اسماء) کسب نمایم باو گفتم برود تا این که موقعی دیگر، برای مرتبه دوم او را مورد تحقیق قرار دهم و از قضا همان روز بعد از رفتن (اسماء) پیرمردی بخانه من مراجعه کرد و درخواست مساعدت نمود و من از او پرسیدم تو که هستی و او گفت من (شنفره) شاعر معروف میباشم. من باور نکردم که وی (شنفره) باشد. من نام (شنفره) را شنیده بودم و میدانستم شاعری است برجسته و علاوه بر این که از لحاظ شعر سرودن معروفیت دارد در گذشته از دلیران و رزم آوران بوده است. ولی آن مرد چند نشانی داد، و بعضی از اشعار شنفره را خواند و از این دو گذشته راجع به پدرم صحبت کرد. من از پدر خود (ارطاة) شنیده بودم که وقتی در بیابان گرفتار راهزنان شد و (شنفره) شاعر بزرك ما، او را از دست راهزنان نجات داد. لذا (شنفره) بر من حق مسلم داشت برای اینکه جان پدرم را از مرك رهانید و اگر آن روز در بیابان بکمك پدرم نمی شتافت راهزنان (ارطاة) را بقتل رسانیده بودند. بعد از اینکه من (شنفره) را شناختم او را در خانه خود میهمان کردم.

(توضیح ـ شنفره در زبان عربی بمعنای تیز تك است یعنی کسیکه با سرعت راه پیمائی میکند و نام شاعری بوده معروف که (کونستان ـ ویرژیل ـ گیورگیو) دانشمند رومانی در کتاب شرح حال حضرت ختمی مرتبت صلی‌الله‌علیه‌وآله نامش را برده و تاریخ زندگی‌اش را باختصار ذکر کرده و آن شرح حال جداگانه بنام **«محمد پیغمبری که از نو باید شناخت»** تاکنون چهار بار جداگانه از طرف مجله خواندنیها چاپ شد، بطوری که دانشمند رومانی میگوید (شنفره) مثل بعضی از شعرای دوره جاهلیت در بیابانهای عربستان گردش میکرد و روزی مورد توهین یکی از افراد قبیله (بنی سلیمان) قرار گرفت و تصمیم گرفت یکصد تن از افراد آن قبیله را بقتل برساند (زیرا در عربستان تمام افراد قبیله‌ای که گناهکار منسوب باو بود مجازات میشدند) و نود و نه تن از افراد آن قبیله را در مدت پانزده سال در بیابان بقتل رسانید و بعد از مرك او

استخوان جمجمه‌اش یك تن دیگراز افراد قبیله (بنی سلیمان) راکشت و شماره مقتولین بیکصد نفررسید ـ مترجم).

باو گفتم تاهرموقع که میل داری درخانه‌من سکونت کن ولی او گفت که‌من نمیتوانم مدتی طولانی درشهر بمانم وباید به‌بیابان برگردم. (شنفره) چندروز درخانه من ماند وبامن از خاطرات گذشته خود ازجمله ازعایشه صحبت کرد وبهمین جهت من راجع باو صحبت میکنم تاچیزهائی راکه درخصوص(عایشه)از زبانش شنیدم نقل نمایم.(شنفره)یك‌شب ، ضمن بخاطر آوردن‌وقایع گذشته زندگی خوداظهارکرد :

دوره جوانی من‌آنقدر در نظرم قدمت داردکه وقتی امروز، دوره جوانی‌ام رابیاد میاورم‌مثل‌اینست‌که ازآنموقع‌تاکنون سیصدهزاربار خورشید دربامداداز افق مشرق‌سربدر آورده ودرشامگاه درافق مغرب فرورفته است.درآن دوره من‌یك‌شترسفیدرنك وسریع‌السیر وبااستقامت ویك شمشیرپولادین وبرنده داشتم و سرمایه من درزندگی عبارت بوداز‌آن شتر وشمشیر وخیمه‌ای‌که میتوانستم‌آن‌رافرودبیاورم وتاکنم و برپشت جهازشتر ببندم ویك‌مشك آب‌تادربیابان‌ازتشنگی‌نمیرم. درمکه ویثرب(یعنی‌مدینه ـ مترجم) مرامیشناختندوبرای‌سرم جائزه‌تعیین‌کرده بودند زیرابطوری‌که میدانی من دربیابانها راهزنی میکردم وازقتل مسافرینی‌که نمیخواستند مال خود رابمن‌بدهند دریغ نداشتم. وقتی‌بعدازیك‌دستبرد‌پولی‌بدست میاوردم بیابان‌های وسیع‌عربستان‌را می‌پیمودم‌تااینکه‌خود رابشام (سوریه‌ـ مترجم) برسانم وبتوانم‌پول‌خودرا درشهرهای سوریه‌صرف‌باده‌پیمائی‌کنم واززنهای‌زیبای‌شامی که‌درخانه‌های عمومی میزیستندبهره‌مند شوم چون درشام‌کسی مرانمیشناخت وبرای‌سرم‌جایزه معین‌نکرده بودند.پول من درشام‌بزودی تمام میشدبرای‌اینکه درلهو ولعب افراط میکردم وهمینکه زر بپایان میرسید بعربستان مراجعت مینمودم و راهزنی را از سرمیگرفتم . ولی هر سال در ماه های‌حرام ، دست از راهزنی می‌کشیدم‌وخود راببازارمکاره‌بزرك(عکاظ)میرسانیدم.

(توضیح‌ـ (عکاظ)که‌گویانزدیك‌شهر (طائف)بوده بایدبروزن (غبار) یا (قباد) خوانده شود و در دنیای قدیم در خاورمیانه شهرت بین‌المللی داشته و بزرگترین بازار عربستان بوده است ـ مترجم)

من‌از این‌جهت‌هرسال‌ببازارمکاره‌عکاظ میرفتم تا درآنجا اشعارخود رابخوانم واشعار شعرای دیگررا بشنوم ومیدانستم‌که درآنجاکسی مزاحم‌من‌نخواهدشد برای‌اینکه درماه‌های حرام، همه مصونیت داشتند ونه راهزنان مزاحم‌مردم‌میشدند ونه‌مردم مزاحم‌راهزنان .

من در بیابان جز هنگامیکه بـه شام میرفتم ، وسیله تجدید جامه نداشتم و گاهی اتفاق میافتاد که در فصل افتتاح بازار مکاره (عکاظ) جامه من دربیابان ژنـده شده بود و باهمان جامه ژنده ، سوار برشتر ، قدم ببازار میگذاشتم . همین که مردم‌مرا بالای‌شتر

میدیدند غریو بر میآوردند که شنفره آمد ... شنفره آمد . آنوقت بین بازرگانان عرب که در آن بازار متاع خود را برای فروش عرضه میکردند یا بازرگانان عرب که آمده بودند کالا خریداری کنند رقابت شروع میشد که کدام یك مرا بخیمه خود ببرند و بمن لباس نو بپوشانند و غذای لذیذ بخورانند و من ناگزیر بودم که برای خاتمه دادن بمناقشه بازرگانان، میزبان خود را انتخاب کنم. بعداز اینکه لباس نو برمن میپوشانیدند وغذامیخوردم عازم بازارمیشدم ودرآنجا بر مصطبه‌ای قرارمیگرفتم وجوانان عرب زیر پای من مینشستند و گوش باشعارم میدادند وطوری شعرهای مرا میشنیدند که پنداری باتمام مسامات بدن خود اشعار مرا می‌شنوند . اطراف جوانان که بر زمین نشسته بودند ، سالخوردگان قرارمیگرفتند و آنها هم گوش باشعار من میدادند.

من اشعار خود را در بیابان میسرودم وآنچه سروده میشد ، چیزهائی بود که میدیدم و میشنیدم وخود عامل آن بودم. وقتی بااشعار خود میگفتم که چگونه بکاروانیان حمله میکنم و مردان را از دم تیغ میگذرانم و زنهای آنهارا بیوه وفرزندانشان را یتیم میکنم جوانان ازفرط هیجان فریادمیزدند ومردان جاافتاده وسالخورده تکان میخوردند. ای (ثابت بن ارطاة) روزی که من در بازار (عکاظ) شعرمیخواندم تا موقعی که اشعار من ادامه داشت قسمتی از بازار که اعراب در آن بودند تعطیل میشد یعنی نه فروشنده چیزی میفروخت و نه خریدار میخرید زیرا بایع و مشتری معاملات خود دارها مینمودند واطراف مرا میگرفتند تا اشعارم را بشنوند. فقط سوداگران سوریه ویمن وبین النهرین واناطولی وسایر کشورهای خارجی بکار ادامه میدادند چون آنها باندازه مااعراب جزیرةالعرب بشعر علاقه نداشتند. ای (ثابت) توجوان هستی وهنگامی بسن رشد رسیدی که عربستان برنیمی ازجهان حکومت میکند وامروز که اعراب فرمانروای نصف دنیاهستند بازار مکاره عربستان، اهمیت وجلوه دوره جوانی من وامثال مرا ندارد.

در دوره جوانی ما، بازارمکاره (عکاظ) فقط یك مرکز بزرك تجارت نبود بلکه یك نمایشگاه عظیم ویك تفریحگاه وسیع ویك مجمع بسیارجالب توجه ادبی وشعری بشمار میآمد که دیگر نظیرش درعربستان دیده نخواهدشد. هر نوع وسیله تفریح که میخواستند در بازارمکاره (عکاظ) وجود داشت وهر کس میتوانست مطابق میل وذوق خود در آنجا تفریح وعیش کند. در ظرف ماه‌های حرام، در بازارمکاره (عکاظ) آنقدر شراب نوشیده میشد، که تمام سال، درسراسر عربستان شاید باندازه نیمی از آن، شراب نمینوشیدند. درموقع تشکیل بازار مکاره نه فقط زن‌های زیبا و جلف ازسراسر عربستان بآن بازار میرفتند تا اینکه سودمند شوند بلکه زنهای زیبای ممالك شام وآسیای صغیر وبین النهرین ومصرهم درآن بازار گرد میآمدند. هرمرد هر نوع زن بهرشکل وقامت واندام که میخواست درآن بازارمییافت آن هم نه بقیمت گزاف و کمرشکن.

بازارمکاره (عکاظ) برای این بوجود آمده بود که درآنجا تمام کالاها، ازجمله زن، ببهای

ارزان در دسترس خریداران قرار بگیرد ودر آن بازارفقط یك کالارا گران میفروختند وآن‌هم عبارت بوداز کالای شعروادب. اگر توقدم به بازارمکاره(عکاظ) میگذاشتی تاچشم تو کار میکرد خیمه میدیدی وطناب خیمه‌هادرسراسردشت وسیع(عکاظ) بهم وصل میشد وصدها دستگاه طباخی برای ملل گوناگون که بآن بازارمیآمدندغذائی مطابق تمایل ذائقه آنهاطبخ میکردند وبیست نوع شراب وفقاع (آبجو–مترجم) در آن بازار بمردم فروخته میشد.

من اگر بخواهم بازارمکاره(عکاظ)را برای تو وصف کنم بایدچندروزسخن بگویم تاتو بفهمی در آنجاچه کالاهافروخته‌میشدوچه‌وسائل تفریح‌وجود داشت وچگونه شعرمیخواندند وسخنوری میکردند وهرطائفه‌عرب میکوشیدکه شاعرمحبوب‌خود رادربازاربجلوه درآورد. در(عکاظ) قبیله‌ای‌زندگی‌میکردبهمین‌اسم ورئیسی داشت که رئیس‌افتخاری‌بازارمکاره بشمار میآمد. از این جهت میگویم که وی رئیس‌افتخاری بودکه‌آن مردنمیتوانست‌به تنهائی‌بازار(عکاظ) را اداره نماید وهرسال‌برای اداره‌آن بازاریك مجمع‌بوجود میآمدکه طرز انتخاب‌اعضای‌آن مطابق شرایع وسنن معلوم‌بود. ولی‌رئیس قبیله(عکاظ)عنوان ریاست‌بازار را داشت و یکسال وقتی من‌سوارشتر، واردبازار شدم ومردم ازورودم مطلع گردیدند وبه اطلاع‌رئیس‌بازار رسیدکه من‌آمده‌ام وی جارزدکه در‌آن‌سال میهمانداری ازمن‌برعهده‌اوست ولذا دیگران‌را نمی‌رسدکه ازمن میهمانداری‌نمایند. چون آن‌مرد رئیس‌قبیله محلی وصاحب خانه‌بود، کسی نتوانست‌اعتراض‌کندزیرا وظیفه‌پذیرائی ازمیهمان در درجه اول برعهده صاحب خانه است. درآن‌سال من چندشعرجدیدباخودببازارآورده بودم‌که برای مردم‌بخوانم ویکی‌ازآنها ندبه یامرثیه‌ای‌بوداز زبان‌یك‌شغال‌که توله‌اش‌را جانوری دریده وخورده ودیگری‌نفرینی‌بوداز زبان یك‌راهزن‌راجع‌بیك‌زن وعاشقش. آن‌راهزن‌بطوریکه من‌درشعرمزبور گفتم‌نامزدی‌داشته ولی‌نامزدش‌او رارهاکرده وبشهررفته وبایك‌بازرگان‌ازدواج‌نموده‌است. من‌شعراول‌راکه‌ندبهٔ شغال‌بودبیشتردوست میداشتم چون‌تاآن روز دربین شعرای عرب‌کسی‌از زبان‌شغال برمرك توله‌اش‌نوحه سرائی‌نکرد.

اماپیش بینی مینمودم‌که مستمعین شعردوم را بیشترخواهند پسندید چون در شعردوم یك‌مرد، زنی‌راکه باوبیوفائی‌کرده بود موردنفرین قرارمیداد ومردم زبان انسان رابهتراز زبان شغال می‌فهمند. همان روزکه من واردبازارمکاره‌شدم ورئیس قبیله (عکاظ) مرامیهمان کرد، کاروانی ازبازرگانان وشعرای مکه ، بریاست (ابوسفیان) پدر خلیفه‌کنونی (معاویه) وارد بازار شد ومعلوم گردیدکه‌کاروانیـان از طائفه (قریش) هستند و آنها مردمی بودند خودپرست ومغرور.

(ابوسفیان) رئیس‌کاروان مردی مطلع بشمارمیآمد ومن فراموش نمیکنم بعد ازاینکه واردبازارمکاره شد شب‌را درخیمه من ، یعنی خیمه‌ای‌که میهماندارم بمن‌اختصاص داده بود

بامن گذرانید ومن واودرآن‌شب،راجع بمسائل گوناگون وبخصوص راجع بمذاهب موسوی وعیسوی صحبت کردیم وچون(ابوسفیان) بمصر رفته اسکندریه‌را دیده‌بود،راجع بدین‌مصریها صحبت میکرد. من متوجه شدم‌که (ابوسفیان)تمام ادیان‌را مورد تحقیر وپیروان ادیان را مورد تمسخرقرارمیدهد ومیگوید فقط‌کسانیکه نادان وناتوان هستند پیرویك‌دین میشوند و دینی‌که شایسته است انسان دنبال‌آن برود عبارت است ازتحصیل زر وزور. او بمن میگفت اگرتودنبال زر و زور بروی نیرومند خواهی شد وهمه ازتو حساب خواهند برد واحتیاج نخواهی داشت‌که برای حفظ موجودیت وحقوق خود پیرویك‌دین بشوی.

من و(ابوسفیان) تامدتی بعدازنیمه شب،صحبت میکردیم وبعد،وی برای رفتن بخیمه خود ازجابرخاست وگفت ای(شنفره) فردا در این بازار سخنوری شروع خواهد شد ودر کاروان‌ماچهارشاعر برجسته وجود داردکه اسم یکی‌ازآنها (لبید) است وآیاتونام (لبید) را شنیده،اشعارش را استماع کرده‌ای؟ گفتم نه،(ابوسفیان) گفت (لبید) شاعری برجسته است و برجسته‌ترخواهدشد. گفتم اگراوشاعری‌است برجسته‌برای‌چه من تاامروزنامش رانشنیده‌ام. (ابوسفیان) گفت توبدودلیل اسم اورا نشنیده‌ای یکی‌اینکه پیوسته درصحرا هستی ودرشهرها زندگی نمیکنی تانام (لبید) رابشنوی. دیگراینکه (لبید) جوان است وهنوزنامش‌آنطورکه باید دربادیه‌ها انعکاس پیدانکرده تابگوش توبرسد. ولی فردا اوراخواهی دید واشعارش‌را خواهی شنید.

روزبعد، بعدازاینکه من ازخواب برخاستم واز خیمه خارج شدم ازبعضی ازآشنایان پرسیدم‌که‌آیاآنها اسم (لبید) راشنیده،اشعارش را استماع کرده‌اند؟ آنهاگفتند (لبید)شاعری است‌جوان که ازدوسه‌سال‌باین‌طرف اشعارش شهرت پیداکرده، ومردم عقیده دارندکه وی درآینده یکی‌ازفصحای بزرگ عرب خواهدشد زیرادارای استعداداست. بازارمکاره (عکاظ) چند میدان بزرگ داشت وهریك را اختصاص به‌یك‌کار میدادند. یکی از میدان‌ها مخصوص سخنرانی بود و اطراف میدان سایه‌بانهای بزرگ بوجود آورده بودند بطوری‌که مستمعین میتوانستند درسایه بنشینند وبدون تحمل حرارت‌آفتاب، باشعارسخنوران‌گوش بدهند. وقتی مردم درآن میدان جمع شدند،قافله سالارهریك از مناطق عربستان ، شعرائی راکه باخود آورده بودمعرفی کرد.(ابوسفیان) قافله‌سالارمکه نیزچهارشاعرراکه باخودآوردمعرفی‌نمود. من متوجه شدم‌که (ابوسفیان) راجع به‌هنرسخنوری شعرای مزبورمبالغه‌کرد وفضل آنهارا بیش ازآنچه باید ستود. (لبید)چون‌ازسه شاعردیگرجوانتربود پس‌ازآنهامعرفی‌شد ومن‌دیدم که وی‌جوانی‌است‌که هنوز بیست سال ازعمرش نمیگذرد وقامتی بلند واندامی نازك دارد و لباسی فاخردربرش دیده میشود.قافله‌سالارمکه،هنگام معرفی (لبید) بیشترمبالغه‌کرد واورا ازسلاله یکی ازبرجسته‌ترین خانواده‌های عرب معرفی‌نمود وگفت بطوری‌که میبینید(لبید)

جوان است وبعدازاین فصاحت اوبیشترقوت خواهدگرفت واشعاری بلیغ‌تر خواهد سرود.
من چون باهیچ قافله سالار به‌بازار مکاره نیامده بودم ازطرف رئیس قبیله عکاظ (که گفتم رئیس افتخاری بازاربود) معرفی شدم. بعد،شعرائی که باید روز اول سخنوری کنند ازروی قرعه انتخاب شدند ونام هشت شاعربرده شدکه من و(لبید) نیزجزو آنها بودیم. هنگامیکه مشغول انتخاب شاعران بودند، پیمانه‌های بزرگ شراب بشاعران تقدیم شد. من‌هم پیمانه‌ای بزرگ را ازساقی گرفتم وبعدازنوشیدن چندین جرعه حس کردم که شراب درمن بیش‌ازآنچه انتظارداشتم اثرکرده،مرانیمه مست نموده‌است. علت تأثیرزیاد شراب درمن این بودکه‌من درصحرا شراب نمینوشیدم زیرا بآب انگور دسترسی نداشتم. لذابعد از اینکه وارد بازار (عکاظ) شدم وشراب نوشیدم ،آب انگور درمن خیلی اثرکرد و یك‌وقت متوجه گردیدم که نام مرا برزبان میآورند و میگویند شنفره... شنفره... برخیز... و جدیدترین شعر خود را بخوان .

من برخاستم ودرحالیکه پیمانه شراب خودرا دردست داشتم،شروع به‌خواندن شعری که راجع بعشق راهزن سروده بودم‌کردم. ولی بمناسبت اینکه شراب مرانیمه مست‌کرده بود، نتوانستم که‌آهنك‌شعررا آنطورکه‌میخواستم بخوانم. در یك موردهم ،کلمه‌ای راکه در یکی‌ازمصراع‌ها بکاربرده‌بودم براثر نشئهٔ شراب فراموش‌کردم وبجای آن‌کلمه‌ای دیگررا بکار بردم .

کلماتیکه درشعربکارمیرود چون دانه‌های مروارید،دریك گردن بند باید ردیف‌باشد. اگرکلمه‌ای راکه مخصوص یك‌مصراع است‌بردارند وکلمه‌ای دیگررابجایش بگذارندممکن است‌شعرضایع‌شود. سریانیها(یعنی‌سکنه‌سوریه‌یاشام ــمترجم) چون شعرشناس نیستندنمیتوانند بعد ازتغییرکلمات، بفهمندکه شعرضایع شده ولی اعراب بادیه متوجه عیب شعرمیشوند و همین‌که من یك کلمه‌رادرغیرموردبکاربردم وآن‌مصراع را خواندم اکثر مستمعین متوجه شدندکه شعر من عیب‌داردوبانك زدندکه (شنفره) خطاکرد وکلمه‌ای راکه نباید بکاربیرد برزبان‌آورد.

شعربامن تمام رسیدونشستم وازفرط تأثرجرعه‌ای دیگرازشراب پیمانه خودرانوشیدم وتأثرمن ازاین بودکه چراشاعری چون من، میبایدکلمه‌ای ازشعر خودرا فراموش‌کند و مجبورشودکلمه‌ای دیگررا انتخاب‌کند وبجای‌آن بگذاردکه‌شعررامعیوب جلوه بدهد.

پس‌ازاینکه نشستم، سکنه‌مکه که ببازارمکاره آمده بودند بانگ‌زدند(لبید)جواب‌شاعرراهزن رابده... وشعری راجع به‌عشق برای اوبخوان‌که برترازشعر(شنفره) باشد. (شاعرراهزن) عنوان من‌بود ومن ازآن‌عنوان نمیرنجیدم زیرا حرفه اصلی من راهزنی‌بود. (لبید) ازجا برخاست وبمحلی‌که شاعرباید‌آنجا بایستد وشعربخواند آمد. محل سخنوری بامن بیش ازدو

قدم فاصله نداشت و من علاوه بر اینکه صدای (لبید) را خوب میشنیدم خودش را نیز بخوبی میدیدم. همینکه صدای (لبید) برخاست بدن من ازحسد لرزید. زیرا (لبید) صدائی خوش داشت واشعاررا باآهنك دلنشین میخواند وشعری که باآهنگ خوش خوانده شود خیلی درشنونده اثر مینماید.

دردوره جوانی، صدای منهم بدنبود ولی طنین وصافی صدای (لبید) را نداشت واو بهتر ازمن باناله‌های طولانی ودارای تحریر، حال عاشق را مجسم میکرد ونشان میداد که از هجران چگونه رنج میبرد ومن میدیدم که بعضی ازمستمعین وقتی ابیات (لبید) رامیشنوند اشك میریزند. من نیز بدفعات، مستمعین خودرا گریانیده بودم امانمیتوانستم ببینم که یك شاعر جوان که هنوز به بیست سالگی نرسیده مقابل من، مردم را ازناله‌های عاشقانه خود بگریاند. (لبید) درابیات خودحال یك جوان عاشق را مجسم میکرد که هنگام شب، دربیابان، درمکانی حضوریافته که شب قبل محل اتراق قبیله معشوقه بود وچنین گفت:

(این صحرای خالی ازسکنه که بادسرداز بالای آن عبورمیکند، وجزخاکستر چیزی در آن دیده نمیشودشب قبل خیمه گاه توبود واین ستارگان که اکنون مرامینگرند شاهد هستند که من وتودیشب بهم چه میگفتیم؟)

(افسوس که این بادسرد که رمل بیابان (ماسه بیابان ـ مترجم) را ازنقاط دور آورد واینجاپاشید، اثر کفش‌های توراکه برزمین نقش شده بودمحوکرد وگرنه من قدری دلخوش میشدم زیرا بجای تومیتوانستم جای کفش‌های توراامشاهده کنم.)

(کجائی ای دخترسیاه چشم که دیشب دراینجاخیمه داشتی ودربامداد امروزپدرت تورا ازاینجابرد.)

(من نمیدانم امشب خیمه گاه توکجاست وآیا درامتداد خط سیر این بادسرد میباشد یادرامتدادی دیگراست؟)

(ایکاش که درامتداد خط سیربادباشد زیرادرآن صورت امیدوارمیشوم که بادصدای مرا بگوش توبرساندوتوناله‌مرا بشنوی وازدردهجران من آگاه گردی).

(ایکاش سربلندکنی واین ستارگان را ببینی تااینکه نگاه من وتو درستاره بهم تلاقی کند).

موقعیکه (لبید) مشغول خواندن ابیات خود بود من دقت کرده بودم که در شعروی نقصی پیدا کنم ولی چیزی نیافتم که دلیل برنقص یاعیب باشد. تمام ابیات (لبید) فصیح و سلیس بود وهرکلمه‌را درجای آن، بکارمیبرد. قوی طبع وفصاحت (لبید) نشان‌میداد آن‌شاعر که درآغازجوانی آنطورشعرمیگوید بعد از رسیدن بسن چهل یاپنجاه سالگی ازبزرگترین فصحای عرب خواهد شد. شعر (لبید)هم باتمام رسید وسکوت کرد. یکی ازسکنه مکه بانك

زد آیاشعر (لبید) زیباتراست یاشعر(شنفره). من وقتی اینحرف راشنیدم ازروی حسد وهم ازروی مستی ته‌مانده شراب‌راکه درپیمانه داشتم بطرف صورت (لبید) پاشیدم وشراب قرمز رنگ‌که ازفرط سرخی سیاه مینمود، ازصورت شاعر،روی لباس فاخرش فروریخت.

من میدانستم که‌پاشیدن شراب برصورت آن‌جوان یك‌توهین بزرگ نسبت به(لبید) و کسانی است که بااوازمکه ببازارمکاره آمده‌اند. من پیش‌بینی میکردم که چون نسبت به(لبید) وسکنه مکه توهین کرده‌ام، بااینکه ماه حرام است بعیدنیست که شمشیرها ازغلاف بیرون بیاید وخون برزمین ریخته شود. لیکن من خیلی میل‌داشتم که تیغها ازغلاف خارج شودتااینکه بدانند شاعرراهزن‌نسبت بشاعرجوان‌مکه که‌ازطبقه‌اشراف است والبسه فاخرمیپوشدیك‌مزیت بزرگ دارد وآن اینکه‌هم سخنوراست وهم‌شمشیرزن.

دست‌هاروی قبضه شمشیرقرارگرفت ولی‌قبل‌از اینکه تیغها ازغلاف بیرون بیایدیك واقعه غیرمنتظره اتفاق افتاد ومن حس‌کردم چیزی‌که سبزوقرمز بود روی من‌افتاد وبامن درآویخت. بزودی‌متوجه شدم آن‌شیئی‌سبزوقرمز، عبارت‌ازدختربچه‌ایست‌که لباس‌ابریشمین سبز وقرمزپوشیده وسعی میکند که بامشت‌های کوچك خود مرابزند. آن دختر بچه، روی دوش‌های من‌قرارگرفته‌بود. زیراهنگامی‌که من‌ته مانده پیمانه‌شراب‌رابطرف صورت(لبید) پاشانیدم‌برزمین‌نشسته بودم وآن دختربچه ازعقب‌روی، دوش‌های من‌پرید ومرا بیادمشت‌های کوچك خود گرفت .

من‌ازمشت‌های ضعیف‌آن دخترخردسال دردنمی‌کشیدم امامثل پروانه‌ای‌که ازچپ و راست خود را بصورت‌انسان بزند وآدمی‌راناراحت‌کند، ناراحت‌بودم ومیخواستم‌که دختر بچه را ازخود دورنمایم ولی نمیتوانستم. من اگرابرازخشونت میکردم بسهولت‌آن دختر خردسال‌راازخود دورمینمودم ولی‌نمیخواستم‌یك‌کودك رابیازارم ولواومرا اذیت‌کند. چون فکرمیکردم که‌آن دختربچه که بمن حمله‌ور شده از خویشاوندان (لبید) است ونتوانسته تحمل‌کندکه من‌برصورت شاعرمکه شراب‌بپاشم وبحمایت وی‌بمن حمله ورگردیده ومن‌آن کار راحق‌او میدانستم.

دخترك درحالیکه برسروگردن وصورتم مشت میزد میگفت ای‌شاعرراهزن و خمار، برای چه به(لبید)توهین‌کردی وشراب‌برصورتش‌ریختی. اگریك‌نفر، بتوتوهین میکرد و شراب‌بر صورتت میریخت آیا خوب بود و عمل‌او راتحمل مینمودی ؟ من‌تمام صورت تورا باناخن‌های خودخواهم‌خراشید تااینکه زن‌ها، زخمهای صورتت راببینند وبتوبخندند. من بآن دخترك جوابی‌نمیدادم‌ودخترخردسال، ازدوش‌هایم فرودآمد وخود رادرمقابل‌من‌رسانید ومن‌توانستم او راببینم‌ومشاهده‌کردم دختری‌است ۹یا ده‌ساله، دارای چشم‌های زیبای‌درشت وموهای‌حنائی‌سرخ‌رنك‌ومن‌اورا نمیشناختم(ابوسفیان) وسایراهالی‌مکه‌وقتی‌دیدند‌که‌آن دختر

بامن نزاع میکند قاه‌قاه خندیدند ومن بدون اینکه ابراز خشونت کنم سعی میکردم نگذارم آن دختر صورتم را با ناخن‌های خودمجروح نماید. تااینکه مردی ازسکنه مکه ازدیگران جدا شد وبسوی من آمد وبانك زدعایشه... عایشه...این چه کاراست میکنی؟.. شنفره را رها کن و از او دورشو. آنوقت من فهمیدم دختر کی که بمن حمله ور گردیده دختر ابوبکر است وباسم عایشه خوانده میشود.

عایشه ازپدرپرسید برای چه مرا احضار میکنی؟ (ابوبکر) گفت ای دختر برای چه بااینمرد نزاع میکنی؟ عایشه جواب داد ای پدرمگرتو ندیدی که اینمرد (لبید) رامورد توهین قرارداد وشراب برصورتش پاشید. (ابوبکر) گفت که من این واقعه را دیدم ولی اینموضوع مربوط است بمردها ودختران نباید درمسائلی که مربوط بمردهامی باشد مداخله کنند. هنوز عایشه ازمن دورنشده بود وهمچنان میکوشید که باناخنهای خود صورتم را بخراشد ومن سعی میکردم مانع ازاین شوم که صورتم بدست او مجروح گردد. عایشه گفت ای پدر برای چه دختران نباید درمسائل مربوط بمردها دخالت نمایند وچرا یکدختر نباید بحمایت شاعری که ازشهر اوست برخیزد، درآنروزمن فهمیدم که عایشه بااینکه خردسال میباشد بااراده است ومیتواند منظورخود راپیش ببرد. (ابوبکر) بدخترش گفت مسائل مربوط بمردهاطوری است که بزنان ربط نداردوآنها نباید درآن مسائل دخالت نمایند.

(عایشه) گفت ای پدرشاید تو بتوانی تحمل کنی که دراینجا بشاعری ازشهرما توهین نمایند ولی من تاب تحمل را ندارم وبایدازشاعرشهرخودمان حمایت کنم. آنگاه خطاب به (ابوسفیان) وسایرمردان مکه گفت برای چه شمشیرازغلاف نمیکشید و (شنفره) رابقتل نمیرسانید. اینمرد بااین توهین بزرگ که بشاعرشهرما کرده مستوجب قتل است وخونش را بریزید ولکه این ننگ را بشوئید. وقتی (عایشه) اینحرف رازدمن دیدم که بعضی ازمردان مکه که با (ابوسفیان) آمده بودند دست‌هارا بسوی قبضهٔ شمشیر بردند. (عایشه) برای اینکه بتواند مردان مکه را طرف خطاب قرار بدهد دست ازمن برداشته بود و (ابوبکر) بدخترش نزدیك شد تااینکه دستش را بگیرد وباخود ببرد وازآنجادور کندوشنیدم که میگفت من ازآوردن تو بیازار (عکاظ) پشیمان هستم وایکاش تورا باخود باینجا نمیاوردم. منهم دست را بقبضهٔ شمشیرنزدیك کردم وتیغ را قدری تکان دادم که بدانم آیا براحتی ازغلاف خارج میشودیانه؟ ای (ثابت) من درآنموقع ازمردان مکه وحشت نداشتم ومیدانستم که اگرهمه یکمرتبه بمن حمله کنند من میتوانم به تنهائی آنها را ازخود برانم.

هنگامی که محمد (ص) مردم را بدین

اسلام دعوت کرد

درهمان موقع که نزدیك بود شمشیرها ازغلاف بیرون بیاید وپیکار شروع شود فریاد جارچی بازارمکاره بگوش‌ما رسید. جارچی‌بازارمکاره (عکاظ) مطیع فرمان رئیس‌بازار یعنی رئیس قبیله (عکاظ) بود وبدون دستوراوجارنمیزد. هرکس که میخواست برای موضوعی‌جار بزند میباید نزدرئیس بازاربرود وموضوع جاررا باوبگوید واگروی موافقت میکرد جارچی را احضارمینمود وباومیگفت که جار بزند. جارچی فریاد میزد ای‌مردان مکه،رئیس بازار میگوید که دربین شمامکیان مردی پیداشده که‌اینك درمیدان بزرگ بازارمشغول صحبت کردن است. این‌مرد حرفهای‌حیرت‌آورمیزند وسخنان اوطوری است که بیم‌آن میرودنظم بازار را برهم بزند وبروید واورا ازسخن گفتن بازبدارید وباوبگوئید که‌اگرمنظورش سخنوری است این‌رسم‌سخنوری نمیباشد و از آن گذشته سخنوری دارای میدانی مخصوص است و کسانیکه میخواهند سخنوری کنندباید بآن‌میدان بروند. سخن‌جارچی سبب‌شد که‌توجه‌مردان‌مکه‌ازمن وعایشه بچیزدیگرمعطوف گردید و بطرف‌میدان‌بزرگ بازارمکاره براه افتادند. (ابوبکر) هم‌دست‌دخترش‌عایشه راگرفت ورفت .

بعد ازرفتن‌مردان‌مکه‌من‌هم درمیدان‌سخنرانی توقف‌نکردم چون‌خجالت میکشیدم که نظر بصورت(لبید) بیندازم. عمل‌من‌نسبت بآن‌جوان‌شاعردرآن‌روز، خیلی‌ناپسند بود و بعداز اینکه (عایشه) دختر(ابوبکر) بحمایت(لبید) بمن‌حمله‌ور گردید زشتی عمل بیشتر درنظرم آشکارشد. این‌بود که ازمیدان‌سخنوری‌دورشدم ومن‌نیز بسوی‌میدان بزرگ رفتم تابشنوم‌در آن میدان چه میگویند وبرای‌چه رئیس بازار مکاره از سخنان یك‌مرد مکی درآن میدان متوحش‌شده‌است .

وقتی‌بمیدان‌بزرگ‌بازارمکاره رسیدم‌مشاهده کردم که مردی متوسط القامه که‌جامه‌ای زرددرنگ دربردارد دریك‌طرف‌آن ایستاده، موهای‌سیاه‌رنگ آن‌مرد ، ازدوطرف سر،روی

شانه‌هایش قرار گرفته وقیافه‌ای نمکین ودلچسب وچشم‌هائی درشت وسیاه داشت. قیافه آن‌مرد وطرز تکلم‌وی انسان‌را وامیداشت که توقف‌نماید وسخنان اورا بشنود وبفهمد چه‌میگوید. آن مردخیلی‌شمرده صحبت‌میکرد وکلمات را باصدای بلندبلهجه سکنه مکه برزبان میآورد. من ایستادم که‌بشنوم آن مردچه‌میگوید وشنیدم که گفت: ای‌مردم، خدائی‌غیراز(الله) وجودندارد ومن‌فرستاده اوهستم‌ومأمورم که دستورهای‌خداوندرا بشما ابلاغ‌کنم وشمارا بسوی‌راه راست هدایت‌نمایم . ای‌مردم‌شما براثر بت‌پرستی‌ومبادرت بفسق ، بدبخت هستید وارتکاب گناه شما را تیره روز کرده است. شما چون درغرقاب گناه غوطه‌ور هستید نمیدانید چقدر بدبخت میباشید ومن مأمورم که‌شمارا بسوی‌رستگاری و نیک‌بختی‌هدایت‌نمایم. دست ازپرستش‌بت‌ها بکشید وبسوی‌خدای یگانه(الله) بروید واورا بپرستید. ای‌مردم‌شراب ننوشید ومبادرت به‌قمار وزنا نکنیدوربا نخورید. ای‌مردم‌شراب، نیروی‌جسمی راضعیف میکند وعمررا کوتاه مینماید وانسان‌را از امرمعاش‌بازمیدارد وقمارسبب‌فقرومذلت میشود وزنا اعتماد بین مردم را ازبین میبرد ونسل رافاسد مینماید و رباخواری سبب فقرعمومی میگردد برای اینکه سرمایه‌ای‌که اختصاص‌برباخواری داده شود سرمایه‌ایست‌که ازلحاظ مصلحت جامعه غیرموجوداست وفقط یکنفرازآن استفاده میکند وآن‌رباخوارمیباشد. ای‌مردم که‌صدای مرامیشنوید بتهارا ازخانه کعبه وهرنقطه دیگر که در آنجا بت وجود دارد دورکنید وبمن بگروید تااینکه من‌شمارا بسوی رستگاری هدایت‌کنم.

من درست نمیفهمیدم که‌آنمردچه میگویدزیرااظهاراتش برای من تازگی داشت.من هرگز نشنیده‌بودم که بگویندکه بتهارا باید دورکرد وازپرستش‌آنهاصرفنظرنمود. ازروزیکه من خودرا شناخته بودم بتهارامیپرستیدم وفکرمیکردم‌که تاپایان دنیا بت‌پرستی باقی‌خواهد ماند وخدائی غیرازبتها وجودنخواهد داشت. من نمیتوانستم تصورکنم‌که روزی بت‌پرستی‌از بین برود واعراب بجای بتهاچیزدیگررا بپرستند. ولی اظهارات‌آنمرد رادرخصوص نوشیدن شراب وقماروزناتصدیق‌میکردم. چون‌اگرمن‌شراب نمینوشیدم آنروز،ازروی حسادت‌نسبت به(لبید) توهین نمیکردم وسبب نمیشدم‌که عایشه بمن حمله‌ور گردد. من‌اگردرآنروزشراب نمینوشیدم بازنسبت به(لبید)که شعری بهترازشعرمن سروده بودحسد میبردم ولی چون‌عنان عقل را دردست داشتم، ته‌مانده شراب‌رابرصورت (لبید) نمیپاشیدم وسبب نفرت سکنه مکه ازخود نمیشدم. چون تردیدی وجود نداشت‌که سکنه مکه درآنروز ازمن متنفرشده‌اند و اگرصدای اعتراض بلند نکردند ازآنجهت بودکه مرا شاعری بلندپایه میدانستند واحترام مرا رعایت‌کردند وقدری‌هم ازشمشیرمن میترسیدند.

ای (ثابت بن ارطاة) من مردی هستم‌که خودرا قربانی شراب و قمار وزنا میدانم. وقتی شراب می‌نوشیدم اختیارعقل ازدستم بدرمیرفت وآنگاه زروسیم خود را درراه قمار از

دست میدادم یا برای زنا، بزن‌های خود فروش میپرداختم. من اگر شراب نمینوشیدم وقمار نمیکردم وزر وسیم خودرا درراه زنا ازدست نمیدادم امروز یکی از توانگران برجسته عربستان بودم ومجبور نمیشدم که بتومراجعه نمایم واز تو کمك بخواهم تا اینکه تومرا در خانه خودمیهمان کنی ووسیله آسایش مرا فراهم نمائی. من دردورهٔ طولانی عمرخود چندبرابروزن بدن تو، زر تحصیل کردم وهمه را درراه شراب وقماروزنا ازدست دادم وامروز که مردی سالخورده شده‌ام بااینکه درسراسر عربستان مرا میشناسند برای معاش خود دوچار عسرت هستم. من هرگز پول خودرا برای رباخواری بوام نداده بودم که بدانم آیا رباخواری برای قوم عرب زیان دارد یانه ولی تردید نداشتم که اظهارات آنمرد درخصوص زیانهای شراب وقماروزنا درست است. ازیکی ازکسانیکه گوش بسخنان آنمرد داده بودپرسیدم این مکی خوش‌سیما کیست وچه‌نام دارد؟ آنمرد گفت این شخص موسوم است به(محمد) (صلی‌الله‌علیه وآله ـ مترجم) وازقبیله هاشمی میباشد و رئیس آن‌قبیله (ابوطالب) بودکه زندگی‌را بدرود گفت واینك رئیس قبیله هاشمی (ابواهب) است. گفتم من اینمردرا هرگز دراین بازار ندیده‌ام! آن‌شخص گفت محمد(ص) درگذشته هرسال باین بازارمیآمد چون سوداگر بود وبیشتر کالاهای ابریشمین میفروخت وبمناسبت شغل خودمیباید باین بازار بیاید ومن فکرمیکنم که تو درقدیم اورا بین مستمعین اشعارخود دیده‌ای؟ زیرا شعررا دوست میداشت وباشعارشعرا دراین بازار گوش فرامیداد. ولی بعدازاینکه تحول در اوبوجودآمد ازسوداگری دست کشید ومدتی است که تجارت نمیکند وبهمین جهت باین بازارنمیآمد وامسال بعد ازمدتی طولانی باین بازارآمده است.

از آنمرد پرسیدم تحولی که برای محمد (ص) پیش‌آمد چه بوده است؟ آنشخص گفت تحول زندگی اواین است که خود را فرستاده (الله) میداند وپیوسته میگوید که مردم باید بتهارا بشکنند وخرد کنند ودور بریزند وفقط (الله) را بپرستند ونیز دائم بمردم میگوید که باید ازنوشیدن شراب بپرهیزند وربا نخورند وگرد قماروزنا نگردند. بآنمرد گفتم که من راجع به‌بتها وربا اظهار نظر نمیکنم ولی باید بگویم که اظهارات اینمرددرخصوص شراب و قماروزنا درست است وهرسه برای انسان ضرر داردآنهم زیانهای هنگفت. من وآنمرد در جائی ایستاده بودیم که با(ابوسفیان) زیادفاصله نداشتیم ومن میدیدم که (ابوسفیان) ازشنیدن اظهارات محمد (ص) ناراحت است وگاهی لب میگزد وعاقبت نتوانست خودداری نماید و خطاب به‌یك‌مکی دیگرموسوم به(ابولهب) گفت: یا(ابولهب) بعداز (ابوطالب) تورئیس قبیله هاشمی هستی وبرتوواجب است که جلوی محمد(ص) رابگیری ونگذاری که اودراینجا، ازاینگونه حرفها بزند. اگر لزوم رعایت احترام تو نبود من خودجلوی اورامیگرفتم ووادار بسکوتش میکردم. لیکن بپاس احترام توکه رئیس قبیله‌اوهستی من اقدام نمیکنم واز تومیخواهم که جلوی محمد(ص) ابگیری. محمد(ص) درمکه از این حرفها زیاد زده‌است وماخواه ناخواه تاامروز تحمل

کردیم ولی هرگز اتفاق نیفتاد که محمد(ص) در این جا از این حرفها بزند. آیا متوجه هستی که این حرفها که محمد در این بازار (مکاره) میزند چقدر برای ما گران تمام میشود؟ تمام اقوام عرب که در خانه کعبه بت دارند در این بازار حضور یافته اند تا معامله یا تفریح کنند و اگر بفهمند که محمد(ص) قصد دارد بتهای خانه کعبه را در هم بشکند و خرد کند و دور بریزد دیگر برای زیارت حج بمکه نخواهند آمد و با ما دادوستد نخواهند کرد و مکه بر اثر کسادی ویران خواهد شد و سکنه آن مجبور میشوند که هجرت کنند و بجاهای دیگر بروند.

من متوجه شدم که گفته (ابوسفیان) در (ابولهب) خیلی موثر واقع گردید و گفت ولی من نمیتوانم محمد (ص) را از سخن گفتن باز بدارم زیرا از من گوش (شنوا) ندارد. اینك هم ماه حرام است و ما در بازار (عکاظ) هستیم و من قادر نیستم باجبار او را از حرف زدن باز بدارم. لیکن میتوانم از مردم بخواهم که باظهاراتش گوش ندهند و از پیرامونش متفرق شوند.

(ابوسفیان) گفت هرچه میکنی زودتر بکن زیرا اظهارات این مرد چون کلنگی است که بر بنیان زندگی سکنه مکه زده میشود و همه را محکوم بورشکستگی و نابودی مینماید. (ابولهب) بانك بر آورد ای محمد (ص) این حرفها را نزن، یا لااقل در این بازار از این حرفها بر زبان میاور. آخر، تو عرب هستی و عرب نباید خدایان اجدادش را مورد توهین قرار بدهد و اگر رعایت عقیدهٔ اعضای قبیله خود را نمیکنی، رعایت عقیده اعراب سایر قبایل را که در این بازار حضور دارند بکن.

محمد (ص) مثل این بود که این گفته را نشنید و خطاب بمستمعین با بیانی شمرده و بسیار نافذ گفت:

سرچشمه تمام فضائل و نیك بختیها ایمان بخداوند واحد است و منشاء تمام بدبختیها، بت پرستی میباشد. ای مردم، شما چون بت ها را بدست خود تراشیده اید قوانین آنها را نیز خود وضع کرده اید و کینه و حرص و شهوت خود را بشکل قوانین بت ها در آورده اید. این قوانین را که بشما اجازه میدهد شراب بنوشید و زنا کنید و رباخواری نمائید قوانین بت ها نیست برای اینکه بتهای جامد، جان و زبان ندارند تا اینکه بتوانند قانون وضع کنند. این قوانین را، شما، ای بت تراشان، وضع کرده، بر زبان بتها نهاده اید یعنی اینطور نشان میدهید که بت ها سخن میگویند و قانون وضع میکنند. شما هرچه کینه و حرص و شهوت داشتید، در قالب قوانین بتها ریختید و آن شرایع را رسم زندگی خود کردید و غافل از این هستید که شرایع شما از طرف خودتان وضع شده نه از طرف بتها. کسانیکه قوانین بتها را وضع کردند از متولیان بتخانه بودند و بهمین جهت قوانین بت ها، بنفع متولیان بتخانه ها و توانگران وضع شد. ای یتیمان و ای مساکین و ای ابن السبیل در قوانین بت پرستی کوچك ترین توجه بشما نشده است و بموجب قوانین بت پرستی، (ناس) یعنی

طبقه بی‌بضاعت و ناتوان جامعه، از بهائم پست‌تر هستند . ولی درقانون خدای واحد (الله) تمام‌افراد بشرمتساوی‌هستند وبین متولیان بتخانه واشراف وافراد بی‌بضاعت فرق‌وجودندارد. ای مردم خدای واحد(الله) درقوانین خودمیگویدکه‌افرادمتمکن بایدقسمتی‌از دارائی خود را بدهندتااینکه صرف اموعام‌المنفعه‌جامعه شود وباآن‌ازیتیمان و مساکین‌نگاهداری‌نمایند و هزینه مسافرت ابن‌السبیل‌را بپردازندکه‌آن‌ها خودرا بوطن‌برسانند.

(توضیح‌ـ ابن‌السبیل‌یعنی‌مسافری‌که براثر تمام‌شدن خرج سفردر راه درمانده باشد و نتواندخود را بوطن برساند ـ مترجم)

اگرشمادست‌ازبت‌پرستی‌بردارید وبخدای یگانه(الله)ایمان‌بیاورید دربین مؤمنین یك یتیم‌بدون‌وسیله معیشت وسرپرست ویك‌مسکین ویك ابن‌السبیل وجودنخواهد داشت. ای‌مردم بگوئید(لااله‌الاالله)تارستگارشوید. ای‌کسانیکه گفته مرامیشنویداین‌زندگی دنیوی در قبال زندگی اخروی‌بسیارکوتاه است.

دوره طولانی‌زندگی‌انسان‌بعدازمرك‌شروع میشود واگردراین دنیاثوابکارباشددردنیای دیگرباسعادت خواهدزیست‌وهرگاه دراین‌جهان‌مرتکب گناه گردد دردنیای‌دیگردوچارعذاب خواهدشد. یك‌انسان‌عاقل زندگی جاویددنیای دیگررابزندگی‌کوتاه این جهان نمیفروشد وخود رابرای همیشه گرفتارعذاب نمیکند. ای مردم‌لذت‌زندگی‌درمیانه روی‌است وهرچه‌از حدودمیانه روی تجاوزکرد تولید زحمت میکند و زندگی‌را بانسان‌ناگوارمینماید.

(الله) خدای واحدمیگوید بخورید وبنوشیدولی‌اسراف‌نکنیدیعنی ازحد اعتدال تجاوز نکنید . لـذت هـرچیز درمیانه‌روی و اعتـدال است واگرطبقـه متمکـن درالکل وشرب اسراف نکنند هم خودنشاط وسلامتی راحفظ مینماینـد و هـم برای فقرا ومساکین غـذا و آشامیدنی باقی میماند .

حرفهای‌محمد(ص)درمن‌خیلی اثرمیکرد. زیراهم‌برایم‌تازگی داشت وهم محمد(ص) با بیانی نافذصحبت میکرد. من متوجه شدم‌که شماره مستمعیـن محمد(ص)زیاد شده و تمام کسانیکه در میدان سخنوری حضورداشتند وبه‌اشعارشعراگوش‌میدادند ازآنجا دوری‌کردند وخود رابمیدان‌بزرك(عکاظ)رسانیدندتااظهارات‌محمد (ص)را بشنوند .

(ابوسفیان) مرتبه‌ای دیگر به (ابولهب) گفت که جلوی اینمرد رابگیر ونگذارکه حرف بزند . (ابولهب) گفت مگرنشنیدی‌که باوگفتم‌که ازصحبت‌کردن‌خودداری‌کند ولی حرف مرانمیپذیرد وچون ماه حرام‌است واینجابازار(عکاظ) میباشد نمیتوانم‌باجبار مانـع‌از حرف زدنش بشوم.

(ابوسفیان) گفت ماه حرام‌بایدازطرف همه محترم‌شمرده شودنه‌اینکه محمد(ص)آزاد باشدکه بخدایان ماتوهین نمایدوهرچه‌میخواهد راجع‌بآنها بگویدولی ماتوانیم مانع‌ازادامه

توهین‌او به‌خدایان خودشویم واگر تونمیتوانی‌جلوی‌او رابگیری‌من‌از ادامه‌حرفش‌جلوگیری کنم. ابولهب گفت چه میخواهی بکنی؟ (ابوسفیان) گفت من‌بااواتمام‌حجت میکنم‌که حرف نزند ودرصورتیکه بسخن‌ادامه بدهدناگزیر باجبار اورا وادار بسکوت خواهم نمود. سپس بانك زدیا محمدمن میدانم‌که تو، چون‌میدانی‌اکنون ماه حرام‌است، دراینجا صحبت‌میکنی وازمردم دعوت مینمائی‌که خدای تو(الله)راپبذیرند زیرااطمینان داری‌که‌کسی مانع‌ازادامه صحبت تونمیشود.

محمد(ص) جواب دادیا(ابوسفیان) من‌درماه‌های حلال‌هم مردم‌رابسوی خدای‌یگانه میخواندم. (ابوسفیان) گفت‌ولی هرگزدراینجا، مردم‌رابسوی خدای خودفرانخواندی‌واین اولین مرتبه است‌که دربازارمکاره(عکاظ) تبلیغ میکنی چون‌آسوده خاطرهستی‌که در اینجا کسی مزاحم‌تونمیشود. محمد(ص) گفت درست‌است‌که من‌برای‌اولین مرتبه دربازار(عکاظ) مردم رابسوی خدای یگانه دعوت میکنم ولی‌انتخاب(عکاظ) برای این منظورنه ازآنجهت بوده‌که من‌دراینجا خود رامصون میبینم. بلکه‌از اینجهت من دراینجا، ازمردم دعوت‌میکنم که بسوی(الله) بروندکه‌دراینجاشماره مستمعین‌زیادترازمکه‌است ومردم‌ازتمام‌عربستان‌باینجا میآیندوازهرقبیله بزرك‌عرب، عده‌ای دراین‌بازارهستندوحرف‌زدن‌من دراین‌بازارناشی‌ازاین نیست‌که خود رادرمصونیت میبینم وکسی‌که بخدای واحدعقیده دارد وپیغمبراوست، درهیچ جاازکسی وحشت ندارد.

ابوسفیان بانك‌زد ای (محمد)اینقدرخودخواه نباش، مگرتوهمان طفل یتیم‌نیستی‌که در بیابان های مکه بـز میچرانیدی و کسی که بز میچرانیده نباید اینطور خودپسند و مغرور باشد.

من‌میدانستم که‌دربیابانهای‌اطراف‌مکه‌علف‌فراوان وجودندارد وبهمین جهت‌توانگران مکه‌بجای‌گوسفندبیشتربزنگاه‌میدارند. زیرابزمیتوانددربیابانهای‌کم‌علف خود راباپوته‌های خشك سیرنماید اماگوسفند برای‌ادامـه حیات محتاج علف فراوان است. محمد (ص) گفت من در دوره کودکی در بیابانهای اطراف مکـه بز میچرانیدم واگـر پیش‌بیاید باز هـم بزخواهم چرانید زیرا نزد خداوند واحد بزچران و شترچران یکی‌است وهیچیك‌از ایندو بردیگری رجحان ندارد.

(توضیح ـ بـرای فهم گفته حضرت رسول الله (ص) از زبان (شنفره) شاعرعرب بایدمتوجه بودکه درقدیم اعراب اصیل‌بادیه درعربستان‌شترپرورش میدادند و میچرانیدند وپرورش شتردلیل بر اصالت بوداما پـرورش گوسفند و بـز رامادون شأن یك عـرب اصیل میدانستند ـ مترجم)

(ابوسفیان) گفت یا(محمد) تودراین‌بازارتا وقتی‌مصونیت داری‌که‌احترام ماه حرام

را رعایت کنی وحرمت اینجارانگاهداری واگرتوبخدایان ماتوهین کنی ما مجبوریم که جلوی تورابگیریم. محمد(ص) گفت خدایان شما موجودیت ذاتی ندارندتاب‌آنها توهین‌شود.

خدایان‌شمابتهائی هستندکه شما بدست خودآنها راتراشیده‌اید وکینه وحرص وشهوت خود راب‌آنهامنسوب کرده‌اید. من بخدایان شماکه موجودیت ذاتی‌ندارندتوهین‌نمیکنم وبشما میگویم‌که بایددست ازبت‌پرستی‌بکشید وبخدای‌یگانه‌ایمان بیاورید وکینه وبخل را ازخود دورکنید وشهوت‌رانی‌راکناربگذارید. (ابوسفیان) بانك زدای مردم مکه‌آیامیشنویدکه او چه میگوید؟ اوبخدایان ما توهین میکند وبدین اجداد مااهانت مینماید. محمد (ص) گفت من‌توهین نمیکنم.. وحقیقت‌رامیگویم. دین‌اجدادشما وخودشماباطل‌است زیرابت‌پرستی‌است وشما باید خدای‌یگانه راپپرستید وبتهارابشکنید ودوربریزید. فریاد (ابوسفیان) خطاب بمردم بلندشدوگفت نگذاریدکه بیش‌از این حرف‌بزندو اوراسنگسارکنید .

من متوجه بودم‌که دل (ابوسفیان) برای‌بت‌ها نمیسوزدبلکه ازاین میترسدکه سکنه عربستان دیگربرای‌زیارت‌کعبه‌که جای بت‌ها میباشدبه(مکه) مسافرت نکنندودرآمد زیاد سکنه مکه قطع گردد. سکنه مکه‌که جزومستمعین محمد (ص) بودندخم‌شدند وسنك‌از زمین برداشتند. من متوجه بودم‌که، همه یکمرتبه سنك‌از زمین برنداشتند. بلکه بعضی زودتر و برخی دیرتر، سنك‌بدست‌گرفتند وبطرف محمد پرتاب‌کردند.

بااینکه‌محمد(ص)خودراآماج‌سنگهادیدازجاتکان‌نخوردورو برنگردانید ودرهمان‌موقع که‌سکنه مکه سنگهارابطرف اوپرتاب میکردند میگفت‌ای مردم‌دست ازبت‌پرستی بکشید و خدای‌یگانه راپپرستید وبگوئید (لااله‌الاالله).

من متوجه بودم‌که سکنهٔ سایرمناطق‌عربستان خم‌نشدند تاسنك از زمین بردارند در صورتیکه‌آنهاهم بت‌پرست بودند ومحمد(ص) بت‌پرستی‌آنان‌رانفی‌کرده بود. ولی‌آنها، مثل سکنه مکه ذینفع نبودندکه محمد(ص) راساکت‌کنندوسکنه مکه چون میترسیدند منافع‌مادی را از دست بدهندخیلی‌با محمد دشمنی داشتند. یك سنك برعارض محمد(ص) اصابت‌کرد و چون‌ضربتی‌شدیدبود محمدتکان خورد وسرراخم‌کرد ودست رابرصورت برد و وقتی دست‌از عارض‌برداشت من دیدم‌که خون ازصورتش‌جاری‌گردید .

سکنه مکه‌کماکان بطرف‌محمد (ص) سنگ‌میپرانیدندولی‌بعد ازدولحظه که‌محمد(ص) ساکت بودبازگفت ای مردم دست ازبت‌پرستی بکشید و خدای یگانه را بپرستید و بگوئید (لااله‌الاالله).

یك مرتبه شیئی سرخ‌رنك‌ازمقابل چشمهای من عبورکرد ولحظه دیگرمتوجه شدم‌آن شیئی، گیسوی سرخ رنك(عایشه) دختر (ابوبکر) است‌که بطرف محمد(ص) میدود و چون میدویدموهای سرش‌پریشان شده‌بود. عایشه خود رامقابل محمد رسانید وخطاب بمستمعین و

بخصوص‌سکنه‌مکه‌فریادزد آیاشرم نمیکنیدمردی‌را که‌مشغول‌سخن گفتن‌میباشدسنگسارمینمائید. مگردراین‌بازار سخنوری‌آزادنیست‌واگر آزاداست چرانمیگذارید محمد (ص) حرف بزند وهرگاه‌آزادنیست چرادیگران‌صحبت‌میکنند. عمل‌شماای‌مردان‌مکه، نسبت‌به(محمد) ناپسندتر ازعمل(شنفره) میباشدکه برصورت(لبید) شراب‌پاشید زیراتاب‌شنیدن‌اشعارنغزاو رانداشت. زیرا (شنفره)اهل مکه نیست درصورتیکه شمااهل مکه هستیدومن از(ابولهب) حیرت‌میکنم که‌چگونه موافقت‌کردکه محمد (ص) راسنگسارکنند درصورتیکه محمدازقبیله (هاشم)است و(ابولهب) چون رئیس قبیله (هاشم) میباشد وظیفه داردکه ازمحمد(ص) حمایت نماید.

من وديگران حيرت‌نكرديم چراعايشه‌بحمايت محمد(ص) شتافت‌زيرازيادا تفاق‌ميافتد كه‌كودكان‌به حمايت‌بزرگسالان ميشتابند. بلكه ازاين‌حيرت‌ميكرديم كه‌چگونه آن دختر خردسال‌كه‌من‌وی‌را ده يايازده ساله‌ميديدم ميتواندآنگونه‌صحبت‌كند وعقلش ميرسد كه از آن‌حرفها بزند.

حرفهائيكه عايشه‌برزبان ميآوردسخنانی بودكه بعقل زنهای بالغ ميرسيدنه‌دختريكه بمناسبت خردسالی ميبايد هنوزعروسك بازی‌كند. حمايت عايشه ازمحمد (ص) طوری‌مؤثر واقع‌گرديدكه‌كسی بسوی اوسنك نينداخت. وقتی مردم بطرف محمد(ص) سنك ميانداختند (ابوبكر) پدرعايشه حضورنداشت وبعدآمد واز مشاهده صورت خون‌آلودمحمد (ص) حيرت كرد امماازديدن عايشه دركناراو، تعجب ننمود وبمحمد(ص) نزديك شد وپرسيد چرا صورت تومجروح شده است.

محمد (ص) گفت بسوی‌من‌سنگ انداختند. (ابوبکر) گفت‌که بسوی توسنگ‌انداخت؟ (محمد(ص) گفت من نتوانستم‌آنهارا بشناسم ونميخواهم بشناسم. (عايشه) گفت دستورپرانيدن سنگ را (ابوسفيان) صادركرد. (ابوبكر) خطاب بابوسفيان گفت آياتو دستور دادی‌كه محمد (ص) را سنگسار نمايند؟ (ابوسفيان) گفت بلی برای اينكه محمد (ص) بخدايان‌ما توهين ميكردومن‌باوگفتم بخدايان‌ما توهين نكن ولی‌اواعتناء ننمود وبتوهين ادامه داد و من ازتو ميپرسم اينمردكه دعوی ميكند پيغمبر و فرستاده خداست چه داردكه دعوی پيغمبری مينمايد؟

بعدازاينكه گفته(ابوسفيان)خاتمه‌يافت عايشه باصدای بلند اين‌جمله‌هارا برزبان‌آورد.

(والتين والـزيتون‌وطورسينين‌ـ وهذاالبلدالامين‌ـ لقدخلقناالانسان فی‌احسن تقويم‌ـ ثم‌رددناه اسفل سافلين‌ـ الاالذين آمنو وعملوالصالحات فلهم اجر غيرممنون).

يعنی (قسم‌بانجيروزيتون وكوه طورواقع‌درسرزمين‌سينا ـ وقسم‌بهمين شهر (يعنی‌مكه) كه شهرامان است ومردم نبايددراينشهر بهم‌آزار برسانند ـ ماانسان‌را طوری خلق كرديم كه

ازحیث جسم وروح بر تمام موجودات ممتازاست ـ ولی بعدازآن، انسان تابع هوای نفس شد ومانند جانوران درنده گردید ولاجرم درآخرت درپائین ترین مراتب جهنم جاخواهد گرفت ـ مگر آندسته از ابنای بشر که ایمان میآورند ومبادرت باعمال نیکومینمایند (یعنی بوسیله کسب علم و خدمت بنوع مرتبه آدمیت را بالا میبرند) و اینگونه اشخاص پاداش دائمی دارند و هرگز پاداش آنها قطع نمیشود ـ اینجملهها پنج آیه ازآیات قرآن میباشد و اینك جزو سوره (والتین) است ـ کورت فریشلر).

وقتیکه عایشه از بیان جملات مذکور فارغ گردید خطاب بابوسفیان گفت این است چیزیکه محمد(ص) دارد. ای(ابن ارطاة) من شاعرم ودرعمرم سخن گفته و شنیده‌ام ولی تا آنموقع کلامی نشنیده بودم که آنچنان فصیح وگیرنده باشد. به(عایشه) نزدیك شدم و ازاو پرسیدم این کلام ازکیست؟ (عایشه) به محمد(ص) اشاره کرد وگفت این کلام از اوست؟ من ازمحمد پرسیدم آیا این کلام توگفته‌ای ؟ محمد (ص) جواب دادمن این کلام را نگفتم ولی وسیله ابلاغ آن هستم واین کلام از (الله) است. پرسیدم (الله) کیست؟ محمد (ص) جواب داد که(الله) خالق زمین وآسمان وتمام موجودات است. گفتم آیا او بزرگتر است یا(لات) یا (عزی) یا (منات). محمد(ص) گفت (لات) یك بت میباشد که به‌عقیده شما بت پرستان، مظهر(خورشید) است و(عزی) بت دیگر بشمار میآید که شما آنرا مظهر (ماه) میدانید و(منات) راهم مظهر ستاره آغازشب بشمار میآورید. هیچیك از این سه بت، وسایر بتها خدا نیستند وخدای واحد (الله) است. آنگاه از (عایشه) پرسیدم توچگونه توانستی جمله‌هائی را که ذکر کردی بخاطر بسپاری. (عایشه) گفت هرچه را که من یکبار بشنوم بخاطر میسپارم وهرگز فراموش نمیشود. محمد(ص) گفت حافظه عایشه بسیارقوی است وهرچه بشنود بخاطر میسپارد.

من در آنموقع متدین بدین اسلام نبودم و نمیخواستم مسلمان بشوم و بااینکه کلام محمد که از زبان عایشه بیان شد و (بعد دانستم از قرآن است) درمن خیلی اثر کرد دین محمد(ص) را نپذیرفتم. این است خاطره‌ایکه من ازعایشه دارم وباچشم خوددیدم که(عایشه) دربازارمکاره (عکاظ) در دوره‌ای از عمر که دختران دیگر عروسك بازی میکنند استعدادی غیرعادی ازخود بروزداد ودریکروز بحمایت دونفر برخاست ودیگرمن چیزی ندارم که راجع بعایشه بگویم.

***

این بوداظهاراتیکه(شنفره) درخانه‌ام بمن کرد ومن اظهاراتش را نوشتم وبرای معاویه بدمشق فرستادم . معاویه درجواب من نامه‌ای نوشت وگفت ماجنگی درپیش داریم ومیخواهیم به بیزانس (که امروزموسوم است به‌استانبول ـ مترجم) حمله‌ورشویم وقبل ازاینکه جنگ ما با(بیزانس) شروع شود خیال مـا ازطرف (عایشه ام‌المؤمنین) باید آسوده گردد توتحقیق

خودرا راجع به‌عایشه تسریع‌کن ونتیجه‌را باطلاع من برسان. قبل ازاینکه‌نامه معاویه از (دمشق) بمن‌برسدشخصی‌را پیداکردم‌که در قدیم در خانه پیغمبر اسلام خدمت میکرد و خدمتگزارفاطمه (سلام‌الله علیها ــ مترجم) دخترپیغمبرما بود.

آنشخص باسم (عنتر) خوانده میشد ومسلمان نبود ومیدانستم‌که درقدیم اورا بغلامی خریداری‌کرده بودند ونیزدانستم‌که (عنتر) مسلمان نمیباشد بلکه‌یهودی است. چون‌دانستم که (عنتر) راجع به‌سوابق عایشه اطلاعاتی داردازاودرخواست‌کردم‌که هرچه راجع بعایشه میداند برای من حکایت‌کند و(عنتر) چنین‌گفت:

آنچه من بتومیگویم حقیقت است ومایهودیان راستگو هستیم ومیدانیم‌که اگر دروغ بگوئیم (یهوه)خدای قوم اسرائیل مارامورد مجازات‌قرارخواهد داد. من درشهر(انتاکیه) واقع درکشورسوریه متولد شده‌ام و هنگامیکه پنجساله بودم درآنشهر جنگی درگرفت‌که براثر آن انتاکیه (ویران)گردید ویك‌بازرگان برده فروش مراربود واز سوریه به(مکه) برد ودرآنجابازرگان برده فروش بعدازدوسال، هنگامیکه من هفت ساله بودم مرا برای فرش ببازار برده فروشان برد و خدیجه زوجه محمد (ص) مرا خریداری‌کرد و بخانه خود برد.

من‌باید بگویم‌که درخانه محمد(ص)کسی مراچون‌غلام نمیدانست وخدیجه وشوهرش محمد(ص) ودختران‌اوبامن‌بخوبی رفتارمیکردند وکارهای سخت‌را بمن محول‌نمینمودند. من همبازی دختران خدیجه بودم وبعدازاینکه بزرگترشدم مرا اختصاص بخدمتگزاری فاطمه (سلام الله علیها ــ مترجم) دادند. (فاطمه) جوانترین دختر خدیجه بود وبیش از دختران دیگرظرافت مزاجی‌داشت ومقصودم ازظرافت مزاجی این‌است‌که زود بیمار میشد ووزش یك‌نسیم سرد، اورا بیمارمینمود. محمد(ص) تمام دختران خودرا دوست میداشت ولی نسبت به‌فاطمه دارای‌علاقه‌ای مخصوص بود واورا روی زانوی خودمینشانید وسرش‌رانوازش میداد. شاید بمناسبت اینکه فاطمه ضعیف‌البنیه بود اورا بیشتردوست میداشت ویحتمل‌بمناسبت اینکه‌کوچکترین دخترش بشمارمیآمد، بوی علاقه داشت. بمن قدغن‌کرده بودندکه درموقع بازی بافاطمه دوندگی نکنم زیرا اگردوندگی میکردیم بدن فاطمه ازعرق مرطوب میشد ودرمعرض بادقرارمیگرفت وسرمامیخورد. قبل ازاینکه مراخدمتگزارمخصوص فاطمه‌بکنند من‌کوچکترین دخترمحمد (ص) را ازدل وجان دوست میداشتم چون همواره ازمن حمایت میکرد ونمیگذاشت‌که خواهرانش نسبت بمن بدرفتاری نمایند ومراکتك بزنند.

فاطمه (ع) قلبی رئوف داشت ونه‌فقط نسبت بمن محبت مینمود بلکه نسبت بهمه، حتی جانوران، ترحم میکرد. من در دورهٔ کودکی پرخور بودم وفاطمه (ع) فهمیده بود که حصهٔ غذای عادی‌که بمن میدهند مراسیر نمیکند و درهر وعده غذا، میگفت‌که بیشتر

بمن غذا بدهند تاسیرشوم وگاهی نیمی از غذای خود را بمن میداد ومیگفت (عنتر) بخور وسیر شو .

من میدیدم که بعضی از اشخاص زیاد بخانه محمد (ص) میآیند ویکی از آنها (ابوبکر) بود. تا وقتی که طفل بودم نمیفهمیدم آنها برای چه بخانه محمد (ص) میآیند ولی بعد از اینکه قدری بزرگ وعاقلتر شدم فهمیدم که آنها برای مسائل مذهبی بخانه محمد (ص) میآیند و اسم آنها (مؤمنون) میباشد یعنی کسانیکه بهپیغمبری محمد ایمان آورده‌اند. (ابوبکر) گاهی دختر ش موسوم به (عایشه) را باخود بخانه محمد (ص) میآورد ومن با اینکه کودک بودم میفهمیدم که (عایشه) از حیث قیافه وگیسو بادختران خدیجه فرق دارد.

یکی از چیزهاکه توجه مرا جلب میکردموی سرخ وحنائی عایشه بود ومن در عربستان ندیده بودم که زنی موی سرخ رنگ داشته باشد. با اینکه عایشه خردسال بود، بزرگتر از عمرخود جلوه میکرد درصورتیکه فاطمه (ع) دختر کوچک محمد (ص) کوچکتر ازعمرش جلوه مینمود .

من نمیدانستم که برای چه اشراف مکه اصرار داشتند که محمد (ص) و خانواده‌اش را از مکه اخراج کنند و امروز میفهمم که محمد (ص) چون مسلمان بود و بابت‌پرستان مخالفت میکرد و اشراف مکه ، بت‌پرست بشمار میآمدند نمیخواستند که محمد (ص) در مکه بماند.

یکروز اطلاع دادند که ما باید از مکه خارج شویم و برویم و در یک‌منطقه کوهستانی متعلق بابوطالب عموی محمد (ص) زندگی نمائیم وآن‌منطقه را (شعب) میخواندند. ابوطالب با اینکه پیر مرد بود با ما آمد . باید بگویم ابوطالب مسلمان نبود معهذا برای اینکه نسبت بمحمد (ص) ابراز همدردی نماید از مکه خارج شد ودر (شعب) سکونت اختیار کرد. اشراف مکه، درخارج از شهر در کوهها خانه ییلاقی داشتند و (شعب) خانه ییلاقی ابوطالب محسوب میگردید. معلوم است که دختران محمد (ص) هم باپدر از (مکه) خارج شدند و راه (شعب) را پیش گرفتند.

بعد از اینکه ما وارد (شعب) شدیم من حیرت‌زده دیدم که عده‌ای از کسانی که شب‌ها به منزل محمد (ص) میآمدند در آنجا هستند ومعلوم شد که اشراف مکه که از (قریش) بودند فقط باخراج محمد (ص) از مکه اکتفا ننموده ، تمام مسلمین را از مکه اخراج کرده‌اند. (ابوبکر) ودخترش عایشه هم درشعب بما ملحق گردیدند. بعد از این که ما وارد (شعب) شدیم چون بقدر کافی در آنجا خانه وجود نداشت ما باسنگ وگل شروع بساختن خانه کردیم تا اینکه مسلمین بتوانند در آن سکونت نمایند. در (شعب) ما از حیث آب درمضیقه نبودیم زیرا نهری از پائین خانه‌های ما (ازدره) میگذشت که هرگز خشک نمیشد وگاهی طغیان مینمود ویک مرتبه

آب آن نهر، بقدری زیادشد وبالاآمدکه بیم آن میرفت خانه‌های مارا آب ببرد. لیکن آذوقه در(شعب) یافت نمیشد ومن شنیدم که اشراف مکه که از طائفه قریش بودند اطراف(شعب) را تحت نظر گرفته‌اند تافروشندگان خواربار نتوانند خودرا بما برسانند وآذوقه بفروشند.

روزی (خدیجه) زوجه محمد (ص) مرا فراخواند و گفت (عنتر) ماکه دراینجاسکونت کرده‌ایم مسلمان هستیم ونمیتوانیم بمکه مراجعت نمائیم واگر بمکه برگردیم مارا بقتل خواهند رسانید و طایفه (قریش) خون مارا مباح میدانند. ولی تو مسلمان نیستی ، و میتوانی بمکه مراجعت نمائی ومن تورا آزاد میکنم که بمکه برگردی ووارد خدمت یکی ازاشراف بشوی ومثل ما دراینجا ازگرسنگی دررنج نباشی. گفتم گرچه دراینجاخواربارکم است لیکن من ازگرسنگی رنج نمیبرم وبفرض اینکه دراینجا ازگرسنگی رنج ببرم نبایدلب بشکایت بگشایم. زیرا ای‌مولای من، توپیوسته بامن بخوبی رفتارکردی وبااین که من یك غلام هستم، هرگز مرا بچشم یك برده نگاه نکردی. من از روزی که غلام توشدم در خانه‌ات براحتی زندگی کردم ونباید برای چندین روز ناراحتی دراینجاشکوه کنم. (خدیجه) گفت نمیتوان پیش بینی کرد که ناراحتی‌ما دراینجاچقدر طول خواهد کشید وچه‌موقع خواهیم توانست ازاینجا برویم. گفتم تاهرموقع که شمادراینجاهستید، من نیزدراینجامیمانم وهر نوع محرومیت‌را تحمل میکنم زیرا نمیتوانم ازدخترت (فاطمه) دل برکنم ومن تاروزی که زنده‌هستم خدمتگزار دخترت فاطمه (ع) خواهم بود واگرروزی اومرا ازدر براند ، نخواهم رفت وپشت درب خانه‌اش خواهم نشست زیرا من عادت کرده‌ام که خدمتگزارفاطمه (ع) باشم، ونمیتوانم این عادت را ترك کنم .

خدیجه گفت ای(عنتر) توکه اینقدر بدخترم علاقه داری چرامسلمان نمیشوی. گفتم ای‌مولای من، مایهودیهادین‌خودرا ازدست نمی‌دهیم. بعد گفتم آیاتومرامجبورخواهی کرد که مسلمان شوم؟ (خدیجه) گفت من هرگزتورا مجبور بقبول دین اسلام نمیکنم زیرا رسول‌الله گفته است که نباید هیچکس‌را مجبور بپذیرفتن دین‌اسلام کرد وپذیرفتن‌دین‌خدا اختیاری میباشد. پس‌ازآن، وضع‌خواربار در (شعب) دشوارترشدوماگرسنه ماندیم.

ابوطالب، عموی محمد(ص) پسری‌داشت‌باسم علی(ع) که اونیزمسلمان بود. درآن‌موقع علی (ع) تازه از مرحله کودکی قدم به جوانی گذاشته اماپسری بسیار دلیربود وخدیجه میگفت که محمد (ص) چون پسر ندارد علی‌را پسرخود می‌داند. یك روزکه ماازگرسنگی بسیار رنج میبردیم علی بمحمد (ص) گفت یا رسول‌الله آیا اجازه میدهی که من به مکه بروم و آذوقه بیاورم. محمد (ص) گفت یاعلی کشته خواهی شد . علی (ع) گفت درمکه بقالی است که مرا میشناسد و من میروم واز اوخواربار خریداری خواهم کرد و مراجعت خواهم نمود .

هنگامیکه علی(ع) ازمحمد(ص) برای رفتن بمکه کسب اجازه میکردمن حضورداشتم وگفتم من‌هم باعلی میروم تااینکه برای حمل خواربار باوکمك نمایم . محمد و خدیجه موافقت کردندکه من باتفاق علی بمکه بروم وبرای حمل خواربارباوکمك کنم ومحمد(ص) به‌علی گفت اگر بعد ازفرود آمدن تاریکی واردمکه شوید چون هردو خردسال هستید ممکن است که شمارا نشناسند. مامدتی قبل از غروب آفتاب از (شعب) براه افتادیم و راه مکه را پیش گرفتیم .

من تصور میکردم که عده‌ای ازسواران قریش درراه هستندکه نگذارندکسی ازشعب بمکه برود ولی هیچکس‌راندیدم ومعلوم شدکه طائفه قریش‌ضروری ندیده که در راه مکه و (شعب) نگهبان بگمارد زیرا خروج مسلمین از (شعب) ازطرف طائفه (قریش) ممنوع نبود ومسلمانهامیتوانستند ازشعب خارج شوند وهرجاکه میل‌دارندبروند. ولی مجاز نبودند که قدم بمکه بگذارند و هرگاه وارد مکه میشدند بقتل میرسیدند . لذا طائفه (قریش) فقط مراقبت میکردکه مسلمانها واردمکه نشوند.

وقتی بنزدیك شهررسیدیم آفتاب غروب کرد وماتوقف نمودیم که هوابکلی‌تاریك شود وبعد قدم به‌شهربگذاریم.

پس ازاینکه هواتاریك شد شهررا دورزدیم و ازراه دیگر قدم بشهرنهادیم. کسی بما توجه نکرد، چون‌ماهنوزمردی بالغ نبودیم که‌مردم بماتوجه نمایندوتاریکی‌هواهم کمك برازپوشی مینمود. علی (ع) مرا ازکوچه‌های مکه عبوردادتااینکه بدکان بقالی برسیم.

ازاوپرسیدم آیافکر نمیکندکه در آن‌ساعت دکان بقالی بسته باشد. (علی) گفت آن دکان، بزودی نمی‌بندد وتاپاسی ازشب بازاست.

وقتی بدکان بقالی رسیدیم مردبقال که سالخورده بود ازمشاهده (علی) حیرت کرد و ازحال پدرش ابوطالب پرسید وسئوال نمود مگرشما بمکه مراجعت نموده‌اید؟ علی(ع) گفت نه. بقال گفت ای‌پسرابوطالب توبی‌احتیاطی کردی واگربدانند توفرزند ابوطالب هستی و از(شعب) به‌اینجا آمده‌ای دستگیرخواهی شد وشایدبمناسبت صغرسن‌ازقتل توصرف نظر کنند ولی‌رهایت‌نخواهندکرد. آنگاه‌باانگشت مرانشان داد وپرسیداین‌کیست؟ علی(ع) گفت این غلام‌است ویهودی میباشد. بقال گفت‌بااینکه این‌پسر یك‌غلام ویهودی‌است اگربدانند ازشعب آمده‌است‌تااینکه‌آذوقه فراهم‌کند، اورا آزارخواهندکرد چون میفهمندکه‌ازغلامان مسلمین میباشد .

علی (ع) گفت ما آمده‌ایم که امشب ازتو خواربارخریداری کنیم وبه (شعب) ببریم. بقال‌سالخورده گفت من‌نمیتوانم‌بشماخواربار بفروشم چون‌اگرشمارا بشناسندوبدانندکه ازمن خواربارخریداری کرده‌اید مرا ازقبیله‌ام طردخواهندکرد وازاین‌شهراخراج خواهند نمود

واموالم ضبط خواهدشدوآیاشما ازحکمی که درخانه(کعبه) گذاشته شده اطلاع داریدیانه؟ بموجب آن حکم هیچیك ازسکنه مکه اجازه ندارندکه بمسلمین خواربار بفروشندیامعامله‌ای دیگر با آنها بکنند.

علی(ع) گفت من ازاین حکم که درخانه کعبه نهاده شده اطلاع دارم. بقال سالخورده گفت ای پسر ابوطالب من چون پدرت وتورا میشناسم بیك شرط حاضرم بتوخواربار بفروشم و آن اینست که اگر گرفتار شوی نگوئی که خواربار را ازمن خریداری کرده‌ای ولوتورا بقتل برسانند. علی(ع) گفت ای(عبدالمنات) من ازقتل نمیترسم ولی نمیتوانم دروغ بگویم واگر دستگیرشدم و ازمن بپرسندکه خواربار را ازکه خریداری کرده‌ای خواهم گفت که ازتو خریداری کرده‌ام.

بقال سالخورده گفت ای پسر ابوطالب من نمیتوانم بتوخواربار بفروشم وزود ازاینجا برو ، چون اگرتورا دراینجا ببینند وبشناسند برای من گران تمام خواهدشد . علی(ع) گفت من ازتو خواربارخریداری نمیکنم و(عنتر) ازتوخواهدخریدوچون اویك یهودی است تومیتوانی بدون اشکال باوخواربار بفروشی. (عبدالمنات) گفت پس توبرو واز (عنتر) دورشوتااینکه تو را با او نبینند .

علی(ع) گفت توانائی (عنتر) زیاد نیست وما از اینجهت باتفاق آمده‌ایم تا بتوانیم بیشترخواربار به شعب ببریم . عاقبت مقررشدکه علی(ع) ازشهرخارج شود ودربیابان منتظر من باشد ومن دوبارخواربارخریداری کنم وازشهرخارج نمایم تااینکه هنگام خروج ازمکه علی(ع) را با خواربار نبینند .

علی(ع) بمن پول دادوخودرفت ودرخارج ازشهر، دربیابان انتظارمرا کشید. من دوبارهر دفعه مقداری گندم وخرما و باقلا خریداری کردم وازشهرخارج نمودم ومرتبه دوم که قصد مراجعت داشتم بقال سالخورده بمن گفت ازقول من به پسر(ابوطالب) بگوکه دیگربرای خرید خوارباربمن مراجعه نکند وتوراهم نفرستدومن گفته اورا باطلاع علی(ع) رسانیدم. ماآنچه خریده بودیم برپشت نهادیم ودرتاریکی شب راه (شعب) راپیش گرفتیم. آذوقه‌ای که ماآوردیم زیادنبود معهذا بسیارخوشوقت شدم زیرا میدانستم که فاطمه لااقل یك وعده غذا خواهد خورد.

ای(ثابت بن اطارة) لازم است بتوبگویم که از دختران محمد(ص) دونفردرشعب بودندیکی (ام کلثوم) و دیگری فاطمه (ع). دو دختردیگر پیغمبرشما چون شوهرداشتند درشعب بسر نمیبردند وباشوهران خودزندگی میکردند.

(توضیح ـ بطوریکه میدانیم حضرت ختمی مرتبت (ص) چهار دختر داشتندکه یکی (زینب) همسر(ابوالعاص ابن ربیع) بود ودیگری موسوم به (رقیه) همسر(عتبه) پسرابولهب بشمار میآمدوسومی(ام کلثوم) نام داشت که بعداز خروج ازشعب وگذشتن چندسال زوجه عثمان شد و

چهارمین دختر حضرت رسول (ص) فاطمه سلام الله علیها است که فرزندانش دودمان محمد (ص) را بوجود آوردند و تاریخ اسلامی تا آنجا که این بیمقدار اطلاع دارم اسم فرزند سایر دختران حضرت رسول (ص) را ذکر نکرده و معلوم میشود که فرزندان آنها شهرت نداشته اند ـ مترجم)

(ام کلثوم) و فاطمه (ع) در کارها بمادرشان (خدیجه) کمک میکردند و با این که فاطمه (ع) بنیه ای ضعیف داشت میکوشید که بمادرش کمک نماید. آذوقه ای که ما از مکه آوردیم زود با تمام رسید و باز گرسنگی، همه را آزار میداد.

وفات (خدیجه) همسر پیغمبر (ص)

درشعب پیغمبر شما ، دستور داده بود که خواربار باید بالسویه بین تمام مسلمین تقسیم شود وهیچکس حصه‌ای بیش از دیگران دریافت ننماید. محمد(ص) وهمسرش خدیجه فداکاری میکردند وسهم غذای خود را بدیگران واگذار مینمودند وبا گرسنگی میساختند. محمد (ص) خدیجه را از تحمل گرسنگی برحذر میکرد وباو میگفت تو در همه عمر براحتی زندگی کرده‌ای تحمل گرسنگی تو را ضعیف و بیمار خواهد کرد. (خدیجه) میگفت ای رسول الله جان من از جان تو گرانبهاتر نیست و هنگامی که تو گرسنه میمانی من هم گرسنه میمانم.

چهار روز بعد از اینکه ما ازمکه قدری خواربار آوردیم یك کاروان بریاست (عتبة بن ربیعه) که از سران قریش بود از کنار شعب میگذشت. علی(ع) برای دیدن کاروان از شعب خارج شد و من هم خارج شدم (عتبة بن ربیعه) وقتی ما را دید پرسید شما در اینجا چه میکنید؟ علی (ع) با انگشت شعب را نشان داد و گفت ما در اینجا سکونت داریم. سپس گفت آیا برای تو ممکن است که بما خواربار بفروشی؟ (عتبة بن ربیعه) از این حرف حیرت کرد و گفت مکه نزدیك است و شما میتوانید هر قدر خواربار بخواهید از آنجا خریداری کنید و چرا میخواهید از من خواربار خریداری نمائید. علی(ع) گفت برای اینکه ما نمیتوانیم از مکه خواربار خریداری کنیم و (قریش) قدغن کرده است که ما بمکه نرویم.

(عتبة بن ربیعه) پرسید تو که هستی ؟ علی(ع) خودرا معرفی کرد و همین که عتبه اسم پدر (علی) راشنید گفت پدرت در کجاست؟ علی(ع) گفت پدرم همینجا ودرشعب است. آنوقت علی (ع) چگونگی تبعید مسلمین را ازمکه برای (عتبه) بیان کرد و گفت جماعت (قریش) نمیگذارند که ما بمکه برویم وخواربار خریداری کنیم واگر ما را درمکه ببینند بقتل خواهند رسانید. بهمین جهت من بتو گفتم که درصورت امکان بما خواربار بفروش. (عتبة بن ربیعه) گفت من از موضوع اخراج مسلمانها ازمکه اطلاع نداشتم چون درسفر بودم واینك این واقعه را از دهان تو میشنوم ولی میدانم که ابوطالب مردی است باایمان وهرگز دین محمد(ص) را نخواهد پذیرفت

وازاین گذشته بمناسبت اینکه درقدیم بمن نیکی کرده حقی برمن دارد ومن باید اکنون نیکی وی را جبران نمایم .

آنوقت (عتبه) مقداری گندم وآرد وخرما بماداد که برای ابوطالب ببریم وعلی (ع) خواست که بهای خواربار را بپردازد اما (عتبه) نپذیرفت و گفت این هدیه ایست که من بجبران نیکی قدیم (ابوطالب) باومیدهم. علی (ع) گفت چون تو باپدرم دوست هستی، میتوانی غیرازاین هدیه که برایگان به پدرم میدهی مقداری خواربار بما بفروشی وقیمت آنرا دریافت کنی؟ (عتبه) گفت چون مسلمین راازمکه بیرون کرده، قدغن نموده اند که کسی با آنها چیزی نفروشد من نباید به پیروان دین محمد (ص) خواربار بفروشم. ولی چون پدرت (ابوطالب) اینجاست واو در گذشته بمن نیکی کرده من آنچه خواربار دارم بشما خواهم فروخت زیرا امروز ماوارد مکه میشویم وبه آذوقه ای که باخودداریم محتاج نخواهیم بود. (عتبة بن ربیعه) که کاروان سالار بود گفت که کاروانیان مازادخواربارخودرا بمابفروشند. علی (ع) کنار کاروان باقی ماند من دویدم وخود را بشعب رسانیدم وبه (خدیجه) گفتم که (عتبه) رئیس کاروانی که ازنزدیکی ما میگذرد علاوه براینکه قدری خواربار برایگان برای (ابوطالب) داده حاضر شد که هرچه آذوقه دارد بمابفروشد زیرا آن کاروان امروز واردمکه میشود واحتیاج بآذوقه ندارد . (خدیجه) این موضوع رابمحمد (ص) گفت و او امر کرد که هرقدرآذوقه که از طرف عتبه فروخته میشود بهرقیمت که وی عرضه میکند ابتیاع گردد.

(عتبه) بااینکه فهمیده بود که ماگرسنه هستیم واحتیاج مبرم بخواربار داریم برقیمت آن نیفزود وماموجودی خواربار کاروان راخریداری کردیم ومردها کمك نمودندو آنهارا به شعب بردیم. متأسفانه کاروان های دیگر که ازنزدیك (شعب) میگذشتند مثل کاروان (عتبه) بماکمك نمیکردند وحاضرنبودند که بماخواربار بفروشند. (عتبة بن ربیعه) هم باحترام (ابوطالب) عموی محمد (ص) بما خواربارفروخت وماشنیدیم که بعداز اینکه بمکه رسید بشدت موردتوبیخ سران (قریش) قرارگرفت ولی خود رابی اطلاع جلوه داد و گفت چون ازمسافرت برگشته، از حکمی که درمکه علیه مسلمانها صادرشده اطلاع نداشته ونمیدانسته که نبایدچیزی بآنهافروخت وچون مسلمین حاضربودندکه موجودی خواربار اورا ببهای خوب خریداری کنندفکر کرد که برایش سود دارد. فقط کاروانهائی که اهل مکه نبودند هنگام گذشتن ازکنار شعب حاضر میشدندکه بما خواربار بفروشند. زیرا آنها ازقدغن (قریش) بیم نداشتند ووقتی میدیدندکه مسلمانها حاضرندکه خواربار آنان راببهای خوب خریداری نمایند بماآذوقه میفروختند. اگرکاروانهای بیگانه ازنزدیك کاروان عبورنمیکرد تابمکه برودهمه مسلمانها ومن که جزو خدمه وغلامان بودم ازگرسنگی میمردیم. اماعبورکاروانهای بیگانه برای رفتن بمکه منظم نبود وگاهی مدت چندهفته میگذشت ویك کاروان عبورنمیکرد. آنوقت گرسنگی ما درشعب ،

چون یك شکنجه بزرك میشد و دریکی از این ادوار گرسنگی بود که خدیجه بیمار گردید.

من نمیدانم خبر بیماری (خدیجه) چگونه به مکه رسید و (قریش) از ناخوشی همسر محمد(ص) مطلع گردیدند. سران قریش برای خدیجه پیغام فرستادند که هر گاه از دین محمد(ص) عدول کند وی را باتخت روان به مکه منتقل خواهند کرد تا وسیله مداوای او فراهم گردد. ولی (خدیجه) گفت که وی از دین محمد(ص) دست نخواهد کشید. (قریش) وقتی فهمیدند که خدیجه بدین شوهرش پابند میباشد دیگر پیشنهاد انتقال او را به مکه نکردند.

حال (خدیجه) روزبروز بدتر میشد وسه روز قبل از اینکه زندگی را بدرود بگوید مرا باطاق خود احضار کرد و من دیدم که محمد(ص) وام کلثوم و فاطمه(ع) در آن اطاق هستند. (خدیجه) خطاب به محمد(ص) ودخترانش گفت من از (عنتر) راضی هستم واو پیوسته کارهائی را که بوی مراجعه میشد بخوبی بانجام میرسانید و نسبت بمن ودخترانم و بخصوص نسبت به (فاطمه) وفادار بود. بهمین جهت من اکنون اورا آزاد میکنم واز این لحظه ببعد (عنتر) غلام نیست بلکه مردی آزاد میباشد وهرجا که میخواهد میتواند برود و تو یا (محمد) شاهد باش که من اورا آزاد کرده‌ام. محمد گفت تصدیق میکنم که در حضور من تو (عنتر) را آزاد کردی. من گفتم ای مولای من تو با اینکه مرا آزاد کردی من از تو و فرزندانت و بخصوص فاطمه دست نخواهم کشید و تا روزیکه زنده هستم عهده‌دار خدمات تو و فاطمه خواهم بود.

(خدیجه) گفت (عنتر) تو بعد از این بمن خدمت نخواهی کرد زیرا من بزودی از این جهان میروم. اگر قصد خدمتگزاری داری بدخترم فاطمه خدمت بکن ومن فکر میکنم که او هم بتو علاقه دارد زیرا درهمه وقت از تو جانب داری میکرد. گفتم ای مولای من تا روزی که زنده هستم خود را غلام فاطمه(ع) میدانم وهرگز او را ترك نخواهم کرد وهر موقع که ضروری باشد جانم را فدای وی خواهم نمود. آنگاه چون دیگر کاری بامن نداشتند از اطاق خارج شدم.

از آن ببعد تا لحظه‌ای که خدیجه زندگی را بدرود گفت محمد(ص) وفاطمه(ص) از بالین خدیجه دور نشدند ولی (ام کلثوم) وقتی خسته میشد میرفت که بخوابد. گاهی محمد(ص) باجبار فاطمه را وادار میکرد از بالین مادر دورشود و برود و بخوابد. فاطمه (ع) برای اطاعت از امر پدر بیرون میرفت ولی نمیتوانست طاقت بیاورد و بعد از ساعتی برمیگشت و کنار مادر مینشست و دست او را میگرفت وروی صورت می‌نهاد ومیگفت ای مادر ایکاش بیماری تو بمن منتقل شود و من قربانی تو گردم تا تو بهبود حاصل نمائی. (خدیجه) بدخترش میگفت فاطمه من، بعد از مرگ بیتابی مکن تو بی بنیه هستی واگر بیتابی کنی مریض خواهی شد.

زمانی خدیجه محمد(ص) را طرف خطاب قرار میداد ومیگفت یا (محمد) من بعد از مرگ (فاطمه) را بتو میسپارم زیرا از بین فرزندان من او بیش از همه مستوجب رعایت است.

هر دفعه که خدیجه صحبت از مرك خود میکرد محمد(ص) و (ام کلثوم) و (فاطمه) بگریه

درمیآمدند. سه روز بعداز اینکه من ازغلامی آزاد شدم هنگام سحرصدای شیون مرا ازخواب بیدار کرد وفهمیدم که همسر محمد(ص) زندگی را بدرود گفته است. تمام کسانیکه درشعب بودند حتی ابوطالب سالخورده اشك میریختند ومحمد(ص) های‌های میگریست و میگفت خدایا (خدیجه) ازسختی‌های زندگی دراینجا بیمارشد وجان سپرد ودر راه دین توقربانی شدواین قربانی‌را بپذیر. خودمحمد (ص) (خدیجه) راشست وآنگاه جسدش را به خاك سپردند. بعد از اینکه خدیجه زندگی رابدرود گفت مثل این بودکه شعب جامه ماتم دربرکرده است. تا وقتیکه خدیجه زنده بودتحمل هرمشکل برای ماآسان مینمود وما میتوانستیم که گرسنگی و محرومیت را تحمل نمائیم.

(خدیجه) که زنی بسیار لایق بود دیگران راتشویق بشکیبائی مینمود وبآنهامیگفت که خدای محمد(ص) بالاخره نجاتشان خواهد داد وآینده‌ای درخشان‌درانتظار مسلمین میباشد. لیکن بعداز اینکه(خدیجه) زندگی‌را بدرود گفت مسلمین یك تکیه گاه بزرك‌را ازدست دادند و بعدازمرك(خدیجه) من ندیدم که درشعب محمد(ص) لب به تبسم بگشاید. درصورتیکه درزمان حیات خدیجه باوجود گرسنگی که همه ازآن رنج میبردیم پیغمبرشما دائم تبسم میکرد.

محمد(ص) درزمان حیات خدیجه دخترخودفاطمه(ع)را دوست میداشت و بعدازاینکه خدیجه زندگی‌را بدرود گفت محبت‌را نسبت به فاطمه(ع) بیشتر کرد برای اینکه میدانست آن دختر جوان، ازمرك مادر بسیارملول است. بعدازمرك خدیجه، دخترش فاطمه (ع) طوری اندوهگین شدکه محمد(ص) بیمناك گردید که مبادا آن دختر بیمارشودوازفراق مادر دوچارخطر گردد. من روز وشب، عهده دار خدمت‌گذاری فاطمه(ع) بودم وسعی میکردم که ازاندوهش بکاهم وچون قدری بزرك شده بودم میخواستم بفهمم برای چه ماراازمکه اخراج کرده مجبور نموده‌اند که در(شعب) زندگی کنیم.

بعضی از اوقات فاطمه (ع) برای من صحبت میکردومیگفت (عنتر) علت بزرك مخالفت جماعت(قریش) باپدرم این است که منافع خودرا درخطر میبینند.. من از اومیپرسیدم برای چه جماعت(قریش) منافع خودرادرخطر می‌بینند. فاطمه(ع) اظهارمیکردکه خداوندبپدرم گفته است که بمردم بگویدکه برای جمع آوری مال حرص نزنند وقسمتی از اموال خود را بفقراء بدهند. ولی جماعت (قریش) برای جمع آوری مال حریص هستند وممسك میباشندواز اموال خود بفقراء بذل نمیکنند. از بس پدرمن میگوید که ازجمع آوری مال خودداری کنید و به فقراء کمك نمائید درخارج ازمکه ازجمله در (یمن) و(بصره) و(شام) شایع شده بودکه محمد(ص) قصددارد که غلامان وفقراء راعلیه ثروتمندان بشوراند واموال ثروتمندان را ازدستشان بگیرد. درصورتیکه پدرمن این خیال رانداشت ونمیخواست که غلامان وفقراء راعلیه اغنیاء بشوراند. هر دو روز بطورمتوسط یك کاروان واردمکه میشود غیر ازمسافرینی که باکاروان‌های بزرك حرکت

نمیکنند. هر کاروان درمدت چندروز توقف درمکه‌چندین‌هزاردرهم‌خرج مینمایدوکاروان‌های بزرك، هزاروپانصدتا دوهزارشتردارد. پولی که‌کاروانیان‌درمکه خرج میکنند بیشتربجیب جماعت(قریش) میرود وبهمین جهت‌آن جماعت علاقه داشتند ودارند که‌کاروانهاهمچنان وارد مکه‌شوند.ولی‌کاروان‌سالارها گفته‌بودند که‌چون‌محمد(ص) غلامان‌وفقراء راعلیه اغنیاءتحریك مینمایدوقصددارد که‌اموال‌توانگران رابغلامان وفقراءبدهدلذا دیگرکاروان‌هااز مکه عبور نخواهندکرد وراهی دیگر راپیش خواهندگرفت وبیشتراز کنار دریاخواهندرفت.

(ابوسفیان) وسایر افرادقریش وقتی‌که این خبررا ازکاروان سالارها شنیدند وحشت کردند چون‌فکر کردندهر گاه‌کاروانهائیکه بمکه میآیندیگروارد این‌شهر نشوند بازار مکه کاسد خواهندشدواز درآمدزیادمحروم خواهندگردید. این‌بود که‌برای‌حفظ منافع‌خودشان پدرم‌را ازمکه‌اخراج نمودند. من‌ازفاطمه (ع) سئوال‌میکردم‌که برای چه پدرت‌اینك بمکه مراجعت نمینماید؟ فاطمه(ع)جواب میداد پدرم‌میخواهدبمکه مراجعت‌نمایدولی‌جماعت‌قریش نمی‌گذارندبرای اینکه ازپدرم‌میترسندچون‌میدانند که‌پدرم بعدازمراجعت‌بمکه‌چیزهائی‌راکه میگفت‌تکرار خواهدکرد وخواهدگفت که‌قسمتی‌ازاموال‌خودرا بفقراءبدهید وازپرستش‌بت‌ها صرفنظر نمائید. یکی ازچیزهائیکه جماعت(قریش)راسخت‌ازپدرم بیمناك کرده‌موضوع بخشایش مفلس است. طبق قانونی‌که اینك درمکه حکمفرماست اگریك‌توانگروامی بدیگری بدهد ومدیون نتواند درسر موعد بدهی‌را تأدیه نماید طلبکار مدیون را برده خود میکند وبکار وامیدارد یادربازار برده‌فروشان بفروش‌میرساند. ولی پدرمن‌میگوید‌که (المفلس‌فی‌امان‌الله) یعنی‌کسیکه‌بی‌بضاعت شد وازعهده ادای قرض برنیامد درپناه خداست ونباید ویراموردآزار قرار داد ودربازار برده فروشان فروخت.

جماعت قریش‌که توانگرهستند وبدیگران وام میدهند تاربابگیرند ازاین‌قانون‌خدا که بوسیله پدرمن بمردم ابلاغ شده خیلی میترسند چون میدانندکه اگر این قانون اجرا شوددیگرآنها نمیتوانند بدهکاران بی‌بضاعت رابرده خودکنند ودربازاربرده فروشان‌بفروش برسانند. فاطمه (ع)برای من حکایت میکرد روزیکه جماعت‌قریش‌که رهبرآنها(ابوسفیان) است مارا از مکه‌اخراج کردند برای تمام‌شهرهای‌عربستان‌پیام‌فرستادندکه محمد(ص) راازمکه اخراج‌کرده‌اند وقبیله‌اش‌هم بمناسبت اینکه حامی وی بود ازمکه اخراج شده است و لذا ازاین پس درمکه خطری توانگران وکاروانیان را تهدید نمینماید زیرامحمد(ص) در مکه نیست تااینکه‌غلامان‌وفقراء را علیه اغنیاءتحریك کندوقوانین اوافرادبی‌بضاعت‌راتشویق نمایدکه ازپرداخت بدهی منصرف شوند.

درروزهای بعدازمرگ (خدیجه) عایشه دختر(ابوبکر) خیلی‌نزد محمد(ص) میرفت ووقتی میدیدکه اومهموم است آیات قرآن‌را برایش میخواند. دربین مسلمین هیچکس را

ندیدم که باندازهٔ (عایشه) آیات قرآن راازحفظ داشته باشد وتمام آیات قرآن راکه تاآنموقع بمحمد (ص) رسیده بوداز حفظ داشت وبرایش میخواند. هردفعه که عایشه لب بخواندن آیات قرآن میگشود محمد(ص) سربرمیداشت ودخترجوان را می‌نگریست وبعدازاینکه خواندن آیات تمام میشد میگفت خداوند توراروسفید کند.

بعد ازمرگ (خدیجه) وضع ماازحیث خواربار بهترشد زیرادرفواصل کوتاه چندکاروان خارجی ازکنارشعب عبورکردند تابمکه بروند ومازاد خواربارخودرا بمافروختند. جماعت (قریش) میدانستند که کاروان‌های خارجی که ازکنار (شعب) میگذرند تابه‌مکه بروندمازاد خواربارخودرا به‌مسلمین میفروشندامانمیتوانستند که ازفروش خواربارجلوگیری نمایند چون کاروانیان خارجی که بسوی مکه میرفتند ازدستورهای (قریش) اطاعت نمی‌نمودند. فاطمه (ع) دختر محمد (ص) بمن میگفت که جماعت (قریش) میل دارند که پدرم وسایرمسلمین که در (شعب) هستند تاآخرین درهم خودرا برای خرید خواربار خرج کنند وآنگاه جهت سیر کردن شکم تکدی نمایند چون میدانند که هرگاه پدرم تکدی کند هیچکس اورا پیغمبر نخواهد دانست زیراپیغمبرتکدی نمینماید ولی جماعت (قریش) نمیدانند که نه‌پدرمن تکدی خواهدکرد ونه هیچیك ازمسلمانان دیگروما اگرازگرسنگی بمیریم دست گدائی بسوی مردم دراز نمیکنیم. بااینکه وضع ما بعدازمرگ (خدیجه) ازحیث خواربارخوب‌شده بودمحمد(ص) غذانمیخوردزیرا اندوه مرگ خدیجه نمیگذاشت که وی غذابخورد. (عایشه) دختر (ابوبکر) باومیگفت یارسول‌الله، توچرا این قدر ازمرگ (خدیجه) مهموم هستی. محمد (ص) جواب میدادمن ازاین جهت اندوهگین هستم که (خدیجه) ازفرط عسرت زندگی‌را بدرود گفت و اگردرشعب زندگی نمیکرد ازدنیا نمیرفت.

روزی عایشه بعدازدریافت این جواب به‌محمد(ص) گفت یارسول‌الله همسر تواگر به (شعب) نمی‌آمد ودرمکه بسرمیبرد بازازبیماری زندگی‌را بدرودمیگفت زیرامدتی قبل‌ازاینکه ما به(شعب) بیائیم من‌از(ام عمرو) که قابله است شنیدم که میگفت خدیجه زوجه محمد(ص) مبتلا به‌مرض سرطان میباشد و آن‌مرض عاقبت اورا ازپادرخواهد آورد. وقتی محمد(ص) این حرف را شنید بجای اینکه تسلای خاطر پیداکند بگریه درآمد. من به فاطمه (ع) میگفتم که پدرت طوری ازمرگ همسرش اندوهگین است که نمیتواند غذابخورد واورا وادار به‌غذا خوردن کن. فاطمه (ع) میرفت وبادست خود لقمه‌ای در دهان پدرمیگذاشت ومحمد فاطمه‌را نوازش مینمود ولی بیش از یك‌لقمه آنهم بدون اشتها، وباجبار نمیخورد ومیگفت دخترمن، بعدازمرگ (خدیجه) مثل این است که من جان‌را ازدست داده‌ام.

روزی دونفر ازمردهای مسلمان در(شعب) راجع باندوه محمد(ص) صحبت میکردند ومن بدون اینکه آنها متوجه باشند صحبتشان‌را می‌شنیدم. یکی ازآندو میگفت: آیامی‌بینی

که محمد(ص)چقدراندوهگین‌است ومن‌میترسم که اگراندوه اوادامه پیداکند بیمارگردد . دیگری گفت‌اوازدوره جوانی عادت‌کرده بودکه‌با(خدیجه) زندگی کند و(خدیجه) زوجه‌اش بود وهم مادروپدرش. محمد(ص)که درکودکی مادر وپدررا ازدست داد وازمحبت والدین محروم گردید هرگزدوستی غمخوارنداشت ولی عایشه برای او دوستی غمگساربود ومحمد میدانست‌گرچه تمام سکنه مکه باوی دشمن هستند ولی درخانه دوستی وفاداردارد وهمینکه قدم بخانه مینهاد و(خدیجه) رامیدیدآلام جسمی وروحی رافراموش میکرد. ولی‌اینك‌که (خدیجه)فوت‌کرده‌کسی‌نیست که‌آلام روحی‌وجسمی‌اوراتسکین بدهدوبهمین جهت‌روز وشب اندوهگین است ودهانش‌به‌تبسم بازنمیشود. دیگری گفت از قدیم‌گفته‌اندکه علاج مردی‌که زوجه‌اش فوت‌کرده جزرن‌گرفتن نیست واگرمحمد (ص) زن بگیرد،مرگ (خدیجه) را فراموش‌خواهدکرد. مسلمان اول اظهارکرد من‌تصورنمیکنم‌که محمد(ص) مرگ (خدیجه) را فراموش نماید زیرامردی وفادارمیباشد و(خدیجه) مادر فرزندان اونیزهست وهردفعه که نظرش بیکی ازفرزندانش بیفتد خدیجه رابیاد میاورد.

مردی‌که عقیده داشت محمد(ص) باید زن بگیردگفت آیامتوجه شده‌ای از وقتی‌که (خدیجه) زندگی‌را بدرودگفته (عایشه) دختر (ابوبکر) چقدردرپیرامون محمد(ص) دیده میشود. دیگری‌گفت آری،متوجه این موضوع شده‌ام ولی بطوری‌که دیده‌ای محمد (ص) توجهی به(عایشه) ندارد وفقط ازاین جهت باو علاقه‌مند میباشدکه دختری است باهوش و قرآن راازحفظ دارد ومیتواند تمام‌آیات‌قرآن‌رابخواند. مردی‌که عقیده داشت‌محمد(ص) باید زن بگیرد اظهـارکرد من فکر میکنم‌که عایشه فقط بـرای قرآن خواندن پیرامون پیغمبرما نمیگردد بلکه قصد داردکه زوجه رسول‌الله شود. دیگری‌گفت بفرض اینکه چنین باشد اختلاف سن آنهامانع از ازدواج است زیرا عایشه دختری است خردسال وپیغمبرما یك‌مرد پنجاه ساله می‌باشد. مردی‌که طرفدار ازدواج محمد (ص) بودگفت تصدیق‌کن‌که پیغمبرما بااین‌که مردی پنجاه ساله است هنوزجوان میباشد وقیافه‌اش شادابی جوانی‌راازدست نداده وهیچ‌یك‌ازدندان‌های‌اونیفتاده ووقتی‌لب بسخن‌میگشایددندان‌های سفید وبی‌عیبش میدرخشد ومن اگریك‌دخترجوان میداشتم به‌رسول‌الله میدادم چون اگراوپیغمبرهم‌نمی‌بود یك‌مرد دوست داشتنی محسوب میشد. دیگری‌گفت ولی عایشه ازلحاظ نژادی بیگانه‌است ومادرش اهل مصربوده و(ابوبکر) اوراازاسکندریه‌آورد وزوجه خودکرد.کسی‌که طرفدار ازدواج‌محمد (ص) بودگفت دراسلام همه مساوی‌هستند وبین خودی وبیگانه تفاوت وجود ندارد وعایشه چون مسلمان است مانند سایرمسلمین میباشد ودیگراینکه برخلاف‌گفته تو عایشه خردسال نیست ومیتواند شوهرکند.

من دنباله‌گفتگوی‌آن‌دو نفررا نشنیدم زیرا براه افتادند ورفتند و من‌هم مراجعت

کردم وخواستم آنچه از آن‌دو شنیده‌ام برای فاطمه (ع) نقل نمایم. لیکن بخود گفتم که شایدفاطمه(ع)ازشنیدن‌اظهارات آن‌دو نفرملول گردد.من درآن‌موقع درزندگی آزمایش‌های امروز را نداشتم ولی می‌فهمیدم که یك‌دختر جوان چون فاطمه (ع) اگـر مطلع شودکه زنی دیگرجای مادرش راگرفته شاید خوشوقت نشودلذا این موضوع‌را به‌فاطمه(ع)نگفتم.

بعداز اینکه(خدیجه)در(شعب)زندگی‌را بدرود گفت (ابوطالب) عموی محمد(ص) هم که‌با برادرزاده خودبه‌شعب آمده‌بود ازدنیارفت و(ابولهب) بجای‌ابوطالب (برادرش) رئیس قبیله‌هاشم‌شدوباسران(قریش) مذاکره کرد وآنها موافقت‌کردند که محمد(ص) ومسلمانهااز (شعب) مراجعت‌نمایند ومابه(مکه)مراجعت‌کردیم. درآنجاچون‌ابوبکرودخترش‌عایشه بخانه خود رفتند من عایشه‌را کمترمیدیدم معهذا گاهی عایشه باتفاق (ابوبکر) بخانه محمد(ص) میآمدوهربار عایشه برای‌پیغمبرشما آیات‌قرآن‌را میخواند .

عروسی وازدواج حضرت فاطمه علیهاسلام

یك‌شب که(عمر بن الخطاب) بخانه‌محمد(ص) آمده بود من ازاوشنیدم که به‌پیغمبرشما میگفت یا رسول‌الله تو باید زن‌بگیری وتاوقتی ازدواج‌نکنی کسالت واندوه توکه ناشی از مرگ (خدیجه)است‌ازبین نخواهدرفت. بعداز اینکه بمکه مراجعت کردیم‌من متوجه شدم که(ام کلثوم)دختردیگرمحمد(ص)ازمسئله ازدواج‌پدرش باعایشه مستحضرگردیده‌یعنی‌حدس میزدکه‌ممکن‌است‌محمد(ص) باعایشه ازدواج نماید و میگفت هرزن‌دیگر که زوجه پدر ما شود مورد قبول‌من است ولی‌نمیتوانم تحمل‌نمایم که‌عایشه‌همسر پدرماگردد وجای مادرمان رابگیرد. فاطمه(ع) راجع به‌عایشه‌بامن‌صحبت‌نکرد لیکن‌من یقین‌داشتم که اوهم‌مثل‌خواهرش ازشایعه ازدواج محمد(ص)با عایشه‌مستحضرمیباشد . باید بگویم که فاطمه(ع) بهمان‌اندازه که رأفت‌وترحم‌داشت‌دارای متانت‌هم‌بود. من‌هرگزازفاطمه‌نشنیدم که بگویدمیل ندارد که عایشه‌زوجه‌پدرش‌شود وهیچگاه‌اتفاق‌نیفتاد که فاطمه(ع) ازعایشه‌بدگوئی‌نماید . ولی بعضی ازآثارنشان میداد که‌عایشه‌بعد از اینکه‌از(شعب)مراجعت‌کردیم نسبت به‌فاطمه(ع)سرسنگین شده‌است و علتش‌این‌بود که محمد(ص) فاطمه‌را دوست میداشت واورا نوازش میکرد و این موضوع برعایشه که‌شهرت ازدواجش‌بامحمد(ص) انعکاس پیداکرده بود بدون اینکه وارد مرحله‌قطعی گردد گران‌میآمد وآن‌دختر بمحبت‌محمد(ص) نسبت‌بدخترش رشك میبرد ومن یقین‌دارم که عداوت عایشه نسبت به فاطمه(ع) وشوهرش علی(ع) وفرزندان فاطمه ازآنجا شروع‌شد .

من‌نمیدانم که آیامحمد(ص)متوجه‌شد که عایشه‌نسبت‌بدخترش فاطمه رشك میبرد یانه ؟ ولی‌این‌رامیدانم که قبل ازاینکه‌عایشه‌زوجه پیغمبرشما شود محمد(ص)دخترش‌فاطمه‌را شوهر داد. من‌رنج میبردم برای‌اینکه میدانستم که خصومت وحسادت (عایشه) نسبت به‌فاطمه(ع) قلب‌حساس‌دخترجوان‌را که‌طبعی‌ظریف‌داشت‌مجروح میکند. من‌بخود میگفتم که عایشه‌هنوز زوجه‌محمد(ص) نشده‌معهذا نسبت به‌دخترش‌فاطمه رشك‌میبرد وبا اوخصومت میکند وبطریق

اولی، بعدازاینکه‌زوجه‌محمد گردید بیشتر نسبت به‌فاطمه(ع)رشك‌خواهدبود وابراز خصومت خواهد کرد.

يك‌شب بعدازاینکه‌محمد(ص) نماز خواند درب‌خانه راکوبیدند. در مکه کسی‌درب خانه‌را نمیبست برای‌اینکه درآنجاسارق‌وجود نداشت تادرب‌خانه راببندند. فقط کسانی‌درب خانه خودرا می‌بستندکه فکرمیکردند ممکن است موردحمله قراربگیرند و چون جماعت (قریش) با محمد دشمن بودند مابخصوص در موقع شب درب خانه را می‌بستیم. وقتی در راگشودم مشاهده‌کردم علی پسرعموی محمد(ص)که وی‌اوراچون فرزندخودمیدانست پشت درب‌ایستاده است .

علی درآنموقع مردی شده بود جوان وزیبا ودارای چشمهای سیاه ونگاه رئوف و گوشهای‌کوچك و خوش‌ترکیب وبطوریکه‌گفتم ازگذشته نسبت بمن عطوفت داشت ووقتی درشعب بودیم‌ماباتفاق برای خرید خواربار به (مکه)رفتیم. من‌باوگفتم یاعلی‌بخانه مولای من خوش‌آمدی واوگفت مرحبایا(عنتر) وآیاپسرعموی من‌ازنمازفارغ شده است. گفتم‌بلی یاعلی وآیااجازه میدهی‌که ورودتورا باطلاعش برسانم. علی‌گفت‌بگو، من بطرف اطاقی‌که محمد(ص)آنجابوددویدم وگفتم علی(ع)آمده‌است. محمد(ص)باصدای‌بلندگفت یاعلی‌خوش آمدی‌ومن‌خواهان‌دیدارتو بودم.

علی(ع) وارداطاق شدوکنار محمد (ص) نشست وچندلحظه دیگر من ظرفی‌را ازآب خنك پرکردم وبرای‌علی(ع)بردم وعلی(ع)آب‌نوشید. من‌از اطاق خارج شدم ولی چون‌در خیاط بودم گفتگوی محمد(ص) وعلی (ع)را میشنیدم وعلی‌گفت یارسول‌الله بااینکه جماعت (قریش) موافقت‌کرده‌که مااز(شعب) مراجعت‌کنیم ومثل‌گذشته‌درمکه زندگی‌نمائیم‌مسلمین را اذیت میکنندوبه‌آنها دشنام میدهند وبسوی مسلمانها سنك پرتاب مینمایند. امروزقبل از غروب‌آفتاب، هنگامیکه من‌میخواستم بخانه مراجعت‌کنم(لمعة‌بن‌وهب) رادیدم‌که خون از سرش‌فرومیچکید ونالان‌بطرف خانه میرفت. از اوپرسیدم چرامجروح شدی؟ جواب‌داد‌که سه نفرازجماعت(قریش) مرادیدندوگفتنداین‌است(لمعة‌بن‌وهب) پیرو دین‌جدید محمد (ص) وبعد بطرفم سنك پرتاب‌کردند ویکی ازسنگها بسرم اصابت‌کرد وسرم‌را شکست. من دست (لمعة‌بن‌وهب) راگرفتم واورا بخانه‌اش‌رسانیدم‌و بعدازنمازاینجاآمدم‌تاتورا ازاین‌واقعه مطلع نمایم. توگفته‌ای‌که مسلمین درقبال خشونت جماعت (قریش)باید ملایمت بخرج‌بدهند و بنرمی‌رفتارنمایند وبهمین جهت من شکیبائی‌راپیشه میکنم واگرتواجازه بدهی من میتوانم باشمشیر،سزای‌کسانی‌راکه نسبت بمامسلمانهاستم‌روا میدارندبدهم.

محمد(ص)گفت نه‌یاعلی اجازه نمیدهم‌زیراکه خداوندنگفته‌است‌که ماباشمشیر بجنك جماعت(قریش) برویم‌بلکه اکنون تکلیف مابردباری‌است وازطرف من به(لمعة‌بن‌وهب)بگو

که بردباری کند و خداوند بکسانیکه صبرداشته باشندپاداش نیك خواهدداد. علی(ع) گفت آنچه گفتی به(لمعة بن‌وهب) خواهم‌رسانید. آنگاه محمد(ص) گفت‌یاعلی چون امشب نزد من آمده‌ای میخواهم موضوعی‌را بتو بگویم. علی(ع) گفت بگو یارسول‌الله. محمد(ص) گفت قبل‌از این که (خدیجه) ازاین جهان‌برود چون فاطمه را دوست میداشت از من خواست فاطمه را بمردی‌بزوجیت بدهم که ازهمه‌حیث‌ممتاز باشد وبهتراز او درمکه،مردی‌برای همسری‌فاطمه پیدانشود. علی (ع) گفت فاطمه دختری است دارای صفات خوب ولیاقت داردکه همسر برجسته‌ترین مردمکه بشود. محمد (ص) گفت خوشوقتم که توفاطمه را دارای صفات خوب میدانی ومن میل دارم که توشوهر فاطمه باشی.

علی(ع) بعداز این گفته‌چندلحظه سکوت کردو بعد گفت‌یارسول‌الله آیا میخواهی‌دخترت رابمن‌بدهی. محمد(ص) گفت آیااز گرفتن دخترمن‌ناراضی هستی؟ علي گفت یارسول‌الله من فاطمه رابقدری دارای صفات خوب میدانم‌که فکرمیکنم مردی چون من‌لیاقت شوهری‌او راندارد. محمد(ص) گفت‌یاعلی(ع) تودارای صفاتی‌هستی که تورا برجسته‌ترین مردمکه کرده است ومن میدانم که‌اگر دخترم‌را بتو بدهم هردو نیك‌بخت خواهیدشد. زیراهردوجوان وزیبا هستیدوهردو دارای صفات نیکومیباشید. فاطمه دختری‌است حساس ودارای طبعی‌لطیف وتو پسری‌هستی‌راستگوو نیك‌فطرت‌و باوفاوخواهیدتوانست‌باخوشبختی‌زندگی نمائید. علی(ع) گفت یارسول‌الله بااینکه ازپیشنهاد بسیارخوشوقت هستم‌بیم‌دارم که‌بادخترتوازدواج کنم. محمد(ص) پرسیدیاعلی ازچه بیم داری؟ علی گفت‌من‌ازنداشتن بضاعت بیم دارم. محمد گفت یاعلی(ع) این موضوع که توگفتی مرابیاد موقعی انداخت که میخواستم‌با (خدیجه) ازدواج کنم. تو میدانی که (خدیجه) ازقبیله(اسد) بود و(عمروبن‌اسد) رئیس آن‌قبیله‌باازدواج من‌و(خدیجه) مخالفت میکرد ومیگفت(خدیجه) نباید زوجه مردی بی‌بضاعت چون محمد (ص)شود.

(ابوطالب)پدرتوعموی من به(عمروبن‌اسد) گفت محمد بضاعت‌نداردامااز قبیله(هاشم) است وازاین‌گذشته جوانی دارد وجوانی هم‌بضاعت است. من‌حرفی‌راکه پدرت وعموی من به(عمروبن‌اسد) زداینك بتو میزنم ومیگویم‌که توبضاعت نداری ولی جوان هستی وجوانی هم بضاعت است وبعد ازاین‌که‌کارهای تووسعت‌گرفت دارای بضاعت خواهی شد. من میدانستم‌که علی (ع) مثل‌اکثرمردان‌قبیله (هاشم) سوداگراست‌وداد‌وستد میکند ومحمد(ص) هم سوداگر بود.

علی(ع) بعدازشنیدن‌اظهارات‌محمد(ص)موافقت کردکه بافاطمه‌ازدواج نمایدومن‌ازموافقت او بسیارخوشحال‌شدم. علت‌خوشحالی‌من‌این بودکه‌میدانستم فاطمه بعدازاینکه‌باعلی(ع)ازدواج کرد بخانه شوهرخواهدرفت واگرعایشه بخانه محمد(ص) بیایدنخواهدتوانست‌که فاطمه را رنج بدهد. بعد محمد(ص)مراصدازدو گفت به‌فاطمه بگونزدما بیاید. من‌رفتم وبه فاطمه گفتم

که پدرش وی‌را احضار کرده است. فاطمه براه افتاد ووارداطاقی که‌آن دونفردرآن نشسته بودند گردید ووقتی‌علی رادیدتبسم کرد و گفت‌یاعلی خوش‌آمدی... حالت چطوراست؟ علی گفت بحمدالله حال من خوب میباشد . محمد (ص) گفت دختر من، بیا این جا و نزدیك من بنشین .

فاطمه بطرف پدررفت و کنارش‌نشست ومحمد(ص) دست‌را برسر فاطمه نهادو گفت دختر من، قبل‌از اینکه مادرت(خدیجه) زندگی‌را بدرودبگوید بمن گفت که دخترمن فاطمه بسیار حساس‌است‌ودارای طبعی ظریف میباشدو نمیتواند بعضی‌از ناملایمات‌را که زن‌هادرخانه‌بعضی از شوهران تحمل میکنند تحمل نماید. اگرفاطمه رابمردی بدهی که بااوبدرفتاری کند دختر من‌از اندوه خواهد مرد و روح من در دنیای دیگر از بدبختی دخترم معذب خواهد شد. من‌ازتودرخواست میکنم‌اورا بمردی بده که فاطمه رادوست بدارد وبااونیك‌رفتاری کندوهر گز قلب‌نازك دخترم رانرنجاند. من‌بمادرت قول دادم که مطابق توصیه اوعمل کنم وتورا بمردی بدهم که تورا دوست داشته‌باشد وباتونیك رفتاری کندوهر گز قلب تورا نرنجاند.

مردی که من برای همسری تو انتخاب کرده‌ام علی پسر عموی من است که این‌جا حضوردارد وتوازروزی که توانستی‌باچشم خود دنیارا ببینی اورادیده‌ای ومیدانی که راستگو ودرست‌کردار وباوفا وخوش خلق است وهر گز کسی علی‌رادرحال خشم ندیده زیراآن‌قدر درست‌کردار ونیك‌نفس است که غضب براومستولی نمیشود. من یقین دارم که علی‌تورادوست خواهد داشت وهر گز چیزی نخواهد گفت و کاری نخواهد کرد که قلب تورا برنجاند. در وجود این جوان که من برای همسری توانتخاب کرده‌ام هیچ عیب وجود ندارد و از نظر صوری‌هم زیبااست ولی‌خود اومیگوید که بی‌بضاعت است ومن بوی گفتم که بعدازاینکه کارش وسعت‌گرفت دارای بضاعت خواهد شد وآیاحاضری که علی‌را بهمسری خود بپذیری؟

من دراطاق نبودم که ببینم‌آیافاطمه (علی) را نگاه میکند یاپدرش‌را ولی شنیدم که گفت ای‌پدر، هرچه توبخواهي موردقبول من است. محمد (ص) گفت دخترمن، میل ندارم که توفقط مطیع دستورمن‌باشی. مامسلمان هستیم و برخلاف بت‌پرستان زنهارا موجوداتی میدانیم‌که باید حقوق‌آنهارا رعایت‌کردودرخواست‌هایشان را پذیرفت .

بت‌پرستان، دختران خودرا بعدازتولد زنده در گورجامیدهند ولی‌ما بعدازتولددختر شکرخدارا بجامیاوریم که بمادختری عطاکرده است. لذا بااینکه من پدرتوهستم میخواهم ازتمایل قلبی تومطلع شوم وبدانم که‌آیاعلی‌را برای همسری خود می‌پسندی؟ یاچون من گفته‌ام‌اورا برای همسری توانتخاب کرده‌ام‌حاضری که‌زوجه‌اش‌بشوی. فاطمه گفت‌من‌علی‌را برای‌همسری خودمیپسندم. محمد گفت یا(علی) دخترمن‌تورا میپسندد وتوهم اورا می‌پسندی وبنا براین دیگر تأخیر جائز نیست وبایدهرچه زودتر‌ازدواج شماصورت بپذیرد. اینك که عمر

من بمرحله‌ای ازسن رسیده که براثر آزمایش قسمتی از مجهولات برمن معلوم شده حس میکنم که پیغمبراسلام متوجه شده بود که (عایشه) نسبت بدخترش (فاطمه) رشك میبردوصلاح نمیدانست که آندوزن جوان، که یکی میباید همسرش شود ودیگری دخترش بود دریك خانه زندگی نمایند. من تردید نداشتم که محمد(ص) علی (ع) را خیلی دوست میداشت ومایل بودکه ویرا داماد خودکند ومحبوب‌ترین دخترش رابه(علی) بدهد. اگرموضوع ازدواج (عایشه) باپیغمبر اسلام پیش نمیآمد شاید عروسی فاطمه وعلی، در آن‌سال و بآن زودی سر نمیگرفت وبیك یادوسال بعد موکول میشد.

وقتی(ابوبکر) شنیدکه محمد(ص) قصد داردکه دخترش رابه‌علی(ع) بدهد. به‌پیغمبر اسلام پیشنهادکردکه هزینه جشن عروسی آن‌دورا بپردازد ولی محمد (ص) نپذیرفت. محمد (ص) باوگفت یا(ابوبکر) تودرراه اسلام خیلی فداکاری‌کردی واموال خودرابرای توسعه وتقویت اسلام بمصرف رسانیدی ولی نباید اموال خود را صرف هزینه خصوصی من بکنی وقسمتی‌از هزینه‌عروسی فاطمه‌وعلی راخود من خواهم پرداخت وقسمتی‌راهم علی‌تقبل خواهدکرد. تاآن‌جاکه من‌اطلاع‌دارم علی(ع) مبلغی پول که‌قدری‌کمترازپانصد درهم بود بعنوان شیربها برای محمد(ص) آورد.

(توضیح ـ بطوری‌که از منابع شیعه مستفاد میشود حضرت علی (علیه‌السلام) برای پرداخت شیربهای فاطمه زره خودرا دربازار بمبلغ چهارصد وهشتاد درهم فروخت و آن وجه‌رابه‌حضرت ختمی‌مرتبت‌صلی‌الله علیه‌وآله دادو حضرت‌رسول‌الله باآن‌پول بوسیله‌ابوبکر وبلال(مؤذن‌معروف) که‌ببازار رفتند برای‌حضرت‌زهرا(ع)جهیزخریداری‌کرد ـ مترجم)

پیغمبراسلام باآن پول برای فاطمه (ع) جهیز خریداری‌کرد وخرج ولیمه ازدواج را درخانه خودازجیب خویش پرداخت وعده‌ای اززنان ومردان مسلمان درخانه محمد(ص) غذا خوردند. غذا درآغازشب صرف شد وبعد قاطر آوردند وفاطمه رابرقاطر نشانیدند. فاطمه(ع)جامه‌ای نو،دربرکرده‌بودو دودستبندنقره بردودستش‌دیده میشد ووقتی‌خواستند او راازخانه‌محمد(ص) بخانه علی(ع)ببرند محمد(ص) خود پیشاپیش قاطر براه افتاد ومردان وزنان مسلمان درحالی‌که‌دف‌وکف میزدند این سرودرا میخواندند و محمد(ص) نیزباآن‌ها سرود میخواند:

سرن بعون الله جاراتی — واذکرنه فی کل حالات
واذکرن ماانعم‌ربی‌العلی — من کشف مکروه و آفات
و قد هدانا بعدکفر وقد — انعشنا رب السماوات
وسرن‌مع خیرنساء الوری — تفدی بعمات و خالات
یابنت من فضله ذوالعلی — باالوحی منه و الرسالات

یعنی(ای‌همسایه‌ها بنام خدا حرکت‌کنید ـ ودرهیچ‌حال ذکرخدارا فراموش‌ننمائید.

بیاد بیاورید که خداوند بما نعمت داده ـ و ما را از ناملایمات و بلایا حفظ میکند ـ خدا را شکر کنید که ما را از کفر بیرون آورد و مؤمن کرد ـ و ما را از پستی به بلندی رسانید ـ ای همسایه‌ها با بهترین زن دنیا براه بیفتید ـ با عروسی که همه میخواهیم جان در راهش فدا کنیم ای دختر کسیکه خداوند تعالی اورا برگزیده و براو وحی نازل میکند).

من هم چون خادم فاطمه بودم با عروس میرفتم. بعد از اینکه مدتی این سرود خوانده شد، کسانی که عروس را بدرقه میکردند سرودی دیگر را شروع نمودند که ترجیع بند آن (زهرا) بود و این عنوان (که بمعنای درخشنده است ـ مترجم) برای فاطمه باقی ماند و تاروزی که حیات داشت وی را (فاطمة الزهراع) میخواندند.

درآن شب (عایشه) گوئی موقتاً خصومت خود را نسبت به فاطمه (ع) فراموش کرد و اشعاری در وصف عروس خواند. بعد از اینکه فاطمه بخانه علی (ع) رفت من هم بآن خانه منتقل شدم. گفتم که فاطمه طبعی ظریف داشت و دارای مزاجی حساس بود. دایه فاطمه، هنگامی که آن دختر شیر میخورد بقدر کافی شیر نداشت و کوچکترین دختر محمد (ص) که فاطمه باشد بقدر کافی شیر نخورد و بهمین جهت اورا فاطمه (یعنی از شیر بریده شده) خواندند. این موضوع اثر خود را درمزاج دختر پیغمبر اسلام باقی گذاشت و دوماه بعد از عروسی فاطمة‌الزهرا بیمار شد ولی خوشبختانه دوره بیماری وی طولانی نگردید و شفا یافت و یکسال بعد از ازدواج فرزندی زائید که نامش را حسن گذاشتند و بعد از اینکه آن پسر متولد شد فاطمه شوهرش را باسم (اباالحسن) خواند. محمد(ص) از تولد آن پسر بسیار خوشحال گردید زیرا پسر نداشت و میاندیشید که میتواند پسر فاطمه را چون فرزند خود بداند.

محمد در زمان حیات خدیجه (همسرش) دارای پسری باسم قاسم شد که در خردسالی زندگی را بدرود گفت. بعد از اینکه (رقیه) دختر محمد(ص) شوهر کرد او هم دارای پسری گردید باسم (عبدالله) ولی آن پسر موقعی که شیرخوار بود بطرزی دلخراش کشته شد باین ترتیب که یك روز که رقیه آن طفل را در صحن حیاط نهاده بود و بکارهای خانه‌داری اشتغال داشت یك خروس دیوانه بکودك شیرخوار حمله‌ور شد و چشم‌های طفل را با منقار کور کرد و بعد، آن‌قدر آن کودك ناتوان را منقار زد تا بقتل رسید و وقتی مادرش بسراغ طفل آمد دید که طفل جان برتن ندارد. این بود که محمد (ص) از تولد (حسن) فرزند فاطمه بسیار خوشوقت شد و بعد از اینکه پسر دیگر فاطمه موسوم به (حسین) متولد گردید به‌مسرت محمد(ص) افزود و گفت اینك میتوانم امیدوار باشم که دودمان من باقی خواهد ماند و این دو پسر ضامن بقای دودمانم خواهند گردید.

(عایشه) همسر پیغمبر اسلام وقتی دید که فاطمه یك پسر زائید و بعد از آن دارای پسری دیگر شد بالطبع خصم خونین فاطمه (ع) شد. زیرا (عایشه) که شنیده‌ام امروزهم در سن شصت

سالگی یکزن زیبامیباشد واندامی باریک دارد ومرورسنوات عمر نتوانسته اورا فربه کند عقیم بود و نمیتوانست بزاید ومیفهمید چون اوازمحمد (ص) فرزند ندارد نسل محمد(ص) بوسیله فاطمه باقی خواند ماند نه بوسیله او.

دیگر من چیزی ندارم بگویم جزاینکه بعدازاینکه عایشه زوجه محمد (ص) شد حتی یکبار قدم به خانه فاطمه (ع) ننهاد ولی فاطمه بافرزندان خود بخانه پدرمیرفت وهردفعه که محمد (ص) ازمسافرت مراجعت میکرد قبل ازاینکه بخانه خود برود بخانه فاطمه (ع) میآمد وهمین که واردمیشد میگفت(السلام علیکم یااهل بیت النبوه) یعنی سلام برشما ای اعضای خانواده نبوت وبعدازاینکه فاطمه (ع) وفرزندانش رانوازش میکرد راه خانه خودرا پیش میگرفت ومن که باسکنه خانه محمد(ص)آشنا بودم بدفعات از آنها شنیدم که میگفتند عایشه زوجه پیغمبر میگویدکه من میل ندارم فاطمه(ع) وفرزندانش باین خانه بیایند و هردفعه که آنهارا دراین خانه میبینم مثل این است که خودرا درشرف هلاکت مشاهده میکنم.

ای پسر (ارطاة) من نمیخواهم دراین موقع باتوراجع به رحلت پیغمبر اسلام صحبت کنم وبگویم که پدرفاطمه (ع) چگونه ازفاطمه وعلی وفرزندان آنها جداشد و تومیدانی که یازده سال بعدازهجرت، پیغمبرشما رحلت کرد. همین که پدرفاطمه(ع) ازجهان رفت عایشه برای ابرازخصومت نسبت به(فاطمه زهرا) میدان راخالی دید وکوشید تااینکه پدرش ابوبکر راخلیفه مسلمین کند. من نمیدانم توای پسر (ارطاة) از موضوع (فدك) اطلاع داری یا نه؟ و اگراطلاع نداری من باختصار برای تونقل میکنم.

بیماری ومرك دختر پیغمبر(ص)

وقتی‌که محمد برای فتح قلاع خیبررفت درنزدیکی آن قلعه‌ها چند دهکده یهودی نشین بود موسوم به‌قراء (فدك) وبعدازاینکه جنگ خیبر بپایان رسیدقراء فدك بدست‌مسلمانها افتاد وجزوغنائم جنگی مسلمین شد و یکی ازآن‌قریه‌ها بابت سهم پیغمبراسلام به‌محمد(ص) رسید وپیغمبرشما آن‌قریه را بدخترش‌فاطمه(ع) بخشید. فاطمه (ع) بوسیله شوهرش‌علی(ع) آن قریه‌راکه‌کوچك‌هم بود اداره میکرد ولی همین‌که پیغمبر اسلام رحلت نمودعایشه‌پدرش را واداشت که‌آن‌قریه رااز‌تصرف فاطمه (ع) خارج‌کند وگفت رسول‌الله (ص) هنگام مرگ میراث نداشت تـااینکه ارث اوبفاطمه برسد. درصورتی‌که دهکده‌ای‌که فاطمه‌آن‌را اداره میکرد میراث پدرش نبود بلکه محمد (ص) درزمان حیات، آن‌را ازسهمی‌که پیغمبربعد از هرجنگ ازغنائم جنگی دریافت میکرد بدخترش بخشید. من میتوانم بگویم که‌اگرخصومت عایشه نسبت به فاطمه(ع) نبود (ابوبکر) در صدد برنمیآمدکه دهکده (فدك) را از تصرف فاطمه (ع) خارج‌کند برای اینکه مردی بودنیك‌نفس ومن خوددیدم روزی‌که برای عیادت فاطمه (ع)آمد هایهای گریست.

درآن‌موقع (ابوبکر) خلیفه مسلمین بود ومقامی‌بزرگ داشت معهذا، باتفاق (عمرابن‌الخطاب) و(سالم بن معقل) و(ابوعبیدهٔ جراح) برای عیادت بخانه‌علی‌آمد وبربالین فاطمه نشستند و وقتی (ابوبکر) متوجه شدکه حال فاطمه خیلی بداست وزندگی‌را بدرود خواهد گفت های‌های گریست. من تصورمیکنم آنچه سبب شدکه فاطمه دربحبوحه جوانی‌زندگی‌را بدرود گفت‌دوچیز بود. یکی‌اندوه‌ازدست دادن پدرودیگری خصومت‌عایشه نسبت باووشوهرش علی(ع). فاطمه خیلی پدرش‌رادوست میداشت وبعدازاینکه محمد (ص) رابخاك سپردندهردو روزیك‌بار (فاطمه) بـافرزندان خود برمزارپدرمیرفت وآنجامی‌نشست ومیگریست وقبل از غروب آفتاب بخانه مراجعت میکرد.

یك‌ماه بعدازرحلت محمد(ص) فاطمه بیمارشد ولی بیماری‌اش شدید نبود ومی‌توانست فرزندان خودرا بردارد وباتفاق زنی موسوم به(فضه)که‌کنیز فاطمه بودبرسرقبرپیغمبراسلام

برود وقدری کنارقبر بنشیند و گریه کند. من تصور میکنم که اندوه مرگ پدروخصومت شدید (عایشه) سبب گردید که فاطمه(ع) بیمارشد ودیگر نتوانست که برسرقبرمحمد (ص) برود و آنجابنشیند و گریه کند. من نفهمیدم که بیماری فاطمه (ع) چه‌بود ولی میدیدم که باسرعت لاغرمیشود. درآن موقع علاوه بر(فضه) خدمتکارفاطمه،زنی برای پرستاری از اوبخانه آمد موسوم به(اسماء بنت عمیس).

آن زن،جهان دیده وتجربه‌آموخته بود وجزومسلمینی بشمارمیآمدکه درزمان‌حیات محمد(ص) ازعربستان مهاجرت کردند وبه(حبشه) رفتند تااینکه موردآزاراشراف مکه‌قرار نگیرند. من امروزدرست بخاطر ندارم که حال فاطمه(ع) درچه روزخیلی خراب وزندگی‌را بدرود گفت.

(توضیح ـ حضرت زهرا سلام‌الله علیها درروزسیزدهم ماه جمادی‌الاولی درسال‌یازدهم هجرت وبه‌روایتی درروزسوم ماه جمادی الثانیه درهمان سال ، ازدار فنا بدار بقا منتقل شدند ـ مترجم).

ولی تاروزیکه زنده هستم‌آن روزرا فراموش نخواهم‌کرد. آفتاب درشرف غروب‌بود واطاقی‌که فاطمه درآن قرارداشت تاریك شد. درآن اطاق،دوپسرودودخترفاطمه(ع) حضور داشتند و (فضه) و(اسماء بنت عمیس) ومن نیزحضور داشتیم وهمه‌گریه میکردیم . پسرهای فاطمه دردوطرف بسترمادر خودنشسته،اشك میریختند ودخترهاگاهی خودرا روی‌سینه مادر میانداختند و (فضه) و (اسماء بنت عمیس) آنهارا ازروی سینه فاطمه(ع) بلند مینمودندکه مادرشان در آن‌ساعات آخر زندگی ناراحت نباشد. چون همه میدانستیم‌که فاطمه(ع) از جهان خواهد رفت. طوری اندوه برمن مستولی‌شده بودکه خیال میکردم دیوارهای اطاق هم‌گریه میکنند. من‌نمیدانم‌چه‌موقع(فضه)چراغ‌افروخت وباطاق‌آورد ویك‌وقت متوجه شدم که علی(ع) قدم بدرون اطاق‌نهادووقتی‌فاطمه‌رادیدبگریه درآمد وفاطمه‌هم‌که هوش وحواس داشت میگریست.

پس از این‌که مدتی همه‌گریستیم معلوم شدکه فاطمه (ع) قصد دارد صحبت کند وما ازگریه بازایستادیم‌که بشنویم چه‌میگوید.فاطمه (ع) خطاب به‌شوهرش گفت (یااباالحسن) من بزودی ازدنیامیروم وفرزندان من‌که‌پدر بزرگ خودرا ازدست دادند بی‌مادرخواهند شد وپیوسته بخاطرداشته باش‌که قلب اطفال بی‌مادرخیلی نازك است وبه‌کوچکترین‌ناملائم مجروح خواهد شد وطوری باآنها رفتارکن‌که متوجه نشوندکه مادرندارند. یااباالحسن جنازه مراهنگام شب بخاك بسپارچون میل ندارم‌کسانی‌که بعدازمرگ پدرم بامن‌خصومت کردند جنازه مراتشییع‌کنند وبرسرقبرم بیایند. یااباالحسن بعدازاینکه من ازدنیارفتم تو زن بگیروبا(امامه)که دخترخواهرمن است ازدواج کن چون میدانم (امامه) بفرزندان من

علاقمند است وآنهارادوست میدارد ومحبت اومانع ازاین خواهد گردیدکه فرزندان‌من‌دائم بفکرازدست دادن مادرباشند.

علی (ع) باز بگریه درآمد و ماهم بگریه درآمدیم . پس از اینکه مدتی گریستیم چند بارلب‌های فاطمه (ع) تکان خوردوماسکوت کردیم ومن‌شنیدم که دخترمحمد (ص) گفت (السلام علیك یاجبرائیل ـ السلام علیك یاملائکة ربی) وبعدازآن دیگرچیزی نگفت‌تااینکه ازدنیارفت.

فرزندان فاطمه‌وقتی دریافتندکه مادرشان مرده، خودرا روی سینه مادر انداختند و کسی بفکرنمیافتادکه‌آنهارا ازروی سینه فاطمه بلندکند . زیراهمه میگریستند وگذشته از گریه قلب حاضرین اجازه‌نمیدادکه‌اطفال را ازروی سینه مادربردارند. علی(ع) بعدازمدتی گریستن درحالی‌که صورتش ازگریه مرطوب بود بمن‌گفت (عنتر) بطوری‌که شنیدی فاطمه (ع) وصیت‌کردکه او را هنگام شب بخاك بسپاریم تاکسانی‌که بعدازمرگ رسول‌الله بااوخصومت‌کردندجنازه‌اش را تشییع نکنند وبرسرقبرش قدم نگذارند. دونفررا پیداکن وبآنها بگوقبرفاطمه را حفرکنند تامن جسدش را بشویم ودفن نمایم . من درحالی‌که اشك میریختم دوقبرکن را پیداکردم وآنهادرآن‌شب قبر فاطمه (ع) راحفر نمودند و علی(ع) وعمویش (عباس) و (فضه) و (اسماء بنت عمیس) بافرزندان فاطمه (ع) جسد دختر پیغمبر شمارا آوردند.

جنازه رانزدیك قبرکه حفرشده بودبرزمین‌نهادند وعلی(ع)موافقت‌کردکه (عباس) چون‌ازنظرسنی ارشدبودبرجسدفاطمه نمازبخواند بعداز اینکه نمازخوانده‌شدعلی(ع) جسد زوجه‌اش‌رادرقبرنهادووقتی مشغول نصب‌لحدبودمن‌خطاب به‌جسد گفتم ای‌مولای‌من‌خداحافظ. گفته من‌علی(ع)رابگریه درآورد وگفت‌ای فاطمه بخداسوگندکه‌مرك‌تو،جهان‌رادردیدگانم تاریك‌کرد وتازنده هستم‌این مصیبت‌رافراموش نخواهم‌نمود.

پس از اینکه علی(ع)لحدرا نصب‌کردقبرکن‌هاخاك روی قبرریختند وآنراپرکردند وبعدعلی(ع) قبرکن‌ها رامرخص‌کرد وبما یعنی (عباس) ومن و (فضه) و (اسماء بنت‌عمیس) گفت‌شما بچه‌هارا بخانه‌برگردانید ومن اینجا میمانم وصبح بخانه مراجعت خواهم نمود .

من گفتم یاسیدی زوجه‌تو،مولای‌من‌بود و من از وقتی‌که فاطمه(ع) چشم بدنیا گشود عهده‌دارخدمتش بودم وازتو میخواهم اجازه بدهی که من‌نیز امشب اینجابمانم . علی(ع) موافقت‌کردکه من‌آنجابمانم ودیگران ، اطفال فاطمه(ع) را باخود بردند. آنگاه سکوت برقرارشد وعلی(ع) ومن، درتاریکی، کنارقبرفاطمه(ع)نشسته‌بودیم وحرف‌نمیزدیم. یکوقت علی(ع) سکوت‌راشکست وباناله گفت‌یارسول‌الله امانتی‌راکه درشب‌عروسی بمن‌سپرده بودی بتو برمیگردانم وخوشا بسعادت‌فاطمه‌که بتوملحق‌شد و آرزوی‌من نیزاین‌است‌که زودتربتو

ملحق‌شوم . من بگریه‌درآمدم ولی میشنیدم که علی ناله‌کنان میگفت یارسول‌الله اندوه مرگ فاطمه، خیلی بزرگ‌است و بعدازلحظه‌ای گفت یارسول‌الله... یافاطمه... ای‌عزیزان‌من که از این‌جهان‌رفتید من‌خواهان‌دیدارشماهستم وایکاش زودتر بشما ملحق‌شوم. من ازفرط غصه و ناامیدی‌خاك بیابان‌را برسر ریختم. علی(ع)سکوت کرد ومن‌هم آرام گرفتم‌وبعدازساعتی‌علی(ع) شروع بمناجات‌کرد وگفت‌خدایا هرچه توبرای‌من بخواهی‌همان پسندیده است ولو مرگ فاطمه(ع) باشد وفقط ازتودرخواست مینمایم بمن‌توانائی بده‌که بتوانم این‌مصیبت‌را تحمل کنم . شوهر فاطمه(ع) مدتی‌مناجات‌کرد وبعدسپیدهٔ صبح طلوع‌نمود وعلی(ع)کنارقبر بنماز ایستاد وبعداز خواندن‌نماز بازکنارقبرنشست تا اینکه خورشیددمید و پس از طلوع آفتاب علی(ع) ازفاطمه‌خداحافظی‌کرد ومن‌هم ازمولای‌خود خداحافظی نمودم وبخانه برگشتیم .

آن‌روز، هنگامی که‌بخانه مراجعت میکردیم من میفهمیدم با اینکه بفرزندان فاطمه علاقه‌دارم ، ادامهٔ توقف من‌درخانه علی (ع) دشواراست ونمیتوانم بعد ازاینکه فاطمه (ع) زندگی‌رابدرودگفت درآن منزل بمانم . من‌بطوریکه گفتم غلام آزادشده بودم وبمناسبت علاقه‌ای که بدختر (خدیجه) داشتم درخانه‌فاطمه(ع) ماندم لیکن پس ازمرگ اوفضای آن خانه‌درنظرم‌تیره‌شد. چهل‌روز بعداز وفات‌فاطمه(ع) من‌ازعلی(ع) اجازه گرفتم که از آن خانه‌بروم وعلی که‌میدانست‌من نمیتوانم دیگردرآن‌خانه بمانم بارفتن‌من موافقت نمود ومن ازعلی‌وفرزندانش و(فضه) خداحافظی کردم‌وازآن‌خانه خارج شدم واین‌بوداطلاعاتی که من درخصوص‌عایشه وخصومت‌او با فاطمه(ع) داشتم .

***

من‌چون میدانستم یکی ازکسانیکه‌میتواند راجع‌به(عایشه) اطلاعاتی بمن‌بدهد(لبید) است، ازاوکه‌درگذشته‌شاعر بود واینك‌بازرگان‌میباشد ودر(بصره) سکونت دارد درخواست نمودم که‌نزدمن‌بیاید. وقتی(لبید)نزدمن آمدگفت ای‌فرزند (ارطاة) من تصور نمیکردم که توبخواهی‌راجع به(عایشه) ازمن‌پرسش‌کنی ویقین‌دارم که‌اگر از سوابق دوستی من وخلیفه (معاویه) اطلاع میداشتی‌مرا باینجا احضار نمیکردی‌زیرا من وخلیفه درقدیم دوست بودیم و دوره کودکی‌را باتفاق‌گذراندیم وسالها باشمشیرچوبی باهم‌پیکارنمودیم. بعدخطسیرزندگی‌ما ازهم‌جداشد و(معاویه) ازیك‌راه‌رفت ومن ازراه دیگر. ولی چون معاویه‌را بخوبی میشناسم میدانم که‌وی‌بی‌جهت، بوسیله توراجع بعایشه تحقیق نمیکند وبدون تردید میخواهد ازاین تحقیق‌استفاده سیاسی نماید .

اگرمن‌وخلیفه‌استعداددوره‌جوانی‌راپرورش‌میدادیم‌اومیبایداکنون‌یك‌بازرگان برده‌فروش باشدومن‌یك شاعر، چون معاویه‌درقدیم استعدادبرده فروشی‌داشت ومن دربازارمکاره(عکاظ) که شعرا درآن‌شعرمیخواندند ازشعرای درجه اول بشمارمیآمدم.

ای‌پسر(ارطاة) مردیکه‌امروزخلیفه مسلمین‌است ودارای‌ثروت وقشون میباشد دردورهٔ جوانی بمن‌رشك میبرد که چرا مانندمن طبع‌شعر ندارد و نمیتواند اشخاص‌را مجذوب‌اشعار خودنماید.

یکی ازدخترانی که‌من برای اوشعرسرودم عایشه‌بود. بایدبگویم که من وعایشه نسبت به‌یکدیگر بیگانه نبودیم زیرا (ابوبکر)عموی‌من بود و(عایشه)دخترعمویم محسوب‌میشد ولی من‌اورا ندیده‌بودم وبرای‌اولین‌باردر بازارمکاره عکاظ ویرا مشاهده‌کردم (عکاظ را باید بر وزن(قباد) خواند ـ مترجم)

روزیکه‌من (عایشه) را دربازارمکاره (عکاظ) دیدم(شنفره) شاعر معروف درآن‌بازار شعرمیخواند ومن‌هم شعرخواندم وچون‌شعرمن بهتر ازشعر(شنفره)بود حسدبروی‌غلبه کرد و نیم‌خورده شرابش‌را برصورتم‌ریخت واگرماه حرام نبود ومادربازارمکاره حضور نمیداشتیم خون یکی‌ازمایاخون‌هردوریخته‌میشد. ولی‌چون‌بازارمکاره یك منطقه بی‌طرف است و درماه حرام‌نمیتوان مناقشه‌کرد تاچه رسد باینکه پیکارنمود ، خون ماریخته نشد. ولی (عایشه) بحمایت من‌برخاست و (شنفره)را مورد پرخاش قرار داد ورفتارش را نسبت به من دور از جوانمردی‌دانست. بعد از اینکه(عایشه) ازبازارمکاره(عکاظ) مراجعت‌کرد و من هم‌برگشتم شعری‌سرودم وبوسیله(سعید)منشی(ابوبکر) برای عایشه فرستادم واز(سعید) درخواست‌کردم که‌آن‌شعررا برای‌عایشه بخواند. صبح‌روز بعد،(سعید) بمن گفت که‌آن‌شعررا برای‌عایشه خوانده است ومن‌همانشب به‌منزل(ابوبکر)رفتم‌تاعایشه‌را ببینم.

خواستگاری از عایشه

چون (ابوبکر) عموی من بود میتوانستم بدون اشکال به‌خانه او بروم. من میدانستم که (ابوبکر) یکی از پیروان متعصب محمد (ص) است و هرکس را که ببیند در صدد برمیآید که بسوی دین محمد (ص) فرا بخواند. بهانه‌ایکه من در آنشب برای رفتن بخانه (ابوبکر) آوردم خیلی قابل قبول نبود ولی عمویم چون تصور کرد میتواند مرا مسلمان کند ازدیدنم ابراز خرسندی نمود وراجع بفواید نمازصحبت کرد و گفت‌ای (لبید) ابلیس که بوسیله نفس‌اماره مارا تحریك بارتکاب گناه میکند پیوسته درکمین ماست تااینکه مارا ازراه راست منحرف و بوادی‌ضلالت بکشاند. اگرتومیشنوی که محمد(ص) میگوید نماز بخوانید نه برای‌این است که خدای‌ما احتیاج بنمازدارد. اگرخداوند احتیاج به عبادت ما میداشت خدا نبود زیرا یکی ازشرایط خدائی، بی‌نیازی است.

محمد(ص) ازاین جهت بما گفته که‌شبانه روزچندنوبت نماز بخوانیم که اگردرفاصله بین دونماز، ابلیس بوسیله نفس‌اماره مارا تحریك بگناه بکند، موقع نمازفرابرسد وما بنماز بایستیم وابلیس ونفس‌اماره‌رافراموش نمائیم. نمازی که‌مامیخوانیم برای خدا نیست بلکه برای‌خودمان است وتازیانه‌ای میباشد که درهرشبانه روزچندبارمارا متنبه میکندتااینکه دوچار وسوسه‌نفس اماره نشویم. ضعف بشر برای فریب خوردن‌ازنفس‌بقدری‌زیاداست که‌اگرمحمد (ص) میگفت درشبانه‌روز فقط یك‌نوبت نماز بخوانیدما نمیتوانستیم‌تا نوبت دیگر، خودرااز گناه برحذرکنیم وبهمین جهت‌پیغمبرما گفته‌که درهرشبانه روزچندبارنماز بخوانید تااینکه نفس‌اماره فرصت کافی بدست‌نیاورد که مارا بسوی گناه سوق‌بدهد وهمین که وسوسه‌اش قوت میگیرد، نوبت نماز میرسدوما بنمازمیایستیم وارتکاب گناه رافراموش می کنیم. ای(لبید) تولابد میدانی‌که یك برز (بروزن قرض یعنی‌پهلوان یاورزشکار– مترجم) برای‌اینکه نیروی خودراحفظ کند باید هر روزورزش نماید واگرچند روز ورزش نکند ضعیف خواهدشد وپهلوان دیگر، او رابخاك خواهدانداخت وزبون خواهدکرد. نمازخواندن‌یك مسلمان‌هم، چون ورزش پهلوان است و

کسی که بخواهد نیروی ارادهٔ خود را درقبال نفس اماره حفظ کند ومرتکب گناه نشود باید در شبانه روزچندنوبت نماز بخواند.

وقتی مسلمان مقابل خدامیایستد ونمازمیخواندودو دست بدعا برمیداردازخداوندتشکر میکندکه باودو دست داده ولی نه دو دست مانند جانوران. چون اگردو دست انسان مانند جانوران بود وهنگام راه رفتن میبایدازدو دست استفاده کند، نمیتوانست زراعت نماید ودرخت بکارد وپارچه بباقد وکشتی بسازد وجانوران دیگر مانندالاغ واسب وشتروگوسفند رامطیع خودنماید ولی چون دو دستش آزاداست و برای راه رفتن احتیاج بدودست نداردمیتواند این کارها را بکند وحتی مثل تو ای (لبید) اشعاری راکه میسراید بادست بنویسد. وقتی عمویم این حرف را زدمن بیمناك شدم. چون فکر کردم که (سعید) باو گفته که ازطرف من شعری نزدعایشه برده، برایش خوانده است. ولی بعد معلوم شدکه وحشت من بیهوده بود زیرا (ابوبکر) بسادگی صحبت میکرد ونمیدانست که من برای دخترش شعری سروده‌ام.

هنگامیکه (ابوبکر) میکوشید که مـرا مسلمان کند و راجع بفواید نماز صحبت میکرد. من چندبار دربِ اطاق را نگریستم زیرا امیدوار بودم که (عایشه) وارد اطاق شود. بالاخره (ابوبکر) متوجه شد وپرسید (لبید) آیا انتظار کسی را میکشی؟ من جواب منفی دادم اما چند لحظه دیگر عایشه وارد اطاق گردید وبپدرش وآنگاه بمن سلام کرد وهنگامی که بمن سلام مینمود تبسمی بر لبانش نقش بست وآنگاه آنطرف اطاق نزدیك در، روی فرش نشست. پدرش خطاب به عایشه گفت: تودر اینجا چه میکنی ومگر بتونگفتند مردی نزدمن است وتونباید وارد این اطاق شوی. چندبار بتو گفتم که تودیگر کودك نیستی ونباید مثل کودکان رفتار کنی. ولی این کلمات بالحنی ملایم، وچون شوخی بر زبان آورده شدو (عایشه) بجای اینکه از گفته پدر خشمگین گردد وبرخیزد وبرود، تبسم کردو با تبسم خودنشان داد که میداند پدرش شوخی میکند آنگاه (ابوبکر) نیمی خطاب بمن ونیمی خطاب به عایشه، باهمان لحن شوخی گفت آیافکر میکنی که (لبید) درباره توچگونه قضاوت خواهد کرد ووقتی ببیند دختری باین بزرگی، چون کودکان رفتار میکند چه خواهد گفت؟

پس از این حرف (ابوبکر) روبطرف من کردتاازمن کمك بگیرد ومن حرفش را تصدیق کنم. من بجای اینکه حرف ابوبکر راتصدیق کنم به (عایشه) تبسم کردم. (ابوبکر) گفت آیا میخواهی بگوئی که (عایشه) هنوزیك دختر بچه است. من سررا فرودآوردم تا بفهمانم که اورا دختر بچه میدانم.

(عایشه) درواقع دختر بچه بودولی کودکی خوش اندام ودرشت وزیبا، وانسان وقتی اورا میدید متوجه میشدکه تمام مزایائی که بایددریك زن جمع باشد در آن دخترجمع شده است. بعد (عایشه) گفت پدر آیا موافقت میکنی که (لبید) بامن بباغ بیاید ومراتاب بدهد. زیرا تاب

قرمزرنگ که تواز(جده) خریداری کردی و برای من آوردی بدرخت بسته شد . ولی دراین خانه کسی نیست که مرا تاب بدهد و(لبید) چون مردی نیرومند میباشد میتواند ازعهده تاب دادن من بر آید .

(توضیح ـ شهرجده درصدراسلام اسم دیگرداشت و نویسنده آلمانی این سرگذشت برای اینکه حواس خواننده پرت نشود نام کنونی آنرا ذکر کرده است ـ مترجم)

ابوبکر موافقت کرد که من با(عایشه) بباغ بروم و اوراتاب بدهم ولی گفت چون (لبید) برادرزاده من میباشد وجوانی است شریف وشاعر من موافقت میکنم که با توبباغ برود وتورا تاب بدهد واگر مردی بیگانه بود موافقت نمیکردم . (ابوبکر) باابرازآن موافقت نشان داد که هنوز(عایشه) رایك کودك میداند زیرا اگروی رایك کودك نمیدانست موافقت نمیکرد که با یك مردجوان بباغ برود. آنگاه من وعایشه ازاطاق خارج شدیم و بباغ رفتیم .

تازه شب شده بود وماه شب چهاردهم باغ را روشن میکرد . (عایشه) خنده کنان تابی را که ازشاخه درخت آویخته بودند بمن نشان داد وبطرف باغ دوید وروی آن نشست و گفت (لبید)، مرا تکان بده و طوری تاب را تکان بده که من بتوانم بآسمان برسم . من تاب را تکان دادم وعایشه بطرف بالارفت ووقتی به عقب بر گشت بازمن اورا تکان دادم و(عایشه) باشعف بانگ زد محکم تر تکان بده من میخواهم بآسمان بروم ومن هم مرتبه دیگر تاب را محکم تر تکان دادم . ولی بازعایشه میگفت که محکم تر اورا تکان بدهم تااینکه تاب بالاتر برود . ولی من میترسیدم دختر(ابوبکر) را محکم تر تکان بدهم برای اینکه شب بود وبیم آن میرفت که (عایشه) از تاب سقوط کند وکشته شود .

هنگامی که (عایشه) اصرار میکرد که من تاب را محکم تر تکان بدهم و من احتیاط میکردم که مبادا سقوط نماید کنیزی آمدوبانگ زد عایشه... عایشه پدرت تورا احضار کرده است . عایشه گفت من اکنون تاب میخورم ونمیتوانم نزدپدرم بروم . ولی کنیزاصرار نمود و گفت که پدرت برای یك کارواجب که مربوط بتو میباشد تورا احضار کرده وبایدبیدرنگ بیائی. من چون متوجه شدم که اگرتاب رانگاه ندارم و (عایشه) را ازآن فرود نیاورم پدرش نسبت بمن خشمگین خواهد شد و فکرخواهد کرد که من مانع از مراجعت دخترش شدم تاب را نگاهداشتم وعایشه فرودآمد . سپس بطرف اطاقی که (ابوبکر) آنجابود رفتیم و من مشاهده کردم (ام عمرو) آنجاست.

(ام عمرو) را همه میشناختند ومیدانستند که قابله است ولی درخانه (ابوبکر) زنی درشرف وضع حمل نبود تااینکه(ام عمرو) آنجا بیاید ولذا من حدس زدم که آن زن برای خواستگاری آمده است . چون درمکه رسم بود که پس از اینکه مردها راجع بازدواج مذاکره میکردند یك قابله را برای خواستگاری زنی که میخواستند بگیر ندمیفرستادند. عایشه بعدازاینکه (ام عمرو)

۶۴ عایشه، بعداز پیغمبر

رادیدچون وی را میشناخت باو خوش‌آمد گفت ونشست ومن‌هم بااشاره (ابوبکر) نشستم. بعدپدر(عایشه) خطاب به‌دختر گفت: من‌میدانم که‌تو(ام‌عمرو) را میشناسی ومیدانی که او، هنگامی که تومیبایدبدنیا بیائی قابله‌مادرت بود ودرآن‌موقع ، ماسخت بیمناك بودیم که‌مادرت بمیرد ولی اونمرد وتوبدنیا آمدی. (عایشه) گفت‌من‌این‌موضوع‌را شنیده‌ام ومیدانم که درشب تولدمن (خدیجه)زوجه‌رسول‌الله اینجا آمد وچون‌قدم اومبارك بود مادرم ازمرگ‌رهائی‌یافت ومن‌هم زنده ماندم .

من متوجه‌شدم که(ام‌عمرو) ازاین‌حرف ناراضی‌شدومثل اینکه نمیخواست گفته‌شودکه زنده‌ماندن‌مادرعایشه ، وسالم بدنیاآمدن آن دختر، براثرقدم مبارك (خدیجه) بوده‌است و گفت: امشب‌این‌موضوع مطرح نیست‌بلکه من‌برای مسئله‌ای دیگر اینجاآمده‌ام . (ابوبکر) گفت (عایشه)هردختر بایدشوهر کندوتوهم به‌مرحله‌ای ازعمررسیده‌ای که موقع‌شوهرکردنت میباشد . تواکنون‌دختری هستی‌سیزده‌ساله ودراینجابعضی ازدختران‌در دوازده‌سالگی‌شوهر میکنند . چندی قبل من‌راجع بازواج تو با رسول‌الله صحبت‌کردم وبعدهم این موضوع را یادآوری‌نمودم‌واینك‌پیغمبرما ، (ام‌عمرو)رابرای‌خواستگاری‌فرستاده‌است وآیاتوحاضرهستی که‌زوجهٔ‌رسول‌الله بشوی ؟

عایشه گفت رسول‌الله مردی‌است شریف ومهربان وپیغمبرخدا ومدتی است‌که من وی رامیشناسم وآیاتی راکه‌بروی نازل میشودازحفظ دارم ومیدانم‌که درعربستان بزرگتر ازاو یافت نمیشود وامیدوارم‌که مرا دوست بدارد. (ابوبکر) گفت(عایشه)توتاامروزاز این جهت که حافظه‌ای نیرومند داری وآیات‌آسمانی راحفظ میکنی موردتوجه رسول‌الله بودی ولی‌از این‌ببعد، بمناسبت‌اینکه‌همسراوخواهی‌شدمورد توجهش واقع‌خواهی گردید وتوباید سعی‌کنی پیغمبرمارااز‌غم‌مرك(خدیجه) تسلیت بدهی. این‌راهم بدان‌که وصلت‌باپیغمبرافتخاری‌بزرگ عایدخانواده‌ماخواهدکردزیراماباپیغمبرخداوصلت‌میکنیم وتاجهان‌باقی‌است نام توکه همسر رسول‌الله میشوی ونام مابه‌نیکی‌یادخواهدشد وبعداز اینکه توبارسول‌الله ازدواج‌کردی‌برای اوپسران‌نیکو منظربوجودبیاور تا اینکه نسل پیغمبرماباقی بماند زیراتا امروز، فرزندان پیغمبر، همه دختربوده‌اند ودرآغاز ازدواج با خدیجه،پسری برای رسول‌الله بوجودآمدکه متأسفانه زندگی رابدرود گفت. (عایشه) گفت من شنیده‌ام‌که رسول‌الله زنی دارد وآیا این موضوع صحیح‌است‌یانه؟(ام‌عمرو) گفت‌بلی این موضوع صحیح‌است وپیغمبر اسلام زنی دارد موسوم به(سوده) وآیاتوای‌عایشه نسبت‌بآن زن‌رشك میبری؟ (عایشه)پرسیداول من‌بایدبفهمم که‌آن‌زن چگونه است‌تابتوبگویم که‌آیا باورشك خواهم بردیانه؟

(ام‌عمرو) گفت‌وقتی (سوده) همسرمحمد(ص) شد بیوه‌بود در صورتی‌که تو دوشیزه هستی وامروز(سوده)یك‌زن‌سالمنداست درصورتیکه‌ازعمرتوبیش ازسیزده‌سال نمیگذرد وهمه

میدانند که یك زن سالمند نمیتواند درخانه شوهر بایك دوشیزه سیزده‌ساله رقابت نماید. وقتی (عایشه) دریافت که زوجه پیغمبر زنی است سالمند و بعدازمرگ شوهرش همسر محمد(ص) گردیده، آسوده خاطر شد و پدرش به(ام‌عمرو) گفت برود و به رسول‌الله بگوید که دخترش موافق وآماده برای ازدواج بااو میباشد.

(ام‌عمرو) برخاست ورفت ومن هم چون دیگر حضور خود رادرآن خانه مناسب نمیدانستم از(ابوبکر) و(عایشه) خدا حافظی کردم ورفتم و(ابوبکر) ازمن پرسید که آیا برای حضور درجشن عروسی رسول‌الله و(عایشه) درشهر خواهم بود یا نه؟ من گفتم نه، زیرا باید بسفر بروم ودیگر عایشه را ندیدم تا پانزده سال بعد، ودرآنموقع پیغمبر اسلام رحلت کرده بود و عایشه‌ای که من در آنموقع دیدم ازعایشه‌ای که در بازارمکارهٔ عکاظ ودرآن شب مهتابی درمنزل(ابوبکر) مشاهده کردم زیباترشده بود وبسیاری ازتوانگران عرب ازجمله من خواهان ازدواج بااو بودیم (زیرا درطول پانزده سال من بضاعت بهم رسانیده، توانگر شده بودم). ولی عایشه بعداز پیغمبر اسلام شوهر نمیکرد زیرا (ام‌المؤمنین) بود ومسلمین نمیتوانند بامادرخود ازدواج نمایند. این بود آنچه من راجع بعایشه میدانم.

سوء قصد به پیغمبر (ص) در خانه خدا

یکی از کسانی که میتوانست بمن که (ثابت بن ارطاة) هستم و رئیس خفیه معاویه بودم راجع به (عایشه) اطلاع بدهد مردی بود موسوم به موسی که پدرش موسوم به (عبداللات) خادم کعبه بشمار میآمد و هنوز این مرد برده میباشد. من او را احضار کردم تا راجع به (عایشه) اطلاعاتی از او کسب نمایم و او چنین گفت:

چون پدرم (عبداللات) خادم کعبه بود و بیشتر اوقات خود را در کعبه میگذرانید، من از روزی که خویش را شناختم، کنار خانه کعبه، یا درون آن بسر میبردم. وضع کعبه، در آنروز با امروز فرق داشت. در آن عصر خانه کعبه مرکز بت‌ها بود. اطرف خانه کعبه سیصد و شصت جایگاه با طاق نما بوجود آورده بودند و در هریك از آنها یك بت یا تصویر دیده میشد. در وسط خانه کعبه هم مکانی بود که در آنجا یك سنگ سیاه بنظر میرسید و من و همسالانم که کودك بودیم میترسیدیم که بطرف آن سنگ سیاه نظر بیندازیم برای اینکه گفته میشد که سنگ سیاه مزبور، دارای نیروئی خارق العاده است. روزی نبود که صدها نفر از اطراف عربستان بخانه کعبه نیایند تا اینکه بعضی از بت‌ها را زیارت نکنند و برای بت‌ها قربانی ننمایند. در عربستان طائفه‌ای نبود که در خانه کعبه یك یا چند بت نداشته باشد و هر قبیله عرب از هر نقطه از عربستان که براه میافتاد و به مکه میآمد اطمینان داشت که بت یا بت‌های خود را در خانه کعبه خواهد یافت. قربانی‌هائی که از طرف طوائف مختلف عربستان درراه بت‌ها میشد در درجه اول عبارت بود از گوسفند، و علاوه بر گوسفند اعراب درراه بت‌ها شراب بذل میکردند و بخور میسوزانیدند و سکنه مکه و خدام خانه کعبه از کسانی که بزیارت میآمدند استفاده مینمودند.

درخانه کعبه، برای هر طائفه از طوائف عرب، وطبقه از مردم عربستان بت وجود داشت. علاوه بر بت‌هائی که نماینده خورشید و ماه و ستارگان بشمار میآمد بت‌هائی بود برای رودخانه‌ها و نخلستان‌ها و کشتزارهای گندم و صید ماهی.

صیادان ماهی وقتی از کنار دریا به کعبه میآمدند بت خود را که بت صیادان بود می‌پرستیدند

وبازرگانانی که با ایران یا آفریقا دادوستد میکردند بت خودرا می‌پرستیدند واز اومیخواستند که تجارت آنهارا با ایران یا آفریقا رواج دهد.

بازرگانانی که کارشان خرید و فروش برده بود در خانه کعبه بت مخصوص داشتند حتی راهزنان عربستان هم درخانه کعبه دارای بت مخصوص بودند ودر ماه‌های حرام که کسی نمیتوانست مزاحم آنها بشود به‌مکه می‌آمدند ودرخانه کعبه برای بت خود قربانی میکردند وازاومیخواستند که شغل راهزنی آن‌هارا رونق بدهد. زن‌ها هم درخانه کعبه چندبت داشتند و یکی ازآنها عزی (بروزن جلفا ـ مترجم) بود و عقیده داشتند که (عزی) میتواند زن‌های عقیم را باردارکند. وقتی زن‌های عقیم بخانه کعبه میآمدند تااینکه از (عزی) درخواست نمایند که آنهارا باردارکند مقابل بت می‌نشستند واسفند وکندرو (مر) دودمیکردند.

(توضیح ـ (مر) باکسر حرف اول و سکون حرف دوم یك صمغ خوشبومیباشدکه از گیاه بدست میآید وآن‌را دربخوردان می‌سوزانیدند وعطری مطبوع برمیخاست. این بیمقدار ازچند نفرازآشنایان که برای زیارت حج به‌مکه رفته‌اند پرسیدم که آیااکنون درمکه (مر) هست یا نه ولی آنها کلمه (مر) رانشنیده بودند وگفتندکه درمکه آن‌راندیده بویش رااستشمام نکرده‌اند ولی درقدیم (مر) درمکه فراوان بود وبمصرف بخورمیرسید ـ مترجم).

زن‌ها ضمن دودکردن اسفند وکندرو (مر) ذکری‌راتکرارمیکردندکه من وهمسالانم چون کودك بودیم ازآن چیزی نمیفهمیدم وازآهنگ ذکرزن‌ها قدری می‌ترسیدیم. تاوقتی که کوچك بودم تصورمیکردم که کعبه‌فقط جای‌پرستش‌بت‌ها میباشد واعراب‌ازاطراف‌عربستان به مکه میآیند تااینکه‌بت‌های خودرا درآنجا بپرستند. بعدازاینکه قدری بزرگ شدم متوجه گردیدم که آمدن مردم به‌مکه فقط برای زیارت بت‌ها در خانه کعبه نیست بلکه چون مکه درعربستان‌درچهارراه جاده‌های‌کاروان‌رو قرار گرفته، مردم زیارت‌بت‌هارا مغتنم می‌شمارند تااینکه درآنجا داد وستدکنند وکسانی‌راکه باآنهامعامله دارند به‌بینند.

مسافرت به‌مکه بعنوان زیارت بت‌ها درخانه کعبه، حتی وسیله ازدواج بود، وپسران جوان، دختران رادرمکه میدیدند ومی‌پسندیدند وبعد ازمراجعت ازآن‌شهر، باآنها ازدواج میکردند. بسیاراتفاق‌میافتادکه می‌شنیدم درخانه کعبه‌یکی‌بدیگری میگفت سال دیگردرموقع رسیدن خرماتورا دراینجا خواهم دید یاسال دیگرهنگامی که ماده شترهاباردارمیشوند من تورا دراینجا می‌بینم.

پدرمن باسم (عبداللات) خادم کعبه بود ودو وظیفه‌داشت. اول اینکه وقتی مردم برای زیارت بت‌ها میآیند، از هریك آنها مبلغی به‌رسم نیازخانه کعبه دریافت نماید. من تصور میکنم اعراب، هیچ‌پول‌را مانند مقرری‌نیازخانه کعبه، از روی صمیمیت نمیپرداختند. حتی راهزنان‌هنگامی که برای‌زیارت‌بت‌خود میآمدند واز او میخواستندکه‌شغل‌آنهارا رونق بدهد

نیازخانه کعبه را ازروی‌صمیمیت میپرداختند و هرگز پدرمن، برای دریافت پول نیاز خانه کعبه‌دوچار زحمت نشد. وظیفه‌دیگرپدر من این‌بودکه درخانه‌کعبه، کسی ناسزا نگوید و راجع بفحشاء صحبت نکند وبت‌های مورد پرستش دیگران رامورد تحقیر قرارندهد. ولی درخارج ازخانه کعبه این‌ممانعت‌وجودنداشت‌وهمواره عده‌ای از زن‌های جلف‌مکه درخارج ازحریم خانه‌کعبه، منتظر خروج مسافرین از آن‌خانه بودند وپس ازاینکه مسافرین بتها رازیارت‌میکردند وازخانه کعبه‌خارج‌میشدند زن‌هاکه خودفروش بشمارمیآمدند، مردان را بخانه‌های‌خودمیبردند .

ازروزیکه من‌دارای قوه‌تشخیص‌شدم، تاروزیکه محمد(ص) شروع برسالت خودکرد تغییری دروضع‌خانه کعبه‌حاصل‌نشد. تمام بت‌هادرجای‌خودبود ودرفواصل معین آنهارارنگ میکردندوبتهای سنگی‌راجلامیدادند ودرتمام سال ازراه نیازکسانیکه بزیارت‌بت‌هامیآمدند سیل‌پول بطرف‌خزانه‌خانه کعبه روان‌میشد. وقتی محمد(ص)شروع برسالت‌خودکرد برای پدر من‌وسایرکارکنان کعبه‌اشکال‌پیش‌میآمد. محمد(ص) که‌خود اهل‌مکه‌بود و درآن‌شهرسکونت داشت ، درهرساعت ازروزمیتوانست‌بخانه کعبه بیاید وهمین‌که میآمدشروع بصحبت میکرد.

ای(پسرارطاة) این‌راباید بگویم که‌قیافه‌ووضع وتمیزی وتکلم محمد(ص) درمستمعین اثرمیکرد . محمد(ص) پیوسته‌جامه‌های‌تمیزمیپوشید ووقتی‌صحبت‌میکرد طوری شمرده و با طمأنینه‌حرف‌میزدکه‌حرفش‌دردلها مؤثرواقع میشد. اعراب‌بادیه‌که‌برای‌زیارت بت‌های‌خود آمده‌بودند وقتی‌صحبت‌محمد(ص) رامیشنیدند توقف میکردند وگوش به‌صحبتش میدادند و معلوم‌بودکه بخود میگویند مردی‌که اینقدر خوش‌قیافه است و بااین‌وقار وملایمت صحبت میکند، حرف‌بی‌اساس‌نمیزند چون‌حرف‌بی‌اساس‌را نمیتوان بااین‌لحن‌زد. درآغازکسی در مکه‌ازسخنان محمد(ص)وحشت‌نکرد ولی‌چون‌وی درگفتار خودراجع به‌بهشت‌وجهنم حرف میزد ومیگفت کسانیکه به‌خداوند ایمان‌بیاورند به‌بهشت میروند و جای بت‌پرستان درجهنم است‌مردم وحشت‌کردند . زیرا هرگز درعربستان کسی‌ازآن‌سخنان‌نشنیده بودوبرای بعضی ازبت‌پرستان تردید پیداشد واندیشیدندکه اگراین مرد‌راست بگویدما بعد ازمرگ بجهنم خواهیم‌رفت زیرابخدای اوایمان‌نداریم .

تاروزی‌که اشراف مکه باورود محمد(ص) به‌خانه‌کعبه ممانعت نمیکردند محمد(ص) هرروزبرای‌عبادت بخانه‌کعبه میآمد وگاهی(ابوبکر) وعلی(ع)با اوبودند وگاهی (عایشه) دختراابوبکرهم بامحمد(ص)وپدرش به‌خانه‌کعبه میآمدند ومن‌بزودی متوجه‌شدم‌که (عایشه) برای‌محمد(ص)چون یك‌نوع‌کتاب‌است ، برای اینکه تمام‌آیات‌قرآن را ازحفظ دارد.چند تن ازبزرگان‌مکه، ازجمله(ابوسفیان)پدرخلیفه‌کنونی به‌پدرم گفتندکه ازورودمحمد(ص) بخانه‌کعبه ممانعت نمایدولی‌پدرم‌نمیتوانست دستور آنها رابموقع اجرا بگذارد چون ورود

بخانه کعبه، برای پیروان تمام مذاهب آزاد بود وما نمیتوانستیم ازورود محمد(ص) بخانه کعبه ممانعت نمائیم .

تبلیغ محمد(ص) درشمارهٔ کسانیکه برای زیارت بخانه (کعبه) میآمدند مؤثر واقع گردید یعنی ازآنها کاست. پدرمن (عبداللات) ازکاهش شمارهٔ زوار ، افسرده شد زیرا هرقدر شمارهٔ زوار کم میشد میزان درآمد خانه کعبه کاهش مییافت . لیکن پدر من نمیتوانست از ادامه تبلیغ محمد(ص) جلوگیری نماید . سوداگران مکه متوجه شدند که اگر شمارهٔ زوار کم شود، از نفع آنها کاسته خواهد شد ویکی از آنها باسم (ابوالحکم بن هشام) گفت که من محمد(ص) را خواهم کشت. (ابوالحکم بن هشام) میدانست که بزرگان قریش باقتل محمد(ص) موافق هستند واندیشید که اگر درصدد قتل محمد(ص) برآید کسی اورا نخواهد کشت بلکه فقط پول خون محمد(ص) را ازوی خواهند خواست وپول خون را بزرگان قریش خواهند پرداخت و هریك سهمی تأدیه میکنند تااینکه پول خون فراهم گردد .

(ابوالحکم بن هشام) بصحرا رفت و یك سنگ بزرگ سیاه رنگ ازنوع سنگهائی که نزدیك مکه فراوان است ازصحرا بشهرآورد وبسوداگران نشان داد و گفت من باهمین سنگ محمدرا خواهم کشت تااینکه اودیگر نتواند بت‌های ما را مورد توهین قرار بدهد و درنتیجه باجداد ما که پرستندهٔ همین بت‌ها بودند توهین نماید . سوء قصد (ابوالحکم بن هشام) علیه محمد(ص) چیزی نبود که پنهان بماند وتمام سوداگران مکه ازآن اطلاع داشتند .

من میفهمدم که پدرم نیز ازآن سوءقصد مطلع است و گرچه من درآن خصوص سؤالی از وی نکردم واوهم چیزی نگفت ولی من فهمیدم که پدرم (عبداللات) میداند که قصد دارند محمد(ص) را بقتل برسانند . بطوریکه من احساس میکردم پدرم ازقتل محمد(ص) ناراضی نبود برای اینکه میدید ادامه تبلیغ محمد(ص) ازدرآمد خانهٔ کعبه میکاهد و اگروی را بقتل برسانند درآمد خانه کعبه بمیزان سابق خواهد رسید.

یك روز(ابوالحکم بن هشام) بدوستان خود اطلاع داد که روز بعد ، هنگام ظهر، محمد(ص) راکه برای عبادت بخانه کعبه خواهد آمد بقتل خواهد رسانید . قبل ازظهر عده‌ای ازسوداگران مکه، وچند نفر ازبزرگان (قریش) به کعبه آمدند تااینکه بچشم خود قتل محمد(ص) را ببینند همه میدانستند که قتل محمد(ص) درموقع ادای نماز آسان است چون وقتی محمد(ص) بنماز میایستد طوری بسوی خدای خود توجه دارد که متوجه اطراف نیست، بخصوص بعد از اینکه بسجده میرود ازخود بیخبر میشود ،

ای (ثابت بن ارطاة) ممکن است از من بپرسی آیا من که میدانستم در آنروز قصد دارند محمد(ص) را بقتل برسانند بفکر افتادم ممانعت کنم یانه؟ درجواب تومیگویم که من درآن موقع هنوز کودك بودم و جرئت نداشتم و نمیتوانستم اراده‌ای ابراز کنم مگر در محیط زندگی

کودکانه‌خود. یك کودك که عقل‌ندارد ومطیع‌والدین خودمیباشد، ناگزیر، مثل‌والدین خود فکرمیکند ومن هم مانند پدرم که گفتم نظریه خود را بمن نگفت (ولی میفهمیدم‌که باقتل محمد(ص) موافق‌است) وهمچنین‌مانندسوداگران مکه فکرمیکردم که‌قتل‌محمد(ص)ضرورت دارد زیرا بسودخانه‌کعبه‌وسوداگران‌مکه‌میباشد.

قدری قبل ازظهر محمد(ص) باتفاق ابوبکر و عایشه دختر‌ابوبکر وارد خانه کعبه گردیدندودرجائی‌قرار گرفتند که‌باحجرالاسودپنج‌قدم‌فاصله‌داشتند وبیدرنگ شروع بخواندن نماز کردند .

محمد(ص) طبق معمول‌وقتی بنماز ایستاد ، بهیچ‌چیز‌توجه‌نداشت و(ابوبکر) وعایشه هم مشغول نمازخواندن شدند تااینکه محمد(ص) بسجودرفت . آنوقت (ابوالحکم‌بن‌هشام) درحالیکه‌سنگ‌سیاهرنگ رابادودست گرفته‌بودبسوی‌محمدبراه افتاد .

تمام‌کسانیکه درخانه‌کعبه بودند نفس‌ها را درسینه حبس‌کردند وتردید نداشتند که (ابوالحکم) محمد را بقتل خواهد رسانید . وقتی‌که (ابوالحکم) به‌محمد(ص) نزدیك شد نه‌محمد سرازسجده‌برداشت‌نه‌ابوبکر. بطوریکه ابوالحکم بادودست ، سنگ بزرگ‌را بالای سرمحمد(ص) نگاه‌داشت تایك‌مرتبه‌رهاکند واورابقتل‌برساند . درآنوقت من‌نمیدانم چه‌شد که(عایشه) سرازسجده‌برداشت. آیادرحالیکه بسجودرفته‌بودصدای پای (ابوالحکم)راشنید یااینکه پاهای اورا دید ودرهرصورت یك‌مرتبه ازجابرخاست وجیغ زد .

طوری‌جیغ‌عایشه درخانه‌کعبه انعکاس‌پیدانمودکه‌همه‌ترسیدند . عایشه بعد ازجیغ‌زدن بابوالحکم‌بن‌هشام حمله‌ورگردید . ابوالحکم براثر حمله عایشه غافلگیرشد و سنگ راکه میبایدبرسرمحمد(ص) بزند از دست داد وسنگ برکف خانه کعبه افتاد . وحشت بسر (ابوالحکم‌بن‌هشام)مستولی‌شدو ازخانه‌کعبه گریخت .

کسانیکه‌درکعبه بودند وانتظار داشتندکه ابوالحکم‌بن‌هشام‌محمد(ص) رابقتل‌برساند وقتی دیدندکه‌براثر جیغ‌وحمله عایشه‌آن‌مردسنگ رارهاکردو ازخانه‌کعبه بیرون‌دوید ، از آن‌خانه‌بیرون رفتند و به(ابوالحکم‌بن‌هشام) گفتند که‌آیا توازجیغ‌یك‌زن‌ترسیدی وسنگ‌را رهاکردی و نتوانستی محمد(ص) رابقتل برسانی. آیاهمین بود نتیجه‌لاف زدن‌تو، وتوکه اینقدرترسو بودی‌چرا دعوی کردی که‌محمد(ص) را بقتل خواهی رسانید و ازبیابان سنگ آوردی وآنرابهمه‌نشان‌دادی؟ (ابوالحکم‌بن‌هشام) گفت‌ای‌مردم‌شما نمیدانید که‌وقتی(عایشه) بمن‌حمله‌ورشد من‌قیافه‌اوراچگونه وحشت‌انگیزدیدم. طوری‌قیافه‌عایشه ازفرط‌خشم‌خوف‌آور بودکه‌من نتوانستم مقاومت نمایم و ازخانه کعبه گریختم زیرامتوجه شدم که قدرت ندارم چشمهای‌وحشت‌انگیز (عایشه)رابببینم .

نکته‌ای‌که بایدبگویم این است بااینکه (عایشه) جیغ‌زد وبعدبه (ابوالحکم‌بن‌هشام)

حمله‌ور شد و آن مرد سنگ را رها کرد و گریخت محمد سر از سجده بر نداشت مگر بعد از خاتمه نیایش خدای خود. چون گفتم وقتی محمد(ص) شروع بخواندن نماز میکرد متوجه اطراف نبود وهیچ واقعه نمیتوانست اورا از نماز باز بدارد. ولی (ابوبکر) بعد از شنیدن صدای (عایشه) سراسیمه سر از سجده برداشت و خواست به کمك دخترش بشتابد. لیکن قبل از اینکه ابوبکر به (ابوالحکم بن هشام) برسد آن مرد گریخت .

پس از اینکه نماز محمد(ص) تمام شد چگونگی واقعه را استفسار کرد و (عایشه) گفت من فهمیدم که (ابوالحکم بن هشام) قصد قتل رسول‌الله را دارد و جیغ زدم تا او را متوحش و بر حذر کنم. من اگر جیغ نمیزدم اوسنگ را رها میکرد ورسول‌الله کشته میشد ولی جیغ من سبب گردید که لختی مکث نمود و بعد من خود را بوی رسانیدم . (عایشه) گفت من در آن موقع آنقدر خشمگین بودم که اگر شمشیر یا کاردی داشتم (ابوالحکم بن هشام) را بقتل میرسانیدم . محمد(ص) گفت ای (عایشه) اینجا خانه کعبه است ودر کعبه نباید خونریزی کرد. (عایشه) گفت یارسول‌الله پس چرا دیگران احترام خانه کعبه را رعایت نمیکنند ومیخواستند در اینجا تورا بقتل برسانند . محمد(ص) گفت آنها بت پرست هستند و نمیتوانند به عظمت خدای این خانه پی ببرند. لیکن ما مسلمان میباشیم و باید احترام این خانه را در همه حال رعایت کنیم .

(ابوبکر) گفت یارسول‌الله این گفته تو، مرا متوجه کرد که باید از خادم کعبه توضیح بخواهم و بپرسم آیا وی از سوء قصد (ابوالحکم بن هشام) مطلع بود و ما را مستحضر نکرد یا اینکه اطلاع نداشت. اگر مطلع بود چرا بما نگفت تا اینکه تورا در این خانه مقدس بقتل برسانند و اگر نمیدانست برای چه از حضور (ابوالحکم بن هشام) وسوداگران مکه و دیگران در اینجا حیرت نکرد و از آنها نپرسید که برای چه امروز، در خانه کعبه گرد آمده‌اند.

در آن وقت چشم (ابوبکر) بمن افتاد و گفت ای پسر نزدیك بیا . من باو نزدیك شدم واز من پرسید اسم تو چیست؟ گفتم نام من موسی میباشد. پرسید پدرت کیست؟ گفتم پدرم (عبداللات) خادم کعبه است. (ابوبکر) گفت من میخواستم پدرت را ببینم و با او صحبت کنم و بگو بیدرنگ نزد من بیاید. من رفتم و بپدرم گفتم که (ابوبکر) میگوید که میخواهد تورا ببیند و نزد او برو. پدرم براه افتاد ومن درقفایش رفتم تا اینکه بابوبکر رسیدیم. (ابوبکر) گفت ای (عبداللات) آیا تو امروز از حضور (ابوالحکم بن هشام) وسوداگران مکه در این خانه، حیرت نکردی؟ پدرم تجاهل کرد و گفت یا (ابوبکر) اینجا خانه کعبه وحرم است وهمه میتوانند وارد خانه کعبه شوند واز بام تا شام درب این خانه بروی همه باز میباشد ومن از ورود هیچکس به این خانه حیرت نمیکنم .

(ابوبکر) بسنك بزرك سیاه رنك که بعد از فرار (ابوالحکم) همچنان برزمین مانده بود اشاره کرد و گفت وقتی تو دیدی این سنك را وارد این خانه کردند آیا از حاملین سنك نپرسیدی

که برای چه آن‌را وارداین‌خانه مینمایند؟ پدرم گفت من‌این‌سنك‌را بعدازشنیدن صدای جیغ عایشه در دست(ابوالحکم‌بن‌هشام) دیدم وقبل‌ازآن‌ندیده بودم ولابد، وی‌هنگام ورود باین خانه سنك‌را زیرردای خودپنهان‌کرده بود. (ابوبکر) گفت‌ای (عبداللات) توکه خادم‌این مکان مقدس‌هستی میدانی‌که دراینجا، دونفراجازه‌ندارندبایکدیگرمشاجره‌کنندتااین‌که در صددقتل‌یکدیگر برآیندوتودیگر نبایدبگذاری (ابوالحکم‌بن‌هشام) و دوستان اوکه قصد قتل رسول‌الله راداشتنداینجابیایند. پدرم گفت یا(ابوبکر)تومیدانی‌که این‌کارازمن ساخته‌نیست. وفقط شورای(دارالندوه)-(یعنی شورای‌عالی قریش درمکه- مترجم) میتواندازورودآنها باین خانه ممانعت‌کند.

پدرم میدانست‌که شورای(دارالندوه)هرگزورود(ابوالحکم‌بن‌هشام)وسایرسوداگران مکه رابه خانه‌کعبه قدغن‌نخواهدکرد برای‌اینکه (ابوالحکم) به‌تشویق‌رجال قریش‌که همه عضوشورای عالی(دارالندوه) بودندمیخواست محمد(ص)رابقتل برساند . آنگاه محمد(ص) و ابوبکر و دخترش عایشه از خانه‌کعبه رفتند و پدرم سنك سیاهی راکه (ابوالحکم)آورده بود ازکعبه خارج نمود .

من‌تصورمینمودم‌که پس‌ازآن واقعه دیگرمحمد(ص) برای‌نمازقدم‌بخانه‌کعبه نخواهد گذاشت ولی‌باتعجب دیدم روزبعد، بازبرای‌نماز واردخانه‌کعبه‌شد. من باونزدیك شدم واز روی دلسوزی‌گفتم‌یا محمد (ص) برای چه امروز باین‌جاآمدی؟ مگرمتوجه نشدی‌که دیروز میخواستندتورا بقتل برسانند. محمد(ص) ازبس‌بخانه‌کعبه‌میآمد مراشناخته بودونامم‌رامیدانست وگفت ای موسی، در روی‌زمین چیزی‌نیست‌که یك مؤمن‌را برای ادای‌نمازبیمناك‌کندوکسی که‌بخدا ایمان دارد درهمه حال، نمازخودرا‌بجا میاوردولوبداند‌او رابقتل خواهندرسانید. من دیگر(عایشه)راندیدم‌مگربعدازچندین‌سال‌که باتفاق محمد(ص) واردمکه شد.درآنموقع من دیگرخردسال نبودم‌وبجای پدرم درخانه‌کعبه خدمت میکردم.

من هرگز ورودمحمد(ص) وعایشه رابخانه‌کعبه فراموش نمیکنم زیرابعد از این‌که محمد(ص) واردکعبه شد دستورداد‌که بت‌هارا درهم‌بشکنند وازخانه‌کعبه دورکنند ووظیفه شکستن بت‌ها در خانه‌کعبه به علی فرزند ابیطالب (ع) واگذار شدکه خیلی مورد محبت محمد(ص) بود ودامادش بشمار میآمد.

من فراموش نمیکنم همینکه علی‌بن‌ابیطالب (ع) برای شکستن بت‌ها وارد خانه‌کعبه شد(عایشه) درآنجا توقف نکرد ورفت و ازنظرهائی‌که (عایشه)به علی (ع) میانداخت من متوجه شدم‌که بااو خوب‌نیست. این‌است‌آنچه من درخصوص (عایشه) میدانم و غیراز این چیزی ندارم‌که بگویم .

ازدواج محمد(ص) باعایشه

من که(ثابت‌بن‌ارطاة) رئیس خفیه (معاویه) هستم وازطرف اومأمور شدم که راجع‌به سوابق(عایشه) تحقیق کنم‌ضروری دانستم که از(سوده) همسررسول‌الله نیزتحقیق نمایم. زیرا هنگامی که (عایشه) همسرپیغمبراسلام گردید(سوده)همسررسول خداوام‌المؤمنین‌بود. تحقیق کردن‌از(سوده) بمناسبت‌این که همسررسول‌خدابود، باتحقیق‌ازدیگران فرق داشت، بهمین جهت قبل‌ازتحقیق، من‌ازخلیفه (معاویه) پرسیدم که‌آیاموافقت میکندکه(سوده) موردتحقیق قراربگیردیانه ؟ اگرخلیفه باتحقیق‌از(سوده) موافقت نمیکردمن درصددبرنمیآمدم که‌او را موردتحقیق قرار دهم ولی چون موافقت‌کرد من غلام خود رابمنزل(سوده) واقع در جوار مسجد مدینه (همان مسجدکه پیغمبرما آنرا ساخته‌است)فرستادم وازاودرخواست کردم‌اجازه بدهدکه من به‌منزلش‌بروم وراجع‌به گذشته‌چندسئوال‌ازاو بکنم.

(سوده) درخواست مراپذیرفت وبغلام من گفت‌که به مولای خودبگوکه من نمیتوانم بنشینم‌بلکه مجبورم‌که در بستر دراز بکشم ولذا تصور نکندکه درازکشیدن من ناشی از بی‌اعتنائی است وقصد تحقیراو را دارم . من میدانستم‌که (سوده) زنی است سالخورده و درآن‌تاریخ هشتاد سال ازعمرش میگذشت ونیز میدانستم‌که چون‌کسالت دارد، نمیتواند بنشیند وباید درازبکشد.

وقتی واردخانه‌اش شدم مشاهده‌کردم‌که ازموضوع درازکشیدن گذشته، وضع (سوده) شبیه به بیمارنیست ورنگ صورتش گواهی میدهدکه ممکن‌است سالهای دیگرعمرکند. بعداز این‌که من واردشدم(سوده) بخادم خودگفت‌که برای من شربت خرمابیاورد وپس‌ازاینکه جرعه‌ای ازشربت‌نوشیدم پرسید چه شدکه معاویه بیادمن افتاد وتورا نزدمن فرستاد. گفتم معاویه میخواهدتحقیقی‌راجع‌به (عایشه) بکند وچون‌تو(عایشه)رامیشناختی مرانزدتوفرستادتا اینکه اطلاعاتی‌راکه راجع‌باوداری به خلیفه بدهی.

(سوده) گفت بطوریکه من شنیده‌ام مناسبات(معاویه) با(عایشه) خوب‌نیست ومقرری‌او را ازبیت‌المال نمی‌پردازد. گفتم ای ام‌المؤمنین بموجب قانون شرع، همسران‌پیغمبراگر

احتیاج داشته باشند بایدازبیت‌المال مستمری بگیرند وبطوریکه تومیدانی خلیفه، مستمری تمام‌زنان پیغمبر راکه درحال‌حیات‌هستندوبرای گذران، احتیاج بمستمری دارند میپردازد وتصور نمیکنم که‌پرداخت مستمری‌توهرگز بتأخیرافتاده‌باشد.

(سوده) گفت نـه ای(ثابت‌بن‌ارطاة) و مستمری من پیوسته بموقع رسیده است. گفتم ولی(عایشه) احتیاج نداردکه ازبیت‌المال مستمری دریافت‌کند . اوزنی‌است توانگرودارای خدم وحشم وچون‌خلیفه میداندکه‌نیازمندمستمری‌بیت‌المال نیست لذاباو مستمری‌نمیپردازد. بعدپرسیدم‌ای‌ام‌المؤمنین، بطوری‌که من‌شنیده‌ام، قبل‌از اینکه عایشه زوجه پیغمبرماشودتو همسررسول‌الله بودی وآیا اینموضوع واقعیت دارد؟

(سوده) گفت بلی‌ای‌پسر(ارطاة) وشخصی‌کـه وسیله وصلت ماگـردید (ام‌عمرو) قابله مکه‌بود ومدتی‌است‌که زندگی‌رابدرود گفته واینك دخترش(اسماء) بجای‌مادرقابلگی میکند. پرسیدم آیا ممکن‌است بگوئی‌که توچگونه‌زوجه‌پیغمبرماشدی؟ (سوده) گفت‌وقتی شوهراولم زندگی رابدرود گفت من‌یك زن‌بیست وهشت‌ساله بودم. من‌بایدبگویم‌که شوهراولم‌رادوست نمیداشتم و خداوند او، ومرا، هردوببخشاید. وقتی‌که من‌شوهرکردم تصورنمودم کـه نیك بخت خواهم گردیداما بزودی فهمیدم که‌شوهرم نمیتواندمرا سعادتمندنمایدتااینکه وی‌زندگی رابدرود گفت. بعدازمرك شوهراولم، روزی درخانه نشسته‌بودم‌که (ام‌عمرو) قابله واردشدو نشست وگفت سوده برای چه غمگین وپژمـرده هستی؟ گفتم برای اینکه همسر ندارم در صورتی‌که هنوز جوان هستم ویك زن جوان‌که همسرنداشته باشد پژمرده است. (ام‌عمرو) گفت غمگین مباش ومن‌بتوقول میدهم‌که همسری خوب برایت پیدا خواهم‌کرد و دو روز دیگرنزدتوخواهم‌آمد وشایداسم همسرت رابگویم. گفتم‌آیا نمیتوانی‌اکنون‌نام‌او رابگوئی. (ام‌عمرو) گفت نه‌برای‌اینکه‌بایداول باهمسراحتمالی‌وآینده‌تومذاکره‌کنم واگردیدم‌خواهان مواصلت‌باتومیباشد نامش رابتو خواهم‌گفت.

بعداز دوروز (ام‌عمرو) آمدوگفت (سوده) آیاتومحمد (ص) را میشناسی؟ گفتم‌کدام محمدرا میگوئی؟ (ام‌عمرو) گفت محمد (ص) شوهرسابق خدیجه بازرگان رامیگویم. گفتم آری‌او رامیشناسم. (ام‌عمرو) گفت دوستان محمد (ص) باواصرارمیکنندکه زن‌بگیردتااینکه درخانه‌کدبانوئی داشته‌باشد وتنها بسرنبرد. ولی محمد(ص) تا امروزطوری‌ازمرك (خدیجه) همسرسابق خود ومادرفرزندانش متأثربودکه‌نمیتوانست خودرا راضی بازدواج‌کند. عاقبت براثراصرار دوستان موافقت‌کردکه ازدواج نماید. لیکن بایدبتوبگویم‌کهابوبکرمیخواهد دخترش عایشه رابمحمـد (ص) بدهـد . گفتم در اینصورت موردی بـرای ازدواج مـن و محمد(ص) باقی نمیماند. (ام‌عمرو) گفت اولامحمد(ص) بزودی باعایشه‌ازدواج نخواهدکرد

ومدتی طول میکشد که باوی ازدواج نماید واز حالا تا آن موقع محتاج همسری است که خانه‌اش را اداره کند.

ثانیاً بطوریکه من فهمیده‌ام (والبته خود محمد (ص) چیزی دراین خصوص نگفته) وصلت محمد(ص) باعایشه بیشتر برای اینست که (ابوبکر) وخودعایشه رضایت خاطر حاصل نمایند. زیرا (ابوبکر)از دوستان وخدمتگزاران صدیق وصمیمی محمد (ص) است وخیلی باو خدمت کرده وبهمین جهت بعداز اینکه ابوبکر به محمد(ص) پیشنهاد کرد که بادخترش عایشه وصلت کند محمد (ص) نخواست درخواستش را نپذیرد که مبادا (ابوبکر) فکر کند که محمد (ص) نسبت باومحبت ندارد. دیگر اینکه محمد(ص) میدانست که هرگاه در خواست (ابوبکر) را نپذیرد دخترش عایشه نیز متأثر خواهد گردید وتصور خواهد کرد که محمد(ص) نسبت باو بی‌اعتناء است.

بعد (ام‌عمرو) گفت من امروز درمنزل محمد(ص) بودم وبااو راجع بهمسر آینده‌اش صحبت کردم وگفتم یا محمد(ص) آیا تو از گرفتن یك زن بیوه پشیمان شدی؟ محمد(ص) گفت نه‌ای(ام‌عمرو) وخدیجه همسرمن وقتی زوجه من شد بیوه بود ومن اورا یکی از بهترین زنان دنیا میدانم. گفتم یامحمد(ص) من یك زن بیوه دیگر را بتو خواهم داد که مثل خدیجه و شاید بیش از او، وسائل رضایت خاطر تورا فراهم نماید ولی باید بتو بگویم که این زن مثل (خدیجه) ثروت ندارد.

محمد (ص) گفت من (خدیجه) را برای ثروت نمیخواستم بلکه از این جهت خواهانش بودم که نیك نفس و مهربان بشمار میآمد وفرزندان مرا با طهارت و تقوی بزرگ کرد. گفتم یا محمد (ص) زنی که من میخواهم بتو بدهم مثل خدیجه نیك نفس ومهربان است واز زن‌های زیبای این شهر میباشد وامیدوارم که برای تو فرزندان زیاد بزاید وهمه آنها را باتقوی وطهارت بزرگ کند.

ای(ثابت بن ارطاة) من یقین دارم که (ام‌عمرو) تمام چیزهائی را که درخصوص من بمحمد (ص) گفت بمن ابراز نکرد. من اطمینان دارم که (ام‌عمرو) در خصوص زیبائی من مبالغه کرد ونیك‌نفسی ومهربانی مرا بیش از آنچه باید ستود. محمد(ص) موافقت کرد که با من ازدواج کند وپس از ازدواج، من بخانه محمد(ص) منتقل گردیدم وولیمه‌ای داده شد وعده‌ای ازخویشاوندان و دوستان محمد(ص) آن ولیمه راصرف کردند. بعدازصرف غذا، من انتظار میکشیدم که محمد (ص) که شوهر من بود بمن ملحق گردد. ولی عده‌ای از مسلمین بخانه محمد(ص) آمدند وابراز وحشت کردند وگفتند وضع مکه برای مسلمان‌ها وخیم است وبعید نیست که جماعت(قریش) یك مرتبه بمسلمین حمله ور شوند وهمه را بقتل برسانند.

تاآن‌جاکه من دراطاق خودازصدای گفت وشنود مسلمان‌ها استنباط میکردم آن‌ها،

درآن‌موقع شب آمده بودند تااز محمد(ص) کسب اجازه کنند وازمکه خارج گردند وبروند و درجای دیگر سکونت نمایند ودرصورت امکان محمد(ص) راهم باخود ببرند. محمد(ص) گفت من مطیع امر خداوند هستم وهرچه دستور بدهد همانگونه رفتارخواهم کرد وتاکنون خداوند، بمن دستور نداده که ازمکه بجای دیگر بروم یااینکه به‌مسلمین بگویم بهیئت اجتماع ازاینشهر هجرت کنند.

مسلمین گفتند یارسول‌الله مادراینجا کشته خواهیم شد وچاره‌ای نداریم جزاینکه ازاین شهر برویم. محمد(ص) گفت خدائی که‌مرا به‌پیغمبری برگزیده وشمابندگان اوهستید حافظ ما خواهد بود ونخواهد گذاشت که ما بدست جماعت (قریش) بقتل برسیم.

همین که دسته‌ای ازمسلمین میرفتند، دسته‌ای دیگر میآمدند وازمحمد (ص) کسب تکلیف میکردند. شوهرمن، بهمه یك جواب میداد ومیگفت خداوند هنوز باودستور نداده که ازمکه خارج‌شود یادستورهجرت دسته جمعی مسلمین راصادر نماید. تاصبح دسته‌های مسلمین میآمدند وازمحمد(ص) کسب تکلیف می‌نمودند. درتمام آن‌مدت من دراطاق خودتنها بودم وانتظار میکشیدم که محمد(ص) بمن ملحق شودتااینکه بامداد دمید ومحمد(ص) وعلی(ع) وابوبکر که ازآغازشب درآن‌خانه حضورداشتند بنمازایستادند وبعدازاینکه نمازخوانده شدعلی(ع) وابوبکررفتند وبدین ترتیب اولین شب ازدواج من بامحمد (ص) گذشت.

وقتی که من همسر رسول‌الله شدم هنوز دختر کوچکش فاطمه (ع) که پیغمبر خیلی اورا دوست میداشت همسرعلی‌بن ابیطالب (ع) نشده بود ولی‌من میدانستم که پیغمبرقصد دارد که فاطمه راهمسرعلی(ع) نماید. میگویند که فرزندان شوهر، موردمحبت زن پدرقرار نمیگیرند ومن این گفته راتصدیق نمیکنم. زیرا ازروزیکه من‌وارد خانه محمد(ص) شدم دخترانش و بخصوص فاطمه(ع) رادوست میداشتم وبادودست پاهای فاطمه(ع) رامی‌شستم وخشك میکردم ونیز بادست خودموهای سرش‌را شانه میزدم.

فاطمه دختری بود ظریف وباریك اندام وبدختران دیگرشوهرم شباهت نداشت وبعد ازاینکه من شنیدم که عایشه کمرخصومت بافاطمه (ع) را بعد ازرحلت رسول‌الله برمیان بسته حیرت کردم زیرافاطمه(ع) آن قدرمهربان وبی‌آزارونیك‌فطرت بودکه تصورنمیشدکسی بفکر بیفتد باآن‌زن‌فرشته سیرت خصومت کند. من میدانستم که محمد(ص) بطورحتم باعایشه‌ازدواج خواهدکرد ولی‌قبل ازآن ازدواج، فاطمه(ع) دخترشوهرمن باعلی (ع) که پسرعموی‌وی بود ازدواج نمود.

یك‌شب که محمد(ص) دراطاق من بود باوگفتم تصور نمیکنم که این دختر سرخ مو (منظورم عایشه بود) وسیله سعادت تورافراهم نماید. محمد(ص) گفت من‌نمیخواهم به‌وسیله ازدواج با(عایشه) سعادتمند شوم بلکه منظورم این‌است که پدرش‌را راضی نمایم واز استعداد

دخترش که دارای یك حافظه نیرومند است استفاده کنم. آن وقت گفته (ام عمرو) قابله را بخاطر آوردم که میگفت که محمد(ص) برای این با عایشه ازدواج میکند که وسیله رضایت خاطر پدرش ابوبکر را فراهم نماید.

یك شب محمد(ص) بعد از اینکه بخانه آمد از منزل خارج گردید ورفت ومن حدس زدم که رفته است تا عایشه را بیاورد. من میدانستم که ازدواج محمد (ص) باعایشه بیصدا خواهد بود وهنگامیکه عایشه را بخانه پیغمبر می‌آورند دف نخواهند زد و آواز نخواهند خواند. طولی نکشید که دومشعلدار نمایان شدند ودرعقب آن دو محمد(ص) وابوبکر نمایان گردیدند و عایشه وسط آن دوحرکت میکرد ومن دیدم که معجری برسر دارد وازاین جهت معجر برسر عایشه انداخته بودند که عابرین اورا نبینند.

درعقب عایشه دونفر که ازخدمه (ابوبکر) بودند میآمدند واشیاء خصوصی عایشه را در دوبسته میاوردند. باید بگویم که (ابوبکر) قبل ازاینکه مسلمان شود از اشراف درجه اول بشمار میآمد وباتجمل میزیست. ولی بعد از اینکه مسلمان شد اموال خودرا درراه توسعه اسلام بمصرف رسانید و ازاین گذشته عادت زندگی او تغییر کرد ومثل سایر مسلمین زندگی مینمود. اگر قبل ازاینکه (ابوبکر) مسلمان شود دخترش عایشه را بشوهر میداد اورا مثل سایر اشراف باشکوه زیاد بخانه داماد میبرد. ولی بعدازاینکه (ابوبکر) مسلمان گردید، ازتجمل پرهیز کرد ودرعوض اموال خودرا درراه توسعهٔ اسلام بذل نمود.

جهیزی که (ابوبکر) بدخترش عایشه هنگام ازدواج بامحمد(ص) داد عبارت بود از جهیزی که یك عرب بدوی و قدری باضاعت هنگام ازدواج بدخترش میدهد. جهیز (عایشه) عبارت بود ازدوجامه یکی تابستانی و دیگری زمستانی و دوبالا پوش (میتوان گفت پتو ــ مترجم) از پشم شتروپای افزارودوخلخال ویك جعبهٔ محتوی اشیاء زنانه عایشه مثل شانه وسورمه وغیره.

قبل ازاینکه (عایشه) واردخانه شودمحمد(ص) گفت امیدوارم که قدم تودر این خانه مبارك باشد. واقعه‌ای که باید برای تو ای پسر (ارطاة) ذکر کنم این است که اندکی بعداز اینکه (عایشه) وارد خانه محمد(ص) گردید، وحی برپیغمبر نازل شد. هرموقع که وحی بر محمد(ص) نازل میگردید حالش تغییر میکرد زیرا درموقع وحی صدای جبرئیل رامیشنید. محمد که رسول خدابود بطوری که بدفعات خوداو گفت یك انسان بشمارمیآمد ولی یك انسان که استعدادی خارق العاده داشت واگر دارای آن استعداد خارق العاده نمی بوداز طرف خدا برگزیده نمیشد. ولی چون یك انسان بود ازنظرجسمی بیش ازیك انسان توانائی نداشت وبهمین جهت درموقع وحی دوچار تغییر حال میشد چون شنیدن صدای خداوند یك فرد بشری را بلرزه درمیآورد وحالش راتغییر میدهد.

هرزمان که مقررمیشد جبرئیل برمحمد (ص) نازل شود واز طرف خداوند برای او پیغام بیاورد پیغمبر اسلام مرتعش‌میگردید وطوری حالش‌تغییرمیکرد که ما مجبور میشدیم یك‌ردا روی‌اوبیندازیم وگاهی محمد(ص) بعدازخاتمه (وحی) ازفرط التهاب عرق میریخت. درآن‌شب‌هم که‌عایشه‌واردخانه محمد(ص) گردیدپیغمبراسلام دوچارتغییرحال شد ولی(عایشه) نترسید. اومیدانست که‌آن تغییرحال ناشی‌ازاین‌است‌که پیغمبراسلام مورد وحی‌قرارمیگیرد وجبرئیل بروی‌نازل میشود.این بودکه‌برخاست وردای‌محمد(ص) راروی اوانداخت وخود درگوشه‌ای ازاطاق نشست . چندین دقیقه‌گذشت ودرآن اطاق سکوت حکمفرمابود وعایشه میدیدکه‌محمد(ص) زیر ردا تکان‌میخورد ومثل این‌است‌که ناراحت میباشد.

بعدازانقضای‌دقائق وحی‌محمد(ص)آرام گرفتو ردا را ازخوددورکرد وعایشه‌دیدکه سروصورت پیغمبر،ازعرق مرطوب گردیده است. از او پرسید یا(محمد) آیاحال توبهترشد یانه؟ محمدگفت بلی‌ای (حمیرا) وحال من‌بهترشد.

(توضیح۔ چون‌عایشه‌دارای گیسوی سرخ‌رنگ‌حنائی‌بودحضرت‌ختمی‌مرتبت(ص) اورا باسم (حمیرا) میخواند ـ مترجم).

آنگاه محمد(ص) گفت عایشه، بعدازاینکه توباین‌خانه آمدی‌خداوند بمن‌دستورداد که بمسلمین بگویم که‌ازاین‌شهر مهاجرت‌کنند وبه(مدینه) بروند واین امر، همین‌موقع بوسیله جبرئیل به‌من نازل گردید ومن‌برای اطاعت‌ازامرخدا،ازخانه‌بیرون میروم تااینکه بمسلمین اطلاع بدهم‌که خودرابرای هجرت‌آماده نمایند. محمد(ص) این‌راگفت وزن جوان‌خودرا درخانه نهادوازمنزل خارج گردید.

پس ازاینکه محمد(ص) رفت چون عایشه‌تنهاماندمن‌باوگفتم‌که باطاق‌من‌بیایدتااینکه تنهانباشد. (عایشه) باطاق من‌آمد ونشست ومن‌بعدازاینکه ازنزدیك،دختر(ابوبکر) رادیدم مشاهده‌کردم‌که وی‌زیباتر ازآن میباشدکه ازدور بچشم میرسد وازاو پرسیدم‌که آیاملول نیستی‌که دراولین شب‌ازدواج توبامحمد(ص)اوتوراتنهاگذاشت وازمنزل خارش‌شد.(عایشه) گفت نه‌ای(سوده)ومن‌ازاین موضوع ملول‌نیستم زیراخودمسلمانم ومیدانم‌که برای‌محمد(ص) کارهای مسلمین واجب‌ترازکارهای خودوی میباشد.آنگاه من راجع‌به‌جهیزوی صحبت‌کرده وپرسیدم‌که پدرش باوچه جهیزداده است؟ (عایشه)گفت‌که جهیزمن عبارت است‌ازدوجامه ودو رواندازودوجفت‌کفش‌وغیرازاین پدرم چیزی بمن‌نداد.

گفتم آیاتوازپدرت‌نخواستی که جهیز بیشتر بتوبدهد؟عایشه گفت چرا،ولی‌پدرم‌نپذیرفت واظهارکردکه هرگاه بیش ازاین‌بمن جهیزبدهد رسول‌الله ناراضی خواهدشد. آنگاه قدری سکوت کرد واظهارنمود:سوده‌توبرای چه‌شوهرکردی وزن‌رسول‌الله شدی؟ گفتم این‌سئوال‌تو حیرت‌آوراست وعلت شوهرکردن من‌همان بودکه زن‌های دیگرراوادارباازدواج مینمایدوزن

تاوقتی که همسر ندارد، براثر تنهائی احساس یأس میکند وزندگی‌را تاریک می‌بیند ولی بعداز اینکه دارای همسرشد حس‌مینمایدکه دیگرایام عمرش تاریک نیست وباامیدواری وخوشوقتی بزندگی‌ادامه میدهد.

(عایشه) گفت ای‌سوده، ولی من برای اینکه ازتنهائی نجات پیداکنم شوهر نکردم بلکه ازاینجهت زوجه پیغمبراسلام شدم‌که بتوانم‌بآرزوی خودبرسم. پرسیدم آرزوی‌توچیست؟ (عایشه) گفت آرزوی من‌تحصیل قدرت وعظمت است؟ گفتم آیامیخواهی ملکه (بالمیر) بشوی یاملکه (سبا)؟

(توضیح ــ (بالمیر) همان شهرمعروف (پالمیر) است وعربهاچون لهجه (پ) ندارند آن‌را (بالمیر) تلفظ میکنند وآن شهری بوده‌است‌آباد ومعروف ، واقع درفاصله‌یکصدوسی میلی‌شمال شرقی شهرکنونی (دمشق) درسوریه وملکه (بالمیر) شهرت جهانی داشته و(سبا) هم‌کشوری بوددرجنوب عربستان (دریمن) ویکی ازملکه‌های آن باسم (بلقیس) برای‌مدتی کوتاه‌همسر(سلیمان) شد واز(سلیمان) جداگردید وبکشورخود (سبا)مراجعت کرد ــ مترجم).

(عایشه) گفت من تصور نمیکنم‌که ملکه (بالمیر) یاملکه (سبا) بیش ازمن استعداد داشته‌اند واگرخداوند نمیخواست‌که من بجاهای بزرگ برسم مرااین‌گونه‌مستعدنمیآفرید گفتم‌ای‌عایشه من‌تصدیق‌میکنم‌که تویکی‌اززیباترین زن‌های عربستان‌هستی. عایشه گفت مقصود من ازداشتن استعداد دارابودن زیبائی‌نیست. زیبائی گرچه یک‌مزیت است ولی‌مزیتی نیست که پیوسته بماند وهمین‌که دورهٔ جوانی سپری شد زیبائی‌ازبین میرود. ولی‌مزایای معنوی بعدازدوره جوانی، بعوض اینکه ازبین برودقوت میگیرد وبهترمیشود.

من وقتی‌که کودک بودم حافظه داشتم ولی‌اینک‌که واردمرحله جوانی شده‌ام حافظه‌ام قوی‌ترگردیده،ومیدانم‌که بعدازانقضای دورهٔ جوانی بازحافظه‌ام نیرومندترخواهدشد. من دردورهٔ کودکی نمیتوانستم‌باسرعت بنویسم ولی‌اینک باسرعت‌کتابت میکنم ومیدانم‌که هرقدر سنوات عمرم زیادترشود،سریع‌ترخواهم نوشت. درطفولیت من‌بعضی‌ازچیزهارانمی‌فهمیدم و اینک‌که واردمرحلهٔ جوانی‌شده‌ام فهم من‌قوت‌گرفته و میدانم‌که پس‌ازمرورسنوات جوانی ، قوه فهم من‌نیرومندترخواهدگردید. اینها است مزایائی‌که خداوند بمن‌داده ومن باید از این مزایاوهمچنین اززیبائی‌خوداستفاده‌کنم واساس قدرت خویش‌را استوارنمایم.

گفتم ای‌عایشه من خیلی میل دارم‌که بدانم تو چگونه اساس قدرت خودرا استوار خواهی‌کرد؟ عایشه گفت من تردید ندارم‌که محمد(ص) فرستاده خدااست ودین اودین خدا میباشد وبی‌شک این دین‌جهانگیرخواهدشدوشرق وغرب عالم‌را خواهد گرفت. گفتم اینموضوع بتوچه ربط دارد؟ (عایشه) گفت صبرکن‌تاحرف من‌تمام‌شود. تومیدانی‌که (موسی) پیغمبرقوم یهودی وقتی‌زندگی رابدرودگفت پسری نداشت وبهمین جهت، بعدازمرگش،رهبری قوم

اسرائیل بدیگران رسید.(عیسی) پیغمبرقوم عیسوی‌هم دارای پسر نبود وبعدازاینکه این‌جهان را وداع گفت دیگران رهبرقوم‌عیسوی شدند. ولی‌محمد(ص) رسول‌الله که مردی‌است صحیح‌المزاج چون‌بامن که دوشیزه هستم ازدواج کرده دارای‌پسرخواهدشد وآن‌پسرچون ازصلب محمد(ص) وازبطن من‌است،دارای تمام صفات برجسته مادونفرخواهد گردید.

پسرمادرستی وراستی وتقوی وخداشناسی‌را ازپدربارث خواهدبرد وزیبائی وهوش و نیروی‌حافظه‌راازمن‌وآن‌پسر بعدازمحمد(ص) پیشوای‌مسلمین خواهدشد ومن‌اورادرکارهاارشاد خواهم نمود وبدست وی‌برشرق وغرب جهان حکومت خواهم کرد.

گفتم ای(عایشه) آیاتومیل‌که پیغمبرزندگی رابدرود بگوید تااینکه بعدازاوبتوانی بدست پسرش برشرق وغرب جهان‌حکومت کنی؟ (عایشه) گفت‌بدیهی‌است‌که نه‌توای(سوده) بدان‌که من محمد (ص) رابیش ازتو دوست میدارم. توتازه بمحمد(ص) رسیده‌ای وقبل از اینکه زوجه رسول‌الله شوی اورانمیشناختی ولی‌من از روزی‌که متولد شدم اورامیشناختم و در شبی‌که من بدنیا میآمدم (خدیجه) همسر محمد (ص) بربالین مادرم حضور بهم رسانید وبعضی برآنندکه اگردرآن‌شب (خدیجه) بربالین مادرم حضور نمییافت مادرم زندگی را بدرودمیگفت.

ازروزی‌که من‌متولدشدم محمد(ص)رادیدم وآیاتی‌راکه خداوندبوسیله جبرئیل‌برای اومیفرستاد حفظ کردم بطوری‌که تمام‌آیات قرآن‌راکه تاامروز برمحمد (ص)نازل شده از حفظ دارم. هنگامیکه مسلمین مجبورشدندکه به(شعب) بروند ومادرآن‌جاگرسنگی‌راتحمل میکردیم توای(سوده)کجا بودی‌که ببینی میزان وفاداری من‌نسبت بمحمد(ص) چه‌اندازه است. لذاتونمیتوانی ادعاکنی‌که بیش‌ازمن محمد(ص) رادوست میداری ووقتی‌من صحبت‌از خلافت پسرپیغمبرمیکنم نه‌ازآن‌لحاظ است‌که خواهان‌مرگ اومیباشم. ولی اکنون رسول‌الله مردی است پنجاه ودوساله ومن‌دختری هستم‌که هنوزبچهارده سالگی نرسیده‌ام وطبق روشی که درجهان هست من‌بیشترازاوعمرخواهم‌کرد. اگرمن بگویم‌که بیش از محمد(ص) عمر خواهم‌کرد نه‌دلیل براین‌است‌که خواهان‌مرگش هستم ونه‌دلیل براین‌میباشدکه براستی‌بیش ازاوعمرخواهم‌کرد.

بسیار اتفاق افتاده‌که خردسالان مرده‌اند و بزرگسالان عمرطولانی‌کرده‌اند وانسان باید طوری زندگی‌کندکه‌گوئی هرگزنخواهد مرد.من امیدوارم‌که بتوانم چندفرزندبرای محمد(ص) بزایم‌که بعضی‌ازآنهاپسرباشندتااینکه پسرارشد من‌بعدازمحمد(ص)خلیفه‌مسلمین شود ومن‌بطوریکه گفتم چون‌زنی‌باهوش هستم وی‌راهدایت خواهم‌کردوبه‌وسیله‌او، برسراسر جهان حکومت خواهم‌نمود.

ای‌پسر(ارطاة) چون میدانم‌که‌آنچه ازمن میشنوی برای (معاویه) نقل خواهی‌کرد

باو بگو از آن شب که (عایشه) همسر(رسول‌الله) شد تا روزی که پیغمبر اسلام درحال حیات بود، آن‌زن آرزوئی جز این نداشت که ازمحمد (ص) دارای پسری شود تا اینکه بعد از(رسول‌الله) خلیفه مسلمین گردد و(عایشه) بتواند بدست پسرش بر کشورهای اسلامی حکومت کند. در آغاز (عایشه) زنی خوش‌خلق وخنده رو، وبامحبت ولی دارای غرور بود. بعدازاینکه متوجه شد که عقیم میباشد ونمیتواند فرزند بزاید، خلق ومشرب وی‌تغییر کرد ودیگر بامازن‌های رسول‌الله مثل سابق صحبت نمیکرد ونمیخندید ومن‌متوجه بودم که بالاخص نسبت به فاطمه(ع) که از پشت علی(ع) دوپسرزائیده بود، کینه‌ای شدید داشت ویك‌روز بمن گفت اگر توآنائی داشته باشم بادو دست خود این‌زن‌را بقتل خواهم رسانید وتمام خصومتهائیکه عایشه بافاطمه (ع) دختر پیغمبر وشوهرش علی(ع) کرد ازآن کینه سرچشمه میگرفت واین بود آنچه من‌راجع به‌عایشه میدانم.

محمد(ص) وابوبکر درغار

من که (ثابت بن‌ارطاة) رئیس خفیه معاویه خلیفه مسلمین هستم شنیدم یکی‌ازکسانیکه درصدراسلام عایشه‌را میشناخت مردی است موسوم به(عمروبن فحیل) که درآن‌موقع‌چوپان بود واینك‌هم درحجازچوپانی میکند. من شخصی‌رافرستادم که‌آن‌مردچوپان‌را نزدمن‌بیاورد وهزینه سفرش‌را پرداختم و(عمروبن‌فحیل) نزدمن‌آمد وچنین گفت:

ای(ثابت‌بن ارطاة) توازمحمد(ص) اسمی میشنوی ولی‌نمیدانی اوکه بود وچقدرنفوذ کلام داشت وچگونه هرچه میگفت بردل می‌نشست. وقتی‌که من‌محمد (ص) را اولین مرتبه دیدم اومردی‌بودکه بیش‌ازپنجاه سال ازعمرش میگذشت وهمین‌که نظربمن‌انداخت وبصورتم تبسم‌کرد محبت اودرقلبم‌جاگرفت.

شاید توشنیده‌ای‌کسانیکه از بزرگترین دشمنان محمد(ص) بودند وقصدداشتند اورا بقتل برسانند بعدازاینکه وی‌رادیدند مسلمان شدند وآیا ازخود پرسیدی چه‌شد آن مردان کینه توزکه میخواستند محمد (ص) را بقتل برسانند پس از اینکه اورا دیدند یك‌مرتبه کینه خودرا فراموش‌کردند وحتی مسلمان شدند؟ علتش ، همان تأثیر بزرگ محمد (ص) دراطرافیان بود.

محمد(ص) نگاهی‌بسیارملایم ورئوف داشت وهنگامیکه‌نظربردیدگان‌دیگری‌میانداخت محبت وی‌درقلب مخاطب جامیگرفت وپس ازاینکه لب بسخن میگشود محبتش بیشتردرقلب مخاطب جایگزین می‌شد. من قبل ازاینکه محمد(ص) راببینم مردی بودم‌کینه‌توز وبیرحم ولی بعدازاینکه اورا دیدم ووی‌بامن صحبت‌کرد بکلی تغییرنمودم ومتوجه شدم‌که نظریه‌ام نسبت‌بدیگران‌طوری‌دیگرشده‌است. محمد(ص) بمن گفت‌ای(عمروبن‌فحیل) به‌عفووکرم‌خداوند امیدواری داشته باش،وتوهرقدر درگذشته گناه‌کرده باشی‌اگرازروی خلوص نیت‌توبه‌نمائی خداوندگناهان تورا عفو خواهدکرد وپس از مرگ تو را به‌بهشت‌خواهد برد. من‌هم از صمیم قلب ازگناهان توبه‌کردم و مسلمان شدم و ازآن پس حس نمودم‌که مردی نیك‌بخت میباشم. چون‌دیگرارتکاب گناه قلب مراسیاه‌نمیکرد وکینه وخشم‌پیوسته‌کام مراتلخ‌نمینمود.

من چون شبان بودم صحراهای حجازرا بخوبی میشناختم ومیتوانم بگویم که درحجاز جائی نبود که نشناسم. لزوم چرانیدن گوسفند یاشتر وانتقال گله ازیك منطقه به‌منطقه دیگر سبب شده بود که من‌ازتمام خصوصیات‌اراضی وتپه‌ها وکوهای حجازمطلع گردم. محمد (ص) این را میدانست و بهمین جهت هنگامی که میخواست از(مکه) به(مدینه) مهاجرت نماید به‌من دستورداد که محلی‌را برایش پیداکنم که پس‌ازخروج ازآنجا، چندین روز درآن‌محل بماند تااینکه کسانیکه وی‌را تعقیب خواهندکرد ازتعقیب خسته شوند و مراجعت نمایند و آن‌وقت، محمد(ص) ازآن‌مکان خارج گردد وراه (مدینه) راپیش بگیرد.

ازنقشه محمد(ص) برای خروج ازمکه ورفتن به(مدینه) چهارنفراطلاع‌داشتند: اول پسرعمویش علی(ع) دوم زوجه‌اش عایشه (ولی سوده زوجه دیگرمحمد از اینموضوع اطلاع نداشت) سوم (ابوبکر) پدرزن محمد وچهارم من.

من میدانستم که درنقطه‌ای ازبیابان، که بامکه باندازه یك‌شبانه روزراه‌پیمائی فاصله دارد غاری هست که من دومرتبه، گوسفندان خودراموقعی که طوفان ریك میوزیدبآنجا برده بودم وآن‌هاراازخطرطوفان نجات دادم. آن غار، درنقطه‌ای‌قرارداشت که باراه مکه بمدینه، دارای فاصله‌ای زیادبود وتصورنمیشدکه بعدازاینکه محمد (ص)ازمکه خارج گردیدکسانی که‌ویراتعقیب‌میکنندآن‌غاررا کشف نمایند. ولی‌من‌غافل‌ازاین بودم همانگونه که من‌آن‌غاررا میشناسم ممکن‌است کسانی درمکه باشندکه‌آن‌غاررا بشناسند.

توای(ثابت ارطاة) میدانی که محمد (ص) چگونه علی(ع) پسرعموی خودرا درمکه بجای خویش گذاشت وشبانه، باتفاق(ابوبکر) ازمکه خارج گردید. من ازذکراین وقایع خودداری میکنم‌چون‌میدانم که تمام مسلمین از آن مستحضرهستند ودیگراینکه تومیخواهی راجع به (عایشه) کسب اطلاع کنی و نمیخواهــی که درخصوص هجرت پیغمبر اطلاع بدست بیاوری. بعدازاینکه محمد(ص) و(ابوبکر) شبانه ازمکه خارج شدند من‌راهنمائی آنهارا برعهده گرفتم وبعدازطی یك‌شبانه روزراه، غروب روزدیگر، آنهارا به‌غاررسانیدم.

من‌چون میدانستم محمد(ص) و(ابوبکر) مدت چندین شبانه‌روزدرآن‌غار بسرخواهند برد، درآنجا خواربار وآب ذخیره کردم وهمین‌که محمد (ص) و ابوبکررا به‌غار رسانیدم وآسوده خاطر شدم که آنها از منطقه خطر دور شده‌اند باسرعت بمکه مراجعت نمودم تا علی(ع) و(عایشه) راآسوده خاطر کنم وبآنها بگویم که برای محمد (ص) و(ابوبکر) دغدغه نداشته باشند.

خروج من‌ازمکه ومراجعتم بآنجاتوجه‌کسی‌راجلب نمیکرد چون همه میدانستند که من شبان هستم ودر بیابان بسر میبرم ولی مجبورم که گاهی برای رفع حوائج خودبشهر بیایم. بعدازبازگشت بمکه خواستم اول بخانه محمد(ص) که میدانستم علی(ع) آنجاست‌بروم

ولی مشاهده کردم که خانهٔ رسول‌الله تحت محاصره (قریش) است. من اگر نشان میدادم که قصد دارم وارد آن خانه شوم بی‌شك سبب سوء ظن قریش میشد و مرا میگرفتند و مورد تحقیق قرار میدادند. لذا از رفتن بخانه محمد(ص) خودداری کردم و راه خانه(ابوبکر) را پیش گرفتم برای اینکه میدانستم که بعد از خروج(ابوبکر) از مکه، عایشه، دختر او و زوجه رسول‌الله بخانه پدر منتقل خواهد شد.

خانه (ابوبکر) که عایشه در آن بسر میبرد مورد محاصره قرار نگرفته بود و عایشه وقتی شنید که شوهر و پدرش بسلامت بغار رسیده‌اند بسیار خوشوقت شد و گفت ای(عمرو بن فحیل) از لحظه‌ای که فهمیده‌اند که شوهرم باتفاق پدرم از این شهر رفته‌اند در اینجا ولوله برپا شده‌است. (ابوسفیان) از قبیله (امیه) جارچی باطراف فرستاده که هر کس محمد (ص) را دستگیر کند و تسلیم نماید یکصد شتر پاداش خواهد گرفت و هر کس وی را بقتل برساند وجسدش را تحویل بدهد یکصد شتر پاداش میگیرد.(ابوسفیان) بهترین ماده شترهای سریع‌السیر خود را بسوارانی واگذار کرده که راه مدینه را پیش گرفته‌اند چون در اینجا همه میدانند که (رسول‌الله) و پدرم بمدینه میروند زیرا در آنجا مسلمین زیاد هستند. بعد (عایشه) از من پرسید که آیا اطمینان داری که دشمنان رسول‌الله نمیتوانند آن غار را پیدا کنند. گفتم بلی اطمینان دارم.

من بعد از اینکه از خانه عایشه بیرون رفتم در معابر مکه براه افتادم و میخواستم که از اوضاع عمومی بیشتر کسب اطلاع نمایم و میدیدم که گاهی بعضی از شترسواران که از بیابان مراجعت میکنند وارد شهر میشوند. هر دفعه که دسته‌ای از شتر سواران وارد شهر میشدند مردم اطرافشان را میگرفتند و من هم به‌سواران نزدیك میشدم که ببینم چه‌میگویند و میشنیدم که صحبت آنها مربوط به‌محمد(ص) است و شترسواران میگفتند که‌محمد(ص) را درراه مدینه نیافته‌اند وحدس میزنند که وی از راه ساحلی (یعنی راهی که از کنار دریای‌سرخ میگذرد) بطرف مدینه‌روان شده‌است.

تمام شترسوارانی که تا غروب آن روز از بیابان مراجعت کردند همان حرف را زدند و گفتند که محمد از راه ساحلی بسوی مدینه رفته و باید اورا درسواحل جستجو کرد. (ابوسفیان) به شترسواران گفت هر کس که خسته نیست و میتواند راه‌پیمائی کند همین امشب بطرف ساحل برود و راهی را که بموازات ساحل تا مکه امتداد دارد تعقیب نماید و شاید بتواند فردا محمد(ص) را دستگیر نماید و بمکه برگرداند یا بقتلش برساند. عده‌ای از شتر سواران ترجیح دادند که همان‌شب بطرف ساحل بروند و بعضی از آنها بهتر آن دانستند که هنگام شب استراحت نمایند و صبح روز بعد، عازم ساحل شوند و آنگاه درامتداد ساحل، راه شمال یعنی راه مدینه را پیش بگیرند.

(عایشه) گفت که تصمیم دارد بشوهرش محمد (ص) و پدرش (ابوبکر) ملحق شود. من

باو گفتم که ازمکه تاغاری که محمد(ص) و(ابوبکر) درآن هستند خیلی‌راه‌است واونمیتواند باشترآن راه راطی کند ومیباید پیاده طی‌نماید. (عایشه) پرسید که برای‌چه نمیتواند باشتر آن‌راه راطی کند. گفتم مابرای اینکه بتوانیم خودرا بغار برسانیم بایدازمنطقه‌ای عبورکنیم که قسمت اعظم‌آن مسطح است ویك‌شترسوار ازدوردیده میشود واگرسواردوشترشویم، یعنی من بجای اینکه پیاده طی‌طریق کنم سوارشترگردم بهترماراخواهند دید وچون‌محمد(ص) و(ابوبکر) دونفربودند ازدورتصورمینمایندکه مادونفرمحمد(ص) وابوبکر هستیم وبطورحتم مارادستگیرخواهندکردوپس‌ازاینکه‌تورادستگیر نمودند رهایت نخواهندکرد چون‌میدانندکه تونزدمحمد(ص)میروی. ولی‌اگرپیاده‌برویم، مااول شترسواران‌راازدورخواهیم‌دید، بدون‌اینکه آنهامارابیبینند وتاوقتی‌نزدیك‌شوند فرصت‌خواهیم داشت خودراپنهان‌کنیم. (عایشه) گفت من پیاده براه‌خواهم افتاد.

گفتم (عایشه)اگرتویك‌زن‌بیابانی وازقبایل صحرانشین بودی‌من‌بتومیگفتم‌که میتوانی پیاده ازمکه نزدشوهروپدرت بروی. ولی تودختر(ابوبکر) میباشی ودرتمام عمردرسایه‌بسر برده‌ای وپیوسته باشترمسافرت‌کردی ونمیتوانی رنج پیاده روی در صحراهای عربستان را تحمل نمائی؟

(عایشه) بمن‌گفت‌گرچه من دختر(ابوبکر) هستم ولی ازکودکی بامحمد (ص)بسر برده‌ام واوبه‌من‌آموخت‌که‌نباید تن‌پروربا‌شم واززحمت بترسم وبتواطمینان میدهم که‌میتوانم پیاده روی نمایم. گفتم دراین‌صورت‌بایدآذوقه برداشت وبراه افتاد. (عایشه) پوشاك خودرا عوض‌کرد ولباسی سیاه پوشید وپس‌ازاینکه هواتاریك شد من‌واو، پیاده ازمکه خارج شدیم وراه غاررا پیش‌گرفتیم.

درموقع شب باشترسوارانیکه ازراه مدینه مراجعت میکـردند برخوردنکردیم زیرا راه ماراه مدینه‌نبود. ولی بعدازاینکه روزدمید چندمرتبه‌ازدورشترسوارانی‌نمایان‌گردیدند ومن و(عایشه) هربارخود را پشت تخته‌سنگ‌ها یابوته‌ها پنهان میکردیم تاسواران بگذرند ومارانبینند. هنگام عصربجائی رسیدیم‌که من‌گله خودرا بحفاظت‌یك‌جوان‌چوپان که‌شاگردم بودودوسگ آنجا گذاشته‌بودم.

من به‌(عایشه) گفتم اگرتومایل باشی من حاضرم‌که یکی ازاین‌گوسفندان را برای محمد(ص) وپدرت ببرم وبرای‌آنها ذبح‌کنم تااینکه امشب ازگوشت این‌گوسفندان تناول کنند. (عایشه) گفت‌بسیارخوب ومن میگویم‌که بهای‌گوسفندان‌رابتوبپردازند. من‌گوسفندی راجداکردم وبه‌راه ادامه دادیم تااینکه به‌غاررسیدیم.

من ازدورسه مرتبه بطرزی مخصوص‌بانك زدم تامحمد (ص) و(ابوبکر) مرابشناسند وسنگی‌راکه درمدخل غاربود ازآنجا دورکنند. (ابوبکر) سنگ‌راکنارزد وسر ازغارخارج

کرد وپرسید ای(عمروبن فحیل)آیاتوهستی؟ (عایشه) گفت بلی‌ای‌پدرماهستیم‌آیـا رسول‌الله سالم است؟ صدای محمد(ص) ازدرون غار برخاست که گفت بلی ای(عایشه) من سـالم هستم ولی چه شدکه تواینجا آمدی؟

(عایشه) گفت ای‌رسول‌الله من نتوانستم دوری تووپدرم راتحمل نمایم. غار بمناسبت اینکه مشعلی درآن‌میسوخت روشن بود وعایشه بدرون غار رفت ومن خواستم گوسفند را در خارج ازغار ذبح کنم. ولی (ابوبکر) مانع شد وگفت‌یا(عمرو) گوسفندرا بداخل‌غار بیاور و دراینجاذبح کن زیرا اگردرخارج ازغارذبح کنی، آثارذبح گوسفند روی زمین باقی میماند وتوجه کسانی‌راکه ممکن است هنگام روز،ازاین حدودعبورکنند جلب خواهدکرد. من‌در آن‌شب متوجه نشدم که گفته (ابوبکر) چقدرعاقلانه است وروز بعد دریافتم که اگر گوسفند را درخارج ازغارذبح میکردم آثارذبح بنظرشترسوارانی که‌ازنزدیك‌غارعبورکردندمیرسید وغاررا کشف مینمودند.

من گوسفند را در غار ذبح کردم و قدری از گوشت‌آن‌را روی آتش پختم ومقابل محمد (ص) و (ابوبکر) نهادم و آنها غذاخوردند وبعد خوابیدند. من و(عایشه) هم آن شب درغارخوابیدیم من میخواستم درخارج ازغارنگهبانی کنم امامحمد(ص) گفت بهتر آن‌است که‌آنجانباشم تاا گرکسانی ازکنارغار میگذرند مرا نبینند ولذامن باموافقت محمد(ص) و ابوبکروعایشه درغارخوابیدم.

وقتی‌که بامداد دمید من‌ازمحمد(ص) و(ابوبکر) اجازه گرفتم که بروم وسری به‌گله خود بزنم. محمد(ص) به‌عایشه گفت توهم‌با(عمروبن‌فحیل) برو،وهنگام روزدرصحرانزدیك گله باش واگر تورا ببینند تصور میکنندکه دختر چوپان هستی. عایشه غمگین شد وگفت ای‌رسول‌الله آیامرا ازخودمیرانی؟ محمد(ص) گفت نه‌یا(حمیرا) ومن تورا ازخودنمیرانم ولی نمیخواهم‌که خطری متوجه توشود. خداوند بمن‌دستورداده‌که ازمکه خارج شوم وخود را بمدینه برسانم وممکن است‌خطری متوجه من گردد. اگرتوبامن‌نباشی‌من‌درقبال‌هرپیش‌آمد، که برایم اتفاق بیفتد،صبورخواهم بود ولی‌اگرتوبامن باشی درموقع خطر برای‌تومضطرب خواهم شد ودراینجا،اگرخطری برای‌ما پیش بیاید درموقع روزاست نه‌هنگام شب. چون درموقع شب، کسی نمیتواند مدخل این غار را ببیند لیکن هنگام روز،ممکن است که‌آن‌را ببینند. بنابراین‌توبا(عمروبن فحیل) بصحرابرو،وتاغروب آنجاباش وبعدازاینکه شب فرود آمد به‌غارمراجعت‌کن. این‌بودکه من و(عایشه) ازغارخارج شدیم وراه گله راپیش گرفتیم. گله من درمنطقه‌ای علفزارمیچرید وبااینکه بین‌آن منطقه وغارفاصله زیادوجودداشت، من وعایشه ازدور،مدخل غاررامیدیدیم.

(توضیح ــ درصحراهای عربستان غیرازمناطق مرتفع‌که درآنجاباران میبارد علفزار

نیست ولی درحجاز یعنی درنواری باریك ازخاك عربستان که کنار دریای سرخ قرار گرفته مرتع هست وجنگل‌هم وجود دارد ودربعضی ازمناطق حجاز (البته نزدیك دریا) اگریك‌متر زمین‌را حفرکنند آب شیرین بدست میآیدولذا نباید ازگفته (عمـروبن فحیل)که میگوید گوسفندانش دریك‌منطقه‌علفزارمیچریده‌اند حیرت کرد چون‌در(حجاز) وزمین‌های‌مجاورحجاز علفزاریافت میشود ـ مترجم).

آن روزماشش‌بارشترسوارانی رادیدیم که درآن صحرا درجستجوی محمد(ص)بودند وهردسته بمانزدیك‌میشدند ونشانی محمد(ص) رامیدادند میگفتند که آیا شمامردی باین‌نشانی راتنهایا با(ابوبکر) ندیده‌اید؟من‌وعایشه وجوانی‌که نزدمن‌کارمیکردجواب میدادیم‌نه ، وما امروزنه محمد(ص) را دیدیم‌نه (ابوبکر) را وگفته ماصحیح بود.

یك دسته شترسواران مزبوربعداز اینکه ازماجداشدند از امتدادی‌براه افتادند، که بی‌شك‌ازنزدیك غارعبورمیکردند. (عایشه) خیلی وحشت‌کرد وگفت خدایا تو(رسول‌الله) و پدرم‌راحفظ‌کن. اگرشب قبل من گوسفندرا درخارج‌ازغارذبح میکردم بدون‌تردیدآثار ذبح گوسفند بنظرشترسواران میرسید وغار راکشف میکردند. خوشبختانه شترسواران وقتی نزدیك‌غار رسیدندتوقف‌نکردندوبراه ادامه دادند،وبعدما دیدیم که‌یك‌مرتبه شتران‌را باسرعت بحرکت درآوردند وازغار دورشدند.

ماآن روز تا غروب مضطرب بودیم و همین‌که دسته‌ای ازشترسواران نمایان میشدند برجان محمد(ص) و(ابوبکر) می‌ترسیدیم.دریکی‌ازآن دسته‌ها وقتی ازما دورشد، یك‌سوار فریادی‌زد وماتصورکردیم‌غار راکشف‌کرده وبعد معلوم شدکه یك مارزهردار مقابل شتراو پدیدارشده‌است. شب، وقتی میخواستیم‌به غارمراجعت‌کنیم، (عایشه)گفت خوب‌است که‌یکی ازمیش‌هارابا خودببریم‌تااینکه صبح‌روزبعد، شیرآن‌رابرای‌رسول‌الله بدوشدزیراپیغمبراسلام هرموقع‌که شیرتازهٔ میش‌بدست بیاید مینوشد. من یکی‌ازمیش‌های پرشیررا انتخاب‌کردم و بطرف‌غار روان شدیم.

وقتی قدم‌به‌غار گذاشتیم (عایشه) اول‌ازسلامت رسول‌الله پرسش‌کرد وآنگاه ازسلامت پدرش‌سئوال‌نمودوبعدازاینکه دانست هردوسالم‌هستند وآسوده‌خاطر گردید گفت‌ای(رسول‌الله) ماامروز، برای‌تو وپدرم خیلی‌ترسیدیم چون‌یکدسته‌ازشترسواران که‌مشغول تعقیب شمابودند، طوری‌به‌غار نزدیك شدندکه ماتصورکردیم‌آن‌راکشف نموده‌اند. (ابوبکر)گفت ماهم تصور نمودیم‌که آنهاغاررا کشف‌کرده‌اندوسلاح خودرا بدست گرفتیم‌که ازخود دفاع کنیم‌واگرکشته میشویم باری برایگان، جان‌را از دست ندهیم . آنها بقدری بـه غارنزدیك بودنـدکه ما صدای صحبتشان‌را نیزمیشنیدیم وناگهان یکی از آنها گفت نگاه‌کنید .. آیاآن دونفررا میبینید؟ .. بدون‌تردیدیکی‌ازآنهامحمد(ص)است ودیگری(ابوبکر).مانفهمیدیم‌که آیا دیگران

هم‌آن دو نفررا دیدند یاندیدند ولی بعداز این گفته شترسواران شترهای خود را باسرعت بحرکت درآوردند ودور شدند.

ماآن شب رادر غاربسر بردیم وصبح‌روز بعد، (عایشه) شیر(میش) رابرای رسول‌الله دوشید ومحمد(ص) آن‌شیررا نوشیدوبما گفت که‌ازغارخارج‌شویم وبگله برگردیم. ما، یعنی (عایشه) ومن، بامیش بگله برگشتیم. آن‌روزتاظهر، صحراخلوت بود وکسی‌پیدانشدکه درتعقیب محمد(ص) باشد. وقتی‌آفتاب بوسط آسمان‌رسید وسایه‌ها بقدری کوتاه‌شدکه‌ازآن کوتاهتر نمیشود شش‌شترسوارکه با سرعت میتاختند بمانزدیك شدند و سراغ محمد (ص) را از ماگرفتند. ما اظهار بی‌اطلاعی کردیم وگفتیم که‌او راندیده‌ایم وسواران ازما دورشدندوبعد وحشت‌زده دیدیم که آنها عازم‌غار گردیدند و مثل این است که میدانند در آنجا غاری وجود دارد چون‌بدون‌انحراف وبخط مستقیم‌بطرف‌غارمیرفتند. طوری(عایشه) بیمناك شدکه ناله برآورد وگفت خدایااین‌مرتبه‌جان‌پیغمبر توبطورحتم درمعرض خطرقرارگرفته واگراعجازتووی را نجات‌ندهدمحمد(ص) کشته خواهدشد وپدرم‌رانیزخواهندکشت.

شترسواران که مستقیم بطرف غارمیرفتند وقتی‌بآنجا رسیدند توقف نمودند وشترها را واداشتند که زانو بزنند و ازشترهـا فرودآمدند . (عایشه) ومن طوری دوچاربیم شدیم‌که میلرزیدیم. ولی‌بعد از مدتی، آن‌اشخاص سواربرشتران خودشدند ومرکب‌هارابرپا واداشتند واز حـدودغار دورگردیدند .

همان شب وقتی ما بغار مراجعت‌کردیم ، از(ابوبکر) شنیدم‌که خداوند قبل‌از اینکه سواران‌بغاربرسندعده‌ای ازعنکبوتان راماًمورکردکه مدخل غار رابا تنیدن‌تارمسدود نمایند تاهرکس‌که بآنجا میرسد تصورکندده‌هاسال‌است‌که مدخل‌آن غار را نگشوده‌اند ونیز در مدخل غار پرنده‌ای درلانه، تخم‌گذاشته، روی تخمهای خود خوابیده بود و وقتی سواران نزدیك شدند ازآشیانه پرید وسواران وقتی‌تارعنکبوت ولانه‌آن پرنده را دیدند بخود گفتند محال‌است‌که محمد(ص) و(ابوبکر) وارداین غار شده باشند وگرنه پرده تارعنکبوت پاره میشد وپرنده مقابل غار، بدون ترس‌روی‌تخمهای خودنمیخوابید و بهمین جهت سوارشتران خودشدند ورفتند.

آن شب ما دیگر در غارنخوابیدیم بلکه بمکه مراجعت‌کردیـم تااینکه برای پیغمبر اسلام و(ابوبکر) شترییاوریم وآن‌هاسوارشتر بشوندوبسوی مدینه بروند. (عایشه) ومن‌پیاده راه مکه راپیش‌گرفتیم وبعداز اینکه بشهررسیدیم متوجه شدیم‌که ازهیجان مردم‌نسبت به مسئله رفتن محمد(ص) و(ابوبکر) ازمکه‌کاسته شده‌وعلتش‌این‌بودکـه قافله‌ای‌ازمصر به مکه آمد ومردم درفکرخریـد وفـروش بودند و بموضوع محمد توجه نداشتند . قافله‌ای‌کـه از

مصر بمکه آمد سه‌هزار شتر داشت و بمناسبت ورود آن قافله هر کس که در مکه بود کار خود را رها کرد و رفت تا اینکه کالا خریداری نماید یا اینکه چیزی به کاروانیان بفروشد.

ای (ثابت بن ارطاة) تو شهر مکه را قبل از اسلام ندیده‌ای و نمیدانی که شهری بود محل سکونت اشراف عرب، یعنی اعراب بدوی و عربهای بدوی دو شغل داشتند یکی پرورش شتر و دیگری سوداگری و تمام سکنه مکه پرورش دهنده شتر و سوداگر بودند و وقتی یك کاروان بزرگ وارد مکه میشد تمام مسائل موکول به بعد میگردید و مردم میرفتند تا اینکه از کاروانیان خرید کنند یا اینکه کالای خود را با آنان بفروشند.

ما بدون اینکه توجه کسی جلب شود وارد مکه شدیم و چون خسته بودیم خوابیدیم و هنگام شب من دو شتر از بهترین شتران راه‌پیمای (ابوبکر) را انتخاب کردم و عایشه و من سوار شتران مزبور شدیم و راه غار را در پیش گرفتیم. محمد(ص) و (ابوبکر) از مراجعت (عایشه) خوشوقت شدند و من چگونگی وضع شهر را باطلاع آن دو نفر رساندم و گفتم از وقتی که ما از مکه خارج شدیم کسی را در راه ندیدیم و معلوم میشود که سکنه مکه مثل دو سه روز اول علاقه ندارند که محمد(ص) را دستگیر نمایند و ورود کاروان مصر، حواس آنها را معطوف به تجارت کرده است.

من بمحمد (ص) و ابوبکر گفتم خوبست که بیدرنگ حرکت نمایند و هنگام شب با استفاده از شتران سریع‌السیر مقداری راه بپیمایند و خود را بمدینه نزدیك نمایند و پس از اینکه روز دمید استراحت کنند.

محمد (ص) پیشنهاد را عاقلانه دانست و آماده برای عزیمت شد و به عایشه گفت بعد از اینکه ما حرکت کردیم تو باتفاق (عمرو) بمکه برگرد و نزد (سوده) باش و بعد از اینکه به علی(ع) اطلاع دادم که شما را از مکه بمدینه بیاورد با (سوده) و دخترم فاطمه(ع) حرکت کن و بمدینه بیا.

هنگامی که محمد (ص) و (ابوبکر) میخواستند سوار شتر شوند و براه بیفتند من متوجه گردیدم که بر اثر فراموشی با خود از مکه طناب نیاورده‌ام تا اینکه بوسیله طناب مشك‌های آب را از جهاز شتر بیاویزیم. در سفر موضوع بردن مشك پر از آب بطوریکه میدانی دارای اهمیت بسیار است و مسافری که بدون مشك پر از آب سفر نماید در بیابان‌های عربستان از تشنگی خواهد مرد.

اگر محمد(ص) و (ابوبکر) بدون بردن مشك پر از آب سفر میکردند، در صحرا از تشنگی میمردند و اگر میخواستند صبر کنند تا من بمکه برگردم و از آنجا برای بستن مشك‌ها بجهاز شتر طناب بیاورم مسافرتشان لااقل دو شبانه‌روز بتأخیر میافتاد. یك مرتبه (عایشه) بمن گفت (عمرو) خنجر خود را بمن بده. من حیرت‌زده خنجر خود را از غلاف بیرون آوردم و بدست عایشه دادم و

(ابوبکر) ازاوپرسید چه میخواهی بکنی. عایشه دست بگیسوی بلندو پرپشت خودزد و گفت ای پدر میخواهم بااین خنجر گیسوی خودراقطع کنم وبا اوتار آن طناب ببافم وبدان وسیله مشک های آب (رسول الله) وتورا بجهازشتر ببندم. محمد(ص) گفت نه یا(حمیرا) این کاررانکن ومن راضی نیستم که تو گیسوی خودراقطع نمائی وبرای ماطناب ببافی . (عایشه) خنجررا برزمین نهادو گفت چون (رسول الله) نمیخواهد که من گیسوی خودراقطع کنم من ازقطع آن خودداری مینمایم امامیتوانم لباس خودرا تقسیم بقطعات درازکنم وآن قطعات را بتابم وبشکل طناب دربیاورم.

محمد(ص) گفت یا(حمیرا) تواگر لباس خودرا بقطعات کوچك وباریك تقسیم کنی وآنها رامثل طناب بتابی پس چگونه از اینجا بمکه برمیگردی؟ (عایشه) گفت من میتوانم اینجا بمانم تااینکه (عمرو) بمکه برود وازآنجا برای من لباس بیاورد .

یك مرتبه یادم آمد پوست گوسفندی که ذبح کرده بودم درغاراست ومیتوان ازپشم آن برای تابیدن طناب استفاده کرد. این موضوع مرابفکر انداخت که ازپشم گوسفندان گله هم میتوان برای بافتن طناب استفاده نمود. اما باخنجر نمیتوان پشم گوسفندزنده را قطع کردوقطع کردن پشم گوسفند زنده احتیاج به قیچی مخصوص دارد . من برای عایشه که میتوانست پشم بریسد با سرعت یك دوك کوچك ازچوب هائی که درغار بودساختم وباخنجر پشم را ازپوست گوسفند ذبح شده جدانمودم ومقابل عایشه نهادم . همسرمحمد(ص) باشتاب آن پشم را ریسید وهمین که دوك ازنخ پرشد شروع ببافتن طناب کرد .

طنابی که عایشه درروشنائی مشعل بافت ضخیم نبود ولی درعوض چون ازپشم بافته شد استحکام داشت . بعدازاینکه طناب بافته شد عایشه بالاپوش خودرا که روی لباس در برداشت با خنجر به قطعات باریك و بلند تقسیم کرد وبشوهرش گفت یارسول الله این بالاپوش برای من یك لباس زائدبود ومن ازاین جهت آنراپوشیدم که اگردرصحرا هواسردشود احساس برودت ننمایم. من میتوانم بدون بالاپوش بمکه برگردم واز این لباس، یك طناب محکم برای بستن مشك به جهاز شتر بافته میشود.

بدین ترتیب دوطناب برای بستن دومشك به جهازشتر بافته شد که یکی ازآن دو ازپشم گوسفند بود ودیگری ازمقداری پشم ومقداری ازبالاپوش (عایشه). دیگر کاری باقی نمانده بود جز اینکه مشك های آب را به جهاز دوشتر ببندیم و محمد (ص) و (ابوبکر) سوارشوند و براه بیفتند.

من مشك های آب رابا دوطناب که عایشه بافته بود محکم به جهازدوشتر بستم وآنگاه محمد(ص) و(ابوبکر) سوارشدندوقبل ازاینکه شتران براه بیفتند من به محمد(ص) و(ابوبکر) گفتم از چه راه بروندتااینکه احتمال برخوردآنها با فرستادگان مکه کمتر باشد.

بعداز اینکه آن دونفر رفتند عایشه عازم مراجعت به مکه شد ومن و او، مرتبه ای دیگر

پیاده‌راه‌مکه را پیش گرفتیم. این است خاطره‌ای که‌من از (عایشه)، هنگامی که محمد(ص) میخواست از مکه بمدینه مهاجرت کند بیاد دارم . وی‌درآن موقع‌زیباترین‌زن عربستان بودومن‌درمدت‌عمرزیباتر ازوی، زنی‌رامشاهده نکردم. علاوه برزیبائی ، اراده‌و استقامت داشت ومن‌میفهمیدم که‌عایشه زنی‌است که هرچه‌بخواهد بانجام‌میرساند واز‌خستگی نمیترسد وبیخوابی اورا متأذی‌نمیکند. من‌که‌مرد بودم ودرتمام‌عمرچوپانی کرده‌ام وقتی‌ازمکه پیاده به‌غارمیرفتم یا ازغارراه مکه‌را پیش میگرفتم خسته میشدم اما (عایشه) خسته نمیشد ووقتی به‌مقصد میرسید احتیاج باستراحت‌نداشت.من دیگر چیزی ندارم که راجع‌به عایشه‌بگویم و به‌صحبت‌خودخاتمه‌میدهم.

اظهارات پیشوای یهودیان مدینه
درباره پیغمبر اسلام و همسرش

دیگر از کسانیکه میباید مورد تحقیق من که (ثابت‌بن‌ارطاة) هستم قرار بگیرد (ایسکر بن‌موسی) پیشوای روحانی قدیم یهودیان‌در (مدینه) بود. چون او در گذشته، (عایشه)را میشناخت ومیتوانست‌راجع بسوابق آن‌زن اطلاعاتی بمن‌بدهد. باید بگویم که (ایسکر بن‌موسی) مردی‌است بسیار سالخورده وباید زیر بغلش رابگیرند تابتواند راه برود. ولی‌باوجودپیری‌مفرط‌چشم‌هائی‌درخشنده دارد وگوش‌هایش‌بخوبی‌میشنود. (ایسکر بن‌موسی) صحبت‌خودرا راجع به(عایشه) اینطورشروع کرد: ای پسر(ارطاة) تومیدانی که امروز در (مدینه) یك‌یهودی‌نیست. اما قبل ازاینکه محمد(ص) از مکه‌بمدینه‌هجرت کند، عده‌ای‌کثیر ازیهودیان در(مدینه) زندگی‌میکردند ومن‌هم ازیهودیانی‌بودم‌که درآنجا بسرمیبردم. من درمدینه،جزوروحانیون‌بودم وددر نمازخانه‌خودمان درآنجاخدمت میکردم وبااینکه‌استعدادم بیش ازتمام‌روحانیون‌یهودی درمدینه بود، برای‌من قائل باهمیت نمیشدند زیرا ریش سفید نداشتم. مایهودیها به‌تبعیت‌ازسنن‌قوم اسرائیل‌برای ریش سفید قائل باهمیت هستیم و عقیده داریم که‌پیشوایان روحانی وهمچنین پیشوایان غیرروحانی بایدریش‌سفید باشند. یك جوان، اگر تمام‌علوم‌قوم اسرائیل‌وسایراقوام جهان‌رابداند بمقام‌پیشوای‌روحانی نخواهدرسیدمگر اینکه‌پیرشود ودارای ریش‌سفید گردد.

من دردورهٔ‌جوانی‌چون‌استعداد داشتم میتوانستم‌که بعضی از وقایع آینده را بدرستی پیش‌بینی‌نمایم‌زیرا آن‌وقایع برمن الهام‌میشد. ولی‌اگرتودرآن‌موقع نزدمن میآمدی وازمن میپرسیدی که‌سال‌دیگر، برای‌تو، چه‌واقعه‌بزرگ اتفاق خواهد افتاد من‌نمیتوانستم بتوجواب بدهم‌چون‌پیش‌بینی‌وقایع آینده دراختیارمن‌نبود بلکه‌بمن‌الهام‌میشد. هرکس‌ممکن است مورد الهام‌قراربگیردولی معلوم‌نیست چه‌موقع مورد الهام قرارمیگیرد وراجع‌بچه‌موضوع وواقعه ملهم میشود. فرق‌است‌بین (الهام)و (وحی).

(وحی)فقط برای‌پیغمبران نازل‌میشود وغیرازپیغمبر کسی (وحی) دریافت نمینماید.

ولی هر کسیکه استعداد داشته باشد ممکن است که مورد الهام قرار بگیرد. وقتی پیغمبر میخواهد بداند که درماه آینده یا سال بعد، چه اتفاق میافتد ازخدا درخواست مینماید که آن موضوع را برایش روشن کند وخداوندهم بوسیله (وحی) بطرزی روشن وصریح آن موضوع را برای پیغمبر خودروشن میکند. ولی (الهام) مثل وحی صریح وروشن نیست وشخصی که باو الهام میشود ازخود اختیاری ندارد ونمیتواند ازخدا بخواهد که راجع بیك موضوع مخصوص اطلاعاتی روشن در دسترسش بگذارد زیرا فقط پیغمبر میتواند باخداوند صحبت کند. اینهارا گفتم تا بدانی برای چه وقتی درزمان جوانی بمن الهام شد که پیغمبری خواهد آمد من نمیدانستم که آن پیغمبر در کجا ظهور خواهد کرد و نامش چه خواهد بود.

مدت دوهزار سال مایهودیها در انتظار آمدن نجات دهنده‌ای بودیم که قوم اسرائیل را ازپریشانی وسرگردانی نجات بدهد ووقتی بمن الهام شد که پیغمبری خواهد آمد من فکر کردم که آن پیغمبر همان نجات دهنده میباشد که مدت دوهزار سال مایهودیان در انتظارش بودیم. من این موضوع را بروحانیون بزرگ وریش سفید گفتم ولی آنها، بمناسبت اینکه جوان بودم، وریش سیاه داشتم، حرف مرا قابل توجه ندانستند. آنگاه ازمکه بماخبر رسید که در آن شهر پیغمبری ظاهر شده است و بمردم میگوید که مطیع خداوند باشند وازدستورهای وی اطاعت کنند. شایع بود که آن پیغمبر میتواند باخدا صحبت کند وخداوند بوسیله یك فرشته با اوصحبت مینماید. وقتی من آن شایعه را شنیدم درصدد برآمدم که بدانم اسم آن پیغمبر چیست وبمن گفتند که نامش محمد(ص) میباشد. وقتی من آن اسم را شنیدم مرتبه‌ای دیگر بمن الهام شد که آن مرد برای ما یهودیان مدینه تولید اشکالات بزرگ خواهد کرد و مرتبه‌ای دیگر ببزرگان خودمان که روحانیون ریش سفید بودند مراجعه نمودم وگفتم دین یهودیان درمدینه از محمد(ص) بخطر خواهد افتاد وشما بایدهرچه زودتر چاره این مرد را بکنید ونگذارید که وی آنقدر نیرومند شود که برای یهودیان مدینه تولیدخطر نماید.

ریش سفیدان، بعدازاینکه حرف مراشنیدند خندیدند وگفتند کسی نمیتواند برای دین یهودیان تولیدخطر نماید. بعد گفتند که یکی ازبرجسته‌ترین دانشمندان خود را از مدینه به(مکه) خواهند فرستاد تااینکه نزد محمد برود وبااومباحثه کند ووی را مجاب نماید و بعداز اینکه محمد(ص) مجاب شد ناگزیراست که ازمکه خارج شود وبجائی برود که مردم وی را نشناسند یااینکه دست ازپیغمبری بکشد.

ای پسر (ارطاة) توامروزشاید حیرت میکنی که برای چه یهودیان (مدینه) درصدد برآمدند که یکنفر را بمکه بفرستند تااینکه بامحمد(ص) سخنرانی کندو اورامجاب نماید و آیا بفکر نیفتادند که بطریقی دیگر بامحمد(ص) مبارزه نمایند. باید بتوبگویم که درآن دوره سخنوری بسیار اهمیت داشت وکسی که درسخنوری مغلوب میشد مردی شکست خورده بشمار میآمدومباحثه

از انواع سخنوری بود . نماینده یهودیان ازمدینه به‌مکه رفت وبا محمد(ص) مباحثه‌نمود ولی‌نتوانست محمدرا مجاب‌نماید وهرایرادی‌راکه‌میگرفت جواب منطقی میشنید .

اولین‌ایرادی که‌نماینده ما برمحمد(ص) گرفت این بودکه ازآغازجهان تاامروزتمام پیغمبران ازقوم‌بنی‌اسرائیل برخاسته‌اند وتوکه ازقوم بنی‌اسرائیل‌نیستی‌چگونه ادعا میکنی که‌پیغمبرمیباشی؟ محمد(ص)درجواب اوگفت تمام پیغمبرانی که‌درقوم بنی‌اسرائیل بوجود آمدند وخود آنها ازقوم اسرائیل بودند مأموریت‌داشتندکه قوم‌بنی‌اسرائیل رابراه راست هدایت‌نمایند. ولی‌مأموریت من مأموریت جهانی است ومن میباید تمام اقوام‌جهان‌را براه راست‌هدایت‌نمایم . حدودرسالت پیغمبران قوم بنی‌اسرائیل همان قوم بنی‌اسرائیل بود اما حدود رسالت من تمام اقوام دنیا میباشد و بهمین‌جهت من از بین‌قوم بنی‌اسرائیل بوجود نیامده‌ام .

دانشمندیهودی ازمحمد(ص) پرسید خدائی‌که تو میگوئی ازجانب او مبعوث به‌نبوت شده‌ای آیاهمان خدای‌پیغمبران بنی‌اسرائیل میباشد یاخدای دیگراست ؟ محمد گفت خدا یکی‌است وبین‌خدای‌پیغمبران بنی‌اسرائیل‌وخدای‌من تفاوت وجودندارد . دانشمند ماگفت اگرخدا یکی‌است برای‌چه خدا آنچه‌میخواست بگوید بوسیله پیغمبران ما نگفت و تورا فرستاد تااینکه بوسیله تو آن احکام‌راصادرکند. محمد(ص) گفت برای اینکه خداوند، در پیغمبران بنی‌اسرائیل آن‌استعدادرا ندید تااحکامی‌راکه‌میخواهدبوسیله من‌بنوع بشر ابلاغ کندبوسیله‌آنها ابلاغ‌نماید . همانطور که هرطبقه ازگیاه دارای استعدادی مخصوص است هرقوم‌نیزدارای استعدادی‌مخصوص میباشد. آیا توهرگزدیده‌ای‌که خداوند ازدرخت انار، خرما برویاند یاازدرخت‌نخل، انار بچینند؟ درصورتیکه خداوند توانامیباشدومیتواندهرکار را بکند اما طبقه درخت نخل استعداد ندارد تا انارر‌ا بثمر برساند . قوم بنی‌اسرائیل هم استعداد ندارد تااینکه خداوند ازبین آن‌قوم پیغمبری انتخاب‌کندکه دین اورا تمام اقوام جهان بپذیرند.

دانشمندماگفت‌یا محمد(ص) من این‌حرف‌را بدون توضیح نمیپذیرم و برای چه قوم بنی اسرائیل استعداد ندارد که‌پیغمبری‌درآن‌ظهورکندودین اورا تمام اقوام‌جهان بپذیرند؟ محمدگفت قوم بنی‌اسرائیل‌ازاین‌جهت استعدادندارد که یك‌چنین پیغمبر، بین‌آن‌بوجودبیاید که‌قائل‌به برتری‌نژادی‌است. بنی‌اسرائیل‌میگویدکه او، قوم‌برگزیده خداست‌وبرای برتری‌و سروری بوجودآمده‌ومولای‌جهان میباشدوتمام‌اقوام‌دنیا بایدبردگی او رابکنند. تمام‌پیغمبران قوم‌بنی‌اسرائیل همین‌روحیه را داشته‌اند ونمیتوانستند قبول کنند که‌بین قوم بنی‌اسرائیل و اقوام‌دیگر که‌درجهان زندگی میکنند مساوات‌بوجودبیاید. بهمین‌جهت بااینکه دوهزارسال است‌که بنی‌اسرائیل ازمصرخارج شده‌اند ودر این‌مدت طولانی فرصت داشته‌اندکه دین‌خود

راتوسعه بدهند دین آنها از حدود قوم بنی‌اسرائیل تجاوز نکرده‌است. این است که خداوند لازم‌دانست پیغمبری را انتخاب کندکه ازقوم‌بنی‌اسرائیل نباشد تااینکه احکام‌او بوسیلهٔ‌آن پیغمبر، بین‌تمام اقوام جهان‌جاری شود. خدای‌من همان خدای پیغمبران بنی‌اسرائیل است ولی‌آنها برای‌ابلاغ احکامی که‌خداوند بوسیله من‌ابلاغ مینمایداستعداد نداشتند ولذاخداوند مرا به‌نبوت مبعوث‌کرد تااحکامش‌را بوسیله من به‌مردم ابلاغ کند.

من‌پیش‌بینی‌نمیکردم که‌محمد(ص)درجواب دانشمندما این‌سخنان‌را بگوید ولی بمن الهام‌شده‌بوداو دین ما را در مدینه بخطر خواهد انداخت. پس از اینکه مباحثه دانشمند یهودی با محمد (ص) بگوش مارسید من مرتبه‌ای دیگر ببزرگان خودمان مراجعه‌کردم و به‌آنها گفتم‌که محمد (ص) برای ماتولیدخطرخواهدنمود وتازوداست جلوی‌این خطررا بگیرید. به‌آنها گفتم‌من‌تصورمیکردم همان‌نجات دهنده که مادرانتظارش هستیم‌پیغمبری‌است که درمکه ظهورکرده‌ولی‌بعدبمن‌الهام‌شدکه وی‌برای‌ماتولید خطرخواهدکردوشماهرچه زودتر جلوی خطررابگیریدبهتراست.

ریش سفیدان‌بمن جواب دادندکه‌محمد(ص)عرب‌است ودر مکه دعوی نبوت میکند و شمارهٔ پیروان‌او، تا امروز ازشماره انگشتان دو دست تجاوزنکرده‌ویك چنین مرد، نمیتواند برای دین ماتولیدخطرنماید. چون محمد(ص) مردی خوش بیان میباشد ممکن است که‌باز عده‌ای‌از اعراب باو بپیوندند لیکن‌باتوجه به اینکه بین مکه و مدینه یازده روز راه است برای مایهودیان (مدینه) کوچك‌ترین خطرندارد. گفتم معهذا میترسم.ریش سفیدان‌پرسیدند از چه میترسی ؟ گفتم از این می‌ترسم که این پیغمبرکه در مکه ظهورکرده یهودیان مدینه را بی‌خانمان و سرگردان‌کند. ریش سفیدان گفتند ماکودك نیستیم‌که محمد (ص) بتواند ما رابیخانمان و سرگردان کند واگر روزی‌درصددحمله بمابرآمد، ماازخود دفاع خواهیم‌کرد .

ریش سفیدان ماغافل از این بودندکه درخود مدینه، اعراب‌به محمد (ص) متمایل شده‌اند ومیخواهندکه دین وی رابپذیرند و اوراپیغمبر خویش‌بدانند. اعراب مدینه، مدتی بود رنج میبردندکه چرا مثل‌یهودیان دارای‌پیغمبر وکتاب‌نیستند ویهودیان همواره‌آنها را موردتحقیرقرارمیدادند ومیگفتندکه شما درنظرخداوند قومی‌ناچیزهستیدزیرا اگرخداوند شمارابچیزی می‌شمرد برای شمانیز پیغمبر وکتاب‌آسمانی می‌فرستاد. ازاین گذشته اعراب مدینه به ثروت وخانه‌های باشکوه‌مارشك میبردند ونمی‌توانستند ببینندکه‌آنها درخانه‌های محقر خشتی وگلین زندگی نمایند وما درخانه دوطبقه وسه طبقه که‌باآجر و سنگ ساخته میشود. ما چون قوم‌برگزیده خدا هستیم بیش‌ازاقوام دیگردارای‌استعداد میباشیم ومیتوانیم خود راتوانگرکنیم وبارفاهیت زندگی‌نمائیم. اقوام دیگر ، ازجمله اعراب مدینه، بماحسد

میورزیدند و تصور مینمودند، که ثروت ورفاهیت ما، ازراه تضییع حق آنها بدست آمده در صورتیکه ما حق اعراب را ضایع نمی کردیم و چون خود اهل صنعت و تجارت بودیم توانگرمیشدیم .

در هرحال دو موضوع سبب شدکه اعراب (مدینه) ودرآغازطائفه‌ای‌ازآنهاموسوم به (خزرج)درصددبرآمدندکه محمد(ص) راپیغمبرخودبدانند یکی اینکه از نداشتن‌پیغمبر وکتاب‌آسمانی‌احساس محرومیت میکردند ودیگراینکه برثروت و عمارات زیبا و وسیع ما یهودیان رشك میبردند .

اعراب مدینه ، دو سال متوالی هنگامیکه برای زیارت خانه‌کعبه به مکه رفتند با محمد(ص) تماس گرفتندومجذوب‌حسن نطق،وبیان‌خوش‌اوشدندوآنگاه تمام‌اعراب که‌ازطائفه (خزرج)وساکن مدینه‌بودند مسلمان‌شدندپس‌ازآن‌طائفه‌ای‌دیگرازاعراب (مدینه) موسوم‌به (اوس)بوسیله‌نمایندگان‌خودبامحمد(ص)درمکه تماس گرفتندوافرادآن‌طائفه‌نیزمسلمان‌شدند من برای چهارمین‌مرتبه بریش‌سفیدان‌خودمان‌مراجعه‌کردم و گفتم‌تا امروز،شما خطردین جدیدمحمد(ص) رابرای یهودیان اینجا احساس نمیکردید. ولی اکنون این خطرمحسوس شده‌است و دوطائفه از اعراب (مدینه) مسلمان شده‌اند. شمااگر منکربدیهیات نشویدبایـد تصدیق کنید که‌مسلمان‌شدن‌این‌دوطائفه‌فقط‌ازلحاظ‌ارادت‌نسبت‌به‌محمد(ص)نیست‌بلکه‌حسدآنها نسبت‌بمانیزدرمسلمان شدن‌آنها اثرداشته‌است. اعراب‌مدینه، چون‌تاامروزپیغمبرنداشته‌اند، جرئت نمیکردندکه باما دم‌از برابری بزنند. ولی از این ببعد دارای پیغمبری هستند که میگوید تمام‌افرادبشرمساوی میباشندوکسی‌را بردیگری‌مزیت نیست. من‌میتوانم‌بگویم که‌در آینده‌بین‌ماواعراب‌اینجااختلافات‌خونین‌بوجودخواهدآمد.

ریش‌سفیدان‌ماپرسیدند چه‌کنیم؟ گفتم برای‌جلوگیری‌ازبروز اختلاف، یکی از دو کار رابکنید. یادراین‌موقع که‌نیرومندهستید تمام‌اعراب را از(مدینه) اخراج کنیدوآنها را وادارید‌بجای دیگربروندوسکونت کنند یااینکه بین‌آن‌قسمت‌ازشهرمدینه که‌محل‌سکونت اعراب میباشد وقسمتی‌که محل سکونت یهودیان‌است‌یك‌حصاربوجود بیاورید وشهررا ازهم جدا کنید .

ریش‌سفیدان هیچیك ازدوپیشنهاد مرانپذیرفتندتااینکه فصل‌تابستان فرارسید ومدت ده‌روز هواطوری گرم‌شدکه‌عده‌ای‌ازسکنه‌مدینه مبتلابآفتاب‌زدگی واسهال‌خونی شدند. در سه‌روز آخر،طوری‌حرارت‌هوا شدت‌یافت‌که تصورمیشدتمام‌درختهای نخل‌خشك‌خواهدشد. شب‌یازدهم‌نسیمی وزیدن گرفت‌وشاخه‌های درختان‌را بحرکت درآورد. روزیازدهم بااینکه هوا نسبت‌بروزهای قبل معتدل بودمعهذاحرارت‌هوا انسان‌را ناراحت میکرد.

من‌درآنروز درنمازخانه‌خودمان در(مدینه)نشسته بودم وباشخصی که وی‌را بمکه‌نزد

محمد(ص) فرستادیم تا با او مباحثه کند صحبت میکردم. صحبت مامر بوط بود بمیزان معلومات محمد(ص) و من از آن مرد میپرسیدم که محمد(ص) در کدام مدرسه تحصیل کرده و او اظهار مینمود که محمد(ص) در هیچ مدرسه تحصیل نکرده و در تمام عمر حتی یك ساعت، نزدیك استاد درس نخوانده و نمیتواند بنویسد و بخواند.

گفتم چگونه ممکن است که شخصی دعوی پیغمبری کند ولی نتواند بخواند و بنویسد. آن مرد گفت من نمیگویم که این مرد پیغمبر است برای اینکه یهودی نیست و یکی از شرائط پیغمبر بودن این است که شخص یهودی باشد. لیکن بدون تردید، این مرد دارای استعدادی فوق العاده است. این مرد که نمیتواند بخواند و بنویسد وقتی لب بسخن میگشاید و حرف میزند بدان میماند که یك دانشمند بزرك میباشد. تو از دهان این مرد یك کلمه حرف بی‌مایه نمیشنوی و هرچه میگوید حرفهائی است که از دهان یك مرد فهمیده خارج میشود. افراد عامی همینکه از حدود مسائل مربوط بمعاش خارج میشوند نمیتوانند عاقلانه صحبت کنند و آثار بی اطلاعی و نقصان عقل از گفتارشان نمایان است. ولی این مرد با اینکه سواد ندارد و کتابی نخوانده و از محضر درس دانشمندان استفاده نکرده هرچه میگوید از روی عقل و منطق است.

همان روز نزدیك غروب آفتاب بما در مدینه اطلاع دادند که دو نفر از مکه وارد (قبا) شدند و یکی از آن دو محمد(ص) میباشد. (قبا) قصبه ایست نزدیك مدینه و بین مدینه و آن قصبه سه ساعت راه میباشد. در آن روز در (قبا) هوا خیلی گرم بود و حتی یکنفر در کوچه‌های قصبه دیده نمیشد. مردم بخانه‌های خود رفته درها را بروی خود بسته بودند که از حرارت آفتاب محفوظ باشند. ولی یك زرگر باسم (ربان بن جمالیل) که یهودی بود و در دکان خود کار میکرد مشاهده نمود که دو شترسوار وارد (قبا) شدند. شترهای آندو سفید و زیبا و از شتران اصیل حجاز بود و (ربان بن جمالیل) همین که آن دو را دید فهمید که از سکنه مکه هستند ولی نمیدانست که یکی از آن دو محمد(ص) میباشد و دیگری ابوبکر است.

باید بگویم قبل از اینکه محمد(ص) باتفاق (ابوبکر) از مکه عزیمت کند و وارد (قبا) واقع در حومه مدینه شود عده‌ای از مسلمانها از مکه مهاجرت کرده خود را بمدینه رسانیده بودند و بین آنها کسانی وجود داشتند که آن موقع نیز جزو مشاهیر بودند و سپس شهرت آنها زیادتر شد و یکی از آنها (عمر بن الخطاب) بود که تو ای پسر (ارطاة) میدانی که بمرتبه خلافت رسید. لذا علاوه بر مسلمین خود مدینه، که بعضی از آنها ساکن (قبا) بودند و برخی دیگر درمدینه بسر میبردند جمعی از مسلمانهای مکه نیز در (مدینه) سکونت داشتند. آنها پیش بینی میکردند که محمد(ص) از مکه هجرت خواهد کرد و وارد مدینه خواهد شد اما نمیدانستند که تاریخ ورود او چه موقع است.

درمدینه و (قبا) شایع بود که محمد(ص) از مکه خواهد آمد و من هم از آن شایعه اطلاع

داشتم. من بریش سفیدان خودمان گفتم اگر محمد(ص) ازمکه بمدینه بیاید من روزگار یهودیان (مدینه) را ازدوره‌ای که بدست(نبوخدنصر)اسیرشدند وآنها را به(بابل) بردندوعاقبت بدست (کوروش) پادشاه ایران رهائی یافتندتیره‌ترمیبینم.

(توضیح ـ نبوخدنصر پادشاه آشور که نامش دررسم الخط زبان عربی بشکل(بخت النصر) درآمده معروفتر ازآن است که محتاج معرفی باشدوشهرت داردکه وی هنگامیکه میخواست یهودیان راباسارت به بابل ببرد تورات‌را آتش زد ولی این بی‌مقدار موضوع آتش زدن تورات را درآن قسمت ازتواریخ که‌توانائی محدودم اجازهٔ مراجعه بآنهارا داده‌است ندیدم ـ مترجم)

باری (ربان بن جمالیل) زرگر یهودی برای این که‌آن دونفر را بشناسد عقب شتران آنهاراه افتاد وشنیدکه یکی ازآن دو دیگری‌را باعنوان (رسول‌الله) مورد خطاب قرارداد. آنوقت برایش محققشد مردی‌که طرف خطاب قرار گرفته محمد(ص) است.

بعدازاینکه دانست محمد وارد (قبا) گردیده بدکان زرگری برگشت وچکش خودرا بدست گرفت وباشدت روی یك طشت مسین که درآن دکان بودکوبید تا سکنه قبارا آگـاه کندو بانك زدای اعراب، از خانه‌ها بیرون بیائید واگر خوابیده‌اید بیدارشوید برای اینکه محمد(ص) پیغمبرشما وارد(قبا) گردیده است. اعراب ازخانه‌ها بیرون دویدندویهودیها نیز ازمنازل خارج شدندتا اینکه محمد(ص) رامشاهده نمایند. من درآنموقع در(قبا) نبودم که بدانم وضع محمد(ص)وابوبکر چگونه بوده ولی بعد،ازکسانیکه آنهارا هنگام ورودبه(قبا) سوار برشتران سفید واصیل مشاهده کردند شنیدم که دارای وضعی باشکوه بوده‌اند.

ای پسر (ارطاة) توبهتر ازمن میدانی که بعداز اینکه محمد(ص)وارد قباشد.چگونه اعراب مسلمان برای اینکه‌او رابخانه خودببرند ومیهمان کنند باهم رقابت میکردند ولـی محمد(ص) دعوت هیچیك رانپذیرفت وعنان شتر خودرا رهاکرد وگفت شتردرهر نقطه کـه توقف نماید همانجا بسرخواهد بود. عصرآن روز، خبرورود محمد(ص) به(قبا) بمن رسید و من چون دیدم روحانیون سالخورده مادرفکر یهودیان نیستند تصمیم گرفتم خود برای دور کردن خطر محمد (ص) اقدام کنم. این بودکـه آن روز عصر وآن شب، بمنزل عـده‌ای از یهودیان مدینه رفتم وبآنها گفتم که تاامروز مسلمین درمدینه دارای پیشوانبودند و اینك که محمد (ص) آمده ، دارای پیشواشده‌اند و خودرا قوی می‌بینند ودرآینده از امروز قویتر خواهند شدو درصدد آزارما برمیآیند. لذا بهتراین است که ماپیشدستی کنیم ومسلمین رااز مدینه اخراج نمائیم.

من باهریك ازیهودیان که راجع باین موضوع صحبت نمودم جواب منفی شنیدم یعنی آنها حاضرنشدندکه برای بیرون کردن مسلمین از (مدینه) بامن همکاری کنند ومی گفتند مسلمین بماکاری ندارند وتاامروز، ضرری‌ازآنها بمانرسیده وبعدازاین هم نخواهدرسیدآنها

میگویند که محمد(ص) فقط با مشرك مخالف است ومیگوید که بت‌پرستی بایدازبین برود وبا مذاهب موسوی وعیسوی مخالفت ندارد. گفتم مسلمین چون هنوزضعیف هستند این‌حرف را میزنند وبعد ازاین که قوی‌شدند، درصدد برمیآیندکه مارانابود نمایند وبایدپیشدستی کنیم و آنهارا نابود نمائیم. یهودیان ازمن‌می‌پرسیدند دلیل تو، برای اینکه مسلمین مارا از بین خواهندبرد چیست؟من‌جواب میدادم بمن‌الهام شده است که محمد(ص) درمدینه، تمام‌یهودیها راازبین خواهدبرد. یهودیان می گفتند که قصاص قبل ازجنایت نمیتوان کرد وما نمیتوانیم مسلمین رانابود کنیم بتصوراینکه روزی ممکن‌است آنهامارا نابودنمایند. اعراب این‌شهر که دین اسلام‌را پذیرفته‌اند همه‌بت‌پرست بودند وتاامروز، یك‌یهودی دین‌اسلام‌رانپذیرفته‌است تااینکه‌مامستمسکی برای مخالفت بامسلمین داشته باشیم. حقیقت این‌است که من برای‌اثبات نظریه‌خود دلیلی نداشتم ونظریه من‌فقط متکی‌بود بالهام وآن‌راهم یهودیان نمیپذیرفتند.

بعدازاینکه محمد(ص)از(قبا)واقع درحومه‌شهرمدینه بشهرمنتقل گردید، قدرت‌مسلمین زیادترشد ومن برعاقبت یهودیان میترسیدم اماهردفعه‌که بهم‌کیشان‌خودپیشنهاد میکردم که علیه محمد(ص) ومسلمین قیام کنند آنها حاضر نمیشدند که پیشنهاد مرا بپذیرند ومیگفتند که محمد(ص) ومسلمین برای یهودیان خطر ندارند.

یك‌روزدرشهر(مدینه) شایع شد که (ابوبکر) و(عمر) باستقبال خانواده محمد(ص) که ازمدینه‌آمده‌اند ازشهرخارج شدند. من‌تاآن‌موقع نمیدانستم که (ابوبکر) پدرزن‌محمد(ص) است واطلاع نداشتم که محمد(ص) دارای دوزن‌میباشد یکی‌موسوم به (سوده) که زن بزرگ اوست ودیگری (عایشه)دختر (ابوبکر).

گفته شدکه (ابوبکر) چون پدرزن پیغمبراسلام است‌باستقبال دخترش رفته و(عمر) هم بمناسبت‌اینکه‌برای محمد(ص)خیلی‌قائل‌باحترام میباشد خواسته ازعلی(ع) ودختر محمد موسوم به‌فاطمه(ع) وهم‌چنین ازدوزن او(سوده) و(عایشه) استقبال نماید. من درآن‌روز، در سرراه خانواده محمد(ص) ایستادم که علی(ع) وزنهای خانواده اورا ببینم.

شنیده بودم که علی(ع) پسر عموی محمد(ص) بااینکه خیلی جوان است وهنوز موی صورت اوبخوبی نروئیده توانست درمکه، به‌تنهائی درقبال خصومت‌تمام طائفه‌قریش‌پایداری نماید. میگفتند درشبی که محمد(ص) میخواست ازمکه خارج شودعلی(ع) برجای‌محمد(ص) قرارگرفت‌بطوری‌که همه تصور کردند وی‌محمد (ص) است ولی‌صبح روزبعد وقتی‌اورادیدند دریافتند که دیشب اشتباه میکرده‌اند معهذاجرئت نکردند که به‌علی (ع) حمله‌ور شوند در صورتیکه اگردیگری‌بود بدست افرادطائفه (قریش) بقتل میرسید. شایع بود که طوری‌افراد طائفه (قریش) از علی (ع) میترسیدند که تاروزی‌که علی درمکه بود واز خانه محمد(ص) حفاظت میکرد جرئت نکردند که بآن‌خانه حمله‌ورشوند وروزی‌هم که علی(ع) تصمیم گرفت

که خانواده محمد(ص) را به(مدینه) منتقل نماید وزنها را ازخانه خارج کرد وسوار شتر نمود وبراه افتاد بازافرادطائفه (قریش) جرئت نکردند که راه را براو ببندند وزن‌های خانواده محمد(ص) را بعنوان گروگان نگاه دارند.

من برای دیدن علی(ع) وزنهای خانواده محمد(ص) کنارراه ایستادم وهنگام عصر پنج شترازراه مکه رسید. من راکب دوشتر را فوری شناختم ودانستم که یکی ازآنها (ابوبکر) است ودیگری عمرچون هردورا درمدینه دیده بودم. دوشترهم کجاوه حمل میکردند ومن نمیتوانستم زنهائی‌راکه درون کجاوه بودند، بخوبی ببینم معهذامتوجه شدم که یکی‌ازآنها که بازن‌دیگردردولنگه کجاوه نشسته، بسیارزیباست وبعد مطلع‌شدم که وی(عایشه)دختر(ابوبکر) و یکی‌ازدوزن محمد (ص) میباشد.

درجفت‌دوم کجاوه، بیش‌ازیك‌زن‌دیده نمیشدوچون‌دولنگه کجاوه‌میباید مثل‌دو کفه ترازو دارای‌تعادل‌باشد، لنگه‌دوم کجاوه را باباربرافراشته‌بودند. آن‌زن که به‌تنهائی‌درآن کجاوه نشسته بود، درنظرم لاغراندام‌آمد وبعد بمن گفتند که زن‌مزبور فاطمه (ع) دخترمحمد (ص) است. برشترپنجم جوانی‌سواربود که‌من‌متوجه‌شدم علی(ع)پسرعموی محمد(ص)است‌زیرانشانی‌هائی که ازعلی(ع) داده بودند باآن‌جوان مطابقت میکرد. من‌هم بخود گفتم که علی(ع) بیش‌از هیجده وحداکثرنوزده سال ندارد برای اینکه هنوزموی صورت اوبخوبی‌نروئیده بود.

علی(ع) پیشانی بلند وبینی‌قلمی ودهانی خوش ترکیب داشت وچشم‌های اوخیلی نافذ بود وانسان وقتی‌آن جوان‌را میدید از قیافه ورفتارش میفهمید که مردی است بااراده. من تاروزی‌که در (مدینه) بودم وبین مسلمین ویهودیها خصومت شروع نشده بودبدفعات علی‌را بمناسبات متعدد دیدم وهرگز مشاهده نکردم که وی‌تبسم نماید درصورتی‌که تبسم کردن ،از عادات جوانان می‌باشد وهرکس جوان است تبسم میکند ومیخندد. من درجنگ مسلمان‌ها بایهودیها در(خیبر)نیزحضورداشتم ودرآنجاهم ندیدم که علی(ع) لب‌به‌تبسم‌بگشایدتاچه‌رسد باینکه بخندد ودرجنگ خیبر،علی(ع) جوانی‌بیست وچندساله‌بود.

بعدازاینکه علی(ع) درمدینه سکونت کرد من ازمسلمانها میشنیدم که متانت ووقار و خونسردی ودلیری علی(ع) سبب شده که تمام مسلمین حتی (عمربن‌الخطاب) که‌ازبزرگان مسلمین بود، اورا به‌نظراحترام بنگرند. درآن روز بااینکه علی(ع) برای اولین‌مرتبه وارد مدینه شد، نسبت به‌اطراف خودکنجکاوی نداشت ومثل این‌بود که واردیك‌شهرجدیدنشده‌است. قبل ازاینکه محمد (ص) و (ابوبکر) وارد (مدینه) شوند من‌ورود بعضی ازمسلمانهارا به (مدینه) دیده بودم‌ومشاهده کردم که‌چگونه‌باکنجکاوی وحیرت، اطراف را ازنظرمیگذرانیدند وازدیدن‌باغهای بزرگ مدینه‌تعجب میکردند.زیرادرمکه درخت وباغ وجودنداشت ومشاهده درخت‌ها وباغهای‌مدینه، مسلمین راکه واردآن‌شهر میشدند حیران میکرد. همچنین مشاهده

عمارات باشکوه یهودیان آنهارادوچارشگفت مینمود. اماعلی (ع) مثل این بود که نه باغهای مدینه را میبیند و نه عمارات آن راوفقط دقت داشت شترهائیکه حامل کجاوه هستند، راه بپیمایند وبمقصدبرسند. آنگاه علی(ع) و(ابوبکر) و(عمر) وشترهای حامل کجاوه دورشدند وازنظرم ناپدید گردیدند.

درروزهای اول که خانواده محمد(ص) وارد (مدینه) شدند ومناسبات مسلمین ویهودیها خوب بود زنهای یهودی بمنزل محمد میرفتند تازنهای اورا ببینند وهمه از زیبائی (عایشه) صحبت میکردند ومیگفتند درتمام مدینه، نه بین یهودیهازنی بزیبائی (عایشه) یافت میشود نه بین اعراب. اماریش سفیدان ما زنهای یهودی را ازرفتن بخانه محمد(ص) برای دیدن زنهای اومنع کردند برای اینکه (عایشه) وقتی زنهای یهودی را میدید، راجع به شوهرش محمد(ص) صحبت میکرد وآیات قرآن راکه ازحفظ داشت برای آنهامیخواند وازآنهادعوت میکرد که دین اسلام راپپذیرند.

ریش سفیدان ما ترسیدند که مبادازیبائی (عایشه) وگفتارش درزن‌های ما مؤثرواقع‌شود وآنهادین محمد (ص) رابپذیرند. وقتی (عایشه) متوجه شدکه دیگر زن‌های ما بخانه او نمیروند درصدد برآمدکه خودبخانه‌زن‌های‌یهودی‌برود وازآنهادعوت نمایدکه دین‌شوهرش رابپذیرند. باید بگویم‌که من ازطائفه زرگران بودم وتوای‌فرزند (ارطاة) شاید شنیده‌ای که سه‌طائفه بزرگ ازیهودیان درمدینه زندگی‌میکردندکه یکی‌ازآنهاطایفه زرگران‌بود. روحانیون‌ماازبین‌هرسه‌طائفه‌انتخاب میشدند وهرجوان ازاعضای‌آن‌سه‌طائفه، هرگاه استعداد میداشت وتحصیل میکردبمقام روحانیت میرسید. منظورم ازاین توضیح این‌بودکه تو، حیرت نکنی چرایك‌تن ازطائفه زرگران چون‌من، روحانی‌شد وشغل زرگری را پیش‌نگرفت.

درخانه‌ما دوازده زن غیرازدختر بچه‌ها بسر میبردند و یك‌روزکه من درخانه بودم مطلع شدم‌که (عایشه) بخانه‌ما آمده‌است. درمنازل‌مایهودیان محل سکونت زنهاومردهاازهم جداست ووقتی یك‌یاچندزن واردخانه‌میشوند به‌قسمتی میروندکه زنهادرآنجاهستند. لذاوقتی (عایشه) وارد خانه‌ماشد من‌اورا‌ندیدم لیکن اطفال بمن‌اطلاع‌دادندکه(عایشه) بطرف‌مسکن زن‌هارفت. من ازشنیدن خبرورود(عایشه) بمنزل‌خودمان خیلی ناراحت شدم زیرامیدانستم که‌آمده‌است تازنهای‌مارا دعوت بقبول دین‌شوهرش نماید.

بعدازاینکه (عایشه) رفت من‌اززن‌هاپرسیدم‌که برای‌چه عایشه اینجا آمده بود؟ آنها گفتندکه‌آمد تاازمادعوت‌کند دین محمد (ص) رابپذیریم وما باوگفتیم‌که نمیتوانیم ازدین خودصرفنظر کنیم. این‌موضوع‌بمن‌نشان‌دادکه بیم من‌ازاینکه‌آمدن مسلمین به(مدینه) برای‌ما یهودیان تولید خطرخواهدکرد بی‌اساس‌نبوده زیراحتی بین زن‌های‌ما تبلیغ میشودکه دین محمد(ص) رابپذیرند.

(توضیح ـ بنده برای اظهارنظردرمسائل شرعی صالح‌نیستم ولی‌شنیده‌ام که وقتی‌دین اسلام وسعت گرفت معاشرت زن‌های مسلمان بازنهای غیرمسلمان ممنوع گردید و نمیدانم که آن ممنوعیت‌شامل زن‌های اهل‌کتاب‌هم میشد یامنحصربزن‌های مشرك (بت‌پرست) بود ودر هرصورت درتاریخی که عایشه زن‌های یهودی رادرخانه خودمیپذیرفت یابخانه آنها میرفت لابد ممنوعیت مزبورهنوزصادرنشده یا اگرصادرشده بودشامل زنهای‌اهل‌کتاب مثل یهودی وعیسوی نمیگردید وگرنه زنی‌که (ام‌المؤمنین) بودبخانه‌زنهای یهودی نمیرفت ـ مترجم)

من درصدد برآمدم بفهمم‌که نوع مذاکره (عایشه) بازن‌های ما از چه‌قرار بوده و معلوم شدکه (عایشه) بعدازاینکه واردخانه‌ماگردید فقط راجع بمسائل دینی صحبت نکرد بلکه سئوالاتی‌نمودکه ربط بموضوع دین نداشت.ازجمله پرسیدکه شماره اعضای خانواده‌ما چندنفر است وچندتن ازآنهامردهستند وچندنفرزن وشمارهٔ اعضای طائفه زرگران چندنفر است وچندتن ازآنهاجزومردان بشمارمیآیند. عایشه سئوال کردکه خانواده‌ماچندشترواسب دارد وطائفه زرگران دارای چندشترواسب میباشد.

من درآن‌روزوقتی شنیدم‌که (عایشه)این سئوالات را اززنهای خانواده‌ماکرده تصور نمودم‌که پرسش‌های زوجه محمد(ص) ناشی‌ازکنجکاوی زنانه‌است. ولی روزی‌که رابطه‌بین مسلمین ویهودیهاتیره شد وخصومت‌آغازگردید، من متوجه شدم سئوالاتی که‌آن‌روز (عایشه) اززن‌های‌ماکرد برای این بودکه بتواند ازچند وچون نیروی یهودیهادرمدینه مطلع شود وبداند که اگرروزی در مدینه بین مسلمین ویهودیها جنگ در گرفت آیا مسلمین فاتح خواهندشدیانه ؟

درآن موقع (عایشه) بسیارجوان بود معهذا میتوانست راجع‌به‌نیروی جنگی‌یهودیها کسب اطلاع کند. من بزنهای خودمان گفتم این مرتبه گذشت،ولی مرتبه دیگراگر(عایشه) خواست‌وارداین‌خانه شودوباشماصحبت کندباو بگوئید که‌نمیتوانید وی‌رابپذیرید زیراازمردان خوداجازه‌ندارید. بعدشنیدم که‌سایرمنازل‌یهودیان‌هم‌تصمیم گرفته‌اندکه‌درب‌خانه‌خودرابروی عایشه نگشایند زیرامیدانندکه وی‌میآید تازنهای یهودی‌را مسلمان‌کند.

پافشاری عایشه برای اینکه زنهای یهودی‌رامسلمان نماید نشان میدادکه خیلی‌بدین شوهرش‌علاقه دارد وماحتی بین‌انبیای اسرائیل‌زنی رانداشته‌ایم‌که زوجه یك پیغمبرباشد، و مثل خودپیغمبربرای اشاعـه دین اوفعالیت نماید. من (عایشه)را درآن موقع یك زن‌جدی و با اراده تشخیص دادم ومیتوانم گفت یکی‌ازعلل اخراج یهودیهااز مدینه (عایشه)بودکه راجع‌بوضع‌زندگی ونیروی‌یهودیان درمدینه اطلاعات مفیدبه شوهرش داد واین‌بودآنچه من راجع به (عایشه) میدانم.

شبی که کفار علی(ع) رابجای محمد(ص) دیدند

من هنوز گزارش اظهارات (ایسکر بن موسی) پیشوای روحانی یهودی راراجع به عایشه برای (معاویه) خلیفه پنجم نفرستاده بودم که نامه‌ای از (معاویه) بمن رسید و در آن گفت تحقیقی که من از (سوده) ام المؤمنین کردم کافی نیست و باید مرتبه‌ای دیگر از آن زن تحقیق نمایم واطلاعات مفید را ازوی اخذ کنم. (معاویه) درنامه خوداظهار کرد که (سوده) چون همسر پیغمبر اسلام بوده پیوسته با (عایشه) بسرمیبرده، و اورا بخوبی میشناخته وازروحیه ونقشه‌هایش اطلاعاتی بیش از آنچه بتو گفت داشته وباید بازاو راموردتحقیق قراردهی؟ من که چاره‌ای جز اطاعت ازامر معاویه نداشتم ناگزیر مرتبه‌ای دیگر به (سوده) ام المؤمنین مراجعه کردم و از وی تقاضا نمودم که باز اطلاعاتی در دسترس من بگذارد.

(سوده) گفت بعدازاینکه رسول‌الله ازمکه خارج شد عایشه بخانه پدرش ابوبکر رفت ولی فاطمه (ع) دختر رسول‌الله با من بود. درشبی که رسول‌الله ازمکه خارج شد جماعت قریش متوجه خروج وی نگردیدند برای اینکه نمیدانستند از مکه خارج شده وگاهی کنار پنجره می‌آمدند وعلی(ع) راکه پشت به پنجره کرده بودمیدیدندوتصورمیکردندکه محمد (ص) است. صبح روز بعد، فهمیدندکه رسول‌الله از مکه خارج شده و مقابل خانه ما اجتماع کردند وعلی بن ابیطالب درب خانه راگشود وپرسیدچکار دارید؟ جماعت(قریش) گفتند ما میخواهیم محمد (ص) را ببینیم ؟

علی(ع) گفت رسول‌الله درخانه نیست. جماعت قریش پرسیدند کجارفته‌است؟ علی(ع) گفت اوازمکه خارج شد. افراد(قریش) پرسیدند کجارفت؟ علی(ع) گفت او بجائی رفت که خدا باو گفت آنجا برود . جماعت قریش گفتند یا (علی) تو چرا دیشب بما دروغ گفتی ؟ وقتی علی بن ابیطالب (ع) این سخن راشنید رنگ صورتش تغییر کرد وگفت یك مسلمان دروغ نمیگوید وبمن تهمت دروغ گفتن نزنید. جماعت قریش گفتندتو دیشب دراین خانه پشت به پنجره کرده بودی ووقتی ماتورا دیدیم تصور کردیم که محمد(ص) هستی. علی(ع) جواب دادتصور

شما دلیل بر دروغگوئی من نیست واگر در آن موقع مرا صدا میزدید من رو برمیگردانیدم و مشاهده میکردید که من رسول‌الله نیستم .

(ابوسفیان) که ازجماعت (قریش) بود گفت یاعلی تو دیشب دروغ نگفتی ولی خدعه کردی وخدعه تو این بود که ردای محمد (ص) راپوشیدی وپشت به پنجره قرار گرفتی تا کسانیکه تورا می‌بینند تصور کنند که محمد(ص) هستی وما ازپسر(ابیطالب) انتظار نداشتیم که مبادرت بخدعه کند. علی(ع) گفت‌ای (ابوسفیان) من خدعه نکردم بلکه دستور پیغمبر خدارا بموقع اجرا گذاشتم.

پیغمبر خدا بمن گفت که ردای او را بپوشم و پشت بـه پنجره قرار بگیرم تاشما تصور کنید که وی درخانه است ومن هم دستورش را اطاعت کردم واگروی دستور میداد که خودرا درخرمنی از آتش بیندازم، میانداختم واگر امر میکرد که شمشیر را درشکم خود فرو کنم، امرش را اجرا مینمودم.

حرف علی(ع) اثری بزرك در(ابوسفیان) وسایر افراد (قریش) که حضور داشتند کرد و دیگر کسی صحبت از دروغ وخدعه ننمود. بعد(ابوسفیان) ازعلی بن ابیطالب(ع) پرسید آیا تومیدانی که محمد(ص) بکدام طُرف رفته است. علی گفت بلی‌ای ابوسفیان. (ابوسفیان) پرسید من میخواهم بگوئی که محمد(ص) بعدازخروج از این شهر بکدام طرف رفت. علی(ع) دست خود را متوجه مغرب کرد وگفت رسول‌الله از این طرف رفت. علی راست میگفت وغاری که پیغمبر وابوبکر درآن پنهان شدند درطرف مغرب بود.

(ابوسفیان) گفت من شنیده‌ام که محمد(ص) وابوبکر بعدازخروج از این شهر راه شمال راپیش گرفته‌اند تا خودرا بمدینه برسانند. علی(ع) گفت اگرشنیده‌ای که آنها راه شمال را پیش گرفته‌اند برای چه ازمن میپرسی بکدام طرف رفته‌اند . (ابوسفیان) گفت یاعلی تو با درشتی بامن حرف میزنی ومن چون باپدرت (ابیطالب) که ازجهان رفته است دوست بودم رعایت حال تورا مینمایم ونمیخواهم درقبال درشتی تودرشت بگویم.

علی(ع) گفت‌ای (ابوسفیان) تو و دیگران که دراینجا حضور دارید به من تهمت دروغ وخدعه میزنید وانتظار دارید که من ناراضی نشوم. (ابوسفیان) گفت یا(علی) آیا تو ازمقصد نهائی محمد(ص) وابوبکر اطلاع داری؟ علی گفت بلی وآنها بجائی رفته‌اند که امنیت داشته باشد و رسول‌الله بتواند دین خدارا توسعه بدهد.

(ابوسفیان) خطاب بدیگران گفت دراین که محمد(ص) و(ابوبکر) قصد دارند خود را بمدینه برسانند تردید وجود ندارد ولی علی(ع) میگوید آنها بطرف مغرب رفته‌اند و این جوان شخصی است راستگو محمد(ص) و(ابوبکر) ازاینجهت بطرف مغرب رفته‌اند که خود را کنار دریا برسانند واز راه کنار دریا عازم مدینه شوند.

یکی از افرادقریش گفت خوب است که ما از زنهائی هم که در این خانه هستند راجع بمقصد محمد(ص) تحقیق نمائیم زیرا یکی از آنها زوجه محمد(ص) است و دیگری دختر او، و اینان میدانند که محمد(ص) کجا رفته است علی(ع) گفت رسول‌الله هنگامی که میخواست از این خانه عزیمت کند این خانه را بمن سپرد و من تا زنده هستم کسی وارد این خانه نخواهد شد. (ابوسفیان) گفت تحقیق راجع به مقصد محمد(ص) ضروری نیست زیرا ما میدانیم که او بطرف مدینه رفته ولی نمیدانیم از کدام راه عازم مدینه شده وچون علی امتداد مغرب را نشان میدهد میتوان حدس زد که محمد(ص) و(ابوبکر) قصد دارند خود را بدریا برسانند وسپس درطول ساحل بطرف شمال بروند تا بمدینه برسند. یك فرض دیگر هم میتوان کرد و آن اینکه بعد از رسیدن بکنار دریا سوار کشتی شوند واز راه آب خود را نزدیك (مدینه) برسانند و بعد ازکشتی خارج گردند و بقیه راه را ازخشکی بگذرند.

ممانعت (ابوسفیان) مانع از این شد که افراد(قریش) بخانه ما بریزند و مازن‌ها را مورد تحقیق قرار بدهند تا بدانند که محمد (ص) ازکدام طرف بسوی مدینه رفته است. اگر وارد خانه میشدند و مارا مورد تحقیق قرار میدادند ما نمیتوانستیم چیزی که مفید باشد بآنها بگوئیم برای اینکه نمیدانستیم که محمد(ص) ازکدام راه بسوی(مدینه) رفته است.

درحجاز ، همه میدانستند مسافری که میخواهد ازمکه بمدینه برود بایـدیکی ازسه راه راانتخاب نماید. یکی راه مستقیم ازمکه بمدینه ودیگری راهی که ازکنار دریا بسوی مدینه میرفت وسومی راه دریائی وما نمیتوانستیم بفهمیم که رسول‌الله (ص) وابوبکر کدام یك ازآن سه راه را انتخاب کرده‌اند.

من میفهمیدم که اگر علی(ع) مستحفظ آن خانه نمیبود جماعت(قریش) وارد خانه میشدند وما زن‌ها را درفشار قرار میدادند که بدانند محمد (ص) وابوبکر ازکدام راه بسوی مدینه رفته‌اند. ولی با اینکه(ابوسفیان) به علی(ع) گفت بمناسبت رعایت پدرش که فوت کرده نمیخواهد باوی بدرشتی حرف بزند من حس کردم که ازعلی (ع) میترسد.

علی(ع) مصمم‌تر و متین‌تر از آن بود که (ابوسفیان) بتواند بدون خون‌ریزی بروی غلبه کند. این بود که جماعت قریش که ازابوسفیان گوش شنوا داشتند از ورود بخانه ما خودداری کردند ودرعوض خانه راتحت محاصره قرار دادند ونگذاشتند کسی وارد آن خانه شود نه از آنجا خارج گردد.

روزیکه خانه ما رادرمکه محاصره کردند، ما بیش از آذوقه یك روز را درخانه نداشتیم وآن عبارت بود ازقدری خرما ومطبوخ عدس. چون ممکن بود محاصره خانه بطول انجامد ماروزاول هریك به خوردن قدری ازمطبوخ عدس اکتفا کردیم وخرما را برای ایام دیگر گذاشتیم زیرا مطبوخ عدس زودضایع میگردید ولی خرما دوام میکرد. روزبعد غذای هریك

ازما چهاردانه‌خرماشد وباآن غذاآنروز راگذرانیدیم. روزسوم‌نیزهریك چهار دانه خرما خوردیم وبرای روز چهارم جهت هریك ازمابیش از دو دانه خرما نماند. آندو خرما هم در روز پنجم صرف گردید و ازآن پس گرسنه ماندیم وجماعت (قریش) نمیگذاشتندکه ما برای‌تهیه‌آذوقه ازخانه خارج‌شویم ونه موافقت میکردندکه شخصی ازخارج‌بآن خانه‌بیاید و برای ماآذوقه بیاورد.

ماروزهای پنجم وششم‌را درآن خانه‌باگرسنگی گذراندیم ولی‌آب داشتیم ومیتوانستیم بجای غذا خوردن‌آب بنوشیم. در روزهفتم‌علی(ع) خطاب‌به‌کسانیکه خانه رامحاصره‌کرده بودندگفت بگذاریدکه یکی ازما ازاین خانه خارج شود وببازار برود وآذوقه خریداری کند ومراجعت نماید یابگذاریدکسبه دوره‌گردکه خرمایاتان میفروشند اینجابیایندکه ما بتوانیم ازآنهاخرما ونان خریداری‌کنیم وزن ودختر رسول‌الله‌که‌گرسنه هستند سیرشوند. آنهاگفتندما دراین‌شهرکسی‌رابعنوان رسول‌الله نمیشناسیم واگرمحمد (ص) میل دارد زن و دخترش‌ازگرسنگی‌نجات پیداکنندبایداینجابیاید وخود رابماتسلیم‌نمایدوآنوقت ممکن‌است که خود مابرای زن ودخترش‌آذوقه بیاوریم.

ازروزهشتم‌ببعد، براثر گرسنگی ضعف برما چیره شدولی عصرآن روزابوسفیان‌آمد و گفت‌که دیگرمحصورکردن این خانه بدون‌فایده‌است زیرا محمد(ص) بهرجاکه باید برسد رسیده‌است. بعداز اینکه خانه ازمحاصره بیرون‌آمدعلی(ع) یکی‌ازخرمافروشان دوره‌گرد راکه ازکوچه میگذشت فرا خواند واز اوقدری خرما خریداری‌کرد وماسدجوع نمودیم. پس‌ازآن مدت سه هفته دیگر در مکه ماندیم تااینکه از (مدینه) خبررسیدکه محمد (ص) و (ابوبکر) سالم بآن شهررسیده‌اند . بعد از اینکه جماعت قریش دست از محاصره خانه ما برداشتندعایشه هرروزبخانه‌مامیآمدوباعلی(ع) راجع‌بمسافرت به (مدینه) مذاکره‌میکرد.

وضع زندگی(عایشه)درمدینه اززبان(سوده)
همسردیگر رسول‌خدا(ص)

علی‌میگفت که میباید دوجفت کجاوه برای مسافرت زنها خریداری کرده وسه‌شتر فراهم‌نمود وبراه‌افتاد. کجاوه‌هاخریداری وشترهافراهم‌شد وماهنگام شب‌ازمکه‌خارج‌شدیم که بتوانیم ازخنکی‌هوا استفاده نمائیم. من‌و(عایشه)در یك‌جفت‌کجاوه نشسته‌بودیم‌وفاطمه(ع) دختررسول‌الله‌دریك‌لنگه‌کجاوه‌دیگر نشسته بودولنگه‌دیگر کجاوه‌راباوسائل سفر وآذوقه بار کرده‌بودند وگاهی علی(ع) شتران‌را طوری‌قرار میدادکه فاطمه که تنهابود بتواند باما صحبت نماید.

درشب‌هائی‌که درصحرا آتش‌میافروختیم‌وکنار آتش‌می‌نشستیم من‌میدیدم‌که (عایشه) میل‌ندارد که بافاطمه(ع)دختررسول‌الله صحبت‌کند. ولی‌چون‌فاطمه(ع) خوش‌قلب‌بود باعایشه صحبت‌میکرد واوجواب دختررسول‌الله راباکلمات کوتاه‌میداد وبعداز اینکه‌ماسوارکجاوه میشدیم آن‌زن‌خوشوقت بودکه‌دیگرفاطمه(ع)را نمی‌بیند. من‌چون‌وسط‌آن‌دو واقع‌شده‌بودم ناراحت بودم و باید بگویم که مسافرت ازمکه‌به(مدینه) برمن ناگواربود. من‌فاطمه(ع) دختر رسول‌الله‌رادوست‌میداشتم وعایشه براوحسدمیورزیدکه چرا محبوب‌پیغمبر است‌وهنوز فاطمه(ع)دارای پسر نشده‌بود تااینکه بدبینی‌عایشه‌نسبت‌باومبدل‌به‌کینه‌شدید گردد.

وقتی‌نزدیك‌مدینه رسیدیم، (ابوبکر) و (عمر)از طرف‌پیغمبر باستقبال ماآمدند ولی خودمحمد نیامدبرای اینکه‌مشغول‌رتق‌وفتق اموره‌سلمین بودوفرصت‌نداشت ازما استقبال‌کند. من‌ازاین‌جهت‌میگویم که‌اومشغول‌رتق‌وفتق‌امور مسلمین بودتاتوای(ثابت‌بن‌ارطاة) بدانی‌که نیامدن پیغمبر اسلام باستقبال ما از روی‌عمد نبود زیرا رسول‌الله غرورنداشت وبسیاراتفاق میافتادکه برای‌بانجام‌رسانیدن کارهای خانه بامن‌کمك‌میکرد وخانه‌را رفت وروب مینمود. لذاوقتی‌ما واردمدینه شدیم‌من فهمیدم چون‌کارداشته نتوانست باستقبال مابیاید. وقتی‌ماوارد مدینه‌شدیم همچنان‌برکجاوه سواربودیم‌ومن‌ازمشاهده باغهای بزرك‌وبخصوص‌عمارات مرتفع آن‌شهر حیرت میکردم‌و(عایشه) که‌درلنگه دیگرکجاوه نشسته‌بودبمن گفت آیامیدانی که‌این

عمارات مرتفع از کیست ؟ گفتم نه. گفت این عمارات از یهودیان است و کلیمی‌ها در مدینه ثروتمند هستند و این عمارات مرتفع را ساخته‌اند که شب‌ها بتوانند روی بام عمارت که مرتفع است بخوابند و از وزش نسیم استفاده کنند و خنك شوند. من میدانستم که در مکه مسلمین خیلی در مضیقه بودند و هستند ولی بعد از اینکه ما وارد مدینه شدیم و جا گرفتیم من متوجه شدم که در مدینه هیچکس درصدد آزار مسلمانها بر نمی‌آید بلکه آنها در آن شهر محترم هستند.

پس از اینکه ما در شهر مسکن گرفتیم نه فقط زن‌های مسلمان بدیدن ما آمدند بلکه زنهای یهودی نیز از ما دیدن کردند و برسم دوستی هدایائی برای ما آوردند. من از صحبت زنهای یهودی فهمیدم که آنها امیدوارند که رسول‌الله در (مدینه) بین اعراب و یهودیها داور شود و نگذارد که هرگز اختلافات یهودیان و اعراب بمرحله وخیم برسد و جنك در بگیرد. دیگر از چیزهائی که من از زنهای یهودی فهمیدم این بود که آنها تصور میکردند که رسول‌الله یهودی خواهد شد برای اینکه بعضی از قوانین یهودیان را لغو نکرد.

(توضیح ـ بطوریکه همه میدانیم احکام قرآن در ظرف بیست و سه سال به حضرت ختمی مرتبت (ص) نازل شد ولذا قوانین موجود، یك مرتبه لغو نگردید بلکه بتدریج لغو شد و جای آنها را احکام اسلام گرفت و موضوعی که (سوده) در اینجا ذکر میکند مربوط باین موضوع است ـ مترجم).

من میدانستم که رسول‌الله هرگز دیانت یهودیان را نخواهد پذیرفت و هر بار که زنهای یهودی نزد من میآمدند من اینطور بآنها جواب میدادم ولی آنها قائل نمیشدند و میگفتند محمد (ص) یهودی خواهد شد چون فقط یك یهودی میتواند پیغمبر شود لاغیر. من میدانستم زنهای یهودی که نزد من میآیند نزد عایشه نیز میروند ولابد با او هم راجع بآن مقوله صحبت مینمایند و اظهار امیدواری میکنند که محمد (ص) دین یهودیان را بپذیرد. هنگامی که ما وارد مدینه شدیم فاطمه از ما جدا شد و با علی (ع) در جای دیگر سکونت کرد. عایشه هم از من جدا گردید و در جای دیگر سکونت نمود. وی میگفت گرچه من از سوده زوجه تو نفرت ندارم ولی نمیتوانم با او در یك خانه زندگی کنم و باید خانه‌ای جداگانه داشته باشم.

(رسول‌الله) زمینی را در مدینه خریداری کرد و گفت تصمیم دارد در آنجا مسجد بسازد و کنار مسجد خانه‌ای خواهد ساخت که دارای اطاق‌های متعدد خواهد بود و من میتوانم در چند اطاق از آن خانه زندگی کنم و عایشه هم در چند اطاق دیگر. وقتی مسلمین وارد مدینه شدند فقیر بودند و دارائی نقد آنها کفاف استخدام کارگر را برای ساختمان مسجد و خانه نمیداد و پیغمبر باموافقت مسلمین (مدینه) مقرر کرد که مسلمانهای مکه در خانه مسلمین (مدینه) بسر ببرند تا اینکه برای آنها خانه ساخته شود و مسلمین (مدینه) بارغبت، آن دستور را پذیرفتند. آنگاه همه مشغول ساختن مسجد شدند و گرچه پایه مسجد را باسنك بنا کردند اما ارتفاع دیوار مسجد کوتاه بود و سقف شبستان مسجد را با تنه درخت خرما پوشانیدند و روی آن خاك ریختند و بعد،

اندود کردند تا اینکه هنگام نزول باران، آب وارد شبستان نشود ودر مدینه، زیاد باران میبارد.

مسجد مدینه، طوری ساخته شد که دارای یك صحن بالنسبه وسیع بود وهرروز ازبامداد تاشام مسلمانها درصحن مسجد اجتماع میکردند وراجع به مسائل مربوط بزندگی خود گفتگو مینمودند وهرروزکه باران میبارید به شبستان میرفتند ودر آنجا مشغول مذاکره میشدند. باید بگویم که عده‌ای از مسلمین که از مکه مهاجرت کردند مثل (ابوبکر) و (عمر بن الخطاب) مردانی ثروتمند بودند لیکن تجارتخانه خود را درمکه گذاشتند ونمیتوانستند از (مدینه) آنرا اداره کنند. اموال غیرمنقول آنها هم در (مدینه) ماند وبعداز ورود بمدینه، مثل مسلمین بی بضاعت زندگی میکردند و غذای آنها، عبارت بود از خرما، وگاهی نان، بدون گوشت وچیزهای دیگر برای تغییر ذائقه.

من مواظب بودم که بفهمم (عایشه) که درهمه عمر با تجمل زندگی کرد واغذیه لذید خورد آیا ازوضع معاش خود در (مدینه) شکایت میکند یا نه؟ ولی نفوذ رسول الله بقدری بود که (عایشه) هم شکایت نمیکرد وباروزی چندعدد خرما، یاقدری نان میساخت. عایشه برای من حکایت میکرد ومیگفت زمانی که جماعت قریش (رسول الله) ومسلمین را ازمکه اخراج کردند ومادر (شعب) سکونت نمودیم وضع تغذیه‌ما بهتر ازاین بود زیرا درموقع حج (چون ماه حرام بشمار میآمد) مردان ما ازشعب خارج میشدند ومیرفتند وگوسفندهای قربانی شده را می‌آوردند وماهرقدر که میتوانستیم گوشت بریان یا آب پز میخوردیم و بقیه را خشك میکردیم تادرماههای دیگر از آن استفاده نمائیم. امادر مدینه نه دست عایشه بگوشت میرسید نه دست من و وضع فاطمه (ع) دختر پیغمبر و زوجه علی بن ابیطالب (ع) هم ازحیث تغذیه، بهتر ازما نبود در صورتیکه فاطمه (ع) بنیه‌ای ضعیف داشت ومیبایدغذاهای مقوی بخورد تاتقویت شود، و رسول الله (ص) که دخترش فاطمه (ع) را دوست میداشت از سهم غذای خود صرفه جوئی میکرد و برای فاطمه (ع) میبرد تاوی بیشتر غذا بخورد وبنیه‌اش تقویت گردد.

نزدیك دوسال وضع زندگی مادر (مدینه) طوری بود که ما نمیتوانستیم گوشت ابتیاع کنیم وتناول نمائیم. درنتیجه من لاغر شدم و (عایشه) هم که دختری فربه بود لاغر شد. عاقبت خانه ایکه محمد (ص) میخواست برای من وعایشه بسازد آماده گردید ومن واو ازخانه مسلمین مدینه منتقل بخانه جدید شدیم.

خانه‌ای که محمد (ص) برای ماساخت اطاقهای متعدد اما کوچك داشت ودر پایه آن سنك کار گذاشته بودند. سقف اطاقها بقدری کوتاه بودکه وقتی من دریك اطاق میایستادم ودست را بلند میکردم دستم به سقف اطاق میرسید. درگوشه‌ای از حیاط یك چاه حفر کرده بودند که ما بوسیله طناب ومشکی که اطراف دهانه آن حلقه آهنین بود ازچاه آب میکشیدیم. اطراف آن چاه یك دیوار کوتاه بوجود آوردند تادر تاریکی شب، یاهنگام روز (ازروی سهو) کسی درچاه نیفتد.

باید بگویم که قسمتی از خانه‌های مدینه، چاه نداشت برای اینکه سکنه خانه محتاج چاه نبودند.

درشهر (یثرب) که بعد باسم (مدینه) خوانده شد یك قنات بود که آب آن بعد از اینکه درشهر رومیامد از تمام خانه‌هائیکه درخط سیر قنات بود میگذشت، وسکنه هرخانه از آب قنات استفاده میکردند بدون اینکه آنرا بیالایند وسکنه مدینه (چه مسلمان چه یهودی) آلودن آب قنات را که از خانه‌ها میگذشت گناه میدانستند واز آن پرهیز میکردند. ولی مسجدو خانه مادر مکانی ساخته شد که زمین موات بود وقنات از آن نمیگذشت وزمین بی‌آب محسوب میگردیدو برای اینکه آب قنات را بآن زمین بیاورند میبایدرضایت خاطر کسانی را که از قنات استفاده میکردند جلب کنند تا بتوانند یك شعبه از آن قنات را ازمسجدوخانه ما بگذرانند این کار هم احتیاج بمرور زمان داشت ولذا رسول‌الله دستورداد که درمسجد وهم درخانه ما چاه حفر کنند تا اینکه ازحیث آب درمضیقه نباشیم تا بعد مذاکرات مسلمین باسکنه مدینه بنتیجه برسد وموافقت نمایند که یك شعبه از قنات ازمسجدوخانه پیغمبر اسلام بگذرد.

ازسال چهارم هجرت که وضع زندگی مسلمین درمدینه بهتر شد، شوهرم که درکودکی شبان بود وحیوان را دوست میداشت چند رأس میش وبز درحیاط خانه رها کرد که ما از شیروپشم و گوشت آنها استفاده کنیم .

(توضیح- مقصوداز حیوان دراینجا گوسفنداست یعنی نژاد آن که شامل بزهم میشود و اعراب درقدیم گوسفندرا حیوان میخواندند-مترجم).

درمدینه آب درزیر زمین فراوان است ودرهر نقطه که زمین را بقدر کافی حفر کنند، آب بدست میایدوآب آن هم شیرین و گوارا میباشد و ما درخانه خود آبی گوارا داشتیم وبرای خوردن وشستن وسیراب کردن حیوانات از آن استفاده میکردیم.

مادرمدینه از سال سوم ببعد گوشت خوردیم آنهم در فواصل طولانی بمقدار کم. تاسال سوم خواربار مادرخانه عبارت بود ازخرماوآرد (که من آنرا خمیر میکردم وطبخ مینمودم) واز سال سوم، روغن شترهم درخانه ما یافت شدوروغن شتر را طبق معمول درخیك جامی دادیم وگاهی به مصرف میرسانیدم.

(توضیح- روغن شتر یعنی روغنی که ازشیر شتر بدست میاید ودر متن انگلیسی این سرگذشت که این بیمقدار از آن استفاده میکنم آنرا بزبان انگلیسی (کامل باتر) نوشته‌اند که به‌ظاهر کرهٔ شتراست ولی میدانیم که درهوای گرم عربستان کره درخیك دوام نمیکندمضاف براینکه درزبان انگلیسی کرهٔ ذوب شده یعنی روغن رانیز (باتر) میخوانند-مترجم)

وقتی وارد خانه ما میشدند، قسمت سکونت زنها طرف راست بودوقسمت سکونت مردها طرف چپ. درب خانه ما راهرگز نمیبستند حتی درموقع شب هم درب خانه بسته نمیشد وفقط بعداز اینکه مناسبات مسلمین ویهودیها، تیره گردید وممکن بود که یهودیها درموقع شب بخانه ما

حمله‌ور شوند درب خانه‌را می‌بستیم. تاوقتی که رسول‌الله درمسجدبود ، مردم برای کارهای خود درمسجد باومراجعه میکردند وبعد ازاینکه بخانه میآمد برای دیدنش بمنزل میآمدند وهرمسلمان که واردخانه‌ما میشد میدانست که بعد ازورود بایدبطرف چپ برود برای اینکه رسول‌الله آنجاست.

بعضی ازروزها، که پیغمبر دراطاق خود واقع در طرف چپ خانه مشغول صرف غذا میشد هرکس که میرسید غذایش‌را باا‌و نصف مینمود واگر دونفر بودند غذارا سه‌سهم میکرد واگرچهاریاپنج‌نفر بروی واردمیشدند غذای خودرا بچهاریاپنج حصه تقسیم مینمودودرنتیجه بخود اوبیش ازیك‌خرما یایك‌لقمه نان نمیرسید وتاوعده دیگر گرسنه میماند واگر احساس گرسنگی‌مینمودبانوشیدن‌آب، جوع راتسکین میداد.

من وعایشه باو گفتیم که غذای خودرا نزدما بخورد وبعد باطاقش برودتامجبور نشود، غذارا باکسانی‌که بدیدارش میآیند تقسیم نماید ورسول‌الله میگفت این‌عمل بخل است نسبت بمسلمین ومن نه‌فقط نسبت به‌مسلمانها بلکه‌نسبت بهیچ‌یك ازبندگان خدابخل ندارم. اثاث البیت خانه من عبارت بودازیك‌بوریا که‌کف اطاق انداخته بودم ویك‌دوشك ازکرباس پراز برگ‌های خشك درخت نخل ویك‌کوزه ویك‌کاسه سفالین. اثاث البیت خانه (عایشه) قدری بهترازاشیاء خانه من بود ولی‌مجموع‌آن بپول‌آن‌زمان بیست درهم نمیارزید.

تاروزی‌که‌رسول‌الله حیات داشت من وعایشه وسایر زن‌های پیغمبر که بعدازما همسر رسول‌الله (ص) شدند، این طرززندگی میکردند. ولی اینك ای (ثابت بن ارطاة) شنیده‌ام‌که معاویه دردمشق‌دریك‌کاخ زندگی میکندکه یکصدودوازده‌اطاق داردوهزینه خریداثاث‌البیت اودرکاخ سه‌کرور مثقال طلاشده است؟ آیاکسی‌که ادعـا میکند خلیفه مسلمین وجـانشین رسول‌الله (ص) میباشد باید اینطورزندگی‌نماید. (معاویه) سه‌کرورمثقال طلاراکه بابت‌خرید اثاث البیت خود خرج‌کرده ازکجاآورده است؟ تاآنجاکه من‌اطلاع دارم (ابوسفیان) پدر معاویه یك‌بازرگان بود وبضاعت داشت امانه‌بطوری‌که پسرش در یك‌کاخ زندگی‌کندکه سه کرورمثقال طلا، بابت خرید اثاث‌البیت‌آن بپردازند.

درسنوات اول ورودما بمدینه (رسول‌الله) غیرازمن وعایشه زن دیگر نداشت وبعداز اینکه زن‌های دیگر گرفت، هرگزهزینه زن‌های خودرا ازبیت‌المال مسلمین برداشت نکرد بلکه هزینه‌هارا ازسهم غنائم جنگی که درجنگ‌ها عاید پیغمبراسلام میشد تأمین میکرد. اگر لباسی برای‌ما خریداری میکرد ویك‌انگشتر یاخلخال بمااهداء مینمود از سهم غنائم جنگی بود. ولی امروز (معاویه) از بیت المال مسلمین برداشت میکند و برای خود کاخ میسازد و باز سه‌کرور مثقال طلا از بیت المال برداشت مینمـاید تـابرای کاخ خود اثاث البیت فراهم‌کند.

گفتم ای(ام‌المؤمنین) من باینجا نیامده‌ام تااینکه راجع به‌کارهای خلیفه مسلمین باتو صحبت کنم. من آمده‌ام تااینکه راجع به‌عایشه از تو کسب اطلاع نمایم وازتو درخواست میکنم که راجع بکارهای خلیفه صحبت نکن. دیگر اینکه تو باید ملاحظه مرا بنمائی و بدانی شخصی چون من که درخدمت خلیفه هستم نمیتوانم بشنوم که ازخلیفه بدگوئی نمایند ولو گوینده زنی چون تو یعنی ام‌المؤمنین باشد.

(توضیح ـ ام‌المؤمنین یعنی مادر مؤمنین عنوان رسمی تمام زن‌های حضرت ختمی مرتبت(ص) بود ـ مترجم).

سوده گفت بسیار خوب ومن راجع به(معاویه) صحبت نمیکنم بلکه راجع به‌خودو(عایشه) حرف میزنم. بعدازاینکه ماداری‌خانه شدیم چون درخانه خودآزادتر بودیم توانستیم هرروز عده‌ای زیاد از زنهای مسلمان ویهودی‌را بپذیریم. زن‌های مسلمان که بخانه‌ما میآمدند بیشتر از زن‌های مسلمین مدینه بودند که بآنها (انصار) گفته میشد. مسلمین مدینه (یاانصار) دو طائفه بزرگ داشتند یکی باسم (اوس) و دیگری موسوم به (خزرج). زن‌های مسلمان که بخانه‌ما میآمدند از اسلام آوردن اعراب (مدینه) ابراز خوشوقتی میکردند ومیگفتند مدت دویست سال، بین دوطائفه، (اوس) و (خزرج) جنگ ادامه داشت وگاهی طائفه (اوس) غلبه میکرد وزمانی طائفه (خزرج).

هردفعه که‌طائفه(اوس)غلبه مینمود مردان‌طائفه(خزرج) تدارك جنگ‌دیگررا میدیدند تااینکه‌ازطائفه(اوس) انتقام‌بگیرند. آنگاه نوبت طائفه(اوس) بود که‌خودرا برای گرفتن‌انتقام آماده کند. جنگ بین(اوس)و(خزرج) مثل تغییر فصول سال‌یك واقعه حتمی شده بود وهرچند یکمرتبه، بین این‌دو طائفه جنگ درمیگرفت وعده‌ای بقتل میرسیدند وزن‌ها بیوه واطفال یتیم‌میشدند.

اسلام‌آوردن(اوس)و(خزرج) باین‌وضع خاتمه‌دادواینك این‌دوطائفه‌ازبرکت‌رسول‌الله و اسلام‌باصلح‌بسر میبرند ودیگر بروی‌هم‌شمشیر نمیکشند وخون هم‌را نمیریزند. اولین مرتبه‌که که‌یهودیان‌مدینه بامسلمین‌مخالفت کردند برسر قنات آب بود. گفتم‌که درمدینه یك قنات آب وجودداشت که‌ازخانه‌هامیگذشت‌وهرخانه از آن‌قنات‌استفاده‌میکرد بدون اینکه آب‌را بیالاید پس‌ازاینکه‌مسجد وخانه‌ماساخته‌شد، مقرر گردیدمسلمانهای‌مهاجر که ازمکه‌بمدینه رفتند در قسمتی دیگر از زمین‌موات که‌رسول‌الله خریداری‌کرده بود خانه‌بسازند و تاآنجاکه وسعت زمین‌اجازه‌میدهدخانه‌های‌مسلمین، اطراف‌مسجد بوجود بیایدوچون‌خانه‌های‌مزبور وهمچنین مسجد وخانه مااحتیاج بآب‌داشت رسول‌الله بوسیله‌یکی ازمسلمین بایهودیان مذاکره کردتا اینکه‌موافقت‌نمایند که‌رشته‌ای‌از آن‌قنات بطرف‌مسجد کشیده‌شود تااینکه‌مسلمانهاهم‌ازآب‌قنات استفاده نمایند.

مردی باسم (شاس بن قیس یهودی) بنمایندگی از طرف یهودیان بنماینده پیغمبر اسلام گفت که اولاً قنات، دارای خط سیری مخصوص است و اگر مسجد و خانه محمد(ص) در خط سیر قنات بود، میتوانستند بمسلمانها آب بدهند. لیکن مسجد و خانه محمد(ص) درجائی قرار گرفته که در طول خط سیر قنات نیست ولذا نمیتوان بمسجد و خانه محمد(ص) آب داد. دیگر اینکه آب قنات قیمت دارد و خانه‌هائی که از آب قنات استفاده میکنند هریك مبلغی میپردازند و آب قنات، رایگان نیست که مسجد و خانه محمد(ص) بتوانند بدون پرداخت آب بها استفاده کنند.

نماینده رسول‌الله به آن مرد یهودی گفت بطوریکه من اطلاع دارم چند رشته فرعی از قنات منشعب شده و باطراف امتداد یافته و میتوان یکرشته دیگر از قنات منشعب کرد و به مسجد و خانه محمد(ص) رسانید. (شاس بن قیس یهودی) گفت رشته‌های مزبور در قدیم احداث شده و هر بار که نهری از قنات متفرع کرده‌اند حق انشعاب پرداخته‌اند و حق انشعاب هم مبلغی است گزاف و محمد(ص) و مسلمانها که بی‌بضاعت هستند از عهده پرداخت آن برنمیآیند.

آب قنات، همانطور که از منازل یهودیان میگذشت، از خانه‌های مسلمین مدینه هم عبور میکرد و رسول‌الله میتوانست بیکی از مسلمین مدینه بگوید که موافقت کند یك نهر از خانه او تا مسجد احداث شود تا آب قنات به مسجد بیاید. ولی لازمه احداث یك نهر، از خانه یکی از مسلمین مدینه (مسلمین انصار) تا مسجد این بود که مقداری از آب قنات بمسجد و خانه ما بیاید و از حجم آب کاسته شود و خانه‌های پائین که بین آنها منازل یهودی نیز بود از آبی کمتر برخوردار شوند.

رسول‌الله نمیخواست عملی صورت بگیرد که برخلاف مقررات وقف‌نامه قنات (مدینه) باشد و جلب موافقت یهودیها ضرورت داشت، خاصه آنکه نهر فرعی که میبایدآب قنات را بمسجد بیاورد از زمین دو یهودی میگذشت.

یهودیان که عهده‌دار اجرای وقف‌نامه قنات بودند گفتند که اگر مسلمین بخواهند یك رشته فرعی را از قنات منشعب کنند و به مسجد ببرند باید دوهزار دینار بابت حق انشعاب بپردازند و پانصد دینار هم بدو یهودی که نهر از زمین آنها عبور مینماید (بابت حق عبور نهر) تأدیه نمایند و بعد از آن آب بها را هم بپردازند. رسول‌الله چند تن از مسلمین را مأمور کرد که تحقیق کنند دیگران برای اینکه نهری را به خانه و باغ خود ببرند چقدر حق انشعاب پرداخته‌اند معلوم شد که دیگران دویست و پنجاه دینار حق انشعاب پرداخته‌اند و یکی از آن‌ها سیصد دینار تأدیه کرده است. سوء نیت یهودیها محرز شد و معلوم گردید که آنها حق انشعاب و حق عبور نهر از زمین دو یهودی را خیلی سنگین کرده‌اند تا اینکه مسلمین نتوانند بپردازند و در آن موقع مسلمین از عهده پرداخت یك چهارم آن مبلغ هم برنمیآمدند زیرا همه بی‌بضاعت بودند.

اختلاف بایهودیها در باره کلمه (رحمن)

واقعه دیگر که درمدینه اتفاق افتاد وسوء نیت یهودیهارا نسبت به مسلمین آشکار کرد موسوم است به‌واقعه (فتح‌نامه بعاث). ای‌پسر (ارطاة) نمیدانم که آیاتو (بعاث) راشنیده‌ای یانه؟ (بعاث) اسم آخرین جنگی‌است که بین دوطائفه (اوس) و(خزرج) قبل‌ازاینکه مسلمان شوند رو داد ودرآن‌جنگ طائفه (اوس) فاتح شد. یکی‌ازشعرای (اوس) بعدازخاتمه جنگ قصیده‌ای سرود که فتح‌نامه‌بودومردان (اوس) تامدت چندماه پس‌ازخاتمه‌جنگ، آن فتح‌نامه رامیخواندند ولی پس‌ازاینکه بدین اسلام درآمدند خواندن فتح‌نامه مزبور موقوف گردید. (شاس بن قیس یهودی) که نامش راگفتم چندنفر ازجوانان یهودی را وادار کرد که بروند وآن فتح‌نامه‌را باصدای بلند مقابل منازل (خزرج) ودرنقاطی که محل‌اجتماع مردان‌خزرج میباشد بخوانند تا اینکه خشم آنهارا تحریك نمایند وبین دوطائفه (خزرج) و (اوس) منازعه دربگیرد.

درمدینه همه یکدیگررامیشناختند و (شاس بن قیس یهودی) جوانان مزبوررا ازبین یهودیهای (قبا) انتخاب کردتااینکه مسلمین مدینه‌آنهارا نشناسند وندانند که یهودی هستند. جوانان یهودی‌هم، خودرا مقابل منازل کسانی که جزوطائفه (خزرج) بودند رسانیدند وبا صدای بلند فتح‌نامه‌را خواندند. مردان طائفه (خزرج) که‌نمیدانستندآنهایهودی هستندفکر کردندکه طائفه (اوس) آنهارا به‌مبارزه میطلبد. زیراخواندن‌آن‌فتح‌نامه مقابل خانه‌کسانی که ازقبیله (خزرج) بودند بمنزله دعوت بجنگ بود. لذا مردان طائفه خزرج باشمشیر و نیزه‌ازخانه‌هاخارج شدند وبهیئت اجتماع بسوی‌محله (اوس) رفتند تابامردان طائفه(اوس) پیکار نمایند.

وقتی مردان طائفه (خزرج) برای‌جنك براه‌افتادند هنگام ظهریعنی موقع خواندن نماز درمسجد بود. ولی‌طوری خشم برمردان (خزرج) غلبه کردکه نمازرا ترك‌نمودند. در آن‌موقع رسول‌الله برای‌نماز وارد مسجدشد ومتوجه گردیدکه طائفه (خزرج) نیامده‌اند و

حدس زد که یك واقعه غیرمنتظره اتفاق افتاده که آنها برای نماز نیامده اند و چند نفر از مسلمانها را بمحله (خزرج) فرستاد که بفهمند چه واقعه اتفاق افتاده است. مسلمین مراجعت کردند و به رسول الله خبر دادند که تمام مردان طائفه خزرج مسلح شده بمحله (اوس) رفته اند و از مردان (اوس) میخواهند که از خانه ها بیرون بیایند و بجنگند و تهدید میکنند که هر گاه برای جنك از منازل خارج نشوند، آنها بخانه ها حمله ور خواهند شد و هر کس را که ببینند بقتل خواهند رسانید. وقتی رسول الله این حرف را شنید باشتاب خودرا بمحله (اوس) رسانید تا اینکه از جنگ جلوگیری کند.

رسول الله هنگامیکه بطرف محله (اوس) میرفت دریافت که خشم غیرمنتظره و ناگهانی مردان خزرج بیشك ناشی از تحریك و وسوسه بوده، زیرا روز قبل مردان (خزرج) که در مسجد بودند شکایتی از طائفه (اوس) نداشتند و نمیخواستند با آنها مصاف بدهند. رسول الله بعد از رسیدن بمحله (اوس) خطاب بمردان (خزرج) گفت چه میخواهید بکنید و آیا قصد دارید که برادران دینی خود را بقتل برسانید؟ آیا میخواهید خونریزی های دورهٔ جاهلیت را تجدید کنید؟ شما همه بندگان خدا هستید و جزو (امت) می باشید و قتل عمدی هر مسلمان بدست مسلمان دیگر گناهی است نابخشودنی.

مردان (خزرج) گفتند یارسول الله ما قصد نداشتیم که با طائفه (اوس) بجنگیم ولی امروز این طائفه عده ای را نزد ما فرستاد و آنها فتحنامه (بعاث) را خواندند. قرار ما این بود که بعد از اینکه اسلام آوردیم جنگهای گذشته فراموش شود و هیچیك از ما پیروزی خود را برخ دیگری نکشیم. ولی امروز طائفه (اوس) این عهد را زیرپا گذاشت و فتح نامه (بعاث) را برای ما خواند و ما ناگزیر شدیم خودرا برای جنك آماده نمائیم.

محمد (ص) از مردان طائفه (خزرج) خواست که شمشیرهای خود را غلاف کنند و از مردان طائفه (اوس) تقاضا کرد که از خانه ها خارج شوند و بعد از اینکه خارج گردیدند از آنها پرسید کدام یك از شما بمحله (خزرج) رفتید و در آنجا فتحنامه (بعاث) را خواندید. مردان طائفه (اوس) سوگند یاد کردند که آنها فتحنامه (بعاث) را در محله (خزرج) نخوانده اند و بکلی از آن موضوع بی اطلاع هستند. پیغمبر از مردان (خزرج) خواست که نام خوانندگان فتحنامه (بعاث) را بگویند. مردان (خزرج) نتوانستند اسم خوانندگان فتحنامه (بعاث) را ببرند و گفتند که آنها مردانی جوان بودند و آنان را در مدینه ندیده اند.

پیغمبر که دریافت مردان (خزرج) و مردان (اوس) هر دو راست میگویند اظهار کرد من استنباط میکنم که این واقعه ناشی از دسیسه بوده و خواسته اند بین دو طائفه مسلمان جنك و خونریزی تولید نمایند. من از هر دو طائفه درخواست میکنم فکر جنك را از خاطر بدر کنند و برای نماز در مسجد حضور بهم برسانند تا من تحقیق کنم و بفهمم کسانی که امروز فتحنامهٔ (بعاث) را درمحله (خزرج) خوانده اند که بوده اند.

مردان دوطائفه (اوس) و(خزرج) برای نماز درمسجد حضور بهم رسانیدند و پیغمبر اسلام بعدازخاتمه نمازازعلی بن ابیطالب(ع) درخواست کرد که باچندتن ازمردان قبیله خزرج به حومه(قبا) برود وبفهمد که آیامردان طائفه(خزرج)میتوانندخوانندگان فتح نامه(بعاث) رابین جوان‌های حومه(قبا) بشناسند یانه؟

رسول‌الله، بعد از اظهارات طائفه (خزرج)حدس زد که خوانندگان فتح‌نامه از خارج مدینه آمده‌اندو باحتمال زیاداز حومه(قبا)هستندوحدس پیغمبر اسلام صائب شدو بعدازاینکه علی(ع) باتفاق مردان طائفه (خزرج) وارد (قبـا)شد . مردان (خزرج) چندنفر ازجوانانی راکه خواننده فتحنامه بودندشناختندو بعلی(ع) نشان دادندوبزودی معلوم شد که هیچیك از آنها مسلمان نیستند زیرا علی(ع) رانمی‌شناختند ومحال بود که یك مسلمان در(مدینه) یا(قبا) بسر ببرد و علی(ع)رانشناسد. بعدازاین که مسلم شد که خوانندگان فتح نامه یهودی هستند بیگناهی طائفه(اوس) وسوءنیت یهودیها ثابت گردید وتمام مسلمین فهمیدند که یهودیها میخواستند مناسبات دوطائفه (اوس) و(خزرج) راتیره کنند وبین آن‌ها آتش جنگ رامشتعل نمایند.

ای پسر (ارطاة) قدری بعد از واقعه خواندن فتح نامه(بعاث) واقعه‌ای دیگر اتفاق افتاد و این مرتبه معلوم شد که یهودیان، بهانه جوئی میکنند تااینکه بامسلمین نزاع نمایند. تومیدانی که هردفعه که وحی برپیغمبر اسلام نازل میگردید پیغمبر ماقبل ازاینکه(وحی)رابمسلمین ابلاغ نمایدمیگفت (بسم‌الله الرحمن الرحیم)واین جمله امروزدرآغاز تمام سوره‌های قرآن دیده میشود.

یك روحانی جوان یهودی موسوم به(ایسکر بن موسی) برسراین جمله غوغا براه انداخت وگفت محمد(ص) کلمه (رحمن) را ازیهودیها اقتباس کرده واین کلمه همان کلمه (رحمانا) میباشد که درکتاب(تلمود کنعانی) جزو اسامی اعظم خداوند قلمداد شده است.

(توضیح ـ (تلمود) بروزن(نمرود) یا(اندود) یکی ازکتابهای بزرك یهودیان استوباید گفت:دوکتاب میباشدیکی (تلمود کنعانی) ودیگری (تلمود بابلی). (تلمود)درلغت عبری معنای تعبیروتفسیر وهمچنین فراگرفتن (نزداستاد یابوسیله مطالعه نزدخود)رامیدهدومعنای اخص آن عبارت است از تفسیر قوانین تورات کتاب آسمانی یهودیان. (تلمودبابلی) عبارت است از کتابی در تفسیر قوانین تـورات که دانشمندان یهودی در بابل نوشتند و (تلمود کنعانی) تفسیر تورات میباشد که ازطرف دانشمندان یهودی مقیم کنعان (فلسطین)نوشته شدو دانشمندان درخصوص تاریخ نوشتن این دو کتاب اختلاف دارند وبعضی برآنند که دوکتاب (تلمود) در پانصدسال قبل از میلادمسیح یعنی بلافاصله بعدازاینکه (کوروش) پادشاه ایران، یهودیهارا از اسارت آزاد کرد نوشته شده وبعضی میگویند که تاریخ نوشتن دوکتاب مزبور، دوقرن قبل از میلادمسیح است.. خواندن(تلمود) برای محصلین دانشکده حقوق وسایر کسانی که بمناسبت حرفه خود درمسائل حقوقی وقضائی مطالعه دارند مفیداست زیراکتابی است که راجع بفلسفه وضع قوانین، توضیح میدهد ـ مترجم).

روحانیون یهودی در (مدینه) این مسئله را دستاویز مجادله کردند و گفتند که یک مرد غیر یهودی که دعوی پیغمبری میکند حق ندارند که اسم اعظم خدای یهودیان را در کلام خود بکار ببرد و باید بگوید (بسم‌الله الرحیم) یعنی کلمه (رحمن) را حذف نماید. علی بن ابیطالب (ع) که باوجود جوانی دانشمند بود درجواب یهودیان گفت که کلمه (الرحمن) که در (بسم‌الله الرحمن الرحیم) است از کلمه (رحمانا) که در کتاب (تلمود کنعانی) جزو اسامی اعظم خداوند قلمداد گردیده اقتباس نشده بلکه یک کلمه عربی است که ریشه آن (رحم) میباشد و (الرحمن) یعنی خداوندی که رحم او بقدری زیاد است که مافوق ترحم بشری است. بهمین جهت هرگز یک انسان، درخور صفت (رحمن) نمی‌شود بلکه این صفت خاص خداست.

یهودی‌ها برای این که لجاجت می کردند ودستاویزی برای مجادله می‌خواستند، متقاعد نشدند و گفتند این کلمه در کتاب (تلمود کنعانی) همین معنی را میدهد یعنی خداوندی که ترحم او مافوق ترحم نوع بشر است. علی بن ابیطالب (ع) گفت اگر اینطور هم باشد دلیل بر این نمیشود که پیغمبر اسلام کلمه (رحمن) را از (تلمود کنعانی) اقتباس کرده باشد خاصه آنکه پیغمبر اسلام سواد خواندن ونوشتن زبان عربی را ندارد تاچه رسد بزبان عبری ونمی‌تواند (تلمود کنعانی) را بخواند. باز علی بن ابیطالب (ع) توضیح داد که درزبان عرب وزبان یهودیان کلماتی هست که ریشه آن یکی است زیرا دوزبان عربی وعبری درقدیم ریشه مشترک داشته ،ولی بعداز این که دوزبان ازهم جداشد براثر مرور اعصار، قسمتی ازکلمات مشترک تغییر کرد همچنان که در زبان عبری (رحمانا) شد ودرزبان عربی (رحمن) ازریشه (رحم) امایهودیان که (رحمانا) را اسم اعظم خدا میدانندومی گویند که بمعنای آن است که خداوند بیش ازنوع بشر ترحم دارد دارای ریشه (رحم) نیستند واین ریشه فقط درزبان عربی وجوددارد و (رحمن) ازریشه (رحم) عربی گرفته شده است.

این توضیح یهودیان را وادار بسکوت نمود چون آنها (رحمانا) داشتند بدون اینکه ریشه (رحم) را داشته باشند. بعدازآن، هروقت درآیات قرآن، کلماتی یافت میشد که شبیه به کلمات عبری بود یهودیهای مدینه ایرادمیگرفتند واین موضوع تاروزی که یهودیها در مدینه زندگی میکردند تولید مباحثه یامشاجره میکرد. گفتم‌ای (ام‌المومنین) حرفهائی که تومیزنی برای من که عمرم اجازه نمیداد که آن دوره را ادراک کنم مفیداست وهرقدرمن بیشتر از این صحبت‌ها ازتو بشنوم علاقه‌ام بشنیدن آنها زیادتر میشود.

علت محبوبیت عایشه

من بسوده گفتم ای ام المؤمنین من آمده‌ام که باتوراجع به(عایشه) مذاکره نمایم و ازتو بخواهم اطلاعاتی راکه راجع به عایشه داری بمن بدهی. (ام المؤمنین) اظهار کرد بطوریکه گفتم من و(عایشه) چون همسر رسول‌الله بودیم در مدینه احترام داشتیم. ولی توجه مردم نسبت به (عایشه) بمناسبت زیبائی او خیلی بیش ازمن بود. اززیبائی گذشته (عایشه) سواد داشت ووقتی که قلم بدست میگرفت طوری با سرعت کتابت میکرد که منشی‌های چیره دست نمیتوانستند با آن سرعت چیز بنویسند.

من هیچ کس را در دوره عمر ندیدم که مانند(عایشه) حافظه‌ای قوی داشته باشدومیتوان گفت که علاوه برتمام آیات قرآن تمام اشعارشعرای عرب را ازحفظ داشت. شاید امروز چون عایشه مثل من سالخورده شده، قوت حافظه راازدست داده، ولی درزمان جوانی حافظه‌اش بقدری قوی بودکه وقتی یك قصیده دارای پنجاه بیت رایکمرتبه، برای او میخواندند وشاعر از خواندن بازمیایستاد، عایشه شروع بخواندن قصیده میکرد وازبیت اول تاآخر، بدون وقفه میخواندوشاعری که آن قصیده راسروره بود مبهوت میشد.

ای پسر(ارطاة) توامروز مرادرسن سالخوردگی میبینی وتصورمیکنی که دردورهٔ جوانی نیزچنین بودم. درصورتیکه در دورهٔ جوانی من از زنهای زیبای مکه بشمار میآمدم وبعد از اینکه بمدینه رفتیم از زنهای وجیه آن شهر محسوب میشدم. معهذا حس میکردم که پیغمبر اسلام (عایشه) رابیش ازمن دوست می‌دارد. من تصور میکردم که رسول‌الله (عایشه) را بمناسبت اینکه جوانترازمن میباشد زیادتر دوست میدارد. لیکن بتدریج متوجه شدم که علت محبوبیت (عایشه) علاوه برسواد ومعلومات وحافظه او، قوه جاذبه وی میباشد.

خداوند به (عایشه) نیروی جاذبه داده بود واین نیرو درهر زن که باشدتا روزی که زنده است محبوب شوهرش میشود. این راهم بگویم که طرز رفتار محمد (ص) بامن طوری بودکه من نمیتوانستم باوبگویم که عایشه رابیش ازمن دوست میدارد. بعدهم که محمد (ص) زن‌های دیگرگرفت بازنهای خود طوری رفتار میکردکه هیچ یك از آنها نمیتوانستند از

محمد (ص) گله کنند که زن دیگر را بیشتر دوست میدارد. معهذا حس‌زنانگی من، میفهمانید که علاقه‌محمد(ص) نسبت به (عایشه) بیش‌از محبتی‌است که نسبت بمن دارد. اگر زنی دیگر بجای من بود شاید‌رشك‌میبرد ولی‌من نسبت‌به (عایشه)رشك نمیبردم برای‌اینکه‌میدانستم که وی سواد و معلومات ونیروی‌جاذبه دارد و سزاوار است که بیش‌از من محبوب پیغمبر اسلام واقع شود. معلومات او بقدری زیاد بود که وقتی وارد مدینه شدیم عایشه سنگهای سیاه راکه درصحرا بنظر میرسید بمن‌نشان داد و گفت (سوده) ، آیا میدانی برای چه این سنك‌ها سیاه است ؟

گفتم خداوند خواسته که‌این سنگهاسیاه باشد. (عایشه) گفت این موضوع بجای خود درست است اما علت سیاهی‌سنگها این میباشد‌که ازکوه آتشفشان خارج شده است. من‌تا آن‌روز نام‌کوه‌آتشفشان رانشنیده بودم و پرسیدم‌کوه آتش‌فشان چیست؟ (عایشه) گفت‌کوه آتشفشان عبارت از کوهی است که از دهانه آن آتش خارج میشود ودریکصد وپنجاه وپنج سال‌قبل از این‌آن کوه که ازدورمیبینی (عایشه کوه رابا انگشت‌بمن‌نشان‌داد) آتشفشانی‌کرد وچیزی‌مانند یك رودخانه بزرگ ازکوه‌سرازیر‌شد وتا این‌حدودآمدوبعدازاینکه کوه از آتشفشانی باز ایستاد، آنچه ازکوه خارج گردید سردشد و بشکل این سنگ‌های سیاه‌که میبینی‌درآمد.

(توضیح۔ عایشه‌درست گفت‌ومدینه‌درسال چهارصدوشصت‌وهفت‌میلادی یعنی‌یکصدوپنجاه وپنج‌سال‌قبل‌ازهجرت گرفتارخطرآتشفشان‌شد ومرتبه‌دیگر، درسال ششصدوشصت‌وپنج بعداز هجرت، مطابق‌با۱۲۶۶ میلادی‌همان‌کوه‌آتشفشانی‌کرد وموادمذاب تانیم‌فرسنگی مدینه‌آمد ولی‌درآنجا توقف‌نمود و جلوتر‌نرفت و مسلمین گفتند که‌موادمذاب باحترام حضرت ختمی مرتبت(ص) که‌قبرش‌درمدینه‌است ازآنجا تجاوزنکرد اماهوای‌مدینه طوری گرم‌شدکه مردم شهر‌راتخلیه کردندورفتند تااینکه‌مواد مذاب که‌صحرارافراگرفته بود سردشد وآنوقت‌سکنه شهرمراجعت نمودند۔مترجم)

من‌در(عایشه)دردوره‌جوانی‌اش دو روح احساس‌میکردم. هنگامی که‌شعرمیخواندیادر خصوص‌علم‌صحبت‌میکرد چون‌یکی ازدانشمندان‌میشد وانسان‌تصورمیکردبقدریك‌مرد دانشمند سالخورده‌علم‌وتجربه‌دارد. امادرسایر مواقع‌عایشه‌دختری بودمانند سایرهمسالان خودودوست داشت که‌صحبت کندوشوخی‌نماید وبخندد وبخنداند. وقتی ماواردمدینه‌شدیم، آن‌شهرفقط‌یك شهرزراعتی‌بود واهمیت بازرگانی‌نداشت. ولی‌روزی که‌رسول‌الله‌زندگی‌رابدرود گفت مدینه یك‌شهر‌بازرگانی‌هم‌شد ودرشمال‌عربستان مرکز تجارت گردید .

ای‌پسر(ارطاة)شاید تواطلاع نداشته‌باشی که مدینه‌درشمال‌عربستان‌طوری‌دارای اهمیت شدکه‌اهمیت‌بازرگانی‌شهر مکه‌راتحت‌الشعاع‌قرارداد واگرخانه(کعبه) درمکه نبود ومردم

برای زیارت بآن شهر نمیرفتند، مکه بکلی متروك میگردید. چون بعداز اینکه رسول‌الله ازمکه به(مدینه)مهاجرت کردوماساکن مدینه شدیم(مدینه)پایتخت اسلام گردید. بعدازاینکه رسول‌الله رحلت نمود و(ابوبکر)خلیفه شد بااینکه میتوانست ازمدینه بمکه برود وآنجارا پایتخت اسلام کند، نکرد وهمچنان درمدینه ماند. پس از(ابوبکر)عمر بن الخطاب خلیفه شد وتومیدانی که در دوره خلافت(عمر) اسلام خیلی وسعت گرفت. درآن زمان روزی(عایشه) برای من حکایت کرد که اسلام بقدری توسعه یافته که ازطرف شرق به شط (جیحون) واقع درمشرق ایران رسیده واز طرف مغرب تا نزدیك سرچشمه رودخانه(نیل)واقع درمصر، پیش رفته است. چون دردورهٔ خلافت عمر قلمرو اسلام خیلی وسیع شده بود باو گفتند که پایتخت اسلام را تغییر بدهد وازمدینه بجای دیگرو بهتر آنکه به(مدائن) برود تااینکه پایتخت اودرجهان اسلامی مرکزیت داشته باشد. ولی(عمر) نپذیرفت و گفت چون (رسول‌الله) شهرمدینه را مرکزاسلام کرد من ازاینجا بجای دیگر نخواهم رفت.

بازرگانانی که درمکه بودند کوچ کردند ودرمدینه سکونت نمودند چون میدانستند که در مدینه بهتر تجارت خواهند کرد. بعد از(عمر بن الخطاب) عثمان بخلافت رسید واوهم روش (ابوبکر)و(عمر)راحفظ کرد واز(مدینه) خارج نشد یعنی پایتخت رامنتقل بجای دیگر نکرد. پس ازعثمان، علی بن ابیطالب(ع)خلیفه گردیدوعلی(ع) نیزعقیده داشت که پایتخت اسلام باید (مدینه) باشدزیرارسول‌الله آنجارامرکز اسلام کرده بود.

علی(ع)فقط برای مدتی کم ازمدینه به(کوفه)واقع درعراق منتقل شدزیرا ناچار بود بآنجا منتقل شود تابتواندبایاغیان که دربصره(واقع درعراق) متمرکزشده بودندبجنگد. چون(مدینه) درحیات (رسول‌الله) و بعدازآن، درطی خلافت چهارخلیفه، مرکز اسلام بود خیلی توسعه یافت و جمعیت مدینه بدویست هزار نفررسید. ولی معاویه بدعت گذاشت وپایتخت اسلام را ازمدینه منتقل به(دمشق)واقع درسوریه کردومدینه ازاهمیت افتاد وبزودی اهمیت بازرگانی خودرا ازدست داد. گفتم ای(ام المؤمنین)معاویة بن ابوسفیان خلیفه مسلمین ازاین جهت پایتخت اسلام را از مدینه منتقل به(دمشق) واقع درسوریه کرد که قبل ازخلافت، والی(سوریه) بودودر(دمشق) بسرمیبرد وبعدازاینکه خلیفه شد نتوانست دل ازدمشق برکند. (سوده) گفت این بدعت(معاویه) بضرراسلام تمام شدهمچنان که من یقین دارم که بدعت دیگراوهم بضرراسلام تمام میشود. پرسیدم ای(ام المؤمنین) بدعت دیگر خلیفه مسلمین بعقیده توچیست؟ (سوده) گفت بدعت دیگر معاویه این است که درزمان حیات خودبزوربرای خلافت پسرش(یزید) ازمردم بیعت گرفت.

(توضیح ـ معاویه چون میترسید که بعد ازمرگش پسراو(یزید)خلیفه نشود درزمان حیات بزورازمردم برای خلافت پسرش بیعت گرفت ولی چهارنفرحاضر نشدند که برای خلافت(یزید) بامعاویه بیعت کنند اول حسین بن علی(ع) فرزندعلی بن ابیطالب(ع) که نه فقط حاضر نشد خلافت

(یزید) را بعد از مرگ معاویه بپذیرد بلکه با خود معاویه هم بیعت نکرد. دوم (عبدالرحمن بن ابوبکر) پسر (ابوبکر) خلیفه اول، سوم (عبدالله بن عمر) پسر (عمر) خلیفه ثانی چهارم عبدالله بن زبیر ـ مترجم)

آیا تو تا امروز شنیده بودی که یك خلیفه در زمان حیات خود با زور برای جانشین خویش از مردم بیعت بگیرد. گفتم ای (ام المؤمنین) از کارهای خلیفه نزد من انتقاد مکن زیرا من (رئیس خفیه) او هستم و نمیتوانم انتقادهای تو را بشنوم وشغل ووظیفه من مانع از این است که گوش با نتقادهای تو بدهم. (سوده) گفت بسیار خوب، من دیگر از کارهای معاویه انتقاد نخواهم کرد وصحبت من راجع به (عایشه) تمام شد.

گفتم ای (ام المؤمنین) من از تو انتظار دارم که راجع بکارهای (عایشه) بعد از رحلت رسول الله برای من صحبت کنی ومن میخواهم بدانم پس از اینکه رسول الله رحلت کرد کارهای سیاسی عایشه چه بود؟ (سوده) گفت من نمیتوانم راجع بکارهای سیاسی عایشه بعد از رحلت (رسول الله) بتو چیزی بگویم زیرا پس از رحلت پیغمبر، زن‌های او از هم جدا شدند و من نمیدانم عایشه چه کرد یعنی اطلاعات من در خصوص او، بعد از رحلت پیغمبر همان است که تو و دیگران میدانند ومن چون نتوانستم بیش از آن، از (سوده) کسب اطلاع کنم از وی خداحافظی کردم واز خانه‌اش خارج شدم.

صنعتگران ایرانی در خدمت مسلمین

دیگر از کسانی که مورد تحقیق من قرار گرفتند (زید) غلام آزادشده پیغمبر اسلام بود. من میدانستم که (زید) که مردی بود سالخورده و فرتوت از اصحاب پیغمبر ما محسوب میگردید و بین مسلمین مرتبه‌ای بزرگ داشت. (زید) مردی نبود که من بتوانم اورا به محل کار خود احضار کنم و مورد تحقیق قرار دهم. لذا غلام خودرا بخانه‌اش فرستادم و اجازه گرفتم که وی را ملاقات نمایم. (زید) اجازه ملاقات داد و هنگامی که من وارد خانه‌اش شدم خواست برای احترامی که هر میزبان نسبت به میهمان رعایت میکند از جا برخیزد. ولی من از وی خواهش کردم که بخود زحمت ندهد و از جا برنخیزد. بعد، علت آمدن خودرا باو گفتم و (زید) اظهار کرد ای (ابن ارطاة) من غلام پیغمبر بودم واو، مرا آزاد کرد و افتخار میکنم که سومین کسی هستم که دین اسلام را پذیرفتم و اول کسی که دین اسلام را پذیرفت (خدیجه) همسر پیغمبر بود و نفر دوم علی بن ابیطالب (ع) میباشد و من نفر سوم هستم و بعد از من عبدالله بن عثمان، معروف به (ابوبکر) که بعد از رحلت پیغمبر خلیفه شد مسلمان گردد.

قبل از اینکه محمد (ص) از طرف خداوند مبعوث به پیغمبری گردد بطوریکه میدانی تجارت میکرد و کالاهای درجه اول او ابریشم بود و ابریشم را از ایران وارد مینمود. ولی ابریشمی که پیغمبر قبل از بعثت از ایران وارد میکرد درخود ایران بدست نمیآمد بلکه از (چین) وارد ایران میشد و از ایران بحجاز میرسید. من چندمرتبه برای خرید ابریشم از طرف محمد (ص) بایران رفتم و چون هردفعه مدتی در آنجا میماندم زبان ایرانی‌ها را بقدر رفع احتیاج فرا گرفتم. من در کشور ایران در یك شهر توقف نمیکردم و برای خرید کالا از شهری بشهر دیگر میرفتم و مشاهده میکردم که در شهرهای ایران صنعتگران زبردست وجود دارد که میتوانند انواع مصنوعات از جمله انواع اسلحه را بسازند.

بعد از اینکه پیغمبر اسلام از مکه بمدینه مهاجرت کرد باز من برای خرید ابریشم بایران میرفتم و راهم نزدیکتر شده بود. زیرا از مدینه عازم سوریه میشدم و از آنجا، راه ایران را پیش میگرفتم. هردفعه که بمدینه مراجعت میکردم متوجه میشدم که خطر دشمنان اسلام برای

مامسلمین زیادترشده‌است . دریکی ازسفرها بعدازمراجعت ازایران برسول‌الله گفتم که‌اگر ما بتوانیم عده‌ای از صنعتگران اسلحه‌سازایرانی‌را از ایران یا از سوریه به‌مدینه بیاوریم (چون قسمتی ازاستادان اسلحه‌ساز ایرانی در سوریه بسرمیبردند) خواهیم توانست که‌در مدینه‌انواع اسلحه‌را بسازیم .

من گفتم یارسول‌الله من حس میکنم که‌روزی خواهد آمد که‌ما بایدبادشمنان اسلام بجنگیم. یعنی مارا وادار بجنگ خواهندکرد وبرای آن‌روز میباید اسلحه‌داشته‌باشیم وانواع سلاحها را بایدقبل از آن‌روز آماده‌کرد تااینکه بتوانیم ازخود دفاع‌کنیم ودشمنان‌ما، مسلمین‌را نابود نکنند. رسول‌الله حرف‌مرا تصدیق‌کرد وگفت مسلمین، بایدنیرومند شوند ولی ساختن اسلحه بیازمندپول‌است ومسلمین، امروز پول ندارندکه صرف خرید آهن کنند وبعد آنرا باستادان اسلحه‌ساز بسپارند تااینکه‌مبدل باسلحه‌نمایندزیرااستادان اسلحه‌ساز، خواه ایرانی باشند خواه ازقوم دیگر ، مزد میخواهند تااینکه‌مبادرت بساختن اسلحه نمایند ومسلمانها پول‌ندارند تااینکه‌بتوانند مزد اسلحه‌سازان‌را بپردازند. علاوه براینکه مسلمین پول نداشتند تا باسلحه‌سازان مزدبدهند وآنها برای‌مسلمانها اسلحه‌بسازند جماعت(قریش) که درمکه بسر میبردندمدینه‌را تحت محاصرهٔ اقتصادی قراردادند. جماعت‌قریش نه‌میگذاشتند که کاروان‌های مدینه‌بطرف‌جنوب (بسوی‌مکه) بروند ونه‌میگذاشتند که‌راه‌شمال(راه‌سوریه) پیش‌بگیرند.

وقتی رسول‌الله دیدجماعت(قریش)مدینه راتحت‌محاصرهٔ‌اقتصادی قرار داده‌اندتصمیم گرفت‌معامله متقابل کندونگذارد کاروان‌های‌مکه‌از منطقه مدینه‌عبورکنند وبطرف(سوریه) بروند یااینکه پس‌ازخروج ازسوریه‌و ورود به‌عربستان‌ازمنطقه مدینه‌عبور نمایندتاخود را بمکه‌برسانند. مسلمانها بعنوان‌عمل‌متقابل بچندکاروان مکه‌حمله‌ور شدندوغنیمت زیادنصیبشان گردید. وقتی‌من‌دریافتم که‌مسلمین قدری‌دارای بضاعت‌شده‌اند مرتبه‌ای دیگر لزوم‌ساختن اسلحه رابرسول‌الله تذکر دادم و اوگفت من‌خود دراین فکر بودم و مرا مأمور کرد که بسوریه وایران بروم‌وچندنفر از استادان‌اسلحه‌ساز را استخدام نمایم‌وباخود بمدینه بیاورم و نیز برای خرید آهن اقدام‌کنم . زیرامادهٔ‌خام هرنوع اسلحه، آهن است ودرمدینه آهن یافت نمیشد .

من‌میدانستم که‌آهن‌اززمین بدست‌میآید وسنگهای معدن‌آهن‌را اززمین بدست‌میآورند وبااستفاده ازآتش آنهارا‌ذوب‌میکنند وآهن بدست‌میآید. من‌اطلاع داشتم اولین‌قومی که موفق‌شد آهن‌را استخراج‌کندقومی‌بود ساکن‌آسیای صغیر.

(توضیح‌ـ‌قوم مزبور که‌زیدبدان اشاره میکند ملت(هاتی) بود که در ترکیه‌کنونی میزیست. ـ مترجم)

ولی‌قوم‌مزبور منقرض‌شد ودر عوض‌ایرانیان‌برای استخراج‌آهن‌از زمین‌بصیرت‌پیدا

کردندو آهن‌را استخراج مینمودند وبمصرف خود میرسانیدند ومازاد آنرا باقوام مجاور میفروختند وامروز هم‌صنعتگران سوریه، آهن‌مورداحتیاج‌خودرا از ایران‌وارد میکنند. ما درعربستان‌اگر استادانی میداشتیم که‌میتوانستندآهن‌را ازدل‌زمین‌استخراج کنندبازمحتاج آهن‌ایران بودیم. زیراعربستان معدن‌آهن‌ندارد تااینکه‌بتوانندآهن آنرا استخراج‌نمایند ولی‌درایران معادن آهن‌یافت میشود.

من برحسب‌دستورپیغمبر اسلام‌بعد ازاینکه‌بایران‌رسیدم‌چهاراستاد اسلحه‌سازی‌رابرای اینکه‌در مدینه‌کارکنند استخدام نمودم. یکی‌ازآنها استادساختمان‌شمشیروخنجربود ودیگری درساختمان‌زره استادی داشت‌و سومی‌گرز وکله‌خود میساخت و چهارمی متخصص ساختمان کمان‌وتیر بشمار میآمد. درعربستان ماکسانی‌را داشتیم که کمان‌وتیرمیساختند ولی مهارت استادان ایرانی بیش‌ازآنها بودو بهمین‌جهت یك‌سازنده‌کمان‌وتیر رانیز استخدام کردم. قبل ازاینکه باتفاق استادان ایرانی راه‌مراجعت را پیش‌بگیرم بآنها گفتم هرنوع‌ابزار کارکه میخواهید باخود بردارید زیرا ممکن است‌که در عربستان، ابزاری‌که مورد احتیاج شما میباشدبدست‌نیاید. یکی‌از چیزهائی‌که مورد احتیاج‌استاد کمان‌ساز بودیك‌نوع‌چوب بشمار میآمدموسوم به‌چوب بادامشك. بادامشك درختی است‌که‌در کوه‌های‌بعضی ازمناطق ایران بطورطبیعی میروید وبهمین‌جهت دربعضی‌ازنقاط‌آنرا بادام‌کوهی‌میخوانند. چوب‌آن‌درخت خیلی‌محکم ودارای قابلیت ارتجاع است‌و برای ساختن کمان، از بهترین چوبهای جهان میباشدو رطوبت‌وحرارت‌آفتاب‌درآن‌اثر نمینماید وسبب‌تغییرشکل‌چوب نمیشود.

من براهنمائی استادکمان‌ساز مقداری‌ازآن‌چوب را در ایران خریداری‌کردم ونیز مقداری‌آهن خریدم وباچهار اسلحه‌سازراه‌حجاز راپیش‌گرفتیم تااینکه بمدینه‌رسیدیم. من میدانستم که‌برای‌ساختن‌اسلحه آنچه‌ضرورت‌دارد غیرازآهن، استاداسلحه‌ساز است‌وما‌اگر درمدینه استادوآهن‌داشته‌باشیم‌میتوانیم بمقدار زیاداسلحه بسازیم. زیراعده‌ای‌ازمسلمین زیر دست استادان ایرانی ، فن ساختن اسلحه‌را فرامیگرفتند و استادمیشدند وآنهاهم شروع بساختن اسلحه‌میکردند. بعدازاینکه ماوارد مدینه‌شدیم استادان‌ایرانی‌کوره‌ساختند وآتش افروختند و آهن‌را درکوره گداختند و شروع بساختن اسلحه کردند. بعضی‌از روزها، رسول‌الله پس‌ازخاتمه نمازظهرنزد آهنگران میرفت‌که کارآنها را ببیند ومشاهده‌کندچقدر اسلحه ساخته‌اند و وقتی‌پیشرفت‌کار آنهارامیدید ابراز رضایت میکرد.

استادان ایرانی بعدازاینکه چندی درمدینه‌ماندند زبان‌عربی رافراگرفتندوهروقت که‌رسول‌الله بکارگاه‌آنها میرفت باپیغمبرمابزبان‌عربی‌صحبت میکردند. بهرنسبت‌که بضاعت مسلمین بیشترمیشد ومامیتوانستیم که‌از ایران وسوریه بیشتر آهن وارد‌کنیم وزیادتر چوب بادامشك برای‌ساختمان کمان ازایران‌واردنمائیم کاراسلحه‌سازی توسعه‌بهم‌میرسانید. جمعی

ازمسلمین طرز ساختن اسلحه را از ایرانیان آموختند وخود کارگاههای جدیدبوجود آوردند وشروع بساختن اسلحه کردند.

یك روز (عایشه) از رسول‌الله درخواست کرد که اورا بکارگاههای اسلحه‌سازی ببرد تا اینکه طرزکار استادان ایرانی را درآنجا ببیند. پیغمبر ما درخواست (عایشه) را پذیرفت واو را باخود بکارگاههای اسلحه‌سازی بردو (ام‌المؤمنین) ازچیره‌دستی استادان اسلحه‌ساز حیرت کرد وباآنها شروع بصحبت نمود وچون ایرانیان زبان عربی را فراگرفته بودندتوانستند با (عایشه) تکلم کنند .

(ام‌المؤمنین) ازآنها پرسید که آیا از توقف خود دراین شهر راضی هستید وبشمادر این شهرخوش میگذرد یانه؟ استادی که مشغول ساختن زره بود وچند شاگرد مسلمان زیر دستش بکار اشتغال داشتند گفت مسلمین مردانی بامحبت هستندواز روزی که مادراین شهر سکونت کرده‌ایم نگذاشته‌اند بما بد بگذردو بخصوص پیغمبر شما، مردی رئوف وبامحبت است.

عایشه گفت شما که ازسکونت خود دراین شهرراضی هستید ومسلمین را بامحبت میدانید چرا دین پیغمبر مارا نمیپذیرید. شمااگردین پیغمبرمارا بپذیرید علاوه براینکه ازماخواهید شدودیگر دربین مسلمین کسی شمارا به‌چشم بیگانه نخواهدنگریست میتوانید ازمسلمانها زن بگیرید وفرزندان شماهم مسلمان خواهندبود. استاد زره‌ساز گفت من میل دارم که دین پیغمبر شمارا بپذیرم ولی قبل از پذیرفتن دین پیغمبر شما باید باهمکاران ایرانی خود مشورت نمایم.

(ام‌المؤمنین)گفت پذیرفتن دینی که برحق میباشد احتیاج به‌مشورت ندارد . اگرتو میدانی که دین پیغمبر برحق است دین مارا بپذیر تااینکه مسلمین تورا ازخود بدانندوبتو زن بدهند.

تواگر بدانی که‌دین ما برحق است بعداز پذیرفتن اسلام ازنکوهش همکاران خود بیم نخواهی داشت .چون میدانی عملی که کرده‌ای مطابق باصواب و حقیقت میباشدوکسی که حقیقت را میپذیرد ازنکوهش دیگران بیم ندارد. سخن عایشه در استاد زره‌ساز مؤثر افتاد واز رسول‌الله که‌حضورداشت پرسید برای اینکه‌من مسلمان شوم چه‌باید بکنم؟ (رسول‌الله) گفت شهادتین را برزبان جاری کن وددردم مسلمان خواهی شد .

مرد زره‌ساز براهنمائی محمد(ص) شهادتین را برزبان جاری کرد ومسلمان شدوبعداز او سه‌استاد دیگرمسلمان شدند وسپس از مسلمین مدینه‌زن گرفتند ویکنفر ازآنها دراین موقع که‌باتو ای(پسرارطاة) صحبت میکنم زنده استو هنوز درمدینه بسرمیبرد لیکن سالخورده میباشد. این‌راگفتم تابدانی برای چه‌مسلمین درمدینه‌طوری قوی شدند که‌قبل‌ازارتحال پیغمبر اسلام توانستند ارتشهای بزرك را بسیج نمایندوبمیدان جنك بفرستند زیرا درمدینه‌اسلحه‌ساخته میشدوسازوبرك جنگی مسلمانها بتدریج رو بافزایش میگذاشت. بعداز اینکه‌صنعتگران ایرانی

درمدینه‌مسلمان شدندپیغمبر ما امر کرد که بردستمزد آنها بیفزایند تا بعدازاینکه زن گرفتند بتوانند معاش‌خانواده‌خودرا اداره نمایند. مسلمان‌کردن چهار صنعتگرخارجی یگانه‌خدمت (عایشه) بدین‌اسلام نبود بلکه‌بعدازآن چندنفر دیگر‌ازاعراب رامسلمان کرد وآنها را وارد امت‌اسلامی‌نمود. بعدازاینکه (رسول‌الله) ازمکه به‌مدینه‌هجرت‌کرد کارهای‌مربوط بمسلمین طوری‌اوقات‌او را گرفت که‌نمیتوانست بامور بازرگانی رسیدگی کند وتمام‌کارهای‌بازرگانی پیغمبر‌اسلام محول بمن‌شد.

از آن پس من برای پیغمبر اسلام تجارت میکردم واز خارج کالاوارد مینمودم و بفروش میرسانیدم. بعد از هرسفراگر چیزی فروخته بودم وجه آنرا تماموکمال به‌رسول‌الله تسلیم مینمودم‌(رسول‌الله) قسمتی از آن‌وجوه را بعنوان سرمایه‌تجارت‌کنار میگذاشت‌که‌من‌بتوانم بازتجارت کنم‌وقسمتی‌دیگر را بعنوان‌حق‌الزحمه بمن‌میداد وبقیه‌را منتقل‌به‌بیت‌المال مینمود تا اینکه بمصرف مسلمین برسد.

نامه‌پیغمبر اسلام(ص) به‌پادشاه ایران

یکی‌از دستورهای رسول‌الله که‌برای‌من‌صادر شدومن‌آنرا بموقع اجرا گذاشتم این بود که‌در یکی‌ازسفرها که بسوی ایران میرفتم تاکالا خریداری‌کنم پیغمبر ما نامه‌ای بمن سپرد وگفت بعداز اینکه بپایتخت ایران‌رسیدی این‌نامه‌را بخسروپرویز پادشاه ایران‌تسلیم کن. رسول‌الله‌اغلب‌مرا بعنوان(فرزند)طرف‌خطاب‌قرارمیداد زیرامرا بفرزندی‌خود پذیرفته بود وکمترا تفاق‌میافتاد که‌مرا بعنوان(زید) طرف‌خطاب‌قرار بدهد. درآنموقع گفت‌فرزندبتو میگویم‌که تسلیم این‌نامه‌ازطرف تو بخسروپزویز پادشاه ایران‌ممکن‌است برای‌توخطرناك شود. زیرامن‌دراین نامه از پادشاه ایران دعوت کرده‌ام که‌دین‌اسلام‌را بپذیرد وبه(امت) ملحق‌گردد. گرچه تووظیفه یك‌پیك‌را بانجام‌میرسانی وکسی بقاصدکه نامه‌ای را میآورد وتسلیم‌میکند ابرازخشم نمینماید. معهذا ممکن‌است که‌نسبت بتوخشمگین شودوفرمان‌عقوبت تورا صادر نماید .

گفتم یارسول‌الله هردستورکه توبرای‌من صادرکنی بموقع‌اجرا میگذارم ولوبدانم‌که فرمان قتل‌مرا صادرمینمایند. پیغمبرما گفت فرزند، من‌نمیخواهم که‌تو بقتل‌برسی‌ومیل‌دارم بعدازاینکه نامه‌مرا تسلیم کردی وکالاهائی را که بایدخریداری کنی خریدی به(مدینه) مراجعت‌نمائی. من‌از مدینه بانامه‌ای‌که پیغمبراسلام برای‌خسرودوم پادشاه ایران معروف به(خسروپرویز) نوشته بودبراه‌افتادم وازراه سوریه خودرا به‌بین‌النهرین رسانیدم تااینکه نامهٔرسول‌الله را به‌پادشاه ایران‌تسلیم کنم. ولی‌وقتی بمدائن‌پایتخت ایران رسیدم‌دریافتم که خسروپرویز به‌مناسبت‌گرمای تابستان به‌کاخ‌شیرین (امروز قصر شیرین-مترجم) رفته‌است تااینکه اوقات تابستان‌را درآنجا بگذراند .

من که چندسفر بایران‌مسافرت‌کرده‌بودم ازروش زندگی خسروپرویز اطلاع‌داشتم و میدانستم‌که‌بیشتر از اوقات اوصرف عیش وعشرت میشود . در ایـران‌کسی ازشماره واقعی زن‌های خسروپرویز اطلاع نداشت ومن‌ازبعضی شنیدم‌که وی‌دارای‌پنجهزارزن بودو برخی

میگفتند که دارای ده‌هزار زن‌است. آن‌ده‌هزارزن دریك‌منطقه‌سکونت نداشتندو بعضی‌از آنها ساکن مدائن بودند و برخی در (کاخ‌شیرین) بسر میبردند وعده‌ای ازآن زنان دراکباتان (همدان‌ـ‌مترجم)سکونت داشتند.

من از ایرانیان‌شنیده بودم‌که هیچیك ازپادشاهان گذشته ایران تجمل خسروپرویز را نداشته است. من‌در ایران‌فقط یك‌بار در(مـدائن)خسروپرویز را دیدم. روزیکه مـن پادشاه ایران‌را مشاهده‌کردم خسروپرویز باموکب‌رسمی ازخیابان‌های مدائن‌می‌گذشت و پیشاپیش‌او بیست‌زنجیر فیل‌را بحرکت درمی‌آوردند وبعدازآنها سواران‌مخصوص که‌همه از شاهزادگان ساسانی بودند حرکت‌میکردند. درعقب سواران مخصوص دویست نفر حرکت میکردندکه عده‌ای ازآن‌هاعطردر فضامی‌پاشیدند وعده‌ای‌دیگر گل‌برزمین‌می‌ریختند. آنگاه خسروپرویز سواربراسب درحالیکه یراق‌اسب اوزرین‌وجواهرنشان بود می‌آمد وبعد ازوی دسته‌ای‌دیگر از سواران‌مخصوص حرکت می‌نمودند .

باری بعد ازآن‌که دانستم‌که (خسروپرویز) ازمدائن بکاخ شیرین رفته بطرف‌کاخ شیرین براه افتادم تادرآن‌جا نامه(رسول‌الله) راباوتسلیم‌نمایم . لیکن بعد ازورود بکـاخ شیرین‌شنیدم‌که (خسروپرویز) بهمدان رفته‌است. چون‌میباید نامه(رسول‌الله) بپادشاه‌ایران برسد ازکاخ شیرین‌عازم همدان‌شدم. هنگامیکه سوی‌همدان میرفتم پیش‌بینی‌میکردم‌که برای رسانیدن نامه (رسول‌الله) بخسروپرویزدوچار اشکال خواهم شد. زیرا اگرچه‌من‌یك‌ایلچی بودم‌و بسمت نمایندگی پیغمبراسلام نـزد خسروپرویز میرفتم ولی اسباب ظاهری ایلچیان را نداشتم.

طبق‌رسمی‌که درکشورهای بیگانه جاری استایلچی، به‌تنهائی ازکشور خودبکشور دیگر نمیرود وباعده‌ای از ملازمین وخدمه واردکشوربیگانه میشود و بعد ازورود، هدایائی که باخویش آورده تسلیم‌می‌نماید.ولی من‌به‌تنهائی‌وارد ایران‌شدم و نه‌دارای خدم‌بودم نه حشم‌و هدایائی باخود نیاوردم تابه(خسروپرویز) تسلیم نمایم. ولی چـون زبان فارسی را باندازه رفع احتیاج می‌دانستم‌فکر میکردم‌که خواهم‌توانست‌نامه(رسول‌الله)را بدست خسرو پرویز بدهم وجواب نامه را دریافت نمایم .

در همدان بدربار خسروپرویز رفتم‌و نام خود رابه‌حاجبان گفتم‌و اظهارکردم که من از(مدینه) آمده‌ام وحامل‌نامه‌ای از طرف پیغمبرخدا خطاب بخسروپرویز هستم . حاجبان گفتند نامه خودرابمابده تااینکه بپادشاه برسانیم.

گفتم من‌اجازه‌ندارم نامه‌رسول‌الله را بشما بدهم بلکه‌بایدبدست خود، بخسروپرویز تسلیم‌کنم واز اوجواب دریافت‌نمایم. حاجبان گفتند اگربخواهی نامه خودرا بدست خود بپادشاه بدهی‌سه‌روزصبرکن‌وبعداز سه روز،اول‌ماه فراخواهدرسید و تومیتوانی مثل‌دیگران

که روز اول ماه بحضور پادشاه میرسند نزد او بروی و نامه خودرا تسلیم کنی. معلوم شد که رسم خسرو پرویز این است که در اول هرماه همه‌را می‌پذیرد و در آن روز، هرکس می‌تواند نزد وی برود و اگر شکایتی دارد بکند و هرگاه نامه‌ای نوشته بخسرو دوم تسلیم نماید.

سه روز بعد، من بجائی که می گفتند خسرو پرویز در آنجا مردم را میپذیرد رفتم و کسی جلوی مرا نگرفت و وارد ایوانی وسیع شدم که خسرو پرویز در صدر آن نشسته بود. قبل از من سه نفر برای شکایت آمده بودند و خسرو پرویز شکایات آنها را شنید و بکسانیکه اطرافش بودند دستور داد که بکار آنها رسیدگی کنند. آنگاه نوبت من رسید و من به خسرو پرویز نزدیك گردیدم. او بعد از اینکه مرا دید گفت ای مرد عرب تو ساکن کدام یك از ولایات عرب نشین من می باشی؟ گفتم ای پادشاه ایران من عرب هستم لیکن از اتباع تو نمی باشم بلکه در مدینه سکونت دارم و آمده‌ام تا از جانب پیغمبر اسلام نامه‌ای بتو تسلیم نمایم و جواب آن را دریافت کنم و برگردم. بعد از این گفته نامه رسول‌الله را که روی یك قطعه از تیماج نوشته شده بود بدست خسرو پرویز دادم.

خسرو دوم نامه را از من گرفت و گشود و نظری بخط نامه انداخت و گفت من این خط نمیتوانم بخوانم ولی می‌دانم که خط عربی است. آنگاه دیلماج را احضار کرد تا نامه را برایش بخواند و ترجمه کند. در آن نامه رسول‌الله از پادشاه ایران دعوت میکرد که دین اسلام را بپذیرد و دین خدا را بین ملت خود شیوع بدهد و ایرانیان مسلمان شوند و به راه راست هدایت گردند. بعد از اینکه دیلماج از ترجمه نامه فارغ شد خسرو پرویز گفت ای مرد عرب شخصی که این نامه را برای من فرستاده کیست؟ گفتم ای پادشاه ایران، فرستنده این نامه پیغمبر خدا است و خداوند برای او وحی می‌فرستد و نام او را که محمد (ص) است دیلماج تو بر زبان آورد.

خسرو پرویز پرسید که محل سکونت او کجا می باشد؟ گفتم محل سکونت او شهر (مدینه) است که در گذشته باسم (یثرب) خوانده می‌شد و در کشور تو، مردم آن شهر را (یاتراپ) می‌خوانند.

خسرو دوم پرسید آیا دین این پیغمبر که محمد(ص) نام دارد وسعت یافته است؟ گفتم امروز، دین اسلام در سراسر جزیرة‌العرب وسعت یافته و چون دین خدا می‌باشد در سراسر جهان وسعت خواهد یافت. خسرو پرویز گفت ای مرد عرب آیا می‌دانی که این نامه که تو برای من آورده‌ای، نسبت بمن، توهین است؟ گفتم در این نامه چیزی نوشته نشده که جنبه توهین داشته باشد و مردیکه این نامه را برای تو فرستاده بزرگتر و پاکتر از آن است که بکسی توهین کند. در این نامه (رسول‌الله) از تو دعوت مینماید که دین اسلام را بپذیری و این دعوت توهین نیست بلکه رهبری تو بسوی رستگاری می‌باشد.

خسروپرویز لحظه‌ای مرا نگریست و بعد گفت امروز روز اول‌ماه استودراین‌روز ، همه می‌توانند بآزادی نزد من بیایند وازهر کس که شکایت‌دارند شکایت کنند وهر نامه که دارند بدهند ودر این‌روز هیچکس بمناسبت شکایت ونامه خودمورد مجازات قرار نخواهد گرفت وگرنه تورامجازات میکردم وامرمینمودم که تورا بقتل برسانند. گفتم اگر تو مرا بقتل برسانی، بدرجه شهادت‌واصل میکنی‌چون هریك ازما مسلمین که درراه دین و اجرای دستورهای پیغمبر خودکشته‌شویم شهید محسوب می‌شویم‌و یکسربه بهشت میرویم.

خسرو دوم گفت ای‌مرد عرب من‌نمی‌خواهم امروز تورا بیازارم وبیش از این، در اینجاتوقف‌نکن وبرو. گفتم من‌هم اکنون میروم ولی‌میل‌دارم از تو بپرسم که‌برای‌چه تصور میکنی‌که موردتوهین قرارگرفته‌ای؟

خسروپرویز گفت وقتی از مردی چون‌من دعوت‌کنندکه دین‌خودرا تغییر بدهد آن دعوت، توهین است. گفتم من‌دیگر حرفی ندارم‌که باتو بزنم جز اینکه ازتوبپرسم‌جواب رسول‌الله چیست؟ خسروپرویز گفت جوابش این‌است‌که دین‌خودرا تغییرنخواهم داد. آنگاه من از ایوان خارج شدم ومراجعت‌کردم .

(توضیح- تذکره‌نویسان اسلامی نوشته‌اندکه خسروپرویز بعد از اینکه نامه حضرت ختمی مرتبت‌صلی‌الله‌علیه‌وآله را دریافت کرد آن‌نامه را درید وبنابرگفته تذکره نویسان مسلمان علت‌قتل‌خسروپرویز همین بودکه نامه پیغمبر باعظمت اسلام‌را پاره‌کرد. بنده‌موقعی که تحصیل میکردم از معلم خودرحمت‌الله‌علیه شنیدم‌که‌گفت بعد از اینکه خبر دریدن‌نامه بحضرت ختمی مرتبت(ص)رسید فرمود همان‌طورکه نامه مرا دریدی شکمت‌دریده شودولی امروز می‌فهمم که‌شخصی‌که دارای عظمت نیروی روحی حضرت رسول‌الله می‌باشد این‌کلام را برزبان نمی‌آورد ولی‌مسئله پاره‌کردن نامه‌حضرت‌رسول‌الله(ص) درتمام‌تذکره‌ها نوشته شده‌ودرتاریخ‌هست‌که وقتی‌شهربانودختر یزدگردسوم‌آخرین‌پادشاه ساسانی‌اسیرشد واو را بمدینه بردند طوری از بدبختی خود متأثرگردیدکه جدش خسروپرویز را نفرین‌کرد و بطوریکه مرحوم رحیم‌زاده‌صفوی نوشته‌اند این عبارت‌را درمسجد مدینه‌در حالی که مولی علی‌بن‌ابیطالب(ع) وعمربن‌الخطاب حضورداشتند برزبان آورد(روان‌نیاکم پرویزراآرامش مبادکه نامه پیغمبر تازی دریدو نژاد ساسان بدین روز نشانید) ولی بطوری‌که در اینجا میخوانیم (زید)غلام‌آزاد شده حضرت ختمی مرتبت(ص)که از اصحاب پیغمبر بوده صحبت از دریدن نامه نمی‌کند ومعلوم می‌شودکه خسروپرویز بعدازاینکه (زید) ازآن مجلس‌خارج شد نامه را پاره‌کرده‌است-مترجم)

من‌ازایران‌مراجعت‌کردم وبمدینه‌رسیدم وچگونگی تسلیم‌نامه‌را برای‌رسول‌الله حکایت نمودم‌وپیغمبرما گفت (خسروپرویز)یك‌فرصت گرانبهارا برای رستگار شدن ازدست‌داد ولی روزی‌خواهدآمدکه‌اتباع‌اومسلمان‌خواهندشد ودین‌اسلام‌درزمین‌عجم‌وسعت‌خواهدرسانید.

واقعهٔ معراج

وقتی صحبت (زید) باینجا رسید من گفتم پیش گوئی پیغمبر ما واقعیت پیدا کرد و ایرانیان مسلمان شدند و اینك در بلاد ایران، صدای اذان بگوش میرسد. ولی من از تو که از دوستان صمیمی رسول‌الله بودی درخواست میکنم که باز راجع به (عایشه) صحبت کن.

(زید) گفت یکی دیگر از چیزهائی که من از (عایشه) بیاد دارم واقعه‌ایست مربوط بمعراج (رسول‌الله) از (زید) پرسیدم آن واقعه چیست؟ (زید) گفت ای پسر (ارطاة) آیا تو واقعه معراج را شنیده‌ای؟ گفتم آیا ممکن است کسی مسلمان باشد و از واقعه‌ای چون (معراج) که در زندگی پیغمبر ما از بزرگترین وقایع است بدون اطلاع بماند. زید گفت آری ممکن است که مردیا زنی مسلمان باشد ولی نداند که قبل از هجرت در شب بیست و هفتم ماه رجب، پیغمبر ما بآسمان رفت و من خود در سفرها عده‌ای از بدویان را دیده‌ام که از واقعهٔ معراج اطلاع نداشتند. اما کسانی چون تو که با طبقه فاضل مسلمین محشور هستی از این واقعه اطلاع داری و باید فضلای مسلمان این واقعه را بتفصیل در کتاب بنویسند تا اینکه در آینده مسلمین از این واقعه اطلاع داشته باشند. یکی از کارهای خوب علی بن ابیطالب (ع) در دورهٔ کوتاه خلافت او این بود که از عده‌ای از فضلای اسلام و اصحاب پیغمبر دعوت کرد که مجمعی تشکیل بدهند و تحت نظر وی مبادرت به نوشتن تمام وقایع دورهٔ زندگی رسول‌الله نمایند تا اینکه مسلمین، در آینده از وقایع دوره پیغمبر ما اطلاع کافی داشته باشند. ولی متأسفانه دورهٔ خلافت علی کوتاه شد و بعد از اینکه معاویه بخلافت رسید آن مجمع را که هنوز وجود داشت برهم زد و وقایعی را که تحریر شده بود از اعضای مجمع گرفت و معلوم شد میل ندارد که بعضی از وقایع مربوط بدوران پیغمبر در کتابهای مسلمین منعکس شود و ثبت آن وقایع را برخلاف منافع خود و فرزندانش میداند. درهرحال یکی از وقایع که باید بطور حتم در کتابها ثبت شود واقعه معراج است و هیچ پیغمبر، قبل از رسول‌الله بآن مرتبه نرسید که بر آسمان صعود کند و از هفت آسمان بگذرد و به (سدرة المنتهی) برسد و این مزیت منحصر بفرد فقط نصیب پیغمبر ما شد و خداوند آن قدر رسول‌الله را دوست داشت که او را در شب معراج از آسمان‌ها گذرانید و نزد خود برد.

من وقایع آن شب را خوب بخاطر دارم و در خانه رسول‌الله در مکه بسر میبردم. رسول‌الله در اطاق خود در مکه مشغول خواندن نماز شب بود و من که از خواندن نماز فراغت حاصل کرده بودم خود را برای خوابیدن آماده مینمودم. با اینکه من در اطاق خود بودم متوجه شدم که نماز پیغمبر ما خاتمه یافته است و پیش بینی کردم که پس از آن رسول‌الله مناجات خواهد کرد. رسم پیغمبر ما این بود در شب هائی که به‌تنهائی بسر میبرد، قبل از خوابیدن مناجات میکرد و آنچه در دل داشت برای خداوند نقل مینمود. در آن موقع محمد(ص) به‌تنهائی بسر میبرد، و(خدیجه) همسرش در (شعب) زندگی را بدرود گفت و پیغمبر خدا همسر نداشت.

وقتی رسول‌الله شروع به‌مناجات کرد من گوش فرادادم تا بشنوم چه‌میگوید. شنیدم که پیغمبر ما میگوید ای خدائی که محمد یکی از بندگان تواست، تو میدانی که مرا از قبیله‌ام طرد کرده‌اند ولی با اینکه مطرود هستم اندوهگین نمیباشم زیرا میدانم که توای خداوند، برای من بهتر از هر خویشاوند وقبیله هستی.

(توضیح ـ در آن موقع (ابولهب) که بجای ابوطالب مرحوم رئیس قبیله هاشمی شده بود حضرت ختمی مرتبت(ص) را از قبیله مزبور طرد کرد ـ مترجم)

من از آن واقعه اطلاع داشتم و میدانستم که‌چون پیغمبر ما از قبیله‌هاشم طرد شده، جماعت (قریش) ممکن است اورا بقتل برسانند. بعد از اینکه مناجات رسول‌الله تمام شد، یك مرتبه گفت فرزند... فرزند...مرا بپوشان.

من از اطاق بیرون دویدم و وارد اطاق رسول‌الله شدم و در نور چراغ دیدم که رنگ از صورت پیغمبر اسلام پریده، دوچار هیجانی شدید گردیده است. من متوجه شدم که حال وحی بر پیغمبر دست داده و هر موقع که‌رسول خدا مورد وحی قرار میگرفت همانطور منقلب میشد. من ردای رسول‌الله را روی او انداختم و از اطاق خارج شدم چون میدانستم که وقتی وحی بر پیغمبر نازل میشود بایدوی را تنها گذاشت. بعد از اینکه باطاق خود مراجعت نمودم، بجای اینکه بخوابم نشستم، چون پیش بینی میکردم که ممکن است رسول‌الله بازمرا احضار کند. من میدانستم که‌حال وحی که بر پیغمبر مادست میدهد حالی است دشوار و با اینکه خداوند بوسیله جبرئیل با پیغمبر ما صحبت مینماید و آن فرشته مقرب کلام خدارا به رسول‌الله ابلاغ میکند باز پیغمبر ما هنگام شنیدن کلام خدا مرتعش میشود و گاهی پس از اینکه وحی خاتمه یافت سراپای پیغمبر از عرق مرطوب میگردد.

من نمیتوانم بگویم چه مدت گذشت تا اینکه رسول‌الله دوباره مرا احضار کرد و همین قدر میتوانم گفت که‌مدتی زیاد نگذشت. باز پیغمبر مرا صدازد و گفت فرزند اینجا بیا. من وارد اطاق رسول‌الله شدم و مشاهده نمودم که پیغمبر ردای خود را دور کرده ولی از سر و رویش عرق میچکد و آثار خستگی زیاد از قیافه‌اش نمایان است. من پارچه‌ای بدست آوردم و عرق سر و صورت

پیغمبر را خشك کردم و گفتم یارسول‌الله اگرقدری آب بنوشی حالت بهترخواهدشد وآیامیل داری برایت آب بیاورم؟ پیغمبر گفت نه فرزند... تشنه نیستم ومن امشب ازابریق(الست)آب نوشیده‌ام . برو بخانه (علی) وباو بگواینجا بیاید وآنگاه بخانه (ابوبکر) برو وبگوکه (ابوبکر) وعایشه اینجابیایند.

من پیوسته احکام رسول‌الله‌رابی چون وچرا اجرامیکردم وازاوتوضیح نمیخواستم‌مگر این که خود رسول‌الله‌توضیح میداد. آن‌شب هم‌بدون‌اینکه بپرسم پیغمبرما علی(ع) وابوبکرو عایشه رابرای چه احضارمیکند، ازخانه خارج‌شدم و اول‌بخانه‌علی(ع)رفتم‌زیراهم خانه‌اش نزدیك‌تربود وهم‌پیغمبر گفت‌اول‌باو اطلاع بدهم‌که نزد رسول‌الله‌برود.

علی(ع) درآن‌موقع نوجوان‌بود اما آثار دلیری و متانت ازرفتار وگفتارش آشکار میشد و من میدانستم‌که نزد پیغمبرما مقرب‌است و محمد (ص) او راچون پسرخود دوست میداشت وبعدهم محبوب‌ترین دخترخویش فاطمه(ع) رابعقدوی درآورد.درب خانه‌علی(ع) راکوبیدم وخوداوآمد ودر راگشود ومعلوم‌شدکه درحال خواب‌نبوده است.باوگفتم‌یا(علی) رسول‌الله تورا احضارکرده وگفته‌که نزداوبروی. چون‌درآن موقع‌بیم‌آن میرفت‌که جماعت (قریش)پیغمبررا بقتل‌برسانند علی(ع) ازآن‌احضارغیرمنتظره مشوش شد وپرسید یا(زید)آیا رسول‌الله سالم هست‌یانه؟ گفتم‌بلی سالم‌است علی(ع) گفت خداراشکرکه‌پیغمبرسالم میباشدو من هم‌اکنون نزداومیروم وآیاتوبامن میآیی؟

گفتم‌نه یا(علی) زیرا رسول‌الله بمن دستور داده‌که بخانه (ابوبکر) بروم وبگویم‌که او و(عایشه) نیزنزدپیغمبربروند. سپس‌از علی(ع) جداشدم وراه خانه عایشه راپیش گرفتم. وقتی‌که درب خانه (ابوبکر)راکوبیدم‌کنیزی دررا گشود. از اوپرسیدم‌که‌آیا (ابوبکر) و دخترش‌عایشه بیدارهستندیا خوابیده‌اند. کنیزگفت(عایشه) خوابیده ولی مولای من بیدار میباشد. گفتم‌به مولای خودبگوکه من ازطرف رسول‌الله‌آمده‌ام وپیغمبر، او و (عایشه) را احضارکرده است.کنیز گفت چون مولای من‌بیداراست واردخانه شوو توخوداین حرف را باوبگو. (ابوبکر)که دق‌الباب راشنیده بود وانتظار داشت‌کنیزش بگویدکه مراجعه‌کننده کیست وقتی مرا دیدگفت‌یا (زید)آیا توهستی؟ گفتم بلی یا(ابوبکر). (ابوبکر) هم مثل علی(ع) ازآمدن غیرمنتظره من مشوش شدوتصورکردکه برای پیغمبر واقعه‌ای‌ناگواراتفاق افتاده ولی من‌او راآسوده خاطرکردم وگفتم‌هیچ واقعه‌ای‌پیش‌نیامده جزاینکه رسول‌الله تو و(عایشه) را احضارکرده است.

(ابوبکر)گفت(عایشه) خوابیده ولی‌من‌او رابیدارخواهم کرد وهم‌اکنون براه‌خواهیم افتاد. من که دستورپیغمبررا بموقع‌اجرا گذاشته‌بودم مراجعت‌کردم ودیدم‌که‌علی وفاطمه(ع) دراطاق‌پیغمبر نشسته‌اند ولی رسول‌الله هنوزخسته بنظرمیرسد. بزودی (ابوبکر) و(عایشه)هم

آمدند ووارداطاق شدند ونشستند وآنوقت پیغمبرماشروع بصحبت کرد وگفت امشب واقعه‌ای برای من اتفاق افتادکه عظیم‌ترین واقعه‌زندگی من وهم‌چنین بزرگترین واقعه‌ای‌است که برای‌یك پیغمبراتفاق‌افتاده‌است ومن‌امشب به‌آسمان رفتم وهفت‌آسمان راطی کردم وراهنمای من جبرئیل بود .

آنگاه رسول‌الله شرح معراج‌رابیان‌نمود وگفت که چگونه درمرحله اول‌سفر معراج براهنمائی جبرئیل به‌بیت‌المقدس رفت و درآنجا ابنیه آنشهررادید. رسول‌الله نام‌یکایك‌ابنیه بیت‌المقدس‌رابزبان‌آورد ونام‌کسانی‌راکه‌درآن‌ابنیه دیدگفت وبعدبشرح مفصل مرحله دوم مسافرت که سفرازبیت‌المقدس تاآسمان هفتم وآنگاه ازآنجاتا(سدرةالمنتهی) بودپرداخت. درتمام مدتی‌که رسول‌الله صحبت میکرد هیچکس لب بسخن نگشود تا اینکه صحبت مفصل پیغمبرماتمام‌شد. وقتی شرح مفصل سفرمعراج رسول‌الله بانتهارسید فجرطلوع‌کرد ومابنماز ایستادیم وبعدازنمازهیچ‌یك‌ازمانمیتوانستیم بخواب برویم.زیراطوری‌ازشنیدن‌شرح‌سفرمعراج پیغمبربهیجان‌آمده‌بودیم‌که خواب‌برچشم مانمیرفت.

من ازاینجهت این واقعه راذکرکردم تااینکه موضوعی راکه مربوط به(عایشه)است بگویم. آن موضوع‌این‌است‌که بعدازاین‌که مسلمین‌ازمکه به(مدینه) هجرت‌کردند وماساکن مدینه شدیم‌یك دانشمند روحانی‌جوان‌یهودی‌موسوم‌به(ایسکربن‌موسی) منکرسفرمعراج‌پیغمبر اسلام شد وگفت‌آن سفرواقعیت ندارد.

یك‌روز درحالیکه (حمزه) ازخویشاوندان رسول‌الله که‌مردی پهلوان بود ومن نزد عایشه‌بودیم و(ایسکربن‌موسی) هم‌حضور داشت‌صحبت ازسفرمعراج‌شد وباز(ایسکربن‌موسی) منکرسفر مزبورگردید. عایشه از(ایسکربن‌موسی) پرسید آیا توتصدیق میکنی که‌پیغمبرما هرگز به‌بیت‌المقدس نرفته‌است. (ایسکربن‌موسی) گفت تصدیق‌میکنم چون من تاامروز از کسی‌نشنیده‌ام که‌بگوید محمد(ص) به‌بیت‌المقدس رفته است. (عایشه) گفت‌ولی درشب‌معراج پیغمبر ما دراولین‌مرحله سفر آسمانی‌خود واردبیت‌المقدس شدوتمام ابنیه اصلی‌آن شهررا دیدوتمام نشانیهای‌آن ابنیه‌راگفت. بعدعایشه‌شرح‌ابنیه مزبور را به‌تفصیلی‌که درشب‌معراج ازرسول‌الله شنیده بود برزبان آورد و(ایسکربن‌موسی) که‌دربیت‌المقدس‌تحصیل‌کرده بود متعجب شدولی‌من‌ازنیروی‌حافظه عایشه متحیرشدم‌که بعدازچندسال، شرحی‌راکه‌ازرسول‌الله شنیده‌بود جزء بجزء ، بیان میکرد درصورتیکه من‌تمام‌اسامی‌را فراموش‌کرده‌بودم. عایشه گفت‌من‌این‌شرح‌را درهمان‌شب‌که پیغمبر مابسفر معراج‌رفت از زبان‌اوشنیدم در صورتیکه پیغمبرهرگز به‌بیت‌المقدس نرفته‌تاابنیه آنجاوخصوصیات‌هربنارا بشناسدوبدون شك آن‌ابنیه رادر سفرآسمانی معراج مشاهده‌کرده است‌و(ایسکربن‌موسی) روحانی‌یهودی باتعجب مارا ترك کردورفت .

عمر بن الخطاب

بعداز تحقیقی که از(زید)راجع به(عایشه)کردم لازم‌دانستم که از(عمرو) که درقدیم اسلحه‌دار(عمر بن الخطاب) خلیفه دوم‌مسلمین‌بود راجع بعایشه‌تحقیق کنم. (عمرو) هم‌مردی بودسالخورده و محترم و من میبایـد باوی‌بااحترام رفتارکنم وباو گفتم تقاضای‌من‌این‌است که‌حقایقی‌را بمن‌بگوئی. (عمرو) باحیرت گفت ای‌پسر (ارطاة)آیاتصور میکنی مردی که اسلحه‌دار (عمر بن الخطاب) خلیفه مسلمین‌بود ممکن‌است‌جز حقیقت بگوید؟

دروغگوئی اززمانی رایج گردیدکه مردی چون معاویه خودرا خلیفه مسلمین‌معرفی کرد. مسلمین درگذشته دروغ نمیگفتندوامروزهم مسلمانان‌سالخورده‌دروغ نمیگویند. گفتم ای(عمرو)من نمیخواستم‌بتوتوهین‌کنم وبگویم‌که دروغ میگوئی؟من از اینجهت گفتم‌حقائق را بگوکه خاطرات خودرا بخوبی بیاد بیاوری. هرمرد راستگوممکن است براثرفراموش کردن وقایع‌گذشته نتواند بعضی از حقائق‌را بگوید. (عمرو) از توضیح من آرام گرفت و آنگاه گفت :

ای پسر (ارطاة) من در قدیم اسلحه‌دار (عمر بن الخطاب) خلیفه دوم مسلمین بودم وکارم این بودکه شمشیرونیزه وسپروزره ومغفر اوراحمل‌کنم. اومولی بود ومن‌نوکر ولی لباس اوبامن فرق نداشت و هرغذاراکه خود میخوردبمن میخورانید و اگرما دونفر کنار یکدیگرمی‌ایستادیم‌کسی نمیتوانست ازوضع لباس‌ما تشخیص بدهدکه‌کدام یك‌مولی‌میباشد و کدام یك‌نوکراست. اماچون (عمر بن الخطاب) قامتی بلند داشت،وبلندی وقامت وی‌تولید احترام میکردمردم میفهمیدندکه اومولی میباشد. اگرمن‌بجای (شنفره) شاعرعرب باشم و بتوانم قصیده بسرایم بازنمیتوانم برای توو‌صف‌کنم‌که (عمر بن الخطاب)که بود.

مسلمین عقیده دارندکه اعجازپیغمبراسلام (قرآن) است واین‌گفته صحیح میباشدولی من مسلمان شدن(عمر بن الخطاب) راهم جزومعجزات بزرگ پیغمبرمیدانم.من عقیده دارم که اگرپیغمبرما نمیتوانست اعجازکند محال بودمردی چون (عمر بن الخطاب) مسلمان‌شود.

من فکرمیکنم که درهرهزارسال، شاید یك‌مرد بوجود بیاید که ازحیث عزم وپشت‌کاروصلابت واستقامت ووفاداری وصراحت چون عمر باشد.

توای‌پسر (ارطاة) اگریك‌مرتبه‌با(عمربن‌الخطاب) صحبت‌میکردی میفهمیدی‌که وی ازخمیره‌ای غیرازخمیره مردان دیگرمیباشد. در (عمربن الخطاب) نه‌ترس وجود داشت نه ترحم، نه‌کاهلی. تاوقتی‌که مسلمان نشده‌بود غروری فوق‌العاده داشت امابعدازاینکه مسلمان شد غرورش، یکمرتبه زائل گردید بدون اینکه دلیری وپشتکارواستقامتش از بین برود.

من، ازبین رفتن غرور(عمربن‌الخطاب) راناشی از اعجاز پیغمبر میدانم زیرا فطرت انسان تغییر نمیکند وانسان، هرفطرت‌که داردتاموقع مرگ حفظ مینماید واگرفطرت‌مردی تغییرکند، واقعه‌ای خارق‌العاده است. آن‌مردمغروروبیرومند وباصلابت بعد ازاینکه مسلمان شد طوری متواضع گردیدکه دربعضی ازسفرهاکه من واو بمسافرت میرفتیم وکسی‌باما نبود وبیش ازیك‌شترنداشتیم، درفواصل معین ازشترپیاده میشد ومرا برشترمینشانید وافسارمرکوب رابدوش میگرفت وآن‌رامیکشید تااینکه خسته نشوم ووقتی بمنزل میرسیدیم خودازچاه آب میکشید وشترراسیرآب میکرد.

(عمربن الخطاب) دراولین برخورد بااشخاص، آنهارا نسبت بخودمطمئن میکرد. هرکس یکمرتبه با (عمر بن الخطاب) مذاکره میکرد میفهمیدکه وی مردی است‌که دروغ نمیگوید وخدعه نمیکند وقول وفعل اویکی است و میتوان بگفته وعهدش اعتمادکرد ومحال است خلف وعده نماید ولو باشمشیر سرش‌را ازپیکر جـداکنند. (عمربن‌الخطاب) نه‌دروغ میگفت نه‌حاضر بود دروغ بشنود ونه‌خلف وعده میکرد نه‌حاضربود خلف وعده دیگران‌را تحمل نماید.

درنظراو، کشتن یکنفردرراه دین اسلام باکشتن یکصدهزارتن مساوی بود وباندازه ذبح یك‌گوسفند ازکشتن‌آنها متأثر نمیشد. درتمام مدتی‌که من اسلحه‌دار (عمربن‌الخطاب) بودم ندیدم ونشنیدم‌که یك‌وعده نمازاوقضاشودیایکی‌ازواجبات دیگردین‌اسلام‌رامهمل‌بگذارد یکی ازپسرهای (عمربن‌الخطاب) مرتکب‌زناشد وشهوداربعه‌گناه اورادیدند و(عمر) دستور دادکه مقابل چشم اوحد زناراجاری‌کنند وبعدازاینکه چهل‌تازیانه به‌پسرش زدندآن‌جوان زندگی‌را بدرودگفت. شخصی‌که مأمور شلاق زدن بود به(عمربن‌الخطاب) گفت‌که‌مجرم فوت‌کرد. (عمربن‌الخطاب)دستوردادکه چهل تازیانه دیگررابرجنازه پسرش بزنندتااینکه قانون دین اسلام بطورکامل بموقع اجراگذاشته شود.

(عمربن‌الخطاب) بعدازاینکه نمازشام‌را میخواندباتفاق حسابدارها، بحساب بیت‌المال رسیدگی میکرد وبعضی ازشب‌ها تاموقعی‌که بامداد میدمید مشغول رسیدگی‌بحساب‌بیت‌المال مسلمین بود. آنگاه نماز صبح را میخواند و بجای اینکه بخوابد و استراحت کند برای

کارکردن از خانه خارج میشد واز هیچ‌کار ابا نداشت واز بامداد تاشام‌کار میکرد ومزد میگرفت وباآن مزد امرار معاش مینمود تااینکه هزینه زندگی او تحمیل بر بیت المال مسلمین نشود.

(عمر بن الخطاب) قسمتی ازمزدخودرا پس‌انداز میکردتادرایامی‌که بمناسبت وظیفه خود مجبوراست بکارهای مسلمین وامورقشون‌کشی وسایر کارهای قلمرواسلام رسیدگی‌کند و نمیتواند مزدوری نماید ازحیث معاش درزحمت نباشد. ولی امروز،معاویه‌که خودرا خلیفه مسلمین میداندکرورکرور، از وجوه بیت‌المال را صرف رفع احتیاجات وتسکین هوس‌های خود میکند یااینکه بخویشاوندان‌ودوستان خود میبخشد. روزی‌که (عمر بن‌الخطاب) خلیفه مسلمین شد بر بوریا نشسته بود درصورتی‌که قبل از مسلمان شدن برفرش‌گران قیمت ایرانی مینشست وروزی‌هم‌که بقتل‌رسید بازفرش اوبوریا بود وبین‌آن‌دوتاریخ‌که تقریباً ده‌سال طول کشید سراسر کشور مصررا تصرف‌کرد وضمیمه اقلیم اسلام نمود. (عمر بن الخطاب) یگانه زمامدار جهان است‌که بااینکه بر بوریا نشسته‌بود امپراطوری‌های بزرگ دنیارا یکی‌بعد از دیگری ازپادرآورد وآنقدراسلام‌را نیرومند وغنی‌کردکه دیگردربیت‌المال مسلمین‌درمدینه برای قراردادن زروسیم‌جا وجودنداشت ومجبورشدندکه خزانه‌های جدید بسازندکه‌بتوانند بارهای طلاونقره راکه ازاکناف دنیا بمدینه‌فرستاده میشودتاتحویل بیت‌المال گرددجا بدهند هرکس دیگربجای (عمر بن‌الخطاب) بود، وآن‌قدرت را میدید ومشاهده میکردکه اختیار آن‌ثروت‌گزاف راباوسپرده‌اند خودرا گم میکردهمچنانکه معاویه دراولین‌ماه خلافت خودرا گم‌کرد و برای خود دستگاه وتجملی چون دستگاه و تجمل فرعون بوجود آورد ولی (عمر بن‌الخطاب) خود راگم نکرد و تاآخرین روز زندگی‌همچنان بر(بوریا) مینشست و برای تحصیل معاش‌کارمیکرد ولباسی‌که وی میپوشیدبالباسی‌که من دربرداشتم فرق‌نداشت. درزمان حیات‌پیغمبراسلام تمام مسلمین ازاوامررسول‌الله‌اطاعت‌میکردند ولی(عمر بن‌الخطاب) طوری ازجان ودل ازاوامرپیغمبراطاعت میکردکه ازمردی چون او باآن‌قدرت وصلابت و خشونت دیدنی‌بود.اگرپیغمبرما به‌عمر بن‌الخطاب دستورمیدادکه‌پسران خودرا بادست خویش سر ببرد وی‌بدون لحظه‌ای درنگ، پسران خودراسرمیبرید.

همان‌طورکه یك‌عاشق درفراق معشوق همواره بیاداومیباشد. (عمر)هم وقتی‌ازرسول‌الله دورمیشد پیوسته بیاد وی‌بود وهنگامیکه ازمدینه دورمیشدیم وبمناسبتی سفرمیکردیم میشنیدم که دربیابان(عمر بن‌الخطاب) باصدای‌بلند ومثل‌اینکه‌پیغمبرحضورداردمیگفت‌یارسول‌الله جانم فدای توباد. ای‌پسر (ارطاة) من باید بتو بگویم‌که من‌جزو مسلمینی بودم‌که زیر دست صنعتگران‌ایرانی،اسلحه ساختن‌راآموختم.آنگاه واردخدمت (عمر) شدم واومرا اسلحه‌دار خودکرد چون میدانست‌که اسلحه‌شناس‌هستم وازآن‌موقع‌دریافتم‌که (عمر بن‌الخطاب) مردی

است غیرازافراد دیگروودارای شخصیتی بارزمیباشد ونیز ازهمان موقع بدرجه علاقه وایمان اونسبت برسول‌الله پی‌بردم وفهمیدم که وی ازفرط علاقه واخلاص عاشق‌پیغمبرما بود وخودرا سعادتمند نمیدانست مگراینکه درجواررسول‌الله باشد واورا بنگرد وکلام پیغمبررا بشنود یا دستورهای پیغمبررا بموقع اجرا بگذارد.

نوکران و غلامان وقتی میخواهند با مولای خود صحبت کنند او را بعنوان(مولای من) یا (سیدمن) میخوانند. ولی (عمربن‌الخطاب) به‌من گفته بود که هرگاه اورا بعنوان (مولای‌من) یا (سیدمن) بخوانم خشمگین خواهد شد و میگفت که در اسلام تمام افـراد برابرند‌وکسی‌را بردیگری مزیت نیست‌تااینکه دارای عنوان (مولی) و (سید) شود و(سید) و پیشوای مسلمین‌محمد رسول‌الله (ص) است‌که از طرف خداوند برای رهبری نوع بشر بسوی رستگاری مبعوث برسالت شده‌است. این‌بود که‌من‌هروقت میخواستم(عمربن‌الخطاب) راموردخطاب‌قراردهم‌اورا باسم(ابن‌الخطاب) میخواندم‌وروزی‌ازاو پرسیدم برای‌چه‌توعاشق رسول‌الله‌هستی.(عمر) گفت‌برای‌اینکه‌من‌یقین‌دارم که‌اوفرستاده خداست وکلامی که‌ازدهانش خارج میشود کلام خدا می‌باشد واز این گذشته از محمد(ص) یك نوع قوه نیرومند ساطع میشودکه مرا بطرف او میکشد و من نمیتوانم اورا دوست نداشته باشم.

زن‌های قبیله (کلب) مسلمین را
مقطوع النسل کردند

یکی از قبایل که مسلمین میخواستند بر آنها غلبه کنند قبیله‌ای بود موسوم به کلب. من تصور نمیکنم که در بین ابنای بشر موجوداتی مخوف‌تر از زن‌های قبیله (کلب) وجود داشته‌اند. هنگام جنگ، زن‌های قبیله (کلب) مثل مردها سلاح بدست میگرفتند و بمیدان جنك میرفتند ودرموقع راهزنی زنهای آن قبیله، مثل مردها بکاروانیان حمله میکردند و آنهاهارا به‌قتل میرسانیدند.

چون قبیله مزبور برای کاروان‌های مسلمین که از مدینه خارج میشد یا بمدینه مراجعت میکردند تولید مزاحمت مینمود (عمر بن‌الخطاب) با یکصدو پنجاه تن از مسلمین مأمور شدکه برای گوشمالی قبیله (کلب) برود و من‌هم چون اسلحه‌دار (عمر) بودم باوی رفتم.

ما بعد از خروج ازمدینه، پنج‌روز راه پیمودیم تااینکه به‌منطقه سکونت‌قبیله(کلب) رسیدیم. هنگامی که بآن منطقه رسیدیم آفتاب درشرف غروب کردن بود و فرمانده ما (عمر بن‌الخطاب) گفت که اردوگاه‌بوجود بیاوریم واظهارکرد که باید تاصبح بنوبه‌نگهبانی نمود. مااردوگاه بوجود آوردیم وطبق رسم جنك دودسته نگهبان گماشتیم.

یکی آن‌هائیکه‌باردوگاه‌خیلی فاصله داشتندو دیگری کسانیکه فاصله آن‌هاباردوگاه کمتر بود ومقرر شدکه‌نگهبانان دسته اول اگرچیزی دیدند که مورد سوءظن بود نفیر بزنند واگر بجهتی نتوانستند نفیرخود را بصدا درآورند بوسیله فریاد زدن دیگران را بیاگاهانند. ولی‌تاصبح،واقعه‌ای که‌ماراازخواب‌بیدارنماید اتفاق نیفتاد.

وقتی‌بیدار شدیم‌چون‌پیش‌بینی‌میکردیم که‌در آن روز بین‌ماوقبیله (کلب)جنك‌درخواهد گرفت خودرا برای پیکارآماده نمودیم وقبل ازاین‌که براه‌بیفتیم، بطرزی‌غیرمنتظره مورد حمله قبیله(کلب) قرارگرفتیم ما نتوانستیم بفهمیم چه موقع افرادقبیله (کلب)مارامحاصره

کردند وبنظر میرسید که شب‌قبل دورادور، بدون این‌که خودرا به‌نگهبانان مانشان‌بدهند مارامحاصره‌کردند ولی‌درصدد برنیامدندکه بماشبیخون‌بزنند.

من درآن‌روز نفهمیدم‌که افراد قبیله(کلب)که شب‌قبل مارااز‌راه‌دور محاصره‌کرده بودند چراشبیخون‌نزدند. ولی‌بعدمطلع‌شدم‌که چشم‌های افرادقبیله (کلب) بعلتی‌که نمیدانم موروثی‌بود یاسبب دیگرداشت هنگام‌شب بخوبی‌نمیدیدوچون میدانستند درموقع‌شب چشمشان بدرستی نمی‌بیند تابامداد صبرکردندوبعد حمله نمودند.

من‌دیده بودم‌که زنهابرای تشجیع مردها بمیدان جنك میروند و آنها را تحریك برشادت می‌نمایند ولی ندیده بودم‌که زنهاشمشیرونیزه وتبر بدست بگیرند ودرجنك‌شرکت کنند. ای پسر (ارطاة) اگـر تـوآن روز، درمیدان جنك بودی و زنهای قبیله (کلب) را میدیدی قبول میگردی که در جهـان زشت‌تر و وحشت‌انگیزتر از زنهـای قبیله (کلب) وجود ندارد.

موی سرآنهاکه هرگز شانه نمی‌خوردژولیده‌بود وهمه چهره‌های‌آفتاب‌خورده‌و سیاه داشتند وازچشم‌های آنهاکه پرازخون بود آتش بیرون می‌آمد. مااعراب زنها را محترم می‌شماریم وهرگز زن‌را موردآزار قرار نمیدهیم ولی درآن روز چاره نداشتیم‌جزاین‌که باشمشیرو نیزه خطر زنهای قبیله(کلب)را از خود دورکنیم . زیرااگر درصدد برنمیآمدیم که آنهارا ازخود دور نمائیم زنهای قبیله (کلب) مارا بقتل میرسانیدند.

مردهای قبیله (کلب) نیز باتفاق زنها بماحمله‌ور شدندوچون زن‌و مرد ازچهارطرف بماحمله میکردند وشماره جنگجویان خصم زیادبود ما درمضیقه قرارگرفتیم. بااین‌که‌همه بادلیری میجنگیدند یك‌عده هشت‌نفری ازما از دیگران جدا شدیم و افـراد قبیله (کلب)، دست‌های مارا از پشت بستند واز میدان جنك خارج‌کردندوبه طرف خیمه‌های خودکه با میدان‌جنك خیلی فاصله‌داشت بردند.

آن روز ، تا غروب آفتاب مسلمین بااین‌که درمحاصره بودند باافراد قبیله(کلب) جنگیدند ولی به‌مناسبت وفور جنگجویان خصم نتوانستندکه خط محاصره‌را بشکافندو خود را نجات دهند. اما بعدازاینکه آفتاب غروب کرد وتاریکی شب فرودآمـد، افراد قبیله (کلب)که هنگام شب بخوبی نمیدیدند سست شدندو مسلمین توانستند که خودراازمحاصره نجات بدهند.

چون محقق شدکه یك‌عده یکصد وپنجاه‌نفری برای پیکار، باقبیله (کلب)کافی‌نیست و باید بانیروئی قوی‌تر باآن قبیله پیکارکرد وازطرف‌دیگر، ممکن بود که برای مرتبه دوم، مسلمین درمحاصره قرار بگیرند، (عمربن‌الخطاب) فرمان مراجعت از منطقهٔ قبیله (کلب)را صادر نمود تابا نیروئی تواناتر برای گوشمالی آن قبیله رجعت‌نماید.

(عمر بن الخطاب) متوجه شد که هشت تن از مسلمین (ازجمله من) اسیر قبیله (کلب) شده‌اند ولی میدانست که مبارزه برای آزاد کردن ما، بی‌نتیجه است و سبب قتل تمام مسلمین خواهد شد. این بود که صلاح را دررجعت دانست تا گزارش آن واقعه را باطلاع رسول‌الله برساند. آن روز بعد از اینکه ما اسیر شدیم و دست‌های ما را بستند و به قبیله خود بردند زیر آفتاب گرم صحرا نگاه داشتند.

نگهبانان ما چند نفر اززنهای قبیله بودند و ما شکایت کردیم و گفتیم حرارت آفتاب ما را اذیت میکند و بهتر آن است که ما را درخیمه‌ای جا بدهند که آفتاب برما نتابد. ولی آنها درخواست ما را نپذیرفتند و ما آن روز بادست‌های بسته زیر آفتاب ماندیم.

بعد از اینکه شب فرا رسید ما تصور کردیم که دست‌های ما را خواهند گشود و بما غذا و آب خواهند داد. لیکن زن‌های بیرحم قبیله (کلب) دست‌های ما را بازنکردند و بما غذا و آب ندادند. روز بعد، وقتی آفتاب دمید، ما همچنان گرسنه و تشنه بودیم و بادست‌های بسته زیر آفتاب بسر میبردیم.

درآن روزهم ما چند مرتبه اززن‌های قبیله (کلب) که نگهبان ما بودند درخواست کردیم که ما را به خیمه ببرند و دست‌های ما را بگشایند. ولی آنان، درخواست ما را نپذیرفتند. روز دوم هم تا غروب ما زیر آفتاب بودیم و بعداز این که شب فرا رسید و هوای صحرا خنک شد از فرط خستگی و گرسنگی و تشنگی و درد دست‌ها بخواب رفتیم. طوری دو دست من که ازپشت بسته شده بود درد میکرد که من میاندیشیدم اگر زنده بمانم، هردو دست من چلاق خواهد شد و تا پایان عمر بیدست خواهم بود.

وقتی آفتاب سومین روز اسارت ما دمید ما هشت نفر دانستیم که در آن روز، بطور حتم خواهیم مرد و نخواهیم توانست تابش آفتاب و بخصوص درد شدید دست‌های بسته را تحمل نمائیم. زن‌هائی که نگهبان ما بودند پس از اینکه قدری از روز گذشت و آفتاب بالا آمد بما گفتند که امروز دست‌های شما را خواهیم گشود و دریک خیمه جا خواهیم داد تا اینکه آفتاب بشما نتابد. ما ازاین مژده خوشوقت شدیم و لحظه بلحظه ازآنها میپرسیدیم پس چه موقع دست‌های ما را میگشائید و آنها میگفتند که قبل ازاینکه آفتاب بوسط آسمان برسد دست‌های شما بازمیشود. من گفتم تا آن موقع ما همه خواهیم مرد زیرا سه روزاست که یک قطره آب بلب ما نرسیده و درد شدید دست‌ها مانع ازاین شده که بتوانیم بخوابیم. بعدازاینکه یک ربع ازروز گذشت ما هشت نفر که برزمین گرم صحرا، زیر آفتاب، روی یک پهلو قرار گرفته بودیم زیرا نمیتوانستیم طوری دیگر قرار بگیریم مشاهده کردیم که زن‌های قبیله (کلب) نزد ما آتش افروختند. ما تصور کردیم که آنها آتش افروخته‌اند تا اینکه برای ما طعام فراهم نمایند و بخود گفتم لابد آنها فکر میکنند که بعداز چند روز گرسنگی، باید غذائی فراوان و لذیذ بما بخورانند و گویا قصد دارند که برای ما گوشت طبخ کنند.

یکی ازما اززن‌ها پرسید آیا گوشتی که برای ما طبخ میکنید گوشت گوسفنداست یا گوشت شتر؟ آن‌زن که مانند سایرزن‌های قبیله (کلب) وحشت‌انگیز بود گفت بزودی خواهید فهمید که برای شما چه گوشت طبخ خواهد شد. با اینکه من‌ازحرارت آفتاب وتشنگی واینکه دیگر وجود دستهای خودرا حس نمیکردم خواهان مرگ بودم وقتی آن‌حرف را ازآن‌زن شنیدم، مرتعش شدم. چون حدس زدم که زنهای بیرحم قبیله (کلب) بعدازآن‌همه آزار رواداشتن برما، درفکر آزاری تازه هستند. باسیران گفتم بخود وعده غذای لذیذ راندهید چون منظور زنها ازافروختن آتش این نیست که بما غذا بدهند بلکه قصددارند که مارا بیازارند. یکی‌ازاسیران گفت نکند که قصد دارندمارازنده بسوزانند.

من گفتم نه، زیرا آتشی که افروخته‌اند برای‌زنده سوزانیدن‌ما نیست واگرمیخواستند مارا زنده بسوزانند آتشی زیادترمیافروختند، طولی نکشید که مادیدیم زن‌ها چند قطعه آهن درآتش انداختند تااینکه تفته شود. یکی‌ازاسیران گفت این‌زنهای مخوف قصددارند که مارا بوسیله این‌آهن‌ها داغ کنند.

درعربستان کسانی که شترهای زیادداشتند آنهارا باشکلی‌مخصوص داغ‌میکردند تااینکه باشتران دیگرمشتبه نشوند وهمه، صاحب شتررا بشناسند. من وقتی به‌شام سفرکردم دیدم که درآنجا اسب‌هاراهم داغ میکنند امادرعربستان کسی‌اسب‌را داغ نمیکرد زیرا اسب عربی گرانبها است واگرآن‌را داغ کنند، ازقیمت اسب کاسته میشود. مامیدانستیم که درعربستان، هیچکس برده راداغ نمیکند واگر زن‌های قبیله (کلب) میخواستند مارا ببردگی بگیرند نمیباید مارا داغ نمایند.

ای‌پسر (ارطاة) من درآنموقع ازفرط رنج وتشنگی ودرد دست‌ها نمیتوانستم این‌طور که باتوحرف میزنم، صحبت کنم وبانالە ازیکی‌از زنها پرسیدم که این‌آهن‌هارا برای چه‌در آتش گذاشته‌اید وآیا میخواهید شتران‌را داغ کنید. زن گفت نه وما میخواهیم انسانها راداغ نمائیم. آنگاه من واسیران دیگردانستیم که زنهای خونخوار قبیله (کلب) قصددارند مارا داغ کنند. صدای ناله مابرخاست وگفتیم این چه ظلم است که میخواهید بما بکنید؟ اگر میخواهیدمارا برده نمائید دست‌های ما را بگشائید ومارا به خیمه ببرید وبما آب وغذا بدهید ومابرده خواهیم شد ودیگربرای چه مارا داغ میکنید؟ درکجای عربستان اسیران جنگی را داغ میکنند که شما میخواهید مارا باآهن‌تفته بسوزانید؟ ولی زنها بما جواب ندادند و درعوض باسیران نزدیك شدند وبدون اینکه دست‌های مارا بگشایند مارا عریان کردند. آنوقت من بقصدآن‌زنهای خونخوارپی‌بردم ومتوجه شدم که میخواهند مارامثله کنندآنهم بطوریکه برای‌یك مردبزرگترین بدبختی ونقص‌است زیراتاپایان عمراز سعادت داشتن اولاد محروم میشود. لیکن آن‌زن‌های بیرحم وبیشرم‌یکی بعدازدیگری‌مارامثله کردندوهمین که یك‌نفرمثله و

مبدل بخواجه میشد یکی از آهن‌های تفته را با انبر از آتش خارج میکردند وروی مقطع عضو بریده شده میگذاشتند تا اینکه جریان خون قطع شود.

بعد از اینکه یك زن بایك حرکت خنجر مرا مثله کرد وبرای همیشه مرا از سعادت داشتن اولاد محروم نمود من طوری خود را بدبخت ومحروم یافتم که وقتی آهن تفته را روی مقطع عضو بریده شده نهادند احساس سوزش نکردم زیرا سوزش درونی من بقدری شدید بود که نمیگذاشت سوزش جسمی را احساس نمایم. فقط خدامیداند که من بعداز اینکه مثله شدم ومقطع زخم را داغ کردند چقدر دردجسمی ورنج روحی راتحمل نمودم. زن‌های بیرحم قبیله (کلب) بااینکه مارامثله کردند دست‌هایمان رانگشودند وما همچنان در بیابان مقابل آفتاب، برزمین گرم افتاده بودیم. آن روزکه مثله شدم، هنگام عصر، ازحال رفتم ودر آخرین لحظات، قبل ازاینکه ازحال بروم خداراشکر نمودم که زندگی من خاتمه یافت ودیگر دردجسمی وعذاب روحی راتحمل نخواهم کرد. درآن حال، که مرك رانزدیك میدیدم طوری خود راسبك میيافتم که تصورمیکردم میتوانم پروازکنم وبگمانم تمام کسانی که بسوی مرك میروند، درلحظه‌های آخر قبل ازاینکه روح ازکالبدشان جداشود، خودراهمانگونه سبك، احساس مینمایند وبخودمیگویند که میتوانند پروازکنند.

یك وقت چشم گشودم ومشاهده کردم که بازدرمعرض آفتاب قرار گرفته، برزمین گرم صحراافتاده‌ام. چندتن از زنهای قبیله (کلب) مقابل من ایستاده بودند ویکی ازآنها گفت برخیزوبه خیمه برو. گفتم مگرمن نمرده‌ام. آن زن گفت تونمرده‌ای ولی رفقای تومرده‌اند. من درآن موقع نتوانستم بفهمم که آن زن چه میگوید چون آنقدرناتوان بودم که نمیتوانستم باوضاع اطراف خودپی ببرم. زنی که بامن صحبت میکرد گفت برخیزوبه خیمه بروتااینکه در آفتاب نباشی.

گفتم من نمیتوانم برخیزم وبه خیمه بروم برای اینکه دستهایم بسته است. زن گفت دست‌های تورا بازکرده‌ایم. آنوقت فهمیدم که دستهایم گشوده شده ولی من نمیتوانستیم دستهارا حرکت بدهم ومثل کسانی بودم که دودست ندارند.

یکی از زنها که نیزه‌ای دردست داشت باکعب نیزه چندبار مرا زد وگفت برخیز. من باوگفتم بجای اینکه باکعب نیزه مرابزنی نیزه خود را درسینه من فروکن ومرا بقتل برسان که من دیگر عذاب آفتاب و درد جسمی وتشنگی راتحمل نکنم. زن‌هاوقتی متوجه شدندکه من نمیتوانم برخیزم دو دست مراگرفتند و مرا بلندکردند ومن ازفرط درد فریاد زدم چون تمام استخوان های بدنم مثل این بودکه خشکیده باشد. زن‌ها مرا کشیدند و بخیمه‌ای بردند و برزمین انداختند و بعد، یك ظرف سفالین پر ازآب را کنارم نهادند.

من که نمیتوانستم برخیزم و آب بنوشم مانند جانوران، سررا درظرف میبردم و جرعه‌ای آب مینوشیدم و بقدری ضعیف بودم که نمیتوانستم چندجرعه پیاپی بنوشم. من مدت پنجروز درآن خیمه روی زمین افتاده بودم و بین حیات ومرك بسرمیبردم. درآن پنج شبانه‌روز جز آب چیزی ازگلوی من پائین نمیرفت. یك مرتبه، چنددانه خرما کنارم نهادند ولی من نتوانستم خرما راتناول کنم.

تصور میکنم که درآن پنج شبانه‌روز که من درآن خیمه بودم هذیان میگفتم برای اینکه دائم، مناظر وحشت‌انگیز به‌چشمم میرسید. بعدازآن، حـال من روببهبود رفت و توانستم دودانه خرما بخورم ودرروزهای ششم وهفتم، چندلحظه مینشستم اماسرم دچار دوارمیشد و ناچار بازسرم‌را برزمین مینهادم ودراز میکشیدم. عاقبت بهبود یافتم و توانستم برپاخیزم و مطلع شدم که هفت‌نفر ازهمکیشان من بعداز اینکه‌مثله‌شدند براثر دردجسمی و عذاب روحی وحرارت آفتاب وتشنگی جان‌سپردند وجز من کسی زنده نمانده‌است. زنهای قبیله (کلب) همین که دیدند من‌میتوانم راه‌بروم، مرا مجبور نمودند که کارکنم.

ای‌پسر (ارطاة) تومیدانی که‌کارهای یك‌قبیله که درصحرا زندگی میکند چه میباشد. زن‌های قبیله گاهی مراوادار میکردند که برای آنها شیرشتر بزنم که بتوانند روغن آن‌را بگیرند و گاهی بمن‌دستور میدادند که برای آنها گندم بکوبم اما نمیگذاشتند که از حدود قبیله (کلب) خارج شوم.

(عمر بن الخطاب) بعدازاینکه ازجنك باقبیله (کلب) مراجعت کرد چگونگی آن‌جنك را باطلاع رسول‌الله رسانید و گفت هشت تن‌از مسلمین اسیرقبیلهٔ‌کلب شده‌اندوباید فدیه داد وآنها را آزاد نمود. (رسول‌الله) دستور دادکـه فدیه هشت‌نفر را از بیت‌المال مسلمین بردارند وبقبیله کلب ببرند واسیران راآزادکنند. ولی بطوریکه گفتم هفت‌تن‌ازهمکیشان من‌مرده بودند وکسانی که حامل فدیه‌بودند مراآزاد کردند وبمدینه برگردانیدند.

يك اتهام ناروا بعايشه واثبات بيگناهى او

اى‌پسر (ارطاة) من درآنموقع جوان بودم وديگران ميگفتندكه داراى صباحت‌منظر ميباشم و مثل تمام جوانان آرزو داشتم‌كه داراى فرزند شوم. تاآن موقع من متأهل نشده بودم وبعداز اينكه مرامثله‌كردند ومن مبدل بخواجه شدم، نمى‌توانستم زن‌بگيرم و داراى فرزندگردم. من‌نميتوانستم رنج‌درون ومحروميت خودرا بكسى ابرازكنم چون‌هيچ عرب حاضرنيست بگويدكه اوراخواجه‌كرده‌اند.ازيكطرف رنج ميبردم‌كه خواجه‌شده‌ام‌وازطرف ديگر خون‌دل ميخوردم‌كه نميتوانم راز خود را بروزبدهم.كسانيكه مرا از قبيله (كلب) بمدينه برگردانيدند ازاندوه من حيرت مينمودند وبمن‌ميگفتند تو بجاى اينكه اندوهگين باشى بايدابراز شادمانى‌كنى. زيرا ازاسارت‌نجات‌يافته‌اى وخداوند بتوتفضل‌كردو برخلاف هفت‌نفر ديگر زنده ماندى.

من‌كه نميتوانستم علت‌اندوه خودرا بگويم ميگفتم‌كه گرفتگى‌خاطرمن‌ناشى‌ازكسالت جسمى‌است وزنهاى قبيله (كلب) درموقع اسارت، آن‌قدر مرا آزردند تااينكه بيمارم‌كردند وبيمارى من بزودى‌معالجه نخواهدشد.من‌بكسانيكه‌مرااز‌قبيله(كلب)بمدينه برميگردانيدند نگفتم‌كه زنهاى قبيله‌كلب هفت‌تن از رفقاى مراقبل ازاينكه بميرند مثله‌كرده‌اند. چون اگراين موضوع را برزبان ميآوردم ناگزير ميبايد بگويم‌كه من نيز چون‌آنها خواجه شده‌ام. طورى من‌از ابرازدرد درونى‌خود بيم‌داشتم‌كه بعدازرسيدن بمدينه‌حتى‌به (عمربن‌الخطاب) كه‌من نزد وى‌كار ميكردم‌نگفتم‌كه زنهاى‌قبيله (كلب) مرا مثله‌كرده‌اند.

(عمربن‌الخطاب)راجع‌بمرك‌هفت‌نفر ازمسلمين‌پرسش‌كرد ومن گفتم‌زنهاى‌قبيله(كلب) دستهاى مارا ازپشت بستند ومارا در بيابان بحال خود گذاشتند وغذا وآب بماندادند و گرسنگى وتشنگى ودردهاى جسمانى وحرارت آفتاب، همه‌را بيحال‌كرد و آن هفت نفر چون ازلحاظ بنيه‌ازمن ضعيف‌تر بودند جان‌سپردند. من‌هم بااينكه ازهمه جوانتر بودم، يقين حاصل‌كردم‌كه‌خواهم‌مرد. ولى‌نمردم‌وزنده‌ماندم وباكمال تأسف اينك‌خبرمرك آن‌هفت نفررا باطلاع‌توميرسانم. قبل‌ازاينكه‌من براى‌نماز ظهر بمسجد(مدينه) بروم (عمربن‌الخطاب)

شرح واقعه را بطوری که از من شنیده بود برای پیغمبرما نقل‌نمود. رسول‌الله(ص)که مردی بودباهوش ومدبر ودارای قدرت استنباط، متوجه‌شد چگونگی مرگ آن‌هفت‌نفر نباید آنطور باشدکه من‌نقل‌کرده‌ام. پیغمبرما میدانست که یک‌مسلمان دروغ‌نمیگوید ولذا یا من نتوانسته‌ام‌که شرح واقعه‌را آنطورکه باید برای (عمربن‌الخطاب) بیان‌کنم یا اینکه عمر نتوانسته بیان‌مرا آنچنانکه باید برای پیغمبر نقل نماید. بعد از اینکه نماز ظهر خوانده شد، درمسجد طبق معمول، اطراف پیغمبر ماگردآمدند و سؤالاتی از رسول‌الله کردند و جوابهائی شنیدند. لیکن من‌از فرط اندوه جرئت‌نمیکردم چیزی‌بگویم‌وخودرا‌برسول‌الله نشان بدهم تااینکه چشم‌پیغمبر بمن‌افتاد.

ای‌پسر(ارطاة)، توکه زمان رسول‌الله را ادراک نکرده‌ای نمیدانی‌که نگاه پیغمبر ما چقدرملایم ورئوف بودووقتی‌نظرش بچشمهای یکنفرمیافتادآن‌شخص مجذوب‌نگاه ملایم و با محبت رسول‌الله میشد.

من هم وقتی متوجه شدم‌که پیغمبر مرا مینگرد بدبختی خود را فراموش‌کردم ولی رسول خدا از چهره و حال من فهمیدکه من چیزی دردل دارم‌که نمیتوانم در مسجد وبا حضور مسلمین بگویم وگفت یا (عمرو) من میخواستم باتوصحبت‌کنم وبعداز اینکه از مسجد بخانه مراجعت‌کردم بخانه‌بیاتابیشتر‌تورا‌ببینم. ساعتی‌بعدازخاتمه نماز، رسول‌الله(ص)بخانه خودمراجعت‌کرد ومن هم‌بخانه‌اش رفتم وبااجازه اونشستم. دراطاق غیرازرسول خدا ومن کسی‌نبود و پیغمبر گفت قبل از این‌که توصحبت خود رابکنی، بهتراین‌است‌که غذابخوری چون من حس میکنم که‌آنچه میخواهی‌بگوئی غم‌انگیزاست وتورا ازخوردن‌غذاباز میدارد. بعد ازاینکه طعام‌آوردند وخورده شد رسول‌الله گفت یا(عمرو)آیا چگونگی مرگ مؤمنین در قبیله (کلب) همانطوربودکه‌توبرای(عمربن‌الخطاب) حکایت‌کردی و اوبرای من نقل‌نمود؟ زیرامن حس میکنم‌که مرگ مؤمنین‌درقبیله (کلب) نبایداینطورباشدکه توبرای(عمر)حکایت

(توضیح ـ طبق روایتی که در بعضی از تواریخ هست (زیدبن حارثه) دوره معاویه راادراک نکرده ودرجنگ (موته) شهیدشد، خودما نیزدر شرح حال حضرت ختمی مرتبت(ص)که درمجله خواندنیها چاپ‌شد نوشتیم‌که (زیدبن‌حارثه) درجنگ (موته)بدرجه شهادت رسید واین خبر باطلاع (کورت‌فریشلر) آلمانی نویسنده سرگذشت (عایشه) نیز رسیده ولی‌چون روایات مربوط بتاریخ فوت‌بعضی ازاصحاب رسول‌الله (ص) و هکذا بعضی از زنهای حضرت رسول (ص) از مراجع گوناگون متفاوت است (کورت فریشلر) در فصلی از سرگذشت خود روایت مربوط باین راکه (زید) تا زمان معاویه حیات داشته، مأخذ قرار داده است. مترجم)

کردی واو بمن گفت وچون تو مسلمان هستی ویك مسلمان دروغ نمیگوید، من حدس میزنم که مانعی وجود دارد که تو نمیتوانی شرح وقایع را آنطور که اتفاق افتاده است بگوئی.
من که تا آن موقع راز خود را حفظ کرده بودم دیگر نتوانستم خودداری کنم و گفتم بلی یارسول‌الله، مانعی وجود دارد که جلوی زبان مرا گرفته بود ومانع از این میشد که من تمام وقایع را بگویم.

ولی اینك که خود را در حضور تو میبینم وغیر از تو کسی سخن مرا نمیشنود شرح وقایع را بطور کامل بیان میکنم. آنوقت شرح مفصل مثله شدن خود وهفت نفر دیگر را برای رسول‌الله حکایت کردم و گفتم که چگونه بعداز اینکه زن‌های قبیله (کلب) مارا ناقص کردند، زخم‌ها را با آهن گداخته داغ نمودندوما را در بیابان گذاشتند ورفتند. وقتی تفصیل ناقص‌شدن ما، ومرك آن هفت نفر باتمام رسید رسول‌خدا سخت متأثر گردید. بعد ازاینکه من دیدم رسول‌الله دوچار تأثر شدید گردید سکوت نمودم تااینکه پیغمبر ما سر برداشت و گفت یا(عمرو) از این قرار آقای تو(عمربن‌الخطاب) ازاین‌واقعه اطلاع ندارد. گفتم نه یا (رسول‌الله) اوازاین موضوع مطلع نیست ومن جرئت نکردم که این مسئله را باآقای خود بگویم خاصه آنکه قبل‌ازمسافرت‌ما بمنطقه قبیله(کلب)، عمربن‌الخطاب، راجع بعروسی من صحبت کرده بودو گفت بعدازمراجعت ازآن‌سفرزنی‌راکه متناسب همسری من باشدانتخاب خواهد کرد وبمن خواهد دادومن نمیتوانم باو بگویم که ناقص شده‌ام.

رسول‌الله گفت یا(عمرو) من بجبران این بدبختی بزرك که برتووارد آمده تورا درجوار خودقرار میدهم وتودرخانه‌من خواهی‌زیست واگر مایل باشی درکارهای خانه، باسکنه این منزل کمك خواهی کرد. گفتم یارسول‌الله، برای یك مسلمان، درجوار توزیستن ازبزرگترین سعادت‌ها است ولی(عمربن‌الخطاب)حیرت خواهدنمود و تصور خواهدکرد که چون من ازوی ناراضی بوده‌ام بخدمت تودرآمده‌ام. پیغمبر گفت یا(عمرو) راضی کردن (عمربن‌الخطاب) بامن. گفتم یارسول‌الله آیاباو خواهی گفت که من ناقص شده‌ام. پیغمبر جواب داد اگر اواز من دراین خصوص سئوال بکندجواب درست خواهم داد. گفتم یارسول‌الله، آنچه تو بکنی برحق است. رسول‌الله گفت یا(عمرو) مسلمان نمیتواند دروغ بگوید واگر (عمربن‌الخطاب) ازمن بپرسد برای‌چه توراد رخانه خودنگاه‌داشته‌ام حقیقت‌را باوخواهم گفت‌وتوصیه خواهم کرد بدیگری بروزندهد.

ازآن‌روز به‌بعد، من‌در منزل پیغمبر بسر بردم وروزی نبود که‌رسول‌الله مرا ننوازد و سعی ننماید که باابراز محبت‌مرا خشنود کند تااینکه‌من‌در فکر بدبختی خودنباشم.

من‌یقین دارم که اگر پیغمبرما، مرادرجوار خودقرار نمیداد، ومن‌هرروز ازنزدیك با پیغمبرمحشورنبودم وازصحبت‌های اوخشنود نمیشدم، ازفرط اندوه‌زندگی‌را بدرود میگفتم. رسول‌الله‌دریافته بود که بعداز آن بدبختی که برمن‌وارد آمدمن برای‌ادامه‌حیات احتیاج به‌تسلی

دارم و باید در محیطی زندگی کنم که تیره‌روزی خود را فراموش نمایم. من بدتر از کسی بودم که در میدان جنگ، یکمرتبه دست یا پای خود را از دست میدهد و باید مدتی بگذرد تا اینکه عادت نماید خود را از یکدست یا از یک پا محروم به‌بیند. چون آنکه دست یا پا را از دست میدهد امیدوار هست که ازدواج کند و دارای فرزندان شود، ولی من هیچ امیدواری نسبت بآینده نداشتم و اگر حمایت و محبت رسول‌الله شامل من نمیشد در آن ایام که هنوز مرور زمان مرا معتاد بتحمل بدبختی نکرده بود از اندوه جان میسپردم یا اینکه قصد جان خود را میکردم. من میدانستم که (عمربن‌الخطاب) از پیغمبر ما پرسیده که چرا من خدمت وی را ترک کردم و بخدمت (رسول‌الله) در آمدم. ولی نمیدانستم که آیا پیغمبر ما باو گفته که من مثله شده‌ام یا نه؟ (عمربن‌الخطاب) از خود من سئوالی در آن خصوص نکرد و هر وقت که مرا میدید میگفت یا (عمرو) امیدوارم بتو خوش بگذرد. در روزهای اول من در خانه رسول‌الله، در قسمتی که مخصوص مردها بود بسر میبردم ولی بعد رسول‌الله اجازه داد که بخانه عایشه بروم و در کارهای خانه‌داری باو کمک کنم. گاهی (سوده) زن دیگر پیغمبر بخانه (عایشه) میآمد و من اورا در آنجا میدیدم اما برای کمک بکارهای خانه بمنزل (سوده) نمیرفتم زیرا پیغمبر اسلام گفته بود که به (عایشه) کمک نمایم و نامی از (سوده) نبرد. بعد از دو روز که من در خانه عایشه مشغول کار بودم چیزی دیدم که تا آن تاریخ بنظرم نرسید و مشاهده کردم که عایشه قلمی بدست گرفت و در دواتی که مقابل او بود فرو برد و مشغول نوشتن شد. من تا آن تاریخ ندیده بودم که یک زن بتواند نویسندگی کند و از عایشه پرسیدم این چیست که مینویسی؟ عایشه گفت این تاریخ وقایع است که مینویسم ولی برای خود تحریر نمیکنم زیرا حافظه من قوی است و هیچ چیز را فراموش نمینمایم بلکه از این جهت مینویسم که دیگران در زمان من یا بعد از من، بخوانند و از وقایع این عصر مطلع شوند.

من میدانستم که شاعران اشعار خود را مینویسند و میخوانند و از شنیدن اشعار بعضی از آنها لذت میبردم. ولی نشنیده بودم که کسی تاریخ وقایع را بنویسد و گفتم یا (ام‌المؤمنین) وقایعی که تو مینویسی کدام است. (عایشه) گفت تمام وقایع بزرگ و کوچک را مینویسم و از جمله واقعه آمدن تو را باین خانه نیز نوشته‌ام. گفتم آیا ممکن است من اورا ببینم. (عایشه) نوشته را بدست من داد و من مشاهده کردم که خط آن مانند خطوطی است که تا آن موقع ندیده بودم. عایشه گفت یا (عمرو) آیا میل داری که دارای سواد خواندن و نوشتن شوی؟ گفتم انسان برای اینکه دارای سواد خواندن و نوشتن شود باید در نزد معلم تحصیل کند و مردی چون من دارای سواد خواندن و نوشتن نخواهد شد.

عایشه گفت یا (عمرو) تو اشتباه میکنی و تو هرگاه در هر روز فقط یک حرف از من یاد بگیری بعد از مدتی دارای سواد خواندن و نوشتن خواهی شد. همان روز عایشه حرف (الف) را بمن آموخت و گفت که لوح سنگی فراهم کنم تا اینکه روی لوح مشق نمایم. بعد از اینکه لوح سنگی را فراهم

کردم شروع بمشق نمودم. هرروز عایشه یك حرف را بمن می‌آموخت و آنرا روی لوح مینوشتم و آنقدر تکرار میکردم تا اینکه نوشتن آن حرف برایم آسان میشد. بعد از اینکه حروف الفبارا آموختم (عایشه) شروع به تعلیم هجی کرد و هرروز یکی از حروف الفبارا باصداهای مختلف برای من هجی میکرد. من دروس (ام المؤمنین) را زود فرامیگرفتم واو میگفت یا (عمرو) تو برای باسوادشدن استعداد داری واگر بتحصیل ادامه بدهی باسواد خواهی شد. من مثل سایر مسلمین بعضی آیات قرآن را ازحفظ داشتم واولین آیه‌ای که (عایشه) برای من نوشت تا بخوانم آیه (بسم‌الله‌الرحمن الرحیم) بود.

پس از اینکه عایشه آن آیه را نوشت و بدستم داد گفت ای (عمرو) این آیه‌ایست بسیار معروف از آیاتی که خداوند بر پیغمبر ما نازل کرده و آیا میتوانی آنرا بخوانی. من طبق تعلیمی که از (ام المؤمنین) گرفته بودم حروف آیه را جدا کردم و توانستم کلمه (بسم) را بخوانم و بعد از آن کلمه (الله) را خواندم وچون آن آیه را ازحفظ داشتم یك مرتبه متوجه شدم که آیه مزبور (بسم‌الله الرحمن‌الرحیم) است.

ازخواندن آن آیه خیلی خوشوقت شدم و بذوق آمدم تاسایر آیات قرآن را که ازحفظ دارم بخوانم. ازآنروز ببعد عایشه سایر آیات معروف قرآن را که میدانست من ازحفظ دارم مینوشت و بدست من میداد و من بعد از قدری هجی کردن آیه را میخواندم و خوشوقت میشدم که سوادم ترقی کرده و میتوانم آیات قرآن را بخوانم. من درخانه عایشه هم خادم او بودم وهم شاگرد وی وهرروز (ام المؤمنین) مرا تعلیم میداد. چون لازمه تعلیم این بود که (عایشه) ومن مدتی باهم باشیم، دشمنان پیغمبر اسلام و ازجمله یکی ازآنها موسوم به (عبدالله ابی) دستاویز بدست آورد که عایشه را متهم نماید.

(عبدالله ابی) بظاهر مسلمان بود ولی از هر موقع وفرصت استفاده میکرد تا اینکه با رسول‌الله مخالفت کند (عبدالله ابی) یك منافق بشمار میآمد و بظاهر خود را مسلمان جلوه میداد وپنهان، با جماعت (قریش) درمکه راه داشت و آنهارا تشویق میکرد که بمدینه (مسکن مسلمین) حمله ور شوند. هرروز (عبدالله ابی) میکوشید موضوعی بدست بیاورد تا اینکه بشعرای قریش یا شعرای منافق که آنهاهم مثل خود او بظاهر مسلمان ودرباطن خصم اسلام بودند بدهد تا اینکه مسلمین را مورد هجو قرار بدهند و بوسیله هجو مسلمین را بیازارند.

موضوع خدمت من درخانه عایشه واینکه هرروز مدتی برای فراگرفتن سوادباوی بسر میبردم دستاویزی به (عبدالله ابی) داد تااینکه شاعری هجوسرا را وادارد که یك قصیده هجائی علیه رسول‌الله وعایشه ومسلمین بسراید. موضوع قصیده عبارت ازاین بود که رسول‌الله یك مرد جوان وصبیح‌المنظر رادرخانه همسرخود (عایشه) جاداده واز بامداد تاشام آن مرد باعایشه بسر میبرد وپیغمبر اسلام درخارج ازخانه، درمسجد یاجای دیگر بسر میبرد. وقتی من آن قصیده

راشنیدم آه ازنهادم برآمد زیرامطلع شدم که تمام مسلمین مدینه آن شعرهجائی را شنیده اند. سراینده هجا، درقصیده هجائی خود، نامی ازمن نبرد ولی همه میدانستند مردی که درآن قصیده باواشاره شده است من هستم ونیز تمام مسلمین اطلاع داشتند که مسئله بسر بردن من درخانه عایشه وهرروز، درآن خانه، چندساعت بااوتنها بودن، واقعیت دارد. هیچیك ازمسلمین نمیدانستند که من خواجه هستم وبسر بردن یك مرد که خواجه است بایکزن درخانه‌ای تنها ناپسند نیست. ولی بطوری که بعدفهمیدم (ام‌المؤمنین) ازرسول‌الله شنیده بود که من خواجه هستم واگــرازآن موضوع اطلاع نداشت مراکه مردی جوان بودم بخانه خودراه نمیداد و تعلیم مرابرعهده نمیگرفت. لیکن برای اینکه قلب من مجروح نشود (عایشه) هرگزمسئله خواجه بودن مرابرویم نیاورد ومن فکرمیکردم که (ام‌المؤمنین) ازنقص من بی‌اطلاع است وبفکرم نمیرسید که عــایشه زوجه رسول‌الله (ص) و دختر (ابوبکر) اگر نمیدانست که من خواجه هستم مرابخانه خویش راه نمیداد. بعدازقصیدهٔ اول که ازطرف دشمنان اسلام سروده شد قصیده‌ای دیگردرافواه منتشر گردید. درقصیده‌اول ازمن نام نبرده بودند ونام (ام‌المؤمنین) هم درقصیده وجودنداشت. بلکه باشاره راجع باو، ومن بدگوئی می‌نمودند. اما در قصیده دوم باصراحت نام عایشه‌ومن برده‌شده‌بود. ای‌پسر (ارطاة) من‌شرم دارم که‌مضامین آن قصیده را برای‌تو بازگو کنم‌وبگویم‌سراینده شعر، باچه‌وقاحت، مناظری شرم‌آوررا وصف کرده بود وعایشه‌و مرادروسط آن‌مناظر نشان‌میدادواز زبان (ام‌المؤمنین) ومن چیزهائی می گفت که وقتی‌می‌شنیدم تن‌من‌ازشرم میلرزید.

من نمیدانستم که سراینده قصاید کیست‌وبعد ازمدتی‌دانستم که‌اشعار بدستور (عبدالله‌ابی) سردسته منافقون سروده‌شده است. در آنموقع من نه‌محرك‌را میشناختم نه‌شاعران‌را. یکروز درحالیکه درخانه‌مشغول فراگرفتن‌خط از عایشه‌بودم. شنیدم که کودکی که از کــوچه میگذرد مشغول خواندن اشعاری‌از قصیده دوم‌میباشد. طوری‌از شنیدن‌آن اشعار خشمگین‌و شرمگین شدم که نتوانستم‌از تعلیم‌عایشه استفاده کنم‌و (ام‌المؤمنین) گفت یا (عمرو) امروز حواس‌تو پرت‌است. گفتم‌بلی یا (ام‌المؤمنین) ومن‌ازتو اجازه می‌خواهم که از منزل خارج شوم. من‌هرموقع که‌میخواستم می‌توانستم ازمنزل‌رسول‌الله خارج‌شوم وهرجا که میل دارم بروم وخروج‌من ازخانه‌محتاج اجازه‌مخصوص نبود. ولی‌چون‌در آن‌روز در وسط درس و مشق می‌خـــواستم بیرون بروم از (عـایشه) اجازه گرفتم که درس و مشق را ترك کنم و خارج شوم .

بعد ازخروج ازخانه تصمیم گرفتم که سراینده آن دوقصیده راپیداکنم وبآنها بگویم ای‌شعرای گمراه که بدون‌تفکر دومسلمان راکه‌یکی ازآنها (ام‌المؤمنین) است‌مورد اتهام قرارمیدهید اگرمی‌دانستید که‌بهتان‌شما ناحق‌است ازبیم‌عذاب خدابرخود میلرزیدید. لابد

آنها ازمن می‌پرسیدند بچه‌دلیل بهتان آنها ناحق‌میباشد ومن فاجعه‌ای راکه برایم روداده بودبآنها میگفتم‌و آنهاراازبدبختی‌خودمستحضر مینمودم. آنگاه ازشاعران‌میخواستم برای اینکه کفاره بهتان‌ناحق راتأدیه‌نمایند دوقصیده‌دیگر بسرایندودر آن‌ها اعتراف کنند که اشتباه کردبودند وساحت(ام‌المؤمنین) پاکتراز آن‌است که‌چنان‌اتهام، براو وارد باشد و ازآن گذشته‌امکان نداشته‌که بین‌او، ومن‌واقعه‌ای پیش‌بیاید که‌اتهام‌را وارد کند.

(مدینه) یك‌شهر بزرك نیست‌ووسعت‌شهری‌چون(دمشق) راکه‌اینك کرسی‌حکومت(معاویه) می‌باشدندارد. سکنه شهرمدینه‌هم‌باندازه‌شهر(دمشق) نیست‌ودرآنجاهمه یکدیگر رامی‌شناسند زیراکسانی‌که ازخانه خارج‌میشوند و قدم بمعابر می‌گذارند، هرروز یاهر دو روز یکبار یکدیگر رامی‌بینندو درصدد برمی‌آیند که‌هم‌را بشناسند.

من‌بااین که‌ازسکنه بومی‌مدینه‌نبودم، وازمسلمانان مهاجرکه از مکه‌بمدینه هجرت کردند محسوب‌میشدم، بعدازمدتی که‌درمدینه بسر بردم اکثرسکنه شهر را شناختم وبعضی ازآنها راباسم ورسم‌میشناختم وبعضی‌دیگررا ازروی قیافه بی‌آنکه بدانم‌اسم آن‌ها چیست. من‌متوجه نبودم همانطورکه‌من دیگران‌را میشناختم سایرین هم مرا میشناختند.

آنروز، وقتی‌درکوچه بکسانی برمیخوردم که‌مرامیشناختندا گرمردان‌بالغ‌بودندچشم‌ها رامتوجه زمین‌می‌کردند تااینکه مرانبینندو ازدیدارمن‌ناراحت‌نشوند یامراناراحت‌نکنندو هرگاه ازاطفال بودند پس‌ازعبورم‌مرا باانگشت‌بهم‌نشان‌میدادند ومی‌گفتند این‌است(عمرو) که‌در خانه(رسول‌الله) بسرمیبرد. طوری‌ازخروج‌ازخانه پشیمان‌شدم که‌می‌خواستم مراجعت نمایم ولی‌بخاطر آوردم که من‌میباید شاعران‌هجوسرا راپیدا کنم‌وبآنها ثابت‌نمایم که‌اشتباه کرده‌اند. تااینکه بکودکی‌رسیدم که‌مشغول خواندن‌تصنیف‌دوم بودو بوی‌نزدیك گردیدم و پرسیدم آیاتومیدانی که‌سراینده‌این‌شعر کیست؟ طفل گفت من‌سراینده این‌شعر رانمی‌شناسم. ولی‌مردی که‌از عابرین بود گفت‌و شنودمن وآن‌طفل‌را شنید و مرا بااسم خواند و گفت یا(عمرو) برای چه‌میخواهی اسم‌سراینده‌این شعررابدانی؟ گفتم‌برای اینکه‌دراین‌شعر مرا درمعرض تیرتهمت‌قرار داده‌اند درصورتیکه بیگناه‌هستم. آن‌مرد گفت ای(عمرو) سراینده این‌شعر (ابوسفیان) می‌باشد. گفتم(ابوسفیان) این‌جا نیست‌بلکه‌در مکه‌زندگی‌میکند. مرد عابر گفت‌او میتواند شعری‌بسراید وبدست‌یکنفر بدهد تابمدینه بیاورد. من شنیده بودم که (ابوسفیان) که‌ازسرشناسان قریش‌بشمار می‌آمدشعر می‌گوید ولی‌انتظار نداشتم مردی چون (ابوسفیان) شعری‌آنچنان وقیح‌وجلف بسرایدبخصوص‌اگرآن شعر مربوط بهمسررسول‌الله باشد. یادم‌آمد که(ابوسفیان) برادر رضاعی‌رسول‌الله است‌ودایه‌ای که‌به رسول‌الله شیرداد. به(ابوسفیان) هم‌شیرداده، و آن‌مرد می‌باید احترام‌محمد(ص) رانگاه‌دارد. باخود گفتم‌که برای‌ثبوت ناروا بودن‌بهتان (ابوسفیان) به‌مکه‌میروم وآن‌مرد رامی‌بینم‌و باو ثابت خواهم

کرد که برعایشه ومن بهتان ناحق میزنند. ولی برای این که به مکه بروم میباید از رسول‌الله اجازه بگیرم واگر بدون اجازه پیغمبر عازم مکه میشدم اواز غیبت ناگهانی من مشوش میشد و می‌اندیشید که حادثه‌ای برای من اتفاق افتاده یا این که از فرط اندوه راه بیابان را پیش گرفته‌ام.

وقتی بخانه مراجعت کردم دیدم که رسول‌الله ازمسجد برگشته است ومرا دید و گفت یا(عمرو) روزهای گذشته توخرسند بودی ولی امروز تو را غمگین میبینم. گفتم یارسول‌الله علت اندوه من دوچیز است. یکی این که هدف تیر تهمت ناروا قرار گرفته‌ام و دیگر این که میخواهم ازتواجازه مسافرت بگیرم و چون بسفرمیروم چندی ازتودور خواهم بود واین موضوع مرا غمگین میکند. آنگاه موضوع دوقصیده هجائی را که سروده شده ودر افواه جاری است برای محمد(ص) گفتم واظهار کردم که این تهمت ناروا مرا سخت رنج میدهد. محمد(ص) گفت یا(عمرو) ازتهمت ناروا غمگین مباش. زیرا تونزدخدا روسفیدهستی ومیدانی که مرتکب گناه نشده‌ای ونمیتوانستی مرتکب گناه شوی.

گفتم یارسول‌الله من فقط برای خود اندوهگین نیستم بلکه برای (ام المؤمنین) نیزمتأثر میباشم چون اورا هم هدف تیر اتهام ناروا قرارداده‌اند ومن نمیتوانم تحمل کنم که شعرای هجائی (ام المؤمنین) را مورد هجو قرار بدهند آنهم باذکر اسم من. محمد(ص) گفت این اولین مرتبه نیست که دشمنان اسلام مرا مورد هجوقرارمیدهند. آنها چون میبینند که دین خدا بطورمنظم وسعت میگیرد برای اینکه کینه خودرا تسکین بدهند بااین اشعار هجو وهزل، بمن حمله مینمایند ولی من که خودرا برای همه گونه فداکاری درراه خدا آماده کرده‌ام ازاشعار هجووهزل آنها متأثر نمیشوم. گفتم ولی مسلمین متأثر میشوند وآنها نمیتوانند تحمل نمایند که دشمنان اسلام به پیغمبرشان اسائه ادب کنند. بعد گفتم یارسول‌الله سراینده یکی ازدوقصیده هجائی را میشناسم ومیدانم که (ابوسفیان) است وآیا توسراینده دیگر رامیشناسی؟ پیغمبر گفت بلی یا(عمرو) وسراینده هردو شعر، اهل مکه هستند واشعارخودرا ازآنجافرستاده‌اند. گفتم یارسول‌الله من از این جهت از تو اجازه مسافرت میخواهم که به مکه بروم واین دوشاعررا ببینم وبآنها ثابت کنم که بهتانشان نارواست وازآنها بخواهم که دوقصیده جدید بسرایند که درمورد(ام المؤمنین)ومن اشتباه کرده‌اند. اگر دوقصیده جدیدرا سرودند وباشتباه خود اعتراف کردند فبها ودرغیرآن صورت من که دردنیا امیدی ندارم ویگانه امیدم این است که دردنیای دیگر رستگارشوم، هردورا خواهم کشت.

محمد(ص) گفت یا(عمرو) این کاررا نکن چون اگر تواین دونفررا بقتل برسانی خود را گناهکار جلوه میدهی. کسی که بی گناه است نباید از بهتان ناروا بیم داشته باشد و مثل من شکیبائی را پیشه کن تاروزی که اسلام بموفقیت کامل برسد ودرآن روز، دیگر صدائی علیه دین خدا برنخواهدخاست وکسی بضد پیغمبر مسلمین شعر نخواهدسرود. گفتم یارسول‌الله هرچه توبگوئی

همان را بانجام میرسانم لیکن برای اینکه‌صدای دشمنان خاموش‌شود آیااجازه‌میدهی که‌از خانه توبروم؟

پیغمبر گفت تواگرازخانه من بروی دشمنان دین خـداتصورمیکنندکه نائل بتحصیل موفقیت شده،توانسته‌اندکه‌باسرودن اشعارهجو،تورااز‌خانه من بگریزانند. خدائی که‌ناظر وشاهد برهمه است میداند تو بی‌گناه هستی ومن‌هم‌که شوهر عایشه میباشم یقین دارم‌که تو گناه نداری. لذاهمچنان درخانه من‌باش وخدمت عایشه را برعهده بگیر. این بودکه من‌از مسافرت به‌مکه صرف‌نظر کردم وکماکان درمنزل پیغمبرعهده‌دارخدمات عایشه‌شدم ودرضمن نزداودرس میخواندم‌وخواندن ونوشتن‌را فرامیگرفتم تااینکه دشمنان‌اسلام یك‌قصیده هجائی جدیدسرودند وآنرادرمدینه منتشر کردند.

بعدازاینکه قصیده سوم درمدینه منتشر گردید مسلمانهاطوری غمگین ومتأثرشدندکه از(اباحریره)که پیرمردی خوش مشرب بود ومیدانستندکه موردمحبت (رسول‌الله) میباشد درخواست نمودندکه نزدپیغمبربرود وباوی مذاکره‌نماید وازاوبخواهد تااقدام‌کند ودنباله قصاید هجووهزل لغوشود.

محمـد(ص) گفت یا(اباحریره) وقتی من و(عایشه)که هدف‌تیرهای هجاهستیم ازاین شایعات ناراحت نشویم ، مسلمین نباید ناراحت شوند. (ابـاحریره)گفت یا(رسول‌الله) تو میتوانی درمورد خود وعایشه فداکاری‌کنی یعنی درقبال شایعات دشمنان سکوت نمائی ولی مسلمین‌که تورادوست میدارند قادربفداکاری نیستند ودوستی‌آن‌ها نسبت بتوبقدری است که نمیتوانند تحمل نمایندکه دیگران‌تو و(ام‌المؤمنین) را مورد هجوقراربدهند. برای اینکه دشمنان توساکت شوند ودیگرعلیه‌تو و(عایشه) اشعارهجائی‌نسرایند بهتراین‌است‌که (عمرو) را ازخانه خود خارج‌کنی. رسول‌الله گفت اگرمن (عمرو) را ازخانه خودخارج‌کنم وی از اندوه خواهد مرد.

(اباحریره) باتعجب پرسیدکه‌برای‌چه ازاندوه میمیرد؟ محمد(ص) گفت برای(عمرو) واقعه‌ای پیش آمده‌که اورا اندوهگین وناامیدکرده وامروزتنها امیدواری اواین است‌که درجوار من‌بسرمیبرد و دلخوش است که درخانه من‌زیست می‌نماید واگرمن(عمرو)را از خود دور کنم‌وآن‌مرد ازدیدارمن‌محروم گردد ازفرط غصه جان‌خواهدسپردومن‌نمی‌خواهم مردی که‌بامیدمن دلخوش وامیدواراست ناامیدگردد. (اباحریره) گفت اگرتو(عمرو) را ازخانه خود دورنکنی شایعاتی‌که دشمنان تو میدهند قطع‌نخواهد شدومسلمین‌بیشتر ملول و متأثرخواهند گردید. رسول‌الله گفت‌من (عمرو)را ازخانه‌خود نمیرانم و بشایعات دشمنان خدا واسلام اهمیت نمیدهم. من‌همچنان‌درخانه‌پیغمبر ماندم‌ونزد عایشه‌درس میخواندم.وقتی دشمنان رسول‌الله دریافتند که‌هجوهای آنها درپیغمبراثر نکرد چهارمین قصیده هجائی را

علیه(ام المؤمنین) ومن سرودند ودر آن قصیده طوری نسبت برسول الله اسائه ادب کردند که وقتی من شنیدم ازفرط اندوه وخشم لرزیدم ودیگر نتوانستم خودداری کنم وازخانه بیرون رفتم وراه خانه(عمر بن الخطاب) راپیش گرفتم.

وقتی واردخانه(عمر) شدم مشاهده کردم که(اباحریره) و(عفیف) و (سهیل ثعلب) درآنجا حضورداراند ومشغول مذاکره هستندوحس کردم که موضوع صحبت آنها مربوط است بقصیده هجائی جدید. همینکه(عمر بن الخطاب) مرا دید چهره درهم کشیدوچون مردی بودصریح اللهجه ویك دنده گفت یا(عمرو) من ازتونفرت پیداکرده ام ودیگرمیل ندارم تورا ببینم و اگر بخاطر رسول الله(ص) نبود تورا به قتل میرساندم. پرسیدم یاسیدی برای چه مرا بقتل می رسانیدی؟ (عمر بن الخطاب) گفت برای اینکه توتمام مسلمین را اندوهگین وبدبخت و چون عزاداران کرده ای؟ آیا تونمیدانی که براثر حضورتودرخانه رسول الله واین که پیوسته باام المؤمنین(عایشه) بسرمیبری چه شایعه درافواه افتاده است. آیاتو این قصیده های هجو وهزل رانمی شنوی وشرم نمی کنی که وجود توباعث سرودن این قصاید گردیده است. ایکاش که تومبتلا بمرض آبله میشدی وچهره ات مجدر می گردید تااینکه اینطورزیبا نبودی. زیرا زیبائی توسبب گردیده که این شایعات بوجود بیاید. گفتم (یاسیدی) من امروز، برای این بخانه توآمدم تااین که راجع باین موضوع صحبت نمایم وبتو بفهمانم که من بیگناه هستم و(ام المؤمنین) هم بیگناه است. (عمر بن الخطاب) پرسید توچه میخواهی بگوئی؟

گفتم یاسیدی آیارسول الله راز مرابتونگفت؟ (عمر بن الخطاب) جواب داد نه... آیاتو دارای رازی میباشی؟ گفتم بلی وآیا بعدازاینکه واردخدمت(رسول الله) شدم تواز اونپرسیدی که برای چه من خدمت تورا ترك کردم ودرخانه پیغمبر سکونت نمودم. (عمر بن الخطاب) گفت نه... من وقتی متوجه شدم که رسول الله میل دارد که تورادرخانه خودجابدهد خودرا تسلیم اراده اونمودم ومن بخود اجازه نمیدهم که درقبال اراده محبوب خودکه پیغمبراست، چون وچرا کنم وآیاتو نفهمیده ای که علاقه ومحبت من نسبت برسول الله چقدراست. گفتم چرا... ازاین موضوع آگاه هستم ولی بازفکرمیکردم که توحیرت کرده ای که من برای چه خدمت تورا ترك کردم و وارد خدمت رسول الله شدم وچون توراجع باین موضوع سئوالی ازمن نکردی من تصورنمودم که رسول الله رازمرا بتو گفته است. (عمر بن الخطاب) گفت نه من راجع بتوچیزی به پیغمبر گفتم و نه رسول الله راز تورا بامن درمیان گذاشت. گفتم یاسیدی پیغمبرما راز مرابهیچکس بروزنداد و امروز، دربین مسلمین، تنها کسی که از رازمن مستحضر میباشد پیغمبراست ومن یقین دارم که وی این رازرا بروزنخواهدداد چون میداند که سبب سرشکستگی من خواهدشد. (عمر بن الخطاب) مرتبه ای دیگر چهره درهم کشیدو گفت ای (عمرو) توجه کرده ای که اینگونه حرف میزنی. زیراچون میگوئی افشای راز توباعث سرشکستگی ات خواهد گردید معلوم میشود که یك کارزشت

کرده‌ای واز علنی شدن آن میترسی. گفتم نه‌ای فرزند خطاب من کاری زشت نکرده‌ام بلکه قربانی شده‌ام (سهیل ثعلب) گفت یا (عمرو) کسی که قربانی میشود زنده نیست درصورتی که تو زنده هستی وحرف میزنی؟ گفتم من با این که زنده هستم و حرف میزنم با یك کشته زیاد فرق ندارم چون مرا مثله کرده‌اند ومن امروز داوطلب می‌شوم که خودرا بشما که دراینجا حضورداریدو آنگاه خودرا بتمام مردهای مسلمان که درمدینه هستند نشان بدهم تا آنها بدانند که من مثله شده‌ام ویقین حاصل کنند که آنچه راجع بروابط من با (ام المؤمنین عایشه) گفته میشود دروغ است چون مردی که مثله شده، نمیتواند بازنی مربوط گردد.

من تا امروز، نمیخواستم این رازرا بروز بدهم چون میدانستم سرشکسته وخفیف خواهم شدو مرا بنظر حقارت خواهند نگریست . ولی اکنون می‌بینم که طوری سهام ملامت و هجاو هزل متوجه (ام المؤمنین) وپیغمبر ما گردیده که اگر من بایك دلیل قاطع ثابت نکنم که دشمنان پیغمبر دروغ می‌گویند بیم آن میرود که کسانی چون شما که اینجا حضورداریدواز دوستان وفادار رسول‌الله هستید نسبت به (ام المؤمنین) ظنین شوید وتصور کنید که شاید آنچه بدخواهان وشعرای مکه و منافقون می‌گویند درست است.

حیثیت وآبروی من درقبال حیثیت وآبروی پیغمبر ماو (ام المؤمنین) بدون اهمیت است ومن امروز در این جا رازخودرا آشکارمیکنم وحیثیت خوددرا متزلزل می‌کنم تا اینکه لطمه‌ای برحیثیت پیغمبرما و (عایشه) وارد نیاید و دشمنان اسلام فکر نکنند که توانسته‌اند برسول‌الله توهین نمایند. آنگاه جامه از تن بدر کردم وخودرا بآن چهار نفر نشان دادم.

همه اندوهگین شدندو بخصوص (عمر) خیلی ملول شدو پس از این که جامه خود را پوشیدم گفت ای (عمرو) تووقتی وارد خانه شدی من که از شنیدن قصیده جدید هجائی خشگمین بودم کلمات درشت بتو گفتم واینك از توبخشایش میطلبم. من نمی‌دانستم که تورا ناقص کرده‌اند و چون صباحت منظرداری از اصرار تو برای سکونت درخانه پیغمبر ناراحت بودم. آنوقت (اباحریره) ازمن پرسید چگونه مثله شده‌ام. من گفتم که زنهای قبیله (کلب) مرا مثله کردند وسپس به تفصیل شرح اسارت خودوهفت تن دیگر از مسلمین را بدست قبیله (کلب) بیان نمودم و اظهار کردم زنهای قبیله (کلب) بعدازاینکه چندروز مارا گرسنه وتشنه نگاه داشتندودستهایمان را نگشودند آتش افروختند ومارا ناقص کردند .

هفت نفراز مسلمین که بامن اسیرشدند، نتوانستند شکنجه گرسنگی و تشنگی و زجر مثله شدن را تحمل نمایند زیرا بعدازاینکه ناقص شدیم باز مدتی مارا بحال خود گذاشتندوبما آب وغذا ندادند. لذا آن هفت تن زندگی را بدرود گفتندولی من زنده ماندم وبعدازاینکه فدیه‌ام را پرداختندبه (مدینه) مراجعت کردم.

(عمر بن الخطاب) گفت ظهر نزدیك است وباید برای نماز بمسجد رفت وبهتر این است

که‌امروز، زودتر بمسجد برویم‌و قبل ازاینکه پیغمبر برای‌نماز بیاید این‌موضوع‌را باطلاع مسلمین برسانیم. زیرا بعدازاینکه پیغمبر وارد مسجد شداگراین موضوع‌را افشاء کنیم‌سبب تکدرخاطررسول‌الله خواهدشد که‌چرا چیزی‌راافشاءکرده‌ایم که‌موجب‌تحقیر(عمرو)میشود. ولی حیثیت پیغمبرما و ام‌المؤمنین بالاتر وگرانبهاتر از آن است که ما ملاحظه (عمرو) را بکنیم.

(سهیل‌ثعلب) گفت من‌یقین دارم‌که وقتی مسلمین از این موضوع مطلع شوند چون بی‌گناهی (ام‌المؤمنین)رابه ثبوت میرساندطوری خوشوقت خواهند گردیدکه هیچکس‌در صدد برنمیآید که(عمرو)را بانظر تحقیر بنگرد خاصه‌آنکه (عمرو) براثرجنگ‌بامشرکین اسیر وآنگاه مثله گردیده وشخصی‌که براثر جهاد در راه خداناقص‌شده‌خیلی‌اجردارد.

سپس آن چهار نفر بامن از منزل (عمربن‌الخطاب) خارج‌شدیم وراه مسجد را پیش گرفتیم ودرراه هرمسلمان که‌مرا باآن چهار نفرمی‌دیدحیرت‌می‌کرد زیرا انتظارنداشتند مردانی چون (عمربن‌الخطاب)و (اباحریره) و (عفیف) و (سهیل‌ثعلب) باشخصی چون من دیده شوند.

وقتی‌قدم‌بمسجد گذاشتیم تمام‌کسانی‌که درصحن مسجد بودند وانتظار آمدن‌رسول‌الله را میکشیدند تااینکه برای‌نماز صف‌ببندند سکوت‌کردند وحیرت‌زده مارا نگریستند چون انتظار نداشتندکه مردانی چون (عمربن‌الخطاب) و (اباحریره) و (سهیل‌ثعلب) و(عفیف) بامردی‌چون من بمسجد بیایند. (عمربن‌الخطاب) مرا بیك‌طرف مسجد برد و(اباحریره) و دو نفر دیگر هم باوی رفتند. آنگاه (عمر) باصدای‌قوی‌و رسای خود بانك‌زدای‌بندگان خدا گوش‌کنید.

سکوت برفضای مسجد حکمفرما گردید و(عمربن‌الخطاب) گفت چندی است که‌همه ما اندوهگین هستیم زیرا راجع به‌عایشه (ام‌المؤمنین) بدگوئی‌هائی‌میشود ومیدانیم‌کسانی که علیه (عایشه) قصاید هجائی میسرایند میخواهندکه پیغمبر مارا بیازارند وگرنه، باخود (ام‌المؤمنین) خصومت ندارند. آنها میگویندکه بین عایشه و (عمرو) که درخانه‌پیغمبرما بسر می‌برد روابط نامشروع وجود دارد درصورتیکه‌این گفته بهتان‌ناحق است‌ومن‌بخداوند سوگند یادمیکنم‌که بین (ام‌المؤمنین) و (عمرو) روابط نامشروع‌وجودندارد زیرا (عمرو) که ماامروز، اورا بمسجدآورده‌ایم خواجه است.

وقتی‌مسلمین اینحرف راشنیدند ازآنهازمزمه برخاست و(عمربن‌الخطاب) مرابسوی خویش‌کشید وکنارخودقرارداد‌که همه‌بتوانندمراببینند و(عمربن‌الخطاب) گفت:ای‌بندگان خدا زنهای قبیله (کلب)که این مردبدست‌آن‌قبیله اسیرشد (عمرو) وهفت‌تن دیگرازمسلمین

راکه اسیرشدند خواجه کردند وآن هفت نفرازگرسنگی وتشنگی ورنج ، زندگی را بدرود گفتند لیکن (عمرو) زنده ماند وپیغمبر فدیه او را ازبیت المال پرداخت و (عمرو) بمدینه مراجعت کرد .

این مرد بعد از مراجعت بمدینه خجالت میکشید که راز خود را بروز بدهد و هرکس دیگر بجای اوبود ازابرازمطلب خودداری میکرد. فقط یکنفرازراز (عمرو) آگاه شد واوپیغمبرما بود و(رسول‌الله) چون میدانست که (عمرو) خواجه است وی‌را درخانه خود جاداد تااینکه‌درکارهای خانه به(عایشه‌ام‌المؤمنین) کمك کند. امروز(عمرو) بخانه‌من‌آمد و گفت بقدری از انتشارقصائد هجائی علیه رسول‌الله غمگین است که دیگر نمیتواند تحمل کند که بمناسبت حضوراودرخانه پیغمبریك‌چنین تصنیف‌هاسروده شود ودشمنـان اسلام زبان به طعن بگشایند.

هنگامیکه عمرو وارد خانه من شد (اباحـریره) و (عفیف) و(سهیل ثعلب) حضور داشتند و(عمرو) باحضورآنها راز خودرا بروزداد وبعدهم جامه ازتن‌بدرکرد وماچهارنفر باچشم های خود دیدیم که این‌مرد خواجه است و تاروزی‌که زنده میبـاشد نمیتواند بازن معاشرت‌کند.

بعدازاین گفته،(عمربن‌الخطاب) خطاب به(اباحریره) گفت آیاامروز تودرخانه من دیدی‌که (عمرو) خواجه میباشد؟ (اباحریره) گفت بخداوند سوگندکه من‌امروز بادوچشم خود دیدم که (عمرو)خواجه‌است. (عمر)همین‌سئوال‌رااز(عفیف) و(سهیل‌ثعلب) نمود،آنهاهم سوگند یادنمودندکه بادوچشم خود دیدندکه من خواجه میباشم.

(عمربن‌الخطاب)گفت اگر اینجا مسجد نبود ورعایت احترام مسجد ضروری بنظر نمیرسید من اکنون به(عمرو) میگفتم‌که جامه ازتن‌بدرکند تاتمام‌کسانی‌که اینجاهستنداین مردرا ببینند ومشاهده کنندکه خواجه‌است وتهمتی‌که براوو(عایشه)واردآورده‌اند نارواست.

آنگاه (عمربن‌الخطاب) گفت ای‌بندگان خداآیادربین شماکسی هست‌که تردیدی درصحت این گفته داشته باشد. مسلمین گفتند نه‌یا(عمر) وچون‌چهارمرد راستگوچون‌توو(اباحریره) و(عفیف) و(سهیل ثعلب)میگوئیدکه‌بچشم‌خوددیده‌ایدکه (عمرو) خواجه میباشدمااین‌موضوع را میپذیریم.

(عمربن‌الخطاب) گفت‌من میدانم‌که (رسول‌الله) برای حفظ‌آبروی (عمرو) حاضرنبود که این‌رازرافاش‌کند تااینکه زبان بدگویان بسته شود. (عمرو)که امروز،این‌راز رابرای ما فاش‌کرد فداکاری نمود ومامسلمانهاباید ازفداکاری اوممنون باشیم برای اینکه مارا از اضطراب واندوه نجات داد. گرچه‌ما میدانستیم‌که همسر (رسول‌الله) بـاعصمت است وزنی چون (ام المؤمنین) بی‌تقوی نمیشود لیکن چون (عمرو) روز وشب ، درخانه پیغمبر بسر

میبرد وعهده دار خدمات (عایشه) بودما غمگین بودیم. ولی اکنون اندوه‌ما برطرف شد و من‌امروزراازروزهای خوب خودمیدانم‌زیراهرنوع تردید راجع به(ام‌المؤمنین) و(عمرو) ازخاطرم زائل گردید.

تمام مسلمانهادر آن‌روزخرسند شدند ووقتی صحبت (عمر بن‌الخطاب) تمام شد ، من بسخن درآمدم و گفتم: ای‌مؤمنین، پیغمبر بعدازاینکه دانست‌که من مثله شدم ازراه ترحم مرا درخانه خودجاداد تااینکه پیوسته درجوارش باشم وازبدبختی خود زیاد متأثرنشوم . (ام‌المؤمنین)هم بمن ترحم‌کرد ودر ساعات فراغت بمن خواندن و نوشتن را می‌آموخت. ای‌مؤمنین،من بخداوند سوگند یادمیکنم‌که رسول‌الله اطلاع نداشت‌که من‌قصد دارم بخانه (عمر بن‌الخطاب) بروم ودرآنجا رازخویش‌را آشکار کنم ومن‌بدون اطلاع پیغمبر بخانه(عمر) رفتم وآنچه نباید افشاءکنم‌کردم. منظورم این است‌که رسول‌الله بمن نگفت‌که رازخود را آشکارکنم تااینکه بیگناهی (ام‌المؤمنین) بثبوت برسدگواینکه اگربمن دستورمیدادکه‌راز خود را آشکار نمایم باز درخور ایراد نبود. برای اینکه مصلحت اسلام واز بین بردن نگرانی و اندوه مسلمین بیش از حیثیت یکنفرکه من باشم اهمیت دارد. ولی پیغمبرما آنقدر رئوف وباگذشت است‌که ترجیح میدادسهام تهمت ولامت‌راتحمل نماید ولی راز مرا آشکار نکند .

وقتی‌صحبت من‌تمام‌شد،رسول‌الله واردمسجد گردیدوبااینکه‌اظهارات (عمر بن‌الخطاب) ومرا شنیده بود ازمحیط مسجد وخوشوقتی مسلمین دریافت‌که من رازخود رابروزداده‌ام آنگاه صف‌های نمازبسته شد ونمازخواندیم وبعدازنمازپیغمبرمرافراخواند وگفت یا(عمرو) من حدس میزنم‌که توامروز،رازخود را بروز دادی. گفتم بلی یارسول‌الله چون نمیتوانستم بیش ازاین تحمل‌کنم‌که (ام‌المؤمنین) وتوراموردطعن وهجو قراربدهند. من نمیتوانستم تاآخرین روز زندگی‌راز خودراحفظ‌کنم ورازمن عاقبت فاش میشد ومردم میفهمیدندکه‌من خواجه هستم. پس‌چه‌بهتر آنکه‌امروز،رازم‌آشکارشودتاآنکه دشمنان‌اسلام ورسول‌الله خاموش شوند ودیگرهجونسرایند.

من منتظربودم‌که ازروزدیگرمسلمانها بانظرتحقیر مرابنگرند ولی برخلاف انتظارم مسلمین بانظرهمدردی مرا مینگریستند وتأسف میخوردندکه چرامردی جوان چون من‌که درآنموقع ازصباحت منظربرخورداربودم میباید مثله شوم. وقتی دریافتم‌که مسلمان‌ها مرا بانظرحقارت نگاه نمیکنند مثل این بودکه وزنه‌ای سنگین‌ازروی سینه‌ام دورشد.تاآنموقع من بمناسبت اینکه رازخودرا پنهان نگاه میداشتم رنج میبردم. حس میکردم‌که میل دارم که‌آن‌رازرا بادیگران دربین بگذارم تااینکه سایرین به‌بدبختی من پی‌ببرند.

من میدانستم‌که هیچکس‌نمیتواند مرا بوضع اول برگرداند ومن تاروزی‌که زنده

هستم خواجه خواهم بود. معهذامایل بودم که مردم از بدبختی من آگاه شوند و بدانند که من مردی هستم مستوجب دلسوزی و ترحم. اما میترسیدم که بر اثر افشای راز حیثیت و آبروی خود را از دست بدهم و مسخـره و مضحکه عموم بشوم . بهمین جهت بعد از اینکه مسلمین دانستند که من خواجه هستم و از آنها تخفیف و تحقیر ندیدم خود را سبك بار یافتم و مثل سابق خودخوری نمیکردم.

من همچنان درخانه پیغمبر ماندم و تاروزی که رسول‌الله درحال حیات بود خدمتش را ترك نکردم و بعد از رحلت رسول‌الله وارد خدمت ارباب سابق خود (عمر بن‌الخطاب) شدم.

مسئله ناپدید شدن عایشه

ونزول آیاتی چندازقرآن برثبوت بیگناهی‌او

رسم پیغمبرمااین بودکه هردفعه‌که‌بجنگ میرفت یکی‌اززن‌های خودراباخویش‌میبرد وزنها پیوسته‌باقرعه‌انتخاب میشدند. من چون خواجه بودم باآن‌زن سفرمیکردم وعهده‌دار خدمت وی میشدم. من علاوه براینکه درسفرها عهده‌دارخدمت زنهای پیغمبرمیشدم‌محافظ آنهانیز بودم تااینکه مردهای بیگانه بزنهانزدیك نشوند ومقصودم ازبیگانگان مسلمانها نیستند، برای اینکه مسلمین در آن دوره از روی فطرت دارای عصمت و تقوی بودند و بیك‌زن بیگانه توجه نمیکردند وازآن گذشته هرمردمسلمان زن پیغمبر را چون مادر خود میدانست وبرای اوقائل باحترام زیاد بود. من اززنهای پیغمبردرقبال مردهای‌بیگانه‌یعنی مشرکین‌محافظت میکردم‌ودرسفرهامسلح‌بودم. یکروزپیغمبر بمن گفت که‌خودراآماده‌مسافرت نمایم واوقصد داردکه بجنگ قبیله (بنومصطلق) برود.

رسول‌الله طبق معمول برای بردن یکی از زنهای خود قرعه‌کشید وقرعه به‌(عایشه) اصابت کرد وپیغمبر به‌(عایشه) نیزدستورداد که‌خودرا برای‌مسافرت‌آماده نماید. ما بایك‌قشون کوچك ازمدینه براه افتادیم وبسر زمینی رسیدیم‌که محل سکونت قبیلهٔ (بنومصطلق) بود و جنگ‌ما باآن قبیله دوروزطول‌کشید وقبیله مزبورشکست خورد ورئیس قبیله مجبورشدکه تسلیم شود. منظور من از ذکراین موضوع شرح آن جنگ نیست بلکه میخواهم نکته‌ای دیگررا بگویم.

وقتی‌که‌پیغمبر بسفرمیرفت اگرزن او، کنیزیاخدمتکاری داشت (ام‌المؤمنین) دریك‌لنگه کجاوه مینشست‌وکنیزیاخدمتکاردرلنگه دیگر. اما اگرکنیزوخدمتکارنداشت من‌درلنگه دیگر جامیگرفتم تااینکه دولنگه‌کجاوه هموزن شود. درآن‌سفرچون عایشه‌کنیزیاخدمتکارنداشت ومن عهده‌دارخدمات اوبودم‌وی‌دریك‌لنگه‌کجاوه‌نشست ومن درلنگه دیگر. بعدازاینکه از جنگ قبیله (بنومصطلق) مراجعت‌کردیم چون شتاب نداشتیم وسط روزاستراحت میکردیم وبعدازاینکه عصرفرامیرسید وحرارت‌آفتاب‌کم میشدبراه میافتادیم.

یکروزعصر، من در کجاوه نشسته بودم وپرده کجاوه عایشه افتاده بود. من میدانستم که (ام المؤمنین) هروقت پرده کجاوه خود رامیاندازد نشانه آن است که استراحت میکند. لذا وقتی شترها برخاستند وما براه افتادیم، من باعایشه صحبت نکردم تااینکه وی رااز خواب بیدار نکنم. پس از اینکه مقداری راه پیمودیم باز (عایشه) ازخواب بیدار نشد ومن بااینکه ازطول مدت خواب (ام المؤمنین) حیرت کردم اورا ازخواب بیدار ننمودم وبخود گفتم خواب طولانی اوناشی ازخستگی است ونباید (عایشه) رااز خواب بیدار کرد. آنگاه شب فرارسید ومن هم در کجاوه بخواب رفتم زیرا وقتی که تاریکی شب فرودمیآید اگر انسان سوار بر کجاوه باشد وآن کجاوه را شتر حمل نمایدزود بخواب میرود.

یکوقت من چشم ازخواب گشودم ونظری بستارگان آسمان انداختم که بدانم چه موقع ازشب است وفهمیدم نیمه شب میباشد. پرده کجاوه عایشه همچنان افتاده بود ونشان میداد که وی خوابیده است. قدری از نصف شب گذشت ما توقف کردیم وشتران را نشانیدند. من ازکجاوه فرود آمدم وناچارشدم که (ام المؤمنین) رااز خواب بیدار نمایم. علتش این بود که وقتی قشون توقف میکرد وما هم توقف مینمودیم وشتران را مینشانیدند ، ما، میباید دولنگه کجاوه را ازپشت شتری که زانوزده بود برداریم تااینکه آن حیوان استراحت نماید. این بود که بانك زدم یا (ام المؤمنین) ازکجاوه خارج شوزیرا میخواهیم کجاوه رااز پشت شتر برداریم. ولی ام المؤمنین جواب نداد. چندمرتبه بانك زدم که وی رابیدار کنم اما صدائی از (ام المؤمنین) برنخاست. من پرده کجاوه رابلند کردم که بدانم برای چه (عایشه) جواب نمیدهدولی مشاهده نمودم که عایشه در کجاوه نیست.

اولین فکر که بعدازمشاهده کجاوه خالی برای من پیداشداین بود که (ام المؤمنین) نزد پیغمبر رفته است. بااینکه من خروج (عایشه) رااز کجاوه، برای رفتن نزد پیغمبر ندیده بودم با خود گفتم شاید درهمان لحظه که شتر حامل کجاوه زانوزد عایشه ازکجاوه خارج گردید و لذا من که دیرتر خارج شدم ، خروج اورا ازکجاوه ندیدم . ولی برای حصول اطمینان بطرف جایگاه (رسول الله) رفتم وسئوال کردم که آیا (ام المؤمنین) نزد رسول الله است ؟

کسانیکه موردسئوال من قرار گرفتند جواب دادند نه. در اردو، جزخیمه رسول الله جائی نبود که (ام المؤمنین) بآنجا برود. معهذا من جاهای دیگر را نیزوارسی کردم وعایشه را در هیچ جا ندیدم وکسی هم نگفت که او رادیده است.

خواستم نزدپیغمبر بروم واز اوبپرسم که چراعایشه ناپدید گردیده ولی ترسیدم. زیرا من مستحفظ (ام المؤمنین) بودم ورسول الله مرا ازاین جهت حافظ (عایشه) کرده بود که واقعه ای برایش پیش نیاید. گاهی بخود میگفتم که شاید (عایشه) هنگام خواب ازکجاوه برزمین افتاده است. ولی اگر اوازکجاوه سقوط میکرد ، از خواب بیدارمیشد وفریادمیزدومن ودیگران

صدایش رامیشنیدم. دیگر اینکه کجاوه طوری ساخته شده بود که (ام المؤمنین) از آن پرت نمیشد.
گاهی فکر میکردم که شاید مردان طائفه (بنومصطلق) که ما بجنگ آنها رفته بودیم عایشه را ربوده اند. لیکن ربودن عایشه مستلزم این بود که آنها بما حمله ورشوند وبعدازاینکه ما آنها راشکست دادیم نمیتوانستند بما حمله نمایند واگر حمله میکردند بانك بر میخاست وهیاهو بوجود میآمد وهمه می فهمیدند که مورد حمله قرار گرفته ایم.

عاقبت این فکر برایم پیداشد که شاید (ام المؤمنین) جامانده باشد ازاین فکر از وحشت بلرزه درآمدم برای اینکه جاماندن یك زن در بیابان، آنهم زنی چون عایشه که بسیار زیبا بود، درمنطقه‌ای که ما یك قبیله شکست خورده را عقب خود گذاشته بودیم، یك واقعه خطرناك بشمار میآمد. چون بعید نبود که عده‌ای ازافراد شکست خورده قبیله (بنومصطلق) ما را تعقیب نمایند که شاید فرصتی برای دستبرد بدست بیاورند. یااینکه ما را تعقیب نمایند تااین که بدانند آیا ازخاك آنها خارج شده‌ایم یا نه؟ آنها اگر عایشه را در بیابان میدیدند، بدون تردید وی را باخود به قبیله (بنومصطلق) می بردند و چون می‌دانستند وی زوجه پیغمبر است برای آزاد کردنش فدیه‌ای گزاف میخواستند. ازمردان قبیله (بنومصطلق) گذشته، ممکن بود که عایشه درصحرا مورد حمله کفتار قرار بگیرد ودر صحراهای شمال عربستان هنگام شب کفتار فراوان است و بافراد زنده اگر آنها را ناتوان ببینند، نیز حمله میکند. عاقبت دریافتم که باید برای تجسس (عایشه) بروم.

من جرئت نکردم که برسول الله بگویم که چندتن ازمسلمین را بامن بفرستد که باتفاق برای یافتن عایشه برویم. چون لازمه تقاضای مزبور این بود که نشان بدهم که یك مستحفظ نالایق بوده‌ام ودرحفاظت (ام المؤمنین) سهل انگاری کردم ودرنتیجه اورا ربودند یااینکه جاماند. این بود که تصمیم گرفتم به تنهائی برای جستجوی ام المؤمنین مراجعت نمایم.

شتری که حامل کجاوه ما بود برای سواری من مناسبت نداشت زیرا من شتری میخواستم که سریع السیر باشد وبتواند مسافات بعیدرا دراندك مدت طی نماید. این بود که یکی ازشتران تیزتك را انتخاب نمودم وزانویش را گشودم. قبل ازاینکه براه بیفتم، باخود شمشیر وتیر وکمان و نیزه برداشتم که اگر ضرورتی پیش آمد بتوانم بجنگم. بعداز اردوگاه خارج شدم وبراه افتادم وراهی راکه ازآنجا آمده بودیم پیش گرفتم. من نه فقط از بیم رسول الله میخواستم بدانم چه برسر (عایشه) آمده بلکه بمناسبت خوبیهائی که آن زن بمن کرده بود خود را مکلف میدانستم که (عایشه) را پیدا کنم.

ای (ثابت بن ارطاة) چون توشهرنشین هستی شاید ندانی که اعراب بادیه، درشب، مثل روز، بیابان را می بینند و هنگام شب، مانند روز راه خود را دربیابان پیدا می کنند. من بااینکه اطراف را میدیدم گاهی عنان شتر رامیکشیدم وتوقف میکردم وفریاد میزدم ای عایشه... ای

ام‌المؤمنین... اگر صدای مرا میشنوی جواب بده. ولی صدائی را نمی‌شنیدم و بعداز چند لحظه که بر صحرا سکوت مستولی میشد، زوزه کفتارها از دور بگوش میرسید.

شتر من باسرعت حرکت میکرد و من راه بیابان را بتندی می‌پیمودم و هر چند دقیقه یکبار عنان شتر را میکشیدم و فریاد میزدم و ام‌المؤمنین را صدا میزدم ولی جز انعکاس صدای خود در صحرا، یا زوزه کفتارها صدائی نمی‌شنیدم. یك وقت دیدم که ستارگان در آسمان کم نور شد و دانستم که فجر نزدیك است و بعداز آن سپیده صبح دمید و بینائی من در صحرا قوی‌تر شد بعداز دمیدن روز نیز من درفواصل کوتاه شتر را متوقف میکردم و فریاد میزدم تا اگر عایشه در صحرا باشد صدای مرا بشنود و جواب بدهد.

وقتی اولین شعاع آفتاب ازپشت برمن تابید من در یك نقطه مرتفع از صحرا بودم و تا مسافتی طولانی، جلوی خود را می‌دیدم. زیرا آفتاب صحرا را روشن می‌کرد بی آنکه چشم من از نور خورشید خیره شود. زیرا ازعقب برمن میتابید و جلو را روشن می‌نمود. آن موقع از فاصله دور، چشم من بیك شترسوار افتاد که امتداد حرکت او مخالف امتداد حرکت من بود.

درصحرا یك شترسوار که ازدور می‌آید شبیه یك میل باریك دیده می‌شود و من هم آن سوار را چون یك میل باریك مشاهده میکردم و خود را برای جنك آماده نمودم. چون خیلی بعید بنظر می‌رسید که آن شترسوار که برشتری سریع‌السیر، سوار بود، ازدوستان باشد و من فکر میکردم که ازسواران قبیله بنومصطلق است. شاید شترسوار مزبور مرا نمیدید برای این که آفتاب برصورت وی می‌تابید ولی من او را بخوبی میدیدم و مشاهده می‌کردم که لحظه بلحظه، واضح‌تر می‌شود. ازلحظه‌ای که من آن شترسوار را دیدم بانك نزدم و (ام‌المؤمنین) را صدا نکردم. برای اینکه نمی‌خواستم که یك سوار دشمن بفهمد که عایشه (ام‌المؤمنین) در آن بیابان است.

شتر من با سرعت راه می‌پیمود و آن سوار هم باسرعت میآمد و من با کنجکاوی زیاد او را مینگریستم تا بدانم کیست؟ هنوز فاصله فیمابین ما زیاد بود بطوریکه من نمیتوانستم رخسار آن مرد را ببینم و بشناسم که آیا دوست است یا دشمن یکمرتبه دیدم که سوار مزبور، توقف کرد و توقف او طوری ناگهانی بود که من نیز ازحیرت توقف نمودم. بعد دیدم که آن سوار بطرف زمین خم شد و مثل این است که چیزی را مینگرد. لحظه‌ای دیگر، مشاهده کردم که زنی بسوار مزبور نزدیك گردید. من تا دیدم که یك زن، بآن سوار نزدیك گردید معطل نشدم و شتر را به راه انداختم زیرا فهمیدم که زن مزبور (عایشه) میباشد.

من با سرعت هرچه تمامتر خود را بآن دو رسانیدم ولی قبل از اینکه من بآنجا برسم مردی که سوار برشتر بود شتر خود را خوابانید و آن زن را برترك خود سوار کرد و براه افتاد و بعداز چند دقیقه ما بهم رسیدیم و من مشاهده کردم سواری که (ام‌المؤمنین) را برترك خود

نشانیدیکی ازمسلمین باسم(صفوان بن‌معطل‌سهمی) میباشد.عایشه وقتی مرادیدبانگ‌زد(عمرو) ازدیروزعصرتااینموقع، دراین‌بیابان‌تنها بودم وازنجات خودناامیدشدم وبرای چه توزودتر نیامدی‌که مرا ازاینجانجات بدهی .

گفتم یا ام‌المؤمنین دیروز عصر وقتی ما براه‌افتادیم پرده کجاوهٔ تو افتاده بودو من تصور کردم که خوابیده‌ای و فقط دیشب بعدازاینکه اتراق‌کردیم من فهمیدم که توناپدید شده‌ای؟ (ام‌المومنین) پرسیدکه رسول‌الله ازناپدید شدن من مطلع‌شد یانه؟ گفتم‌نه، زیرا من ترسیدم‌که ناپدید شدن تورا باو بگویم زیرا مستحفظ توبودم واگر میگفتم‌که‌توناپدید شده‌ای درنظر پیغمبر مردی نالایق‌محسوب میشدم. بعدازآن، عایشه ازترك (صفوان)فرود آمد وبرترك من سوارشد وماراه بازگشت‌را پیش‌گرفتیم.

ما نتوانستیم خودرا باردوی اسلام برسانیم چون اردو براه افتاده بود وهنگامی با باردو رسیدیم‌که قشون‌اسلام وارد مدینه شده‌بود. لذا ما، بعد ازقشون، قدم به (مدینه) نهادیم، قبل ازاینکه ماوارد (مدینه) شویم ناپدیدشدن عایشه باطلاع سکنه شهررسید. مردم هم مثل من راجع بناپدید شدن (ام‌المؤمنین) حدسها میزدند.

بعضی میگفتندکه وی ازطرف مردان قبیله (بنومصطلق) ربوده شده وبرخی‌که دشمن بودند اظهار میکردندکه (عایشه) گریخته تااین‌که دیگر باپیغمبر اسلام زندگی نکند . (صفوان‌بن‌معطل‌سهمی) همین‌که‌وارد مدینه شد برای مباهات‌گفت‌که من (ام‌المؤمنین) را درصحرا تنهایافتم واورانجات دادم.

وی‌راست میگفت وقبل ازمن به (عایشه) رسید ولی اگر صفوان قدری زودتر ازمن به (ام‌المؤمنین) نمیرسید من اورانجات میدادم وبمدینه برمیگردانیدم و(عایشه) باشترمن بمدینه مراجعت‌کرد. اما چون‌توقف (عایشه) وهم‌چنین توقف (صفوان)درصحرا زیاد طول کشید، دستاویزی‌بدست دشمنان ومنافقین وسردسته آنها(عبدالله‌ابی)افتادکه‌بازهجوسرائی‌را علیه(عایشه) آغاز نمایند.

(صفوان‌بن‌معطل‌سهمی) درآن سفر، مأمور اکتشاف عقب‌قشون اسلام بود ومیبایددر قفای قشون حرکت‌کند تااین‌که بفهمدکه آیا دشمنان ماراتعقیب مینمایند یانه؟ واگر در صحرا، سوارانی مشکوك دید، بلافاصله به‌پیغمبر اطلاع بدهد تااین که قشون ما در موقع راه‌پیمائی مورد حمله قرار نگیرد. طبق معمول فاصلهٔ (صفوان) ازقشون، نمی‌یابد بیش از نیم ساعت راه‌باشد. چون اگر زیاد فاصله میگرفت نمیتوانست خودرا در مدتی کم بقشون برساند وآنچه دیده است بگوید.اما درروزی‌که عایشه ناپدید شد (صفوان) خیلی‌ازقشون عقب‌ماند وشب باردو نرسید ومن‌صبح روزبعد وی‌را در بیابان دیدم. لذا دشمنان پیغمبر گفتندکه (صفوان) ازاین جهت خود را بقشون نرسانیدکه آن شب ، تابامداد در صحرا

بسر برد. من این تهمت را تکذیب کردم و گفتم وقتی من (صفوان) را در بیابان دیدم او از طرف مقابل میآمد، و هنوز خیلی با (عایشه) فاصله داشت.

من یقین دارم که (صفوان) از وجود عایشه در بیابان بی اطلاع بود چون طوری ناگهان عنان شتر خود را کشید که معلوم بود از مشاهده (عایشه) درصحرا خیلی حیرت کرد واگر میدانست که وی درصحرا میباشد با آن حال تحیر، شترخود را ناگهان متوقف نمینمود.

ولی دشمنان میگفتند که (صفوان) شب را تا صبح درصحرا با عایشه بسر برده ودر بامداد وقتی متوجه گردیده که یك شترسوار نزدیك میشود فهمیده که آمده‌اند عایشه را پیدا کنند زیرا شتر سواری که از آن امتداد بیاید، کاری جز یافتن (عایشه) ندارد.

وقتی چشم (صفوان) به شترسوار افتاد، برشتر خود سوار گردید و بشتاب دور شد تا اینکه او را با (عایشه) نبینند. آنگاه مراجعت کرده و نزدیك عایشه، تظاهر بحیرت نموده وشتر را یك مرتبه نگاه داشته تا (عمرو) تصور نماید که (صفوان) ازمشاهده (عایشه) حیرت کرده است. من گفتم که (صفوان) نمیتوانسته است که نزدیك شدن مرا ببیند. برای اینکه آفتاب ازپشت من بطرف او میتابید و چشمهایش را خیره میکرد.

دشمنان این دلیل را نمیپذیرفتند ومیگفتند که درموقع طلوع آفتاب وقتی اولین شعاع آفتاب برزمین میتابد سایه‌ها وازجمله سایه یك شترسوار خیلی بلند میشود بطوریکه اگر کسی درمغرب باشد سایه یك شترسوار راکه ازشرق میآید درصحرا برزمین میبیند. لذا (صفوان) میتوانسته است سایه (عمرو) را برزمین ببیند وهمین که سایه او را دیده ومتوجه شده که سواری از مشرق میآید دریافته که آمده‌اند تا (عایشه) را ببرند وبچابکی خود را از وی دور کرده است تا این که (عمرو) مشتبه شود و تصور نماید که (صفوان) ازوجود (عایشه) درصحرا اطلاع نداشته است.

من میدانستم که دشمنان پیغمبر دروغ میگویند وتهمت میزنند. برای من مسلم بود که (صفوان) از نزدیك شدن من بی اطلاع بوده ونمیتوانسته بفهمد که من از امتداد مشرق بوی نزدیك میشوم ولی بدگویان و منافقین گفته مرا قبول نمیکردند.

یکی ازچیزهائی که مورد استناد بدگویان بود این بود که (صفوان) میباید نیم ساعت بعداز اینکه قشون اسلام اتراق کرد وارد اردو شود ولی وی باردو نرسید وبعداز مدتی که از ورود قشون بمدینه گذشت وارد مدینه گردید. دشمنان و بدگویان شهرت میدادند که از دو صورت خارج نیست. یا (عایشه) و (صفوان) تبانی کرده بودند و (عایشه) بآن مرد قول داده بود که هنگام حرکت قشون ازکجاوه فرود بیاید وازدیگران فاصله بگیرد تا اینکه قشون برود آنگاه درصحرا منتظر (صفوان) بماند تا بوی ملحق گردد. (صفوان) هم که مأمور اکتشاف عقب قشون بود بعداز نیم ساعت به (عایشه) ملحق شد و آن دو نفر، عصر آن روز و تمام شب را تا صبح روز دیگر باهم بسر بردند.

صورت‌دیگر، بقول بدگویان این‌بود که عایشه همان‌طور که‌خود میگوید برای‌حاجتی از کجاوه‌پیاده میشود ودورمیگرددوقشون همان موقع براه می‌افتدوهنگامی که(ام‌المؤمنین) مراجعت مینماید،میبیند که قشون رفته واو درصحرا تنهامانده‌است. بعد ازنیم‌ساعت(صفوان) ازراه میرسد و(عایشه) رادربیابان می‌بیند.وظیفه او این بود که (عایشه) را برترك خود بنشاند وباسرعت هرچه تمامتر راه بپیماید وخودرا بقشون برساند. ولی وی‌که مردی‌است جوان اینکارانکرد وترجیح‌داد که تاروز دیگر (عایشه) رادرصحرا نگاه دارد وشاید اگر روزبعد،(عمرو) رانمیدید، باز (ام‌المؤمنین)را درصحرا نگاه میداشت. اما مشاهده (عمرو) سبب‌شد که مجبور بتظاهر شود واین طور جلوه بدهد که از مغرب میآید و ناگهان عایشه رادیده‌است.

(صفوان)جواب میداد که علت عقب افتادن من از قشون ایـن نبود که درصحرا به (عایشه)رسیدم بلکه از این جهت عقب افتادم‌که ناگهان گرفتار درد شکم شدم وطوری‌درد شکم‌که ناشی ازناگواری طعام است مرا بی‌تاب‌کرد که ناچار شدم توقف نمایم و شتر را نشانیدم وخود، درصحرا ازفرط درد روی زمین میپیچیدم ونمیدانستم‌که برای‌رفع آن‌درد چه بایدکرد.

بعد ازمدتی تحمل درد، سستی برمن غلبه‌کرد ودرد رفع شدوچون زیاد رنج بـرده بودم خوابم برد. وقتی ازخواب بیدار شدم مشاهده کردم که ستاره بامداد طلوع کرده و بعد از ادای فریضه، براه افتادم تااین که عایشه‌را درصحرا دیدم . منافقیـن میگفتند که صفوان دروغ میگوید و جوانی مانند او گرفتار دردشکم از ناگواری طعام نمیشود.

دشمنان پیغمبر یك‌قصیده هجومنتشر کردند‌که‌درآن گفته‌میشد(عمرو) خواجه است ومیتوان قبول کرد که‌وی (باعایشه) رابطه‌ای‌نداشته.ولی‌صفوان، خواجه نیست و هنگامی‌که یك‌زن ویك‌مرد جوان‌از عصر یك‌روزتابامداد روزدیگر، درصحرا تنهابسر ببرند معلوم‌است که‌درآن مدت‌چه‌میکرده‌اند.

آنقدر منافقین بدگوئی کردند‌که من‌هم مردد شدم‌ونزد صفوان رفتم وگفتم من در آنچه‌دیدم تردید ندارم ومیدانم که‌تو، آن‌روز صبح، درصحرامراندیدی.چون‌تابش‌خورشید مانع ازاین‌بود که‌مرا ببینی. درعوض‌من‌تورا بخوبی مشاهده میکردم‌ودیدم که‌وقتی عایشه را دیدی طوری‌حیرت کردی که‌یکمرتبه عنان شتررا کشیدی.معهذامن‌میل‌دارم که‌تو بمن‌اطمینان بدهی تهمتی که‌به(عایشه) وتومیزنند‌دروغ‌است.

(صفوان) گفت‌ای (عمرو)من‌باجدادم سوگند یادمیکنم که عایشه را در صحراندیدم مگردرآن ساعت که‌تومشاهده کردی من به(ام‌المؤمنین) رسیدم‌وآنچه‌درخصوص رابطه من‌و

او میگویند بهتان ناحق است و کسانی که این تهمت را بر من و (عایشه) میزنند دوچار کیفر خداوند خواهند شد.

یکمرتبه دیگر من بشدت از غوغائیکه راجع به (عایشه) بوجود آمده بود اندوهگین شدم زیرا خود را مسئول فرض میکردم. من بخود گفتم اگر تو غفلت نمیکردی و در صدد بر میآمدی بفهمی که آیا عایشه در کجاوه هست یا نه، این غوغا بوجود نمیآمد؟ حتی بعد از اینکه فهمیدی که (عایشه) ناپدید گردیده این واقعه را باطلاع رسول‌الله نرسانیدی. اگر این واقعه را باطلاع او میرسانیدی، پیغمبر، عده‌ای از سواران زبده را مأمور یافتن عایشه میکرد و شاید سواران وی را در صحرا تنها میافتند و این جنجال ایجاد نمی‌شد. ولی تو ترسیدی که رسوال‌الله را آگاه کنی و فکر کردی که وی تو را نالایق خواهد دانست در صورتی که نداشتن لیاقت این است که او را از این واقعه مستحضر نکردی.

یك روز نزد (عبدالله ابی) سردسته منافقین رفتم و برای او سوگند یاد کردم که آنچه میگویم حقیقت است. سپس چگونگی دیدار عایشه را در صحرا همانطور که اتفاق افتاده بود بیان کردم و گفتم که (صفوان) نمیتوانسته است مرا ببیند تا اینکه مبادرت بخدعه کند و از عایشه دور گردد.

من بعد از اینکه صفوان را دیدم تصور کردم که وی یکی از سواران (بنومصطلق) است و بهمین جهت فریاد نزدم و عایشه را نام نبردم تا اینکه اگر سوار مزبور دشمن است نفهمد که (ام‌المؤمنین) در آن صحرا می‌باشد. بعد از اینکه (عبدالله ابی) اظهارات مرا شنید گفت یا (عمرو) تو خواجه هستی و شهادت یك خواجه قابل پذیرفتن نیست. اگر مردی عادی این اظهارات را میکرد، من میپذیرفتم ولی شهادت تو را چون خواجه هستی نمی‌پذیرم خاصه آنکه مدتی با عایشه بسر میبردی و او چون مولای تو بود طوری در تو نفوذ دارد که میتواند تو را وادار بشهادت دروغ کند تا اینکه پیغمبر و مردم قبول نمایند که وی با (صفوان) رابطه نداشته است.

دلم از گفته (عبدالله ابی) شکست و بعد از اینکه از خانه او خارج شدم نزد رسول‌الله رفتم و آنچه از (عبدالله ابی) شنیده بودم گفتم. (رسول‌الله) گفت اگر تو بمن می گفتی که قصد داری نزد (عبدالله ابی) بروی و با او راجع به بی گناهی عایشه صحبت کنی بتو میگفتم صرفنظر کن زیرا وی مردی است منافق و بظاهر خود را مسلمان جلوه میدهد ولی هرموقع که فرصتی بدست بیاورد با مسلمین خصومت مینماید.

آنگاه مدت چندروز در مدینه، مسلمین، بسیار اندوهگین بودند و از هجوسرائی دشمنان اسلام خون دل میخوردند تا اینکه خداوند برای ثبوت بی گناهی عایشه چندین آیه بر پیغمبر ما نازل کرد و اندوه مسلمانها مبدل به شادی گردید چون وقتی خداوند بوسیله نازل کردن آیات قرآن بی گناهی عایشه را تأیید کند تردیدی وجود ندارد که عایشه بی گناه است.

(توضیح- آیات‌قرآن، که برای ثبوت بی‌گناهی عایشه نازل شد امروز در سوره بیست‌وچهارم قرآن‌موسوم‌به سوره(نور) است‌وازآیه دوازدهم تاآیه‌بیست‌وهفتم سوره مزبور میباشد - مترجم)

پس ازنزول‌آیات مزبورصدای منافقون خاموش شد ودیگرتاروزیکه رسول‌الله حیات داشت‌کسی جرأت نکردبهتان ناحق برعایشه بزند. تاروزیکه پیغمبرماحیات داشت من‌در خدمت اوبودم وبعدازرحلت رسول‌الله واردخدمت (عمر بن‌الخطـاب) شدم واومرا اسلحه‌دار خودکرد. بعد ازاینکه پیغمبرمارحلت نمود رابطه من بازنهای رسول‌الله ازجمله عایشه‌قطع شد وگاهی برحسب تصادف‌آنهارامیدیدم واین بوداطلاعی‌که من ازعایشه داشتم.

ملاقات باحسین بن علی علیه‌السلام

یکی از کسانیکه میتوانست راجع به (عایشه) بمن اطلاع بدهد حسین (ع) فرزند علی بن ابیطالب(ع) بود. من میدانستم که معاویه نسبت به‌حسین بن علی(علیه‌السلام) نظری خوب ندارد همچنان که نسبت به‌پدرش علی بن ابیطالب(ع) نظری خوب نداشت. معهذا لازم میدانستم که نزدحسین(ع) بروم وازاو، راجع به‌عایشه تحقیق کنم. بااینکه معاویه نسبت به حسین بن علی (ع) نظری خوب ندارد من برای وی قائل باحترام هستم برای اینکه حسین(ع) دارای خصائلی است که هرکس وی‌را بشناسد لازم میداند که احترامش‌را رعایت نماید.

حسین بن علی(ع) مردی است دانشمند وبااراده ودارای قیافه‌ای بااحتشام وشجاعت‌را ازپدربارث برده وبااینکه مردی دلیرمیباشد وقتی‌یك نفربراو واردمیشود تبسم مینماید وبا نرمی‌صحبت میکند. همسرحسین بن علی (ع) یك‌شاهزاده خانم ایرانی‌باسم (شهربانو) دختر یزدگردسوم است وخودحسین(ع) نوه دختری پیغمبرماميباشد زیرا فـرزند(فاطمه زهرا) (علیهاسلام) است. حسین بن علی(ع) ازسرداران جنگ‌آزموده اسلام میباشدزیرا بعدازاینکه بسن رشد رسید دربعضی‌ازجنگ‌های پدرش ازجمله جنگ‌هـای عراق شرکت‌کرد وفنون و رسوم جنگ راآموخت.

حسین بن علی(ع) بعد از رحلت پدرش بامعاویه‌بیعت نکرد واورا برای خلافت صالح ندانست. برادربزرگ‌حسین‌موسوم به‌حسن(علیه‌السلام)مصلحت‌رادرآن دیدکه‌ازجنگ‌بامعاویه خودداری‌کند. بعد از اینکه معاویه ازبابت حسن(ع) برادربزرگ حسین‌آسوده خاطر شد خیلی‌کوشیدکه حسین(ع) راباخودموافق‌کند وچندنفررابعنوان واسطه نزداوفرستاد وگفت هرقدرکه پول بخواهد باومیدهد مشروط براینکه حسین(ع) باوی‌بیعت نماید وخلافت‌اورا برسمیت بشناسد. اما حسین(ع) پیشنهادهای معاویه را ردکرد.من‌اطلاع دارم‌که حسین(ع) درعراق وهمچنین درقسمتی ازکشورایران خیلی محبوبیت دارد.کشورهائیکه حسین(ع) در آن‌محبوبیت داردهمـان ممالك است‌که بعدازاینکه پدرش علی (علیه‌السلام) مرکز خودرا

برای مدتی کوتاه از مدینه بعراق منتقل کرد ، تحت نظارت مستقیم علی بن ابیطالب (ع) اداره میشد.

من تصور میکنم که یکی از علل محبوبیت حسین (ع) در کشور ایران این میباشد که همسرش یك شاهزاده خانم بزرگ ایرانی و بروایتی یگانه وارث تاج وتخت ایران است و بطوری که میگویند از خانواده سلطنتی ساسانیان، جز (شهربانو) همسر حسین(ع) کسی وارث مستقیم تاج وتخت ایران نیست. از روی شایعه بمن گفته بودند که بین شاهزاده خانم (شهربانو) ورؤسای عشایر مغرب ومرکز ایران، رابطه وجود دارد و باز بر طبق شایعه منظور از ایجاد روابط مزبور این است که حسین بن علی(ع) از حجاز منتقل بایران شود وایرانیها حاضرند که اورا امام مسلمین بدانند. بدیهی است که وقتی این شایعه بمن میرسد من درصدد برمیآیم که بدانم آیا صحت دارد یا نه؟ ولی نتوانستم بفهمم که (شهربانو) بچه وسیله بارؤسای عشایر ایران مربوط میشود و کسانی را که بین ایران وحجاز رفت وآمد میکنند نشناختم. چون من درخدمت معاویه بود بیم داشتم که حسین(ع) مرا نپذیرد ولی بعد از اینکه درخواست کردم که بحضورش برسم درخواست مرا پذیرفت و بغلامی که حامل پیام من بود گفت بمولای خود بگو بیاید.

من بسوی خانه حسین(ع) رفتم ومثل همیشه اورا باوقار وبااحتشام دیدم. چون هوا گرم بود بعد از اینکه نشستم برای من شربت انگبین آوردند وچند جرعه نوشیدم وحسین(ع) تبسم کنان گفت یا (ابن ارطاة) گویا آمده ای که پیشنهادی از جانب معاویه بمن بدهی. من که میدانستم معاویه بدفعات نزد حسین(ع) واسطه فرستاده گفتم نه یا ابن رسول الله ومن از طرف خلیفه برای تو پیشنهادی نیاورده ام بلکه آمده ام راجع بموضوع دیگر باتو صحبت کنم.

حسین(ع) پرسید آن موضوع چیست؟ گفتم یا ابن رسول الله من میخواهم راجع به عایشه باتو صحبت کنم . حسین (ع) پرسید آیا منظور تو عایشه (ام المؤمنین) است. گفتم بلی یا ابن رسول الله. حسین(ع) که تا آن لحظه برای میهمان نوازی تبسم میکرد لحظه ای به فکر فرو رفت و گفت یا (ابن ارطاة) برای چه میخواهی راجع به (عایشه ام المؤمنین) بامن صحبت کنی؟

گفتم یا ابن رسول الله من میخواهم از تو در خصوص عایشه اطلاعاتی کسب نمایم. حسین (ع) پرسید حرف تو باعث حیرت من میشود زیرا نمیدانم بچه مناسبت قصد داری که بحث (عایشه ام المؤمنین) را پیش بکشی وچرا میخواهی از من راجع به (ام المؤمنین) تحقیق کنی ؟ گفتم یا ابن رسول الله تو مردی نیستی که بتوان بتو دروغ گفت ومن حقیقت را بتو میگویم.

چندی است که (عایشه) علیه خلیفه مبادرت به توطئه میکند وخلیفه از توطئه های او بخصوص در اینموقع که قصد دارد به (بیزان تیوم) حمله ور شود مشوش است.

(توضیح ـ (بیزان‌تیوم) همان شهر معروف (بیزانس) میباشد که بعد موسوم به (قسطنطنیه) شد و امروز به اسم (استانبول) خوانده میشود ـ مترجم).

خلیفه چون قصد دارد برای جنگ به (بیزان تیوم) برود میخواهد اطمینان حاصل کند که بعد از رفتن او کشورهای اسلامی دوچار هرج و مرج نخواهد شد. لذا میخواهد خیال خود را از جانب (عایشه) آسوده کند و مرا مأمور کرده که در خصوص آن زن تحقیق کنم و سوابق او را کشف نمایم و بدانم در گذشته چه میکرده، و وارد چه دسته‌بندی‌ها شده‌است. من میدانم که در دورهٔ حیات پدرت علی (علیه‌السلام) بین عایشه و پدر تو، تصادم‌هائی روداد و تو از آن تصادم‌ها خبر داری و میتوانی اطلاعاتی مفید در دسترس من بگذاری.

حسین گفت یا (ابن ارطاة) قسمت اول کلام تو مربوط باین بود که معاویه چون میخواهد برای جنگ بسفر برود، میل دارد که از وضع کشورهای اسلامی آسوده خاطر باشد تا اینکه بعد از رفتن او ممالك اسلامی دوچار هرج و مرج نشود در صورتی که هم اکنون کشورهای اسلامی دوچار هرج و مرج است و این هرج و مرج را معاویه بوجود آورده چون اگر او بناحق خود را خلیفه مسلمین نمیخواند کشورهای اسلامی دوچار هرج و مرج نمیشد.

تو که از نزدیکان معاویه هستی میدانی که او بیت‌المال اسلام را صرف تهیه وسائل راحتی و عیش خود میکند و قصرهای بزرگ میسازد و کرورها دینار از وجوه بیت‌المال را بعنوان مستمری بدوستان و خویشاوندان خود بذل میکند. در صورتیکه یك پشیز از وجوه بیت المال بمصرف فقرا نمیرسد و در حالی که کرورها از وجوه بیت‌المال از طرف معاویه بمصرف بوالهوسی‌های او میرسد در بلاد حجاز، فقرای مسلمین گرسنه میمانند و هیچ کس در فکر نگاه‌داری ایتام مسلمانها نیست و یتیمان اسلام بر اثر گرسنگی و نداشتن سرپرست تلف میشوند و هیچ کس به ابن‌السبیل کمك نمینماید.

(توضیح ـ ابن‌السبیل مسافر مسلمانی است که هزینه سفر ندارد و نمیتواند خود را بوطن برساند و باید از محل بیت المال باو خرج سفر داد تا خود را بوطن برساند ـ مترجم).

ای پسر (ارطاة) آیا تو دیده‌ای که معاویه برای یك یتیم، قیم و مستمری تعیین کند و آیا تا امروز شنیده‌ای که بیك ابن‌السبیل خرج سفر بدهد. این مرد که بناحق دعوی خلافت مینماید بی‌محابا دست بخون بیگناهان میآلاید و هر کس را که مزاحم حکومت خود بداند بدست جلاد مقتول میکند یا مسموم مینماید. ظلم معاویه و عمال او سبب گردیده که سال بسال شکوه و ثروت معاویه و عمالش زیادتر میگردد و در عوض مسلمین فقیرتر از سال قبل میشوند.

گفتم یا ابن رسول‌الله اگر تو ذریه پیغمبر نبودی و احترامت بر من واجب نمیبود بتو میگفتم که از این حرفها در حضور من نزن. چون من هم یکی از عمال خلیفه هستم و نمیتوانم بشنوم که در حضور من از وی تکذیب کنند. ولی چون تو ذریه پیغمبر هستی از تو التماس میکنم که مرا از

شنیدن این‌صحبت‌هامعاف کن. حسین(علیه‌السلام) گفت بسیارخوب‌ای (پسرارطاة) ومن‌دیگر راجع به‌معاویه‌صحبت‌نمیکنم مگراینکه توخودسئوالی‌راجع‌باو ازمن‌بکنی.

گفتم‌یاابن‌رسول‌الله اینك میخواهم‌که‌راجع به‌عایشه ازتوپرسش‌کنم و آیاتو باعایشه آشنائی‌داری واورا میبینی‌یانه؟ حسین(ع) گفت‌مدتی‌است که‌من(ام‌المؤمنین)راندیده‌ام ولی‌با اوآشنائی‌دارم. تاوقتی که‌مادرم فاطمه‌زهرا(سلام‌الله‌علیها)زنده‌بود برادرم حسن ومرا بخانه جدمان رسول‌الله میبرد ومن درآنجا (عایشه)ام‌المؤمنین را میدیدم . گاهی هم پدرمان علی‌المرتضی(ع) مارا بخانه جدمان رسول‌الله میبرد تااینکه پیغمبرمارا ببیند ومن‌درآنجا (ام‌المؤمنین)رامیدیدم ولی‌حس‌میکردم که‌نسبت‌بما نیك‌بین‌نیست. گفتم یاابن‌رسول‌الله آیاپدر شمامیدانست که‌عایشه‌نسبت‌بشما نیك‌بین‌نمیباشد. حسین(ع) گفت‌بلی‌ای‌پسر(ارطاة) وپدرمان‌از این‌موضوع اطلاع‌داشت‌ولی میگفت که‌چون‌عایشه‌همسررسول‌الله و(ام‌المؤمنین) است‌احترامش برتمام مسلمین بالاخص برماکه از خویشاوندان نزدیك‌پیغمبر هستیم واجب میباشد . گفتم یاابن‌رسول‌الله شنیده‌ام که‌بعداز اینکه‌پدرت بخلافت‌رسید عایشه‌خیلی با اومخالفت‌کرد وآیا این‌موضوع‌واقعیت‌داشته‌است ؟ حسین(ع) گفت آری‌اینموضوع واقعیت‌دارد وتمام‌مسلمین از این‌مسئله‌اطلاع‌دارند .

گفتم‌یاابن‌رسول‌الله‌علت مخالفت(عایشه) باپدرت‌چه‌بود؟ حسین(ع) گفت(ام‌المؤمنین) ازقدیم، نسبت‌بپدر ومادرم‌ومانیك‌بین‌نبود تااینکه‌عثمان‌را درسن هشتادسالگی‌بقتل رسانیدند وبعداز او، ازپدرم‌درخواست‌کردند که‌خلیفه مسلمین شود وباوی‌بیعت‌کردند .

دوتن‌ازکسانی‌که باپدرم بیعت نمودند وخیلی‌بوی‌اخلاص داشتندباسم(طلحه)و(زبیر) خوانده میشدند. گفتم یاابن رسول‌الله من‌اسم‌این دونفر راشنیده‌ام وبگوشم رسیده‌که‌آنهااز مهاجرین‌بشمار میآمدند وازکسانی بودندکه در صدراسلام ازمکه بمدینه مهاجرت‌کردند ، حسین (ع) گفت (طلحه) و(زبیر) مال دوست بودند و جاه طلب وبعداز اینکه باپدرم بیعت کردندانتظار داشتندکه ازطرف پدرم مشاغل بزرك به‌آنها واگذارشود یااینکه‌ازبیت‌المال استفاده نمایند ومستمری دریافت‌کنند. پدرمن صلاح ندانست‌که بآن دونفرمشاغل‌بزرك‌بدهد و در مصرف بیت‌المال بقدری دقیق بودکه اجازه نمیداد یك درهم ازبیت‌المال بافرادی‌که مستحق نیستند برسد.

آن دونفرچندی‌صبر کردندوامیدوار بودندکه پدرم روش خودرانسبت‌به‌آنهاتغییر بدهد ولی‌بعدازاینکه دیدندروش‌پدرم‌علیه‌آنهاتغییر نکردنزد(عایشه‌ام‌المؤمنین)رفتند وباو گفتندکه بایدکاری کردکه پدرم برکنارشود.

گفتم‌یاابن‌رسول‌الله، آیا موقعی‌که مردم‌ازپدرت درخواست‌کردندکه خلیفه شودعایشه با خلافت پدرت موافق بود یامخالف. حسین (ع) گفت درآن موقع(عایشه‌ام‌المؤمنین) با

خلافت پدرم مخالفت نکرد. (طلحه) و(زبیر) میدانستند که اگر خود آنها بخواهند علیه پدرمن علم طغیان برافرازند، آن قدر نفوذ کلمه ندارند که بتوانند عده‌ای را اطراف خود جمع کنند. این بود که ازعایشه ام المؤمنین درخواست نمودند که جلو بیفتد و پیشوای طغیان علیه پدرم بشود و او هم پذیرفت.

گفتم یا ابن رسول‌الله من شنیده‌ام کسانی که علیه پدرت طغیان کردند در عراق مبادرت بمخالفت نمودند. حسین(ع) گفت همین طور است چون آنها متوجه شدند که در عربستان نمیتوانند علیه پدرم طغیان کنند زیرا کسی بدعوت آنها لبیك نمیگوید و در عراق هم فقط در یك منطقه توانستند که عده‌ای را اطراف خود جمع کنند و بیشتر از نفوذ (ام المؤمنین) استفاده کردند.

گفتم یاابن رسول‌الله کسانیکه میخواهند مبادرت به طغیان کنند بایددستاویزی داشته باشندتااینکه عده‌ای اطراف آن جمع شوند ودستاویز (عایشه) و(طلحه) و(زبیر) برای شورش علیه پدرتوچه بود؟ حسین(ع) گفت دستاویزآنهااین بود که شهرت دادند که پدر من عثمان را بقتل رسانیده درصورتیکه تهمت ناروا میزدند و پدرمن بزرگتر ازآن بود که یك پیرمرد هشتادساله رابقتل برساند. گفتم آری یاابن رسول‌الله و من شنیده‌ام که پدر تو از مردان بزرك بود ودر شجاعت وصراحت وجوانمردی وتقوی کم نظیر بشمار میآمد واز دانشمندان بزرك اسلام بوده وعقل قبول نمیکند که مردی چون علی بن ابیطالب(ع) پدرتو، پیرمردی چون عثمان رابقتل برساند.

حسین(ع) گفت بعد ازاینکه (طلحه) و(زبیر) درعراق، ازنفوذ (عایشه ام المؤمنین) استفاده کردند وعلیه پدرم علم طغیان بر افراشتند پدرم در صدد برنیامد که اقدامی بکند. چون طغیان آنها هنوز لطمه‌ای بمصالح اسلام نمیزد. ولی بعد از اینکه طغیان (ام المؤمنین) و (طلحه) و(زبیر) بشکلی درآمد که ممکن بود بمصالح اسلام لطمه‌های شدید وشاید غیرقابل جبران بزنند پدرم ناگزیر گردید که برای جلوگیری ازتوسعه طغیان اقدام نماید. گفتم که در خودعربستان، کسی باپدرم مخالفت نمیکرد. مخالفین در جنوب عراق گردآمده بودند و پدرم برای اینکه از توسعه طغیان جلوگیری نماید عازم عراق گردید. کسانیکه درجنوب عراق، مبادرت به طغیان کرده بودندبطوری که شیوع داشت میخواستند که سرزمین اسلام را تجزیه کنندویك حکومت جداگانه بوجودآورند.

گفتم یاابن رسول‌الله درآن موقع خلیفه کنونی معاویه درکجا بود؟ حسین (ع) گفت درآن موقع معاویه درشام بسرمیبرد وحکومت شام را داشت وگرچه اونیز باپدرم مخالفت میکرد ولی هنگامی که پدرم خواست برای جلوگیری از طغیان شورشیان بعراق برود

معاویه‌اقدامی‌نکرد. این گفته حسین (ع) مرا متوجه کردکه معاویه قدرت خود را از شام بدست آورد .

معاویه مدتی درشام (سوریه) حکومت کرد و درآنجا بااسلوب حکومت رومیها (یعنی رومیةالصغری که مرکزآن قسطنطنیه بود ـ مترجم) آشنا شد و همچنین بااسلوب حکومت بعضی ازملل فرنگی آشنا گردید وتصمیم گرفت که ازآن‌روش‌ها تقلید نماید.

یکی از چیزهائی که معاویه از رومیها تقلیدکرد این بودکه سازمانی بنام سازمان خفیه که‌من رئیس‌آن میباشم‌بوجود آورد تااینکه باسرارمردم پی ببرد واطلاعات‌پنهانی را کشف نماید وقبل‌ازمعاویه یك چنین سازمان دراسلام وجودنداشته‌است.

چون‌صحبت دریه رسول‌الله برای من خیلی‌اهمیت داشت گفتم که‌بعدچه شد؟ حسین(ع) گفت‌ای‌پسر(ارطاة) پدرمن نه بمال دنیا توجه داشت نه بمنافع‌شخص‌خود. اوفقط بیك‌چیز میاندیشید وآنهم مصالح اسلام‌بود، پدرم نمیتوانست قبول کندکه مشتی ازمسلمین که خود را مسلمان میدانند وسائل‌تجزیه‌اسلام‌رافراهم نمایند وکشورهائی‌راکه سربازان‌اسلام‌بافداکاری وشهید شدن ضمیمه اسلام‌کردند از سرزمین اسلامی جداکنند. پدرم وقتی وارد عراق شدبا استقبال مردم مواجه گردید وبزودی درخودعراق یك قشون بوجودآمدکه فرماندهی‌آن را پدرم‌برعهده گرفت وعده‌ای‌از ایرانیان که ساکن عراق‌بودندنیز درآن قشون سرباز شدند. بایدبگویم که ایرانیان نسبت بپدرم وسایرافرادخانواده ماعلاقه دارند. گفتم یاابن‌رسول‌الله من‌از این‌موضوع آگاه هستم و میدانم که ایرانیان دوستدارخانواده شمامیباشند.

حسین(ع) گفت چون کسانی که‌باپدرم درجنوب‌عراق مخالفت میکردند (ام‌المؤمنین) را رهبرخود میدانستند، پدرم‌باحترام رسول‌الله که (عایشه ام‌المؤمنین) همسرش بودبرای‌او پیغام فرستادکه بعربستان برگردد. تااینکه بین قشونی که تحت فرماندهی وی‌قرارگرفته وقشون پدرم تصادم بوجودنیاید. ولی (عایشه ام‌المؤمنین) پیشنهادپدرم رانپذیرفت و مصمم شدهمچنان درجنوب عراق بماند و فرماندهی قشونی راکه (طلحه) و(زبیر) از سرداران آن بودندبرعهده بگیرد. حتی یك روزقبل ازجنك موسوم به (جمل) پدرم باردیگر برای عایشه ام‌المؤمنین پیغام فرستادکه ازفرماندهی شورشیان دست بکشد وبه عربستان مراجعت نماید و اگر میل ندارد بعربستان برگرددبجای دیگربرود. لیکن عایشه‌آخرین‌پیشنهاد پدرم را نیز نپذیرفت.

شورشیان که حس‌کرده بودند در قبال محبوبیت و شخصیت پدرم‌تاب مقاومت ندارند میکوشیدندکه کسانی رابطرفداری از خود وادار بقیام‌کنند وبیش از همه امیدوار بودندکه معاویه درشام‌بکمك‌آنها قیام‌کند ویك قشون تشکیل بدهد وراه عراق راپیش بگیرد. پدرم متوجه بودکه اگرجنك باشورشیان رابتأخیر بیندازد ممکن است‌که در کشورهای اسلامی

بتحریك شورشیان، فتنه‌ها برپا شود ولذا تصمیم بجنك گرفت وجنگ موسوم به (جمل) نزدیك بصره در جنوب عراق در گرفت.

پدرم بااینکه در آن جنگ فرمانده بود، خود، مثل یك سرباز درجنگ شرکت کرد و میدانست که درراه خدا وحفظ وتقویت اسلام میجنگد. من چون فرزندپدرم هستم نمیخواهم بتوبگویم که پدرم چه اندازه شجاع بود ودرعین شجاعت، درجنك هرگزخشمگین نمیشد و هیچگاه ازروی غضب شمشیر نمیزد.

پدرم علی (علیه‌السلام) درجنگها خدا را در نظر داشت وبرای خدا و اسلام شمشیر میزد ومیدانست که اگر بخشم درآید، آنچه بازوی او را بحرکت درمیاوردخشم است نه توکل و ایمان به توحید. گفتم یاابن رسول‌الله شجاعت ومردانگی پدرت علی بن ابیطالب (ع) موضوعی نیست که کسی از آن آگاه نباشد.

گفتم یاابن‌رسول‌الله، نظریه توراجع به‌علت قتل‌عثمان چیست؟ حسین (ع) جواب‌داد نظریه‌من‌عین نظریه‌تمام‌مسلمین‌است که‌دردوره خلافت‌عثمان‌حیات‌داشتندودیدندکه وی‌چگونه امورکشورهای اسلامی را اداره میکرد وچگونه درتمام‌کشورهای اسلام عدم رضایت‌بوجود آمد. گفتم یاابن‌رسول‌الله منظور من‌این است که‌علت‌این‌عدم‌رضایت‌را بگوئی؟

(حسین) گفت بعد از اینکه عثمان خلیفه‌شد، تمام مشاغل بزرگ رادر کشورهای اسلامی بکسانی دادکه ازخانواده اویابنی‌امیه بودند. مشاغل درجه‌دوم راهم‌بین‌کسانی‌تقسیم کردکه جزو (قریش) بشمارمیآمدند ولی‌باخانواده او وبنی‌امیه قرابت‌دور داشتند. درنتیجه ممالك اسلامی تیول کسانی شدکه باخانواده عثمان و بنی‌امیه، خویشاوندی نزدیك یادور داشتند. اگر درکشورهای اسلامی، ازطرف‌حکامی که عثمان‌نصب‌کرده بود بمردم‌ظلم میشد ومردم بخلیفه‌شکایت میکردند، عثمان‌بشکایت‌آنها ترتیب‌اثر نمیداد برای اینکه حکام‌مزبور از خویشاوندان نزدیك یادور اوبشمار میآمدند.

گاهی ازکشورهای اسلامی‌دسته‌هائی‌ازمردم برای‌شکایت به‌حجاز میآمدند ونزدخلیفه میرفتند وازحاکم خود شکایت مینمودند ولی‌باز عثمان بشکایت آنها ترتیب‌اثر نمیداد. وقتی خلیفه‌بشکایات مردم، علیه‌حکامی که‌وی نصب‌کرده ترتیب‌اثر ندهدواضح‌است که‌حکام‌ظالم‌جری میشوند وبیشتر بمردم ستم‌روا میدارندوعدم رضایت‌مردم بیشتر میشود. مردم‌میگفتند چگونه میتوان قبول‌کردکه مردی‌چون علی بن ابیطالب (علیه‌السلام) باآن خدمات‌درخشان که‌باسلام کردوباداشتن شجاعت وعلم‌وتقوی خلیفه مسلمین‌نباشد ومردی‌چون‌عثمان خلیفه گردد. این را مردم‌میگفتند ومیخواستند که‌پدرم خلیفه مسلمین باشدو کشورهای‌اسلامی‌را اداره‌نماید. گفتم یاابن‌رسول‌الله آنچه من‌میدانم این است‌که بعد ازخلافت مردی‌چون (عمر بن الخطاب) خلافت‌مردی مانند عثمان عجیب بوده‌وهمان بهتر که پدرت خلیفه مسلمین‌میشد.

حسین(ع) گفت بعد از اینکه عدم رضایت مردم ازعثمان زیاد شدمسلمین به‌عثمان پیشنهاد کردند که‌ازخلافت کناره گیری نماید تااینکه بجای او پدرم زمام‌امور مسلمین‌را بدست‌بگیرد. لیکن عثمان حاضر نبودکه ازخلافت کناره گیری کندو مردم شوریدند واو را بطوری که شنیده‌ای کشتند. چون‌مسلمین‌درزمان حیات‌عثمان باوپیشنهاد میکردندکه‌ازخلافت کناره گیری کندتااینکه پدرم زمامدار مسلمین‌شود (طلحه) و (زبیر) و اطرافیان آنها که پیشوایشان (عایشه‌ام‌المؤمنین) بود چنین‌وانمودکردند که‌پدرمن محرك قتل عثمان‌بوده در صورتیکه نه‌پدرمن‌کسی‌را تحریك‌بقتل عثمان کرد ونه خوداورا به‌قتل‌رسانید.

گفتم یاابن‌رسول‌الله‌پدرتو شجاع‌تر و شرافتمندتر ازآن بودکه کسی‌را تحریك‌بقتل دیگری‌کندیاخود، دیگری‌رابقتل برساند. پدرتوفقط درمیدان‌جنك، آن‌هم مشروط براینکه دشمن‌مسلح‌بود ومیتوانست‌ازخود دفاع‌کندبخصم‌حمله‌میکرد واورا ازپادرمیآورد.

حسین(ع) گفت قبل‌از اینکه جنك (جمل) درپائیز سال‌سی‌وچهارم هجری در جنوب عراق‌نزدیك بصره دربگیرد. (ام‌المؤمنین‌عایشه) و(طلحه) و(زبیر) امیدواربودندکه معاویه حاکم‌شام، یك‌قشون‌از سوریه براه‌بیندازد وبسوی عراق بفرستدو بکمك‌شورشیان علیه پدرم واردجنك‌شود. معاویه بااینکه شفاهی‌ازشورشیان‌طرفداری‌میکرد نتوانست‌قشونی‌رابکمك‌آنها بفرستدبرای‌اینکه‌پدرم سراسرمرز سوریه‌وعراق‌راتحت‌نظارت داشت‌ومعاویه‌نمیتوانست‌قشون خودراازآن‌مرزبگذراندوواردعراق‌کند. این‌بودکه بفکرافتاد که‌قشون خود راازراه‌کنعان واردعراق‌نمایدولی‌چون خبرشکست شورشیان درجنك (جمل)باطلاع اورسیداز اعزام‌قشون منصرف گردید و سال بعد، که‌سال سی‌وپنجم هجرت بود در(صفین) باپدرم جنگید وچون متوجه شد که شکست میخورد بسربازان خود دستور داد که قرآن‌هارا برسرنیزه کنندو بلندنمایند وفریادبزنندکه آنچه‌نزد مامحترم میباشدکلام خداست لاغیرو آیاشما میخواهید باکلام خدابجنگید وسربازان‌پدر من‌وقتی قرآن‌ها رادیدند دست‌ازجنك‌کشیدند و گفتندکه ماعلیه‌قرآن‌شمشیر نمیزنیم وبدین‌وسیله معاویه‌خودرا ازشکست‌خوردن نجات‌داد. عمل‌معاویه درجنك‌صفین‌فقط‌نیرنگی بود برای اینکه‌سربازان پدرم‌را ازادامه‌جنك‌بازبدارد وگرنه‌خود او، درآن‌موقع‌باحکام قرآن‌عمل نمیکرد همچنان‌که امروزهم نمیکند.

گفتم یاابن‌رسول‌الله آیاراست است‌که در جنك (جمل) ام‌المؤمنین(عایشه)توانست‌یك اعجازبکند؟ حسین(ع) پرسید که آن واقعه چه بوده است؟ گفتم من‌شنیده‌ام‌که درآن‌جنك عایشه سواربرکجاوه‌ای که روی شتربود، درمیدان‌جنك حضوریافت وحتی‌دستورهائی برای ادامه‌جنك صادرمیکرد. بعدپدرتو، بایکی از مردان قشون او، خودرابه‌شتری که کجاوه (عایشه) رابرپشت آن‌بسته‌بودند رسانیدوبایك‌ضربت‌شمشیردودست‌شترراقطع‌کردوقسمت‌های پائین‌دستهای شتر، برزمین افتاد. اماشترسقوط نکرد وبااینکه دودست نداشت همچنان‌ایستاده

بود این موضوع را طرفداران عایشه اعجاز دانستند و گفتند بر اثر اعجاز (ام المؤمنین) شتر سقوط ننمود. اما مخالفین عایشه گفتند که وقتی دو دست شتر قطع شد، ابلیس دوشانه خود را زیر دو مقطع دست‌های بریده شتر گذاشت و ایستاد تا اینکه شتر سقوط نکند و مردم قائل شوند که عایشه اعجاز کرده است.

حسین(ع) گفت واقعه‌ای که برای شتر (ام المؤمنین) در جنگ (جمل) پیش آمد اولین واقعه از آن نوع نبوده است. قبل از آن واقعه اتفاق افتاد که در جنگ‌ها دو دست شتر قطع شده ولی شتر فوری بر زمین نیفتاده است. علتش این است که وقتی دستهای شتر قطع میشود آن جانور از فرط درد و ترس تا چندی خود را روی دو پا نگاه میدارد و بزمین نمی‌افتد. ولی بعد سقوط میکند چون نمیتواند مدتی طولانی خود را روی دو پا نگاه دارد. در جنگ (جمل) هم اینطور شد و ناقه (ام المؤمنین) ضربت دید و دو دستش قطع گردید ولی قبل از اینکه شتر سقوط کند پدرم دستور داد که باسرعت (ام المؤمنین) را از کجاوه خارج نمایند که بر اثر سقوط شتر آسیب نبیند.

گفتم یا بن رسول الله آنچه بمن گفتی جالب توجه بود و مرا آگاه کرد چون من تا امروز مثل سایرین تصور میکردم که قطع دستهای شتر حامل (عایشه) و نیفتادن آن شتر بر زمین یک واقعه خارق العاده بوده است. بعد پرسیدم نتیجه جنگ (حمل) چه شد؟ حسین(ع) گفت جنگ (جمل) در یک روز بپایان رسید و (طلحه) و (زبیر) و عده‌ای از طرفداران آنها کشته شدند و موضوع شورش آنها برای خونخواهی عثمان منتفی گردید.

در آن جنگ، (عایشه ام المؤمنین) بظاهر سردار قشون خصم بود و بعد از اینکه اسیر شد، میبایدباوی چون کنیز رفتار کرد لیکن پدرم باحترام این که (عایشه) همسر جدم رسول الله (ص) بود او را مانند یک میهمان عالیقدر مورد پذیرائی قرار داد و باو گفت هرجا که میل دارد میتواند برود.

آنهائی که در آن جنگ بطرفداری از (ام المؤمنین) و (طلحه) و (زبیر) با پدرم وسربازان او جنگیدند کسانی محسوب می‌شدند که بر امام عصر خروج نمودند و مجازات آنها اعدام یا غلامی بود. ولی پدرم همه را مورد بخشایش قرارداد و بآنها گفت منظور من این بود که هسته شورش از بین برود و اینک که آن هسته از بین رفته قصد ندارم که شما را بیازارم.

طوری جوانمردی پدرم در جنگ (جمل) نسبت به شکست‌خوردگان در آنها مؤثر واقع گردید که همه ازمریدان فدائی پدرم شدند و گفتند که حاضرند در راه وی جان را فدا نمایند و پدرم بآنها گفت یک مسلمان باید جان را در راه خدا فدا کند نه در راه من.

جزئیات شهادت علی بن ابیطالب علیه السلام

از زبان فرزندش حسین بن علی(ع)

من ازحسین(ع) پرسیدم: یابن‌رسول‌الله آیا (عایشه)در قتل‌پدرت دست‌داشته است؟ حسین(ع) گفت‌پدرم درزمان حیات‌بما که فرزندانش هستیم‌می گفت که (احترام‌عایشه برما لازم‌است‌و حساب‌او باخداست) .

(توضیح- این کلام‌در نهج البلاغه که‌میدانیم‌از آثار گوهر بار مولای‌متقیان‌علی‌علیه‌السلام می باشد آمده‌است - مترجم)

بنا بر این آنچه راجع به‌عایشه بگویم برسبیل‌حکایت‌است نه‌شکایت. (عایشه‌ام المؤمنین) بظاهردر قتل‌پدرمن دحالت‌نداشت. چون پدر مرایکی‌از خوارج‌باسم ابن‌ملجم‌بقتل‌رسانید. سه‌نفر ازخوارج تصمیم گرفتندکه دریك‌روز، سه‌تن‌رابقتل برسانند و به‌تصورخوداسلام‌را از سه‌نفر نجات بدهند. یکی ازآنها تصمیم گرفت‌که پدر مرا درکوفه بقتل‌برساند و دیگری مصمم شدکه معاویه‌را درشهر دمشق‌در شام‌مقتول کند. سومی هم‌عزم کرد که(عمروعاص)رادر مصرمقتول‌کند. آن‌سه‌نفریکی از روزهای ماه رمضان سال چهلم هجرت‌را‌برای قتل آن‌سه نفردرنظر گرفتند ویکی‌بطرف‌کوفه براه افتاد ودیگری بسوی‌شام‌و سومی عازم‌مصرشد.

درآن‌روزکه میبایدسه‌سوء قصد بعمل‌بیاید (عمروعاص) درمصر، از خانه خارج نشد وبرای خواندن نماز بمسجد نرفت‌برای اینکه مریض بودو نمی توانست عازم‌مسجد گردد. ولی معاویه در دمشق بمسجدرفت وشخصی که‌میخواست علیه‌او سوء قصد کندازعقب‌یك‌ضربت شمشیر برمعاویه زدو خواست که‌ضربتی‌دیگر براووارد آورداما‌نتوانست‌زیرامردم‌بوی‌حمله کردند و شمشیر را ازدستش گرفتند .

معاویه بعدازضربت شمشیر، نتوانست نماز بخواندواو را روی دست به‌خانه بردند و تحت مداواقرار دادند وچون‌زخم شمشیرشدیدنبود معالجه‌شد.شخصی که‌میخواست بپدر من سوء قصدکند، درمسجدکوفه،درحال‌نماز، هنگامی که پدرم بسجود رفته‌بود باشمشیر خود ضربتی شدید برفرق پدرم وارد آورد. طوری آن ضربت‌شدیدبود که پدرم نتوانست سر از سجده بردارد ولی ذکرسجده رابا‌تمام رسانیدو‌بعدازآن‌هم‌ذکر مزبوررا تکرار کردتااینکه

نمازش باطل نشود وجز بخداوند بچیزی توجه نداشته باشد. شاید اگر دیگری بجای پدرمن میبود، بعداز دریافت آن ضربت شدید نمازرا می‌شکست. ولی وقتی پدرم نمازرا شروع میکرد هیچ چیز نمی‌توانست او رااز توجه بخداوند بازبدارد ودرآن روز ضربت شمشیر(ابن ملجم)هم نتوانست توجه پدرم‌را ازخداوند بچیز دیگر معطوف کند. اماضربت طوری شدیدبود که نمی‌توانست سراز سجده بردارد و هرچندلحظه یکبار، ذکرسجده‌را باخلوص عقیده، وحضور قلب، که‌مخصوص پدرم بودتکرار مینمود ومی گفت سبحان ربی الاعلی وبحمده، فقط خدامیداند که‌درآن حال سجده پدرمن باچه توکل وایمان، حمدخدای لایزال رابجامیآورد.

وقتی بماخبردادندکه‌پدرم، درمسجدمضروب‌شده ماسراسیمه به‌سوی‌مسجددویدیم‌ووقتی واردمسجدشدیم‌دیدیم که‌محراب‌مسجدکوفه ازخونیکه ازفرق‌پدرم‌جاری‌بود رنگین‌شده‌است. خون‌ریزی زیادپدرم‌را ضعیف‌کرده بودمعهذا وقتی من‌خم‌شدم تااینکه‌کمك‌کنم وپدرم‌را از زمین‌بلندنمایم وبخانه‌ببریم شنیدم که‌پدرم هنوزآهسته‌مشغول‌ذکر سجده‌میباشد. ماپدرمان‌را ازمسجدبخانه‌بردیم‌وجراح‌را آوردیم تااینکه‌زخمهارا ببندد. جراح‌زخم‌را مرهم‌زد وبست و ماازاوپرسیدیم‌که آیاپدرمان معالجه‌خواهدشدیانه؟ جراح‌گفت‌خطراینگونه زخمها تاچهار روز وحداکثرپنج‌روز است و اگر تاپنج روز مضروب، زندگی را بدرود نگوید، معالجه خواهد شد.

بعد ازاینکه‌زخم‌پدرمان بسته‌شد تبی‌شدیدبراوچیره گردید ولی‌حتی‌درحال‌تب، ازحمد خداوند فارغ نبودومیگفت خدایا تومیدانی‌که علی ازمرگ‌بیم ندارد ولی ازاین‌بیم داردکه مبادا وظیفه‌بندگی تورا آنطورکه باید بانجام‌نرسانیده‌باشد. روزدوم، تب‌پدرمان همچنان شدیدبود وباخدانیازمیکردومیگفت خدایاتومیدانی‌که علی،هرگزازروی عمد درعبودیت تو قصورنکرده وپیوسته سعی‌مینموده وظائف بندگی‌رابانجام برساند ولی‌ممکن است‌که ازروی سهودرانجام وظائف‌بندگی‌قصورکرده باشد وازتوالتماس میکندکه براوببخشائی.

خدایا اگرتومقررمیداری‌که مراعذاب‌کنند، من عذاب تورابجان خریدارم ولی مهرخودرا ازمن مگیر. جسم وروح علی برای پذیرفتن عذاب‌تو، آماده‌است ولی نمیتواند موردبیمهری توقراربگیرد ومرادرآتش بسوزان ولی‌محبت خودرا ازمن دریغ منما، خدایا دشمنان اسلام‌را به‌راه راست هدایت‌کن وبه‌خوارج توفیق بده‌که بتوانند احکام توراکه در قرآن‌آمده ادراك‌کنند.

وقتی صحبت حسین‌بن‌علی (علیه‌السلام) باینجارسید گفتم یا بن رسول‌الله من‌نفهمیدم‌که خوارج چه میگفتند؟ آنها اگرفقط باعلی(ع) مخالفت میکردند من میتوانستم تصورکنم‌که طرفدار (معاویه) هستند. ولی‌بطوریکه توخوداکنون گفتی‌آنها میخواستندهم پدرت‌را به‌قتل

برسانند وهم معاویه‌را. حسین(ع) گفت خوارج کسانی بودندوهستندکه نمیتوانستند ونمیتوانند معانی‌تمام‌آیات قرآن‌را بدرستی ادراك کنند.

ادراك معانی‌تمام‌آیات قرآن‌محتاج علم وفهم است. آن‌قسمت‌ازآیات‌قرآن که مربوط باحکام صریح دین میباشد روشن است وهمه آنرا میفهمند. ولی‌آن‌قسمت ازآیات قرآن‌که مربوط است بحکمت‌الهی‌درخورفهم همه نیست وفقط امام برحق ودانشمندان‌اسلام معانی‌آن آیات را ادراك مینمایند وعامه مردم نمیتوانند بفهمندکه معانی واقعی‌آن‌آیات‌چیست واگر کسی فقط معنای ظاهری‌آن‌آیات‌را مورد توجه قراربدهد دچاراشتباه میشود وخوارج فقط بمعنای ظاهری‌آیات قرآن توجه دارند ولاجرم مشتبه شده‌اند ومیشوند.

درقرآن‌آیاتی‌هست مبنی براینکه خداوند عالم وقادرمطلق است واختیار همه چیز و همه‌کس دردست اوست وهرچه اومیخواهد همان خواهدشد. درقرآن‌آیات دیگرهست مشعر براینکه خداوند خواهان رستگاری بندگان خود میباشد وخوارج میگویند چون خداوند دانا وتوانای مطلق است وهرچه بخواهدهمان خواهدشد لذاهیچکس ازخوداختیاری‌ندارد وازطرف دیگرچون خداوند خواهان رستگاری بندگان خود میباشد واراده‌ٔ خداوند بطور حتم واردمرحله اجراخواهدشدوانسان‌هم‌ازخودقدرت واراده‌ای نداردلذایك‌مسلمان‌چه‌ثواب کند چه‌گناه به‌بهشت خواهدرفت.

خوارج نمیتوانند ادراك‌کنندکه‌آن قسمت ازآیات قرآن مشعربراینکه خداوند دانا وتوانای مطلق است وهمه چیزمطیع اراده‌ٔ اومیباشد مربوط است بحکمت الهی. خداوند میخواهد بگویدکه اوآفریدگاروحافظ دنیااست وتاجهان‌باقی‌است جوهرهستی دردنیا مطیع اراده خداوندمیباشدولی‌این گفته دلیل برآن‌نمیشودکه إنسان درزندگی‌خودهیچ‌نوع‌اختیار واراده نداشته‌باشد.

دریك‌قشون تمام سربازان مطیع‌فرمانده قشون هستند وازدستورهای وی‌اطاعت‌میکنند ولی هرسربازدرزندگی خود دارای استقلال است وبمناسبت دارابودن استقلال در زندگی فردی، مسئولیت دارد واگرتخلفی‌کند موردبازخواست قرارمیگیرد. لذا بااینکه خداوند همه‌چیزرا بوجودآورده وانسان ازمخلوقات اوست، هرکس درزندگی خود دارای استقلال میباشدو اگرگناه‌کردکیفر میبیند واگر مبادرت به‌ثواب نمود پاداش دریافت میکند. اگرخداوند انسان‌را در زندگی خصوصی مستقل نمیدید در قرآن، برای او تکالیف تعیین نمینمود ونمیگفت‌که اگر بآن تکالیف عمل‌کند به‌بهشت میرود واگرعمل ننماید دچارعذاب خواهد گردید.

همچنین خوارج ازآن‌قسمت ازآیات قرآن‌که مربوط است باینکه خداوند خواهان رستگاری بندگان خودمیباشد نتیجه‌ای میگیرندکه غیرازمنظورخداوند است. آنها میگویند

چون اراده خداوند اجرامیشود، بندگان خدا، رستگارخواهند شد چه‌اهل‌ثواب باشندچه‌اهل گناه. درصورتیکه منظور خداوند این است که میل دارد بندگان او استنباط کنندکه صلاح آنها پیروی از احکام دین است وکسانیکه براثر وسوسه نفس، یاتنبلی، احکام دین‌را مهمل میگذارند اصلاح‌شوند. تمایل خداوند درآن آیات اراده برای‌اجرای‌مشیت خداوندنیست بلکه ابرازمحبت است نسبت به‌بندگان.

این‌هارا خوارج نمیفهمند وتصورمیکنندکه هرنوع تکلیفی ازآنهاساقط است وثواب وگناه درنظرخداوندیکی‌است ونیکی وبدی‌هم مساوی میباشد ویك‌بنده خدا، درجهان، هرچه بکند بعدازمرگ به‌بهشت خواهد رفت. خوارج نمیخواهند بفهمندکه اگر منظور خداوند این‌بود درآیات قرآن برای مسلمین، تکالیف تعیین نمیکرد.

گفتم یابن‌رسول‌الله اینکه خوارج میگویند ومیخواهندا گرواردمرحله عمل‌شود ریشه اسلام خشك خواهد شد. حسین (ع) گفت هیچ قوم نمیتواند بااین مذهب‌که خوارج بدعت گذاشته‌اند باقی بماند واین‌عقیده، درهرقوم‌که اجراشود سبب فنای‌آن خواهد گردید.

آنگاه حسین بن علی(ع) راجع به‌پدرش صحبت‌کرد وگفت درشب سوم ، تب پدرم شدیدترشد وگاهی ازدهان اوآب‌آلوده بخون خارج‌میگردید. بااینکه حرارت‌تب، پدرم را بسیاررنج میداد. باخدا حرف میزد ودر آن‌شب بیادضارب (ابن ملجم) افتاد وسپردکه بااو مطابق روش دین رفتارکنند ومبادا وی‌را مورد آزار قرار دهند. درپایان شب پدرم‌که از درد وتب نـاله میکرد نـاله‌کنان گفت ای‌عزیزانی‌که از علی وداع‌کردید وقبل از من از این دنیا رفتید... یارسول‌الله ... یـازهرا... مدتی من از دیدار شما محروم بودم واینك بدیدارتان میآیم.

پرسیدم یابن‌رسول‌الله بعدازاینکه‌پدرت مضروب گردید چه‌کسانی‌برای عیادت‌بدیدارش آمدند؟ حسین(ع) گفت عده‌ای ازمشایخ کوفه وعده‌ای از رؤسای قبایل اطراف شهربرای عیادت نزدپدرم‌آمدند ولی ایرانیان بیش‌ازهمه نسبت به‌پدرم ابرازاخلاص میکردند، وساعت بساعت، ازما، جویای حال پدرم میشدند. درروز دوم‌هم پدرم ایرانیانی‌راکه دربیت‌المال‌کار میکردندا‌حضارنمود وراجع به‌حساب بیت‌المال بآنهادستورهائی‌داد.

پرسیدم که‌ایرانیان‌دربیت‌المال چه‌میکردند؟ حسین(ع) گفت آنهاحسابدار وتحویلدار بودند وپدرم میگفت‌که ایرانیان حتی‌قبل‌ازاینکه‌مسلمان شوند مردمی‌درستکاربشمارمیآمدند ودرامانت خیانت نمیکردندوحسابشان‌درست‌بود. بعدازاینکه خبرمضروب شدن پدرم‌بایران رسید عده‌ای ازایرانیان برای عیادت‌ووقوف برحال پدرم ازایران براه افتادندکه خود را بعراق‌برسانند ولی‌موفق بدیدارپدرم نشدند وقبل از اینکه بعراق برسند پدرم دنیارا وداع گفته بود.

درآن‌شب که گفتم حال پدرم شدیدترشد تاساعتی که‌این‌جهان‌رابدرود گفت چندباراین آیه ازقرآن‌را برزبان‌آورد (تبارك اسم ربك ذی‌الجلال والاکرام) وتاآخرین‌لحظه‌که روح پاکش ازکالبد بدن پروازکرد ازذکرنام خداوند وحمدوتسبیح اوفارغ نبود.

درآن‌موقع‌حسین‌بن‌علی(ع) چون بیادرحلت پدرش افتادمتأثر گردید وسکوت کرد. من سکوت اورامحترم شمردم وحرف نزدم تااینکه خود وی بسخن درآمد وگفت ای پسر (ارطاة)توازمن پرسیدی که آیا(عایشه ام‌المؤمنین) درقتل پدرم دست داشته‌است یانه؟ من‌بتو جواب دادم‌که قاتل پدرمن‌یکی‌ازخوارج بودولذا (ام‌المؤمنین)بظاهردرقتل پدرمن‌دخالت نداشته‌است.

گفتم یابن‌رسول‌الله گاهی اتفاق میافتدکه یك‌نفربظاهردرکاری مداخله ندارد وممکن استعده‌ای‌ازافرادموثق‌شهادت‌بدهند‌که‌وی‌درآن‌کاربدون‌مداخله بوده‌است. ولی‌آن‌شخص‌بطور پنهانی درکارمداخله میکرده وکسی‌نتوانسته دخالت وی‌راببیند وآیاتصورنمیکنی که(عایشه) درخفی خوارج‌راتحریك به‌قتل پدرت میکرده‌است؟ حسین(ع) گفت من‌ازاین‌موضوع اطلاع ندارم ونمیتوانم درامری‌که راجع به‌آن بی‌اطلاع هستم اظهارنظرکنم.ولی میدانم که‌عایشه باخوارج بی‌ارتباط نبودودرزمان خلافت‌پدرم شخصی‌این موضوع‌راباپدرم دربین گذاشت و گفت‌چون(عایشه‌ام‌المؤمنین)باخوارج‌رابطه دارد بهتراست‌که پدرم‌مستمری‌او راقطع کند.

مقصود آنمرد دوازده‌هزار درهم مستمری(عایشه‌ام‌المؤمنین) بودکه درزمان حیات پدرم‌از محل‌بیت‌المال‌باو پرداخته میشد همچنانکه‌سایر همسران رسول‌الله نیز ازبیت‌المال مستمری دریافت میکردند. ولی‌پدرم پیشنهادآن مردرا نپذیرفت‌وگفت که‌همسران‌رسول‌الله محترم‌هستند ومن مقرری آن‌هارا قطع‌نخواهم‌کردولو دشمن من‌باشند.

پرسیدم یابن‌رسول‌الله آیا (عایشه) درووقایع مصردرزمان حیات پدرت دخالت داشته استیانه؟ حسین(ع) گفت‌دراین‌خصوص‌هم (عایشه‌ام‌المؤمنین)دخالت‌مستقیم‌نداشته‌ولی‌بپدرم اطلاع دادندکه (ام‌المؤمنین) به معاویه توصیه‌کرده بودکه قشون به مصر بفرستد. شاید معاویه قبل ازدریافت توصیه (ام‌المؤمنین) قصدداشته‌است‌که قشون بمصر بفرستدو توصیه‌او، عزم وی‌راجزم‌کرد وقشون فرستاد.

گفتم یابن‌رسول‌الله من‌میل دارم‌که درخصوص وقایع مصر، ازتوکه پیوسته باپدرت بود اطلاعی بهتر بدست بیاورم. چون اطلاعاتی‌که من راجع بوقایع مصردارم افواهی‌است درصورتی‌که اطلاعات توصحیح است زیرا تمام اخبار صحیح باطلاع پدرت که خلیفه بود میرسید وتواز آن‌ها مطلع میشدی.

حسین(ع) گفت ای‌پسر (اطارة) بعد ازاینکه پدرم، بعد ازمرك (عثمان) برحسب تقاضای مردم موافقت کزدکه زمامدار مسلمین شودیك مرد درستکار و باتقوی موسوم بـه

(محمدبن ابوبکر) را حاکم مصر کرد. گفتم یابن رسول‌الله آیا منظور تو فرزند (ابوبکر) معروف میباشد. حسین (ع) گفت هم اورا میگویم. توای (ابن اطارة) ازمن درخواست کردی که راجع به معاویه چیزی نگویم ومن بتو گفتم راجع باو چیزی نخواهم گفت مگر این که خودتو از من پرسش کنی. اینك چون راجع بوقایع مصر ازمن کسب اطلاع مینمائی ناگزیر، باز اسم معاویه در بین میآید ومن باید بگویم که معاویه درمصر، مرتکب دوجنایت بزرك شدکه یکی از آنها قتل (محمدبن ابوبکر) بود.

توچون دوره جدمن رسول‌الله رادرصدراسلام ادراك نکرده‌ای نمیدانی که (ابوبکر) نزد جدمن مقرب بود برای اینکه خیلی باسلام خدمت کرد وپدرم علی (ع) تاروزی که زنده بود نام (ابوبکر) را به نیکی یاد مینمود. (محمدبن ابوبکر) که وفاداری نسبت باسلام رااز پدرش بارث برده بود ومردی درستکار بشمار میآمد کشور مصررا بخوبی اداره میکردودرآمد بیت‌المال را درمصر، بمصرف واقعی آن میرسانید و مازاد آن را نزد پدرم ،بفرستاد تا اینکه در مرکز بیت‌المال‌مسلمین نگاه‌داری شود.

درمصر هیچ‌کس ازروش حکومت (محمدبن ابوبکر) شاکی نبودو چون والی عادل و بی‌طمع برمصر حکومت میکرد مردم درآن کشور باسودگی میزیستند. (معاویه) که درزمان پدرم دعوی خلافت میکردو حاکم شام بود شاید میخواست که مصررا بتصرف درآوردتااینکه بتواند ازراه تصرف مصر، وضع خودرا محکم نماید. اومیدانست که در حجازکسی جانب پدرم را رها نمیکند تااینکه جانب اورا بگیردو درمکه ومدینه مردم طرفدارپدرمن هستندو لذا برای تقویت خودعزم تصرف مصررا کرد.

وقتی بپدرم اطلاع دادندکه (عایشه ام‌المؤمنین) بمعاویه توصیه کرده که بمصرحمله‌ور شود ازشنیدن آن خبر حیرت کردو گفت (ام‌المومنین) لابدمیداند که برادرش (محمدبن ابوبکر) حکمران مصر میباشد وچگونه رضایت میدهدکه معاویه ببرادرش حمله نماید؟ پدرمن درصدد تحقیق برآمد تا بداند شخصی که بگوش خود توصیه (ام‌المؤمنین) را دایر برلزوم حمله معاویه بمصر شنیده کیست، ولی کسی پیدا نشد بگوید باگوش خودشنیده که (ام‌المؤمنین) معاویه را تحریص بحمله بمصر کرده است.

پرسیدم یابن رسول‌الله وقتی معاویه تصمیم گرفت بمصر قشون بکشدو آن کشور را ازدست حکمرانی که پدرت نصب کرده بود بگیرد آیاپدرت مطلع گردید یانه؟ حسین (ع) گفت بلی پدرم مطلع گردید وبیدرنگ یکی ازسرداران برجسته خود موسوم به (مالك اشتر) را مأمور کردکه بمصر برود وبه (محمدبن ابوبکر) برای راندن قشون معاویه کمك نماید ولی قشون معاویه زودتر بمصر رسیدبرای اینکه قسمتی ازآن از راه دریا عازم مصر شدوقسمتی دیگر ازراه خشکی یعنی ازراه کنعان وارض سینا.

بعد حسین(ع) گفت ای‌پسر(ارطاة) آیاتو میدانی که‌مصر درکجا قرار گرفته است . گفتم بلی یا بن‌رسول‌الله ومصردر مغرب دریای قلزم است. حسین(ع) پرسید آیامیدانی‌یك قشون برای‌اینکه ازراه خشکی ازحجاز بمصر برود ازکجا بایدبگذرد؟ گفتم یا بن‌رسول‌الله بدیهی‌است که‌آن قشون باید از ارض‌سینا عبورنماید. حسین(ع) گفت قشونی که‌پدرم برای کمك به(محمدبن‌ابوبکر) به‌مصرفرستاد واردارض‌سینا شد وازآنجا راه‌مصررا پیش گرفت. فرمانده این‌قشون (مالك‌اشتر) بودوتصور میکنم تونامش‌را شنیده‌ای.

من باقدری‌احتیاط گفتم یاابن‌رسول‌الله من اسم این مردراشنیده‌ام. حسین(ع) گفت آیامیدانی که قاتل اوکه‌بود؟ گفتم نه ای‌فرزندپیغمبر. حسین(ع) گفت معاویه‌درمصرمرتکب دوجنایت بزرك‌شدکه یکی‌ازآن‌دورا گفتم.

جنایت دیگر معاویه اینکه (مالك‌اشتر) را بقتل رسانید ولی‌نه درمیدان جنك، بلکه بوسیله زهر، بدشت حاکم شهرقلزم. معاویه ازلیاقت وارزش جنگی (مالك‌اشتر)اطلاع‌داشت و میدانست که اگرآن مرد، درکشورمصر، فرماندهی جنك‌را برعهده بگیرد (عمروعاص) که فرمانده قشون معاویه بود نخواهد توانست که‌از عهده (مالك‌اشتر) برآید. لذا موافقت حاکم (قلزم) را جلب کرد تـااینکه (مالك‌اشتر) سردار دلیـر پدرم را مسموم کند و او هم مالك را مسموم کرد و بدین ترتیب قشون پدرم ازداشتن سرداری‌چون (مالك‌اشتر) محروم گردید.

بایداینرا بگویم که جنایت مسموم‌کردن (مالك‌اشتر) قبل‌ازکشتن (محمدبن ابوبکر) بعمل‌آمد ومیتوان گفت که‌اگرمالك مسموم نمیگردید(محمدبن‌ابوبکر) درمصرشکست نمیخورد وگرفتار نمیشدوبدستورمعاویه بقتل نمیرسید.

گفتم یابن رسول‌الله پدرتویك مرد جنگی دلیر بود وچه شدکه مصررا از دست داد؟ حسین(ع) گفت ای‌پسر(ارطاة) میبینم توبااینکه‌عامل معاویه هستی تصدیق میکنی‌که پدرمن یك مرد جنگی‌بزرگ بود وآنچه سبب گردیدکه مصراز دست پدم‌بدر رود قتل(مالك‌اشتر) بود ومسئله واردکردن قشون ازراه دریا به مصرازطرف معاویه. کشورهای شام(یعنی‌سوریه- مترجم) ومصر، کنار دریای روم‌قرارگرفته وازراه دریا رابطه مستقیم‌دارند وفاصله‌آنهاباهم زیادنیست. گرچه حجازهم‌کنار دریای قلزم قرارگرفته ومیتوان‌ازحجاز بوسیله کشتی‌بمصر رفت‌اماکشتیهائی‌که ازسوریه عازم مصر میشود، مستقم وارد اسکندریه‌که بندری‌است بزرك واقع درشمال مصر میگردد. درصورتیکه کشتی‌های حجازبعد ازاینکه بمصررسید اگربطرف شمال رفته باشد میباید سربازان خود رادر ارض سیناپیاده کند واگربطرف مغرب‌رفته‌باشد، میباید سربازان خود را دریکی‌از سواحل شرقی مصرپیاده نماید وآنها مدتی راه بپیمایند تااینکه بشمال مصرکه مرکزجمعیت وهم چنین مرکز اقتصادی مصراست برسند و سربازان

معاویه چون دراسکندریه پیاده میشدند، بیدرنك، واردمنطقه پرجمیت وآبادمصر میگردیدند. اگر پدرمن درموقع حمله معاویه بمصردرحجاز بود، میتوانست سریعتر نیروی امدادی به مصر بفرستد ولی درآنموقع پدرم درعراق بسرمیبرد.

گفتم یا بن رسول الله جنگ مصر چه موقع در گرفت؟ حسین(ع) گفت درسال سی وهشتم هجرت در مصر بین نیروئی که معاویه بآنجا فرستادو نیروی پدرم درآن کشورجنك درگرفت و(محمدبن ابوبکر) شکست خورد. گفتم فرمانده قشونی که معاویه بمصر فرستاد(عمرو بن عاص) بود وآیا تو یا بن رسول الله اطلاع داری که وی چقدر سرباز از شام بسوریه برد.

حسین(ع) گفت از راه دریا، بوسیله کشتی، پنج هزار سرباز واردمصر کرد واز راه خشکی نیز عده‌ای سرباز بمصر آورد. اما درخودمصرهم مردی باسم(معاویة بن حدیج) که گاهی عنوانش خونخواهی عثمان بود وزمانی از خوارج طرفداری میکرد علیه (محمدبن ابوبکر) قیام کرد.

(توضیح-کلمه (حدیج)را باید باضم حای حطی وفتح دال بروزن حسین خواندمترجم)

این مرد برای اینکه بعداز ورود (عمروعاص) بمصر، علیه (محمد بن ابوبکر) قیام کنداز معاویه پول گرفت. طبق اطلاعاتی که به پدرم رسید معلوم شدکه معاویه نقشه حمله بمصررا طوری طرح کرده که در همان زمان که (عمروبن عاص) باقشون خود وارد مصر میشود (معاویة بن حدیج) نیز قیام نمایدوپیش از ورود(عمر بن عاص) بمصر ازطرف معاویه برای(ابن حدیج) پول فرستاده شده بود که بتواندسلاح فراهم نماید وعده‌ای را برای جنك اجیر کند.

(محمدبن ابوبکر) بعداز ورود(عمروبن عاص) بمصرازدوسرف مورد حمله قرار گرفت یکی ازطرف قشون معاویه که وارد مصر شده بودودیگری ازطرف نیروی(معاویة بن حدیج)وسربازان (ابن حدیج)چون اهل محل بودند، وهمه جارا میشناختند بیش از سربازان(عمروبن عاص)مزاحم (محمدبن ابوبکر)میشدند.

معهذا (محمد بن ابوبکر) با سه هزارسربازخودکه عده‌ای ازآنها(درحدود هزارتن) به قشون عمروعاص ملحق شدند مدت دوازده روز، درقبال نیروی عمر بن عاص و(معاویة بن حدیج) مقاومت کرد وشش روزازآن دوازده روز، آب به (محمدبن ابوبکر) وکسانی که هنوز زنده بودندوباوی میجنگیدندنرسید واگرآن مسلمانان دلیروپاك نهادازتشنگی بیتاب نبودندازپا در نمی‌آمدندوبعداز اینکه (محمدبن ابوبکر)که بیحال روی خاك افتاده بود دستگیرشددرحالی که ازتشنگی میسوخت بدون اینکه یك جرعه آب باو بنوشانندسرازپیکرش جدا کردند.

گفتم یا بن رسول الله آیا(عمروبن عاص) دستورقتل پسر(ابوبکر) راصادر کرد؟ حسین(ع) گفت نه ای(پسرارطاة) ومحمدبن ابوبکر بدست سربازان (معاویة بن حدیج)افتاد وخود او، سراز پیکر فرزندتشنه لب (ابوبکر) جدا کرد. گفتم یا بن رسول الله آیاتصور نمیکنی که

(ابن‌حدیج) بدون دریافت دستوری ازمعاویه پسر (ابوبکر) را بقتل رسانیده باشد؟ حسین (ع) گفت ای‌پسر (ارطاة) تو مردی عاقل هستی و میتوانی باقوه عقل بوقایع پی‌ببری و آیا قابل قبول است که مردی مانند (ابن حدیج) جرئت کند که شخصی چون (محمدبن‌ابوبکر) فرزند یکی از اصحاب مقرب جدم رسول‌الله را بقتل برساند. وانگهی بعد معلوم شد که معاویه دستورداده بود که همین که بر (محمدبن‌ابوبکر) دست‌یافتند اورا بقتل برسانند. متوجه‌شدم که نظریه حسین (ع) درست‌است ومردی چون (معاویة بن‌حدیج) نمیتوانسته بدون موافقت و اجازه خلیفه (یعنی معاویه ـ مترجم) مردی چون پسر (ابوبکر) رابقتل برساند.

چگونه پسر ابوبکر را بالب تشنه سر بریدند؟

ازحسین بن علی(ع) پرسیدم یا بن رسول‌الله آیا راست است که (عبیدالله بن عمر بن الخطاب) پسر عمر بن الخطاب در مصر بدست سربازان پدرت کشته شد؟ حسین(ع) پرسید تو اینموضوع را از که شنیدی؟ گفتم یا بن رسول‌الله نمیتوانم بگویم از که شنیدم برای اینکه افواهی بگوش من رسید. حسین(ع) گفت ای پسر (ارطاة) هر کس که اینموضوع را بتو گفته اشتباه کرده برای اینکه (عبیدالله) پسر (عمر بن الخطاب) درمصر نبود تا اینکه بدست سربازان پدرمن یعنی سربازان (محمد بن ابو بکر) بقتل برسد. بلکه قبل از اینکه جنگ مصر در بگیرد عبیدالله (پسر عمر بن الخطاب) در جنگ صفین بقتل رسیدو در آن جنگ، اوفرماندهی میمنهٔ (جناح راست ـ مترجم) قشون معاویه راداشت .

گفتم یا بن رسول‌الله از تو ممنونم که مرا از اشتباه بیرون آوردی چون من تصور میکردم که پسر (عمر بن الخطاب) درجنك مصر بدست سربازان پدرت کشته شد. بعد پرسیدم آیا میدانی که قاتل پسر عمر بن الخطاب درجنك (صفین) که بود. حسین(ع) جواب داد یکی از مردان قبیلهٔ (بنی ربیعه) او را بقتل رسانید و پسر عمر بن الخطاب درموقع شب بقتل رسید.

گفتم یا ابن رسول‌الله برای چه در موقع شب اورا کشتند ؟ حسین(ع) گفت برای این که جنك صفین بعداز غروب آفتاب ادامه یافت و تاروز بعد طـول کشیدو آن شب را (لیلة الهریر) خوانده‌اند .

(توضیح ـ (هریر) باهای هوز بروزن حریر بمعنای پرنیان ، بمعنـای زوزه است و چون سربازان معاویـه در آن شب زوزه میکشیدند شب مزبور باسم (لیلة الهریر) خوانده شد. مترجم)

گفتم یا بن رسول‌الله این هم برای من تازگی داشت و من نمیدانستم که جنك (صفین) بعد از غروب آفتاب درسراسر شب تاروز بعد ادامه داشت. حسین(ع) گفت کسی میتواند بفهمد که شجاعت پدرم چه اندازه بود که درجنك (صفین) حضور میداشت و میدید که پدرمن بهر طرف که رو میکرد چه درموقع روز چه هنگام شب. سربازان معاویه عقب می نشستند و وقتی آفتاب

دمید معاویه یقین‌حاصل کرد که شکست خواهد خورد و برای‌پدرم پیغام فرستاد که حاضرم با تو صلح کنم مشروط بر این که برای‌همیشه حکومت شام‌را بمن‌بدهی‌و مرا از بیعت کردن با خود معاف نمائی ولی پدرمن هیچیك ازدوشرط معاویه را نپذیرفت وبجنك ادامه دادتااین که معاویه به‌پیشنهاد(عمروعاص) دستور داد که سربازان ، قرآن‌ها رابر سرنیزه کنندتا این که سربازان پدرم‌را سست نمایند ومانع‌ازادامه‌جنك شوند.همینطورهم‌شدووقتی‌سربازان پدرم قرآن‌ها را دیدند گفتند ماعلیه‌قرآن‌شمشیر نمیزنیم وبا این‌حیله معاویه‌توانست خود وآن‌قسمت از قشون‌خود راکه باقی مانده‌بود نجات‌بدهد وچندهزارتن از سربازان معاویه در آن جنك کشته شدند ولی‌صحبت مامربوط بود بجنك‌مصر نه‌جنك(صفین) و موضوع‌قتل (عبیدالله بن‌عمر بن‌الخطاب) مسئله‌جنك صفین‌را بمیان آورد.

گفتم که قشون(محمدبن‌ابوبکر) درمصر سه‌هزارتن بود که هزارتن از آن‌ها بقشون معاویه‌ملحق گردیدندوبرای(محمدبن‌ابوبکر) بیش‌ازدوهزارتن‌سرباز نماند (محمدبن‌ابوبکر) والی مصر درآغاز میخواست که درپایتخت‌مصر پایداری نمایدوتومیدانی که آن‌شهر رامسلمین بعد از این که مصررا مسخر کردند بنا نمودند وپایتخت‌مصرشد. ولی‌والی‌مصرمتوجه گردید که هرگاه درپایتخت مقاومت‌نمایدزن‌ها وکودکان مسلمین که درآن‌شهرهستندکشته‌خواهند شد ولذابرای‌جنك ازشهرخارج گردید وچون‌میدانست که (مالك‌اشتر)می‌باید بکمکش‌بیاید از امتدادی‌براه افتادکه امیدواربودبمالك ملحق گردد یعنی ازطرف مشرق بحرکت‌درآمد طولی نکشیدکه (عمروعاص)که از طرف شمال می‌آمد بقشون (محمدبن‌ابوبکر) رسید و (معاویة‌بن‌حدیج) با قشون خود از مغرب و جنوب، خود را به(محمدبن‌ابوبکر) رسانید سربازان (معاویة‌بن‌حدیج) ششهزار تن بودند که با سربازان (عمروبن‌عاص) یازده هزار نفرمی‌شدند .

پنجهزار سرباز معاویه‌هم ازراه خشکی نزدیك میگردیدند وآن‌پنج‌هزارتن‌درروز آخر جنك‌خودرا به(عمروعاص) رسانیدند. وقتی قشون (عمروبن‌عاص) و (معاویة‌بن‌حدیج) خودرا به(محمدبن‌ابوبکر) رسانیدندوی درمنطقه‌ای‌بودموسوم‌به(قحوله).این کلمه‌رامسلمین برای آن منطقه وضع کرده‌بودند امایك اسم‌جدیدبشمار نمی‌آمد بلکه مسلمین نام‌مصری آن منطقه‌را مبدل بنام(قحوله) کردند (قحوله باضم‌حرف‌قاف‌یعنی‌خشکی وفقدان‌رطوبت-مترجم) رودخانه نیل‌درمغرب منطقه قحوله قرار گرفته ولی سربازان(معاویة‌بن‌حدیج) بین(قحوله) و رودخانه‌نیل موضع گرفتند تااینکه‌قشون (محمدبن‌ابوبکر) رادوچار بی‌آبی کنند.
درکشورمصر، اگرکنار رودخانه (نیل) چاه‌حفرکنند بآب میرسند لیکن‌درمنطقه(قحوله) زمین‌خشك بود وهرگاه چاه حفرمی‌کردندبآب‌نمیرسیدند. (معاویة‌بن‌حدیج)ازطرف‌مغرب وجنوب، قشون(محمدبن‌ابوبکر) رامحاصره کرد و (عمروبن‌عاص)از طرف شمال و مشرق.

(محمدبن‌ابوبکر) وعده‌ای از همراهانش بعدازاینکه از پایتخت مصر خارج شدند زنها و فرزندان خود را خارج کردند و باخود بردند که گرفتار اسارت نشوند.

مدت‌دوروز زن‌ها و کودکان توانستندبا ذخیره آب، که درقشون موجود بود بسر ببرند وبعدازآن تشنگی بر آنها غلبه کرد. منظره تشنگی و بی‌تابی کودکان برای (محمدبن‌ابوبکر) وهمراهانش خیلی ناراحت کننده بود و بهیچ ترتیب نمی‌توانستند اطفال را آرام کنند. (عمروبن‌عاص) و (معاویة‌بن‌حدیج) در روزهای‌اول محاصره به قشون (محمدبن‌ابوبکر) حمله نکردند و گذاشتند تاتشنگی‌وکم‌شدن آذوقه بقدر کافی آنهاراضعیف کندو بعد، حمله نمایند.

در روز سوم محاصره (محمدبن‌ابوبکر) برای (عمروبن‌عاص) پیغام فرستاد که کودکان ماتشنه‌اندودائم از فرط تشنگی گریه می‌کنندو شما که خود اولاد دارید میدانید که اطفال تشنه را نمی‌توان آرام کردمگر بوسیله سیرآب کردن. بماراه بدهید که بطرف رودخانه برویم وکودکان خودراسیرآب کنیم یا ازآبی که‌خوددارید بکودکان‌ما بنوشانید. اما (عمروبن‌عاص) گفت‌شما اگر تسلیم شوید خودو کودکانتان سیراب خواهیدشد ولی تاتسلیم نشوید مابشما آب نمیدهیم.

عده‌ای ازسربازان (محمدبن‌ابوبکر) وقتی دریافتند که‌شماره‌سربازان خصم‌خیلی‌بیش ازآنهاست متزلزل شدند وچون تشنگی‌هم مزید برتزلزل آنهاشده‌بود، دسته‌دسته‌راه‌اردوی (عمربن‌عاص) یا (معاویة‌بن‌حدیج) را پیش گرفتند.

آنهاکه مجرد بودند تنها وآنهاکه‌زن‌وبچه‌داشتند، باخانواده خود تسلیم شدند. صبح روزچهارم بعداز محاصره (عمروبن‌عاص) و (معاویة‌بن‌حدیج) باقشون خود مبادرت بحمله کردند. (محمدبن‌ابوبکر) دستورداد که‌زنهاواطفال تشنه وناتوان‌راوسط اردو قراربدهند وباسربازان خودازچهارطرف، مقابل حملات قشون معاویه مقاومت کرد.

سربازانی که (عمروبن‌عاص) باخودآورده‌بود همه اهل سوریه بودند و ارزش جنگی سربازان (محمدبن‌ابوبکر) راکه‌عرب‌محسوب‌میشدند نداشتند. سربازان (معاویة‌بن‌حدیج) هم سرباز بمعنای واقعی نبودند و (معاویة‌بن‌حدیج) آن‌ها را ازبین طبقات بیکاره مصر اجیر کرده بود. تاغروب آن‌روز سربازان (محمدبن‌ابوبکر) توانستندکه حملات‌قشون‌معاویه را دفع کنند. بعدازاینکه شب فرودآمد، جنگ‌متارکه شد، ولی‌صداهای شیون کودکان تشنه از اردوی (محمدبن‌ابوبکر) بگوش‌میرسید. مادران تشنه‌کام زبان خودرا دردهان اطفال تشنه میگذاشتندتا اینکه‌آن‌هاراساکت کنند وازعهده برنمی‌آمدند.

دربامداد روز پنجم محاصره معلوم‌شد که‌چندتن ازکودکان ازتشنگی‌جان‌سپرده‌اند. (محمدبن‌ابوبکر) مرتبه‌ای دیگر برای (عمروبن‌عاص) پیغام فرستاد که چندکودک‌ازتشنگی

بهلاکت رسیده‌اند واگر آب بسایر اطفال نرسد آنها نیز خواهندمرد وبگذارید که مردان ما بطرف رودخانه بروند وبرای اطفال آب بیاورند یاخود بما آب بدهید.

(محمدبن‌ابوبکر) پیام فرستاد که‌درجنك (خیبر) که‌فرماندهی‌قشون‌اسلام باعلی‌بن‌ابیطالب(ع) بودپیغمبر ماموافقت نمود که علی‌بن‌ابیطالب(ع) به محصورین گرسنه، آذوقه برساند تااینکه فرزندان یهودیان درقلاع(خیبر) که‌تحت محاصره‌قشون اسلام قرار گرفته بود گرسنه نمانند. مااگر یهودی‌هم بودیم میبایدشمانسبت بکودکان ماترحم نمائیدتاچه‌رسد باینکه مسلمان‌هستیم وخواهرم‌عایشه(ام‌المؤمنین) وهمسر پیغمبر بوده‌است.

آن‌روز تاظهر مبادله پیام بین(محمدبن‌ابوبکر)و (عمروبن‌عاص) ادامه‌یافت وموقع‌ظهر (عمروبن‌عاص) موافقت کرد که زن‌ها وکودکان از اردوگاه(محمدبن‌ابوبکر) خارج شوند وآب بنوشند ولی‌دیگر بآنها اجازه‌داده‌نمی‌شود که‌باردوگاه مراجعت‌نمایند.

(محمدبن‌ابوبکر) وسایرمردانی که‌دارای فرزند بودند می‌دانستند که اگرزن‌ها و کودکان‌از اردوگاه خارج‌شوندااسیرخواهندگردیدولی اگر در اردوگاه بمانندتمام اطفال ازتشنگی‌خواهندمرد ناگزیر برای اینکه مرك فرزندان خود را ازتشنگی نبینند باخروج زنها واطفال، ازاردوگاه موافقت‌کردند وموقعی که‌زن‌هاوکودکان‌میرفتند(محمدبن‌ابوبکر) برای (عمروبن‌عاص) پیغام فرستاد که توعرب هستی و یك عرب بادیه باید مروت داشته باشد وازشروط این مروت این است که بازنها واطفال به‌نیکی رفتار نمایند.

ازاین گذشته توخود زن‌وفرزندداری ونباید راضی شودکه نسبت به‌زن‌های‌ما توهین کنند وبافرزندانمان بدرفتاری نمایند. بااینکه (محمدبن‌ابوبکر) وسربازان‌او، از تشنگی رنج میبردند چون زنها وکودکان رفتند ودیگر، مردها صدای شیون اطفال تشنه خود را نمیشنیدندقوی‌دل شدند.

بپدرم‌اطلاع دادندکه‌آن روز وقتی‌شب‌شد وتاریکی‌همه‌جارا گرفت بعضی ازسربازان قشون (عمروعاص) بی‌اطلاع فرمانده‌قشون، مقداری‌آب بسربازان‌تشنه(محمدبن‌ابوبکر) رسانیدند. باز شایع‌شد که‌درشب‌های قبل سربازان (عمروبن‌عاص)که ازشیون اطفال تشنه ناراحت بودند مقداری‌آب برای‌کودکان‌فرستادند.

صبح روز ششم قشون معاویه حمله علیه قشون (محمدبن‌ابوبکر) را تجدید کرد و سربازان قشون (محمدبن‌ابوبکر)که شب‌قبل آب آشامیده بودند، بادلیری جلوی حملات سربازان (عمروبن‌عاص) و(معاویة‌بن‌حدیج) راگرفتند. عده‌ای ازآنها کشته شدندامانلفات قشون (عمروبن‌عاص)و(معاویة‌بن‌حدیج) بیش ازتلفات قشون کوچك (محمدبن‌ابوبکر) بود. درآن روز رجحان‌ارزش جنگی‌سربازان (محمدبن‌ابوبکر) نسبت به سربازان قشون‌معاویه مسلم شد.

غروب آن روز، قشون معاویه دست از جنك کشید و (محمدبن‌ابوبکر) خـواست که بسربازان‌خود بگوید که شبانه باردوی (عمروبن‌عاص) و (معاویة‌بن‌حدیج) حمله کنند و حلقه محاصره راقطع‌نمایند وخودرااز محاصره نجات بدهند. ولی سربازان اوطوری‌خسته بودند که نمیتوانستند هنگام شب مبادرت بحمله نمایند و (محمدبن ابوبکر) از شبیخون صرف‌نظر کرد. از روز هفتم‌محاصره تاروزیکه محصورین‌ازپا درآمدند، یعنی مدت‌شش‌روز، حتی یك‌قطره آب به (محمدبن‌ابوبکر) وسربازان او نرسید.

(عمروبن‌عاص) و (معاویة‌بن‌حدیج) که در روز ششم محاصره تلفات سنگین راتحمل کرده بودند بهترآن دیدند که از حمله خودداری نمـایند و دست از محصورین بردارند تااینکه تشنگی‌و گرسنگی، آنها را بکلی ناتوان کند وآنگاه حمله نمایند.

در روزهای هفتم تادهم قشون معاویه بقشون‌کوچك (محمدبن ابوبکر) حمله‌نکرد. درروزدهم پنجهزارسرباز ازراه خشکی‌بکمك(عمروبن‌عاص) آمد. (عمروبن‌عاص) میتوانست درآن‌روزحمله‌کند لیکن ترجیح دادکه دو روزدیگرصبر نماید تااینکه محصورین ازتشنگی وگرسنگی ازپادرآیند. روزدوازدهم وقتی(عمروبن‌عاص) و(معاویة بن‌حدیج) باقشون‌بزرگ خود مبادرت بحمله‌کردند سربازان (محمدبن ابوبکر) طوری‌ناتوان بودند که نمیتوانستند شمشیرخودرا تکان بدهند وبرخی‌ازآنهاقدرت نداشتند که اززمین برخیزند.

(عمروبن عاص) و (معاویة بن حدیج) بدون اشکال سربازان ناتوان را اسیرکردند و (محمدابن ابوبکر) اسیر(معاویة‌بن حدیج) شد. وقتی‌اورانزد وی‌آوردند (محمدبن‌ابوبکر) که توانائی ایستادن نداشت برزمین نشست وبعدیك‌پهلوروی زمین‌قرارگرفت. دستهایش‌را ازعقب بسته‌بودند و(معاویة‌بن حدیج) ازاوپرسید چونی؟(محمدبن‌ابوبکر) که ازفرط ضعف نمیتوانست حرف بزندناله‌کنان‌گفت تشنه‌ام. (معاویة بن حدیج) گفت من‌همانم‌که بتوگفتم حکومت اسکندریه‌رابمن بده ونداد‌ی.

(محمدبن ابوبکر) گفت حاکم اسکندریه میباید باتصویب خلیفه،علی‌بن‌ابیطالب(ع) تعیین شود ومن بدون تصویب اونمیتوانستم‌کسی‌را حاکم اسکندریه‌کنم. (معاویة بن‌حدیج) گفت امروزنیکوترین ایام زندگی من‌است زیراهم‌خصم خودرا ازپا درآوردم وهم ازطرف (عمروبن عاص) که ازاین پس والی‌مصراست فرمان حکومت اسکندریه باسم من‌صادرمیشود. (محمدبن ابوبکر) سکوت‌کرد و (معاویة‌بن حدیج) گفت ای‌پسر(ابوبکر) مرگ تونزدیك است وبیش ازچندلحظه زنده نخواهی‌ماند وآرزوی خودرابگو. (محمد بن ابوبکر) باناله گفت‌آرزوی من نوشیدن‌آب است.

(معاویة بن حدیج) گفت من‌اکنون‌توراازآب دم خنجرسیرآب میکنم وازجابرخاست وخودرا به(محمدبن‌ابوبکر) رسانید واوراکه روی یك‌پهلو برزمین افتاده بود بلندکرد و

نشـانید وخنجرخود را ازغلاف کشید وبر گلوی والی مصر گذاشت و طولی نکشیدکه خون جستن کرد و (معاویة بن حدیج) آنقدر خنجررا روی گردن (محمد بن ابوبکر) بحرکت درآورد تاسرش را ازبدن جدا نمود. (معاویة بن حدیج) سر (محمدبن ابوبکر) رابرای (عمروبن‌عاص)فرستاد واوهم سررا بوسیله کشتی سریع‌السیر، برای معاویه‌که درشام بودارسال داشت تااوبداندکه دیگرپسر(ابوبکر) وجود ندارد.

حسین(ع) ازصحبت‌کردن بازایستاد ومن گفتم یابن رسول‌الله ازگفته تومعلوم‌میشود که (عایشه) معاویه‌را تحریك بقتل برادرش (محمدبن ابوبکر)کرد. حسین (ع)گفت بلی اینطورشایع‌است‌که (عایشة) معاویه‌را تحریص کردکه بمصر لشکر بکشد.

چون مذاکره من باحسین(ع) خیلی‌طول کشیده بود، ازاوعذر خواهی کردم‌که باعث تصدیع وی‌شدم ورخصت طلبیدم وازمنزل وی خارج گردیدم.

جنك قسطنطنيه

وقتی مراجعت کردم دریافتم که ازطرف خلیفه (معاویه) نامه‌ای برای‌من‌رسیده‌است. من میدانستم که‌خلیفه بسوی بیزان‌تیوم(یعنی‌قسطنطنیه که امروز موسوم‌است به‌استانبول-مترجم) رفته تااینکه پایتخت روم را تصرف‌نماید.

(توضیح-مسلمین‌درصدراسلام‌روم پایتخت‌کنونی‌ایتالیارا نمیشناختند وروميةالصغری‌را که‌پایتخت‌آن‌قسطنطنیه بودروم میدانستند واین‌نام تاهمین اواخرباقی بود وبنده درکودکی درصفحات غرب ایران مثل‌کردستان وکرمانشاهان ولرستان میشنیدم‌که عثمانیها را رومی میخواندند- مترجم).

اگرخلیفه پایتخت(روم)را تصرف‌میکرد سکنه‌دنیای مسیحیت چاره‌نداشتند جز اینکه مسلمان شوند یابامسلمین‌کنار بیایند. نامه خلیفه این‌طور شروع میشد:

(ازطرف معاویه،امیرالمؤمنین و جانشین رسول‌الله خطاب به(ثابت بن ارطاة) رئیس سازمان خفیه،من باخوشوقتی بتواطلاع میدهم‌که ما توانستیم دراین سال مبارك پنجاه وشش هجری (بیزان تیوم)پایتخت دنیای مسیحیت‌را تحت محاصره قراربدهیم واینك‌آن‌شهرازراه خشکی ودریاتحت محاصره است. ما باهزارودویست‌کشتی ازشام برای تسخیر (بیزان‌تیوم) حرکت‌کردیم ومعلوم است‌که یك‌چنین نیروی دریائی بزرگ رانمیتوان ازنظرخصم پنهان کرد وکشتی‌های رومی‌که پیوسته ازدریابسوی (بیزان‌تیوم) میرفتند نزدیك شدن‌مارا‌بااطلاع سکنه شهروپادشاه‌آنهارسانیدند. پادشاه (بیزان تیوم) مردی است باسم (قسطنطنین چهارم) که یکمرتبه از دور اورا بالای حصار شهر دیدم و مشاهده‌کردم‌که موی سر و ریش او حنائی‌میباشد. وقتی‌ما به (بیزان تیوم) نزدیك شدیم مشاهده‌کردیم‌که دروازه‌های شهربسته شده ومقابل دهانه‌های بندر چندکشتی غرق‌کرده‌اندکه ما نتوانیم وارد منطقه بندری‌شویم.

کشتی‌های‌ما ازدورشهر(بیزان تیوم) رامحاصره‌کردند و اکنون (بیزان تیوم) نه‌از راه خشکی‌بخارج ارتباط دارد نه‌ازراه دریا . شهر (بیزان تیوم) خیلی بزرگ‌است ودمشق باتمام‌وسعتی‌که داردیك‌محله (بیزان تیوم) بشمار میآید ومن دستور داده‌ام که نقشه شهررا

بایك سلسله اطلاعات مربوط بآن برای تو بفرستند تا اینکه از وضع پایتخت مسیحیان مطلع باشی و بعد ازسقوط این شهروقتی به (بیزان تیوم) میآئی این شهررا بشناسی و اینگونه اطلاعات برای مردی که رئیس سازمان خفیه میباشد ضرورت دارد.

کاتب من فرصت ندارد که اوضاع جنگ را به تفصیل برای تو بنویسد. چون کارهای ضروری دیگر را باید بانجام برساند ومن دستور داده‌ام که کاتبین دیگر که درقشون ما خدمت میکنند بافرستادن نقشه شهر (بیزان تیوم) و اطلاعات مربوط بآن ، تورا ازتفصیل جنگ آگاه نمایند).

اینك باختصار میگویم که بعدازاینکه ما این شهررامحاصره کردیم چندباردرصدد برآمدیم که ازراه حمله بحصارشهروارد (بیزان تیوم) شویم ولی نتوانستیم . چون حصارشهرمحکم ومرتفع است ونمیتوان بسهولت آنراویران کرد زیرا ازسنگ ساخته شده ودرپشت حصاراول، حصاری دیگر قرار دارد. این است که ما تصمیم گرفتیم که سکنه شهررا بوسیله قحطی ازپا درآوریم .

ازاطلاعاتی که تاامروز بوسیله جاسوسان بمارسیده معلوم میشودچون جمعیت شهرزیاد است ودر (بیزان تیوم) آذوقه وجودنداردبهای سگ و گربه، ده سکه طلاشده وهرروزعده‌ای از سکنه شهرازگرسنگی میمیرند. من یقین دارم که این شهرقبل ازفصل پائیزامسال سقوط خواهد کردمگراینکه مردم گوشت اموات راتناول نمایند. نیروئی که در (بیزان تیوم) میباشد زیاد نیست وسربازان قسطنطنین چهارم روحیه خوب ندارند ونمیتوانند ازشهرخارج شوند وبما حمله کنندواگراین قصدرا بکنندماتاآخرین نفرآنهاراخواهیم کشت.

جاسوسان ما که هر روز ازوضع شهر مارا مطلع میکنند میگویند که قسطنطنین چهارم هرروز ازکاخ سلطنتی خارج میشود و به نقطه‌ای میرود که درآنجاکارهائی چون سحر بانجام میرسد وگویاپادشاه (بیزان تیوم) که نمیتواند بوسیله شمشیرمارا مغلوب کند درصددبرآمده ازجادوگران استمداد نمایدتاآنها، قشون ونیروی دریائی مارا ازپیرامون شهربرانند. ولی ما مسلمین ازجادوگری بیم نداریم وپیغمبرما گفته که جادوگران کذاب هستند ونمیتوانندبوسیله سحر، کارهارا ازمجرای عادی ومنطقی آن منحرف کنند. اگرمقرر میبودکه بتوان بوسیله سحر درجنگ‌ها فاتح شد پیغمبرما بجای اینکه درجنگ (احد) دست بشمشیر ببردمتوسل بدعامیشد ودرصددبرمیآمدکه بوسیله دعا، دشمنان اسلام رامغلوب کند ولی اومیدانست که درجنگ دعا اثرندارد وباید بوسیله شمشیرغلبه کرد.

ماعلاوه براینکه قصدداریم بوسیله قحطی سکنه شهر (بیزان تیوم) را ازپا درآوریم مشغول بیرون آوردن کشتی‌ها از دهانه خلیج (شاخ طلا) میباشیم وبعد ازاینکه کشتی‌هارا از دهانه خلیج مزبورخارج کردیم میتوانیم باکشتی وارد شهرشویم. خلیج شاخ‌طلا یك مرداب

وسیع است که مانند یك خیابان عریض وطولانی درازپیش رفته ، ودر دوطرف آن معبر که سواحل خلیج (شاخ طلا) میباشد حصاروجودندارد وما بعد ازاینکه واردخلیج شویم، مستقیم وارد قلب شهر خواهیم شد و مدافعهٔ سربازان پادشاه (بیزان تیوم) بالای حصار شهر بیفایده خواهد گردید.

وضع خلیج شاخ طلا درشهر(بیزان‌تیوم) شبیه‌است بوضع خیابان کوت‌الاماره درشهر دمشق (خوانندگان محترم باید توجه فرمایند که جزء دوم این کلمه ازریشه امیراست وکوت‌الاماره یعنی(قطعه امیر) یاارك حکومت وباکوت‌العماره معروف واقع‌درعراق که جزء دوم‌آن باعین نوشته میشودکه نباید مشتبه گردد ــ مترجم).

اگریك‌قشون واردآن‌خیابان دردمشق شود چون خیابان مزبور درمرکزشهر قرار گرفته،تمام شهررامسخرمینماید وکسانیکه بالای حصار ودربرج‌ها هستند بیفایده میشوند و نمیتوانند شهرراحفظ‌نمایند. مانیز بعدازورود به‌خلیج (شاخ‌طلا) یکمرتبه ارزش دفاعی‌حصار شهرونگهبانان‌آن‌را ازبین میبریم. سلاطین (بیزان تیوم) تصورنمیکردندکه روزی یك‌دشمن از راه خلیج (شاخ طلا) وارد شهر شود، وگرنه دردو ساحل آن خلیج نیز حصار بوجود میآوردند ومن امیدوارم‌که قبل از پائیز امسال خبر تسخیر شهر (بیزان تیوم) را باطلاع توبرسانم .

گزارش‌هائی‌که تاامروزراجع به‌عایشه برای من فرستادی جالب توجه بودوازجمله قسمت مربوط به(عایشه) و(صفوان بن معطل سهمی) بیشترمورد توجه من قرارگرفت چون میتوان براساس‌گزارش مزبورعایشه‌رامتهم‌کرد وتوبتحقیق خودراجع به‌عایشه ادامه بده و گزارش‌هارا برای‌من بفرست .

بعد ازاین نامه بطوری‌که خلیفه وعده داده بود نقشه شهر (بیزان تیوم) وتوضیحات مربوط بآن را برای من‌فرستادند ومن‌فهمیدم‌که (بیزان تیوم) شهری است خیلی بزرگ که روی چندین تپه وهمچنین‌دردامنه‌های‌آن بناشده،وخلیج شاخ‌طلا شهررا بدوقسمت‌تقسیم کرده وهمانطورکه خلیفه درنامه خودنوشته بود اگرکشتی‌های اوواردشاخ طلاشود بدون تردید پایتخت روم بتصرف مسلمین درمیآید و سلطنت (روم) ازبین میرود. مامسلمین آزموده‌ایم‌که هرکشورخارجی‌که بتصرف اسلام درآید، سکنه‌اش مسلمان میشوند یااکثر آنها دین اسلام رامیپذیرند. من میدانستم‌که بعد ازسقوط سلطنت عظیم (روم) چون سکنه دنیـای مسیحیت مسلمان‌میشوند یااکثرآنهادین‌اسلام راخواهند پذیرفت افتخاری بزرگ عاید خلیفه میشود و(معاویه) باندازه (عمر بن الخطاب) دارای اسم ورسم میگردد وبیشك تمام ثروت دنیـای مسیحیت عاید خلیفه‌ماخواهدگردید.

پس ازاینکه نقشه شهر(بیزان تیوم) را باتوضیحات مربوط بآن برای من فرستادند

من پیش بینی کردم که بعدازاینکه خلیفه آن‌شهر را تصرف کرد (بیزان تیوم) رامرکز دنیای اسلام خواهد نمود. چون (بیزان تیوم) خیلی بیش ازدمشق برای مرکزیت دنیای اسلام مناسبت داشت. چون بزرگترین شهرجهان بشمار میآمد و آن‌قدرقدمت داشت‌که هیچ‌کس نمیدانست درچه‌تاریخ بنا گردیده و چون پایتخت دنیای مسیحیان بود همان بهتر که بعداز اینکه بتصرف مسلمین درآمدپایتخت جهان اسلامی شود تااینکه نفوذ مسیحیان بکلی از بین برود. امافصل پائیز فرا رسید بدون اینکه خبرسقوط (بیزان تیوم) بمن‌برسد.

خلیفه بعدازنامه‌ای که مفادآن‌را ذکرکردم درآن‌سال نامه‌ای دیگربرای من‌ننوشت. ولی من‌که شغلم‌کسب اطلاع بود از اوضاع جنك (بیزان‌تیوم) مطلع میشدم و میدانستم‌که نیروی دریائی وقشون مسلمین توانسته‌اند کشتی‌هائی راکه درمدخل خلیج (شاخ‌طلا) غرق شده بود اززیرآب بیرون بیاورند. ولی وقتی‌که‌کشتیهای جنگی معاویه عزم‌کرد واردخلیج شاخ‌طلا شودیك واقعه عجیب رو داردکه عقل‌ازقبول‌آن امتناع دارد وواقعه مزبور این‌بود که‌کشتیهای خلیفه روی‌آب آتش میگرفت‌زیراروی‌آب خلیج شاخ‌طلا یك طبقه ازآتش‌قرار گرفته بودکه هرقدرآب‌روی‌آن میریختند‌خاموش نمیشد. کشتیهای‌خلیفه بعدازاینکه دوچار حریق شد مراجعت‌کرد وبعضی ازآنهاسوخت.

وقتی‌هواتاریك شد (یزیدبن شجره)امیرالبحرماکه فرماندهی‌نیروی دریائی مسلمین را داشت ومسئول محاصره (بیزان‌تیوم) ازراه دریابود بعده‌ای‌ازکشتی‌های جنگی‌که هریك حامل عده‌ای سربازبودند امرکردکه واردخلیج (شاخ‌طلا)شوند ودرساحل جنوبی‌آن‌خلیج، خود رابخشکی‌برسانند. ولی همین‌که‌کشتی‌های مادرتاریکی شب واردخلیج‌شاخ‌طلا گردید، خود رادروسط دریائی ازآتش دید. ملوانان مابهرطرف‌که نظر میانداختندآتش میدیدند و بزودی‌کشتیهاشعله‌ور شد وچون پیشرفت سفاین‌ازوسط‌آتش مذاب امکان‌نداشت‌ناگزیر کشتیها رابرگردانیدند وبازچند کشتی‌بکلی سوخت.

آن شب یك مجلس شوری در حضور معاویه تشکیل شد و خلیفه از(یزیدبن شجره) فرمانده نیروی دریائی مسلمین پرسید چاره این‌آتش‌که مانع‌از ورود مابه خلیج شاخ‌طلا میشود چیست؟ (یزیدبن شجره) گفت ای امیرالمؤمنین، عقل من قادر بچاره جوئی نیست. خلیفه گفت ما همه میدانیم‌این‌آتش‌که‌کشتی‌های مارامیسوزاند ناشی‌ازجادوگری نیست‌زیرا پیغمبرما جادوگران راکذاب دانسته است وهرگزاتفاق نیفتاده‌که بتوانند بوسیله سحریك قشون رانابودکنند. (عیاض) که فرمانده قشون زمینی خلیفه بود گفت هرذیشعورمیداندابن آتش‌که روی‌آب قرارمیگیردوبوسیله‌آب خاموش نمیشودناشی ازسحرنیست ولی‌ناشی ازفن است. آنهابا توسل ازیك‌فن این‌آتش را مشتعل میکنند وجلوی‌کشتی‌های مارا میگیرند وما هم باید بوسیله یك فن‌این‌آتش راخاموش‌کنیم‌وکشتی‌های‌خودرااوارد خلیج(شاخ‌طلا) نمائیم.

خلیفه پرسید آیا دربین شما کسی هست که بتواند بفهمد با چه وسیله باید این آتش‌را خاموش کرد. تمام حضار سکوت کردند زیرا هیچکس نمیدانست چگونه باید آن آتش‌را خاموش نمود. تا اینکه یکی از حضار گفت با خاك میتوان آتش‌را خاموش کرد وشاید این آتش که با آب خاموش نمیشود باخاك خاموش گردد.

خلیفه خطاب به (یزید بن‌شجره) گفت توآزمایش کن وبفهم که آیا میتوان این آتش‌را با خاك خاموش کرد یا نه؟ اگر معلوم شد که میتوان آتش‌را با خاك خاموش نمود شاید بتوان چاره آنرا کرد. روز بعد، باز بموجب اطلاعاتی که بمن رسید (یزیدبن شجره) بدوکشتی حامل خاك امر کرد که وارد خلیج شاخ طلا شود. کشتی‌ها وارد خلیج شدند و بزودی مشاهده کردند که روی آب آتش قرار گرفته واز تنه کشتی‌ها بمناسبت اینکه باآتش تماس پیدا کرده بود، دود بر میخاست.

ملوانانی که در کشتی بودند جوال‌های پر ازخاك را درطرفین کشتی و جلوی آن در دریا روی آتش خالی کردند ومشاهده نمودند که آتش خاموش شد، ولی موج آتش که ازعقب میآمد جای آتش خاموش شده را روی آب میگرفت. نتیجه‌ای که ازآن حاصل شد این بود که آتش مرموزسکنه شهر (بیزان‌تیوم) را میتوان بوسیله خاك خاموش کرد. ولی خاموش کردن آتش، روی آب دریا احتیاج بمقداری زیادخاك داشت ومیبایدخاك‌لحظه به لحظه در دریا ریخته شودتااینکه امواج جدیدآتش راکه جای آتش‌خاموش رامیگیردخاموش‌نماید. ملوانان خلیفه‌همینکه‌خاك رابدریا میریختند گرچه آتش رادرآن‌موضع خاموش‌میکرد امافرومیرفت. لذا (یزیدبن شجره) گفت که مانمیتوانیم بوسیله‌ریختن خاك جوالها دردریا، این آتش را خاموش‌کنیم وراه‌عبور کشتی‌های خودمان‌را بگشائیم. ماباید‌در کشتیهای خود، چیزی چون منجنیق داشته باشیم که‌بجای پرتاب سنگ، خاك‌را پرتاب کند وپرتاب خاك، دائمی باشدتا بهر نسبت که‌درخلیج‌شاخ‌طلاجلومیرویم آتش‌را خاموش نمائیم. این آتش بعدازاینکه خاموش شد درعقب‌ما مشتعل نمیشودولذا اگر آتش‌را درجلوی کشتیها خاموش کنیم ازعقب خودمان آسوده‌خاطرخواهیم بود.

ازروز بعد، عده‌ای ازنجاران مأمورشدند که‌درکشتیهای‌مسلمین‌منجنیقهائی نصب‌نمایند که‌بجای پرتاب سنك، مقداری زیادازخاك‌را پرتاب کند. منجنیق‌های معمولی‌دارای کشکولی است که درآن‌سنك میگذارندوبسوی خصم‌پرتاب میکنند. نجاران کشکول مزبوررا برداشتند وبجایش چیزی گذاشتند مانندیك‌غربال یازنبه بزرك‌وآن زنبه میتوانست هرمرتبه، نزدیك هزار رطل‌خاك‌را درفاصله‌ای بالنسبه‌دور، پیشاپیش کشتی درآب بریزد.

مصرف‌خاك منجنیقها بقدری زیادبود که یك کشتی نمیتوانست مصرف‌خاك خودرا حمل کندیعنی آنقدرخاك حمل نماید که آتش‌خاموش‌شود. لذا (یزیدبن‌شجره) امرکرد که‌درعقب‌هر

کشتی که برای پرتاب کردن خاك دارای منجنیق است یك کشتی دیگر پر از خاك حرکت کند تا پس از اینکه خاك کشتی اول تمام شد بتوان از کشتی دوم بآن سفینه خاك رسانید. چندروز طول کشید تا توانستند کشتیهارا دارای منجنیقهائی کنند که خاك پرتاب نمایند و بعد از آن، (یزید بن‌ـ شجره) فرمان حمله بخلیج (شاخ طلا) را صادر کرد.

سکنه شهر (بیزان تیوم) دریافته بودند که کشتیهای مسلمین، خاك در آب پاشیدند و بعد متوجه شدند که منجنیقهارا درسفاینی که دارای منجنیق است تغییر دادند و در کشتیهای دیگر منجنیق‌های جدید نصب کردند همچنین میدیدند که کشتی‌های مسلمین بخشکی نزدیك میشوند و درساحل، عده‌ای ازسربازان وملوانان خاك را بارکشتیها مینمایند. سکنه شهر فهمیدند که ملوانان معاویه میخواهند بوسیله خاك، آتش را خاموش نمایندو در خلیج (شاخ طلا) که طرفین آن، فاقد حصاراست نیروپیاده نمایند.

وقتی (یزید بن شجره) فرمان حمله را صادر کرد، و کشتیها وارد خلیج (شاخ طلا) شدند مرتبه‌ای دیگر آتشی که روی دریا خاموش نمیشد، درسطح آب پراکنده گردید. اما کشتیهای معاویه باپرتاب خاك، آن آتش را خاموش مینمودند و پیش میرفتند و بجائی رسیدند که اگر میتوانستند باندازه یکصدذرع دیگرجلو بروند قادربودند که درداخل شهر، ومنطقه‌ایکه حصار ندارد نیرو پیاده نمایند. ولی درآنجا بدومانع برخوردند یکی کشتی‌هائیکه ازطرف سکنه (بیزان تیوم) در آن منطقه غرق شده بود ودیگری زنجیریکه ازیك ساحل بساحل دیگر کشیده بودند.

سکنه (بیزان تیوم) بعدازاینکه تدارك قشون و نیروی دریائی معاویه را برای ریختن خاك دیدند متوجه شدند که دیگر نمیتوانند باآتش جلوی کشتیهای جنگی معاویه را بگیرند و بایدمدخل بغاز شاخ طلارا بروی کشتیها ببندند و باغرق سفاین درساحل خلیج و نصب زنجیر نگذاشتند که آن کشتیها واردخلیج (شاخ طلا) شوند. بعدخود آنها بوسیله منجنیق کهنه‌های آلوده بآتش مرموز راروی سفاین معاویه پرتاب میکردند وآنهارادچار حریق مینمودند وعده‌ای ازکشتیهای خلیفه درمدخل خلیج (شاخ طلا) سوخت و (یزید بن شجره) مجبور گردید که فرمان بازگشت کشتیها راصادر نماید. بعدازآن تادوهفته دیگر محاصره (بیزان تیوم) ازطرف نیروی دریائی وقشون معاویه ادامه یافت.

خلیفه که نه توانست وارد خلیج (شاخ طلا) شود ونه موفق گردید که ازحصار شهر عبور نمایداندیشید که گرسنگی سکنه (بیزان تیوم) راازپادرخواهد آورد. بااینکه در شهر خواربار یافت نمیشد یااینکه بودونصیب همه نمیگردیدو خلیفه شنید که مردم گرسنه درشهر مردار میخورند، اثری ازتسلیم سکنه (بیزان تیوم) آشکار نمیگردید.

خلیفه اگر بجای تصرف شهر (بیزان تیوم) درصدد برمیآمد که آسیای صغیر را که آنهم جزوخاك (روم) بود تصرف کند بسهولت ازعهده تصرف آن برمیآمد. برای اینکه قسطنطنین

چهارم امپراطور (روم) دسترسی بآسیای صغیر نداشت و نمیتوانست از آن دفاع کند. (عیاض) سردار قشون خشکی معاویه که مردی بود دلیر این موضوع را بخلیفه پیشنهاد کرد و باو گفت که بطور موقت از تسخیر (بیزان تیوم) صرفنظر نماید و در عوض، آسیای صغیر را از جنك امپراطور (روم) خارج کند. ولی خلیفه گفت که مسئله تصرف شهر (بیزان تیوم) برای من از لحاظ حیثیت اهمیت دارد و اگر من این شهر را تصرف کنم، دنیای مسیحیت بزانو درمیآید و من خواهم توانست که بی اشکال تمام کشورهائی را که دارای سکنه مسیحی هستند مسخر نمایم. ولی روزها میگذشت و خلیفه موفق بتسخیر شهر (بیزان تیوم) نمیشد و چون مدت محاصره طول کشید، معاویه موافقت کرد که باقسطنطنین چهارم امپراطور (روم) صلح کند و پیمانی برای اینکه مدت سی سال، بین طرفین صلح برقرار باشد بین طرفین، مبادله گردید و معاویه باقشون و نیروی دریائی خود از (بیزان تیوم) مراجعت کرد.

سفر جنگی معاویه برای تصرف (بیزان تیوم) یك کار عبث بود و کرورها از وجوه بیت المال صرف آن جنك شد بدون اینکه نتیجه‌ای گرفته شود. معلوم است که من این نظریه را در اینجا ابراز میکنم و جرئت نمیکردم که بخود معاویه و اطرافیانش بگویم که او بیهوده به بیت المال مسلمین ضرر زد.

(توضیح لازم - آتشی که در شهر (بیزان تیوم) مانع از ورود کشتیهای معاویه بخلیج (شاخ طلا) شد موسوم بود بآتش یونانی و از ترکیب دقیق آن اطلاعی در دست نیست چون ساختن ماده‌ایکه آن آتش را بوجود میآورد جزو اسرار بود ولی محققین عقیده دارند یکی از مواد آتش مزبور (فوسفور) بوده است - مترجم)

وصلت های دیگر پیغمبر اسلام (ص)

یکی‌دیگر ازکسانیکه موردتحقیق من‌قرارگرفت مردی‌بود باسم(سلم)که درقدیم در خانه رسول‌الله(ص) خدمت‌میکرد ومثل(عمرو)خواجه‌بود. من‌میخواستم‌ازاوراجع به(عایشه) کسب اطلاع‌کنم وازاو پرسیدم‌که وضع‌زندگی‌تو درخانه رسول‌الله(ص) چگونه‌بود. (سلم) گفت‌وضع‌من‌درخانه‌محمد(ص) خوب‌بود وبا اینکه درآن‌خانه غذاهای لذیذ نمیخوردند من گرسنه نمیماندم وپیغمبرما وزن‌های اونسبت بمن‌ابراز محبت‌میکردند. گفتم من‌اطلاع‌دارم که‌غیرازتو درخانه‌پیغمبر خواجه‌ای دیگر بود موسوم به (عمرو). (سلم) گفت صحیح است ودرآن‌خانه دوخواجه‌وجودداشت یکی(عمرو) ودیگری من. (عمرو) بیشتر عهده‌دارخدمات عایشه میشد ومن‌خدمت‌دوزن‌دیگر پیغمبررا برعهده میگرفتم.

پرسیدم‌که نام‌آن‌دوزن چه‌بود؟ (سلم) جواب‌داد اسم‌یکی‌ازآنها (سوده) بودو دیگری باسم(زینب) خوانده‌میشد ولی‌بعد، پیغمبرمازنهای دیگرهم گرفت. پرسیدم توکه پیوسته در خانه‌پیغمبربودی آیامیتوانی بگوئی‌که برای‌چه‌پیغمبر، بازنهای‌دیگر مزواجت‌کرد. (سلم) گفت من‌میدانم‌که هرزنی‌پیغمبرماگرفت بنابرمصلحتی مخصوص‌بود ومثلا (ام‌سلمه) رابرای این‌گرفت‌که مسلمانها، زنان‌بیوه یازنهای‌بیوه و یتیم‌دار رابگیرند. گفتم واضح‌تر صحبت کن.(سلم) گفت‌ای (پسرارطاة) درجنك(احد)که تومیدانی درشمال(مدینه)درگرفت‌عده‌ای ازمسلمین بقتل‌رسیدند وزنهای‌آنها بیوه‌وفرزندانشان یتیم‌شدند.

درآنموقع بیت‌المال مسلمین‌توانائی نداشت‌که مثل‌سنوات بعد، بزنهای‌بیوه واطفال یتیم‌که‌شوهروپدرشان درجنك‌شهیدشده‌اند مستمری‌بدهد. بعدازخاتمه‌جنك‌احد یکصدوسه تن‌از زنهای‌مسلمان‌که شوهرانشان درجنك(احد)شهید گردیدندبیوه‌شدند. زنهای‌مزبور، فرزندان متعدد داشتنـد وبعضی‌ازاطفال آنها بسن‌رشدنرسیده، میتوانستند معاش‌خودرا باکارتامین‌کنند اما۲۳طفل‌یتیم‌درخانواده‌شهدابودکه‌میبایدنان‌آور وسرپرست‌داشته‌باشند.

پیغمبرما بعدازخاتمه جنك(احد) بمسلمین گفت بعدازاینکه وضع مادی‌مسلمین خوب شدمابیازماندگان شهدا، مستمری‌میدهیم تاازحیث‌معاش آسوده‌خاطرباشند. ولی‌امروز وضع

مادی‌ما طوری‌نیست که بتوانیم‌بیازماندگان شهدا مستمری بدهیم. ازطرف دیگر مامسلمان هستیم وهرمسلمان بایدغم مسلمان دیگررا بخورد وغیرت‌ما نباید قبول‌کند زنها وفرزندان شهدائی‌که درراه‌خدا ودین‌او کشته‌شده‌اند گرسنه بمانند. این‌است‌که من پیشنهاد میکنم‌که هرمردمسلمان، بازوجه‌بیوه‌یکی ازشهداء ازدواج‌کند واگرآن‌زن طفل‌صغیردارد ازطفل یا اطفالش نگاهداری نمایدوخودمن با(ام‌سلمه) که‌دارای چهارطفل‌صغیراست وشوهرش‌درجنك شهیدشده ازدواج‌خواهم‌کرد وازفرزندان اومثل‌فرزندان‌خود نگاهداری خواهم‌نمود.

آنروزوقتی پیغمبرما بمنزل آمد، وعایشه باوگفت یارسول‌الله شنیده‌ام میخواهی زنی دیگربگیری. پیغمبر گفت (حمیرا) این‌موضوع راست‌است ومن‌قصددارم بازنی مزاوجت‌کنم (عایشه) گفت یارسول‌الله آیاممکن‌است‌بدانم‌که اسم‌زن‌توچیست؟ پیغمبر گفت نام‌زن‌جدیدمن (ام‌سلمه) است‌که‌شوهرش درجنك(احد)شهیدشد. وقتی(عایشه) این‌حرف‌راشنیدطوری‌بخنده افتادکه ازفرط‌خندیدن شکم‌خودراگرفت وبرخویش میپیچید. پیغمبرسئوال‌کرد یا(حمیرا) برای‌چه اینطورمیخندی؟(عایشه) گفت این‌زن‌سالخورده‌است وعلاوه‌برفرزندان بزرك‌دارای چهارفرزند صغیرمیباشد وتوکه‌دارای‌یك‌زن‌بزیبائی وجوانی‌من‌هستی چگونه‌رغبت میکنی‌که بازنی‌مانند (ام‌سلمه) ازدواج کنی. آیاتواز نزدیك‌این‌زن رادیده‌ای یانه؟ وآیا میدانی‌که قسمتی ازموی سرش‌سفید شده‌است.

پیغمبر گفت‌یا(حمیرا)من‌بمردان‌مسلمان‌پیشنهادکرده‌ام‌که‌هریك‌آنها بایکی‌اززنان‌شهدای جنك‌احدکه بیوه شده‌اندازدواج نمایندتاآنها فاقد وسیله معاش نباشند، واضح است‌که چون من‌این پیشنهاد رابمردها میکنم‌باید خودسرمشق باشم تااینکه مسلمین تصور ننمایندکه من برای‌آنهاوظیفه‌ای تعیین‌میکنم بدون‌اینکه‌خودآن وظیفه‌رابانجام‌برسانم.این‌است‌که من‌برای اینکه سرمشق باشم بایکی از سالخورده‌ترین زنان شهداکه دارای چهار طفل صغیر است ازدواج خواهم‌کرد .

عایشه‌گفت یارسول‌الله من‌بزن جدیدتورشك میبرم. پیغمبرماازاین حرف حیرت‌کرد وپرسید یا(حمیرا) توبااین جوانی وزیبائی چرابزنی‌که خودمیگوئی پیراست‌رشك‌میبری؟ (عایشه) گفت من بهمین جهت‌که اوپیراست‌به (ام‌سلمه) رشك میبرم‌زیرا زنهای پیر، گرچه جوانی‌وزیبائی‌ندارندلیکن دارای عقل‌میباشند وچون تواورایك زن‌عاقل میبابی درکارهاباوی مشورت‌میکنی درصورتی‌که تاامروزبامن مشورت میکردی چون‌میدانی‌که من‌سوادخواندن ونوشتن دارم ودارای حافظه‌ای قوی میباشم وتومرایك زن‌با هوش میدانی. حقیقت این‌است که(رسول‌الله) در مسائل مهم سیاسی وجنگی باعایشه وهر یك‌از زنهای دیگرخود مشورت نمیکرد بلکه فقط در مسائلی با (عایشه) مشورت مینمودکه مستقیم یاغیر مستقیم مربوط بزن‌ها بود . ولی (عایشه) برخود میبالیدکه رسول‌الله بااو مشورت میکند وبازنهای دیگر

مشورت نمینماید وعلتش این بود که (سوده) و (زینب) سواد نداشتند ومثل (عایشه) باهوش نبودند. رسول‌الله گفت اگر من بتو بگویم که با (ام‌سلمه) مشورت نخواهم کرد بلکه با تومشورت خواهم نمود آیا دیگر نسبت بام‌سلمه حسد نخواهی ورزید؟

(عایشه) گفت نه یا رسول‌الله . پیغمبر گفت من بتو اطمینان میدهم که بعد ازاین که (ام سلمه) زن من شد من با اومشورت نخواهم کرد مگر درمسائلی که مربوط بخود اوست.

چیدروز بعد ازآن (ام‌سلمه) بخانه پیغمبر آمد ومحمد(ص) ازاو پرسید آیا پیشنهاد من باطلاع تورسید یا نه؟ (ام‌سلمه) گفت بلی یارسول‌الله. هنگامی که (ام سلمه) در اطاق پیغمبر نشسته بودمن مقابل‌اوشربت خرما گذاشتم وگفتگوی آن دورا میشنیدم. پیغمبر از او پرسید آیا حاضر هستی که زوجه من بشوی ؟ (ام سلمه) گفت نه یا رسول‌الله. من متوجه شدم که پیغمبر ازجواب منفی (ام‌سلمه) متعجب‌شد چون انتظار نداشت که آن زن جواب منفی بدهدواز اوپرسید برای چه حاضر نیستی زوجه من بشوی؟ ام‌سلمه گفت یارسول‌الله من بسه علت حاضر نیستم که زوجه‌تو بشوم.

اول این که‌مدتی ازعمر من گذشته، وتو هنوز جوان هستی وزنی چون من نمیتواند همسر مردی چون‌تو بشود. پیغمبر گفت (ام‌سلمه) من‌جوان نیستم بلکه‌ازتوسالخورده‌تر میباشم‌ولی اگرازتو جوانتر بودم باز باتوازدواج میکردم‌وزن‌اولی‌من خدیجه پانزده‌سال‌ازمن بزرگتر بود. این‌جواب بطوری که من حس کردم قدری(ام‌سلمه) راآسوده خاطر کرد وگفت دلیل دوم که مانع از این‌است که من باتوازدواج کنم این‌میباشد که من‌چهارطفل صغیردارم‌وچگونه یك زن میتواند چهار کودك‌راکه ازشوهر دیگراست واردخانه شوهر جدیدخود نماید.

پیغمبرجواب داد برای فرزندان خود دغدغه نداشته باش ومن ازآنها مثل فرزندان خودسرپرستی خواهم کرد. (ام‌سلمه) گفت یارسول‌الله علت سوم که مانع ازاین‌است که زوجه تو شوم‌این میباشدکه توپیوسته مرابا(عایشه) مقایسه خواهی‌کرد. درآن‌موقع که (خدیجه) همسر‌تو بودگرچه بطوری که خود میگوئی، بیش ازتوسال داشت،ولی‌تو درخانه ، دارای وسیله مقایسه نبودی ولذا اورا دلپسند میدیدی .

ولی اکنون زنی‌داری بجوانی وزیبائی(عایشه) که درمدینه ازحیث‌زیبائی نظیر ندارد وهردفعه که من واو، کنارهم بنشینیم توبی‌اختیار مرا بااومقایسه خواهی‌کرد وازمن بشدت متنفر خواهی شد وناگزیرمرا طلاق خواهی‌داد. پس‌همان‌بهتر که من همسر تونشوم تااین که درقبال‌زنی چون‌عایشه منفورو سرشکسته نباشم.

رسول‌الله(ص) گفت من‌عایشه را باتومقایسه نخواهم‌کرد . (ام‌سلمه) گفت ولی اومرا با خودمقایسه خواهدنمود وخیرت‌خواهدکردکه چگونه تومرازوجهٔ خودکردی؟محمد(ص) گفت عایشه‌زنی است نیك‌فطرت وبرای اینکه‌بدانی که فطرتی‌نیکو دارد میگویم که این‌جا

بیاید. رسول‌الله(ص) مرا صدازد و گفت برو به (عایشه) بگو که اینجا بیاید من رفتم و به (ام‌المؤمنین) گفتم پیغمبر وی را احضار کرده است.

عایشه جامه‌ای زرد رنك در برداشت و وقتی وارد اطاق شد(ام‌سلمه) از زیبائی او حیرت کرد. پیغمبر گفت یا(حمیرا) بنشین و بعد از اینکه نشست اظهار کرد(ام‌سلمه) که من میخواهم با او ازدواج کنم این است. (عایشه) آن‌زن را نگریست و دوزن بهم تبسم کردند و شروع بصحبت نمودند. محمد(ص) به(ام‌سلمه) گفت آیا اینك تصدیق میکنی که عایشه زنی است نیکو فطرت و تورا درست خواهد داشت (ام‌سلمه) گفت بلی یا رسول‌الله و اینك من حاضرم که زوجهٔ تو بشوم.(عایشه) گفت یا رسول‌الله چون تو با (ام‌سلمه) ازدواج میکنی سزاوار است برای من لباس نوخریداری نمائی تا اینکه من بتوانم بالباس نو درجشن ازدواج حضور بهم برسانم. رسول‌الله به(عایشه) وعده داد که برایش لباس نوخریداری کند و آنگاه ما یعنی من و(عمرو) برای ولیمه ازدواج مشغول فراهم کردن خواربار شدیم.

(ام‌سلمه) موقعیکه میبایدزوجه پیغمبر شود جهیز نداشت و دارای خویشاوندی ذکور نبود که باو جهیز بدهد. برطبق قانون اسلام هرزن که جهیز ندارد و دارای خویشاوندی از طبقه ذکور نیست که باو جهیز بدهد میباید جهیز خودرا از بیت‌المال دریافت کند. (ام‌سلمه) هم قبل از ازدواج با پیغمبر جهیز خودرا از بیت‌المال دریافت کرد ولی جهیز او فقط چهل درهم بود. رسول‌الله ده درهم روی آن گذاشت و من مأمور شدم که بیازار بروم و برای (ام‌سلمه) با آن پنجاه درهم جهیز خریداری کنم. واضح است که با پنجاه درهم نمیتوان اشیاء گرانبها خرید و آنچه من برای(ام‌سلمه) خریدم عبارت بود از یك دست آس برای آرد کردن گندم و یك بشقاب چوبی و یك بالش پر از پشم شتر و یك مشك کوچك برای ذخیره کردن آب.

ولیمهٔ ازدواج برای پنجاه میهمان تهیه شد زیرا رسول‌الله بضاعت نداشت و نمیتوانست از عده‌ای بیشتر پذیرائی کند. غذائی که در آن‌شب به میهمانان خورانیده شد عبارت بود از گندم و عدس مطبوخ و خرما. در آن فصل انار مدینه رسیده بود و بمقدار زیاد در بازار عرضه می‌شد، و بهای کم بفروش میرسید و در آن‌شب بهریك از میهمانان رسول‌الله یك پیاله آب انار دادیم ولی خود محمد(ص) از نوشیدن آب انار خودداری کرد و آب نوشید.

من وقتی جهیز (ام‌سلمه) را با جهیز زوجه (معاویه) مقایسه میکنم و جشن ازدواج محمد (ص) را با جشن ازدواج معاویه میسنجم حیرت مینمایم که معاویه باچه جرئت وجوه بیت‌المال مسلمین را صرف تجمل خود میکند. جهیز زوجه (معاویه) را با بیست و شش ارابه حمل کردند و بهر ارابه دو گاو بسته بودند.

درشبی که معاویه جشن ازدواج خودرا اقامه کرد دوازده هزار تن از میهمانان او مرغ یا گوسفند بریان خوردند و هریك از آن‌ها موقعیکه میخواستند مراجعت کنند پنج سکه زر بعنوان

هدیه ازعمال معاویه گرفتند و رفتند. تمام ازدواج‌های پیغمبر ما همینطور ساده و کم خرج بود رسول‌الله وقتی با (حفصه) دختر (عمر بن الخطاب) ازدواج کرد حتی ولیمه ازدواج را نداد و جهیز (حفصه) را پدرش پرداخت . حفصه دارای شوهری بود که در جنك (احد) کشته شد. گفتم که پیغمبر دستور داده بود که مردهای مسلمان، زنانی را که بر اثر جنك (احد) بیوه شده‌اند بگیرند تا این که بدون نان آور نباشند .

پیغمبر ما هیچکس را مجبور نمیکرد که با زن‌های بیوه ازدواج کند ولی میگفت که هر کس با یکی از زن‌های بیوه که شوهرشان بشهادت رسیده ازدواج کند پاداش اخروی دارد . دو تن از مردها از رسول‌الله درخواست کردند که آن‌ها را از ازدواج با زن‌های بیوه معاف نماید. یکی از آن‌ها (ابوبکر) بود که گفت چون سالخورده شده نمی‌تواند زن بگیرد. علی بن ابیطالب (ع) هم گفت که او بقدری بفاطمه‌زهرا (علیهاسلام) علاقه دارد که نمیتواند زنی دیگر را وارد خانه خود نماید.

(عمر بن الخطاب) خیلی میل داشت که دختر بیوهٔ خود را به علی بن ابیطالب (ع) بدهد ولی چون میدانست که علی (ع) نمیخواهد زن بگیرد به (عثمان) مراجعه کرد و علتش این بود که عثمان گفت داوطلب است با یکی از زن‌های بیوه که شوهرشان در جنك احد شهید گردیده ازدواج کند. وقتی (عمر بن الخطاب) بعثمان گفت که با دختر من حفصه ازدواج کن عثمان امتناع کرد جواب منفی (عثمان) برمردی چون عمر بن الخطاب گران آمد چون اندیشید که حیثیت وی متزلزل شده است.

بدیهی است که اگر عثمان داوطلب نمی‌شد که با یکی از بیوه‌های جنك (احد) ازدواج کند (عمر بن الخطاب) با او مراجعه نمیکرد چون کسی بزور بدیگری زن نمیدهد. ولی چون خود (عثمان) داوطلب ازدواج با یکی از زن‌های بیوه شد و مشخص نکرد که با کدام زن ازدواج خواهد نمود (عمر بن الخطاب) نزد وی رفت و پیشنهاد کرد که دخترش را بگیرد. بعد از این که عثمان از ازدواج با (حفصه) امتناع نمود اگر داماد پیغمبر نبود در همان لحظه بدست (عمر بن الخطاب) کشته میشد.

ولی چون داماد پیغمبر بود، (عمر) باحترام رسول‌الله از قتل وی صرفنظر کرد و موضوع را با پیغمبر در بین نهاد و پیغمبر هم برای اینکه عمر را راضی کند و از خشم فرود بیاورد موافقت کرد که با (حفصه) ازدواج نماید. (حفصه) سواد داشت و بعد از اینکه وارد خانه رسول‌الله شد بین او و (عایشه) دوستی صمیمی بوجود آمد.

ای پسر (ارطاة) تو میدانی که وقتی اشراف مکه تصمیم گرفتند با یك قشون بزرك بمدینه حمله‌ور شوند پیغمبر دستور داد که اطراف مدینه خندق حفر نمایند. خود رسول‌الله روز و شب، در حفر خندق شرکت میکرد و هر روز عایشه از شهر، کنار خندق میآمد و مسلمین را تشویق بکار

میکرد ومن‌هم باتفاق (عایشه) بکنارخندق‌میرفتم‌تااینکه برای رسول‌الله‌غذا ببرم. یکروزکه با(عایشه) کنار خندق‌رفتم‌و غذای‌رسول‌الله‌راکه گندم پخته‌بودمقابلش نهادم تاتناول نماید شنیدم‌که عایشه به‌پیغمبر ماگفت من‌شب گذشته یك‌خواب عجیب‌دیـدم،رسول‌الله(ص) از او پرسید چه خواب‌دیدی؟

(عایشه) گفت خواب‌دیدم‌که یکمرتبه‌هواسرد شد و طوری برودت شدت کرد کـه بی‌انقطاع‌میلرزیدم و دیگران‌هم می‌لرزیدند وشنیدم که شخصی بانك برآوردوگفت ازسال (عام‌الفیل) که(ابرهه)به‌مکه حمله‌کرد یك‌چنین برودت‌شدیددرحجازمحسوس‌نشده است. آن وقت‌عایشه ازرسول‌الله (ص) پرسید تعبیر این‌خواب چیست؟ رسول‌الله جواب دادای (حمیرا) خواب‌را آن‌طورکه در دوره جاهلیت تعبیرمیکردند نبایدتعبیرکرد.

در دوره جاهلیت برای هرشیئی بی‌جان یاجاندارکه یکنفر درخواب میدید معنائی تعیین میکردند و هرکس که آن معانی را میدانست می توانست خواب‌ها را تعبیرکند . ولی آن‌معانی که‌برای تمام‌اشیاء متشابه‌یکی‌است‌تعبیرخواب‌نمی‌شود وموضوع‌خواب‌پیچیده‌تر ازآن میباشد که‌بتوان‌با آن معانی متحدالشکل آنرا تعبیرکرد . (عایشه) گفت‌یارسول‌الله توخواب مرا چگونه تعبیر میکنی؟

پیغمبر جواب‌داد من خواب توراتعبیر نمیکنم زیرا بطوریکه گفتم‌موضوع‌چیزهائیکه انسان در خواب میبیند یا میشنود پیچیده‌است‌و نمی‌توان باقواعدکلی یك‌خواب‌را تعبیرکرد بعداز اینکه خندق‌تمام‌شد قشون‌مکه، به‌مدینه‌رسید وشهررا محاصره‌کردو جنگجویان مکه زن‌های خودرا آورده بودند وروزها زنان‌مکه درآن‌طرف‌خندق جیغ میزدند و آوازمی‌خواندند ومی‌رقصیدند یا این‌که بماکه این‌طرف خندق‌بودیم ناسزا میگفتند.

یك‌روز بادی شدید وزیدن گرفت وفضا پرازغبارشد وعصرآن روزهوا خنك گردیدبعد از اینکه شب‌فرودآمد ، من‌احساس برودت‌کردم ومجبورشدم‌که جامه‌ضخیم‌بپوشم.روزبعد، برودت‌شدت‌کردوشب بازبرسرما افزود. آنوقت من خواب(عایشه) را بیاد آوردم‌و دانستم که خواب(ام‌المؤمنین) رؤیای صادق بوده‌است.

طوری برودت شدت‌کردکه سالخوردگان گفتند هرگز درحجاز یك چنان برودت شدید محسوس نشده بود وبیم‌آن میرفت‌که درسراسر مناطق‌شمال حجازدرخت‌های‌خرما از برودت خشك شود. علاوه‌بر برودت، که قشون مکه رابی‌تاب‌کرد مرض ذوسنطاریا (اسهال خونی-مترجم) بین آنها شایع‌شدوعده‌ای ازآنان براثر ابتلای به‌آن‌مرض افتاده بودند و قدرت حرکت نداشتندو جمعی ازآنها مردند وجنازه‌هایشان برجاماند.

قشون‌مکه، هم‌ازسرمارنج میبرد هم‌ازگرسنگی‌وهم‌ازمرض وعاقبت‌فرمانده‌قشون‌فرمان بازگشت راصادر کردوجنگجویانی که مدینه را محاصره کرده بودند مراجعت‌کردند.

روزهائی که هنوز مدینه تحت محاصره نیروی مکه بود گاهی بین دلیران اسلام، و دلیران قشون مکه جنك تن به‌تن درمیگرفت. من متوجه بودم‌که هردفعه که جنگی بین دوتن‌ازدلیران درمیگیرد (عایشه) تماشاچی‌میدان جنك‌است. ازاو پرسیدم ای(ام‌المؤمنین) توکه زن‌هستی، چگونه میتوانی منظره نبرد تن‌به‌تن بین‌دو نفررا تماشاکنی و بچشم خود ببینی‌که یکی ازآن دو، دیگری‌رابقتل میرساند. (عایشه) گفت‌من ازدیدن‌خون بیم‌ندارم و منظره قتل‌یکنفر مرا مشمئز نمیکند.

یکی ازکارهای برجسته (عایشه) که‌کمك به رسول‌الله(ص) ودین اسلام‌کرد این بود که پیغمبر مارا واداشت تابا (ام‌حبیبه) ازدواج‌کند. من که روزوشب درخانه رسول‌الله‌بودم میدانم‌که رسول‌الله نمیخواست‌که با (ام‌حبیبه) دختر ابوسفیان که گفته میشد زنی است بسیارزشت ازدواج نماید. بعدهاکه من‌آن‌زن را دیدم تصدیق‌کردم که زشت است. علاوه براینکه زشت‌بود دختر(ابوسفیان) بشمارمیآمد. یعنی دختریکی ازبزرگترین‌دشمنان‌پیغمبر و مادرش(هند) بودکه بعنوان‌هند جگرخوار (زیرا جگریکی ازشهدای مسلمان‌رادرمیدان جنك خورد) معروفیت‌دارد.

داشتن مادری چون (هندجگرخوار) برای نفرت پیغمبر ما از (ام‌حبیبه) کفایت میکرد تاچه‌رسد به‌چیزهای دیگر. شوهر (ام‌حبیبه) جزو مسلمان‌هائی بود که پیغمبر ما بآنها دستورداد که به‌حبشه مهاجرت‌کنند و (ام‌حبیبه) باشوهرش به حبشه رفت ودرآنجا همسرش مرد و (ام‌حبیبه) درشهر (اکسوم) پایتخت حبشه سکونت‌اختیارکرد.

نجاشی پادشاه حبشه‌که نسبت‌بمسلمین محبت مخصوص داشت ودارد برای (ام‌حبیبه) مقرری تعیین کرد تااینکه ازحیث معاش راحت باشد. عایشه برسول‌الله گفت اگر تو با (ام‌حبیبه) ازدواج‌کنی داماد (ابوسفیان) خواهی شدو او مجبور است که دست‌از خصومت بکشد وبا تودوستی‌کند. رسول‌الله گفت (ابوسفیان) هرگز موافقت نخواهدکردکه دخترش (ام‌حبیبه) بامن ازدواج نماید واین‌وصلت سرنخواهدگرفت.

(عایشه) گفت اگر (ام‌حبیبه) یك دوشیزه بود موافقت (ابوسفیان) برای ازدواج‌او باتوضرورت‌داشت چون پدر (ام‌حبیبه) میباشد. اما این‌زن، دوشیزه نیست‌ویك زن‌بیوه‌است وزنی جاافتاده بشمار میآید و حتی تحت تکفل پدرش (ابوسفیان) نیست تااینکه برای ازدواج نیازمندموافقت اوباشدومعاش وی‌از پولی‌که نجاشی پادشاه حبشه باومیدهدمیگذرد. بنابراین تو میتوانی‌ازطرف‌خود نماینده‌ای بحبشه بفرستی یااین‌که چند نفرراعزام‌بداری وآنها نزد پادشاه‌حبشه بروند وباموافقت او، ازطرف‌تو، (ام‌حبیبه) رابرای‌توخواستگاری نمایند وهمینکه (ام‌حبیبه) موافقت‌کرد خطبه‌عقد درهمانجا خوانده خواهدشد وعایشه‌همسر تو خواهدگردیدوشخص یااشخاصی‌که ازطرف تو به‌حبشه رفته‌اند (ام‌حبیبه) را به مدینه

خواهند آورد و در آن‌موقع (ابوسفیان) نمیتواند مخالفتی باتو بکندزیرا (ام‌حبیبه) همسر توشده استوتوداماد‌ش‌هستی.

رسول‌الله بطوری‌که من مطلع شدم چندنفررا ازمدینه به‌حبشه فرستاد وبآنها دستور دادکه نامه‌ای‌راکه نویسانیده است‌بنظر نجاشی پادشاه حبشه برسانندوشفاهی هم‌باوبگویند که پیغمبر اسلام قصددارد‌که با(ام‌حبیبه)که درشهر (اکسوم) پایتخت حبشه بسر میبرد ازدواج‌کند و اگر امپراطورحبشه موافقت‌کردبه(ام‌حبیبه) مراجعه نمایند وازوی استفسار کنند‌که‌آیا حاضراست بطیب‌خاطر همسرپیغمبر اسلام شود یانه؟

منظور این‌است‌که پادشاه حبشه تصور ننماید که پیغمبر اسلام خواسته پنهانی با (ام‌حبیبه) ازدواج‌کند و (ام‌حبیبه)هم بداندکه درهرازدواج میباید زوجین‌رضایت داشته باشندو بدون رضایت هردو، ازدواج جائز نیست. نمایندگان رسول‌الله (ص) وقتی‌به‌حبشه رسیدند و نامه پیغمبر را به نجاشی پادشاه حبشه تسلیم کردند خیلی موجب خوشوقتی پادشاه شد.

پادشاه حبشه به‌نمایندگان‌پیغمبرما گفت من مسرورم‌که پیغمبر اسلام خواسته‌است‌که باموافقت من‌مبادرت به‌این ازدواج نماید وخودمن جهیز عروس را فراهم خواهم کرد و بترتیبی‌که‌مناسب باشئون پیغمبر اسلام و(ام‌حبیبه) باشد اورا بعداز جاری‌شدن صیغهٔ عقد روانه (مدینه) خواهم نمود.

پادشاه حبشه به‌عهد خود وفاکرد واز خزانه خویش چهارهزار سکه‌طلا به (ام‌حبیبه) جهیز دادو بعد ازجاری شدن صیغه دستوردادکه برای (ام‌حبیبه) تخت‌روان آماده کنند و چند فرش‌گرانبها وچندین طاقه ازپارچه‌های ثمین باواهداکرد وچندکنیز سیاه‌بوی‌بخشید و (ام‌حبیبه) باتفاق نمایندگان‌پیغمبر ما باشکوه،راه‌مدینه‌راپیش‌گرفت.

روزی‌که (ام‌حبیبه) وارد مدینه‌شد، تمام سکنه شهرکه میتوانستند ازخانه‌های خود خارج‌شوند،وکار خویش‌را رها نمایند برای تماشای (ام‌حبیبه)گرد آمدند. زیرا مسلمین دوسه‌روز قبل ازورود (ام‌حبیبه)فهمیده بودندکهٔ دختر(ابوسفیان)که همسرپیغمبرماگردیده وارد شهرخواهدشد.

بعضی‌ازمردم تصورمیکردندکه دختر(ابوسفیان)میباید خیلی‌زیبا‌باشدزیراپدرش‌مردی است ثروتمندو دارای مقام وعضو ارشد خانواده (بنی‌امیه) میباشد. ولی عایشه بزن‌های پیغمبرماگفته بود (ام‌حبیبه) زشت میباشد وقیافه‌اش به(ابوسفیان) شباهت دارد. معهذاوقتی من‌آن‌زن‌را، بعد ازورودبمدینه‌دیدم‌ازز‌شتی اوحیرت‌کردم.

(ام‌حبیبه) زنی بود فربه‌دارای بینی برجسته (مثل پدرش ابوسفیان) و چشم‌های او طوری بچشم‌های مادرش (هندجگرخوار) شباهت داشت‌که وقتی انسان او را میدید تصور مینمودکه‌هندجگرخوار را میبیند. لیکن(ام‌حبیبه)ازمسلمین‌صمیمی بود ومیل‌داشت که‌پدرش

(ابوسفیان) که‌درمکه بسر میبرد وهمچنین تمام سکنه مکه مسلمان شوند ومن تردیدندارم که ازدواج پیغمبرما باآن‌زن زشت، بعدازاینکه بین‌محمد(ص) و(ابوسفیان) مذاکره‌شروع شد خیلی به‌پیشرفت مذاکرات بنفع‌اسلام کمك کرد.

دیگرازوصلت‌های‌پیغمبر که‌خیلی‌بنفع‌اسلام‌تمام‌شدوصلت‌او با(صفیه) دختر(حی‌بن‌احطب خیبری) بوده‌است. ای(پسرارطاة) ضرورت‌ندارد که‌من شرح‌جنك(خیبر)را بدهم وبگویم که درآن جنك‌چه‌وقایع‌پیش آمدوچگونه(علی‌بن‌ابیطالب)علیه‌السلام دلیری خودرا بثبوت‌رسانید وخیبر سقوط‌کرد وغنائم بسیار نصیب مسلمین‌شدکه ازجمله جواهرمردی موسوم‌به(کنانه) بود. میگویندکه درجهان جواهری زیباتر وگرانبهاتر از جواهر (کنانه) که مردی بود ساکن خیبر وجود نداشت، طبیعی‌است بعدازاین‌که‌خیبر بتصرف مسلمین‌درآمدسکنه‌آنشهر نسبت‌بمسلمان‌ها نظری‌خوب نداشتندتا اینکه‌پیغمبرما با(صفیه) که‌یکزن‌یهودی بیوه‌اززن‌های (خیبر) بود ازدواج‌نمود .

دربین‌زنهای‌پیغمبر، فقط‌همین یك‌زن‌از لحاظ زیبائی محسود (عایشه) شد. (عایشه) میدیدکه‌تمام زن‌های پیغمبر غیرازاو، کم‌یازیاد سالخورده هستندوهیچیك نمی‌توانندازلحاظ جوانی‌وزیبائی‌بااو برابری کنند. اما (صفیه) جوان وزیبا بودو چشم‌هائی بسیار قشنك داشت و وقتی پیغمبر ما با(صفیه) ازدواج کرد(عایشه) نتوانست‌ازابراز رشك‌خودداری کندوهرموقع فرصتی بدست‌میاورد از (صفیه) بدگوئی میکرد ولی‌جرئت‌نداشت‌که درحضور پیغمبر از وی بدگوئی نماید برای‌اینکه میدانست که‌پیغمبرخواهد رنجید.

عایشه، درغیاب‌رسول‌الله، (صفیه) را بعنوان (زن‌یهودی) یاد مینمود درصورتیکه وی یهودی نبودو بعداز اینکه همسرپیغمبر اسلام‌شدمسلمان گردید. درهرحال ازدواج‌پیغمبرما با(صفیه)سبب گردید که‌احساسات سکنه خیبر که یهودی بودند نسبت‌به پیغمبرما و مسلمین تغییرکردو به مسلمانها نیك‌بین شدند.

مشاهدات فرستادگان پیغمبر اسلام

در دربار روم

عبدالله بن عمر (که نباید اورا با عبیدالله پسر عمر بن الخطاب اشتباه کرد) در تاریخی که مورد تحقیق من قرار گرفت پیرمردی بود ناقص الاعضاء و بیت المال باو مستمری میپرداخت برای اینکه درجنك ناقص شده بود. چون (عبدالله بن عمر) از اصحاب رسول الله بود ومیباید اورا محترم شمرد من ویرا احضار نکردم بلکه خود بملاقاتش رفتم تا از او بپرسم که راجع به (عایشه) چه میداند.

(عبدالله بن عمر) بمن گفت عایشه از زنهای باهوش جهان است ومن خود از زبان پیغمبر شنیدم که میگفت (عایشه) مرا تشویق میکند که نامه‌هائی برای سلاطین جهان بنویسم واز آنها دعوت کنم که متدین بدین اسلام شوند و میگوید که اگر یك پادشاه دین اسلام را بپذیرد اتباع او، بسرعت دین ما را خواهند پذیرفت، واسلام در مدتی کم وسعت خواهد گرفت. کدام زن را سراغ دارید که این قدر باهوش باشد که بتواند برای کمك بشوهرش یك چنین طرح را پیشنهاد نماید آنهم در آن موقع که (عایشه) زنی بود جوان وزنهای جوان بمسائل سیاسی توجه ندارند.

باری پیغمبر ما تصمیم گرفت که چهار نامه برای چهار تن از سلاطین جهان بنویسد واز آنها دعوت کند که دین اسلام را بپذیرند.

نامه اول را برای (هرقل) پادشاه روم نوشت. (باید متوجه بود که مقصود گوینده از پادشاه روم پادشاه رومیة الصغری است که پایتخت آن (بیزانتیوم) یا (قسطنطنیه) نام داشت وامروز موسوم است به استانبول- مترجم) و مرا مأمور رسانیدن آن نامه کرد.

نامه دوم از طرف رسول الله برای پادشاه ایران نوشته شد. و (زید) غلام آزاد شده پیغمبر مأمور گردید که آن را بپادشاه ایران برساند. نامه سوم را پیغمبر ما به (مقوقس) پادشاه مصر نوشت وعثمان مامور رسانیدن نامه گردید چهارمین نامه برای پادشاه (چین) نوشته شد واین نامه را به یك ناخدای عرب موسوم به (الواشی) که شش مرتبه بچین مسافرت کرده بود سپردند تا اینکه ببرد و بپادشاه چین تسلیم نماید.

پادشاه‌چین(بطوریکه من‌مطلع‌شدم) حامل‌نامه‌پیغمبر اسلام‌را بامحبت‌پذیرفت وموافقت کردکه مسلمین درکشورچین مسجدبسازند وتکالیف‌مذهبی‌خودرا بانجام برسانندمن‌درست نمیدانم‌که‌دیگران که‌بسوی‌ایران‌و چین ومصر رفتندچه‌دیدند وچه‌شنیدندو دراین‌موقع فقط راجع به‌مأموریت‌خود صحبت میکنم.

قبل‌ازحرکت ازمدینه رسول‌الله مرا احضار کردوگفت‌ای(عبدالله‌بن‌عمر) من نامه‌ای راکه برای پادشاه (روم) نوشته‌ام نبستم‌تاتوبیائی وازمفاد نامه‌مطلع‌شوی‌زیراممکن‌است که این‌نامه درراه مفقود شود وتوباید ازمفادآن اطلاع داشته‌باشی تابعدازاینکه‌به(بیزان‌تیوم) رسیدی‌و(هرقل)امپراطور روم‌را دیدی بتوانی مفاد نامه مراباوبگوئی.

درهمان روز بودکه پیغمبربمن گفت من‌این‌نامه‌وسایر نامه‌هاراکه برای سه‌پادشاه دیگر نوشته‌ام برحسب تذکر (عایشه)نوشتم. چون وی‌عقیده دارد که اگراز چهار پادشاه که‌نامه‌من بدستشان‌می‌رسد فقط یکی مسلمان شودسبب خواهدشد که اتباعش‌مسلمان گردند وبسود اسلام خواهدبود.

رسول‌الله بمن گفت‌توبایداز این جابه(انتاکیه)بروی‌و(انتاکیه) بعداز (بیزان‌تیوم) دومین شهر کشور(روم)است. بعدازاینکه‌آنجارسیدی‌راه (بیزان‌تیوم)راپیش‌بگیرونامه‌مرا به (هرقل)برسان. رسول‌خدا دستور داد که‌ازبیت‌المال، مقداری پول‌بمن‌دادندتااین که‌بمصرف هزینه من‌وغلامم(که‌با من‌مسافرت میکرد) برسد وما درآغاز بهارکه‌آب‌درصحراهافراوان بود براه افتادیم وازخاك کشورشام(سوریه—مترجم) گذشتیم تااینکه‌به (انتاکیه)رسیدیم.

من‌وغلامم(عنتر)ازمشاهده شهر(انتاکیه)مبهوت‌شدیم. ماتصورنمی کردیم‌شهری آن‌چنان زیباوجودداشته باشد وبخصوص کلیساهاو حمامهای‌شهر سبب حیرت‌ماشد. وقتی من وغلامم برای‌اولین‌باردرشهر(انتاکیه) قدم‌بحمام‌نهادیم مثل‌این‌بودکه‌واردجهانی‌دیگر شده‌ایم. آن حمام راباسنگهای‌مرمر رنگارنگ مفروش کرده‌بودند، ومن جرئت‌نمیکردم‌پای‌برهنه‌خودرا روی سنگها بگذارم‌که مبادا‌کف‌پای‌خشن‌من، آن‌سنگهای‌زیباوصاف‌را بخراشد. غلام‌من(عنتر) لحظه‌به‌لحظه‌میگفت‌ای‌مولای‌من، دستم‌را بگیر، زیراروی این‌سنگهای صاف که‌مانندآئینه‌است میلغزم و برزمین‌میخورم.

درحمام، حوض‌های متعدد بودولی‌چیزی‌که بیشترمن‌وغلامم‌راحیران کرداینکه‌دیدیم درآن حمام‌شیرهائی‌وجود داردکه وقتی بدلخواه می‌گشایند، آب گرم‌یاسرد ازآن خارج میشود. درآنجا برخلاف عربستان، آب‌ارزش‌نداشت وماآزاد بودیم که هرقدر می‌خواهیم، آب بمصرف برسانیم.

روزی که‌ماوارد(انتاکیه) شدیم بهترین لباس‌های خودراپوشیدیم‌تا اینکه مردم شهر بدانند که‌مامردانی برجسته‌هستیم. لیکن مردم شهرباتظر تحقیرمارامینگریستند وشترهای

ما از مشاهده تخت‌روان‌های بزرك که مردان و زنان در آن نشسته بودند رم میکردند. در دکان‌های صرافی پول نقره را با ترازو می کشیدند تا اینکه مجبور بشمردن آن نباشند و طوری هنگام وزن کردن پول سهل‌انگار بودند که ما در عربستان قدرت نداریم که خرما را با آن سهل‌انگاری بکشیم.

از عجائب شهر (انتاکیه) زن‌های آن بود، و زن‌ها در معابر بما نزدیك می‌شدند و بدون مقدمه با ما صحبت میکردند. ما که زبان رومی نمیدانستیم، نمی‌فهمیدیم که آنها چه میگویند ولی اشارات آنها آشکار میکرد که منظورشان چیست. هر دفعه که یکی از آن زنها بمن نزدیك میشد من از وسوسه شیطان بخدا پناه میبردم. وقتی شب فرا میرسید آنقدر در معابر (انتاکیه) مشعل و چراغهای روغنی افروخته می‌شد که شب را چون روز میکرد و هنگام شب، زن‌ها زیادتر درمعابر دیده می‌شدند.

ما برای اینکه وسیله مسافرت خود را به (بیزانتیوم) فراهم کنیم مدت سه روز در (انتاکیه) توقف کردیم و روز سوم، گزمه شهر من و غلامم (عنتر) را دستگیر کرد و ما را بخانه‌ای بردند که رئیس عسس در آنجا بود. و او با کمك یك دیلماج جوان که بیش از شانزده سال نداشت از من پرسید تو کیستی و برای چه به (انتاکیه) آمده‌ای و این که با تو میباشد کیست؟ من خود را معرفی کردم و گفتم اینکه با من می‌باشد غلام من است، و ما از مدینه میآئیم و قصد داریم به (بیزانتیوم) برویم و من حامل نامه‌ای هستم که از طرف پیغمبر اسلام نوشته شده و می‌باید به (هرقل) پادشاه روم تسلیم شود.

رئیس عسس بطوریکه بعد فهمیدم نسبت بما ظنین شد و تصور کرد که ما جاسوس هستیم و ما را از آن خانه خارج کردند و عنان شترهایمان را بدستمان دادند و بعد از اینکه مدتی پیاده راه پیمودیم، ما را وارد یك سربازخانه بزرك کردند. با این که من از وضع شهر (انتاکیه) اطلاع نداشتم فهمیدم که گزمه شهر ما را تحویل ارتش میدهد.

ما در حیاط سربازخانه، شترهای خود را نشانیدیم و زانوهای چهار پایان را بستیم. آنگاه ما را باطاقی بردند و نشانیدند و دو نگهبان بر درب اطاق گماشتند و نه ما زبان نگهبانان را می‌فهمیدیم نه آنها زبان ما را. ما ساعتی در آن اطاق نشستیم و آنگاه بما گفتند که وارد اطاقی دیگر شویم و وقتی ما قدم بآن اطاق نهادیم دیدیم مردی که لباس قشونی رومیان را پوشیده و از وضعش پیداست که یك صاحب‌منصب ارشد می‌باشد در آن اطاق نشسته با دو نفر صحبت میکند و آن سه نفر مشغول مطالعه یك نقشه هستند. آن مرد که بعد فهمیدم (تیوفالس) فرمانده قشون روم در (انتاکیه) است نظری بما انداخت و دیگر بما توجه نکرد و با دو نفر که در طرفین او قرار داشتند بصحبت مشغول شد و گاهی نقشه را بآنها نشان میداد.

ما که از ایستادن خسته شدیم برزمین نشستیم و باز آن مرد بما توجه نکرد و مثل این

بودکه فراموش کرده مادرآن اطاق حضورداریم . بعداز اینکه صحبت اوتمام شد آن دو نفر رفتند و(تیوفالس) نقشه‌ای‌راکه مقابل‌اوبود تاکرد وآنگاه‌مردی‌را احضار نمودکه دانستیم دیلماج است. (دیلماج) مزبور خیلی بیش‌از آن‌جوان زبان عربی‌میدانست و اظهارات مرا خوب می‌فهمید وبرای(تیوفالس) ترجمه‌کرد. وقتی افسر رومی فهمیدکه‌من حامل نامه‌ای از طرف پیغمبر اسلام برای(هرقل) امپراطور (روم) هستم‌گفت آن نامه‌را بمن‌نشان بده. من‌نامه را بوی دادم واونامه‌راگشود وبدست دیلماج‌دادکه ترجمه‌کندو دیلماج جمله‌بجمله نامه را ترجمه‌کردوبعد ازاینکه‌ترجمه نامه تمام‌شد تیوفالس باخنده‌گفت باید خـوشوقت باشیدکه بچنك من‌افتادید زیرا اگر بچنك کشیش‌ها میافتادید شمارا بصلیب میکوبیدند . لیکن من مردی هستم سرباز ورسیدگی به‌مسائل مذهبی خارج از حدود وظائف‌من است . وانگهی نامه شما، خطاب به(هرقل) پادشاه‌روم‌میباشد و من نمی‌توانم‌نامه‌ای‌راکه بایدبدست پادشاه روم برسد ضبط‌کنم ومانع ازرفتن‌شما به(بیزانتیوم) بشوم لذا موافقت میکنم‌که‌شما به (بیزانتیوم) بروید ونامه‌پیغمبر خودرا به‌پادشاه (روم)تسلیم‌کنید وخوداو، هرتصمیم را که مقتضی بداند در مورد شما خواهدگرفت اما نمیتوانم که شمارا بدون مستحفظ بـه (بیزانتیوم) بفرستم‌و با عده‌ای از سربازان‌که از این‌جا به(بیزانتیـوم)میروندمسافـرت خواهیدکرد .

بعدازاین گفته‌ها‌ما رااز‌آن‌اطاق‌برگردانیدند ودرزیرزمینی واقع‌درهمان سربازخانه حبس کردند.مدت دوروزبما غذا ندادند وبعد ازآن ، هرروز یك‌قرص‌نان‌بسوی‌ماپرتاب میکردند و من وغلامم با آن‌قرص نان قناعت می‌نمودیم . ما مدت هفت‌روز درآن‌زیرزمین بودیم‌و آنگاه مارا ازآنجا بیرون‌آوردندو گفتندکه باعده‌ای ازسربازان که‌عازم(بیزانتیوم) هستند براه‌خواهید افتاد . وقتی ما خواستیم براه بیفتیم شتران خود را خواستیم تااینکه سوار شویم . ولی شتران را به ما ندادند و معلوم شدکه ارتش (روم) شتران ما را ضبط کرده است .

ماپیاده براه‌افتادیم وهرروز ازطلوع‌فجر راه‌پیمائی‌ماشروع می‌شدو تاغروب‌آفتاب ادامه‌داشت. سربازان‌روم که‌عازم‌پایتخت‌بودند سواربرشترحرکت میکردندورنج راه‌پیمائی را احساس نمی‌نمودند.

ولی ما چون پیاده راه می‌پیمودیم خیلی درزحمت‌بودیم. ذکر این‌نکته‌ضروری است که وقتی ما درسربازخانه(انتاکیه) محبوس بودیم پولی راکه‌درمدینه برای هزینه سفربه‌ما داده بودند از ما گرفتند وماهنگامیکه‌بسوی پایتخت(روم) براه افتادیم‌پول‌نداشتیم تااینکه خواربار خریداری‌کنیم .

وقتی آفتاب غروب میکرد سربازان رومی دریك مهمانخانه واقع درکنار راه توقف

مینمودند ودستور میدادند که برای آن‌ها اغذیه‌خوب فراهم‌نمایند ولی‌ما که‌پول نداشتیم‌مجبور بودیم گرسنه بمانیم وعزت نفس‌ما اجازه نمی‌داد که تکدی کنیم. اما چون نمیتوانستیم گرسنگی دائمی راتحمل نمائیم من بصاحب منصب‌رومی که فرمانده سربازان بود مراجعه کردم و هر طور بود باو فهمانیدم که پول مارا رومیان گرفته‌اند وما خرج سفر نداریم‌و بر او واجب‌است که هرروز بما غذا بدهد واز آن‌روز ببعد، سربازان رومی‌ته‌سفره خودرا بمامیدادند. غلام من(عنتر) مریض‌شد ولی باوجود بیماری مجبور بود که پیاده‌راهپیمائی نماید. هرشب، ما بعد ازورود به‌منزل درحیاط مهمانخانه‌هائیکه سربازان رومی در آن سکونت میکردند روی زمین‌و گاهی روی‌کاه می‌خوابیدم.

یك‌شب که من‌و غلامم میخواستیم بخوابیم‌یك‌پیرزن به‌ما نزدیك شد و علامت صلیب مسیحیان را بالای سرما رسم‌کرد و چیزی گفت. من‌که نفهمیدم وی چه گفت ازدیلماج درخواست‌کردم که‌حرف آنزن‌را برای ما ترجمه‌کند. (دیلماج) گفت این زن میگوید که (هرقل) پادشاه (بیزان‌تیوم) نسبت بکسانیکه با وی هم‌کیش‌نیستند خیلی‌بی‌رحم است‌وچون او از خانواده‌ایست که اعضای آن همه(نستوری) هستند (هرقل) پادشاه بیزان‌تیوم‌دستورداد که پسر بزرك اورا وارد یك‌حوض عمیق‌کنند که ده‌ها افعی درآن حوض بود ونیزامر کرد. دوچشم شوهرش راکورنمایند وبینی‌اش را قطع‌کنند برای‌این‌که اونیز(نستوری) بود.

من نمیدانستم (نستوری) چیست وتا آن‌موقع‌آن‌نام رانشنیده بودم وبوسیله (دیلماج) ازآن‌زن پرسیدم‌که مقصودش از(نستوری) چه میباشد؟ زن سالخورده گفت مدتی قبل‌ازاین، درشام (سوریه ـ مترجم) یك‌مرد روحانی مسیحی زندگی‌میکردموسوم به(نستوریوس) واو فرقه‌ای جدید دردیانت مسیح بوجودآورد وامروز پیروان وی‌را (نستوری) میخوانند. بعد زن سالخورده توضیح دادکه مسیحیان عقیده دارند که عیسی پسرخداست ومریم مادر فرزند خدا بوده است.

(نستوری)ها، عیسی‌را پیغمبر برحق میدانند ولی میگویند که‌مریم مادر فرزند خدانبود بلکه مادریك‌پیغمبر بوده است. پیرزن بوسیله دیلماج ازمن‌پرسیدکه آیامن میتوانم بفهمم‌که وی چه‌میگوید. گفتم‌من خیلی خوب، حرف اورا میفهمم برای اینکه پیغمبرما محمد بن‌ـ عبدالله(ص) بدفعات گفته‌که من بشری هستم‌مثل شماوخودرا پسرخدا نمیدانند ومادرپیغمبرماهم مادر یك‌پیغمبر بوده نه‌مام فرزند خدا. پیرزن پرسید تو دارای چه مذهب هستی؟ گفتم من مسلمان هستم. پیرزن گفت من اسم این دین را تاکنون نشنیده‌ام. گفتم برای این‌نشنیده‌ای که دین اسلام بالنسبه یك‌دین تازه است ولی بطورحتم نام این‌دین‌راخواهی‌شنید.

پیرزن پرسید توکه دارای دین (هرقل) پادشاه روم نیستی برای‌چه به(بیزان تیوم) میروی وخودرا درمعرض خطر قرارمیدهی؟ زیرا (هرقل) اگر بفهمد که تودارای دینی‌غیراز

دین او هستی تورا بقتل خواهد رسانید یامثل شوهرمن، کورت خواهد کرد وبینی تورا خواهد برید. گفتم من میباید نامه‌ای راکه پیغمبرما بمن داده است نزد (هرقل) ببرم وباو برسانم وخواهم رسانید ولو (هرقل) مرا بقتل برساند یاکور کند.

راه‌ما برای رسیدن به (بیزان‌تیوم) ازکنار آبادی‌های (آناطولی) میگذشت وکمتر اتفاق میافتاد که آبادیهارا ویران نبینیم من ازدیلماج میپرسیدم برای چه این آبادیها ویران است و سکنه ندارد و آیا پادشاه روم ازوضع اینجا اطلاع ندارد. (دیلماج) میگفت در این سرزمین پیوسته، جنگ است وبندرت اتفاق میافتدکه صلح برقرار باشد بهمین جهت آبادیها ویران میشود وزارعین یا بقتل میرسند یازمین‌هائیرا که باید در آن‌کشت و زرع کنند میگذارند و میروند. ولی بعدازاینکه به‌شهر (بیزان تیوم) نزدیك شدم وضع آبادیها بهتر شد وهرقدرکه به‌پایتخت روم نزدیك میشدیم قراء راآبادتر میدیدم تااینکه به‌شهر (کری سوپولیس) رسیدیم.

(توضیح ـ شهر (کری سوپولیس) آن قسمت ازشهر استانبول کنونی بودکه درمشرق بغاز بوسفوریعنی درقسمت آسیائی استانبول قرارداشت وامروز نیزهست ولی‌باسم دیگرخوانده میشود ـ مترجم).

بعد ازرسیدن به (کری‌سوپولیس) تنگه بوسفوررادیدیم و مشاهده کردیم که کشتیهای متعدد درآن تنگه حرکت میکرد ودرآن تنگه (بوسفور) شهر (بیزان تیوم) که شنیده بودم بزرگترین شهردنیامیباشد نمایان بود. ازدورچیزی که‌پیش ازهمه درشهر (بیزان تیوم) توجه مراجلب کردعبارت بود ازعماراتیکه بامرمرساخته بودند وبالای آنهاقبه‌های طلا بچشم‌میرسید. گنبدکلیساهای (بیزان تیوم) نیزجلب نظر میکرد وغلام من (عنتر) درصدد برآمدکه گنبد کلیساهارا بشمارد ولی بعدازشمردن بیست وشش گنبد حساب‌ازدستش بدررفت.

دربین‌کلیساها گنبد یکی ازآنها بزرگتر ازگنبد سایرکلیساها بود ودیلماج گفت آن گنبد ازکلیسای (سوفی) است. من وغلامم‌راکنارتنگه (بوسفور) سوار یك‌زورق کردند و عده‌ای ازهمراهان درآن نشستند ومااز تنگه گذشتیم ووارد (بیزان تیوم) شدیم. روزی که‌ما وارد (بیزان تیوم) شدیم روزی بودکه مسیحیان آن‌راروز (یکشنبه شاخه زیتون) میخوانند وعلتش این است که درروزی مثل آن روز، عیسی سوار برالاغ وارد بیت‌المقدس گردید وسکنه شهرکه شاخه‌های زیتون دردست داشتند ازاواستقبال کردند.

روزورود ما به (بیزان تیوم) روز (یکشنبه شاخه زیتون) ازسال ۶۲۹ میلادی مسیحیان بودکه میشود سال پنجاه ونهم عام الفیل‌ما.

(توضیح ـ درصدراسلام مسلمین حساب سنوات را ازمبداء عام الفیل (سالی که‌ابرهه بافیل بمکه حمله‌کرد) نگاه میداشتند وعام الفیل مطابق بود باسال ۵۷۰ میلادی وتاریخ هجری بعد ازرحلت حضرت ختمی‌مرتبت (ص) وضع شد ـ مترجم).

بمناسبت آن روز، معابر (بیزان تیوم) راکه عریض بود تزیین کرده بودند وکشیشان مسیحی که شمع های بلند وقطوروروشن دردست داشتند بطرف کلیساها میرفتند وبقدری درمعابر جمعیت بود که ما بازحمت قدم بر میداشتیم وپیش میرفتیم. بجائی رسیدیم که بما گفتند که بقصر پادشاه (بیزان تیوم) نزدیك شده ایم واظهار کردند از آن ببعد، میباید باچشم های بسته راه بپیمائیم زیراما اجنبی هستیم واجنبی ها نباید راه ورود بکاخ پادشاه (بیزان تیوم) رایادبگیرند. پارچه هائی آوردند وچشمهای من و غلامم (عنتر) را بستند ودست ، من و اوراگرفتند و براه انداختند.

من نمیدیدم که کجامیروم ولی حس میکردم که گاهی ازروی سنگ های صیقلی وباحتمال زیاد سنگ مرمرحرکت میکنم وگاهی ازحیاط یاباغ عبورمینمایم زیراحرارت آفتاب بمن میتابید ، معلوم میشدکه کاخ پادشاه (بیزان تیوم) خیلی وسعت دارد چون من و(عنتر) مدت نیم ساعت درآن کاخ راه می پیمودیم تااینکه بجائی رسیدیم که بمااجازه داده شد پارچه هارا ازروی چشم برداریم.

وقتی من چشم گشودم دیدم دریك حجله ایستاده ام وآن حجله مشرف است بریك طالار خیلی وسیع. در اطراف من جزسنگ مرمر وطلاوروشنائی شمع ها وتصاویری که بدیوارها نقش کرده بودند دیده نمیشد وزیر پایم یك فرش ضخیم گسترده بودند . در طالاری وسیع که حجله ما برآن مشرف بودعده ای ایستاده بودند ومعلوم میشد که آنها ازبزرگان (بیزان تیوم) هستند زیراهمه لباسهای گران بها ودرخشنده دربرداشتند و چندنفر، دائم ازبین صفوف آنها حرکت میکردند وبدقت البسه آنهاحتی کفشهایشان را ازنظرمیگذرانیدند .

من ازدیلماج پرسیدم اینهاچرا اینطور میکنند؟ دیلماج گفت اینان مسئولین تشریفات هستند ودقت میکنند نقصی درلباس کسانی که درطالارحضوریافته اند وجودنداشته باشد. چون امروز، روز سلام است وکسانیکه اینجا هستند برای سلام حضوربهم رسانیده اند وهردسته از کسانیکه امروزدراینجاحضوردارندبعدازآمدن پادشاه هدیه ای باوتقدیم میکنند وتووغلامت (عنتر) نیزهدیه (تیوفالس) فرمانده قشون (روم) در(انتاکیه) هستیدکه بمناسبت این روز، از طرف اوبه پادشاه تقدیم میشود.

جامه ما براثرراهپیمائی طولانی خاك آلود وپاره شده بود ومن وغلامم موی سروریش بلند وانبوه داشتیم ولی من ازحقارت لباس ووضع خود درآن طالاربزرگ خجالت نمیکشیدم چون میدانستم که مسلمان هستم ویك مسلمان برترازپیروان مذاهب دیگراست ولوجامه ژنده دربرداشته باشد.

یکی ازچیزهائی که درآن طالار سبب حیرت من شد حلقه هائی بودکه بدیوارکوبیده بودند ومن نمیدانستم فایده آن حلقه هاچیست. ولی بعد متوجه شدم که حلقه های مزبوربرای

بستن جانوران وحشی است که بعضی‌ازمردم بعنوان هدیه برای پادشاه (بیزان تیوم) میبرند چون دیدم که چند جانوروحشی‌را بطالار آوردند وبآن حلقه‌ها بستند.

قدری قبل از اینکه پادشاه (بیزان تیوم) بآن طالار بیاید عده‌ای ازکشیشان که همه شمع‌های بلند وروشن‌دردست داشتند واردطالارشدند وبرگردیك‌میزطولانی واقع دریك‌طرف طالارحلقه زدند وذکری میخواندندکه معنایش این‌بود(مسیح مبارك‌باشد). بعدازدورصدای بوق شنیده شد ومسئولین‌تشریفات،مرتبه‌ای دیگرصفوف حضاررادرآن‌طالاروارسی کردند و آنگاه (هرقل) پادشاه بیزان تیوم درحالیکه تاج برسروجامهٔ ارغوانی‌دربرداشت واردطالار گردیدومن‌حیرت زده‌دیدم‌تمام کسانیکه‌در طالاربودند حتی‌دیلماج ماسجودکردندوسربرزمین نهادند. ولی‌من وغلامم همچنان ایستاده بودیم.

بعداز اینکه حضارسرازسجودبرداشتند پادشاه (بیزان‌تیوم) به میزی‌که دریك طرف طالار قرارداده بودند وروی‌آن، ظروفی ازطلابچشم میرسید نزدیك‌گردید. بعداز این‌که (هرقل)بآن میزنزدیك شدکشیش‌ها ذکرخود راقطع‌نمودند. من دیدم‌که جامهٔ ارغوان رنك (هرقل) بوسیله یك قطعه زمرد بدرشتی یك تخم مرغ‌که روی‌شانه‌اش‌قرارگرفته ببدن وصل شده وتاج‌الماس‌اومیدرخشد. ولی‌بااین‌که تاجی‌ازالماس‌برسر نهاده بودچون قامتی‌بسیارکوتاه داشت جلوه نمیکرد.

ما درمدینه‌کسی‌رانداشتیم‌که‌از (بلال) مؤذن‌سیاهپوست مسلمین‌کوتاهترباشدو(هرقل) از(بلال) کوتاهتربود.معلوم شدکه ظرفهای طلاکه روی‌میزنهاده شده حقوق سالیانه،عده‌ای ازرجال‌کشوری ولشکری است‌که هرسال، (هرقل) درروزعید شاخه زیتون بآنهامیپردازد. بعد از اینکه حقوق رجال‌کشوری ولشکری پرداخته شدکسانیکه برای سلام‌آمده بودنداز مقابل (هرقل) عبورکردند.آنگاه (هرقل) نظررا متوجه حجله‌های‌اطراف طالارکرد ومن و غلامم را دید وآثارحیرت زیاد درقیافه‌اش‌آشکارشد ومثل‌اینکه پرسیداینهاکه هستند.یکی ازکسانی‌که مسئول تشریفات مابود به دیلماج مااشاره‌کردکه مارا به (هرقل) نزدیك‌کند ومااز‌حجله خارج شدیم‌وبراهنمائی(دیلماج) بسوی‌پادشاه (بیزان‌تیوم)رفتیم.(دیلماج)همینکه مقابل(هرقل) رسید سجودکرد وبهمان‌وضع‌باقی ماند وبمن گفت‌که نامه خود رابده من‌نامه پیغمبر اسلام را ازگریبان بیرون‌آوردم‌وبدست دیلماج دادم وآن مرد بی‌آنکه اززمین‌بر خیزدبایك وضع ناراحت شروع‌به ترجمه‌نامه‌کرد ومن متوجه بودم‌که نامه را جمله بجمله ترجمه میکند.

درآن‌نامه پیغمبرمااز(هرقل)امپراطور(روم) دعوت میکردکه‌دین‌حقه‌اسلام‌را بپذیرد. بعدازاینکه ترجمه نامه باتمام رسید (هرقل) روبمن‌کرد وچیزهائی‌گفت‌که دیلماج‌اینطور ترجمه نمود.(آیا پیغمبرشماکه نامش‌محمد(ص)است پایتخت هم دارد). گفتم‌بلی او دارای

پایتخت میباشد وپایتختش شهر (مدینه) میباشد که درگذشته موسوم بود به (یثرب). (هرقل) گفت من هرگز اسم (مدینه) یا (یثرب) را نشنیده‌ام. آنگاه پرسید پیغمبر شما چند سرباز دارد؟ گفتم تمام مردان مسلمان سرباز او هستند و هر موقع که بخواهد بجنگد بمیدان جنگ میروند. (هرقل) پرسید مردان مسلمان چند نفر هستند؟ جواب دادم شماره مردان مسلمان در حال حاضر بیست و پنجهزار تن است ولی زیادتر خواهد شد چون هر سال بر شماره مسلمین افزوده میشود. آنگاه (هرقل) چند سئوال در خصوص اوضاع مدینه از من کرد و هر دفعه که دیلماج جواب مرا برای او ترجمه مینمود بخنده میافتاد.

بعد از اینکه سئوال وجواب تمام شد یك چنك سکه زر و یك حلقه طلا به (دیلماج) داد و گفت این را برای (تیوفالس) فرمانده قشون من در انطاکیه ببر و بگو اشخاصی را که فرستاده بود دیدم ومشاهده آن‌ها وشنیدن اظهاراتشان سبب تفریح من گردید، بعد، چیزهای دیگرهم به اطرافیان خود گفت که چون دیلماج برای ما ترجمه نکرد ما نفهمیدیم. آنگاه (هرقل) از آن طالار بزرك خارج شد و بعد از خروج او وضع منظم طالار برهم خورد و مردم که در جاهای خود ایستاده بودند بحرکت درآمدند و هر کس بدیگری میرسید شروع بصحبت میکرد.

مستحفظین ما که پیوسته با ما بودند بعد از رفتن (هرقل) ما را رها نکردند. من به دیلماج گفتم که جواب (هرقل) بنامهٔ پیغمبر ما چه بود ومن که اینك میخواهم به (مدینه) برگردم چه جواب برای پیغمبر ببرم.

(دیلماج) گفت تو و غلامت باید خوشوقت باشید که پادشاه (بیزانتیوم) فرمان قتل شما را صادر نکرد ودستور نداد که چشم‌های شما را کور نمایند بلکه گفت که شما دیوانه هستید و باید شما را بدیوانه‌خانه ببرند. گفتم اگر من میدانستم که (هرقل) راجع بما باطرافیان خود چه گفت جواب اورا میدادم. ولی چون من زبان رومی نمیدانم نفهمیدم که وی راجع بما چه گفت وتو هم اظهاراتش را برای من ترجمه نکردی. اگر اظهاراتش را برای من ترجمه میکردی باو میگفتم که ما دیوانه نیستیم وعاقل میباشیم وفرستادگان پیغمبری هستیم که دین او تمام جهان را خواهد گرفت وروزی خواهد آمد که درهمین شهر که امروز پایتخت پادشاه (روم) است صدای اذان بگوش برسد و صف نماز بسته شود.

(دیلماج) گفت وقتی پادشاه ما اظهار کرد که شما دیوانه هستید من جرئت نداشتم که برخلاف نظریه او چیزی بگویم زیرا هر کس که برخلاف نظریه پادشاه ما حرفی بزند سر را بر باد میدهد. دیگر هم باشما کاری ندارم چون در این لحظه شما را بدیوانه خانه میبرند. پس از این حرف دیلماج بما پشت کرد و براه خود ادامه داد.

نگهبانانیکه ما را بکاخ سلطنتی آورده بودند چشمهای ما را بستند واز آن کاخ برگردانیدند. بعد از اینکه ازحدود کاخ سلطنتی دور شدیم چشمهای ما را گشودند. نه ما زبان نگهبانان را میفهمیدیم

نه نگهبانان زبان مارا. دومرتبه من با اشاره از نگهبانان پرسیدم مارا کجا میبرید؟ آنها با اشاره جوابی دادند که من نفهمیدم، بعد از اینکه مدتی راه پیمودیم و گویا از طول شهر (بیزان تیوم) عبور کردیم مارا وارد خانه‌ای نمودند که بوی تعفن از آن بمشام میرسید.

درصحن وسیع آن خانه چشم من بچند مرد افتاد که قیافه‌های وحشت آور داشتند و با چشمهای دریده مارا مینگریستند ویکی از آنها بعد از اینکه قدری مارا نگریست صدای شغال کرد و دیگری نهیق الاغ را برآورد ودر آنموقع من دریافتم که آنجا دیوانه‌خانه است.

من و (عنتر) را وارد اطاقی کردند و در را بروی ما بستند و رفتند. (عنتر) از من پرسید مولای من، اینجا کجاست؟ جواب دادم که اینجا دیوانه‌خانه است، از اطاقهای اطراف صداهای سامعه خراش وصدای انواع جانوران بگوش میرسید. معلوم میشد که عده‌ای زن دیوانه هم در آن خانه هست چون از بعضی از اطاقها صدای قهقهه یا جیغ زن بگوش میرسید. من در آنموقع فهمیدم که اززندان بدتر، دیوانه‌خانه میباشد و اگر انسان مدتی در دیوانه‌خانه بسر بر دیوانه میشود.

هر روز، يك مرتبه درب اطاق را میگشودند ويك قرص نان بطرف ما میانداختند و میرفتند. يك شب يك مرد روحانی مسیحی وارد اطاق ماشد و من حیرت زده دریافتم که وی زبان عربی را میداند. از او پرسیدم که آیا تو بعربستان مسافرت کرده زبان عربی را در آنجا فرا گرفته‌ای. جواب داد نه، ولی مدتی در منطقه مرزی عربستان، درشام بسر میبردم و زبان عربی را در آنجا آموختم. مرد روحانی گفت شنیدم که در روز عید، پادشاه ما (هرقل) دونفر را که دارای مذهب (ارتودوکس) نبودند بدیوانه‌خانه فرستاد و اینجا آمدم تا شمارا ببینم و بدانم که آیا دارای مذهب نستوری هستید یا اینکه قبطی میباشید یا آتش را میپرستید؟ درجوابش گفتم ما دارای هیچيك از این مذاهب نیستیم بلکه مسلمان میباشیم. مرد روحانی گفت من شنیده‌ام که پیغمبر مسلمین مردی است باسم محمد (ص) وقوانین او، مقرون بمساوات وعدالت است. گفتم قوانینی که پیغمبر ما وضع کرده بهترین قوانین جهان میباشد.

مرد روحانی گفت برعکس قوانینی که در این کشور رواج دارد بدترین قوانین جهان است و (هرقل) پادشاه اینجا، مردی است ستمگر و هرکس را که دارای مذهب (ارتودوکس) نباشد واجب القتل میداند و ایکاش که آنهارا بدون شکنجه بقتل برساند ولی از بس بیرحم است امر میکنند که پیروان مذاهب دیگر را زنده پوست بکنند یا در آتش بسوزانند یا قطعه قطعه نمایند. يك عده روحانی (ارتودوکس) طماع هم جنایات (هرقل) را تشویق میکنند و هردفعه که يك نفر را زنده پوست میکنند یا در آتش میسوزانند از طرف کلیسا، برایش تقدیرنامه صادر مینمایند. امروز در سراسر این کشور يك نفر نستوری وجود ندارد و (هرقل) تمام نستوریها را کشت و کسانیکه مذهب نستوری دارند ناگزیر مذهب خود را پنهان مینمایند وخویش را (ارتودوکس) جلوه میدهند.

از او پرسیدم که آیا تو نستوری هستی؟ مرد روحانی سکوت کرد و آنگاه گفت مطالبی را

که‌من راجع به (هرقل) وکشیش‌های اینجا گفتم بکسی ابراز نکنیدچون بدون فایده است زیرا همه‌شمارا دیوانه میدانند وحرف شمارا نخواهند پذیرفت. گفتم آنچه تو بما گفتی بروز نخواهیم داد.

مردروحانی گفت من‌مدتی‌درشام (سوریه ـ مترجم) ومصر بوده‌ام وبطوریکه میدانی‌دو کشور سوریه ومصر، تحت‌سلطه (هرقل) پادشاه اینجااست ومردم‌درسوریه ومصر ازظلم این پادشاه بجان آمده‌است واگر پیغمبرشما بایك‌قشون بیست‌یاسی‌هزارنفری بسوریه‌حمله‌ور شود من‌بشما اطمینان‌میدهم که سکنه‌سوریه علیه‌پادشاه روم‌وله‌پیغمبر شماخواهندشوریدوقشون‌اسلام راباآغوش بازخواهند پذیرفت. همچنین اگر قشون اسلام واردمصرشود درظرف چند هفته سراسرمصررا مسخر خواهدنمودزیرادرآنجانیزمردم‌ازظلم‌پادشاه روم‌وعمال‌اوبجان‌آمده‌اند. گفتم‌من اظهارات تورا باطلاع پیغمبر خودمان خواهم‌رسانید وباوخواهم گفت‌که اگرقشون اسلام‌وارد سوریه‌ومصرشود، مردم‌آنرا نجات دهنده‌خود خواهنددانست وتقریباً یقین دارم‌که پیغمبرما، دردرجه‌اول قشون‌اسلام‌را واردشام وآنگاه واردمصر خواهدکرد. ولی‌برای‌اینکه من‌بتوانم‌نظریه‌تورا به‌پیغمبر بگویم بایدازاینجاخارج‌شوم وبمدینه‌مراجعت‌نمایم. ولی‌مارا بعنوان دیوانه‌دراینجا حبس کرده‌اند ومعلوم‌نیست چه‌موقع آزاد خواهیم‌شد.

مردروحانی گفت من‌میتوانم‌وسیله‌آزادشدن شمارااازاینجا فراهم‌کنم ودرمانش‌این‌است که‌خواهم‌گفت‌که شمادیوانه‌نیستید بلکه‌خودرا بدیوانگی زده‌اید. آنوقت‌بهریك‌ازشما بیست‌و پنج تازیانه میزنند وشمارا ازاینجا اخراج خواهندکرد وبعدازاینکـه خارج‌شدید بکلیسای (تیوکوس) واقع‌درهمین‌شهر بیائید وبگوئیدکه میخواهیدبا (ایباس) مذاکره کنید ونام من (ایباس) است‌و شمارا نزدمن خواهندآورد. مردروحانی بعدازآن‌سخنان رفت‌وآنگاه‌چندین روزگذشت وخبری‌ازاو نشنیدیم.

پس‌ازیك‌هفته، روزی چندنفرآمدندودرب اطاق‌مارا گشودندومارا بیرون بردند وبهریك ازمابیست وپنج تازیانه زدند ومارا ازدیوانه خانه اخراج نمودند، ماگرسنه‌درکوچه های شهر(بیزان‌تیوم) براه‌افتادیم‌تااینکه خودرا به‌کلیسای (تیوکوس) برسانیم. مازبان سکنه‌آن شهررا نمیدانستیم وکسی هم زبان‌مارا نمیدانست وفقط‌میتوانستیم بگوئیم (تیوکوس)بااشاره ازچندنفر پرسیدیم(تیوکوس)کجاست‌وهریك ازآنهاجهتی‌را نشان دادند.

وقتی‌ازکوچه‌ها عبورمیکردیم مردم‌بانظر حیرت‌ونفرت مارامینگریستند زیرالباس‌ما پاره‌وخاك‌آلود بودوموی‌سر وریش‌مابلند بنظرمیرسید وسکنه(بیزان‌تیوم)که لباسهای خوب میپوشیدند ازلباس‌ژنده ووضع ژولیده‌وکثیف‌ما نفرت میکردند. یك‌پسرجوان وقتی شنیدکه ما(تیوکوس) رامیخواهیم بمااشاره کردکه عقب‌اوبرویم‌ومادرقفای وی‌براه‌افتادیم‌وحیرت‌زده دیدیم‌که مارابمنطقه بندری‌برد.

آنقدر درحوزه بندری کشتی بود که شمردن آنها مدتی طول میکشید. من از آن پسر پرسیدم که برای چه مارا بآنجا آورده واو اشاره بجاشوانی که از زورقها وقایقها خارج میشدند وقدم برزمین مینهادند کرد. من دیدم که بین جاشوانی مزبور، ازتمام اقوام دیده میشود وآنوقت فهمیدم که آن پسر، ازآنجهت مارا بآنجا راهنمائی کرده که مادر بین جاشوان، کسانی راکه آشنا بزبان ماهستند ببینیم وباآنها صحبت کنیم وبوسیله آنها بجائیکه میخواهیم برویم.

طولی نکشید که من چندجاشوی عرب رادیدم وباتفاق (عنتر) بطرف آنها رفتیم ومعلوم شد که اعراب مزبور ازعربهای یمن هستند وبت پرست میباشند. یکی ازآنها درخواست مرا برای یك مرد رومی ترجمه کرد ومردرومی نشانی دقیق کلیسای (تیوکوس) رابآن عرب گفت واوهم برای ما ترجمه نمود وما ازراهی که آمده بودیم برگشتیم تا اینکه خودرا بـه کلیسای (تیوکوس) برسانیم.

مدتی راه پیمودیم تابکلیسا رسیدیم. آن کلیسا یك صحن وسیع داشت ومن و (عنتر) بعداز ورود بآنجا، ازشکوه آن صحن حیرت کردیم. دونفراز خدام کلیسا، مارا دیدند وباخشم بما نزدیك شدند وخواستند که ماراازآنجا بیرون کنند. من چندبار گفتم ایباس... ایباس. آن دو خادم قدری باهم صحبت کردند ویکی ازآنها بمااشاره نمود که درقفایش برویم. سپس وارد حجره‌ای شدوچند لحظه دیگر (ایباس) دربحجره نمایان گردید وتا ما رادید آثارخشم در چهره‌اش نمایان گردید وبزبان رومی چیزهائی گفت که مانفهمیدیم. ولی لحن صدا وحرکات دستها وقیافه دژم او نشان میداد که ازدیدن ماخشمگین گردیده است.

دروسط آن ابرازخشم ماحیرت زده شنیدیم که بازبان عربی بما گفت ازغضب من حیرت نکنیدواین غضب ساختگی است و منظورمن این میباشد که خدمه این کلیسا، شهادت بدهند که من شمارا از خودراندهام و بشماراه ندادم تانگویند که بین من وشمادوستی وجودداشته‌است ولی هنگامیکه آنمرد نسبت بماابرازخشم میکرد، خدمه کلیساگریختندو مامتعجب بودیم که برای چه آنهامیگریزند (ایباس) باهمان ابرازخشم ظاهری گفت من برای اینکه ایندونفر رااز اینجا دورکنم گفتم که درديوانه‌خانه مرض طاعون بروزکرده ودراین شهر مردم خیلی ازطـاعون میترسند و همینکه بشنوند که یکنفرطاعون گرفته یاممکن است که طاعون بگیرد از اومیگریزند و در هرحال شما درنظر خدمه این کلیسا دودیوانه‌هستید که ممکن است آلوده بطاعون شده باشید و بهمین جهت آنهاگریختندو ازاینجا دور شدند. بعد (ایباس) همچنان باخشم گفت شما چند لحظه اینجا صبرکنید که من توصیه‌ای برای اسقف شهر (بیت‌المقدس) بنویسم و بشما بدهم و آن توصیه رادر کیسه‌ای خواهم نهاد و بشماخواهم داد.

ما صبر کردیم و آن مـرد بعداز چنددقیقه از اطاق خارج شد و برحسب ظاهر بما حمله‌ور گردید.

اگر کسی ازدور مارا میدید تصور میکرد که (ایباس) بما حمله‌ور گردیده که مارا از آنجا براند ودور کند. من حس کردم که آن مرد کیسه‌ای دردست من گذاشت و بافریادهای خشم ماراازخود راند. ماهم توقف راجائز ندانسته از کلیسا خارج شدیم بدون اینکه آن دوخادم را ببینیم.

بعد ازاینکه چندخیابان وکوچه راطی کردیم من و(عنتر) توقف نمودیم ومن کیسه‌را گشودم ودیدم که درآن ده‌سکه ویك کاغذ وجوددارد، من‌نمیتوانستم خط‌آن‌کاغذرا بخوانم و دانستم توصیه‌ایست که ایباس برای اسقف بیت‌المقدس نوشته است. من‌شکرخداوند را بجا آوردم وازصمیم قلب به پیغمبر خودمان درود فرستادم چون میدانستم که آن ده‌سکه طلااز برکت نام‌پیغمبر بمارسید واگر (ایباس) نمیدانست که‌مامسلمان هستیم وقصدداریم‌بعربستان برگردیم وبحضور پیغمبر برسیم آن‌ده‌سکه طلا رابما نمیداد.

(ایباس) ازاین جهت بماپول دادکه ما به‌پیغمبر خودمان بگوئیم که سکنه شام‌ومصر طوری ازظلم پادشاه (روم)وعمال او بتنك‌آمده‌اندکه هرگاه قشون اسلام واردشام‌ومصرشود بسهولت‌آن‌دوکشوررامسخر خواهدکرد.

ده‌سکه طلا، برای‌هزینه مراجعت ما به‌مدینه کافی بودوما باآن پول برای‌خودلباس‌نو وپای افزارخریداری‌کردیم ولباس‌های ژنده‌را دور انداختیم وبگرمابه رفتیم وخودراتمیز نمودیم. آنگاه‌عزم مراجعت‌کردیم وراه عربستان راپیش‌گرفتیم وبدون حادثه‌ای که قابل ذکرباشد به‌شهر (بطرا) رسیدیم که شهری‌است واقع درمرز عربستان . وقتی من نخل‌های (بطرا) را دیدم وکاروان شتررا مشاهده‌کردم وبوی مخصوص شتر بمشامم رسید و زیر پای خود ماسهٔ بیابان‌را احساس‌کردم مثل این‌بودکه جانی تازه یافته‌ام زیرا انسان‌قدروطن‌را نمیداند مگراینکه‌مدتی ازوطن دورباشد و من‌درآن‌موقع فهمیدم که گرامی‌ترین‌کشورهای دنیا برای من‌عربستان‌است ولوسراسرآن بیابان‌خشك‌باشد.

من‌از استنشاق هوای‌آن‌شهر که هوای‌عربستان‌بودسیر نمی‌شدم‌ووقتی‌می‌شنیدم که‌مردم در بازار بازبان عربی صحبت می‌کنند مثل این بود که نغمه آسمانی بگوشم میرسید. من میدانستم که‌شهر(بطرا) شهری‌است که‌اگرازآن خارج شوم وارد عربستان خواهم شد یعنی سرزمینی که‌مردم‌آن‌فقیرهستند ودرآنجاآب بندرت‌یافت‌میشود ولی از آغاز جهان تاامروز کسی بخاطر ندارد که درعربستان، آب‌یاشیرشتررا فروخته باشند.

درعربستان بااینکه آب‌کمیاب است‌ومرتع برای چریدن شتران جزدرسواحل‌حجاز دیده نمی‌شود هرکجاکه‌آب باشد بهمه تعلق‌دارد وهرمسافرمیتواند ازشیرماده شتران‌بنوشد وخودرا سیر کندبدون این‌که‌بهای‌شیررا بصاحب شتربپردازد.

امادرشهر(بیزان‌تیوم)پایتخت (روم) باآن‌ثروت که سکنه‌شهر داشتندآب‌رامیفروختند

وماروزی که‌در(بیزان‌تیوم) ازدیوانه‌خانه‌آزاد شدیم‌ودرشهر براه افتادیم‌بااین که‌تشنه‌بودیم، نتوانستیم‌آب بنوشیم‌زیراآب‌رامیفروختند‌وماپول نداشتیم‌تاآب‌خریداری کنیم. آب‌حوضه‌بندری (بیزان‌تیوم)هم که‌ما بآن‌جا رسیدیم‌قابل‌شرب‌نبود زیراآب‌شور دریارا نمی‌توان‌نوشید. ماچند روز درشهر(بطرا) توقف کردیم تااینکه خستگی را رفع‌کنیم و از اوضاع عربستان کسب اطلاع‌نمائیم.

مدتی بودکه‌ماازعربستان خارج گردیده، نمیدانستیم‌که وضع آنجا چگونه است‌ودر (بطرا)شنیدیم که موفقیت‌های جدید نصیب‌پیغمبرماشده‌ومحمد (ص) توانسته‌عده‌ای کثیر مسلمان‌کند و آنان‌را وارد (امت) نماید. یك‌روزوقتی‌از قبایل‌عرب راوارد بازار(بطرا) شدم دیدم مردی مشغول شعر خواندن است و باشعارش گوش دادم‌شنیدم‌که محمد(ص) را مدح‌می‌نماید واورابرجسته‌ترین فرزند عربستان میداند و میگوید که محمد(ص) اعراب را ازبت‌پرستی ومذلت نجات داد.

در (بطرا) عده‌ای ازسوداگران ایرانی‌ویونانی بودند وازخبرهائیکه‌راجع‌بعربستان میشنیدند حیرت میکردند ومیگفتند چگونه‌ممکن است‌که عربهای‌بدوی دارای‌یك‌حکومت مرکزی شوند وهمه ازیك پیغمبر اطاعت‌نمایند. یك‌روز بایك‌سوداگرایرانی‌که زبان عربی را میدانست راجع بدین‌اسلام صحبت‌میکردم و او میگفت من‌شنیدم‌که پیغمبرشما موسوم‌به محمد(ص) توانسته قبایل عربستان راتحت لوای‌واحد درآورد وآنها را متدین بیك دین نماید ولی باورکردن این‌موضوع برایم مشکل است زیرامن‌میدانم‌که درعربستان بیش از پانصد قبیله بزرك‌وکوچك هست وهرقبیله دارای یك یاچند خدا میباشد وهیچ قبیله حاضر نیست‌که حکومت قبیله دیگر رابپذیرد وچگونه ممکن است‌که درآن‌سرزمین‌که سکنه‌اش همه فقیرهستند وبعضی ازآنها ازآغاز تاپایان عمر یك‌مرتبه بدن رانمی‌شویند، تحت لوای واحد در آیند.

سوداگر ایرانی میگفت‌یك‌مرتبه من بداخل‌عربستان مسافرت‌کردم‌وناگهان‌جریان بادبوئی مکروه را بمشام من‌رسانید. من‌خواستم بدانم منشاء آن‌بوی نفرت‌انگیزچیست؟ مدت نیم ساعت برخلاف جریان باد‌راه پیمودم‌و هرلحظه بوی‌نفرت‌انگیزشدیدتر می‌شدتا اینکه ازدور گروهی نمایان شدند‌ومن‌متوجه شدم‌که یك‌قبیله‌عرب بدوی است که‌راهپیمائی میکنند وچون‌بادازطرف آنها بسوی‌من میوزیدبوی‌نفرت‌انگیزبدن‌آنها رابطرف‌من میآورد ومن رایحه عفن آنان‌را قبل‌ازاینکه‌غبار حرکت قبیله نمایان شود استشمام میکردم.

من میدانم‌که درعربستان‌قبایلی وجود داردکه زن‌ومرد آن درهمه عمرغیر از شیر شتر وخرما چیزی نمیخورند وخرما را همه‌وقت‌بدست‌نمی‌آورندوگاهی‌که سفرمیکنند ودر فصل پائیزکه فصل رسیدن‌خرما است به‌نخلستان‌میرسند، خرما میخورند. گفتم‌همین‌سخنها

وبدبختی‌ها سبب گردید که وقتی پیغمبر ما قیام کرد، مردم به او گرویدند و دین اسلام را پذیرفتند.

من چون (روم) رادیده‌ام و مشاهده کردم که مردم در آنجا چه لباس‌های فاخرمیپوشند ودرچه خانه‌های باشکوه زندگی میکنند تصدیق می‌نمایم که فقیرترین اقوام جهان اعراب عربستان‌هستند وآنها بقدری‌بی بضاعت می‌باشندکه زندگی اشراف عرب، بپایه کارگران (بیزانتیوم) نمیرسد تاچه رسد بسوداگران و بازرگانان و اشراف آنجا. اماوضع‌عربستان عوض خواهدشد وبیرکت اسلام‌قبایل‌عرب که تحت‌لوای واحد درمیآیند دارای‌زندگی‌خوب خواهند گردید.

یك‌روزدیدم قافله‌ای که ازعربستان آمده بود وارد (بطرا) شد من مشاهده کردم که پیشاپیش آن‌قافله‌یك‌پرچم سبزرنك‌را بحرکت درمی‌آورندوازدوردیدم که روی پرچم کلماتی نوشته شده است بطرف پرچم‌دار رفتم‌وازاو پرسیدم که این پرچم ازکیست؟جواب داد این پرچم از مسلمین است‌و روی آن نوشته‌اندلااله‌الاالله محمداًرسول‌الله.

من درگذشته دیده بودم که مسلمین پرچم‌سبزرنك‌را حمل‌میکردند زیراپرچم‌مزبور علامت خانوادگی هاشم بودکه خانواده پیغمبرما بشمار می‌آیدو خانواده هاشم رنك‌سبز را پرچم خودکرده بودندولی‌ندیدم که روی‌پرچم‌سبز، شهادتین‌راثبت نمایند واین‌موضوع برای من خیلی تازگی‌داشت. درهمان‌روزکه من‌برای اولین‌مرتبه‌پرچمی سبزرنك‌دیدم که‌دارای شهادتین‌بودقافله‌ای‌دارای‌بیست‌شتروارد (بطرا) شدومن مشاهده کردم که قافله‌سالارآن‌کاروان عثمان است. (عثمان) ومن، دریك‌موقع از عربستان خارج شدیم‌و(عثمان) بطرف مصررفت تا اینکه نامه پیغمبرمارا به(مقوقس) پادشاه مصر بدهد ومن‌راه‌پایتخت(روم) راپیش‌گرفتم تا نامه پیغمبر رابه(هرقل) تسلیم نمایم .(مقوقس) پادشاه مصربظاهر، مطیع(هرقل)پادشاه (روم) است ولی‌درباطن استقلال دارد.

بعد از این‌که عثمان واردمصرشد (مقوقس) برخلاف پادشاه(روم)که بامن‌بدرفتاری کرد و مرا در دارالمجانبن سکونت‌دادامرکردکه یك خانه خوب‌واقع دربابل‌رابسکونت عثمان اختصاص دهند(مقصود گوینده شهربابل‌واقع‌در مصراست که‌درصدراسلام‌بود- مترجم.)

هردو یا سه روز یك‌مرتبه(مقوقس) از عثمان دعوت میکردکه بدربارا‌و برود وبعد از اینکه عثمان وارد دربار (مقوقس) میشد از اومیخواست‌که راجع به‌پیغمبر اسلام با او صحبت‌کند و باومیگفت من تصدیق میکنم‌که پیغمبر شماکه توانسته درعربستان قبایل‌عرب را معتقد بخدای‌واحدکند مردی بزرك است‌واگر اسلام واردمصر شود ما را از یونانی‌ها نجات خواهد داد.ای عثمان(هرقل)پادشاه (بیزانتیوم)که ادعا میکندرومی است‌درحقیقت یونانی میباشد زیرا(بیزانتیوم) خاك‌یونان استنه خاك‌روم‌و خاك‌روم درجای دیگر قرار

گرفته وهمانجاست که پایتختش(روم) است. تقریبا هزارسال‌قبل ازاین یونانی‌ها بمصرحمله کردند وشهر (اسکندریه)رادراین کشورساختند وازآن‌موقع‌تاکنون ماازدست‌آنها ورومیها آسوده نیستیم. من می‌دانم مناسباتی‌که بین مصریها و اعراب هست خیلی بیش‌از مناسباتی است‌که بین‌مصریها ویونانیها وجوددارد. بااینکه هزارسال است‌که‌یونانیهاواردمصرشده‌اندما مصریها نتوانسته‌ایم باآنها دوست شویم وآنان‌را درخور اعتماد بدانیم.

ما میداتیم‌که هرگزبین‌ما و یونانیها رابطه الفت‌بوجود نمی‌آید واگر بوجودمیآمد میباید درهزارسال گذشته بوجود بیاید. ولی‌درمصرکسی نیست‌که نسبت‌باعراب بدبین‌باشد ودر هرجاکه نام عرب برده‌شود مصریها بانیك‌بینی آنرا تلقی مینمایند. بعداز اینکه‌ازمصر مراجعت‌کردی از قول من به‌پیغمبر اسلام‌بگوکه برای تسخیرمصربا قشون خود بیایدولی نه درزمان حیات من .

من مردی هستم سالخورده و بزودی خواهم مرد ودر مدت کم‌که زنده خواهم بود نمی‌توانم‌عقیده‌خودراکه‌دارای‌عقیده‌قبطی‌هستم تغییربدهم، به‌پیغمبراسلام‌بگوهمینکه من‌فوت کردم باقشون خودبراه بیفتد وعازم‌اینکشورشودو مطمئن باشدکه درمدتی‌کم‌اینجارامسخر خواهدکرد. من خیلی میل دارم‌که بعدازمن پیغمبراسلام‌بمصر بیایدواینجا رامطابق‌قوانین اسلام‌که قوانین‌مساوات وعدالت است اداره‌کند. من بعداز مرك‌خود ازظلم(هرقل) وعمال او می‌ترسم . اینك‌که من‌زنده هستم نمیگذارم‌که(هرقل) وعمال او به‌مصریهاظلم‌کنندلیکن بعد از مرك من، دیگر(هرقل) پادشاه (روم) وعمال اومانعی‌برای ستمگری نخواهند دید ولی اگر پیغمبر شما به‌مصر بیاید و این‌جا را فتح‌کند ، دست‌ستم (هرقل) و عمالش‌کوتاه خواهد شد .

بعد از اینکه (مقوقس) مدتی از عثمان پذیرائی‌کرد. و بااو مذاکره نمودوی را با هدایائی برای پیغمبر اسلام‌و هدیه‌هائی برای خودوی‌بازگردانید. بعدازاینکه‌عثمان‌شرح مسافرت خود را بمصر بیان کرد من شرح مسافرت خود را به پایتخت (روم) گفتم وحکایت‌کردم‌که بعداز ورود بانطاکیه، رومی‌ها با مابدرفتاری نمودند وپول ماراگرفتند وپیاده ما را بسوی (بیزان‌تیوم) بحرکت درآوردند وپس از اینکه نامه پیغمبر اسلام را به(هرقل) تسلیم‌کردم ولی ما را بدیوانه‌خانه انداخت‌واگر یك‌کشیش مسیحی‌که باحتمال قوی ازفرقه(نستوری) و موسوم به(ایباس) است نبود وما را از دیوانه‌خانه نجات نمی‌داد مادرآن‌جا تلف می‌شدیم زیرادیوانه‌خانه مکانی است‌بدتر از زندان .

اما آن‌کشیش هم فقط از روی‌ترحم مارا نجات‌نداد بلکه میخواست‌که مابعربستان بر‌گردیم و از قول او به‌پیغمبر بگوئیم‌که بسوریه‌لشکر بکشد وپیروان فرقه (نستوری) را که در آن‌کشورهاهستند ازستم(هرقل)امپراطور روم‌برهاند. وی توصیه‌ای‌هم برسر اسقف

بیت‌المقدس به‌من داد ولی من بآن شهر نرفتم تا ازآن توصیه استفاده نمایم وآن‌را به‌پیغمبر خواهم داد تا هرطور مقتضی می‌داند ازآن استفاده کند.

وقتی صحبت من تمام شد، (عثمان) گفت آیا میل‌داری که یکی ازهدایائی‌را که‌مقوقس بمن داده است ببینی؟ گفتم آن هدیه چیست ؟ عثمان یکی‌از افرادکاروان را صدازد و باو گفت برودو به (ماریه) بگویدکه بیاید چنددقیقه دیگر یك‌زن جوان که‌رنك چهره‌اش‌سفید بود و معلوم می‌شدکه درهمه‌عمر در سایه‌زندگی‌کرده و مانند دختران عرب، در صحرا، و درمعرض آفتاب بزرك نشده آمد ومن‌دیدم‌که آن‌زن‌جوان‌و سفید چهره زیبا است‌وموهای او از دوطرف صورت روی‌دوش ریخته‌است.

(ماریه) تبسم‌کنان به‌عثمان ومن‌نزدیك شد و طوری‌مرا مینگریست که گوئی‌سالهااست که‌بامن آشنائی دارد. عثمان گفت(ماریه)این‌است واین‌کنیز را(مقوقس) ازحرم‌خودانتخاب کرده وبمن داده‌است. روزی‌که پادشاه مصراین‌کنیز رابمن‌داد وی‌نمیتوانست بزبان عربی تکلم نماید ولی‌ازوقتیکه بامن‌است قدری اززبان عربی را آموخته و میتواندکه بقدر رفع احتیاج صحبت‌کند واگر تومیل‌داشته‌باشی میتوانی بااوصحبت‌کنی؟ من‌از(ماریه)پرسیدم که‌تو درگذشته درکجا بودی. (ماریه) گفت من‌درحرم پادشاه‌بودم. سئوال‌کردم قبل‌ازاینکه وارد حرم پادشاه مصرشوی درکجا زندگی میکردی؟ زن‌جوان سئوال مرانفهمید . ولی عثمان سئوالم رابرای او روشن‌کرد ووی‌چیزهائی گفت که‌بعضی ازآنها عربی وبعضی‌مصری‌بود.

عثمان که‌مدتی‌درمصر بسربرده‌وزبان مصری‌را می‌فهمیدبمن گفت که‌این‌دخترمیگوید که‌او اهل‌مصر است وپدرش در اسکندریه روی‌اسبهادرمیدان اسب‌دوانی شرط‌بندی‌میکرد و بتدریج سرمایه‌خودرا روی‌شرط‌بندی ازدست‌داد. آنگاه باعتبارزن‌ودخترش‌شرط‌بندی‌کردو بدفعات باخت و طلبکاران اورا مجبور کردند که زن و دخترش رابفروشدو طلب آنان را بپردازد. اوهم زن‌ودخترش‌راکه(ماریه)بودفروخت وسوداگری(ماریه) راکه جوان‌وزیبائی داشت خریداری کردوآنگاه اورابه(مقوقس) فروخت پادشاه مصرهم(ماریه)را درحرم‌خود جاداد لیکن(ماریه)ازسکونت درآن حرم که‌نزدیك هزارزن‌درآن بسرمیبردندرضایت‌نداشت زیرا میدیدکه مجبوبه ومورد توجه نیست‌واز روزی‌که (ماریه)ساکن‌حرم(مقوقس) پادشاه مصرشد تاروزی‌که ازآنجا خارج گردید فقط یك‌شب (مقوقس) اورا به‌کوشك‌خوابگاه‌خود احضارکردودرآن‌شب، (ماریه) که‌یك دختر خردسال‌نیست وبسن‌رشدرسیده متوجه گردید که (مقوقس) پادشاه‌مصر، ازخریدن‌کنیزان جوان ضرر میکند زیرا زن‌های جوان برای آن پیرمرد فایده ندارند.

این‌بودکه‌وقتی (مقوقس) تصمیم گرفت‌که اورا از حرم خارج‌کندو بدیگری بدهد خوشوقت گردید چون پیش‌بینی میکردکه دیگری مانند(مقوقس)نخواهدبود. بعدازاین‌که

عثمان وارد (بطرا) شدما چندروز دیگر در آن شهر توقف کردیم و آنگاه باتفاق عثمان با کاروان بسوی مدینه براه افتادیم.

یك روز هنگامی که مشغول راه پیمائی بودیم من از (ماریه) پرسیدم که آیا پادشاه مصر تورا به کنیزی به عثمان داده است؟ زن جوان گفت نه... نه... بلکه پادشاه مصر گفته که من باید کنیز پیغمبر اسلام شوم و بعداز این که وارد مدینه شدیم مرا بخانه محمد(ص) پیغمبر مسلمین منتقل نمایند. معلوم است که آن زن چون درست زبان عربی را نمیدانست نتوانست اینطورجواب بدهد ولی بمن فهمانید که (مقوقس) پادشاه مصر او را برسم امانت به عثمان سپرده تا این که بعداز رسیدن بمدینه کنیز پیغمبر اسلام شود و او کنیز عثمان نیست ووظیفه عثمان این است که آن امانت را بمولای او پیغمبر اسلام برساند. عاقبت وارد مدینه شدیم و برای دادن گزارش در خصوص نتیجه مسافرت خودمان نزد پیغمبر رفتیم.

پیغمبر در مسجد مدینه درحالی که عده‌ای کثیر از مسلمین حضور داشتند اظهارات مارا شنید ومن نامه‌ای را که (ایاس) خطاب به اسقف (بیت المقدس) نوشته بود به پیغمبر اسلام تسلیم نمودم. آنگاه عثمان گزارش خودرا بزبان آورد و چند هدیه را که (مقوقس) پادشاه مصر برای پیغمبر فرستاده بود تسلیم کرد اما ذکری از (ماریه) ننمود و نگفت که پادشاه مصر آن کنیز را هم به پیغمبر اسلام داده است چون خود (ماریه) بمن گفت که پادشاه مصر، وی را کنیز پیغمبر اسلام کرده من میدانستم که روزی (ماریه) خود آن موضوع را افشاء خواهد کرد.

در آن روز که ما در مسجد گزارش نتایج مسافرت خودمان را دادیم پیغمبر، با مسلمینی که حضور داشتند و از حیث عقل و اطلاعات بردیگران مرجح بودند مشورت کرد. زیرا پیغمبر ما، قبل از اقدام بهر کار بزرك مشورت مینمود و با اینکه از طرف خداوند بر او وحی نازل میشد مشورت را ترك نمیکرد و میگفت هر دفعه که من مشورت میکنم چیزی یا چیزهائی بر من معلوم میشود که قبل از آن، نمیدانستم. نتیجه مشورت آن روز این شد که لشکرکشی بسوریه باید مقدم بر لشکرکشی بمصر باشد. زیرا علاوه بر اینکه سوریه درجوار عربستان واقع شده و بین عربستان ومصر، دریای قلزم است، اسلام دارای نیروی دریائی قوی نیست که بتواند بمصر حمله ور شود وحمله بمصر، احتیاج به نیروی دریائی دارد. ولی بعد عثمان مجبور شد بگوید که (مقوقس) (ماریه) را برای پیغمبر فرستاده تا اینکه کنیز اوشود وعهده دار خدمت وی گردد.

وقتی (ماریه) که بمناسبت مصری بودنش مبدل به (ماریه قبطیه) شد منتقل به خانه پیغمبر گردید (عایشه) که تا آن موقع نسبت به هیچ یك از زنهای پیغمبر حسد نمیورزید به (ماریه) رشك برد و تا آنجا که ممکن بود از آزار آن زن فروگذاری نمیکرد بطوریکه من اطلاع حاصل

کردم هنگامی که پیغمبر درخانه بود (عایشه) جرئت نمیکرد که(ماریه قبطیه) رامورد آزار قرار بدهد .

ولی همین که رسول الله از منزل خارج میگردید عایشه مبادرت به آزار (ماریه) مینمود . بخصوص هنگامی که پیغمبر ما بسفر میرفت و(عایشه) و(ماریه) درخانه میما ندند ودر آن موقع بطوری که باطلاع من میرسید (عایشه) آزار را بیشتر می نمود. آن وضع دوام داشت تا اینکه رسول الله(ص) رحلت نمود و من بعد از آن نفهمیدم که (ماریه قبطیه) چه شد و بکجا رفت. این بود آنچه من راجع به(عایشه)میدانم و غیر از این، چیزی ندارم که بگویم.

دستور پیغمبر اسلام(ص) راجع به منع فشار

به یهودیان و نصرانیان

یکی از کسانیکه من درصدد برآمدم از وی تحقیق کنم ابوالعباس فرزند عباس بود و عباس عموی پیغمبر بشمار میآمد. ابوالعباس ازمجاهدین صدر اسلام محسوب میشد ودرجنگهای متعدد شرکت کرد. گاهی باخودپیغمبر بجنگ میرفت وزمانی باسرداران او. ازجمله موقعی که (خالدبن ولید) از طرف پیغمبر اسلام مأمور شد که به فلسطین برود و در آنجا بجنگد (ابوالعباس) باوی بفلسطین رفت وجنگید. معلوم است که وقتی من خواستم از (ابوالعباس) تحقیق کنم وی مردی بود سالخورده ومن بجای اینکه او را احضار نمایم، خود نزدوی رفتم. زیرا ابوالعباس از کسانی بشمار میآمد که درصدر اسلام میزیست و دورهٔ رسول‌الله(ص) راادراک نمود ودر جنگها، باپیغمبر ما همراه بود ومن وظیفه داشتم که احترامش را رعایت نمایم. بعدازاینکه خود نزد ابوالعباس رفتم و منظور خود راباو گفتم وی گفت: من در فلسطین بودم وجزو سربازان قشون اسلام با نصرانیان می‌جنگیدیم تااینکه(خالدبن ولید) فتح کرد. بعدازپیروزی، (خالدبن ولید) مراامأمور کرد که خبرفتح را هرچه زودتر باطلاع پیغمبر برسانم و بمن گفت که تو نباید استراحت کنی مگر اینکه خبر پیروزی مسلمین در فلسطین باطلاع رسول‌الله رسیده باشد.

روزی که من میخواستم براه بیفتم وخودرا به حجاز برسانم (زید) غلام آزادشده پیغمبر که رسول‌الله وی راچون فرزند خودمیدانست نامه‌ای بمن سپرد که آنرا به رسول‌الله تسلیم کنم. من میدانستم که در آن نامه چه نوشته شده و(زید) که درفلسطین بود راجع به بیرحمی (خالدبن ولید) در فلسطین گزارشی برای رسول‌الله فرستاده بود.

ای پسر(ارطاة) نمیدانم که آیا تو از وقایع برجسته صدراسلام اطلاع داری یانه؟ گفتم چون من مسلمان هستم وقایع برجسته صدراسلام را میدانم.

(ابوالعباس) گفت(خالدبن ولید) مردی بود بت پرست و بعد اسلام آورد و پس ازاینکه مسلمان شد، دارای تعصب گردیدو براثر تعصب درفلسطین عده‌ای از نصرانیان را بقتل رسانید درصورتیکه آنها

مستوجب قتل نبودند. پیغمبر ما گفته بود که اهل کتاب، یعنی یهودیان و نصرانیان آزادند که دین خود را حفظ کنند یا اینکه دین اسلام را بپذیرند و اگر نخواستند اسلام را بپذیرند نباید آنها را مورد فشار قرار داد و مجبور به پذیرفتن دین اسلام کرد.

خالدبن‌ولید چون خیلی تعصب دینی داشت بعد از اینکه در فلسطین فاتح شد از نصرانیان دعوت کرد که دین اسلام را بپذیرند و هر کس که حاضر بپذیرفتن دین اسلام نمیشد بقتل میرسید. (زید) میدانست که نحوه عمل (خالدبن‌ولید) مغایر با دستور پیغمبر اسلام است و عمل آن مرد برای سربازان جوان و کم تجربه که در قشون اسلام هستند یک سرمشق ناپسند خواهد بود. زیرا آن‌ها تصور مینمایند که هر کس که حاضر نباشد دین اسلام را بپذیرد باید کشته شود در صورتیکه پیغمبر این دستور را صادر نکرده بود.

(زید) در نامه خود از پیغمبر ما درخواست میکرد که به (خالدبن‌ولید) گوشزد نماید که روش خود را تغییر بدهد و با اهل کتاب یعنی یهودیان و نصرانیان با محبت رفتار کند. من از روزی که از فلسطین براه افتادم تا روزی که به مدینه رسیدم از پشت شتر فرود نمیآمدم مگر هنگامی که شتر من بر اثر راه‌پیمائی طولانی و بدون استراحت از پا درمیآمد. در آن موقع ناگزیر از پشت شتر فرود میآمدم و شتری دیگر بدست می‌آوردم تا اینکه خود را بمدینه رسانیدم. وقتی بمدینه رسیدم معلوم شد که پیغمبر ما برای زیارت (کعبه) راه مکه را پیش گرفته است. من بدون اینکه ساعتی در مدینه توقف و استراحت کنم بطرف مکه براه افتادم و از فلسطین تا مکه چهار شتر زیر پای خود کشتم تا اینکه خبر پیروزی مسلمین را در فلسطین به پیغمبر برسانم. وقتی وارد مکه شدم از جمعیت انبوه آن شهر حیرت کردم. من در هیچ موقع ندیده و نشنیده بودم که در مکه آن قدر جمعیت گرد آمده باشد. از بعضی از سکنه مکه شنیدم که میگفتند یکصد هزار تن از مسلمین برای زیارت (کعبه) در مکه مجتمع شده‌اند.

بعضی از سکنه مکه شماره مسلمین را بیش از یکصد هزار تن میدانستند. من بهر طرف که نظر میانداختم خیمه زائرین را میدیدم و وقتی انسان وارد خیام میشد، راه را گم میکرد و نمیدانست از چه راه برگردد یا خود را از محوطه خیام خارج نماید. طوری جمعیت در شهر مکه دیده میشد که پنداری از زمین انسان میجوشد و بیرون میآید. ولی با وجود آن جمعیت بی‌سابقه، کوچکترین بی‌نظمی در شهر مکه دیده نمیشد. من میدانستم که قبل از اسلام، در موقع حج، شهر مکه، مرکز باده گساری و قمار و بی‌عفتی میشد.

آنهائی که قبل از اسلام برای زیارت حج به مکه می‌آمدند شراب مینوشیدند و عربده میکشیدند و با اینکه ماه ذیحجه که ماه زیارت حج است از ماه‌های حرام میباشد و در آن ماه نباید منازعه و مقاتله کرد، مستی شراب، سبب نزاع میشد و شمشیرها از غلاف بیرون می‌آمد و خون برزمین میریخت. زن‌های خودفروش در میخانه‌های مکه، مردان را تشویق به نوشیدن شراب

میکردند تااینکه آنان رامست کنند وبتوانند بیشتر از آنها استفاده نمایند. درهرگوشه از شهر یك‌شیاد بساط قمارگسترده بود، واز زائرین دعوت مینمودکه بااوطاس ببازند یاقاب بیندازند وهمین‌که شخصی‌فریب آن‌شیادرا میخورد مقداری ازپول خود را ازدست میداد و اتفاق‌میافتادکه‌بعضی‌از زائرین کعبه، هرچه‌داشتنددرراه باده گساری وقماروبسر بردن‌باز نهای روسبی و (ذوات‌الاعلام) ازدست میدادند و ابن‌السبیل میشدند و نمیتوانستند باوطان خود مراجعت نمایند.

(توضیح- (ذوات‌الاعلام) زن‌های روسبی‌مکه‌بودند که‌بالای درب‌خانه‌خود پرچم‌نصب میکردندتامردان، خانه‌آنهارا بشناسند وبدانندبکجا بایدمراجعه کرد-مترجم).

ولی‌درآن‌سال‌که‌من‌برای‌دادن‌خبرفتح فسلطین واردمکه‌شدم یك‌میکده ندیدمو یك‌زن روسبی‌رامشاهده نکردم ویك‌بساط‌قمار بچشم‌نرسید. درتمام مکه‌صدای‌بلنداز‌کسی‌شنیده نمیشد مگرهنگام نماز که(بلال) اذان‌میگفت وبانك‌اذان اودر فضا انعکاس پیدامیکرد وچون سیاه پوست بودنمیتوانست که‌بعضی ازحروف‌زبان‌مارا ازمخرج صحیح‌ادا نماید. بعداز ورودبمکه من‌سراغ خیمه پیغمبر را ازمردم‌گرفتم تااینکه از دور چشمم به‌پرچم سبزهاشمی که‌بالای خیمه‌پیغمبر نصب‌کرده‌بودند افتاد.

درآن‌موقع خستگی خودرافراموش‌کردم وباشادمانی بطرف‌آن‌خیمه روان شدم‌تانوید پیروزی‌مسلمین‌رادرفلسطین به‌پیغمبر بدهم. درخیمه رسول‌الله، طبق‌معمول عده‌ای‌حضورداشتند وتاچشم پیغمبربمن‌افتاد گفت‌یاابوالعباس امیدوارم که‌برای‌ماخبرخوش آورده باشی؟ گفتم بلی‌یارسول‌الله من‌حامل‌یك‌خبر خوش‌هستم‌وآن‌این‌است که‌قشون‌مسلمین بفرماندهی(خالدبن-ولید) درفلسطین فاتح‌شد. تمام‌کسانی‌که درخیمه بودند ابراز شادمانی کردند وپیغمبرمرا نشانید ودستور داد که‌برای من‌آب‌خنك‌بیاورند تابنوشم. من‌مرتبه‌ای دیگرتحت‌تأثیرمحبت وفطرت پاك‌رسول‌الله قرارگرفتم. این‌را بایدبگویم که‌رسول‌الله‌علاوه‌براینکه‌مردی بود بسیار بامحبت ونیك‌فطرت قیافه‌ای جذاب داشت‌وهرکس که‌اورا میدید می‌فهمید که پیغمبراست.

بارهااتفاق‌افتادکه‌کسانی‌نزدرسول‌الله آمدندکه‌اورانمی‌شناختندومن‌هم‌حضورداشتم. چون لباس‌پیغمبرفرقی بالباس‌مسلمین نداشت‌وهیچ‌کس‌نمیتوانست‌ازروی‌لباس‌و علائم‌ظاهری‌تشخیص بدهدکه وی پیغمبر است. در مواقع عادی پیغمبر بین مسلمان‌ها قرار میگرفت و برآنها مقدم نمیشد تا کسانی که میخواهند پیغمبر راببینند از روی تقدم وی رسول‌الله رابشناسند. معهذا قیافه پیغمبرماطوری جذاب ودارای روحانیت‌بودکه هرکس‌که میخواست‌پیغمبرراببیند درنظراول ، بین‌عده‌ای ازمسلمین‌وی‌رامیشناخت وبسوی‌محمد(ص)میرفت. باری بعدازاینکه‌آب آوردند ومن‌نوشیدم پیغمبرراجع بجنگ فلسطین ازمن‌سؤال‌کرد ومن‌راجع‌بتمام وقایع‌جنگ صحبت‌کردم غیرازبیرحمی‌های (خالدبن‌ولید). چون قبل‌ازاینکه ازفلسطین حرکت‌کنم (زید)

بمن گفته بود تومیدانی که پیغمبرما بندرت تنهامیماند وپیوسته عده‌ای ازمسلمین بـا اوهستند وصحبت میکنند. تواگرموقعی بحضورپیغمبررسیدی که جمعی نزداوبودند راجع به بیرحمی‌های (خالدبن ولید) صحبت نکن وحتی نامه مرا به پیغمبر نده چون تومیدانی که رسم پیغمبراین‌است که وقتی نامه‌ای دریافت‌میکند به علی(ع) پسرعم خود میگوید که آن نـامه‌را بخواند واگر علی(ع) نباشد بیکی‌دیگرازحضار که سواددارددستورمیدهد که نامه‌را باصدای‌بلندقرائت‌کند. لذا اگرجمعی درحضور پیغمبرباشند وتونامه مرا باوبدهی ازعلی(ع) یایکی دیگراز افراد باسوادکه حضورداردخواهدخواست که آن‌نامه‌را باصدای بلند بخواند وهمه ازمضمون نامه مطلع خواهندشد واین‌برخلاف‌مصلحت‌مسلمین‌است برای‌اینکه تمام‌کسانی‌راکه مستمع آن‌نامه هستند با(خالدبن‌ولید)دشمن‌خواهدنمود وآن‌مردبامن‌نیزدشمن‌خواهدشدکه چرا بیرحمی‌های اورا باطلاع پیغمبررسانیده‌ام. پس‌صبرکن‌تااینکه حضاربروندیا به‌پیغمبربگوکه‌یك‌کارخصوصی بااوداری وبعدازاینکه درخلوت‌اورادیدی بگوکه غیرازخوانندهٔ نامه ورسول‌الله‌کسی‌نباید از مضمون‌آن‌نامه مطلع‌شود.

من متوجه شدم‌که درآن‌موقع نمیتوانم‌نامه(زید) رابه‌پیغمبربدهم وقبل‌ازاینکه‌ازخیمه خارج شوم‌گفتم یا رسول‌الله من‌یك‌کارخصوصی باتودارم وباید موافقت‌کنی‌که درخلوت تورا ببینم. پیغمبرگفت امروز عصر، خیمه من خلوت است ومیتوانی همین‌جا مرا ببینی. هنگام عصربخیمه پیغمبر رفتم ونامه(زید) رابـاوتسلیم‌کردم وگفتم‌که غیرازاو، وخواننده نـامه، نبایدکسی از مضمون آن مطلع شود. رسول‌الله علی(ع) را احضـارکرد و باوگفت‌که نامه را بخواند.

بعدازاینکه نامه خوانده شدآثارتأثرزیاد دررخسارپیغمبرپدیدارگردید. سپس ازمن تحقیق‌کرد ومن‌آنچه‌رادرفلسطین دیده بودم نقل‌کردم وگفتم (خالدبن ولید) نصرانیانی‌را که حاضرنیستند اسلام‌بیاورند بقتل‌میرساند یااینکه مردان نصرانی‌رامبدل به‌خواجه میکند. پیغمبرگفت خداوند این‌بیرحمی‌هارانهی‌کرده‌است ومسلمین نبایدکه اهل‌کتاب‌را بزوروادار به‌قبول دین‌اسلام‌کنند. بعدگفت یاعلی، نامه‌ای به(خالدبن ولید) بنویس وازقول‌من بـاوبگو که خداوند درقرآن میگوید یهودیان وعیسویانی‌که ازدستور پیغمبرخود پیروی نمایند واز نیکوکاران باشند به‌بهشت میروند. مامکلف هستیم‌که‌ازامرخداوند اطاعت‌کنیم وخداوند، امر نکرده‌که اهل‌کتاب، بزوردین اسلام رابپذیرند. ازقول من‌باوبنویس‌که بعد ازاین ازابراز فشاربه‌یهودیان ونصرانیان خودداری‌کند واگراموال یهودیان ونصرانیـان‌راکه‌کافر حربی نبوده‌اند ضبط‌کرده بآنها‌پس‌بدهد.

علی(ع) نامه مزبوررانوشت وپیغمبربمن‌گفت یا(ابوالعباس) تواز راهی دورآمده‌ای وخسته هستی وباید استراحت‌کنی ومن‌این‌نامه‌رابوسیله‌پیك‌دیگربرای (خالدبن‌ولید) خواهم

فرستاد. گفتم یا (رسول‌الله) من اگر یک‌روز استراحت کنم برای رفع خستگی کافی است و میتوانم بعدازآن براه بیفتم ونامه‌تورا به‌فلسطین ببرم و به(خالدبن‌ولید) برسانم. پیغمبر گفت ای‌پسرعموی من، تواگراینجابعنی نزدمن باشی بهترازاین است که ازمن دورشوی. قبل از اینکه من‌ازخیمه رسول‌الله خارج‌شوم اوگفت: ای‌پسرعمو،(خالدبن‌ولید) سرداری است‌فاتح که فرماندهی یک‌قشون رابرعهده دارد وآن‌قشون اینک درفلسطین بسرمیبرد.

بطوری‌که فهمیدی من‌درنامه خوداورامورد‌توبیخ قرارندادم نه‌ازآن‌لحاظ که عمل‌او مستوجب توبیخ نیست بلکه ازاین‌جهت که وی‌اکنون سرداری است فاتح‌که برای اسلام‌فتح کرده ودرخارج ازعربستان بسر میبرد وفرماندهی مستقل یک‌ارتش‌را دارد ومعلوم نیست‌که توبیخ من درروح (خالد بن ولید) چه‌اثرخواهدکرد. این است‌که من‌اکنون صلاح را در این میدانم‌که (خالدبن‌ولید) موردتوبیخ‌قرارنگیرد وبهمین اکتفاکردم‌که اورا ازادامه‌ایراد فشاربیهودیهاونصرانیان بازدارم. ولی بعدازاینکه ازمدینه مراجعت‌کردم ،(خالدبن‌ولید)‌را احضارخواهم‌کرد واورامورد نکوهش‌قرارخواهم داد.

رسول‌الله بگفته خودعمل‌کرد وبعد ازمراجعت بمدینه (خالدبن‌ولید) رااحضارنمود و مدت سه‌ساعت، پیغمبرو(خالد)دریک‌اطاق بودندوهیچ کس‌ندانست که‌پیغمبراسلام‌به(خالدبن‌ولید) چه‌گفت. ولی وقتی‌که (خالد) ازاطاق پیغمبرخارج شد من اورا دیدم و مشاهده کردم‌که خیلی‌غمگین میباشد.

زندگی ساده رسول خدا (ص)

ای‌پسر (ارطاة) تصور نمیکنم درجهان پیغمبری چون پیغمبرما ساده زندگی کرده و کوچکترین اثرازغرور وخود خواهی دروی ظاهر نشده باشد. بعضی ازاوقات که من وارد خانه رسول‌الله میشدم میدیدم که بیلی بدست گرفته مشغول بیل زدن باغچه‌ایست که درخانه‌اش وجود داشت ودردوسال آخرعمر، رسول‌الله، درباغچه خانه خودسبزی میکاشت و بهمین جهت قسمتی ازخانه‌را محدودکرده ، اختصاص بچند رأس بز، که در آن‌خانه بچشم میرسید داده بودند تااینکه بزهاوارد باغچه نشوند وسبزیهارا نخورند. قبل ازاینکه آب جاری بخانه پیغمبر بیاید سکنه آن‌خانه ازآب‌چاه، استفاده میکردند وخودمحمد(ص) عهده‌دارکشیدن آب ازچاه میشد ومیگفت چون کشیدن آب‌ازچاه مشکل است وی باید آن‌کار رابرعهده بگیرد ونباید دیگران آن‌زحمت راتقبل کنند. حتی بعدازاینکه آب جاری بخانه محمد(ص) آورده شد خود اوباغچه‌اش‌راآب میداد ووقتی‌سبزیهای خانه بدست میآمد هرروزمقداری ازآن‌را برایگان به‌مسلمین میداد. گاهی که به‌خانه رسول‌الله میرفتم مشاهده میکردم که مشغول دوشیدن شیربز ماده‌است درصورتی که درعربستان شیربزومیش‌راغلامان میدوشیدند یازن‌ها، ولی‌پیغمبرما از دوشیدن شیربزماده ابانداشت.

یکی ازکارهای خانه که هرگزمامردان عرب درآن‌دخالت نمیکردیم آردکردن گندم وطبخ‌نان بود. چون گندم رامیباید زنها آردکنند وهم آنها یاغلامان باید نان‌طبخ نمایند. لیکن رسول‌الله بادست آس گندم راآردمیکرد وخمیر میگرفت ونان میپخت وآنگاه بشوخی باهل خانه میگفت ازاین نان که‌من طبخ کرده‌ام تناول کنیدوبگوئیدنانی راکه‌شماطبخ میکنیدلذیذتر است‌یانان من. دیگرازکارهائی که‌رسول‌الله درخانه میکرد رفت وروب وشستن بود. بااینکه عده‌ای‌زن‌درخانه رسول‌الله بودند خوداوخانه رارفت وروب مینمود یااینکه رخت میشست و در همان حال که مشغول شستن رخت‌بودعده‌ای ازمسلمین بخانه پیغمبرمیآمدند وبااوصحبت میکردند ورسول‌الله معذب نمیشدکه وی‌رادرحال رخت شستن ببینند.

یکی ازاعمالی که پیغمبراسلام بدفعات بانجام رسانید مسئله دفن‌اموات مسلمین بود. رسول‌الله، کلنگ بدست میگرفت وبرای بعضی‌ازاموات قبرحفرمیکرد وآنگاه بادودست خود جنازه رادرقبرمینهاد. مامتوجه‌بودیم‌که محمد (ص) اهمیت‌نمیداد که‌دیگران‌ازاعمال‌اوتقلید کنندیانه.وقتی‌او،خانه‌رارفت وروب میکرد یانان میپخت یارخت میشست یابرای‌مرده‌ای‌قبر حفرمینمود دردرجه اول میخواست وظیفه‌ای‌راکه‌برای خودتعیین‌کرده بودبانجام برساند. درزمان رسول‌الله بعضی ازمسلمین سرشناس ازکارهای رسول‌الله تقلیدکردندلیکن‌پس‌ازرحلت پیغمبرما آن‌کارهارا فراموش‌نمودند وامروز، درعربستان وسایرکشورهائیکه اعراب درآن زندگی میکنند یك‌مردعرب‌یافت نمیشودکه‌کارهای خانه‌را برعهده بگیردیابرای اموات‌قبر حفرکند وجنازه‌آنهارابادست‌های خویش بخاك بسپارد.

ای‌پسر(ارطاة) بطوری‌که میدانی درآغازپیغمبراسلام درآمدی نداشت ومجبوربودکه برای‌تحصیل معاش‌کاربکند. بعدازاینکه‌امورمسلمین بقدری زیادشدکه‌رسول‌الله دیگرنتوانست که برای تحصیل معاش‌کارکند واوقاتش صرف رسیدگی باموزمسلمین میگردید،خداوند در سال دوم هجرت خمس‌راتعیین‌کرد تااینکه‌پیغمبراو، که نمیتواند برای‌معاش‌کارکند درآمدی داشته باشد وبتواند معاش خویش‌را تأمین‌کند. بهرنسبت‌که اسلام توسعه میبافت ومسلمین درجنگ‌ها بیشترفتح میکردند درآمد پیغمبرازمحل خمس زیادترمیشد برای‌اینکه قسمتی‌از غنائم جنگی،میباید به‌پیغمبراسلام برسد.اگرمحمد(ص) مردی طماع بود،میبایدکه درموقع وفات ثروتی گزاف داشته باشد درصورتی‌که هنگام مرگ،رسول‌الله غیرازخانه مسکونی‌خود که خانه‌ای بودمحقرچیزی نداشت. زیراتمام درآمد خود راکه ازراه خمس عایدش میشد به‌فقرای اسلام میداد، حتی درسنوات آخرعمرکه وضع مالی رسول‌الله خیلی‌خوب شده بود پیغمبراسلام‌گاهی گرسنه میماند برای اینکه سهم غذای خودرابدیگران میداد.

مسلمین میدانستندکه درحضورپیغمبر، نباید راجع بدوموضوع صحبت‌کنند یکی‌راجع به‌مادرش‌آمنه ودیگری درخصوص زوجه اول وی خدیجه . زیرا به‌محض اینکه صحبتی از (آمنه)یا(خدیجه)میشدچشم‌های‌پیغمبرمااشك‌آلودمیگردیدزیرابخاطرمیاوردکه مادرش‌درسن جوانی‌زندگی‌رابدرودگفت‌وقبل ازاینکه ازدنیا برودمیگریست‌چون‌میدانست‌که بعدازمرگ (محمد) پسرش تنهاخواهد ماند وکسی‌وجودنداردکه ازوی سرپرستی نماید. محمد(ص)از اندوه عظیم مادرش بیش از بدبختی‌هائی که بعدازمرك مادر بروی واردآمدرنج میبرد واز آن جهت میگریست که میدانست مادرش‌باناامیدی ازجهان رفت.

یاد(خدیجه) زن‌اول پیغمبرهم اورابگریه درمیاورد چون‌بخاطرش میامدکه خدیجه در (شعب)ازفرط عسرت زندگی رابدرودگفت ودرآنجاآذوقه یافت نمیشدوبیشتراوقات خدیجه

گرسنه میماند ، تا وقتی که رسول‌الله زنده بود در مدینه هیچ یتیم مسلمان، گرسنه و برهنه نمیماند حتی هنگامیکه وضع بیت‌المال خوب نبود و پیغمبر نمیتوانست که ازمحل بیت‌المال برای نگاهداری یتیمان مستمری تعین کند، هرطورکه بود نمیگذاشت یتیمان مسلمین گرسنه و برهنه بمانند و میگفت من میدانم که بر یتیم چه میگذرد زیرا خود درکودکی پدر ومادر را از دست داده بودم.

ای پسر(ارطاة) پیغمبرما آن‌قدر نسبت به یتیمان عطوفت داشت که حتی درجنگها هم نسبت به یتیمان خصم ترحم میکرد ولو پدران آنها مشرك بودند. درسال سوم هجرت دوقبیله مشرك یکی باسم (بنی‌ثعلبه) ودیگری باسم(بنی‌محاربه) درصدد برآمدند که به مدینه حمله نمایند و پیغمبرما عده‌ای ازمسلمین رامسلح کرد و برای جلوگیری ازآن دو طایفه از مدینه خارج شد. دوطایفه (بنی‌ثعلبه) و(بنی‌محاربه) بفزونی افرادخودمغروربودند وتصورمیکردند که میتوانند برپیغمبر اسلام غلبه نمایند وازشجاعت محمد و مسلمانها اطلاع نداشتند و نیز از فنون جنگی ما بی‌اطلاع بودند وای(ثابت)من بایدبتو بگویم که محمد (ص) یکی ازسرداران بزرك جنگی جهان بود ومیدانست چگونه بایك نیروی ضعیف میباید برنیروی قوی خصم غلبه کرد.

دو طائفه (بنی‌ثعلبه) و (بنی محاربه) طوری ازحمله شدید مسلمانها که ازحیث شماره افرادکمتر ازآنها بودند وحشت کردند که عده‌ای ازکودکان خود را در صحرا بجا گذاشته و گریختند . محمد (ص) دستور داد که اطفال بدون سرپرست را بمدینه ببرند و خانه‌ای را اختصاص بسکونت آنها داد و برای آنان سرپرست تعیین کرد. او هرموقع که در مدینه بود، هردو روزیکبار بآن خانه میرفت تا اینکه وضع زندگی کودکان را ازنزدیك ببیند و بداند که بآنها بدنمیگذرد. در همان سال که سال سوم هجرت بود رسول‌الله، با یك قشون به منطقه (نجران) رفت ودرآنجا باطائفه موسوم به (بنی‌سلیم) جنگید. مردان طائفه بنی‌سلیم از دم شمشیر گذشته و اموال آنها بتصرف مسلمین درآمد ولی پیغمبرما زنهارا اسیر نکرد که مبادا اطفال یتیم قبیله (بنی‌سلیم) بدون سرپرست بمانند.

بعداز آن جنك وقتی پیغمبر اسلام خواست مراجعت نماید زنهای طائفه بنی‌سلیم شیون کردند و گفتند که مسلمانها تمام اموال مارا ضبط نمودند ومابعد ازاین نمیتوانیم گذران کنیم وشکم فرزندان خود راسیر نمائیم. محمد(ص) از لحاظ ارفاق به یتیمان گفت کمکی که من میتوانم بشما بکنم این است که از حق خود از غنائم جنك صرف نظر نمایم وآن رابشما واگذارم که وسیله معاش داشته باشید . رسول‌الله آنچه ازغنائم جنگ بدست آورده بود بزنها واگذار نمود.

مسلمین وقتی دیدند که رسول‌الله حق خود را بزنها واگذار کرده ازسهم خویش صرفنظر نمودند و بزنها واگذاشتند که بتوانند درآینده ازیتیمان نگاهداری کنند و درنتیجه قشون

فاتح اسلام بدون غنیمت جنگی از (نجران) مراجعت کرد . باز در همان سال که سال سوم هجرت بود رسول‌الله خواست که غلام آزاد شده خود(زیدبن‌حارثه)را بفرماندهی یك قشون برای جنگ‌بایك طائفه مشرك به‌منطقهٔ (القرده) بفرستد که آن‌جنگ معروف به(حرب‌القرده) شد. قبل‌از اینکه(زیدبن حارثه) براه بیفتد پیغمبراسلام باوگفت ای زید وقتی به (القرده) رسیدی متوجه‌کودکان یتیم‌باش وبا اینکه‌آنها فرزندان مشرکین هستند توجه‌کن‌که هنگام جنگ زیرپای سلحشوران ازبین‌نروند ومادرانشان‌آسیب نبینند تااینکه بتوانند ازفرزندان خودنگاه‌داری نمایند وهرزن‌که اسلام بیاورد درپناه‌مسلمین میباشد وبایدبااوباحترام‌رفتار نمایند واگرمالی‌ازوی به‌غنیمت گرفته شده‌بوی بزگردانند و مسلمانی‌که مال آن‌زن راپس بدهدمعادل‌آن‌از بیت‌المال دریافت‌خواهدکرد.

یکی‌از جنگهای وحشت انگیزکه بفرماندهی پیغمبر مادرگرفت، موسوم است بجنك ذات‌الرقاع‌ودرسال چهارم‌هجرت بوقوع‌پیوست. درآن‌جنك، سه‌هزارزن‌ومرد مسلح به‌سیصدو پنجاه‌تن ازمسلمین حمله‌ورشدند وتصمیم گرفتندکه تاوقتی یك‌مسلمان زنده‌است بجنك ادامه بدهند ونگذارندکه هیچ‌مرد مسلمان ازمیدان‌جنگ‌مراجعت‌نماید. بمناسبت وفور جنگجویان دشمن‌وحشت برمسلمانها چیره‌شد وپیغمبر مامتوجه‌گردیدکه مسلمین‌ترسیده‌اند وبرای‌اینکه وحشت‌را ازدل‌ماازائل‌کند، لحظه‌بلحظه فریادمیزد الله‌اکبر.

جنك‌ذات‌الرقاع که‌ازبامدادشروع‌شده‌بود تاغروب آفتاب ادامه‌یافت‌وعده‌ای‌کثیرازسربازان اسلام‌بقتل رسیدندوبقیه حتی‌خودمحمد(ص) مجروح‌شدند. بعدازغروب آفتاب خصم، ازفرط خستگی دست‌از جنك کشید ورفت واگر خستگی‌سبب نمیشدکه دشمن‌ازمیدان‌جنك مراجعت نمایدتمام مسلمانها بقتل‌میرسیدند. چون‌درآن جنك‌مسلمانها ترسیدند خداوند، پس‌ازخاتمه جنك‌دستور (نمازوحشت) رانازل‌کرد تا اینکه مسلمانها هربارکه گرفتار خوف‌شدید میشوند آن نمازرا بخوانند وازوحشت برهندوهمان‌شب‌مسلمین برای اولین‌مرتبه‌نمازوحشت‌راخواندند. بااینکه مسلمین گرفتار تلفات‌سنگین شده بودند وبقیه مجروح بشمارمیآمدند محمد(ص) از منطقه (القرده) مراجعت‌نکردبلکه‌آن‌شب‌را درمیدان جنك‌بسر برد برای‌اینکه‌میدانست کـه تا روزدیگر ازمدینه نیروئی‌بکمکش خواهدآمد.

دربامداد روز بعد، نیروئی‌که بایدازمدینه بیایدو تمام شب‌راه‌پیموده بودخود رابـه رسول‌الله رسانید وپیغمبراسلام علیه‌خصم مبادرت‌بحمله‌کرد. دشمن‌که تصور میکرد مسلمانها طوری آسیب‌دیده‌اندکه دیگرقدرت جنك‌ندارند براثرحمله غیرمنتظره مسلمین‌غافلگیر شدو عده‌ای ازمردان بقتل‌رسیدند وبعضی‌ازآنها موفق‌بفرارشدندوزنهاواطفال بجاماندند. مسلمانها برای‌تحصیل غنیمت‌جنگی آماده‌حمله بمرکزقبیله شدند. ولی‌محمد(ص) قبل‌ازاینکه‌سربازان بمرکز قبیله‌حمله‌ورشوند بآنها گفت‌که مواظب اطفال باشند وبدانندکه‌کودکان گناه ندارند

ونبایداطفال یتیم‌را بجرم پدرشان بقتل‌رسانید یامورد آزار قرارداد. همچنین توصیه کرد که نسبت باسیران جنگی باملایمت رفتار کنند و آنهارا تازیانه نزنند ودستهایشانرا نبندند و بهمین اکتفا نمایند که سلاحشان‌را بگیرند. بطریق‌اولی اگراسیران‌جنگی اسلام‌بیاورند باید نسبت بآنها بیشتر محبت کرد زیرا پس‌ازاینکه اسلام‌آوردند جزو(امت)هستند وقوانین‌خداوند شامل آنها میشود. به‌محمد(ص) اطلاع‌دادندکه بعدازاینکه حمله‌مسلمین بمرکزقبیله برای‌تحصیل غنیمت شروع‌شد بعضی‌اززنها اطفال‌خودرا بقتل‌میرسانند تااینکه بدست‌مسلمین نیفتند.

پیغمبر اسلام دستور دادکه ازتصرف امـوال خصم خودداری کنند. تااینکـه‌خشم‌زنها فرو بنشیند وکودکان بیگناه‌را بقتل‌نرسانند وسربازان‌اسلام مدت‌دوروز صبر کردند تا اینکه خشم‌زنها فرونشست وازآن‌پس فقط‌اموال کسانی‌را ضبطمینمودند که نمیخواستنداسلام‌بیاورند وهر کس اسلام‌میآورد ازهرحیث مصونیت پیدامیکرد.

بیماری ورحلت پیغمبر اسلام (ص)

مدتی بودکه رسول‌الله کسالت داشت وسرفه می‌کرد ولی باوجود کسالت، هرروز برای نمازبمسجد میرفت وبکارها ازجمله امورمربوط به‌تجهیز قشون (برای جنك باقشون پادشاه روم درشام) رسیدگی می‌نمود. کسالت پیغمبرما گاهی شدت‌مینمود امانه بطوریکه‌پسرعموی مرا بستری نمایدونتواند بمسجدبرود. درروزهائیکه‌کسالت پیغمبرشدیدمی‌شد(علی‌بن‌ابیطالب) ومن ازدوطرف بازوهای پیغمبررا میگرفتیم واورا برای نماز بمسجد میبردیم.

یکی‌ازکارهائی که‌پیغمبرترك نمی‌کردعیادت بیماران بود وهروقت‌باواطلاع می‌دادندکه یکی ازمسلمین بیمارشده بعیادتش‌میرفت. درشبی‌ازلیالی‌ماه صفرسال‌یازدهم هجری، رسول‌الله برای عیادت یکی ازبیماران ازمنزل خارج شد، ووقتی به‌منزل بیماررسید بربالینش نشست ومدتی باوی صحبت‌کرد پسرعموی من‌فقط برای پرسش حال بیماران بخانه آن‌ها نمیرفت بلکه میخواست ازوضع مادی بیماراطلاع‌حاصل‌کند واگرمحتاج‌کمك‌است، ازمحل‌بیت‌المال یا ازجیب خود بوی‌کمك نماید. آن شب‌مدتی بامن‌صحبت‌کرد وآنگاه بخانه‌خود مراجعت نمود. هنگام بازگشت بخانه‌لرزبرپیغمبرمستولی‌شد وچون‌آن شب‌هوا درمدینه، قدری سرد بود تصورنمودکه رعشه مزبورناشی ازبرودت هوا می‌باشد.

بعد ازاینکه رسول‌الله بخانه مراجعت‌کرد دوچارتب‌گردید وتابامداد تب‌ادامه‌داشت پس ازاینکه آفتاب طلوع نمودبه پیغمبر اطلاع دادند بیماری که شب قبل‌مورد عیادت وی قرارگرفت زندگی‌را بدرودگفت. بااینکه حال‌رسول‌الله خوب‌نبودوتب داشت ازجا برخاست وازمنزل خارج شد وجنازهٔ‌آن مردرا تاگورستان تشییع‌کرد وپس از اینکه بخانه بزگشت نتوانست برای نمازظهر بمسجد برود.

تاآن روز، من‌نشنیده بودم‌که برای پسر عموی من‌پزشك بیاورند ولی در آن روز (عایشه) که پیغمبر در خانه اوبستری شد، شخصی‌را بخانه (اسماء) که در(مدینه) قابله و هم طبیب بود فرستاد وپیغام دادکه بیاید وبگویدکه بیماری‌پیغمبراسلام چیست‌وچگونه بایداورا

معالجه کرد. (اسماء) وارد خانه رسول‌الله شد ودست پیغمبررا گرفت وپیشانی‌وی‌را لمس کرد وگفت اوتب دارد. (عایشه) پرسید این موضوع‌را همه میدانند ومن تورا باینجا آوردم که بگوئی ناخوشی‌شوهرم چیست. اسماء گفت ناخوشی شوهرتوباحتمال زیادناخوشی زکام‌است. عایشه پرسید علاجش چیست ؟ (اسماء) گفت علاجش این است که شوهرت را بحـال خود بگذاری تابخوابد وبعد ازسه چهارروزبهبود خواهد یافت . ولی دو روز بعد، حال پیغمبر سخت‌ترشد وسرفه میکرد وازسینه‌اش اخلاط خارج میگردید .

درمدینه‌یك‌پزشك‌یهودی بود که بمناسبت اینکه یگانه‌پزشك شهرمحسوب میشد مسلمین موافقت‌کرده بودندکه درآن شهرسکونت‌کند. اوراهم برای معالجه‌پسرعموی من آوردند و پزشك یهودی که‌بنظر میرسید بیش از(اسماء) دارای‌اطلاعات طبی می‌باشد ازسوابق بیماری پیغمبرپرسید وعایشه‌گفت مدتی است‌که شوهرم‌کسالت داردولی درچند روزاخیر بیماری‌اش شدت‌کرده وسرفه میکند وازسینه‌اش اخلاط خارج میگردد. پزشك یهـودی گفت من تصور می‌کنم‌که شوهرتومبتلا به‌ذات‌الجنب شده‌است. عایشه پرسیدبرای مداوای رسول‌الله چه باید کرد ؟ پزشك یهودی‌گفت باید دوسه بالاپوش روی اوانداخت تاگرم شود واگر وی‌راگرم نگاه دارند بهبود خواهد یافت .

همان روزبعد ازاینکه پزشك یهودی رفت، پسرعموی من‌دستورداد‌که بروند وازهفت چاه آب درمدینه هفت ظرف‌آب بیاورند. رفتند وازهفت چاه‌آب هفت ظرف‌آب آوردند و پیغمبر، ازهرظرف جرعه‌ای‌نوشید وگفت تصورمیکنم‌که‌نوشیدن این‌آبها حال‌مرابهترخواهد کرد. همین‌طورهم شد وحال‌پسرعموی من‌بهبود یافت ودوروزبعد، من وبرادرم (ابوالفضل) ازدوطرف بازوی پیغمبرراکه میخواست بمسجد برودگرفتیم واورا بمسجد بردیم. رسول‌الله درآن روزخواست نمازبخواند ولی‌نتوانست هنگامی‌که پیغمبر باکمك من‌وبرادرم واردمسجد شد (ابوبکر) برای مسلمین صحبت میکرد .

همین‌که پیغمبر وارد شد (ابوبکر) از جابرخاست تا اینکه جای خودرا به رسول‌الله بدهد واو ، برای مردم صحبت‌کند. لیکن‌پیغمبربه (ابوبکر) گفت بنشیند و به صحبت ادامه بدهد وخود اوباکمك من وبرادرم‌کنارمستمعین نشست. من‌متوجه شدم‌که (ابوبکر)باحترام پیغبمرصحبت خودراکوتاه‌کرد تااینکه رسول‌الله صحبت‌کند و پیغمبر بی‌آن که جای خودرا تغییربدهد چنین‌گفت: (خداوند، بیکی ازبندگان خود اجازه داده است‌که بین این دنیا و قرب‌جوار او، یکی‌را انتخاب نماید وآن بنده،قرب جوارخدارا انتخاب کرده است)

(ابوبکر) بعد از شنیدن این حرف بگریه درآمد چون فهمید که پیغمبر صحبت از ارتحال خود میکند. مؤمنین وقتی‌گریه (ابوبکر)را دیدند بگریه درآمدند وآنوقت معنای گفته پیغمبررا فهمیدند. پیغمبرپرسید برای چه‌گریه می‌کنید؟ (ابوبکر) گفت یا رسول‌الله

گفته تومارا بگریه انداخت ومن‌حاضرم جان خودوتمام اعضای خانواده‌ام‌را فداکنم‌مشروط براینکه توازبین ما نروی. پیغمبر گفت خداوند برای من‌وظیفه بلاغت‌را تعیین کرده بود و من بلاغت خودرا بانجام رسانیدم واینك نباید خودرا ازقرب جوار معبودخود محروم‌کنم. بعد ازاین سخن درحالی‌که همه گریه میکردند، پیغمبر باکمك من‌وبرادرم از مسجد خارج شد وبمنزل مراجعت نمود .

پس ازاین‌که پیغمبر بمنزل مراجعت‌کرد من‌نزد پدرم رفتم‌وباوگفتم تومدت چندسال ساکن عراق بودی ودرآنجا بااطبای ایرانی‌که پزشك حکمران ایرانی عراق‌بودندمیزیستی وناگزیر، قدری ازعلم طب اطلاع داری وبرخیزتابخانه رسول‌الله برویم واورابببین‌ومشاهده کن چه‌مرض دارد وشایدبتوانی وی‌را معالجه نمائی. پدرم گفت‌قبل ازاین‌که تواین‌موضوع را بمن بگوئی من بفکرافتادم بخانه محمد(ص) بروم‌وببینم دارای چه‌ناخوشی می‌باشد.ولی چون اطلاعات من درطب خیلی‌کم است بیم‌داشتم‌که نتوانم مرض اورا تشخیص بدهم .

من پدرم‌را بدرخانه رسول‌الله بردم ودرآنجا باکمك زن‌های پیغمبروبخصوص عایشه، علائم بیماری وی‌راگفتم وازپدرم خواستم‌که‌بیماری پیغمبررا تعیین کند. پدرم‌بفکرفرورفت وگفت تصورمی‌کنم‌که بیماری رسول‌الله سینه دردباشد . معلوم‌شدکه پدرمن‌بااین‌که مدتی با اطبای ایرانی درعراق‌بسرمیبرده نتوانسته ازعلم‌آنهااستفاده‌کند وتشخیص اوفرقی باتشخیص من‌که ازعلم طب اطلاع ندارم نداشت. (ام‌حبیبه) دختر(ابوسفیان) وزوجه پیغمبرکه مدتی در حبشه بسر برده بود گفت در آن کشور برای معالجه درد سینه داروئی بکار میبرند که مؤثراست .

(توضیح- بطوری‌که سال گذشته ، درشرح‌حال حضرت‌ختمی‌مرتبت صلی‌الله‌علیه‌وآله، که درمجله خواندنیها منتشر گردیدذکرشد،کسی نمیداندکه بیماری واقعی رسول خدا چه بوده است زیرا مورخین اسلامی علائم دقیق بیماری‌را ننوشته‌اند تاامروز، یك‌پزشك بتواند بیماری پیغمبراسلام‌را تشخیص بدهد وفرض‌کرده‌اندکه شایدبیماری مزمن رسول‌خدا عارضهٔ کبدی بوده‌که بعد، عوارض دیگرمزید برآن گردیده است‌ولی این جز یك فرض نیست و نمی‌توان آن‌را تأیید کرد ــ مترجم)

(ام‌حبیبه) برای تهیه داروئی‌که درحبشه جهت معالجه درد سینه بکار می‌رفت روغن زیتون وزعفران وبادام تلخ خواست . وی‌بادام تلخ راکوبید و شیرهٔ آن را گرفت وآنگاه زعفران‌را صلایه نمودوسپس شیرهٔ بادام تلخ وزعفران صلایه‌شده‌را درروغن زیتون ریخت و محلولی فراهم‌شدکه بمناسبت زعفران معطروخوش طعم‌بود . (ام‌حبیبه) مقداری ازآن دارو را به پیغمبر خورانید اما رسول‌الله باعدم رضایت داروی مزبور را خورد زیرا هرگز دوا نخورده بود .

آخرین مرتبه که رسول‌الله بمسجد رفت، یك‌روزقبل ازرحلت بود. درآن روزپیغمبر باکمك عایشه که زیربغل رسول‌الله‌راگرفته بود عازم مسجد شد و هنگامی بمسجد رسید که مسلمین مشغول خواندن نمازبودند. پیغمبرازمشاهده صفوف نمازبسیارخوشوقت گردیدوگفت خدایا دین توپابرجاشد. اما نتوانست بیش ازچند دقیقه درمسجد توقف نماید وباکمك‌عایشه مراجعت کرد. در آن روز علی بن ابیطالب (علیه‌السلام) و(ابوبکر) ومن‌که بمناسبت کسالت رسول‌الله، پیوسته درخانه اوبودیم‌چون تصورنمودیم‌که بحران بیماری گذشته وپیغمبرمعالجه شده، بخانه‌های خود رفتیم تا استراحت‌کنیم زیرا درایام بیماری رسول‌الله، ازبس نگران بودیم نمی‌توانستیم استراحت نمائیم. ولی بعد از اینکه دیدیم رسول‌الله برخاست خوشحال شدیم وباشادمانی‌راه خانه‌های خودرا پیش گرفتیم واستراحت‌کردیم.

درآن‌روزهمه، مثل ما از خبر بهبود پیغمبرمسرور شدندو شادی کردند. در مدتی‌که پیغمبر بستری بودو نمیتوانست برخیزد روزی‌دو مرتبه وضع‌حال‌اودرمسجد(قبا)(قبا درحومه مدینه‌قرارگرفته‌بود-مترجم) باطلاع‌مسلمین‌میرسید. درآن‌روز، در هردومسجد اعلام‌شدکه رسول‌الله بهبودیافت وباکمك(عایشه‌ام‌المؤمنین) بمسجدآمد وآنگاه بخانه مراجعت کرد. ولی وقتی من‌بخانه خودمان رسیدم پدرم (العباس)رامتفکردیدم وبمن‌گفت من‌تصور نمیکنم‌که رسول‌الله بهبود یافته باشدوبرعکس، عقیده‌دارم که‌رحلت‌خواهدکرد.

گفتم‌ای‌پدر، توکه‌درعلم‌طب‌بصیرت‌نداری‌ونتوانستی‌بیماری اورا تشخیص‌بدهی‌چگونه پیش‌بینی‌میکنی که‌وی‌رحلت‌خواهدکرد. پدرم گفت‌ای(ابوالعباس) من‌چون‌درعلم طب‌بصیرت ندارم نتوانستم بیماری رسول‌الله را تشخیص بدهم. لیکن از روی تجربه‌ای که در زندگی تحصیل‌کرده‌ام می‌فهمم که‌پیغمبرما بهبودنخواهد یافت‌وبرادرزاده‌ام‌زندگی‌رابدرود خواهدگفت. کسی که درزندگی‌تجربه‌داردممکن است نتواند بیماری یك مریض را تشخیص بدهدزیرا فقط طبیب می‌تواند تشخیص بیماری‌رابدهد اما می‌تواند بگویدآیایك‌بیمارمعالجه می‌شود و زنده میماند یااینکه زندگی را بدرود میگوید و من برای علی‌بن‌ابیطالب (ع) مشوش‌هستم.

پرسیدم برای‌چه‌مشوش‌هستی؟ پدرم گفت‌من‌میدانم که‌پیغمبرمیل‌دارد که‌علی‌بن‌ابیطالب(ع) را بجانشینی‌خودتعیین‌نمایدولی‌هنوزاین‌کاررانکرده‌واگرپیغمبر، قبل‌ازاینکه‌علی(علیه‌السلام) رابجانشینی خود انتخاب‌کند زندگی را بدرود گوید این‌زن سرخ مو (مقصود پدرم عایشه ام‌المؤمنین‌بود) بمناسبت خصومتی‌که‌باعلی(ع) دارد وهمچنین بمناسبت‌خصومت‌با فاطمه‌زهرا (سلام‌الله‌عیلها) و پسران اونخواهد گذاشت‌که (علی‌بن‌ابیطالب)جانشین‌پیغمبر گردد.

(توضیح- عقیده ما شیعیان این است‌که حضرت علی‌بن‌ابیطالب (علیه‌السلام) در سال دهم هجرت، در حجة‌الوداع، درمحلی‌موسوم به(غدیرخم) ازطرف خاتم‌النبیین(ص) بطور

علنی ورسمی برای جانشینی پیغمبر اسلام انتخاب شدند ودراین قسمت هیچگونه تردید وجود ندارد وعلی بن ابیطالب(ع) جانشین مسلم رسول‌الله هستند ـ مترجم)

ماکه جزو قبیله هاشمی هستیم و می‌دانیم که رسول‌الله علی(ع) را برای جانشینی خود درنظر گرفته نباید بگذاریم که حق اورا تضییع کنند وجانشین پیغمبر، از خانواده هاشمی منتقل بخانواده دیگر شود. علی(ع) علاوه براین که ازخانواده هاشمی می‌باشد وداماد پیغمبر است و خود رسول‌الله میل‌دارد که اورا جانشین خود کند مردی است دلیر و باتقوی و دانشمند ومطلع و بهتر ازاو، برای جانشینی پیغمبر یافت نمی‌شود. علی (ع) امروز در قلمرو اسلام اولین شخص بشمار می‌آید که محمد(ص) را به‌پیغمبری شناخت وباسلام ایمـان آورد. تو میدانی اولین کسی که اسلام آورد (خدیجه) بود وبعد ازخدیجه علی(ع) مسلمان شد. لیکن چون خدیجه زندگی را بدرود گفته، امروز ، اولین مسلمان که به‌پیغمبر ایمان آورد علی(ع) می‌باشد و این یکی از بزرگترین افتخارات اوست. از پدرم پرسیدم چه‌باید کرد؟ پدرم گفت هم‌اکنون بخانه علی(ع) برو واز او و فاطمه‌زهرا(ع) بخواه که این‌جا بیایند تا من با آنها مذاکره کنم .

من بخانه‌علی(ع) رفتم و مشاهده کردم که داماد پیغمبر که چندین شبانه‌روز بیدار بود خود را برای استراحت آماده میکند. باو گفتم یاعلی(ع) پدرم ازتو و فاطمه‌زهرا درخواست می‌کندکه بی‌درنك نزد اوبروید و با وی‌مذاکره کنید . علی (ع) گفت یا (ابوالعباس) آن مذاکره مربوط به‌چیست؟ گفتم مربوط بخلافت تومیباشد وما همه می‌دانیم که‌پیغمبر میل‌دارد تو را برای جانشینی خودانتخاب نماید ولی‌هنوز بطورعلنی تورا برای‌خلافت انتخاب نکرده است. علی(ع) گفت‌تا امروز پیغمبر فرصت نکرده که‌این کار را بکند وبعدخواهد کرد وشتاب نمودن ضروری نیست .

(توضیح‌مجدد ـ این‌جمله‌را (کورت‌فریشلر) آلمانی نویسنده این‌سرگذشت از منابعی غیر از منابع شیعه اقتباس‌کرده ودراین‌سرگذشت ذکر نموده وبعقیدهٔ ماشیعیان‌حضرت‌علی بن‌ابیطالب(ع) یك‌چنین کلام را خطاب به(ابوالعباس) پسرعموی پیغمبر بر زبان نیاورده زیرا چون‌حضرت مولی‌در(غدیرخم) بطورعلنی‌ورسمی جانشین پیغمبرشده بود، موردنداشت که این جمله‌را برزبان بیاورد ـ مترجم)

خواستم بگویم که اگر علی(ع)شتاب نکند وزودتر نزد پیغمبر نرود واز وی‌نخواهد که بطورعلنی اورا جانشین خودکند، دیگرفرصتی باقی‌نمی‌ماند. زیرا پیغمبر مازندگی‌را بدرود خواهدگفت ونخواهد توانست علی(ع) را بجانشینی خود انتخاب‌کند. ولی چگونه می‌توانستم درحضور فاطمه زهرا(سلام‌الله‌علیها) دختر پیغمبر و دامادش علی(ع) بگویم که

رسول‌الله زندگی را وداع خواهد گفت آنهم موقعی که همه یقین داشتند که بحران بیماری رسول‌الله گذشته وبهبود یافته است.

این بود که به‌علی(ع) وهمسرش گفتم که من نمیتوانم بشما بگویم که برای‌چه‌باید دراین کارشتاب کرد ولی پدرم ازعلت آن مطلع است واگر نزد اوبروید بشماخواهد گفت که علت لزوم تعجیل چیست. بعد علی بن ابیطالب(ع) وفاطمه زهرا (ع) ومن براه افتادیم وبطرف خانه پدرم رفتیم. (العباس) پدرم وقتی علی(ع) رادید گفت‌یاعلی اگررسول‌الله(ص) زندگی رابدرود بگوید توبمناسبت اینکه دامادپیغمبرهستی وماهمه میدانیم که وی میخواهد تورا جانشین خودنماید عضوارشد قبیله هاشم میباشی. گرچه سن من بیش‌ازتواست امامقام ومرتبه توبالاترازمن است وتوپس‌ازاین ، ازروی حق رئیس خانواده هاشم میشوی.

مطلبی که باید بتوبگویم این‌است که تونباید راضی‌شوی که بعدازرحلت‌پیغمبرمردی‌از قبیله دیگرجانشین‌رسول‌الله گرددوقبیله‌هاشم‌ازچشم‌ها بیفتد مرتبه‌وحیثیت‌خودرا ازدست‌بدهد. علی گفت خدارا شکر که رسول‌الله نخواهد مردبلکه بهبود یافته‌است.

پدرم گفت یاعلی‌من‌هم مانند تومیل ندارم که پیغمبرزندگی‌رابدرودبگوید. ولی‌میدانم که اومعالجه نخواهدشد وازبین‌ماخواهد رفت. لذاتاوقت باقی است بایدنزدپیغمبربروی و ازاوبخواهی که بطورعلنی تورابجانشینی‌خودانتخاب نماید وبعدازرحلت وی‌مسئله جانشینی تومورد اختلاف قرارنگیرد.

من تردید ندارم‌که (عایشه) و پدرش همدست هستند تااینکه بعدازپیغمبر(ابوبکر) جانشین رسول‌الله شود. لیکن‌اگرتوعجله کنی وخودرا به‌پیغمبربرسانی وازاوبخواهی که‌تورا بطورعلنی بجانشینی خودانتخاب نماید، نقشه‌عایشه وپدرش باطل خواهدگردید.

علی(ع) گفت من‌خیلی‌امیدوارم که‌پیغمبربهبودیابدولی‌حتی اگر میدانستم که‌رسول‌الله زندگی‌را بدرودخواهدگفت من این‌کاررا نمیکردم. پدرم پرسید برای‌چه؟ علی(ع) گفت بدو دلیل:

دلیل اول این است که جانشینی پیغمبر موضوعی است که باید ازجانب خداوندمعلوم شود وخدا جانشین پیغمبر مارا معین نماید یعنی خداوند به‌پیغمبر دستور بدهد که شخصی را برای جانشینی خودانتخاب نماید ومن نمی‌توانم بروم و به‌پیغمبر بگویم که‌مراجانشین خودکن. دلیل‌دوم‌این‌است که‌اقدام‌من برخلاف ادب‌میباشدومن‌مردی‌بی‌ادب نیستم‌وبخصوص نمیتوانم نسبت به‌رسول‌الله اسائه ادب‌کنم.

چگونه من میتوانم دراین‌موقع که پیغمبر بیماراست نزد اوبروم وباو بگویم جانشین خودرا تعیین‌کن. زیرا معنای گفته‌من این است که به‌پیغمبر می‌فهمانم که او بزودی‌خواهد مردو لذا بایدجانشین خویش‌را معین‌نماید ومن‌این‌کاررا نخواهم‌کرد. پدرم گفت‌یاعلی(ع)

اگر پیغمبر نسبت بتومحبت مخصوص نمیداشت و نمیخواست که تو را جانشین خود کند، و تو نزدوی میرفتی ومیگفتی که تورا باحضور همه به‌جانشینی خود انتخاب نماید ممکن بود که نظریه تودرست باشد. ولی آنطوری که میدانی پیغمبر میل‌دارد که بعدازاو، توجانشینش باشی واگر تو بروی وباو بگوئی که همین امروز، تورا با حضور مسلمین بجانشینی خود انتخاب نماید او اندوهگین نخواهدشد ودرعوض خلافت تو مسجـل میگردد. اما اگر پیغمبر، درزمان حیات تورا بجانشینی خود انتخاب ننماید من تردید ندارم که عایشه و پدرش مانع‌ازخلافت توخواهندشد و میگویند تو جوان‌هستی وبمناسبت جوانی برای‌خلافت مناسب نمیباشی ومردی سالخورده وتجربه آموخته یعنی (ابوبکر) باید خلیفه‌مسلمین‌شود. علی(ع) گفت حتی اگر این احتمال پیش‌بیایدنمیتوانم دراین‌موقع که پیغمبر بیماراست‌نزد او بروم وبگویم مرا بجانشینی‌خودتعیین کن.

پدرم خطاب‌بدختر پیغمبر گفت‌یازهرا(ع) اینك که ادب‌وحجب شوهرت مانع‌ازاین است که وی نزد پیغمبر برودوازاو بخواهدکه تکلیف‌جانشین خودرا معین‌کند تونزدپدرت برو و آنچه گفتم برای اوبازگوکن تا پدرت بداند که هرگاه قبل‌ازمرك علـی(ع) را بجانشینی خود تعیین نکند بعد از رحلت او ، (ابوبکر) خویش را جانشین پیغمبر خواهد کرد. فاطمه زهرا(ع) بگریه درآمد وگفت چگونه من میتوانم نزد پدرخود بروم و باو بگویم که جانشین خودرا تعیین‌کند. من این‌کاررا نخواهم‌کرد زیرا پدرم‌را دوست‌میدارم و نمیخواهم او تصور نمایدکه دختر ودامادش انتظار مرك‌وی‌را میکشند.

آنگاه علی(ع) هم بگریه درآمدو گفت مرك برای‌من گواراتر ازاین است که‌اقدامی کنم که سبب رنجش رسول‌الله شود و او تصورنمایدکه ما انتظار مرگش‌را میکشیم تااینکه جانشینش‌شوم.

آنگاه علی(ع) وفاطمه(ع) مراجعت کردند و من‌هم چون بطوری که گفتم خیلـی خسته بودم آماده خوابیدن شدم . ولی قبل از اینکه من بخوابم شنیدم که پدرم بـه‌ـ (ابوالفضل) برادرم گفت که بخانه پیغمبر(ص) برودو از حال او پرسش نماید و آنگـاه خوابم برد.

من نمیدانستم که پیغمبر اسلام درهمان‌روزکه روز دوشنبه سیزدهم ماه ربیع‌الاول‌از سال یازدهم هجری بود، زندگی‌را بدرود خواهد گفت وگرنه نمیخوابیدم بلکه باوجود خستگی وچند شبانه‌روز بیداری بخانه پیغمبر میرفتم و بـربالین رسول‌الله حضور میافتم . هیچ‌کس جز پدرم پیش‌بینی‌نمیکردکه رسول‌الله‌زندگی‌را بدرود بگوید وهمه میگفتندکه‌وی معالجه شده است.

(ابوالفضل) برادرم‌که هنگام رحلت رسول‌الله‌درخانه پیغمبر بود ودراطاقی که‌رسول‌الله

زندگی‌را بدرود گفت‌حضور داشت چنین میگوید: تمام‌زن‌های پیغمبر و عده‌ای ازمسلمین حضور داشتند.

(توضیح)- در شرح‌حال حضرت ختمی‌مرتبت (ص) که سال گذشته درمجله‌خواندنیها بطبع رسیدو کتاب آن هم چاپ شد گفتیم که‌هنگام ارتحال رسول‌خدا، مولی‌امیرالمؤمنین علی(ع) حضورداشته است- مترجم)

هنگام عصرونزدیك‌ساعت پنج بعدازظهر، رسول‌الله چشم گشود و گفت: (آفتاب‌پائین میرود وروشنائی کم‌میشود وتاریکی نزدیك میگردد). آنگاه چشم‌ها رابست وماتصورکردیم که بخواب‌رفته‌است. بعد ازچنددقیقه چشم‌هارا گشود وچنین گفت: (هرچه خدا گفت‌بانجام رسانیدم و برای بانجام رسانیدن دستورهای خدا از هیچ زحمت رو برنگردانیدم . من هنگامیکه برای‌بانجام‌رسانیدن دستورهای خدا زحمت میکشیدم شکایت نمینمودم وبرعکس خوشحال بودم و رنجی‌که درراه اجرای اوامر خداوند تحمل مینمودم برمن گوارابود.)

مرتبه دیگر پیغمبر چشم‌ها را بست‌وما باز خیال کردیم که خوابیده است. بعدازچند دقیقه چشم گشودوباز گفت:

(ای دوست‌من، تومیدانی که من وقتی بدنیا آمدم پدرم را ندیدم‌ونمیتوانم‌شکل‌اورا در نظر مجسم‌کنم ولی مادرم‌را شناختم ومیدانم درحالی‌که من یتیم بودم مرا بزرك‌کردو برای سرپرستی ازمن متحمل‌زحمت شد وبعدهم درجوانی ازجهان رفت وای‌مادرتواکنون مقابل‌چشم‌من‌هستی). درآن‌وقت (ام‌حبیبه) برسول‌الله نزدیك شدوخواست قدری‌ازداروئی‌راکه خود فراهم‌کرده بود به‌پیغمبر بخوراند.

ام‌حبیبه دهان محمد(ص)راگشود و مقداری ازدارو رادردهان شوهرش‌ریخت. لیکن دوا ازگلوی‌پیغمبرپائین‌نرفت‌وازگوشه دهانش روی‌بسترریخت و(عایشه)خطاب‌به(ام‌حبیبه) گفت رسول‌الله را اذیت‌نکن و بگذارکه بخوابد و هرقدر زیادتر بخوابد برای او بهتر است. (ام‌حبیبه)که باظرف دوا، کنار بستر رسول‌الله نشسته بود ازآنجا دور گردید ودر کنار زن‌های دیگر نشست. مدت‌چنددقیقه درآن اطاق سکوت حکمفرما بود وکسی‌صحبت نمیکرد. آنگاه بازرسول‌الله بسخن درآمد وگفت‌لبیك... لبیك...اینك به‌سوی تومی‌آیم. ماکه دراطاق بودیم فهمیدیم‌که پیغمبر باخدای خود صحبت میکند. درآن‌موقع (ابوالفضل) برادرم بیادگفته پدرمان افتادکه میگفت پیغمبر معالجه‌نخواهد شد بلکه زندگی رابدرود خواهد گفت.

وقتی پیغمبر گفت(لبیك...لبیك اینك‌بسوی تو خواهم‌آمد) چشم‌هارانگشود. کسانیکه در اطاق بودند، غیر ازبرادرم (ابوالفضل) اضطراب نداشتند زیراتصور مینمودند که‌پیغمبر بهبود یافته، منتها باخودحرف میزند. لذا اثر اضطراب درآن‌ها نمایان نبود.

آنگاه برادرم ودیگران مشاهده کردندکه پیغمبر بدون اینکه چشم‌را بگشاید تبسم میکند. تبسم پیغمبر طوری محسوس میشدکه‌معلوم بود یك‌واقعه خوش‌را بیادآورده یااینکه يك منظره زیبارا مشاهده مینمایدکه آن‌طورمسرور گردیده‌است. پیغمبر تبسم‌کنان ، بدون اینکه‌چشم بگشاید گفت (دوست‌من یا جبرائیل اکنون باتوبراه میافتم).

بعد ازاین گفته اثر تبسم ازلب‌های رسول‌خدا زائل شد ولحظه دیگر علائم احتضار نمایان گردید وهنوز آفتاب غروب نکرده بودکه رسول‌الله ازاین‌جهان‌رفت وزن‌ها و مردها ازجمله برادرم شیون کردند. درحالی که برادرم (ابوالفضل) شیون‌میکرد متوجه شدکه‌باید بیدرنگ خود رابخانه ما برساند و پدرم ومرا ازخبر رحلت پیغمبرمطلع کند .

من درخواب بودم وبراثر صدای‌گریه برادرم‌از خواب بیدارشدم وبانك‌زدم‌چه‌خبر است؟ (ابوالفضل) گفت‌که رسول‌خدا زندگی‌را بدرود گفت. آنوقت من دودست را برسر کوبیدم وبگریه درآمدم‌و دیدم‌که پدرم نیز گریه میکند. مدتی من‌وپدرو برادرم گریستیم تا اینکه‌پدرم اشك چشم‌ها راپاك‌کرد و بماگفت براه بیفتید تابرویم. پرسیدم کجامیخواهی بروی؟ پدرم گفت : باید به خانه علی(ع) برویم . من و برادرم نیز اشك‌چشم‌ها راپاك کردیم‌و باتفـاق پدر براه‌افتادیم . ازوضع‌مردمی‌که درکوچه‌ها میدیدیم‌معلوم بودکه هنوز خبر رحلت‌محمد(ص) درشهرشایع نشده‌زیراکسی گریه نمیکرد.وقتی واردخانه‌علی(ع)شدیم من‌دیدم‌که چشم‌های اووفاطمه‌زهرا(ع)سرخ‌رنك می‌باشدو‌معلوم می‌شود‌که‌هردو گریسته‌اند فاطمه‌زهرا(ع)تاما رادید بگریه درآمد وگفت امروز، بدبخت‌ترین ایام زندگی من است زیرا بی پدرشدم.

علی(ع)هم‌براثر گریستن فاطمه(ع) گریان‌شدو مانیزاشك‌ریختیم.فقط‌فاطمه‌زهرا(ع) بی‌پدر نشده‌بود بلکه ماهم‌حس‌میکردیم‌که بی‌پدرشده‌ایم. زیرا محمد(ص)هم پیغمبرما بودهم پدرو نقطه‌اتکای‌ماومی‌فهمیدیم که‌هیچ‌کس‌در‌آینده‌نخواهد توانست‌برای‌مسلمین‌مثل‌محمد(ص) بشود وازآنها سرپرستی‌نماید. پدرم زودترازدیگران ازگریه بازایستادو گفت‌یاعلی(ع)من بتو گفتم‌که تاپیغمبرزنده‌است نزد اوبرو، وبخواه‌که‌تو رابجانشینی‌خودانتخاب کند وآن کار رانکردی. اینك‌پیغمبرزندگی رابدرود گفته‌ومن تردیدندارم‌که درهمین لحظه‌که‌ما این‌جاهستیم‌این‌زن‌سرخ‌مو (یعنی‌عایشه‌ام‌المؤمنین)وپدرش درفکرجانشین پیغمبرهستند و زن سرخ‌مو میکوشدکه‌پدرش رابجای پیغمبر بنشاندو خلیفه مسلمین کند .

سپس گفت‌یاعلی(ع)تومیگفتی که‌ادب‌بتواجازه نمیدهدکه‌نزدپیغمبر بروی‌وازاو بخواهی که‌تورا جانشین خودکند. ولی‌اینك‌پیغمبر درحال‌حیات‌نیست‌تاتوازاوخجالت‌بکشی‌وفکرکنی که‌تصورخواهد کردکه‌توخواهان مرگش میباشی تااینکه‌جای اورا بگیری. اکنون که‌این

فرض منتفی است بمسجد بروو خبر مرك پیغمبر را باطلاع مردم برسان و بگو که تو جانشین رسول الله هستی و بعداز این مسلمین بایداز دستورهای تو اطاعت نمایند .

علی(ع) گفت جانشین پیغمبر را باید خداوند تعیین نمایدو من نمیتوانم خودرا جانشین اومعرفی کنم ودستورهائی که مسلیمن بایداز آنها پیروی نمایند درقرآن هست وهرکس که خلیفه شود باید همان دستورها را بموقع اجرا بگذارد. پدرم گفت یاعلی(ع) اکنون هم نمیخواهی برای خلافت خود اقدام کنی؟علی(ع) درجواب گفت نه.

پدرم گفت ولی ماکه جزو قبیله هاشم هستیم نمیتوانیم دست روی دست بگذاریم تااینکه دیگران حق تورا غصب کنندو قبیله هاشم از خلافت بر کنار گردد وافراد قبایل دیگر تکیه برجای پیغمبر بزنند.

بعدخطاب به فاطمه زهرا(ع) گفت یازهرا، شوهرت نمیخواهد برای گرفتن حق خود اقدام کند ولی تو که دختر پیغمبر هستی و نسل پدرت راحفظ خواهی کرد نباید سکوت نمائی. تو باما بمسجد بیاودرآنجا خودودوپسرت را بمسلمین نشان بده وبگو که خلافت حق شوهر تومیباشد.

فاطمه زهرا(ع) گفت من پیرو نظریه شوهرم(ع) هستم وهرچه او بخواهد میکنم واینك بافرزندانم ازخانه خارج می‌شوم ولی نه برای اینکه بمسلمین بگویم که شوهرم را بخلافت انتخاب کنند بلکه ازاین جهت که میخواهم بخانه پدرم بروم تابار دیگر رسول الله(ص) را ببینم وفرزندانم هم پدر بزرك خودرا ببینند. آنگاه فاطمه زهرا وفرزندانش وپدرما(العباس) ومن وبرادرم (ابوالفضل) از منزل علی(ع) خارج شدیم وبسوی مسجد رفتیم.

وقتی بمسجد رسیدیم مشاهده کردیم پرازجمعیت است و مسلمین درمسجد جمع‌شده بودند تااینکه‌راجع بوضع حال پیغمبر کسب اطلاع کنند چون‌هرروز اخبار مربوط بوضع مزاج پیغمبر رادرمسجدمی‌شنیدند. بعضی‌می گفتند که رسول الله فوت کرده‌و برخی اظهار میکردند که‌وی زنده‌است. یك‌مرتبه(عمرالخطاب) نمایان شدوچون قامتش خیلی بلندبود از دورجلب توجه می‌نمود.

من‌وبرادرم(ابوالعباس) وپدرمان ازدیدن(عمربن الخطاب) خیلی حیرت کردیم برای‌این که (عمر)درموقع راه رفتن بچپ‌وراست متمایل می‌شدومثل این‌بود که‌اختیار پاهای خودرا ندارد. اگرمن‌شخصی‌غیراز(عمربن الخطاب)را باآن‌حال میدیدم‌تصور میکردم که‌خمر نوشیده ومست‌شده استواز فرط مستی بچپ وراست‌متمایل‌می‌شود. ولی‌عمربن الخطاب یك‌مسلمان‌واقعی بودو خمر نمی‌نوشید ومبادرت بهیچ‌عمل‌حرام نمیکرد .

وقتی‌عمر نزدیکترشد پدرم گفت‌چشم‌های اوسرخ گردیده و حالش بکلی دگرگون است و من تصور میکنم که شنیدن خبرمرك رسول الله(ص) اورادوچار تغییر حال کرده زیرا (عمربن الخطاب) خیلی‌پیغمبر رادوست‌میداشت. وقتی(عمربن الخطاب) نزدیك مسجد رسید و

مردم اورا با آن حال دیدند از وحشت راه گشودند و کوچه‌ای بوجود آمد و (عمر) خودرا بوسط مسجد رسانید. آنگاه باصدائی که گوئی دیوارهای مسجد را بلرزه در می‌آورد بانك زد ای امت میگویند که پیغمبر ما مرده ولی من میگویم که او نمرده بلکه به آسمان نزد خدا رفته و روزی مراجعت خواهد نمود .

پس از این حرف با یك حرکت سریع شمشیر خودرا از غلاف کشید و فریاد زد کیست که عقیده دارد پیغمبر مرده است تا من با این شمشیر گردنش را بزنم. هیچکس جواب (عمر) را نداد زیرا همه می‌دانستند که اگر چیزی برخلاف نظریه (عمر) بگویند بدست وی کشته خواهند شد. من دربین کسانی که سعی میکردند که خودرا وارد مسجد نمایند (ابوبکر) را دیدم. (ابوبکر) عمر بن الخطاب را با شمشیر برهنه مشاهده کرد و صدای اورا هم شنید و کوشید که خود را به (عمر بن الخطاب) برساند ولی بمناسبت ازدحام جمعیت نتوانست. بعد از دو نفر مسلمین درخواست کرد که اورا بلند کنند تا اینکه بتواند برای مؤمنین صحبت نماید. دو تن از مسلمان‌ها، دو پای (ابوبکر) را از دو طرف گرفتند و او را بلند کردند بطوریکه تمام کسانی که در مسجد بودند ویرا دیدند. پدرم بمن گفت تصور می کنم که (ابوبکر) می‌خواهد خود را بعنوان جانشین پیغمبر معرفی نماید.

من نیز همین تصور را می کردم و بعد از صحبتی که پدرم راجع به (ابوبکر) بامن کرد ذهنم آماده برای آن فرض شده بود. ولی (ابوبکر) بهیچوجه صحبت از جانشین پیغمبر نکرد و خطاب به (عمر بن الخطاب) گفت یا (عمر) شمشیر خودرا غلاف کن، مگر تو با مسلمان‌ها سر جنك داری که شمشیر خودرا از غلاف بیرون کشیده‌ای و می‌خواهی در اینجا، یعنی در مسجدی که جای عبادت است و پیغمبر ما در ساختن آن شرکت داشت و با دست خود آجرهای این مسجد را بنا نهاد خون مسلمین را بریزی؟ مگر تو نشنیدی که پیغمبر ما قبل از این که رحلت کند گفت ای مؤمنین بعد از من بجان هم نیفتید و بروی هم شمشیر نکشید. آیا تو وصیت پیغمبر ما را همین طور بموقع اجرا میگذاری. اگر تو بطوریکه درزمان حیات پیغمبر نشان میدادی اورا خیلی دوست می‌داشتی امروز می‌باید بوصایای او عمل کنی. نه اینکه هنوز جسد پیغمبر بخاك سپرده نشده شمشیر از غلاف بکشی و بخواهی خون مسلمان‌ها را بریزی. (عمر) گفت من فقط کسانی را بقتل میرسانم که بگویند پیغمبر ما مرده است. چون پیغمبر ما نمرده و بآسمان نزد خداوند رفته و مراجعت خواهد کرد وما اورا خواهیم دید.

(ابوبکر) گفت یا (عمر) این حرف را که دور از عقل و برخلاف گفته خود پیغمبر ما میباشد نزن. مگر تو بارها از زبان پیغمبر نشنیدی که گفت من انسانی هستم مثل شما، ومانند شما برای ادامه زندگی احتیاج باکل وشرب دارم وروزی که عمرم بنهایت برسد مثل سایر افراد بشر

خواهم مرد. (عمر بن الخطاب) از شنیدن گفته (ابوبکر) حیرت کرد ومثل این بود که چیزی راکه فراموش نمود بخاطر آورده است.

(ابوبکر) وقتی متوجه شد که (عمر بن الخطاب) ازخشم فرود آمده است خطاب بمسلمین گفت ای مؤمنین همه بدانید که پیغمبر ما زندگی را بدرود گفته است وما دیگر اورا نخواهیم دید. تمام پیغمبرانی که ازجانب خداوند برگزیده شدند، زندگی را بدرود گفتند وپیغمبر ما با اینکه خاتم انبیاء بود چون یك انسان بشمار میآمد مثل سایر افراد بشر ازاین جهان رفت. پیغمبر میمیرد ولی خدا جاوید است وهرگز نخواهد مرد ومقرراتی که خداوند بوسیله پیغمبر فرستاده ودرقرآن هست تاابد راهنمای مسلمین خواهد بود.

وقتی صحبت (ابوبکر) تمام شد سکوت برمسجد مستولی گردید ومن درآن موقع دیدم که شمشیر ازدست (عمر بن الخطاب) برزمین افتاد وصدای سقوط آهن، درمسجد منعکس شد. بعد مشاهده کردم که (عمر) برزمین نشست وسررا بین دودست گرفت، ومانند مادری که فرزندش مرده باشد های های گریست. من مشاهده کردم که درآن مسجد همه، حتی پدرم مثل من از گریستن (عمر) حیرت نمودند چون کسی انتظار نداشت مردی چون عمر بن الخطاب سررا بین دودست بگیرد وزاری کند. هیچکس جرئت نمیکرد بسوی (عمر بن الخطاب) برود واورا بلند کند وازگریستن بازبدارد. عاقبت (ابوبکر) به (عمر) نزدیك شد ودست برشانه‌اش نهاد و گفت یاعمر برخیز وگریه نکن وشمشیرخودرا اززمین بردار ودرغلاف جابده. (عمر) ازجا برخاست وشمشیرش رااززمین برداشت وبراه افتاد.

من درآن موقع نفهمیدم که (عمر بن الخطاب) کجا رفت ولی بعدازاینکه وارد خانه رسول‌الله شدیم دیدیم که (عمر) آنجاست وکنارجسد پیغمبر مادوزانو نشسته گریه میکند. بعداز رفتن (عمر) ما بسوی خانه پیغمبر روان شدیم.

وقتی که بخانه رسیدیم پدرم توقف کرد وبدختر پیغمبر گفت یازهرا(ع) توبافرزندان خودجلوبرو ومادرقفای تووارد خانه خواهیم شد. فاطمه زهرا(ع) فرزندان خودرا جلو انداخت ووارد طاقی شد که جسد پیغمبر اسلام آنجا بود. بعد از فاطمه (ع) و فرزندانش پدرم قدم به آن اطاق نهاد وآنگاه من وارد اطاق شدم.

من وقتی وارد اطاق شدم چیزی ندیدم. برای اینکه تاریکی فرود میآمد ونوریکه از درب بازاطاق، بدرون میتابید آن‌قدر نبود که من بتوانم داخل اطاق را ببینم. بعد ازچنددقیقه چشمهای من بتاریکی آشناشد و توانستم وضع اطاق را مشاهده کنم. من مشاهده کردم که جسد پیغمبر روی بستراو، قرار دارد وچندتن اززن‌های رسول‌الله پائین پای پیغمبر نشسته‌اند ولی عایشه بالای سر پیغمبر دریك طرف بسترجلوس کرده است.

زنهائی که پائین پای رسول‌الله نشسته بودند گریه میکردند ولی عایشه نمیگریست. رسول‌الله، بطوری که من دیدم ردای خودرادر برداشت ویك دستش از بستر بیرون بود.

پیغمبرماعـادت داشت که درموقع تکلم گاهی یك‌دست خودراتکان میداد ودرآن‌موقع من که‌دست‌پیغمبررادیدم مثل‌این بودکه‌یکی ازژست‌های وی‌راهنگامیکه مشغول‌صحبت میشد میبینم. فاطمه زهرا (ع) وقتی‌جسد پدررادید شروع بشیون کرد وفرزندان اواز گریه مادر بگریه درآمدند و(عمربن‌الخطاب) باصدای بلند نالید وگاهی باناله میگفت جانم بفدای‌تو باد یارسول‌الله. شیون فاطمه زهرا (ع) همه‌راکه درآن اطاق بودند وادار بگریستن کرد و تاچند دقیقه همه‌ازجمله پدرم ومن گریه میکردیم. آنگاه چراغی‌راکه درخارج‌افروخته‌بودند وارداطاق کردند ومن در روشنائی چراغ بدون قصد مخصوص نظری به (عایشه) انداختم و دیدم چشم‌های اومرطوب نیست‌ومعلوم‌میشودکه‌گریه نکرده‌است. عایشه‌نمیگریست ودرعوض حضاررا باکنجکاوی ازنظرمیگذرانید ومثل‌این‌بودکه‌انتظارداردشخصی وارد‌آن‌اطاق شود ولی آن‌شخص تأخیرمیکند.

من نظررا از عایشه‌برداشتم ومتوجه پیغمبر کردم تااینکه در روشنائی چراغ‌اورا ببینم. من چشم‌های‌پیغمبررانمیدیدم ولی‌مشاهده میکردم که‌تبسم برلب دارد. بیاد گفته‌برادرم (ابوالفضل) افتادم که حکایت کرد قبل‌ازاینکه رسول‌الله زندگی‌را بدرود بگوید تبسم مینمود. (ابوالفضل) گفت قبل ازاینکه محمد (ص) رحلت کنداثر تبسم ازلبهایش زائل شد ولی من‌در آنموقع‌اثر تبسم‌را روی‌لبهای رسول‌الله‌میدیدم. اگرچشم‌های پیغمبر بسته نبود تصور نمیشدکه رحلت کرده‌است. تبسم او وژست مخصوص دستش اورادرحال حیات نشان میداد وانگارکه زنده‌است وصحبت میکند. پیغمبرردائی‌راکه بعضی‌ازمواقع میپوشیددربرداشت واین‌موضوع‌هم تصورزنده بودن وی‌راتقویت میکرد.

گفتگو بر سر جانشینی پیغمبر (ص)

همینکه پیغمبر (ص) ازدار دنیا رفت بسوی عایشه توجه کردم ودیدم که آن زن، بسوی یك نقطه خیره شد. چون امتداد نظر عایشه نشان میداد که وی عقب مرا مینگرد رو بر گردانیدم ودیدم که ابو بکر وارد اطاق شده است. باید بگویم که تا آن موقع نه من نشسته بودم و نه برادرم (ابو الفضل) که پس از من وارد اطاق گردید. بعد از اینکه (ابو بکر) را دیدم رو بر گردانیدم و باز (عایشه) را از نظر گذرانیدم ومشاهده کردم که او با اشاره چشم بپدرش فهمانید که از اطاق خارج شود.

(ابو بکر) از اطاق خارج شد وعایشه ازجا برخاست واز اطاق خارج گردید. طوری حس کنجکاوی برمن غلبه کرد که نتوانستم خودداری کنم ومن نیز از اطاق خارج گردیدم وچون ایستاده بودم خروج من از آن اطاق توجه کسی را جلب نکرد.

من دیدم که عایشه بعد از اینکه خارج گردید بطرف مسجد رفت ودر آنجا بپدرش ملحق شد. با اینکه هنوز تاریکی آن قدر زیاد نشده بود که من آنها را نبینم وقتی بآن پدرودختر نزدیك شدم آنها مرا ندیدند. زیرا طوری سرگرم صحبت بودند که متوجه نشدند من نزدیك آنها میباشم و گفت وشنود آنان را میشنوم.

(عایشه) گفت ای پدر، آیا تصدیق میکنی که پیش بینی من صحیح بود؟ (ابو بکر) گفت افسوس که پیش بینی تو صحیح شد ورسول‌الله از بین ما رفت. عایشه گفت ای پدر من بتو گفتم همینکه پیغمبر فوت کرد تو باید جانشین او شوی؟ (ابو بکر) گفت جانشین پیغمبر را باید خدا تعیین کند ومن نمیتوانم خود را جانشین پیغمبر نمایم.

وقتی من این حرف را شنیدم متوجه شدم که نظریه (ابو بکر) راجع بانتخاب جانشین پیغمبر، شبیه به نظریه علی بن ابیطالب (ع) است واو نیز عقیده دارد که جانشین پیغمبر را باید خدا معین کند. عایشه گفت ای پدر امروز، در این شهر، سه دسته وجود دارد که هریك از آنها برای جانشینی پیغمبر یك نامزد در نظر گرفته‌اند.

دسته اول قبیله هاشمی است که نامزد آنها علی (ع) میباشد و تو میدانی که علی (ع)

برای تورقیبی خطرناك بشمار میآید. چون داماد پیغمبر است وفرزندانش فرزندان دختر پیغمبر میباشند. اگر تو با سرعت اقدام نکنی وخود را جانشین پیغمبر معرفی ننمائی علی (ع) خود را جانشین پیغمبر اعلام خواهد نمود و خلیفه و زمامدار مسلمین خواهد شد. دسته دوم انصار هستند.

(توضیح-انصار بجماعتی ازمسلمین اطلاق میشد که سکنه بومی مدینه بودند وقبل ازاینکه حضرت رسول‌الله ازمکه بمدینه هجرت نمایند مسلمان شدند-مترجم).

نامزد انصار معلوم نیست واز چند نفر برای جانشینی پیغمبر اسم میبرند ولی هنوز نتوانسته‌اند راجع بیکی از آنها توافق نظر حاصل نمایند. لیکن باما که اهل مکه هستیم واز مکه، بمدینه مهاجرت کرده‌ایم خصومت دارند واگر بتوانند مارا نابود میکنند.

دسته سوم مهاجرین هستند که از مکه بمدینه مهاجرت کرده‌اند و ما جزو آن دسته هستیم. مهاجرین درمورد تو ای پدر وحدت کلمه دارند وتو اگر خودرا نامزد جانشینی پیغمبر کنی تمام مهاجرین تورا خلیفه مسلمین خواهند دانست و باتو بیعت خواهند کرد. (ابوبکر) مرتبه‌ای دیگر ازقبول پیشنهاد (عایشه) امتناع کرد وگفت چگونه ممکن است که مردی مثل من دعوی جانشینی پیغمبر را بکند وبخواهد برجای او بنشیند. پیغمبر ما آن‌قدر بزرگ بود که هرکس جای او بنشیند کوچك جلوه خواهد کرد. فقط خداوند باید جانشین پیغمبر را معین کند و اگر خدا، جانشین رسول‌الله را معین نماید هرکس که باشد دارای قدر وارزش خواهد گردید. زیرا وقتی خداوند، شخصی را برای جانشینی پیغمبر معین نماید باو عقل وعلم وشجاعت و تدبیر ونفوذ کلمه نیز میدهد همچنانکه پیغمبر ما وقتی ازطرف خداوند برسالت انتخاب شد، دارای تمام این مزایا گردید.

(عایشه) گفت ای پدر تو بقدری محتاط و محافظه کار هستی که من نمیتوانم تورا وادار بقبول پیشنهاد خود کنم وباید بروم وبه (عمر بن الخطاب) بگویم که اینجا بیا بدو باتو مذاکره کند وبتو بفهماند که باید خودرا نامزد جانشینی پیغمبر کنی عایشه بشتاب بسوی اطاقی که جسد پیغمبر اسلام درآن بود براه افتاد.

من چون درآن اطاق نبودم ندیدم که وی چگونه به (عمر) اطلاع داد که ازاطاق خارج گردد. ولی دیدم که (عمر) وعایشه بمسجد نزدیك شدند، (عمر بن الخطاب) خود را به (ابوبکر) رسانید وباو گفت: دخترت بمن میگوید که تومیل نداری خلیفه شوی؟

(ابوبکر) گفت عایشه راست میگوید ومن نمیخواهم خلیفه شوم برای این که خلیفه باید ازجانب خداوند انتخاب شود. (عمر) گفت آیا تو انتظار داری که خدا، برای تو جبرئیل نازل کند وبوسیله جبرئیل بتو بگوید که جانشین پیغمبر هستی؟ (ابوبکر) سکوت کرد وجواب نداد. (عمر) گفت اگر انتظار نزول جبرئیل را میکشی انتظارت بیفایده خواهد شد زیرا جبرئیل فقط برای رسول‌الله نازل میشد وبعد از او، برای هیچکس نازل نخواهد گردید.

(ابوبکر گفت من تصدیق میکنم که لایق نیستم خداوند بوسیله جبرئیل برای من پیام بفرستد.ولی اگر خدا بخواهد من یا یکی دیگر از مسلمانها را برای جانشینی پیغمبر انتخاب نماید بوسیله‌دیگر باو اطلاع خواهد داد. (عمر بن الخطاب) گفت با این که بیش‌از چند ساعت از فوت پیغمبر نمیگذرد، مسلمانها مضطرب شده‌اند برای‌اینکه نمیدانند بعدازاین، که آنها را اداره خواهد کرد. تو مردی هستی که درزمان حیات پیغمبر خیلی باو نزدیك بودی و برای پیشرفت اسلام ازبذل مال دریغ نکردی ومسلمانهاعم ازمهاجرین وانصار، برای‌تو قائل باحترام هستندواگر خود را نامزدجانشینی‌پیغمبر کنی همه باتو بیعت خواهند کرد. نیت‌تو خیراست وتو میخواهی جانشین پیغمبر شوی تااینکه بتوانـی از تفرقه مسلمانها، جلوگیری نمائی واین‌نیت خیر را خداوند خواهد پسندید. درآن موقع دیدم‌که علی‌بن‌ابیطالب نزدیك میشود تااینکه بسوی خانه پیغمبر برود.

من نمیدانم که‌فاطمه‌زهرا(ع) چگونه‌متوجه‌شد که(عایشه)و(ابوبکر)و(عمر بن الخطاب) مشغول کنکاش‌هستند. امادیدم‌هنگامیکه‌علی(ع) بخانه پیغمبر نزدیك‌میگردید، فاطمه زهرا(ع) ازآن‌خانه‌خارج‌شد وبشوهرش که‌بسوی‌خانه‌پیغمبر‌میرفت‌پیوست‌وبا اندوه گفت‌یاعلی‌نگاه‌کن، هنوز پیش‌ازچندساعت‌ازمرك‌پدرم‌نمی گذرد و(عایشه)و (ابوبکر) و(عمر) مشغول زمینه‌سازی هستند که(ابوبکر) رابجای‌پدرم بنشانند. علی(ع) در صدد برآمد که فاطمه زهرا (ع) را دلداری وتسلی‌بدهد ودرآن موقع‌دومرد ازراه رسیدندومن هردورا شناختم. یکی از آن‌دو موسوم‌بودبه(عبدالله) ازطایفه(خزرج)،ودیگری‌بنام(سود)خوانده‌میشد وازطایفه(اوس) بود.

(اوس)و (خزرج) ازطوائف بومی‌مدینه بشمارمی‌آمدند و لذا آن دونفر جزو انصار بودند. معلوم‌میشد که(عبدالله)و (سود) که‌هردو ازمشایخ مدینه محسوب میشدند آمـده‌اند تااینکه بخانه رسول‌الله بروند ولی‌وقتی مشاهده کردندکه(ابوبکر) و(عمر) و(عایشه)مشغول مذاکره هستند توقف نمودند وخودرا شریك‌مذاکره آن‌ها کردند. (سود) ازطائفه (اوس) گفت می‌شنوم که‌شماراجع به‌جانشینی رسول‌الله صحبت‌می کنید ومی گوئیدکه باید (ابوبکر) جانشین پیغمبرشود.ولی‌من باخلافت(ابوبکر) بمناسبت اینکه‌اهل‌مکه میباشدمخالفت‌میکنم. (عایشه) پرسیدمگر اهل‌مکه‌بودن گناه‌است که‌پدرم‌نباید خلیفه‌شود. (سود) گفت تاوقتی که (افضل) هست(فاضل) را انتخاب نمی‌نمایند. (عایشه)پرسید (افضـل) کیست؟ (سود) گفت خلیفه‌ای که‌اهل‌مدینه‌باشد. (عایشه) سئوال‌کرد بچه‌دلیل خلیفه‌ای‌که اهل‌مدینه‌باشد افضل است(سود) گفت بدلیل اینکه‌سکنه‌مدینه خدمتگذار واقعی‌رسول‌الله بودند ومدتی‌قبل ازسکنه مکه‌اسلام آوردند. ودرحالی که‌سکنه مکه‌روزوشب درفکرقتل رسول‌الله(ص) بودند و او را سنك‌میزدند و خاردر سرراهش‌قرار میدادند وآلودگی‌بخانه‌اش پرتاب‌میکردند سکنه مدینه اسلام‌آوردند وباآغوش‌باز رسول‌الله(ص) راپذیرفتند. اگرمدینه نبودو سکنه مدینه فداکاری

نمیکردند پیغمبر بعدازاین که‌ازمکه هجرت‌میکرد بکجا میرفت. ما سکنه مدینه بودیم که پیغمبررا باآغوش‌باز پذیرفتیم وکمر خدمتگـزاری اورا بستیم و سبب شدیم کـه اسلام قوت و وسعت گرفت. اگر ما نبودیم‌وبه‌پیغمبر کمك نمی کـردیم، اسلام‌دارای قـوت نمیشد و بوسعت نمیرسید.

عمر گفت یا(سود) من‌حرف راست رامیپذیرم‌وتصدیق میکنم که سکنه‌مدینه به‌پیغمبر خدمت کردندو توسعه‌سریع‌اسلام ازمدینه‌شروع‌شد. ولی‌توفراموش کرده‌ای که‌مسلمین‌مکه ازجمله (ابوبکر) ومن، قبل ازمسلمین‌مدینه، اسلام‌آوردند. تومیگوئی که اگرمدینه نبود پیغمبر، بعداز هجرت‌از مکه بکجا می‌رفت؟ من‌درجواب‌تو میگویم بعد از اینکه پیغمبر از مکه‌هجرت‌کرداگر‌دربیابان هم‌سکونت‌مینمود اسلام‌وسعت‌میگرفت برای اینکه شمشیرزنانی چون علی(ع) ومن در خدمت پیغمبر واسلام بودیم. (ابوبکر) که‌من‌او را برای خلافت بر‌دیگران ارجح‌میدانم گرچه‌اهل مکه‌میباشد ولی‌نه‌از‌آنها که‌برپیغمبر سنك‌میزدند وخار درراهش‌قرارمی‌دادند. تودرمکه نبودی‌تابدانی ابوبکر درراه پیغمبر و اسلام چه فداکاریها کرد. اوهرچه ازمال‌دنیا داشت‌در راه‌پیغمبر و اسلام بمصرف رسانیدو در موقع هجرت، باپیغمبر ازمکه‌بسوی مدینه کوچ نمود وتجارت‌خودرا در مکه‌ازدست داد.از این‌ها گذشته (ابوبکر) مردی‌است که‌مورد توافق‌نظر تمام‌یااکثر مسلمین‌می‌باشد و حاضرند که خلافت اورا بپذیرند. اگرتو توانستی دربین انصار (یعنی مسلمین‌بومی مدینه‌ـ‌مترجم) یك‌نفر را نام‌ببری که‌مورد توافق‌نظر تمام‌یااکثر مسلمین باشدمن‌حاضرم اورا خلیفه‌بدانم.

(عبدالله) ازطائفه (خزرج) گفت آن‌شخص‌من هستم. (عمربن‌الخطاب)خواست‌جوابی به‌(عبدالله) بدهدولی (سود) ازطائفه‌(اوس) گفت‌نه...نه... مردی که‌باید جانشین پیغمبر شود من‌می‌باشم.(عمربن‌الخطاب) گفت‌هیچ‌یك‌از شمادونفربین مسلمین‌شهرت خدمتگزاری ندارید. گرچه‌همه میدانند یکی از شما ، شیخ طائفه (خزرج) است و دیگری شیخ طائفه (اوس). اما این شهرت در قبال شهرت مردی چون (ابوبکر) کوچك و بدون جلوه است و اگر اسم (ابوبکر) برای خلافت بـرده شود کسی برای شما دو نفـر قـائـل باهمیت نخواهد شد.

(عبدالله) گفت آیا حیثیت رئیس طائفه (خزرج) بیشتر است یاحیثیت (ابوبکر) فرزند (ابی‌قحافه). (سود) گفت‌آیا تشخص‌مردی چون من که‌رئیس طائفه‌(اوس)هستم‌زیادتر است‌یاتشخص‌مردی چون(ابوبکر). عمر گفت‌در اسلام‌تشخص‌مورد اعتنانیست و رئیس‌طائفه مزیتی‌بر سایرافراد ندارد . پیغمبر گفته‌است که‌تمام‌افراد مساوی میباشند وفقط‌کسانی‌که پرهیز کارتر هستند بردیگران برتری دارند. برتری‌رئیس‌طائفه نسبت بدیگران‌از رسوم دورهٔ جاهلیت‌بودواگراین نوع برتریها دراسلام، وجود میداشت‌من‌ازهمه‌شمابرتر بودم.

(ابوبکر) بسخن در آمد و گفت (عمر) درست میگوید و در اسلام هیچ طایفه بر طایفه دیگر وهیچ فرد برفرد دیگر مزیت ندارد مگر آن که متقی تر باشد. اما در خصوص جانشینی پیغمبر من باید بگویم که ما اینك از مرگ رسول‌الله طوری ماتم‌زده هستیم که نمی توانیم در اینموقع شب درست فکر کنیم. ما باید این موضوع را در روز روشن، مورد مطالعه قرار بدهیم و راجع بآن شور نمائیم تامعلوم شود که بعداز پیغمبر که باید زمام امور مسلمین را بر عهده بگیرد و بیت‌المال را اداره کند

رؤسای دو طایفه (خزرج) و (اوس) وقتی این حرف را شنیدند سکوت کردند و معلوم شد که گفته (ابوبکر) بمذاکره مربوط به جانشینی پیغمبر در آن شب خاتمه داده است. بعد علی (ع) باتفاق فاطمه زهرا (ع) بطرف خانه پیغمبر رفت و آن دو وارد اطاقی شدند که جسد رسول‌الله (ص) آنجا بود.

عده‌ای از زن‌های پیغمبر همچنان در اطاق بودند و مردانی از خانواده هاشم در آن اطاق حضور داشتند و فرزندان فاطمه زهرا (ع) هم کنار جسد پدر بزرگ خود نشسته بودند. بعداز ما (ابوبکر) و (عمر) و (عایشه) وارد اطاق شدند. من دیدم که علی (ع) کنار جنازه رسول‌الله ایستاد وسر را فرود آورد و بعداز لحظه‌ای قطرات اشك از چشمهایش فرو ریخت. (عایشه) بعداز اینکه باطاق برگشت بطرف زن‌ها رفت وقدری با آن‌ها صحبت کرد. سپس بسوی عمر و ابوبکر روان شد و با آنها حرف زد. آنگاه باچند نفر از مردان طایفه هاشم که در اطاق بودند صحبت نمود تا این که به پدرم رسید و پدرم سر را بعلامت تصدیق تکان داد.

عایشه بعد بطرف علی (ع) رفت و باصدای بلند بطوری که همه شنیدند گفت یاعلی (ع) ما زن‌های پیغمبر وتمام مردانی که در اینجا حضور دارند از تو تقاضا میکنیم که جسد پیغمبر را با دست خود بشوئی و باتفاق (العباس) عموی خود اورا بخاك بسپاری. من بنام خود و به نیابت از از طرف زن‌ها و مردانی که اینجا حضور دارند این درخواست را از تو میکنم چون برای شستن جسد پیغمبر ونهادن او در قبر هیچکس راشایسته تر از تو نمی‌دانم. من تصور میکنم تمام کسانی که در آن اطاق حضور داشتند از این حرف حیرت کردند ومن هم خیلی متحیر شدم. حیرت حاضرین باندازه من نبود زیرا (عایشه) قبل از اینکه درخواست مذکور را از علی (ع) بکند بازن‌ها ومردها مشورت کرد واز آنها کسب نظریه نمود. ولی من که نمیدانستم عایشه بآن زن‌ها ومردها چه گفته از گفته‌اش بسیار حیرت کردم زیرا من میدانستم که (عایشه) چون نسبت به فاطمه زهرا (ع) دختر پیغمبر رشك میبرد نسبت به علی (ع) شوهر فاطمه (ع) بدبین است و نیز شنیده بودم که در واقعه مشهور (صفوان بن معطل سهمی) (که شرح آن بتفصیل بنظر خوانندگان رسید ـ مترجم) علی بن ابیطالب (ع) به پیغمبر گفته بود عایشه را طلاق بده وآن خبر بگوش عایشه رسید وخصومتش نسبت به علی (ع) بیشتر شد.

من تردید نداشتم که برای شستن جنازه پیغمبر و بخاک سپردن او، در سراسر عربستان مردی شایسته تر ازعلی بن ابیطالب(ع) نیست. اما شنیدن آن پیشنهاد از دهان(عایشه) حیرت آور بود. آیا(عایشه) در آن موقع آن پیشنهاد را از روی صمیمیت می کرد یا این که می خواست که بدان وسیله علی(ع) را تجلیل نماید تا اینکه علی بن ابیطالب (ع) با خلافت پدرش (ابوبکر) مخالفت ننماید.

من نتوانستم بفهمم که پیشنهاد (ام المومنین) در آنموقع صمیمانه بود یا یك خدعه محسوب می شد ولی می دانستم علی بن ابیطالب(ع) مردی نیست که بایك تعارف یا تملق از یك مسأله اصلی صرف نظر نماید. معهذا وقتی(عایشه) آن پیشنهاد را به علی(ع) کرد من آثار مسرت را در قیافه اش دیدم و فاطمه زهرا(ع) نیز خوشحال شد. علت خوشحالی علی وفاطمه مربوط به خوش آمد گوئی عایشه(اگر این قصد راداشته) نبود بلکه ازاینجهت خوشحال بودند که میدانستند شستن جنازه پیغمبر بدست علی و نهادن در قبر افتخاری است بزرك که نصیب علی بن ابیطالب(ع) می شود. بعد شور کردند که جنازه رسول الله درچه موقع شسته و بخاك سپرده شود.

(عایشه) گفت من عقیده دارم که جنازه رسول الله را فردا ظهر بشویند و بعد بخاك بسپارند زیرا عده ای از افراد قبیله هاشم حضور ندارند و تا فردا صبح هم نخواهند توانست خودرا باینجا برسانند. همه آنها میل دارند که هنگام شستن و بخاك سپردن رسول الله حضور داشته باشند و حق هم اینست که شستن و بخاك سپردن پیغمبر اسلام که قبیله(هاشم)است باحضور تمام مردان آن قبیله صورت بگیرد این نظریه منطقی جلوه کرد وموافقت نمودند که ازظهر روز بعدعلی بن ابیطالب باحضور تمام مردان قبیله (هاشم) بادست خودجنازه رسول الله را بشوید و بعد باتفاق العباس پدرمن آن را درقبر بگذارد.

با اینکه پیشنهاد عایشه مبنی بر اینکه جنازه رسول الله روز بعد هنگام ظهر شسته شود یك پیشنهاد بظاهر منطقی بود من ظنین شدم و فکر نمودم که (ام المؤمنین) از آن پیشنهاد منظوری خاص دارد. بعد بخود گفتم شاید (عایشه) برای منظوری مخصوص از علی بن ابیطالب(ع) درخواست کرده که جسد پیغمبر را بشوید و باتفاق پدرم بخاك بسپارد. وقایعی که بعد اتفاق افتاد سوء ظن مرا تأیید کرد برای اینکه روز بعد، از بامداد مردان طائفه (هاشم) بتدریج آمدند ودرخانه پیغمبر اجتماع کردند وهنگام ظهر علی بن ابیطالب(ع) شروع به شستن جنازه رسول الله نمود، علی بن ابیطالب(ع) وپدرم (العباس) صلاح ندانستند که هنگام شستن جنازه، لباس از تن پیغمبر بیرون بیاورند وجسد عریان او بچشم دیگران برسد. آنها فکر کردند که مردی چون پیغمبر حتی بعد از مرك نباید عریان بنظر دیگران برسد و اگر او را عریان نمایند بمنزله توهین نسبت به رسول الله(ص) میباشد . لذا جسد رسول الله را بدون اینکه لباس از تن بیرون بیاورند شستند شستن جسد بمناسبت اینکه لباس دربرداشت وبعد از آن نهادن جسد در قبر مدتی طول کشید.

بطوریکه وقتی علی بن ابیطالب (ع) و پدرم (العباس) از تدفین فارغ شدند، هنگام عصر تنك بود و تا آن موقع تمام مردان طائفه هاشم درمنزل رسول الله بودند و پس از اینکه جسد بخاك سپرده شد متفرق گردیدند.

ما مردان قبیله هاشم که در خانه پیغمبر بودیم نمیدانستیم در همان موقع که مشغول شستن و تدفین جسد پیغمبر میباشیم، یك مجمع در مدینه بوجود آمده تا اینکه در آن برای انتخاب جانشین پیغمبر شور نمایند. ما از تشکیل آن مجمع اطلاع نداشتیم تا اینکه در آن حضور بهم برسانیم و بگوئیم که جانشین پیغمبر باید از خانواده (هاشم) انتخاب شود و صالح ترین مرد خانواده هاشم برای جانشینی پیغمبر علی بن ابیطالب (ع) است.

عایشه در آن روز مردان خانواده هاشم را درخانه پیغمبر نگاه داشت، و در جای دیگر مجمعی بوجود آورد تا در آنجا، بدون حضور مردان خانواده هاشم، پدرش (ابو بکر) را برای خلافت انتخاب نمایند و پیشنهاد عایشه به علی بن ابیطالب (ع) برای شستن جسد رسول الله، و همچنین موکول کردن موقع شستن جسد بظهر روز بعد، و لزوم اجتماع مردان خانوادهٔ هاشم برای این بود که هیچیك از مردان خانواده هاشم نتوانند درمجمعی که جهت انتخاب جانشین پیغمبر تشکیل میشود شرکت نمایند. این است آنچه من راجع بعایشه میدانم و هرچه گفتم با چشم خود دیدم و با گوشهایم شنیدم.

***

هنگامی که من راجع به عایشه تحقیق میکردم، (عبدالله) شیخ طائفه (خزرج) حیات داشت ولازم دانستم که از او نیز راجع بعایشه تحقیق کنم و آن مرد بمن چنین گفت: روزیکه رسول الله (ص) زندگی را بدرود گفت من در خارج از مدینه بودم و در آغاز شب بشهر مراجعت کردم و شنیدم که رسول خدا دار دنیارا وداع گفته است. شنیدن خبر رحلت پیغمبر برای من غیر منتظره بود چون در مسجد که بودم اطلاع داده بودند که رسول الله از بیماری شفا یافته است. با اینکه خسته بودم و احتیاج باستراحت داشتم شبانه بسوی خانه پیغمبر روان شدم. در راه به (سود) از طائفه (اوس) برخوردم و معلوم شد که او هم، مثل من، دیر از خبر رحلت پیغمبر مستحضر گردیده و میخواهد بخانه رسول الله برود.

نزدیك خانه پیغمبر علی (ع) و فاطمه زهرا (ع) و عایشه و (ابو بکر) و عمر را دیدم و معلوم شد که ابو بکر و عمر و عایشه راجع به مسئله جانشینی پیغمبر صحبت میکنند و (سود) از طائفه (اوس) که بامن دشمن است گفت که او میل دارد جانشین پیغمبر شود و من نیز همین حرف را زدم. ما وارد اطاقی که جسد رسول الله آنجا بود شدیم و نسبت به پیغمبر ابراز احترام کردیم و من بخانه خود مراجعت کردم و خوابیدم.

درنیمه شب صدای در مرا از خواب بیدار کرد و غلام من رفت و در را گشود و معلوم شد که غلامی از طرف عایشه آمده، برای من پیامی آورده است. غلام مزبور وارد اطاقی که من در آن

خوابیده بودم‌شدو گفت (ام‌المؤمنین) برای‌تو پیغام‌میفرستد که‌فردا ظهردرتیمچه بازرگانان مدینه‌حضور بهم برسان چون‌میباید درآنجاراجع بجانشینی پیغمبر شورشود. گفتم‌چراموقع ظهررا برای‌آن‌شور درنظر گرفته‌اند. غلام گفت‌هنگام ظهر موقعی‌است که‌همه میتوانند دست از کار بکشندودرتیمچه حضور بهم‌برسانندواین موقع برای‌همه بهتر ازمواقع‌دیگر است. گفتم به‌(ام‌المؤمنین) بگو که من فردادر همان‌ساعت که گفته در تیمچه‌بازرگانان خواهم‌بود.

حامل‌پیام گفت‌نکته‌ای دیگر که (ام‌المؤمنین) برای‌توپیغام داد این است که (سود)از طائفه(اوس) باجدیت‌مشغول اقدام‌شده تاخودرا خلیفه مسلمین نماید وتونباید بگذاری که‌او خلیفه شود .

این‌موضوع برای من‌تازگی‌نداشت چون‌من‌همان‌شب‌از(سود)شنیده بودم که‌خودرالایق میداند که‌خلیفه‌مسلمین شود. ولی‌اطلاع نداشتم که‌اوشروع باقدام‌کرده تااینکه‌جانشین‌پیغمبر گردد.(سود)از دشمنان‌قدیم من‌بودومن نمیدانستم باخلافت‌اوموافقت‌نمایم. بااینکه مدتی‌از شب گذشته‌بودمن‌نتوانستم آرام‌بگیرم وبخانه‌دونفر از افرادبرجسته طائفه‌خودمان که خانه آن‌ها بخانه‌من‌نزدیك‌بود رفتم‌و پیغام (ام‌المؤمنین) را باطلاع آنهارسانیدم و گفتم: (سود) بطوریکه ام‌المؤمنین (عایشه)میگوید اقدام میکندتا اینکه‌خلیفه‌شود.

طوری‌آن‌دو ازاین‌خبر خشمگین شدند که گفتند بایدشبانه تمام‌افراد طائفه(خزرج) رامطلع کرد وهمه‌مسلح‌شویم‌و به‌(سود) حمله نمائیم‌واو وطائفه‌اش‌راازمدینه‌اخراج کنیم‌واگر مقاومت‌نمودند همه‌را بقتل برسانیم .

من بازحمت آن‌دو نفررا آرام کردم ونمیدانستم‌پیامی که ازطرف‌عایشه برای‌من‌فرستاده‌شده برای(سود)رئیس‌طائفه (اوس)هم‌ارسال گردیده وهمان‌فرستاده که‌بمن گفت که (سود)مشغول اقدام است که‌خودرا‌خلیفه‌مسلمین کند بخانه(سود) رفت وباو گفت که(عبدالله) ازطائفه‌خزرج اقدام‌میکندکه خودرا خلیفه‌مسلمین نماید.

ای‌پسر (ارطاة) بعدازچندسال وقتی‌من فهمیدم که درآن‌شب، وروزبعد، من چگونه آلت‌دست عایشه‌شدم وآن زن‌مرا فریب‌دادبگریه درآمدم که چرا آنقدر خام‌بودم که فریب نقشه (ام‌المومنین) راخوردم. من‌درآن‌شب، وروز بعدنتوانستم بفهمم که نقشه (ام‌المؤمین) این‌است که من‌و(سود) رابجان‌هم بیندازدتا اینکه‌نه‌من بسمت خلافت انتخاب‌شوم نه(سود). عایشه (ام‌المؤمین) ازیکطرف ترتیبی‌داد که‌روزبعد، علی(ع) و(العباس)وسایرافرادبرجسته وبانفوذ قبیله‌هاشم نتوانندد‌رتیمچه بازرگانان‌مدینه حضور بهمرسانند وازطرف‌دیگر، دوطائفه بزرك‌انصار یکی‌طائفه‌ما ودیگری طائفه(اوس) رابجان هم‌انداخت تااینکه نتوانیم بـرای انتخاب یك‌خلیفه ازانصار (یعنی‌مسلمین بومی‌مدینه ــ مترجم) ائتلاف‌کنیم. ساعتی که‌برای اجتماع‌مسلمین درتیمچه بازرگانان‌مدینه تعیین‌شد ساعتی بود که هوای‌مدینه گرم میشود و

بخصوص در آن تیمچه گرمای هوا مارا بیشتر ناراحت میکرد. عده‌ای ازمردان قبیله هاشم که بمنزل پیغمبر رفته بودند به تیمچه آمدند ولی بعدازاینکه مشاهده کردند که سران قبیله بخصوص علی (ع) و (العباس) در تیمچه حضور ندارند افسرده شدند وهیچیك ازآنها حرف نزدند.

در آغاز جلسه، (سود) رئیس قبیله اوس بالای یك کرسی رفت و گفت من عقیده دارم که خلیفه مسلمین بایداز بین اهل مدینه انتخاب شود برای اینکه رسول‌الله(ص) بدفعات، فداکاری ووفاداری (انصار) راستوده است واگروفاداری وفداکاری مسلمین مدینه نبود، اسلام با این سرعت پیش نمیرفت ووسعت نمیگرفت، انتخاب یك تن ازاهالی مدینه برای جانشینی پیغمبر پاداش فداکاریهای مسلمین این شهر درراه رسول‌الله واسلام است ولی‌ای‌امت بدان که (عبدالله) شیخ طائفه (خزرج) برای خلافت صالح نیست بلکه من برای خلافت صالح هستم. من بانك برآوردم و گفتم بچه‌دلیل من برای خلافت صالح نیستم؟ رئیس مجمع بمن گفت ساکت باش و بعد ازاینکه اظهارات (سود) تمام شد بتواجازه میدهم که حرف بزنی. (سود) درجواب من گفت برای اینکه تومردی هستی مسرف و پرخور وعیاش، بعید نمیدانم که درپنهان خمر بنوشی ومردی بااین صفات نباید خلیفه مسلمین وجانشین رسول‌الله گردد.

بعدازاینکه اظهارات(سود) تمام شد رئیس مجمع بمن اجازه صحبت داد ومن روی کرسی قرار گرفتم و گفتم: ایهاالناس(سود) بطوریکه شنیدیدمرا مرامردی مسرف وپرخور وعیاش میداند وبمن بهتان میزندکه درپنهان خمرمینوشم: شماکه دراینجا هستید میدانیدکه این مرد که بهتان شرابخواری بمن میزندخوددرمظان چندنوع اتهام بزرك بود واگریکی ازآن تهمتها بثبوت میرسید میبایدتازیانه بخورد وحدشرعی درمورد اواجرا شود. ولی گواهان برای رعایت حال او حاضر نشدند آنچه راکه دیده بودند بگویند تااینکه حدشرعی اجرا گردد. آنگاه سوابق زندگی(سود) رابرزبان آوردم و گفتم من خدارا گواه میگیرم که شراب ننوشیده‌ام واطعمه واشربه، باندازه رفع احتیاج میخورم ومینوشم.

من پیوسته آیهٔ قرآن رادرنظر دارم که میگوید (کلوواشربوا ولاتسرفوا) وبشما میگویم هریك ازاهالی مدینه راکه میخواهید برای جانشینی پیغمبر انتخاب کنید، مختارید ولی ازانتخاب (سود) خودداری نمائید.

بعدازاینکه حرف من تمام شد (عمر بن الخطاب) شروع بصحبت کرد وچون قامتش بلند وصدایش رسا بود، احتیاج نداشت که بالای کرسی برود وصحبت کند وهمه اورامیدیدند و صدایش رامیشنیدند. (عمر) گفت (انصار) میگویند که جانشین پیغمبر بایدمردی ازمسلمین مدینه باشد. ولی مادراینجا شنیدیم که شیخ طائفه (خزرج) وشیخ طائفه (اوس) باهم مخالف هستند و بین آنها کلمات درشت ردوبدل شد. چون این دوطایفه بزرگترین طوایف انصارهستند مسلمین اگر بتقاضای سکنه مدینه ترتیب اثر بدهند میبایدشیخ یکی ازدوطائفه یایکی ازبرجستگان آنها را

بخلافت انتخاب نمایند. تصدیق کنید که ما مسلمانها، برای جانشینی شخصی چون رسول‌الله باید مردی را انتخاب کنیم که معروف و برجسته و لایق باشد.

ما نمی‌توانیم یك مرد گمنام را که بین مسلمین معروفیت ندارد و هیچ کار جالب توجه از او دیده نشده برای جانشینی پیغمبر در نظر بگیریم. یك مرد گمنام که کسی از اولیاقت ندیده هرگاه جانشین پیغمبر شود، نخواهد توانست امور کشور و مسلمین را اداره نماید زیرا نفوذ کلمه ندارد. پس مسلمین اگر بخواهند در خواست سکنه مدینه را بپذیرند ناگزیرند که خلیفه مسلمین را یا از بین برجستگان طائفه (خزرج) انتخاب کنند یا از بین رجال برجسته طائفه (اوس). آن وقت جنگ خانگی در خواهد گرفت و مسلمین خون یکدیگر را خواهند ریخت.

من که میل داشتم خلیفه مسلمین شوم باز اجازه صحبت گرفتم و بالای کرسی رفتم و گفتم رومیها بجای یك زمامدار دو و گاهی سه نفر را بزمامداری انتخاب میکردند و من این موضوع را هنگامی که در انتاکیه بودم فرا گرفتم و رومیها اسم زمامداران خود را که دو یا سه نفر بودند (قونسول) میگذاشتند.

ما هم می‌توانیم بجای یك خلیفه، دو خلیفه انتخاب نمائیم که با هم کار کنند و یکی از آنها اهل مدینه باشد و دیگری اهل مکه، من برای خلافت از بین سکنه مدینه خود را نامزد میکنم و سکنه مکه هم میتوانند هر کس را که برای خلافت صالح است انتخاب نمایند. من عقیده دارم که امور مسلمین با دو خلیفه بهتر از یك خلیفه اداره می‌شود زیرا آن دو بیشتر کار می کنند

(عمر بن الخطاب) گفت آیا تو میگوئی که مسلمین دو شمشیر را در یك غلاف جا بدهند گفتم یا (عمر)، انتخاب دو خلیفه برای مسلمین جا دادن دو شمشیر در یك غلاف نیست. (ابو بکر) اجازه صحبت خواست و گفت یا (عبدالله) اگر آن دو خلیفه که یکی از اهل مدینه است و دیگری از اهل مکه اختلاف نظر پیدا کردند اختلاف آنها چگونه از بین میرود. فرض کن که یکی از آن‌ها میگوید که باید بشام قشون کشید و دیگری میگوید که نباید قشون بشام فرستاد و هیچ یك از آن‌ها هم میل ندارد که از نظریه خود بنفع نظریه خلیفه دیگر صرف نظر نماید و آیا فکر نمیکنی که در آن صورت، علاوه بر این که کارها معوق میماند ممکن است بین مسلمین جنگ برادر کشی در گیر شود.

من گفتم برای اینکه مخالفت دو خلیفه با هم سبب تأخیر کارها نشود ممکن است سه خلیفه انتخاب نمائیم که در آن صورت اگر بین دو خلیفه اختلاف بوجود آمد. رأی خلیفه سوم با ختلاف خاتمه خواهد داد و او به نفع هر یك رأی بدهد نظریه آن خلیفه قاطع خواهد شد و وارد مرحله اجری خواهد گردید. (عمر بن الخطاب) گفت من بر این پیشنهاد دو ایراد دارم، ایراد اول من این است که آن سه خلیفه را چگونه انتخاب کنیم که در دستگاه خلافت اکثریت با سکنه مدینه یا مکه نباشد. دوم اینکه طائفه (اوس) با خلافت تو ای (عبدالله) مخالف می باشد خواه

یکنفر خلیفه شود یادو نفر یا سه نفر و اگر تو خلیفه شوی بین دو طائفه (اوس) و (خزرج) جنگ برادر کشی شروع خواهد شد.

گفتم شما مرا بخلافت انتخاب کنید و من بشما اطمینان می‌دهم بین دو طائفه (اوس) و (خزرج) جنگ در نخواهد گرفت. برای اینکه (سود) شیخ قبیله (اوس) مردی است ترسو و جرئت ندارد که علیه من و طائفه‌ام شمشیر از غلاف بیرون بیاورد.. نگاه کنید.. او بعد از حمله‌ای که در اینجا به‌من کرد از تیمچه خارج شد و آنقدر جرئت و همت نداشت که تا پایان مشاوره در اینجا حضور داشته باشد.

همه فهمیدند که (سود) از تیمچه رفته است. از آن ببعد شانس من برای اینکه خلیفه مسلمین بشوم زیاد شد و مردان قبیله (اوس) ترسیدند که من بوکالت انتخاب شوم این بود که از نظریه انتخاب یك خلیفه از بین انصار منصرف شدند تا این که مسلمان‌ها مرا بسمت خلیفه انتخاب ننمایند.

یکی از آنها اجازه صحبت گرفت و بالای کرسی رفت و گفت چون انتخاب یك خلیفه از بین انصار تولید جنگ برادر کشی میکند و انتخاب دو یا سه خلیفه، اشکالات دیگر بوجود میاورد ما که طائفه (اوس) هستیم موافقت میکنیم باحترام رسول‌الله(ص) که اهل مکه بود، مردی از بین مسلمین مکه بخلافت انتخاب گردد.

مردان طائفه هاشم که در تیمچه بودند امیدوار شدند که علی بن ابیطالب (ع) بخلافت انتخاب گردد ولی نه علی(ع) در تیمچه حضور داشت نه (العباس) نه سایر برجستگان آن طائفه. لذا هیچیك از آنها لب بسخن نگشود وسکوت آنها از یك طرف، و پیوستن طائفه (اوس) برجال مکه از طرف دیگر سبب گردید که نظریه انتخاب یك خلیفه از بین سکنه مکه قوت گرفت و (ابوبکر) به (عمر بن الخطاب) نزدیك شد و گفت من پیشنهاد میکنم که (عمر) بسمت خلیفه مسلمین انتخاب گردد. (عمر) گفت یا (ابوبکر) تا روزیکه تو هستی من نباید بسمت خلیفه انتخاب شوم. برای اینکه تو زودتر از من مسلمان شدی وهمه از وفاداری تو برسول‌الله اطلاع دارند ومیدانند که برای اسلام چقدر زحمت کشیدی وفداکاری کردی وهرچه داشتی درراه پیشرفت دین خدا بمصرف رسانیدی. تو یا (ابوبکر) از هر حیث برای خلافت صالح هستی ونفوذ کلمه داری وهمه تو رامیشناسند وآنچه بگوئی مشروط براین که موافق بااحکام دین خدا باشد میپذیرند.

بعد ازاین گفته، عمر بن الخطاب دست خود را بسوی (ابوبکر) دراز کرد و گفت من حاضرم تورا خلیفه مسلمین بدانم وباتو بیعت میکنم. (ابوبکر) دست خود را در دست (عمر) نهاد وبدین ترتیب، بیعت بانجام رسید وچون هیچکس صدای اعتراض برنیاورد و باخلافت (ابوبکر) مخالفت نکرد اوخود را خلیفه مسلمین دانست وبالای کرسی رفت وچنین گفت: ای مسلمانها، از دیروز که پیغمبر مارحلت کرد تا امروز راجع بخلافت خیلی صحبت شد.

عده‌ای میگفتند که من باید خلیفه مسلمین بشوم و در آغاز نمی‌خواستم پیشنهاد آنها را بپذیرم . ولی بتدریج ، که بیشتر صحبت کردند ، مرا متقاعد نمودند که باید پیشنهاد آنان را بپذیرم تا اینکه رشته امور مسلمین گسیخته نشود و کسی باشد که بتواند کشور اسلام را اداره نماید.

من در اینموقع که بانتخاب شما خلیفه مسلمین شده‌ام یك قول بشما میدهم وقول من این است که هرگز درموقع ادای تکالیف خلافت جانبداری نکنم وحب وبغض خود را در کارها دخیل ننمایم. من‌عزم دارم که احکام دین خدا رابطوریکه پیغمبرما، درقرآن برای‌ما آورده بموقع‌اجرا بگذارم وچون قصداجرای‌احکام خدارا دارم‌بایداز من‌اطاعت کنید. لیکن اگر دیدید که من ازصراط مستقیم منحرف شده‌ام واعمالی‌برخلاف مقررات دین خدا ازمن سرمیزند‌مرا پیروی نکنید.

من‌ازشما مسلمانها درخواست میکنم که برای بانجام‌رسانیدن وظائفی که‌پیغمبرما بحکم قرآن برای ماتعیین کرده‌است بمن کمك کنید.

همه میدانید که پیغمبر ما میگفت من انسانی هستم مانند شما . وقتی مردی چون رسول‌الله بگوید که‌من‌یك‌انسان‌هستم، من که‌ازخدمتکاران‌حقیراو بودم‌نمیتوانم‌خودرا بالاتر ازیك انسان بدانم. لذا میگویم من‌انسانی‌هستم‌مثل شماوممکن‌است‌هنگامیکه مشغول‌بانجام‌رسانیدن وظائف خلافت میشوم‌اشتباه‌و خطاکنم وازشمامیخواهم که مرا متوجه‌اشتباهم‌بکنیدتااینکه در راه خطاپیش‌نروم وبتوانم‌برگردم و اشتباه خود را جبران نمایم و مانباید فراموش‌کنیم‌که پیغمبرما میگفت مسلمانها برادرند . بعدازاینکه صحبت ابوبکرتمام شد، رؤسای خانواده‌ها وقبایل مدینه ومکه که درتیمچه حضورداشتندبطرف (ابوبکر)رفتند وبااودست دادند وهریك ازآنها هنگام دست دادن میگفت باتوبیعت میکنم وبدین‌ترتیب خلافت (ابوبکر) رابرسمیت میشناختند. وقتی‌صحبت(عبدالله)رئیس طایفه (خزرج)باین‌جارسیدمن‌صحبت‌او راقطع کردم و پرسیدم‌آیاتونیزبا (ابوبکر) بیعت کردی؟ (عبدالله)گفت بلی ای‌پسر (ارطاة) من‌نیز بااو بیعت کردم.

پرسیدم‌آیا تو علی‌بن ابیطالب (ع) رابرای خلافت اصلح میدانستی یا(ابوبکر) را؟ (عبدالله) گفت‌من‌علی‌بن‌ابیطالب‌را برای‌خلافت‌اصلح‌میدانستم. پرسیدم‌پس‌چرا با(ابوبکر) بیعت کردی؟(عبدالله) گفت من علی(ع) را درتیمچه نمیدیدم وکسی هم نام‌او راآنجا نبرد. من بتو گفتم که درآن روز از نقشه‌ای که عایشه طرح کرده بوداطلاع نداشتم وبعدازچندسال‌بآن نقشه پی‌بردم .

من درآن‌روز نمیدانستم که(عایشه) بانقشه خود وضعی‌بوجودآورده که نه سران‌قبیله هاشم درتیمچه حضوربهم برسانند ونه مسلمین (انصار) بتوانند برای انتخاب خلیفه‌ای ازبین

مسلمانان مدینه توافق نظر حاصل کنند. من آن وقایع را عادی میدانستم و تصور نمیکردم که ناشی از نقشه (عایشه) است وچون دیدم که در تیمچـه همه با (ابوبکر) بیعت نمودند منهم بااو بیعت کردم.

رئیس قبیله (خزرج) بسخن ادامه داد وچنین گفت: چون دیگر در تیمچه کاری نداشتیم از آنجا خارج شدیم و(عمر بن الخطاب) از(ابوبکر) درخواست کرد چون بسمت خلیفه مسلمین انتخاب گردیده جلو بیفتد. (ابوبکر) جلوافتاد ومادر قفای اوحرکت کردیم. طرز حرکت ما در آن روز، جنبه تشریفات داشت وهمه آهسته حرکت میکردند وگاهی ابوبکر با صدای بلند میگفت (لااله الاالله) یا میگفت (محمداً رسول اله) وما جمع، گفته او را باصدای بلند تکرار مینمودیم تااینکه بمسجد رسیدیم. منظور ما از رفتن بمسجد این بود که ما خطبه جدید نماز بخوانیم وآنگاه بخانه‌های خود برویم واستراحت کنیم.

من درصحن مسجد عایشه را دیدم و وی بمن نزدیك گردید وپرسید نتیجهٔ مشورت شما چه شد؟ درسنوات بعد که من بنقشهٔ عایشه پی بردم وفهمیدم که آلت دست اوشده‌ام دریافتم که سئوال عایشه ازمن در آن روز ودرصحن مسجد ، برای فریب‌دادن من بود. چون عـایشه میدانست که پدرش (ابوبکر) بخلافت انتخاب شده ویقین داشت که غیر از (ابوبکر) کسی بخلافت انتخاب نخواهد گردید. از آن گذشته طرزورود ما بمسجد طوری بود که اگر عایشه تردیدی درانتخاب (ابوبکر) داشت ، بعد ازمشاهده پدرش ، آن تردید رفع می گردید. چون (ابوبکر) پیشاپیش مسلمین حرکت میکرد وقبل ازدیگران قدم بمسجد گذاشت وعایشه بعد از دیدن پدرش فهمید وی جانشین پیغمبر شده است .

من در آن روزمتوجه این نکات نبودم ودرجواب عایشه گفتم که نتیجه مشورت‌ما این شد که پدرت (ابوبکر) به‌خلافت مسلمین انتخاب گردید. عایشه‌پرسید آیا علی بن ابیطالب(ع) بخلافت پدرم اعتراض نکرد. چندسال بعدمن فهمیدم که آن سئوال عایشه هم‌برای فریب‌دادن من بود. زیرا (ام‌المؤمنین) میدانست که علی(ع) در تیمچه بازرگانان حضور نداشت تااینکه باخلافت پدرش مخالفت نماید.

من درجوابش گفتم هیچ‌کس باخلافت پدرتومخالفت نکرد و(علی) و(العباس) هم‌در تیمچه حضور نداشتند تااینکه مخالفت نمایند. (عایشه) مانندکسی که ازخلافت پدرش متأثر باشد گفت کاری بزرگ‌را بپدرم محول کرده‌اند. گفتم ازپدرت برجسته‌تر دربین مسلمین بود ولی پدر تورا برای این انتخاب کردندکه جنبهٔ شیخوخیت دارد و همه وی‌را می‌شناسند و (عمر بن الخطاب) اظهار کردکه دارای نفوذکلمه است . آنگاه چون میباید نمـاز بخوانم صحبت‌من باعایشه قطع‌شد. بعدازنمازهنگامی که‌میخواستیم ازمسجد خارج شویم‌مشاهده کردیم که علی(ع) و(العباس)وفاطمه‌زهرا (ع)از خانه پیغمبر خارج‌شدندومقابل‌خانه‌ایستادند.

(ابوبکر) وقتی علی(ع) را دید توقف کرد و دیگران از جمله من ، توقف نمودیم .
(ابوبکر) گفت یا(علی) مسلمین مرا بسمت خلافت انتخاب کردند ومن عهدنمودم که احکام
خداوند را طبق قرآن بموقع اجرا بگذارم واز آنها خواستم که اگر اشتباه بنمایم مرا از
اشتباهم آگاه کنند تا اصلاح شوم وچون همه بامن بیعت کرده اند انتظار دارم که تو نیز بامن
بیعت نمائی .

من از وضع علی(ع) وهمسرش فاطمه زهرا(ع) و(العباس) می فهمیدم که آنها از موضوع
خلیفه شدن(ابوبکر) بکلی بی اطلاع بوده اند. علی(ع) باحیرت پرسید یا(ابوبکر) توچه موقع
خلیفه مسلمین شدی ؟

(ابوبکر) جواب داد هنگام ظهر. علی(ع) پرسید درکجا بخلافت انتخاب گردیدی؟
(ابوبکر) جواب داد درتیمچه بازرگانان. درقیافه علی(ع) آثار حیرت زیاد نمایان گردید
وپرسید برای چه تورا درتیمچه بازرگانان انتخاب کردند ؟ (ابوبکر) جواب داد برای این
که مسلمین درآنجا جمع شده بودند تا اینکه درخصوص انتخاب خلیفه ای برای جانشینی
پیغمبر شور کنند .

علی(ع) پرسید چه موقع تصمیم گرفته شد که مسلمین درتیمچه بازرگانان جمع شوند.
(ابوبکر) جواب داد دیشب این تصمیم گرفته شد. علی(ع) سئوال کرد که این تصمیم را گرفت؟
(ابوبکر) سکوت کرد. چون اوجواب نداد علی از(عمربن الخطاب) پرسید آیا تواین تصمیم
را گرفتی ؟ (عمر) جواب داد نه یاعلی، ومن این تصمیم را نگرفتم ودیشب غلامی از طرف
(ام المؤمنین عایشه) بخانه من آمد وپیغام داد که فردا ظهر بطور حتم در تیمچه بازرگانان
حضور بهم برسان زیرا تمام مسلمین مدینه درآن ساعت آنجا جمع میشوند تا اینکه جانشین
پیغمبر را انتخاب نمایند زیرا می دانند که باید شخصی جای پیغمبر را بگیرد و کشور اسلام را
اداره کند .

(عمربن الخطاب) مردی بود صریح اللهجه و راستگو و هرچه می دانست می گفت .
علی(ع) از(عمر) سئوال کرد چه کسانی در تیمچه بودند؟ (عمر) گفت تمام رؤسای قبایلو
رؤسای خانواده ها که درمدینه حضور دارند اعم از مهاجرین وانصار درتیمچه حضور داشتند .
درآن موقع چشم علی(ع) بمن افتاد و گفت یا (عبدالله) لابد توهم درتیمچه حضور داشتی ؟
گفتم بلی یا(علی) اوپرسید توچگونه مطلع شدی که امروز ظهر می باید به تیمچه بروی؟ گفتم
دیشب، هنگامی که من آماده برای خوابیدن بودم غلامی ازطرف عایشه بخانه ام آمد و پیغام
آورد که می باید فردا ظهر درتیمچه بازرگانان حضور بهم برسانم زیرا مسلمین باید در آن جا
جانشین پیغمبر را انتخاب نمایند. علی خطاب به (العباس) گفت آیا تواطلاع داشتی که امروز
مسلمین میباید هنگام ظهر درتیمچه بازرگانان حضور بهم برسانند وخلیفه را انتخاب کنند.

(العباس) جواب داد نه یاعلی. علی(ع) گفت من‌هم اطلاع نداشتم وافراد قبیله‌هاشم نیز که امروزهنگام شستن ودفن جسد پیغمبرحضورداشتند ازاین موضوع مطلع نبودندوگرنه بتومن میگفتند. العباس گفت راست است وآنها از این موضوع مطلع نبودند . علی(ع) خطاب بماگفت برهیچ یك ازشما حرجی نیست که چرا هنگام شستن ودفن‌جسد پیغمبر به تیمچه بازرگانان رفتید ودرآنجا راجع بمسائل سیاسی صحبت‌کردید وتصمیم گرفتید زیرا شما تصورمیکردیدکه‌تصمیم حضوریافتن درتیمچه‌بازرگانان درساعتی که می باید جسدپیغمبر شسته شود وآن‌را بخاك بسپارند ازطرف تمام مسلمین گرفته شده است .

سپس علی(ع) روی خود را متوجه (ابوبکر) و (عایشه) کرد وگفت وای بر شماکه هنگام شستن ودفن‌جسد پیغمبرمشغول زدوبند سیاسی بودید وعلم‌واطلاع داشتیدچه‌می‌کنید. یا(ابوبکر) آیا برای توخلافت بیشترارزش داشت یاحضوریافتن درخانه پیغمبر، هنگامیکه جسد اورا می‌شستیم ومیخواستیم بخاك بسپاریم .

(ابوبکر) گفت یاعلی من‌ناچاربودم‌که برای‌رعایت‌حال مسلمین درتیمچه بازرگانان حضوربه‌هم برسانم. علی(ع) گفت انتخاب جانشین پیغمبرازدیروزتابحال بتأخیرافتاده‌بود واگرچند ساعت‌دیگر بتأخیر می‌افتادوتوهنگام‌شستن‌ودفن جسد پیغمبردرخانه‌اش‌حضور بهم میرسانیدی‌چه‌لطمه برمسلمین‌وارد میآمد ؟

(توضیح ــ بطوریکه میدانیم جسد مطهرحضرت خاتم‌النبیین(ص) را درخانه خود او بخاك سپردند ــ مترجم)

(عمربن‌الخطاب) گفت یاعلی تودرست می گوئی واگرانتخاب خلیفه‌چندساعت‌بتأخیر میافتاد وحتی موکول بفردا می‌شد ضرری برمسلمین وارد نمی‌آمد ومن ازاین‌جهت‌امروز ظهردرتیمچه حضوربهمرسانیدم‌که تصورمی‌کردم‌که تصمیم مربوط‌به حضوردرآن‌جاازطرف تمام مسلمین گرفته شده‌است. درآن‌موقع یکی ازمسلمین که ازمهاجرون‌بودپرسیدیاعلی(ع) دیشب بعد ازاینکه خبررحلت پیغمبرمنتشر گردید راجع به‌مدفن او بحث‌شد . بعضی عقیده داشتندکه جسد پیغمبررا بایددرخانه‌خدا یعنی‌کعبه دفن‌کرد. برخی‌می گفتند بهتراین‌است که جسد پیغمبردرقبرستانی‌که دردامنه‌کوه(احد) می‌باشد دفن شود وپیغمبرمادرکنارشهدای جنك (احد)آرام بگیرد .

اینك من میشنوم‌که جنازه پیغمبردرخانه‌اش دفن شده است وآیااین موضوع واقعیت دارد؟ علی(ع) گفت. بلی عایشه بسخن درآمد وگفت رسول‌الله درزمان حیات می گفت‌بعد ازاینکه من‌فوت‌کردم‌مرا درخانه‌کعبه دفن ننمائید وآن (بیت)را مبدل به قبرستان‌نکنید.

موضوع دیگرکه‌بازمن ازپیغمبرشنیدم‌این بودکه گفت‌پیغمبران گذشته همه‌درجائی که‌زندگی را بدرود گفتند دفن میشدند ومن هم میخواهم درجائی‌که زندگی را بدرود میگویم بخاك

سپرده شوم وقسمتی ازرؤسای قبایل عرب‌هم درجائیکه زندگی‌را بدرود می گویند بخاك سپرده می‌شوند. (ابوبکر) خطاب بداماد پیغمبر گفت یاعلی(ع) همه‌بامن بیعت کرده‌اند و توهم بامن بیعت کن .

علی(ع) جواب داد من‌باتو بیعت نمیکنم. (ابوبکر) پرسید برای‌چه‌بامن بیعت نمیکنی؟ (علی) گفت برای اینکه انتخـاب توبخلافت مسلمین دارای جنبه عادی و منظم نیست ودر موقع انتخـاب تو، متوسل بدسیسه شده‌اند و من‌هم در مدینه نخواهم ماند و از این شهر خواهم رفت.

بااینکه من در آن‌روزمذاکره علی‌را بادیگران شنیدم بازتصور نمیکردم که نقشه انتخاب (ابوبکر) بخلافت مسلمین، بامهارت ازطرف (عایشه) طرح گردید وبموقع اجرا گذاشته شد وبطوریکه گفتم بعدازچند سال حقایق برمن آشکار گردید.ودریافتم که(ام‌المؤمنین) بایك‌نقشه ماهرانه،مـانع ازاین‌شدکه علی(ع) و(العبـاس) در آن‌روز به‌تیمچه بازرگانـان بروند و درخواست اوازعلی‌بن‌ابیطالب(ع) که بادست خودجسد پیغمبررا درموقع ظهر بشوید وبخاك بسپاردعلتی جزاین‌نداشته‌که علی(ع) (والعباس) نتوانند درموقع‌ظهرکه هنگام تشکیل‌جلسه رؤسای قبایل وخانواده‌ها درتیمچه بودبآنجا بروند. چندروزاز آن‌واقعه گذشت ودر نیمه شبی صدای‌درمراازخواب بیدار کرد.غلام من‌رفت ودررا گشودومراجعت نمودو بمن گفت(ابوسفیان) آمده است.

من‌ازغلام پرسیدم آیا تنهااست‌یااینکه کسانی باوی‌هستند؟غلام گفت اوتنها است وشترش رامقابل خانه نشانیده‌است. گفتم اوراداخل خانه کن‌وچراغ بیفروزوطعام بیاور، زیراپیش‌بینی میکنم که (ابوسفیان) گرسنه‌است.

من با(ابوسفیان) رئیس قبیله‌امیه که ساکن مکه‌بود دوستی‌قدیمی‌داشتم واوهروقت که به‌مدینه میآمد درخانه من‌سکونت میکرد.(ابوسفیان) زانوی شتر خودرا بست ووارد خانه شد. غلام من‌چراغ افروخت واطاق روشن گردیدواولین‌سؤالی که (ابوسفیـان) ازمن‌کرد این‌بودکه آیاپیغمبرمازندگی‌رابدرود گفته است؟ گفتم بلی یا(ابوسفیان) وماپیغمبرخودرا از دست دادیم.

(ابوسفیان) گفت خبرمرگ پیغمبر، بطورشایعه درمکه بگوش من‌رسید وهمینکه ازآن خبرمطلع‌شدم‌سریع‌السیرترین‌ماده شترخودرا‌سوارگردیدم وبراه‌افتادم تاخودرا بمدینه برسانم وبدانم‌که آیاشایعه مزبورصحت‌دارددویانه؟ گفتم‌افسوس که‌آن شایعه‌صحیح‌بود ورسول‌الله (ص) دیگروجود ندارد.

(ابوسفیان) گفت بااینکه من ازکسانی هستم‌که بتازگی‌مسلمان شده‌ام ومثل‌توکه از انصارهستی سابقه‌طولانی دراسلام‌ندارم‌بایدبگویم‌که فوت پیغمبر برای‌مـا یك‌ضایعهٔ بزرگ

است ومن مردی‌را نمیبینم که بتواند جای پیغمبررا بگیرد وباعلم وحلم ورشادت اومسلمین‌را اداره نماید.

گفتم نه‌فقط امروز کسی نیست که بتواند جای پیغمبررا بگیرد بلکه تصور نمیکنم در آینده‌هم کسی چون‌محمد(ص) بوجود بیاید واین‌مرد درخلقت،منحصر بفردبود. (ابوسفیان) گفت راستی، برای‌ادارهٔ امور کشور آیا کسی‌را بخلافت انتخاب کردند یانه؟ گفتم بلی خلیفه انتخاب شد.(ابوسفیان)پرسید خلیفه کیست؟ جواب‌دادم ابوبکر خلیفه شد. ابوسفیان دودست رابلند کرد و گفت خداراشکر. پرسیدم چراشکرخدارا بجاآوردی؟ (ابوسفیان) اظهار کرد بعد ازاینکه پیغمبر ناخوش شدمن فکرمی‌کردم که اگر محمد(ص) فوت کند ممکن است که یکی ازافرادقبیله هاشم وبخصوص علی‌بن‌ابیطالب(ع) بخلافت انتخاب گردد . اگراین‌طور می‌شد من‌چاره نداشتم جز اینکه‌طغیان کنم‌زیرامن نمتیوانم‌تحمل‌نمایم که یکی از افراد قبیله هاشم خلیفه شود. ولی اینك که (ابوبکر) بخلافت رسیده خیالم‌آسوده است .

آنگاه‌ازمن‌پرسیدتووضع آینده‌را چگونه می‌بینی وآیا علی‌بن‌ابیطالب(ع)با(ابوبکر) بیعت‌کرد ؟ گفتم نه‌وعلی(ع) گفت که ازمدینه خارج خواهدشد ووضع آینده هم بگمان من بدنیست مگراینکه علی‌بن‌ابیطالب(ع) بخواهد علیه (ابوبکر) طغیان نمایدکه درآن صورت وضعی وخیم پیش خواهدآمد.

(ابوسفیان) گفت اگرعلی بخواهد علیه(ابوبکر) طغیان‌کند نباید ازمدینه برود. در آن موقع غلام من برای (ابوسفیان) که گرسنه بود طعام آورد ورئیس قبیله (امیه) ضمن خوردن غذا می‌گفت‌که علی(ع) اگر ازمدینه برود تا اینکه علیه (ابوبکر) طغیان نماید ناچارمیباید درمکه سکونت‌کند. ولی درمکه، علی(ع) زمینه برای موفقیت ندارد زیرا ما درآنجا مانع ازاین‌خواهیم‌شد که وی موفقیت بدست‌بیاورد. نظریه من این‌است که علی(ع) اگر ازمدینه برود برای این است که خودرا ازسیاست دورنماید .

من و(ابوسفیان) تابامداد مشغول صحبت بودیم‌وآنگاه نماز خواندیم و (ابوسفیان) خواست ازمنزل‌خارج شود. ازاوپرسیدم‌کجا میروی ؟ گفت میخواهم بخانه(ابوبکر)بروم وبااوبیعت‌کنم وباخلیفه جدید بیعت‌کرد. این بود اطلاعاتی که من‌راجع به‌عایشه ودخالت‌او درمسئله خلافت پدرش داشتم .

گزارش رئیس پلیس خفیه بمعاویه

درباره بازداشت عایشه

این است گزارشی که من برای معاویه خلیفه پنجم به (بیزان تیوم) فرستادم زیرا معاویه هنوز در (بیزان تیوم) بسر میبرد.

از طرف (ثابت بن ارطاة) رئیس خفیه خطاب به امیر المؤمنین معاویة بن ابوسفیان، خبرهای ناگوار که از (بیزان تیوم) میرسد وسیله بدست (عایشه) داده که علیه تو، شروع به اقدام کند. او بوسیله عده ای از جوانان عرب که بعضی از آنها از خانواده (هاشم) هستند شهرت میدهد که تو قشون اسلام را بجنگی برده ای که جز سرشکستگی ، نتیجه ای برای اسلام ندارد و بیت المال را صرف اموری می کنی که برای مسلمین بی فایده است .

عایشه میگوید که کشورهای اسلامی و بیت المال مسلمین تیول توشده و تو هر طور که بخواهی آنها را بخویشاوندان و دوستان خود می بخشی و بهیچوجه در فکر مصالح اسلام نیستی . من در این ایام مشغول تحقیق هستم که بدانم آیا بین حسین بن علی علیه السلام و عایشه رابطه ای وجود دارد یا نه، زیرا می شنوم که حسین بن علی (ع) نیز اقدامات تورا مورد انتقاد قرار میدهد . ولی هنوز نتوانسته ام بفهمم که آیا حسین بن علی (ع) وعایشه باهم مربوط هستند یا خیر ؟

اقدامات عایشه علیه تو طوری توسعه بهم رسانید که من مجبور شدم که جلوی آن اقدامات را بگیرم و (عایشه) را توقیف نمایم . من میدانستم که نمی توانم بوسیله سربازان مسلمان (عایشه) را توقیف کنم برای این که سربازان مسلمان برای (ام المؤمنین) قائل باحترام زیاد هستند وموافقت نمی کنند که اورا توقیف نمایند. لذا برای توقیف (عایشه) از سربازان بت پرست شام استفاده کردم وآنها چون مسلمان نیستند و (عایشه) را نمی شناسند موافقت کردند که اورا توقیف نمایند .

فرمانده سربازان شامی هنگامی برای توقیف (عایشه) رفت که هنوز طلیعهٔ صبح طلوع

نکرده بود وچندباردرب‌خانه عایشه‌را کوبید تااین‌که کنیزی‌آمد ودررا گشود. خود من با سربازان بت پرست شام‌بخانه عایشه رفتم تااگرآن‌ها خواستند خشونت‌را ازحد بگذرانند مانع شوم زیرا می‌دانستم‌که خشونت شدید سربازان بت‌پرست شامی ممکن است‌که عواقب ناگوار ببار بیاورد. ولی خودرا نشان نمیدادم ودرعقب سربازان شامی قرار گرفته‌بودم. بعد ازاین‌که دربازشد فرمانده سربازان شام‌که نمیتوانست زبان‌عربی‌را بخوبی تکلم نماید از کنیزپرسیدکه خاتون توکجاست؟ کنیزجواب دادکه اوخوابیده است. فرمانده گفت‌اورا بیدارکن واینجا بیاور. کنیزرفت وبعد ازمدتی باچراغ مراجعت‌کرد و من دیدم‌که زنی درعقبش روان است.

من‌آن‌زن‌راشناختم ودانستم‌که عایشه‌است. (ام‌المؤمنین) جامه‌ای‌زردرنك در برداشت وبااینکه سالخورده بود، بازدر روشنائی چراغ زیبا بنظر می‌رسید. فرمانده سربازان‌شامی خطاب به‌عایشه گفت آیا تو(ام‌المؤمنین)هستی؟ چون‌آن‌مرد نمی‌توانست بخوبی‌بزبان‌عربی تکلم نماید(ام‌المؤمنین) نفهمیدچه‌می گوید. فرمانده سربازان‌شامی‌سئوال خودرا تکرارکرد وعایشه خودرا معرفی نمود وگفت‌من (ام‌المؤمنین)هستم، فرمانده‌سربازان گفت بدان‌که از این لحظه ببعد تحت‌توقیف هستی وباید آنچه می‌گویند اطاعت‌کنی وگرنه‌جانت‌در معرض خطر قرار خواهد گرفت.

(عایشه)ازاین تهدید نترسیدو گفت ای‌جوان تواهل کجا میباشی؟ فرمانده سربازان گفت من‌اهل‌سوریه‌هستم. عایشه پرسید کجای‌سوریه وطن تواست؟آن‌مرد جواب دادکه من درمنطقه‌کوهستانی جنوب سوریه بدنیاآمده‌ام. (عایشه) گفت بطوریکه من‌اطلاع دارم سکنه آن‌منطقه مسلمان نیستندآیاهمین‌طوراست؟ فرمانده سربازان گفت بلی. (ام‌المؤمنین) گفت لابد تونیزمسلمان نمیباشی؟فرمانده‌آن گفته را تصدیق کرد.

عایشه گفت اگرتومسلمان بودی بااین لحن بامن‌صحبت نمیکردی واین موقع ازشب برای توقیف‌من نمیآمدی. مگرمن راهزن هستم‌که تواین موقع ازشب را برای توقیف من انتخاب‌کرده‌ای؟ ودیگراینکه بگوبدانم حکم توقیف من ازطرف‌که صادرشده است؟فرمانده سربازان شامی‌گفت حکم توقیف توازطرف(ثابت‌بن‌ارطاة) صادر گردیده‌است. (عایشه) گفت من میدانستم‌که حکم توقیف مرامعاویه صادرنکرده زیرا معاویه اینجانیست تااینکه دستور بدهد مراتوقیف نمایند ودر(بیزان تیوم) بسرمیبرد وحکم توقیف مرا (ثابت بن‌ارطاة) برای خود شیرینی‌صادرکرده است. بعد به‌فرمانده سربازان شامی‌گفت من(معاویة بن ابوسفیان) را بهتراز تووبهتراز (ثابت‌بن‌ارطاة) میشناسم برای اینکه اورا ازدورهٔ کودکی دیده‌ام. من واو،هردواهل مکه هستیم و درآن شهـر بزرگ شدیم. اگر روزی معاویه از(بیزان تیوم) مراجعت نماید من ازخشونت وبی‌ادبی توشکایت خواهم‌کرد واطمینان دارم‌که معاویه تورا

مجازات خواهد کرد که چرا نسبت به (ام المؤمنین) بی‌احترامی کردی. فرض میکنم که من میباید توقیف شوم آیا تو نمیتوانستی صبر کنی تا زمانی که روز بدمد و بعد برای توقیف من بیائی؟ فرمانده سربازان شامی گفت بمن دستور دادند که دراین ساعت برای توقیف تو بیایم. (عایشه) گفت بسیارخوب وچون بتودستور داده‌اند که دراین ساعت برای توقیف من بیائی بوظیفه‌ات عمل کن وآیا بتو گفته‌اند که مرا ازاین خانه خارج کنی ودرمکانی محبوس نمائی؟ فرمانده سربازان شامی گفت این دستوررا بمن نداده‌اند و گفته‌اند که تورا درهمین خانه توقیف کنم وتو، ازاین لحظه ببعد اجازهٔ خروج ازاین خانه را نداری وکسی نباید برای دیدار تو باین خانه بیاید.

عایشه گفت اگرمیل داری مقابل تمام درها نگهبان بگمارو تمام خانه را جستجو کن وبفهم که آیا دراینجا سلاح وجود دارد یا نه؟ آیا میل داری که من اسم کسانی را که ازیك ماه باین طرف برای دیدار من باین خانه میآمدند بتوبگویم تا بروی وآنها را توقیف نمائی؟ چون حدس میزنم مردی که بتودستورداده دراین موقع ازشب اینجا بیائی ومرا توقیف کنی، خیلی علاقه دارد که علاقمندان بمن را نیز توقیف کند.

اگر تومقابل درهای این خانه نگهبان نگماری وبرای یافتن اسلحه دراین خانه کاوش نکنی واسامی دوستانم را ازمن نپرسی تا برای توقیف آنها بروی بعد ازمراجعت معاویه من باوخواهم گفت که تو یك فرمانده نالایق هستی وبدردخدمت نمیخوری وبهتر آن است که تورا اخراج کند وبجای تو مردی را بسمت فرماندهی انتخاب نماید که لیاقت داشته باشد. من بیم داشتم که سربازان شامی بعدازاینکه وارد خانه (عایشه) شدند اشیای گرانبهای آن خانه را بسرقت ببرند. لذا بفرمانده سربازان مزبور گفتم که درخانه عایشه کاوش نکنند و فقط خانه را بوسیله سربازان خودمحاصره نماید تااینکه عایشه نتواند ازخانه خارج شود، ودوستان و هوا خواهانش نیز نتوانند بوی ملحق گردند . فرمانده سربازان شامی اطراف خانه نگهبان گماشت .

وقتی روزدمید مردم متوجه شدند که اطراف خانه (عایشه) نگهبان گماشته‌اند وچندتن ازسالخوردگان که دوران رسول‌الله (ص) راادراك کرده‌اند نزدمن آمدند وازمن پرسیدند برای چه دراطراف خانه (ام المؤمنین) نگهبان گماشته‌شده وآیا این عمل توهین بزرك نسبت بهمسر پیغمبر نیست. آنها بمن گفتند توچون جوان هستی ودوران رسول‌الله (ص) را ادراك نکرده‌ای عایشه را نمی‌شناسی ونمیدانی که‌او نزد پیغمبر دارای چه منزلت بودو برگزیده زن‌های رسول‌الله (ص) بشمار میآمد.

(ام المؤمنین) علاوه برزیبائی ومحبوبیت یك‌زن دانشمند بشمارمیآمد وکتاب میخواند ومینوشت وتمام آیات قرآن را میدانست و حافظه‌اش آن‌قدر قوی بود که‌هر قصیده راکه یك بار

می‌شنید بخاطر می‌سپرد وهرگز فراموش نمیکرد. حتی‌اگر (ام‌المؤمنین) گناهکار باشد باحترام پیغمبر اسلام نبـاید اطراف خانه‌اش نگهبان گماشت. گفتم شمااشتباه می‌کنید و گماشتن نگهبان‌اطراف خانه (ام‌المؤمنین) برای حفظ اوست زیرا من شنیده‌ام قصد دارند (ام‌المؤمنین)رابقتل برسانندواگر اوکشته‌شود، من‌بشدت موردبازخواست خلیفه‌قرارخواهم گرفت‌و بعید نیست‌که خلیفه‌بجرم قصوری‌که من‌از لحاظ حفظ (ام‌المؤمنین)کرده‌ام‌فرمان قتل‌مراصادرکند. این‌است‌که من‌برخود فرض میدانم‌در غیاب خلیفه(ام‌المؤمنین) را مورد حفاظت قرار بدهم تادشمنانش نتوانند باوسوء قصدنمایند. مردان سالخورده بعد ازاین که توضیح مرا شنیدند متقاعد شدند ورفتند. ولی (یلال‌بن‌یلال) که‌ثروتمندترین مردعربستان و از دوستان(عایشه) است متقاعدنشد .

وی همانروز بعداز رفتن سالخوردگان نزدمن‌آمدو گفت ای(پسرارطاة) شنیده‌ام‌که تومیگوئی‌که چون‌قصد قتل (ام‌المؤمنین) را دارند اطراف خانه‌اش نگهبان گماشته‌ای تا نگذارندکه اورابقتل برسانند. گفتم همین طوراست. (یلال‌بن‌یلال) پرسیدآیا میتوانی بمن بگوئی‌کسانی‌که قصدقتل عایشه‌رادارند چه‌کسانی‌میباشند؟ گفتم نه،ومن نمیتوانم‌بتوبگویم‌که آنها‌که‌هستند. (یلال‌بن‌یلال) گفت بااینکه میدانم‌که تونمیتوانی نام‌کسانی راکه قصددارند عایشه‌رابقتل‌برسانندببری (زیراآن‌اشخاص وجودندارند) من گفته‌تورا راست‌میپندارم. ولی بطوری‌که میدانی‌من‌دشمن (ام‌المؤمنین) نیستیم‌واز دوستان‌او بشمارمیآیم‌وتونمیتوانی‌بگوئی که‌من‌قصد قتلش‌رادارم وبه‌نگهبانان خودکه‌اطراف خانه(عایشه)هستندبگوکه بمن‌راه بدهند تاواردخانه (ام‌المؤمنین)شوم‌وبا اومذاکره کنم. گفتم‌ای (یلال‌بن‌یلال)من نمیتوانم موافقت کنم‌که توبخانه(عایشه) بروی‌وبااو مذاکره‌نمائی. (یلال‌بن‌یلال) گفت پس‌من حق‌دارم‌کـه بگویم‌توعایشه راتحت توقیف قرارداده‌ای ومحاصره‌خانه‌او، برای ممانعت‌از خروج‌آن زن میباشد وهمچنین تونمیخواهی‌که دوستان(ام‌المؤمنین) اورا‌ملاقات‌کنند.

گفتم ای (یلال‌بن‌یلال) تصورکن اینطورباشد ولی‌صلاح‌تودراین است‌که‌زبان خودرا نگاهداری واگرکسی ازتوبپرسد برای‌چه‌اطراف‌خانه عایشه نگهبان گماشته‌اند بگوئی‌کـه میخواهند او را موردحفاظت قرار بدهند زیرا دشمنانش‌قصد دارند (ام‌المؤمنین‌عایشه) را بقتل برسانند .

(یلال‌بن‌یلال) پرسیدبرای‌چه صلاح‌من‌در این‌است‌که اینطوربگویم. درجوابش‌گفتم برای‌اینکه توثروتمندترین مردعربستان هستی. یك‌عرب بدوی‌که سرمایه‌اش یك‌شمشیر و یك‌جامه است ازخصومت‌باخلیفه مسلمین زیان نمیبیند زیراخلیفه مسلمین اگر شمشیرش را بگیردنمیتواند جامه‌اش‌را ازتن‌بدرکند. اماتوکه ثروتمندترین‌مردعربستان‌هستی‌ازخصومت باخلیفه‌سخت‌زیان‌خواهی‌دید ودارائی‌خودرا ازدست‌خواهی‌دادوهرقدرانسان ثروتمندترباشد بایدبیشتر احتیاط‌کند وزبان‌خودرا نگاهدارد.

(یلال بن یلال) گفت از این قرار خلیفه دستور داده که اطراف خانه (ام المؤمنین) نگهبان بگمارند. گفتم آیا تو فکر میکنی کاری باین بزرگی را من میتوانم بدون دستور خلیفه با نجام برسانم؟ دیگر (یلال بن یلال) چیزی نگفت و رفت و من نگهبانان را همچنان اطراف خانه (ام المومنین) خواهم گماشت تا اینکه دستور جدید تو ای (امیر المومنین) برسد.

نکته دیگر که باید باطلاع خلیفه برسد و من درصدد این نامه ذکری از آن بمیان آوردم مخالفت حسین بن علی (ع) با تو میباشد. تمام مردان قبیله هاشم طرفدار حسین بن علی (ع) هستند و برای مخالفت با تو، جزو عمال او میباشند. آنها درهمه جا میگویند که تو بیت المال مسلمین را تفریط کردی وسبب تزلزل حیثیت مسلمانان شدی و عیش وخوشی را بر وظائف خلافت ترجیح میدهی. تحت نظر گرفتن (عایشه ام المومنین) بدون اشکال بود و هست برای اینکه (عایشه) زن میباشد وقوه مقاومت ندارد. ولی من نمیتوانم حسین بن علی (ع) را مانند عایشه تحت مراقبت قرار بدهم و اطراف خانه اش نگهبان بگمارم و نگذارم که ازمنزل خارج شود و مانع ورود دوستانش بخانه او شوم. چون حسین بن علی (ع) مانند پدرش مردی است شمشیرزن و بیباك و اگر اطراف خانه اش نگهبان بگمارم باشمشیر از خانه خارج خواهد شد و بنگهبانان حمله خواهد کرد و مردان قبیله (هاشم) بکمکش خواهند شتافت و جنك خانگی درخواهد گرفت. اقدامی دیگر هم در مورد حسین بن علی (ع) نمیتوان کرد زیرا چون نوهٔ پیغمبر است درخارج از قبیله هاشم نیز احترام دارد و اگر ناگهان باو حمله ور شوند و وی را دستگیر نمایند و دریك زندان جا بدهند، تأثیری بسیار ناگوار در مردم خواهد کرد.

این است که من از هرگونه اقدام درمورد حسین بن علی (ع) خودداری میکنم تا دستور تو بمن برسد و هرچه توصلاح بدانی و فرمان بدهی، عمل خواهم کرد.

گفتگوی علی (ع) وابوبکر درباره عایشه

یکی ازمردان قدیم که راجع بعایشه موردتحقیق من قرار گرفت (ابن‌هشام) است که اینک حکمران سوریه میباشد و درقدیم با(ابوبکر) خلیفه اول و (عمربن الخطاب)خلیفه ثانی کارمیکردوکاتب عمربن‌الخطاب بود.(ابن هشام) برای من چنین گفت: در دوره کوتاه خلافت(ابوبکر) من کاتب بیت‌المال بودم وتجارت‌درعربستان رواج‌داشت وطوری‌بازاردادوستد گرم‌بود که درتاریخ‌عربستان‌نظیر نداشته است .

سراسرعربستان تحت‌لوای اسلام،مبدل به‌کشورویك‌امت واحد شده بود ودرهیچ‌نقطه ازعربستان راهزنی وجودنداشت درصورتیکه قبل ازاسلام راهزنی‌شغل اصلی عده‌ای ازقبایل بشمارمیآمد.کاروانها روزوشب بدون خطرازصحراهای‌عربستان میگذشتند وکالا را بمرکز بازرگانی میرسانیدند.

پول‌آن‌قدر فراوان بودکه هربازرگان هرقدر میخواست بدست میآورد برای اینکه مردم ربانمیخوردند وچون رباخواری جرام بود، برای جمع‌آوری پول، باامید اینکه ازربح آن‌بهره مند شوند حرص نمیزدند. امابازرگانان بااینکه‌استفاده زیادمیکردند حاضرنبودند که زکوة مال خودرابدرستی بدهند وهنگام پرداخت زکوة،متوسل به‌حیله میشدند ودرآمد خودرا خیلی‌کمترازآنچه بودقلمداد مینمودند.

من چون میفهمیدم‌که ازمحل دریافت زکوة درآمدی‌که باید وشاید نصیب‌بیت‌المال نمیشود بخلیفه (ابوبکر)پیشنهادکردم‌که بجای دریافت زکوة طبق اظهارخود بازرگانان، بطوریکه دربلاد (روم) مرسوم است‌ازآنهاحق گمرکی گرفته شودودرعوض ازپرداخت زکوة معاف باشند یعنی زکوة مال خودرابشکل حق‌گمرکی بپردازند.

(ابوبکر)گفت حق‌گمرکی‌چیست؟ من‌برایش‌توضیح دادم‌که هرکالاکه واردعربستان میشود یاازعربستان خارج‌میگردد دودرصد،قیمت‌کالارا بعنوان حق‌گمرکی دریافت میکنیم ودرعوض بازرگانان عربستان ازپرداخت زکوة معاف خواهند شد.

(ابوبکر) که‌یك‌مسلمان واقعی بود ولذادیگران‌راهم مثل خودمسلمان واقعی‌میدانست

گفت من نمیتوانم قبول کنم که بازرگانان مسلمان زکوة مال خودرا بدرستی نپردازند چون میدانندکه اگرتقلب نمایند بهجهنم خواهند رفت. دیگر اینکه زکوة جزو واجبات است و باید ازطرف مسلمانهاپرداخته شود ومن نمیتوانم يك تکلیف واجب را لغوکنم وبگویم که در عوض ازبازرگانان دودرصد حقوق گمرکی گرفته خواهد شد.

من نمیتوانستم به(ابوبکر) دلیلی ارائه بدهم که بازرگانان زکوة حقهرانمیپردازند وخودراکم بضاعت جلوه میدهند تااینکه زکوةکامل ازآنها دریافت نشود. زیرا ثابت کردن این موضوع وابسته باین بودکه من ازسرمایه وخرید وفروش همه بازرگانان اطلاع داشته باشم ومن‌ازآنها اطلاع نداشتم. بااینکه بازرگانی درعربستان رونق داشت وامنیت کشور و وحدت اعراب تحت‌لوای اسلام بازار سوداگری راگرم کرده بود يك‌طبقه ازمردم باعسرت زندگی میکردند. آنهاکسانی بودندکه قبل از اینکه مسلمان شوند ازطریق راهزنی امرار معاش مینمودند وبعدازاینکه مسلمان شدند راهزنی‌راترك کردند.

راهزنان عربستان قبل ازاینکه مسلمان شوند فقط برای تأمین معاش روزانه راهزنی نمیکردند بلکه‌فکر آینده راهم مینمودند وازطرف آنها قسمتی ازاموال غارت‌شده پس‌انداز می‌شد تااینکه درسنواتی که‌نمیتوانند راهزنی کنندازحیث‌معاش درمضیقه نباشند. توای پسر (ارطاة) میدانی که در زمان رسول‌الله (ص) پیغمبرما، بعد ازاینکه ازمکه بمدینه مهاجرت کرد تقریباً پیوسته میجنگید وقبایل راهزن‌که مسلمان شدندبیکارنمیماندند وهمواره باپیغمبر اسلام بجنگ میرفتند وغنائم جنگی بدست میآوردند وصرف معاش مینمودند.

بعد از رحلت پیغمبر راهزنانی‌که مسلمـان شدند بیکارگردیدند چون دیگر بجنگ نمیرفتند تااینکه غنائم جنگی بدست بیاورند وصرف معاش خودنمایند. بیت‌المال‌هم بمناسبت اینکه بازرگانان عربستان زکوة حقه رانمیپرداختند توانائی‌نداشت‌که بتمام راهزنان‌سابق که مسلمان شده بودند ودیگرراهزنی‌نمیکردند امـا احتیاج بکمك داشتند مساعدت نماید. يك‌روزیکی ازرؤسای جوان یکی از قبایل‌که درقدیم راهزن بود درمسجد مدینه خطاب به (ابوبکر) بانك‌زد ای خلیفه چرامارابیکارگذاشته‌ای وچرا بجنگ نمیفرستی‌تااینکه‌کافران را ازبین ببریم‌وغنائم جنگی بدست بیاوریم.

زنها وفرزندان‌ما احتیاج به‌غذا ولباس دارند ولی‌مادست روی دست گذاشته‌ایم برای اینکه توتصمیم بجنگ نمیگیری. خلیفه‌آستین ردای‌کهنه خود را به‌آن‌مرد نشان داد وگفت من‌هم غیرازاین ردای‌کهنه‌که عنقریب ژنده خواهدشد لباسی ندارم ولی‌اگر صبرکنید وضع همه خوب میشود. (ابوبکر) راست میگفت ومن‌اطلاع داشتم‌که غیر ازآن ردای‌کهنه لباسی ندارد وبااینکه درقدیم مردی توانگربود چون دارائی خودرا درراه پیشرفت اسلام صرف کرد وقتی خلیفه‌شدچیزی‌نداشت. (ابوبکر) براثرفشار آن دسته‌ازاعراب‌که‌باعسرت‌زندگی

میکردند و وسیله‌ای برای امرار معاش نداشتند تصمیم گرفت که شورائی تشکیل بدهد که آن شوری، برنامه‌ای برای جنگ، تدوین نماید.

کسانی که در آن شوری شرکت داشتند عبارت بودند از (عمر بن الخطاب) و (خالد ـ بن ولید) و (ابوعبیده) و (عمروعاص) و من. شورای ما بااستفاده از مقررات دین برنامه‌ای برای جنگ بااقوام کفار تدوین کرد که مدت آن ده سال بود و پس از آن مدت مسلمین میتوانستند باتوجه به نتایجی که گرفته شده، مدت جنگ را طولانی نمایند. شورای ما موافقت کرد که در تمام جنگ‌ها چهارپنجم ازاموال کفار حربی که درجنگ نصیب مسلمین میشود متعلق به جنگجویان اسلام باشد ویك پنجم دیگر باضافهٔ اراضی، بخلیفه تعلق بگیرد وخلیفه آنهارا به بیت المال منتقل کند.

بنابراین، وقتی مسلمین یك کشور را فتح میکردند فقط میتوانستند ازاموال منقول و غلامان و کنیزان واغنام واحشام استفاده نمایند وزمین آن کشور به بیت المال تعلق میگرفت و یك پنجم ازاموال منقول وغلامان وکنیزان هم به بیت المال منتقل میگردید

ولی اختیار بمصرف رسانیدن اموال بیت المال راخلیفه داشت. این وضع در دوره خلافت (ابوبکر) وبعدازاو در دوره خلافت (عمر بن الخطاب) قوت داشت و زائد است که بتوای پسر (ارطاة) بگویم که در جنگ‌های دوره خلافت (ابوبکر) و (عمر بن الخطاب) سلحشوران مسلمان که درکشورهای دیگر پیکار میکردند. فقط برای پیشرفت اسلام نمیجنگیدند بلکه جنگ، درزندگی عده‌ای ازآنها یگانه وسیله تحصیل معاش بود. قبل ازاینکه تصمیم شورای ما راجع بسهم سلحشوران مسلمان درجنگ‌ها ازغنائم کافران حربی علنی شود وباطلاع مسلمین برسد (عایشه ام المؤمنین) نزد من آمد و گفت یا (ابن هشام) برای چه برای سلحشوران از غنائم جنگی ، سهمی معین کرده‌اید و خلیفه هم سهمی خواهد برد ولی برای من سهمی تعیین ننمودید.

گفتم یا (ام المؤمنین) برای چه انتظار داشتی که برای تو سهمی تعیین میکردیم. (عایشه) گفت برای اینکه زوجه پیغمبر بودم ورسول الله مرا ازسایر زن‌های خود بیشتر دوست میداشت.

گفتم یا (ام المؤمنین) مادر شورای خود، بفکر تو نبودیم تااینکه سهمی برای تو از غنائم جنگی تعیین کنیم واسم توهیچ برزبان آورده نشد. اکنون که تومیگوئی چون زوجه پیغمبر بودی میباید سهمی ازغنائم جنگی ببری فکری بخاطرم رسیده وآن این است که سایر زن‌های پیغمبر هم بعدازتو، بخویش حق میدهند که سهمی ازغنائم جنگی را دریافت نمایند. (عایشه) گفت تمام مسلمانها میدانند که من برجسته‌ترین ومحبوب‌ترین زنهای پیغمبر بودم و بهمین جهت حق دارم که ازغنائم جنگی بهرمند شوم.

گفتم این موضوع باید درشورای ما مطرح شود وبعدبتصویب خلیفه برسد ومن بتنهائی

نمیتوانم دراین خصوص تصمیم بگیرم. عایشه مراترك کرد وبعدفهمیدم که پس‌ازنمازظهر،وقتی (ابوبکر) ازمسجد مراجعت نمود، نزداورفت تااینکه پدرش‌را وادار نماید که سهمی‌ازغنائم جنگی‌را باوتخصیص دهد. (ابوبکر) غلامی‌را فرستاد ومرااحضارکرد وبعدازاینکه بخانه‌اش رفتم دیدم که عایشه آنجاست.

وقتی نشستم (ابوبکر) به‌عایشه گفت من تعجب میکنم که توبرای‌چه میخواهی‌از غنائم جنگی‌سهم ببری. عایشه جواب داد برای‌اینکه‌میخواهم ثروتمند شوم. (ابوبکر) گفت‌ثروت را باید کسی بخواهد که دارای شخصیت واحترام تونباشد. توبین تمام مسلمان‌هااحترام‌داری چون همه میدانند توزوجه محبوب پیغمبر بوده‌ای وامروزهم که پیغمبـر نیست تو در موقع رسیدگی بکارهای مسلمین، کنـار من نشسته‌ای ومن ازحافظه نیرومند تواستمداد میکنم و هربارکه احتیاج بیکی ازآیات قرآن داشته باشم ازتومیپرسم وتوبیدرنگ آن‌آیه را برای من میخوانی.

بعدابوبکرردای خودرا به (عایشه) نشان داد وگفت من بااینکه خلیفه هستم‌استطاعت ندارم که یك‌ردای نوخریداری‌کنم وبپوشم وتوکه دخترمن هستی نباید علاقه بجمع آوری ثروت داشته باشی. (عایشه) گفت ای‌پدراگربتوبگویم که برای توعنوان ومرتبه خلافت‌کافی است ومحتاج ثروت نیستی بمن‌خواهی‌گفت برای من نیزعنوان زوجه پیغمبرکافی میباشد و نباید درصدد تحصیل ثروت برآیم. ولی حقیقت این است که من ثروت را دوست میدارم و میخواهم یك‌زن توانگرشوم.

من درآن‌روز نمیفهمیدم که (ام‌المؤمنین) برای‌چه میخواهدیك‌زن ثروتمندشود. ولی بعد فکرکردم که شایدمنظورآن‌زن‌ازتحصیل‌ثروت‌این بوده که بدان‌وسیله‌قدرت بدست بیاورد. براثر اصرار (عایشه) پدرش موافقت کردکه قسمتی‌ازاموال غیرمنقول بیت‌المال که درزمان پیغمبر ازیکی‌ازکفار گرفته شده بود وهرسال دوازده هزاردرهم درآمدداشت بشکل تیول بعایشه واگذارگردد واو، در عوض، ازدریافت‌سهمی‌ازغنائم‌جنگی صرف نظرنماید.ابوبکربمن‌گفت که فرمان مربوط‌به تیول مزبوررابنویسم‌تا وی‌صحه بگذارد.

من‌درحضور(عایشه)ایرادی‌نگرفتم ولی‌بعدازرفتن(عایشه)به (ابوبکر) گفتم‌این‌مستمری که شما میخواهیدبه(ام‌المؤمنین)بدهیدازدونظرموردمخالفت من‌است.اول‌اینکه حتی‌اصحاب خاص پیغمبردارای یك چنین مستمری‌نیستند وگفته خواهدشدکه توتبعیض‌روا میداری.دیگر اینکه‌گفته خواهدشدکه توبیت‌المال رابدخترت بذل‌میکنی‌درصورتی‌که‌عده‌ای‌ازمسلمین در حال‌حاضرگرسنه‌هستند واگرگرسنه نبودند ازتوتقاضا نمیکردندکه‌آنها رابجنك بفرستی‌تا اینکه غنیمت جنگی‌بدست‌بیاورند.

(ام‌المؤمنین)ازحیث معاش، درعسرت نیست وبدون‌این مستمری میتواند زندگی‌کند

واین دوازده هزار درهم رابکسانی بده که نمیتوانند برای سیر کردن شکم زنها وفرزندان خود مقداری خرما فراهم نمایند. خلیفه گفت (عایشه) درمن خیلی نفوذ دارد ومن که گفته‌ام سالی دوازده هزار درهم مستمری باو خواهم داد نمیتوانم حرف خودرا پس بگیرم.

من فرمان واگذاری آن ملك را بعنوان تیول به (عایشه) نوشتم و به صحه خلیفه رسید و مسلمین مطلع شدند که (ابوبکر) تیولی بدختر خود داده که درآمد آن درسال دوازده هزاد درهم است.

بعدازاینکه (ابوبکر) خلیفه شد علی بن ابیطالب (ع) بازوجه خود فاطمه زهرا(ع) و فرزندانش ازمدینه خارج گردید وپس ازاینکه شایع شد که خلیفه دوازده هزار درهم مستمری به عایشه داده علی(ع) بمدینه مراجعت کرد ونزد (ابوبکر) رفت وباو گفت من باتو بیعت نکردم ولی میتوانم باتو حرف بزنم. (ابوبکر) پرسید یاعلی چه میخواهی بگوئی؟ علی(ع) گفت میخواهم بتو بگویم که آیا از وضع معاش بعضی از مسلمین که استطاعت تأمین معاش راندارند اطلاع داری یانه؟ اگر اطلاع داری چرا، بآنها کمك نمیکنی ودرعوض دوازده هزار درهم درسال قمری به (أم‌المؤمنین) میدهی. (ابوبکر) گفت برای اینکه اوزوجه پیغمبر بوده وتوخود میگوئی که (ام‌المومنین) است وسزاوار میباشد که ازبیت‌المال مسلمین مستمری دریافت کند تااینکه بتواند براحتی زندگی نماید.

علی(ع) گفت من میخواهم حرفی بزنم که شاید توتصور کنی که ناشی ازحسد است ولی من کسی نیستم که بدیگران حسد بورزم وخدا میداند که ازاین عیب مبری میباشم. آنچه من میخواهم بگویم یك ایراد اصولی است وایرادم این است که آیا زوجه پیغمبر برای دریافت مستمری سزاوارتر است یا دختراو که ازگوشت وخون پیغمبر میباشد ونوه‌های رسول‌الله که آنها هم از گوشت وخون پیغمبر میراث برده‌اند. توبرای زوجه پیغمبر دوازده هزاردرهم درسال مقرری تعیین میکنی ومال مسلمین راباو میبخشی ولی برای دختر پیغمبر ونوه‌های او یك درهم مقرری تعیین نمینمائی.

(ابوبکر) گفت یا علی(ع) این موضوع ناشی ازسوء نیت نبوده بلکه علت آن فراموشی است ومن بیاد زوجه توفاطمه زهرا(ع) وفرزندانش نبودم وازاین ببعد، هرسال چهل وهشت بارگندم ازانباربیت‌المال به فاطمه زهرا(ع) بعنوان مستمری میدهم. ولی آن مستمری هرگز بفاطمه زهرا(ع) داده نشد، برای اینکه مدتی قلیل بعد ازآن واقعه دختر پیغمبر زندگی را بدرود گفت: مرك دختر رسول‌الله خیلی در علی بن ابیطالب (ع) مؤثر گردید و مرا بسیار اندوهگین کرد.

من تصور میکنم هرگاه فاطمه زهرا(ع) هم زنده میماند ممکن بود که عایشه نگذارد آن مستمری بدختر پیغمبر برسد برای اینکه وقتی دانست که پدرش قول داده هرسال چهل وهشت بار

گندم‌ازانبار بیت‌المال بفاطمه زهرا(ع) بدهد اعتراض کرد و گفت‌فاطمه‌چهل‌وهشت بار گندم‌را میخواهد چه‌کند؟ اگر تو میخواهی‌برای او گندم بدهی هشت‌یا ده‌بار گندم برای تمام سال کافی است .

ابوبکر گفت که‌فاطمه‌زهراء(ع) تنها نیست وشوهروچند فرزند دارد وفقط محتاج غذا نمیباشد بلکه بچیزهای دیگرهم نیازمنداست ومن‌این گندم را باومیدهم که بتواند بعدازتأمین غذا، از مازادگندم برای سایراحتیاجات خود استفاده نماید . اگر مستمری مزبور باسم فاطمه‌زهرا(ع) وفرزندان اوبودبعداز وفات فاطمه(ع) تأدیه میشد ولی‌چون مستمری‌راباسم فاطمه(ع) نوشته‌بودند‌پس‌ازمرك‌دختر‌پیغمبر تأدیه‌نگردید.طوری‌علی(ع)ازمرك‌فاطمه‌زهرا(ع) متأثربودکه تا چندی هیچکس‌او رانمیدید.ولی(العباس) نزدعلی(ع) میرفت ودر صددبرآمد که مناسبات علی(ع) و(ابوبکر)رااصلاح کند.

علی(ع) به العباس گفت تومیدانی‌که من‌با(ابوبکر) بیعت نخواهم‌کرد زیرا انتخاب‌او بسمت خلافت عادی‌نبوده‌است.العباس گفت‌تومیتوانی‌ازبیعت کردن‌با(ابوبکر) خودداری‌کنی ودرعین حال بااومناسبات حسنه داشته باشی. تومیدانی‌که من‌بیش‌ازخود توپافشاری میکردم که‌توبایدجانشین‌پیغمبربشوی ولی‌توحرف مرانپذیرفتی‌وهنگامی‌که پیغمبرحیات داشت‌نزداو نرفتی‌تااینکه‌تررا‌بطورعلنی، درحضورهمه‌بجانشینی خودانتخاب‌نماید.

من‌هم مثل‌توبا(ابوبکر) بیعت‌نکردم ولی میدانم‌که خلافت‌را براین مردتحمیل کردند. اونمیخواست خلیفه شود وبعدازمرك پیغمبرازقبول مرتبه خلافت خودداری مینمود.لیکن‌باو گفتندکه اگرخلیفه نشوی ودیگری‌بجای‌توخلیفه شوداسلام سست خواهدشد وممکن است‌که بین مسلمین جنگ برادرکشی دربگیرد. این‌بودکه ابوبکر‌خلافت‌را پذیرفت.

اینك این مردمیخواهد برای توسعه‌اسلام کاربکندواحتیاج‌بمردانی دلیرولایق‌چون تو، یاعلی، دارد و من‌معتقدم‌که تو میتوانی خیلی به‌منظور اوبرای توسعه اسلام‌کمك‌نمائی ومیدانم‌که هدف تونیزاین‌است. علی‌بن‌ابیطالب(ع) توصیه (العباس) راپذیرفت‌وروزی‌برای دیدن (ابوبکر) بمسجدمدینه آمد.

وقتی(ابوبکر)علی(ع) رادیدازجا برخاست وبسوی‌اورفت‌واشك‌ازدیدگانش‌فروریخت‌و علی‌بن‌ابیطالب(ع)را دربرگرفت وبوسیدو گفت‌یاعلی، امروز چون‌تودرنزدمن‌آمدی، بهترین روزهای عمرمن است. آنگاه علی‌رانشانیدوخودنشست و گفت‌یاعلی‌من‌ازکودکی‌تورامیشناسم وازهمان‌موقع‌دوستت‌می‌داشتم وبهرنسبت که‌بزرك میشدی دوستی من‌نسبت‌بتو، قوت‌میگرفت. چون میدیدم‌که هرقدر بزرگتر می‌شوی شخصیت توبزرگتروشجاعتت‌بیشترمیشود.

من‌میدانستم دربین‌جوانان قبیله‌هاشم جوانی وجودنداردکه بتوانداز‌حیث‌علم‌ومتانت ووقار باتوبرابری کندودرشجاعت‌اگر منحصربفرد نبودی، درردیف‌اول‌دلیران اسلام بشمار

می‌آمدی. بعد، براثر بعضی ازپیش آمدها کدورتی بین‌ما ایجاد شدوپس‌ازاین که‌من‌خلیفه شدم تو تصور نمودی که حق تو راغصب کرده‌ام. عده‌ای شاهدهستندومیدانند که‌من نمی‌خواستم خلیفه‌شوم ومیگفتم مردی چون من کوچکتر از آن‌است که بتواند برجای‌مردی‌چون پیغمبرجلوس نماید وامورمسلمین‌را رتق وفتق کند. امـا بمن گفتند وتأکید کردند که بـاید خلافت را بپذیرم تااینکه امورمسلمین دستخوش هرج ومرج نگردد.

من‌هم پذیرفتم وازآن موقع تا کنون مشغول رتق‌وفتق امورمسلمین‌هستم. من نمی گویم که‌توانسته‌ام وظائف خلافت راآن‌طور که‌بایدوشاید بانجام برسانم ولی‌میگویم که بقدرتوانائی خود وظایف‌خلافت‌را بخوبی بانجام رسانیدم. یاعلی(ع) مابرنامه‌ای تهیه کرده‌ایم‌برای‌یك جنك ده‌ساله باکفار. مابدومنظور این برنامه‌راتدوین کرده‌ایم وقصدداریم اجرا کنیم. یکی توسعه اسلام ودیگری بکار گماشتن عده‌ای ازمسلمین که‌در گذشته کارآن‌هاجنك‌بودوکاری دیگر ازآنان ساخته‌نیست‌وامروزه نمیتوانندمعاش‌زن‌هاوفرزندان‌خودراتأمین کنند. علی(ع) پرسید شمامیخواهید باکه‌بجنگید؟(ابوبکر) گفت دردرجه‌اول قصدداریم که با(بیزان تیوم) وایران بجنگیم .

کشورشام درتصرف پادشاه (بیزان‌تیوم)است‌وماتصمیم داریم که‌شام‌را از آن پادشاه بگیریم وهمچنین قصدداریم که کشورایران رااز‌پادشاه‌آن بگیریم‌وبه‌قلمرو اسلام منضم‌کنیم. علی(ع) گفت‌فکری‌خوب است‌مشروط براینکه‌خرج‌بسیج‌قشون فراهم شود. (ابوبکر) گفت عده‌ای ازمسلمین تهی‌دست هستندوبرای قوت‌لایموت معطل می‌باشندولی درعوض‌بازرگانان ماثروت دارند ومابرای خرج‌قشون ازآنها وام میگیریم بدون‌اینکه ربابپردازیم‌زیراربادر اسلام حرام است . علی (ع) گفت من بازرگانان را می‌شناسم و می‌دانم که بسهولت وام نخواهند داد.

من‌درآن روزکه‌علی(ع) وابوبکر حضورداشتند درمسجدمدینه‌بودم ومذاکره‌آن‌دورا می‌شنیدم‌و می‌دانستم که‌نظریه‌علی(ع)صحیح است وبازرگانان عربستان بسهولت برای‌هزینه قشون وام نمی‌دهندوگرچه نمی‌توانندربا بگیرند ولی خواهان‌مزایا خواهند بود. بزودی پیش بینی‌علی(ع) ومن، جامه‌حقیقت‌پوشیدچون بازرگانان بخلیفه گفتندکه شروط دادن وام برای‌بسیج‌قشون‌اسلام ازاین‌قراراست :

۱ ـ قشون اسلام چه‌درجنك‌ها فاتح شودیاشکست‌بخورد(ابوبکر) یاهرکس که بجای اوخلیفه می‌شود میباید طلب بازرگانان‌را بی‌کم‌وکاست‌ازخزانه‌بیت‌المال‌بپردازد.(ابوبکر) گفت من‌خوداین‌تعهد رامی‌کنم ولی نمیتوانم برای‌خلیفه بعد، تکلیف‌معلوم‌نمایم. بازرگانان گفتند تواین وام‌رابنام خلیفه مسلمین‌ازما می‌خواهی‌نه‌باسم (ابوبکر) ومصرف‌آن‌هم هزینه قشون کشی‌مسلمین است. بنابراین هرکس که‌بجای توخلیفه‌شود می‌بایداین‌وام‌رابی‌کم‌وکاست بماتأدیه‌نماید. (ابوبکر) ناگزیر، پیشنهاد بازرگانان راپذیرفت.

۲ ـ درتمام کشورهائیکه تحت تصرف اسلام درمی‌آید ، حق انحصار بازرگانی با بازرگانان عربستان است و بازرگانان محلی درآن کشورهاحق تجارت ندارندولی‌میتوانند سوداگر دست‌دوم وسوم بشوندوسوداگر دست‌اول پیوسته بازرگانان عربستان خواهندبود. (ابوبکر) گفت‌اگربازرگانان محلی مسلمان شوندو وارد(امت) گردند چطور؟ آیادر آن صورت هم نباید به‌آزادی تجارت‌کنند؟ بازرگانان عربستان گفتندنه‌ای خلیفه. (ابوبکر) گفت این تکلیف که‌شما پیش‌پای من‌میگذارید یك‌تکلیف‌شاق می‌باشد.زیرا تمام‌مسلمین‌درهر نقطه که‌باشندحقوق متساوی دارندویك بازرگان شامی یا ایرانی بعدازاین که مسلمان شد حقوقش مساوی‌است بایك بازرگان عرب. سوداگران‌عرب گفتنداگربازرگانان‌کشورهای دیگر بدانندکه بعدازاینکه‌مسلمان‌شوند حقوق آن‌هامساوی‌خواهدبود بایك‌بازرگان‌عرب، همه‌مسلمان خواهندشد. (ابوبکر) گفت اگراینچنین‌شود بسوداسلام‌است .

بازرگانان عرب گفتندماسرمایه خودرا به‌خلیفه‌می‌دهیم که‌صرف قشون‌کشی نماید و رباهم دریافت نمیکنیم بنابر این باید سودی داشته باشیم تااینکه سرمایه خودرا که‌میباید صرف خریدوفروش کالا شود دردسترس خلیفه‌بگذاریم . سود ماهمین است که‌در کشورهای مفتوح بازرگانی دست‌اول در انحصارماباشدوبازرگانان محلی اعم‌ازاینکه مسلمان بشوند یاهمچنان کافر بمانند ببازرگانی دست دوم وسوم بسازند و (ابوبکر) چون احتیاج‌به‌پول بازرگانان داشت‌این‌شرط را نیزپذیرفت.

۳ ـ خریدوفروش دست‌اول غلام و کنیز درتمام کشورهای مفتوح میباید تحت‌انحصار بازرگانان عرب‌باشد. این‌شرط‌ازطرف ابوبکر پذیرفته نشدوگفت‌لااقل این‌قسمت‌را برای سوداگران محلی بگذارید وتحت‌انحصار خود درنیاورید. باری مسئله شرائط‌بازرگانان‌که پیش‌آوردم مسئله فرعی بود وخواستم نشان بدهم که‌پیش‌بینی‌علی(ع) ومن، درخصوص‌این که بازرگانان بدون‌دریافت‌مزایاوام‌نخواهندداد درست‌درآمد. درآن روز که علی(ع)و(ابوبکر) درمسجد مدینه مذاکره‌می‌کردند دنباله صحبت، بین‌آن‌دونفر ازاین‌قراربود :

(ابوبکر) پرسیدیاعلی(ع) آیاتوحاضرهستی که باماکمك‌کنی؟ علی(ع) گفت‌هرکمك‌که برای‌تقویت وتوسعه‌اسلام ازمن‌برآیدخواهم‌کرد. آنوقت(ابوبکر) که‌متوجه‌شد علی(ع)حاضر است‌بااوهمکاری‌نماید درصدد برآمد که‌مناسبات‌علی(ع)وعایشه را اصلاح‌کندوگفت: یاعلی همانطورکه‌کدورت گذشته بین‌من‌وتو رفع شدبهترآن‌است‌کدورتی‌که‌بین‌توودخترم(عایشه) وجود دارد نیزرفع شود. علی گفت‌من نسبت‌بدخترتو عایشه کدورت‌ندارم‌ولی‌عمل اورا رد میکنم. (ابوبکر) گفت آیاحاضرهستی که بااوآشتی‌کنی؟ علی گفت‌نه چون گفتم‌که عمل اورا ردمیکنم.

(ابوبکر) گفت یاعلی(ع)عملی‌که(عایشه) کرده وتوآن‌را ردمیکنی چیست؟ علی گفت

خداوند گفته (وازواجه امهاتکم) (یعنی زن‌های پیغمبر مادران شما هستند ـ مترجم) وعنوان رسمی هریك از زن های پیغمبر (ام المؤمنین) است .

زوجه پیغمبر بعداز رحلت رسول‌الله نباید شوهر اختیار کند. چون اگر با یکی از مسلمین ازدواج نماید مثل این است که با پسر خود ازدواج کرده وهرگاه یکی ازمردان مسلمان با او تزویج کند بدان میماند که آن‌مرد بامادر خود ازدواج نموده است .

(ابوبکر) از شنیدن آن سخن حیرت کرد وگفت یاعلی (ع) ازگفته تو پیداست که میخواهی بگوئی که (عایشه) برخلاف این دستور عمل کرده است علی(ع) جواب مثبت داد. (ابوبکر) گفت آیا تومیخواهی بگوئی که (ام المؤمنین) شوهر اختیار کرده است؟ علی(ع) گفت یا (ابوبکر) من مردی نیستم که غیبت کنم ومردی نیستم که عامل اشاعه رسوائی باشم و بهمین اکتفا مینمایم که بگویم (طلحه) رااحضار کن و ازاو بپرس که آیا این موضوع حقیقت دارد یا نه؟

(توضیح ـ این موضوع راکه (کورت فریشلر) آلمانی اززبان مولای متقیان علی علیه السلام ذکر میکند بنده نشنیده‌ام لیکن بنده که مردی کم اطلاع هستم براخبار و احادیث اسلامی وقوف ندارم و بردانشمندان اسلامی است که اظهار نظر کنند آیاحضرت مولی این موضوع را گفته‌اند یانه؟ ـ مترجم)

(ابوبکر) سکوت کرد و بعد سر برداشت وگفت: من دراین خصوص تحقیق میکنم . بعد ازاین گفته علی(ع) از (ابوبکر) خداحافظی کرد واز مسجد خارج شد. من ازآن روز ببعد، مواظب بودم که بفهمم آیا (ابوبکر) از دخترش عایشه یا از (طلحه) راجع بآن موضوع پرسش مینماید یانه؟ ولی ابوبکر، ازهیچ یك ازآنها راجع باین مسئله تحقیق نکرد . در عوض به‌عایشه گفت بهتر آن‌است که باعلی‌بن‌ابیطالب (ع) آشتی نماید. عایشه گفت ای‌پدر مگر آن رسوائی‌راکه‌نام (صفوان‌بن‌معطل سهمی) درآن برده‌شده فراموش کرده‌ای؟

درآنموقع وقتی رسول‌الله باعلی(ع) مشورت کرد واز او پرسید صوابدیدتو درچیست علی درجوابش گفت عایشه‌را طلاق بده‌و من‌هرگز این موضوع را فراموش نخواهم کرد و اگر دیدی که بعداز مرگ پیغمبر بسوی‌علی(ع) رفتم و ازاو تقاضاکردم‌که جسد پیغمبررا بادست‌های خود بشوید وبا(العباس) بخاك بسپارد ، برای این بود که آن‌روز، علی‌و(العباس) و عده‌ای دیگر از مردان قبیله هاشم در تیمچه بازرگانان حضور بهم نرسانند و علی(ع) بخلافت نرسد. بدین ترتیب اقدام (ابوبکر) برای این‌که علی (ع) و عایشه راآشتی دهد بی‌نتیجه ماند.

وجوهی‌که (ابوبکر) میخواست ازبازرگانان عرب بگیرد بمصرف هزینه بسیج‌قشون رسید. مدت یك‌سال (خالدبن‌ولید) باعنوان فرماندهی سپاه اسلام مشغول بسیج قشون بودو

سربازان را تعلیم میداد و بعد از آن به خلیفه گفت که قشون اسلام برای جنك آماده است. در آن قشون، فرماندهی یك قسمت‌را به (طلحه) واگذار کردند و سربازان (طلحه) همه شتر سوار بودند.

طبق معمول عده‌ای از زن های عرب میخواستند با شوهران خود بمیدان جنگ بروند. (ابوبکر) به هشتصد تن از زن‌ها که شوهرانشان جزو افسران یا افسران جزء بودند اجازه داد که باشوهران خود بسوی میدان جنك عزیمت نمایند. ولی بادرخواست عایشه برای اینکه باقشون اسلام بمیدان جنك برود موافقت نکرد و گفت تو (ام‌المؤمنین) هستی و نباید بمیدان جنك بروی؟ چون اگر در جنك اسیر شوی در دست دشمن یك گروی بزرك خواهی شد واز آن گذشته حیثیت مسلمین متزلزل میشود.

وقتی (عایشه) به پدرش گفت که میل دارد بمیدان جنك برود و پدرش مخالفت کرد من حدس زدم که گفته علی (ع) صحیح است و عایشه همسر (طلحه) شده است.

(توضیح- موضوع ازدواج عایشه با (طلحه) مسئله‌ایست مورد تأمل و بنده نمیتوانم در این خصوص اظهار نظر کنم. در اینکه عایشه متحد سیاسی و نظامی (طلحه) و (زبیر) بود تردیدی وجود ندارد ولی بنده نشنیده و نخواندم که عایشه (طلحه) را بشوهری انتخاب کرده باشد - مترجم)

وقتی عایشه متوجه شد که پدرش میل ندارد که وی بمیدان جنك برود نزد (ام‌سلمه) و (حفصه) که آن دو نیز (ام‌المؤمنین) بودند رفت واز آنها خواست که از خلیفه درخواست نمایند که باقشون اسلام بمیدان جنك بروند تا اینکه خلیفه ناچار شود تقاضای اورا هم برای رفتن بمیدان جنك بپذیرد. ولی نه (ام‌سلمه) حاضر شد که توصیه عایشه‌را بپذیرد نه (حفصه)

(عمر بن الخطاب) چگونه بخلافت رسید

بعد ازاینکه قشون اسلام بفرماندهی (خالدبن‌ولید) بحرکت درآمد (ابوبکر) بیمار شد. مردم میدانستندکه ابوبکر نه فقط هرچه از مال دنیا داشت درراه اسلام خرج کرد بلکه سلامتی خودرا هم برای خدماتی‌که درراه پیشرفت اسلام برعهده گرفت از دست داد. بیماری (ابوبکر) یکنوع بیماری بودکه درعربستان کمتر سابقه داشت و آن اینکه قلبش می‌طپید وبراثر شدت‌طپش قلب نمیتوانست راه‌برود وگاهی‌حتی نمیتوانست بنشیند ومجبور بودکه دراز بکشد.

پزشکانی‌که درمدینه بودندنتوانستندکه خلیفه را معالجه نمایند واطبای مکه هم‌از درمان آن مرد اظهار عجز کردند. گفته شدکه درکشور مصرپزشکانی زبردست وجوددارند واز داروهائی باخبرندکه درعربستان یافت نمیشود یااینکه پزشکان عرب از آنها اطلاع ندارند. این بودکه‌درصدد برآمدند دونفر پزشك را برای معالجه خلیفه ازمصر بیاورند. اطبای مصری آمدند وشروع بمعالجه ابوبکر نمودند.

درآغاز داروهائی‌که اطبای مصری تجویز میکردند قدری مؤثر واقع گردید واز طپش قلب (ابوبکر)کاست.ولی بعد اثرداروهای آن‌ها از بین‌رفت و هرقدرداروبرای‌خلیفه تجویز میکردند مؤثر واقع نمیشد.

طپش قلب (ابوبکر) طوری‌شدت میکرد که گاهی مدت دوروز نمیتوانست برخیزد وبنشیند یا راه برود ووقتی قلبش‌آرام میگرفت، برمیخاست و راه‌می‌رفت. ولی‌حتی‌هنگامی که نمیتوانست برخیزد بکارهای مسلمین وبیت‌المال میرسید وگاهی من‌روزی‌چندبارنزدوی میرفتم و کارهای بیت‌المال را باطلاعش میرسانیدم‌وکسب دستور میکردم.

(عایشه) بااینکه پدرش را دوست میداشت فکر جانشین او را میکرد وروزیکه من حضور داشتم گفت ای‌پدر، من امیدوارم‌که توعمر دراز بکنی ولی شرط عقل این‌است‌که‌در فکر جانشین خودباشی. روزیکه تو ازاین دنیا بروی مردی خواهی بود سعادتمند برای اینکه مستقیم به‌بهشت خواهی رفت و به‌پیغمبر ملحق خواهی‌شد ولی ماکه دراین دنیا باقی

میمانیم، بلاتکلیف خواهیم بود برای‌اینکه معلوم نیست که‌جانشین تو، که خواهدشد و تو قبل‌ازاینکه به‌بهشت بروی باید جانشین‌خودرا تعیین کنی.

(ابوبکر) گفت‌من برای‌خودجانشین‌تعیین‌نمیکنم. (عایشه) پرسید برای‌چه؟(ابوبکر) گفت برای‌اینکه‌پیغمبروقتی میخواست رحلت‌کند، برای خود جانشین تعیین نکرد وچگونه مردی چون من که لیاقت غلامی پیغمبر را نداشتم وندارم برای خودجانشین تعیین‌کنم. (عایشه) گفت‌ای‌پدر، تو اگر برای خود جانشین تعیین نکنی بعد از اینکه به‌بهشت رفتی علی‌بن‌ابیطالب(ع)خلیفه خواهد شد. (ابوبکر) گفت من برای خود جانشین تعیین‌نمیکنم و بعدازمرك من‌مسلمین‌هرکس‌راکه اصلح دانستند بخلافت انتخاب خواهندکرد.

پزشکانی‌که ازمصر برای معالجه (ابوبکر) آمده بودند مراجعت کردند. بعد از رفتن آنها مدت چندروز حال (ابوبکر) بالنسبه خوب‌بود وعایشه هم دیگر راجع‌بجانشین (ابوبکر) چیزی بپدرش نگفت. اما بعد طپش قلب‌خلیفه عودکرد و باز اورا مجبور نمودکه دراز بکشد. عایشه وقتی دیدکه پدرش حاضر نیست‌که برای خود جانشینی تعیین نماید، از عده‌ای از مردان‌بانفوذ اسلام دعوت‌کردکه بعنوان عیادت‌بربالین خلیفه حضور بهم‌برسانند و اورا وادارکنندکه جانشین خودرا معین‌نماید.

روزی‌که مردان بانفوذ اسلام درخانه ابوبکر وبربالین او حضور یافتند من‌هم‌آنجا بودم و تمام کسانی‌که‌حضور داشتندمیگفتندکه (ابوبکر) باید برای خود جانشین‌تعیین‌کند و اگر جانشین خود را معین ننماید هرگاه زندگی را بدرود بگوید بین مسلمین اختلافی بزرك بوجود خواهد آمدکه منجر بجنك برادرکشی خواهد شد. من نیز همین عقیده را داشتم وپیش‌بینی میکردم‌که اگر (ابوبکر) بدون تعیین جانشین زندگی‌را بدرودبگویدبعد از او، ممکن است‌که اختلاف‌مربوط‌بانتخاب خلیفه بقدری شدید شودکه بین‌مسلمین‌جنك برادرکشی آغازگردد.

بعد از رحلت‌پیغمبر بااینکه ازطرف رسول‌الله جانشین انتخاب نشد جنك‌برادرکشی درنگرفت. زیراهنوز مسلمین اندرزهای پیغمبر را بخاطر داشتند وحتی میتوانم بگویم که حضور پیغمبررا بین خودحس می‌کردند ودیگراین‌که اکثر مسلمین با انتخاب (ابوبکر) بسمت خلیفه موافقت نمودند. ولی اگر(ابوبکر) بدون تعیین جانشین، زندگی‌را بدرود می‌گفت مسلمان‌هاکه دیگرحضورپیغمبررا بین خود احساس نمیکردند دوچاراختلاف شدید می‌شدند وچون همه نمی‌توانستند راجع بیك نفرتوافق نظر حاصل نمایند دست به شمشیر میبردند وخون هم‌را میریختند. ولی اگر(ابوبکر)که بین مسلمان‌ها نفوذ واحترام داشت یك نفررا بجانشینی خود انتخاب میکرد بعد ازمرگش همه مجبورمی‌شدندکه وی‌راخلیفه بدانند ولوقسمتی ازمسلمین باخلافت اوموافق نباشند.

با این که در آن روز کسانی که در خانه (ابوبکر) حضور داشتند اصرار کردند که خلیفه جانشین خود را تعیین کند (ابوبکر) پیشنهاد آنها را نپذیرفت و جوابی را که به (عایشه) داد تکرار نمود و گفت پیغمبر برای خود جانشین تعیین نکرد و چگونه من میتوانم برای خود جانشین تعیین کنم. کسانی که برحسب دعوت و تأکید (عایشه) آمده بودند تا اینکه (ابوبکر) را وادار به تعیین جانشین نمایند وقتی دیدند که خلیفه استنکاف میکند برخاستند ورفتند. در روزهای بعد من هر روز به منزل خلیفه میرفتم و کارهای بیت‌المال را باطلاعش میرسانیدم و از او کسب دستور مینمودم. دیگران هم که عهده‌دار کارهای مربوط به‌مسلمین بودند بخانه خلیفه می‌آمدند و کسب دستور می‌کردند.

بیماری (ابوبکر) آن بار طولانی‌تر از دفعات قبل شد و من هر روز که برای کسب دستور بخانه‌اش میرفتم اورا ضعیف‌تر مییافتم. در روز چهاردهم بیماری خلیفه، که روز یکشنبه بود من چون کاری نداشتم بخانه (ابوبکر) نرفتم. ولی خود او غلامی را فرستاد و مرا احضار کرد و دانستم که کاری مهم بامن دارد. وقتی که وارد اطاقی شدم که خلیفه در آن دراز کشیده بود وی متوجه ورود من نشد و من آهسته بوی نزدیك شدم و مشاهده کردم که چشمهایش بسته است. برای اینکه ابوبکر را متوجه ورود خود کنم سرفه کردم. (ابوبکر) از صدای سرفه من چشم گشود و گفت خوب شد که آمدی و من بیم داشتم که قبل از آمدن تو از این جهان بروم زیرا رفتن من نزدیك شده است. سپس گفت کاغذ وقلم ودوات حاضر کن و آنچه میگویم بنویس. من باسرعت، کاغذ وقلم ودوات حاضر کردم و کنار خلیفه برزمین نشستم و خلیفه چنین گفت:

(بسم‌الله‌الرحمن‌الرحیم- این است وصیت‌نامه ابوبکر فرزند (ابی‌قحافه) راجع به جانشین او و اینك که مرك خود را نزدیك می‌بیند از تمام مسلمین درخواست مینماید که پس از مرك وی...)

وقتی کلام ابوبکر باینجا رسید سکوت کرد و چشمهایش بسته‌شد. من متوجه گردیدم که خلیفه قصد دارد جانشین خود را تعیین نماید اما درهمان موقع که میباید اسم جانشین خود را برزبان بیاورد سکوت کرد. من چند دقیقه صبر کردم تا اینکه خلیفه چشم بگشاید و کلام خود را تمام کند. ولی (ابوبکر) چشم نگشود. با اینکه حدس میزدم که خلیفه دوچار اغماء شده چون موضوع جانشین او بسیار بااهمیت بود چند مرتبه سرفه کردم و باز خلیفه چشم نگشود.

(عایشه) وارد اطاق شد و از من پرسید پدرم باتو چکار دارد؟ گفتم او میخواست جانشین خود را تعیین کند و بمن گفت که کاغذ وقلم ودوات حاضر نمایم وبعد شروع به تقریر کرد و من هم نوشتم ولی موقعی که میباید اسم جانشین خود را معین نماید چشم فروبست. (عایشه) بطرف پدر خود رفت ودست برصورتش کشید وسر روی سینه‌اش نهاد وخواست که وی را بحال بیاورد لیکن نتوانست. آنگاه بمن نزدیك گردید وآهسته گفت ممکن است که دیگر پدرم

بحال نیاید وزندگی‌را بدرود بگوید. آنگاه آنچه‌رامن نوشته بودم خواند وگفت بنویس (پس ازمرك وی عمربن‌الخطاب‌را خلیفه خود بدانند وبااوبیعت واز وی اطاعت کنند) من درنوشتن تردیدکردم و(عایشه) گفت چرا معطلی واسم (عمربن‌الخطاب)را نمی‌نویسی؟ گفتم من نمی‌دانم که آیا خلیفه موافق‌است عمربن‌الخطاب‌را جانشین خودکندیانه ؟ وشایدپدرت بخواهد دیگری‌را جانشین خود نماید .

(عایشه) گفت من بتو اطمینان میدهم که اگرپدرم هوش وحواس می‌داشت ومیتوانست حرف بزند نام (عمربن‌الخطاب) را برزبان میآورد. چون ازروزیکه قدرت حرکت‌را از دست داده، من هرروز راجع به (عمربن‌الخطاب) بااوصحبت کردم وگفتم تنهاکسی که بعد ازاومی‌تواند ازاختلاف وتشتت مسلمین جلوگیری نماید (عمربن‌الخطاب) است . گفتم من حرف تورا میپذیرم وتصدیق می‌کنم که راست می‌گوئی وهرروز راجع به (عمربن‌الخطاب) باپدرت صحبت کرده‌ای. ولی صحبت‌کردن تو بااودلیل براین نمی‌شود که پدرت قصد داشته (عمربن‌الخطاب)را جانشین خود نماید. عایشه گفت من‌به (رسول‌الله) سوگند یاد میکنم‌که اگرپدرم می‌توانست حرف بزند نام (عمربن‌الخطاب)را برزبان می‌آورد واورا بجانشینی خود انتخاب مینمود .

وقتی (عایشه) به (رسول‌الله) سوگند یادکرد من‌متوجه شدم‌که راست می‌گوید.زیرا بااینکه من عایشه‌رامی‌شناختم وبخصوصیات روحی اوآشنا بودم می‌دانستم‌که‌پیغمبر رادوست میداشت ومثل تمام مسلمین‌برای (رسول‌الله) قائل باحترامی زیاداست وبدروغ، بنام‌رسول‌الله سوگند یاد نمی‌کند . این بودکه اسم (عمربن‌الخطاب) را درآن کاغذ نوشتم ووصیت نامه (ابوبکر)را بطوریکه عایشه گفت تکمیل کردم.

همینکه‌وصیت‌نامه‌تکمیل‌شد(ابوبکر)چشمهارا گشودومرا صدازدو گفت: من‌مشغول نویسانیدن وصیتنامه خودبودم ومیخواستم جانشینم‌را تعیین‌نمایم ولی خداوند روح مرااحضار کرد ومن به بهشت رفتم و درآنجا متوجه شدم‌که وصیتنامه من‌ناقص‌است زیرا من‌اسم جانشین خودرا نبرده بودم وازبهشت مراجعت‌کردم‌تانام جانشین‌خودراذکرکنم. گفتم‌ای خلیفه، بعدازاینکه توچشم‌هارافروبستی من برحسب گفته ام‌المؤمنین (عایشه) وصیت‌نامه توراتکمیل‌کردم واسم (عمربن‌الخطاب)رادرآن‌نوشتم.(ابوبکر) گفت‌خداوندبتوبرکت‌بدهدکه‌شخصی‌رادروصیت‌نامه نوشتی‌که من میخواستم‌اورا جانشین خودکنم واینك‌آن‌چه راکه نوشته‌ای برای من‌بخوان. من‌متن وصیت‌نامه‌را برای (ابوبکر) خواندم وخلیفه گفت مهر مرا ازبالای سرم بردارد و وصیت‌نامه‌را مهرکن.

من مهرخلیفه رابرداشتم ووصیت‌نامه رامهرکردم وبعد قلم رابه ابوبکردادم تااینکه وصیتنامه‌اش‌راامضاء کند. آنوقت خلیفه بمن‌گفت غلام‌مرا صدابزن‌که اینجابیاید. پس‌ازاینکه

غلام وارد اطاق گردید (ابوبکر) گفت بخانه (عمر بن الخطاب) برو و باو بگو که بدون یك لحظه درنگ اینجا بیاید و مرا ببیند و بگو که اگر تأخیر کند ممکن است موفق بدیدن من نشود و هرگاه در خانه نبود در مسجد یا در بازار اورا پیدا کن و پیغام مرا بوی برسان.

غلام برای اجرای امر خلیفه بیرون دوید و من که وصیتنامه خلیفه را نوشته بودم و دیگر کاری نداشتم گفتم آیا خلیفه اجازه میدهد به بیت المال برگردم. خلیفه گفت اینجا باش تا (عمر بن الخطاب) بیاید و تورا ببیند و بفهمد که وصیت نامه مرا نوشته‌ای. من صبر کردم تا اینکه (عمر بن الخطاب) بیاید. درحالی که ما منتظر آمدن (عمر) بودیم گروهی از مسلمین مقابل خانه (ابوبکر) جمع شدند. علت اجتماع آنها این بود که غلام (ابوبکر) که میباید نزد (عمر بن الخطاب) برود و پیغام خلیفه را باو برساند بهر کس که میرسید میگفت که (ابوبکر) در شرف نزع است و مرا بدنبال (عمر بن الخطاب) فرستاده و گفته هرگاه (عمر) تأخیر کند اورا نخواهد دید چون زندگی را بدرود خواهد گفت. مردم نیز آنچه از غلام شنیده بودند بدیگران گفتند و خبر نزع (ابوبکر) در شهر منتشر شد و کسانی که کاری ضروری نداشتند از مسجد و بازار و جاهای دیگر براه افتادند و مقابل خانه (ابوبکر) اجتماع نمودند.

وقتی (عمر) وارد خانه خلیفه شد (ابوبکر) بمن گفت وصیت نامه‌ای را که نوشته‌ام بخوانم من وصیت نامه راخواندم و (عمر) بعد از اینکه شنید که (ابوبکر) اورا بسمت جانشین خود تعیین کرده حیرت نمود. من فهمیدم که حیرت (عمر بن الخطاب) حقیقی است و (عایشه) با این که هر روز راجع به (عمر بن الخطاب) با پدرش صحبت میکرده و میگفته که باید اورا جانشین خود کند باخود (عمر) در آن خصوص مذاکره نکرد و (عمر بن الخطاب) نسبت بآن موضوع سابقهٔ ذهنی نداشت، و اگر سابقهٔ ذهنی میداشت حیرت نمیکرد زیرا (عمر) مردی نبود که احساسات مصنوعی از خود بروز بدهد و هرچه میگفت یا در چهره‌اش دیده میشد عقیده باطنی‌اش بود.

(عمر بن الخطاب) ازقبول خلافت امتناع کرده گفت من حاضر نیستم که خلیفه شوم. (ابوبکر) گفت یا (عمر) من نه فرصت دارم که باتو بحث کنم نه توانائی من اجازه میدهد که صحبت طولانی نمایم. من میفهمم که مرگم نزدیك است و در این موقع مجالی برای گفتگوی طولانی نیست. همینقدر بتو میگویم اگر تو، خود را مسلمان و از خدمتگزاران پیغمبر میدانی باید خلافت را بپذیری و بعد از مرگ من عهده‌دار امور مسلمین شوی ولو خلافت برخلاف میل قلبی تو باشد یا تو آن‌را یك وظیفه شاق بدانی.

من بعد از اندیشه طولانی تورا برای جانشینی خود انتخاب کرده‌ام زیرا فهمیدم صفاتی که باید در یك خلیفه جمع باشد در تو هست. تو مردی صریح اللهجه و دلیر و بی طمع و با تقوی هستی و در مسلمین هم نفوذ داری و مردم آنچه میگوئی میپذیرند و اگر نخواهی بعد از مرگ من عهده‌دار خلافت شوی مانند قصور در خدمتگزاری نسبت به پیغمبر اسلام است که تو آن‌همه اورا دوست

میداشتی. ای (عمر بن الخطاب) برای من سوگندیاد کن که در دوره خلافت کاری نکنی که (رسول الله) نمیخواست بکند وهرچه (رسول الله) گفت بموقع اجرا بگذاری.

(عمر بن الخطاب) طبق گفته (ابوبکر) سوگندیاد کرد. آنگاه خلیفه چون میدانست که مسلمین مقابل خانه او اجتماع کرده اند از (عمر) و (عایشه) ومن خواست که او را بلند کنیم و بطرف پنجره ببریم تا از آن جا بتواند با مردم صحبت کند. ماسه نفر (ابوبکر) را بلند کردیم و بطرف پنجره بردیم. (ابوبکر) خطاب به مسلمین گفت ایها الناس، مرگ من نزدیك است ومن بزودی از بین شما خواهم رفت وبرای اینکه امور مسلمین بعد ازمرگ من، معوق ومعطل نماند من یك مسلمان شایسته وباایمان وباتقوی را بجانشینی خود انتخاب کرده ام واو (عمر بن الخطاب) میباشد وشما بایدبعداز مرگ من او را خلیفه خود بدانید واز دستورهای او اطاعت کنید. مردم جواب دادند که ما از دستورهای (عمر بن الخطاب) اطاعت خواهیم کرد. بعداز این گفته، ما (ابوبکر) را از پنجره دور کردیم و بجایش برگردانیدیم که استراحت نماید.

خلیفه مسلمین مرتبه دیگر هم از حال رفت وپس از اینکه چشم گشود پرسید رسول الله در چه روز زندگی را بدرود گفت. (عایشه) جواب داد ای پدر رسول الله روز دوشنبه زندگی را وداع گفت. ابوبکر گفت امروز یکشنبه است وفردا دوشنبه، خدارا شکر میکنم که من روزی دنیا را وداع خواهم گفت که رسول الله نیز در آن روز رحلت نمود. صبح روز بعد که بامداد دوشنبه بود (ابوبکر) اولین خلیفه مسلمین چشم از جهان فرو بست.

عمر در منتهای سادگی وارد بیت‌المقدس شد

چیزهائی که تااینجا گفتم مطالبی بود که ضمن تحقیق ازدیگران راجع به‌عایشه از آنها شنیدم. اینك من که (ثابت بن‌ارطاة) هستم میخواهم قسمتی ازخاطرات خودرا بیان کنم. موقعی که(ابوبکر) خلیفه‌اول تصمیم گرفت که قشونی بسیج کند وبرای جنك بفرستد تااسلام راتوسعه بدهد وهم کسانی‌راکه حرفه آنها جنك بود بکارمشغول نماید من‌مردی‌بودم جوان‌وهیجده‌ساله وهنگامیکه قشون‌اسلام براه‌افتاد که‌بجنك‌رومیان برودمن که افسر بودم باآن‌قشون بفرماندهی (خالدبن‌ولید) براه‌افتادم تااینکه درجنك‌شرکت کنم وشام‌راببینم وبخصوص‌شهردمشق راکه میگفتند زیباترین شهرهای مشرق‌است ببینم.

ازرسول‌الله حکایت‌میکنند که روزی منباب‌لطیفه گفته بود که‌من‌قدم بشهردمشق نمیگذارم زیراانسان بیش‌ازیك مرتبه‌وارد بهشت نمیشود واگر وارد دمشق شدم ازورود بیهشت خدا محروم خواهم گردید . مرحله‌اول جنك‌ما بارومیان این‌بود که شام‌راازرومیان بگیریم‌ودست پادشاه روم موسوم‌به (هرقل) را ازشام‌کوتاه‌کنیم. وقتی‌قشون اسلام وارد شام (سوریه) شد دانستیم‌که سکنه‌شام وبخصوص‌اقلیت‌های مذهبی‌آنجاازورود ماخرسند هستند واقلیت هـای مذهبی مسیحی وبخصوص نستوری‌ها درکلیساهای خودبرای پیروزی‌قشون‌اسلام دعامیکردند زیرا میدانستندکـه اگر قشون اسلام فاتح‌شود وشام‌از چنك پادشاه‌روم بیرون بیاید دیگر درفشار نخواهندبود.

پادشاه (روم)که موسوم بود به(هرقل) نستوری‌ها را باسخت ترین شکنجه‌هـا بقتل میرسانید وحتی توبه آنهارا نمیپذیرفت ومیگفت‌که نستوری‌مرتد است وتوبه مرتد پذیرفته نمیشود. سکنه‌شام‌هم ازورودقشون اسلام‌شادمان بودند برای اینکه میدانستندکه اسلام دینی است‌که اساس‌آن برمساوات تمام‌مسلمین استوارگردیده ودرامت‌اسلامی هیچکس بردیگری مزیت‌ندارد وهیچ‌نوع مالیات‌غیراز زکوة‌وخمس ازمسلمین دریافت‌نمیشود آنهم‌بشرط‌داشتن بضاعت وافرادبی‌بضاعت ازپرداخت‌زکوة وخمس‌معاف هستند. امادرشام محصلین‌مالیات‌که‌از طرف‌پادشاه روم‌مأمور بودندکه ازمردم مالیات‌بگیرند یگانه‌شتر مؤدی مالیات‌را بزور از

وی میگرفتند و میبردند واگر درصدد ممانعت برمیآمد بعنوان اینکه یاغی استوی را بقتل میرسانیدند .

بعدازاینکه قشون‌اسلام بفرماندهی (خالدبن‌ولید) واردسوریه‌شدگروه گروه از سکنه محلی وبخصوص آنهائیکه بزبان‌عربی تکلم‌میکردند مسلمان‌شدند. تمام دختران جوان‌شام که‌مسلمان شده‌بودند میخواستندکه باافسران‌وسربازان‌قشون‌اسلام ازدواج‌نمایندولی‌ماچون درحال جنك‌بودیم ودریك‌نقطه استقرار نداشتیم نمیتوانستیم زن‌بگیریم‌وبعضی ازافسران هم زنهای‌خودرا ازعربستان آورده بودند. پادشاه(روم) برای‌جنك باما عده‌ای از سربازان مزدورخارجی یعنی‌غیر رومی‌را بمیدان فرستاده‌بود.سربازان‌مزبورازاقوام‌فرنگی‌وایتالیائی وبلغاری بشمارمیآمدند وهمه‌سازوبرك خوب‌داشتند ولی‌نمیتوانستند درقبال دلیری سربازان اسلام‌پایداری نمایند.

سربازان مزدور پادشاه (روم) فقط برای مزدی‌که از پادشاه میگرفتند میجنگیدند درصورتیکه‌ما برای‌این‌میجنگیدیم که‌ببهشت برویم.حتی آن‌دسته‌ازسربازان اسلام که‌سلحشوری وسیله‌اعاشه آنهابود میدانستندکه اگرکشته‌شوند به‌بهشت میروند ولذا ازمرك‌بیم نداشتند. درهرنقطه‌که سربازان‌اسلام فاتح‌میشدند برات‌آزادی پیروان‌مذاهب توحیدی‌صادر میگردید واز آن‌پس هیچکس بمسیحیان وکلیمیان‌کاری نداشت و آنهارا مجبور نمیکردکه دین اسلام رابپذیرند.

هرکس‌که میخواست مسلمان‌شود به‌طبیب خاطرمسلمان میشد وآنهائی‌که‌نمیخواستند مسلمان‌شوند آزادانه‌بتکالیف مذهبی‌خودعمل‌میکردند وفقط‌هرسال مالیاتی که‌مبلغ آن کم‌بود بمسلمین میپرداختند.

(ابوعبیده)که معاون(خالدبن‌ولید) وفرمانده دوم‌قشون‌اسلام‌بود برای‌اینکه دشمنان پادشاه(روم) رامتحدکند شعاری‌ابداع کردکه این‌است:(رومیهادزدهستند).این‌صدادرهرجا که‌بگوش میرسیددشمنان پادشاه‌روم اطراف گوینده جمع‌میشدند وطرفداران‌مسلمین‌روزوشب بوسیلهٔاین‌اشعار یکدیگر رامیشناختند. پادشاه(روم) دامادخود راکه مردی باسم (امانوئل) بود بجنك‌ما فرستاد ولی‌ما دریك جنك‌که دوروز طول‌کشید اوراشکست دادیم. (امانوئل) درمیدان جنك‌تماشائی بودوازسرتاپا، لباس‌آهن‌دربرداشت وحتی اسب‌خودراآهن پوش‌کرد که مجروح‌ومقتول نگردد.

ماحیرت می‌کردیم که‌آن مردکه سراپا لباس‌آهنین پوشیده چگونه‌می‌تواند دست‌ها وپاهای خودرا تکان‌بدهد. عده‌ای ازسربازان اسلام غیرازشمشیرهیچ سلاح نداشتند و اکثر سربازان ما فاقد مغفروزره بودند تاچه‌رسدبلباس‌آهنین . خود من بااین‌که افسربودم‌فقط زرهی پوشیده بودم ومغفر نداشتم وسلاحم یك‌شمشیرویك نیزه بود. ما بااین‌که لباس آهنین

نداشتیم بر افسران رومی که دارای لباس آهنین بودند غلبه کردیم و (امانوئل) داماد پادشاه روم پس از اینکه شکست قشون خود را دید گریخت و جان بدر برد .

بعد از آن جنك شهر دمشق سقوط کرد و بتصرف قشون اسلام در آمد و (خالد بن ولید) چون می‌باید به عربستان برگردد فرماندهی قشون را به (ابوعبیده) واگذاشت و از شام خارج شد. اولین کار (ابوعبیده) بعد از اینکه وارد دمشق گردید این بود که بوسیله جارچی‌ها، جار زد که از آن روز، هرگونه مالیات که مردم می‌پرداختند ملغی است و در دمشق و سایر نقاط شام که تحت اشغال قشون اسلام است هیچ نوع مالیات از کسی گرفته نخواهد شد جز مالیاتی قلیل که هرسال پیروان مذاهب توحیدی که نخواهند مسلمان شوند، باید بپردازند و برای اولین بار بعد از مدتی طولانی، روحانیون کلیمی و نستوری که جرئت نمی‌کردند از خانه‌های خود بیرون بیایند در معابر دمشق دیده شدند.

بعد از اینکه دمشق بتصرف مسلمین در آمد (هرقل) پادشاه روم فکر کرد که از (بیزان‌تیوم) که پایتخت او بود خارج شود و به شام بیاید تا اینکه بتواند از آن کشور دفاع کند و نگذارد که مسلمین، سراسر شام را بتصرف در آورند. (هرقل) پادشاه روم بعد از اینکه وارد شام شد در شهر (انتاکیه) مأوی گرفت و در آنجا جنك را اداره میکرد و معلوم شد که میترسد خود بمیدان کارزار بیاید که مبادا مجروح یا مقتول یا اسیر شود. طوری سکنه سوریه و اقلیت‌های مذهبی از (هرقل) نفرت داشتند که آمدن آن مرد به شام بجای اینکه مردم را متمایل باو نماید برعکس نفرت سکنه آن کشور را از (هرقل) و رومی‌ها زیادتر نمود و درهمه‌جا شعار (رومی‌ها دزد هستند) بگوش میرسید .

(هرقل) به اسقف مسیحی (بیزان‌تیوم) سپرد کاری بکند تا اینکه (نستوری)ها را جلب نماید و آنها را وادارد که علیه مسلمین وارد جنك شوند اما نستوری‌ها چنان از پادشاه روم و رومی‌ها نفرت داشتند که دعوت اسقف مسیحی (بیزان‌تیوم) را نپذیرفتند. بعد از چند جنك سخت چون قشون اسلام به (انتاکیه) نزدیك شد (هرقل) از بیم گرفتار شدن سوار کشتی خود گردید و گریخت و هنگامی که کشتی او از ساحل انتاکیه دور میشد لحظه بلحظه میگفت افسوس برتو ای سوریه. (هرقل) خیلی میل داشت در موقع خروج از انطاکیه سراسر آن شهر را مورد یغما قرار دهد و اموال مردم را بتاراج ببرد و با ثروت زیاد به (بیزان‌تیوم) مراجعت نماید ولی از خشم مردم میترسید و میدانست که هرگاه مبادرت به یغما نماید سکنه شهر، علیه او قیام خواهند کرد واگر بوی دسترسی داشته باشند بقتلش خواهند رسانید. تنها چیز گرانبها که (هرقل) هنگام خروج از (انتاکیه) باخود برد عبارت بود از صلیبی که حضرت عیسی را بر آن کوبیدند و صلیب مزبور نزد مسیحیان خیلی محترم و دارای جنبه تقدس است. شام تقریبا بسهولت نصیب مسلمین شد ولی جنگ‌ها در فلسطین، مدت سه سال طول کشید. علتش این بود که فلسطین مرکز اصلی مسیحیت بشمار میآمد

ودر آنجاقلاع مستحکم وجودداشت وقشون اسلام مجبور بود که قلاع متین را یکی بعد ازدیگری مورد محاصره قرار بدهد وتصرف نماید.

بعدازمدت سه سال که ما مشغول جنگ بودیم عاقبت توانستیم که شهر بیت المقدس را که نزد مسلمین نیز مانند مسیحی‌ها محترم است مسخر نمائیم. بمناسبت سقوط شهر بیت المقدس لازم است موضوعی را که خود شاهد آن بودم بیان کنم وآن ورود (عمر بن الخطاب) به بیت المقدس است.

بعدازاینکه (ابوبکر) زندگی را بدرود گفت بطوری که همه میدانند (عمر بن الخطاب) جانشین ابوبکر وخلیفه مسلمین گردید. چون گزارش‌های مربوط بجنگ‌ها بطور منظم باطلاع (عمر بن الخطاب) میرسید اومطلع شد که بزودی بیت المقدس سقوط خواهد کرد. (عمر بن الخطاب) چون میدانست که شهر (بیت المقدس) شهر پیغمبران است وعده‌ای کثیر از انبیای قوم اسرائیل در آن شهر بسر میبرده‌اند بهتر آن دانست که هنگام سقوط شهر اولین کسی که وارد بیت المقدس میشود خلیفه اسلام باشد.

(عمر بن الخطاب) ابوسفیان وپسرش معاویه را پیشاپیش بسوی بیت المقدس فرستاد تا اینکه تصمیم خلیفه مسلمین را بفرمانده قشون اسلام ابلاغ نمایند و ازآن گذشته (عمر بن الخطاب) قصد داشت که (ابوسفیان) را والی شام نماید. (طبق روایت دیگر ابوسفیان ومعاویه باخود عمر بن الخطاب به بیت المقدس رسیدند - مترجم).

روزی که میباید عمر بن الخطاب وارد بیت المقدس شود ماانتظار ورود خلیفه را میکشیدیم وتاآن روز هیچیك ازمسلمین قدم بدرون شهر نگذاشته بودند ولی شهر مزبور مقاومت نمیکرد و اسقف بزرگ بیت المقدس موسوم به (سوفرونیوس) اطلاع داده بود که برای پذیرائی ازخلیفه مسلمین آماده است. من (عمر بن الخطاب) را دیده بودم ووی را میشناختم وانتظار داشتم که خلیفه اسلام باعده‌ای ازملازمان همه سوار برشترهای گران قیمت از راه برسند. ولی دیدم که یك شترسوار نمایان شد، ومردی که افسار شتر را بردوش نهاده است باشتر نزدیك میشود.

من نمیتوانستم باور کنم که یکی ازآن دو نفر، که سوار برشتر وپیاده هستند خلیفه اسلام ۱ باشد وتصور مینمودم که آن دو، رهگذر هستند وموکب خلیفه اسلام هنوز نمایان نشده است. ولی وقتی آن دو نزدیك شدند من باحیرتی زیاد مشاهده کردم آنکه پیاده است وافسار شتر را بردوش نهاده (عمر بن الخطاب) میباشد ولی نتوانستم مردی را که برجهاز شتر نشسته بود بشناسم.

خورجینی برپشت شتر دیده میشد که من بعد دانستم دریك لنگه آن خرما وجود دارد و درلنگه دیگر گندم برشته. یك مشك آب هم ازجهاز شتر آویخته بود. (ابوعبیده) فرمانده قشون اسلام و (ابوسفیان) وپسرش معاویه وعده‌ای ازافسران قشون ازجمله من خلیفه را استقبال کردیم و (ابوعبیده) گفت ای خلیفه، برای چه بمن اطلاع ندادی تابرایت اسب بفرستم وسوار

براسب باینجا برسی. (عمر بن الخطاب) گفت من احتیاج باسب ندارم وهمین شتر برای راهپیمائی من کافی است. (ابوعبیده) گفت برای چه پیاده راهپیمائی میکنی؟ (عمر بن الخطاب) جواب داد بارشتر سنگین است زیرا آذوقه و آب ووسائل سفرمارا حمل مینماید وما اگر دونفری سوار شتر شویم شتر ازفرط سنگینی بار ازپادرمیآید. این است که بنوبه سوارشتر میشویم وهروقت من خسته میشوم خادم من ازشترفرودمیآید ومن جای اورامیگیرم وبرعکس.

درحالیکه (عمر بن الخطاب) صحبت میکرد (ابوسفیان) لباس کهنه وخاك آلود (عمر) را ازنظر میگذرانید و گفت ای خلیفه توامروز باید وارد بیت‌المقدس شوی وتمام سکنه شهر آماده هستند تاخلیفه مسلمین‌را ببینند و(سوفرونیوس) اسقف شهر باتمام روحانیون ازشهر خارج خواهند شد وباستقبال توخواهندآمد. دراین شهرمردم برای تظاهر بزرگان خیلی قائل باهمیت‌هستند وعادت کرده‌اند که پیوسته بزرگان را بالباس گران‌بها وزیبا ببینندوقتی (سوفرونیوس) وروحانیون‌مسیحی ازشهر برای استقبال توخارج شوند خواهی دیدکه همه لباسهای گرانبها وزربفت دربردارندوکلاههای زرین برسر نهاده‌اندوشایسته نیست‌که‌تو با این‌جامه‌کهنه وخاك آلودبا آن‌ها برخوردکنی.

(ابوعبیده) گفت ضمن‌غنائم‌جنگی‌که نصیب‌ما گردیده مقداری لباس گران‌بها بغنیمت گرفته‌شده وخلیفه میتواند دربین‌آنها لباسی‌راکه متناسب بااندامش باشد انتخاب‌کند. (ابوسفیان) گفته (ابوعبیده) را تاییدکردوگفت خلیفه بایدلباسی را انتخاب‌کندکه مناسب با مرتبه‌ومقام او باشد. (عمر بن الخطاب) گفت ای (ابوسفیان) این‌حرف‌رانزن ویك‌مسلمان نسبت بمسلمان دیگر، مرتبه‌ومقام‌ندارد وهمه‌مسلمین مساوی‌هستند. من‌اگر لباس‌گرانبها بپوشم‌و غذای‌لذیذ وگرانقیمت بخورم، علاوه براینکه خود ازصراط مستقیم منحرف‌خواهم گردید برای مسلمین‌هم‌سرمشقی ناپسند خواهم‌بود. زیرا مسلمان‌ها وقتی ببینندکه خلیفه جامه‌گرانبها می‌پوشد وغذای‌گرانقیمت ولذیذ میخورداز او سرمشق خواهند گرفت‌و آن‌ها نیز میخواهند جامه‌گرانبها بپوشند وغذای‌لذیذ بخورند وتجمل‌دوستی وتن‌پروری جانشین زندگی‌کنونی امت‌اسلام خواهد شد.

توای (ابوسفیان) مطابق روش خود زندگی‌کن و من‌هم مطابق روش خود زندگی میکنم. تو بااین‌که جامه‌های گرانقیمت می‌پوشی‌واغذیه‌لذیذمیخوری‌تا امروز، مورد ایراد من قرارنگرفته‌ای‌که چرا تجمل را دوست‌میداری وشکم‌پرست‌هستی ولذاتو هم درکار من مداخله نکن وبگذارکه‌من هرطورکه میل‌دارم‌زندگی‌کنم. آن‌وقت (عمر بن الخطاب) آماده شدکه واردشهر بیت‌المقدس گردد.

(سوفرونیوس) اسقف بزرك شهر با جماعتی از روحانیون‌که همه لباس‌های فاخر و زربفت دربر وتاجهای زرین برسرداشتندازشهر خارج‌شدند. منظره روحانیون مسیحی با

آن لباسهای گرانبها و زیبا دیدنی بود (عمر بن‌الخطـاب) درهمان نقطه‌که با ابوسفیان و (ابوعبیده) ودیگران صحبت میکرد ایستادو بطرف روحانیون مسیحی نرفت بلکه آنها بسوی وی آمدندو وقتی فهمیدندکه (عمر بن‌الخطاب) خلیفه مسلمین، آن‌مرد غبارآلود است که یك ردای پشمی کهنه در بردارد نتوانستند ازابراز حیرت خودداری کنندولی(سوفرونیوس) زود بر حیرت خود غلبه کرد و بطرف(عمر بن‌الخطاب) رفت‌وباوخیرمقدم گفت . با اینکه(عمر)جز یك ردای پشمی کهنه لباسی دربر نداشت چون دارای‌قامتی‌بلند بود، من اوراکنارروحانیون مسیحی باشکوهتر ازآنها میدیدم.

وقتی(عمر) وارد بیت‌المقدس شد، تمام‌سکنه شهر، در دو طرف معابر ازدحام‌کرده بودند تااینکه خلیفه مسلمین را ببینند ومن که‌با(عمر) واردشهرشدم‌دیدم‌که درتمام‌چهره‌ها آثار تعجب از مشاهده خلیفه دوم آشکار است. ولی‌آن‌تعجب، ناشی از تجلیل‌بودنه‌تحقیر. مردم شهر وقتی قامت‌بلند (عمر بن‌الخطاب) ولباس کهنه‌و خاك‌آلود اورامیدیدند میفهمیدند که برتری خلیفه مسلمین مربوط است بشخصیت اونه‌لباسش. بهمین‌جهت وی باآن‌لباس‌کهنه بعنوان فاتح واردشهر(بیت‌المقدس) میشدو(سوفرونیوس)وسایرروحانیون باالبسه‌فاخر بعنوان شکست خورده از خلیفه‌مسلمین استقبال مینمودند .

سکنه بیت‌المقدس می‌فهمیدندکه یکی از علل‌پیروزی مسلمین‌آن‌است‌که خلیفه آنها آنطور ساده زندگی می‌کند ولباس‌کهنه‌می‌پوشد و بدون‌تجمل مسافرت می‌نماید واگرخلیفه مسلمین مردی‌بود چون(هرقل)پادشاه‌روم، یامثل(سوفرونیوس) پیشوای بزرك بیت‌المقدس‌وبا تجمل زندگی میکرد والبسه‌فاخر میپوشید واغذیه‌لذیذ میخورد وروی‌بستر پرنیان‌استراحت مینمود مسلمین نمی‌توانستند آن پیروزی را تحصیل نمایند. (عمر بن‌الخطاب) براهنمائی (سوفرونیوس) درحالیکه (ابوعبیده) و (ابوسفیان) و(معاویه) و عده‌ای از افسران قشون اسلام از جمله من، بااوبودیم بیك‌میدان وسیع رسیدکه مقابل‌کلیسای موسوم‌به (قسطنطنین) قرارگرفته بود .

اطراف میدان سکنه شهر دیده می‌شدند و(عمر بن‌الخطاب) و دیگران وسط میدان قرارگرفتندو در آنجا(عمر) که صدائی بسیار رساداشت خطاب‌به‌مردم گفت:ای‌مردم ، تمام کسانیکه در اینکشور متدین بدین‌یهودی و مسیحی هستند میتوانند آزادانه بوظائف دینی خود عمل نمایند. هیچیك ازکنیسه‌هاوکلیساهای اینکشور از طرف ما ویران‌نخواهد شد و مسلمین مانع از بانجام رسیدن‌تکالیف مذهبی‌شمانخواهندگردید وفقط شمانباید درساعاتی که مسلمین‌مشغول ادای فریضه‌هستند درکلیساها ناقوس بزنیدزیراصدای ناقوس کلیسا مانع این‌میشودکه مسلمین بتوانند باحواس جمع‌نماز بخوانند.

بعد از این‌سخنان (عمر بن‌الخطاب) براه‌افتاد و(سوفرونیوس) راهنمای اوشدتااینکه

اماکن بیت‌المقدس‌را که بعقیده کلیمی‌ها و مسیحی‌ها قابل‌احترام است بخلیفه‌دوم نشان بدهد. وقتی بیك‌مکان که جزواماکن‌مقدس کلیمی‌ها ومسیحی‌ها بود میرسیدیم(سوفرونیوس) راجع بآن توضیح می‌داد و(عمربن‌الخطاب) اظهاراتش را بادقت می‌شنید تااین‌که ظهر و موقع ادای فریضه شد. آن‌موقع (عمربن‌الخطاب) بازبمیدانی‌که مقابل کلیسای قسطنطنین بود رسید و خواست نماز بخواند.

(سوفرونیوس) گفت ای خلیفه مسلمین، اگر میخواهی نماز بخوانی واردکلیساشو و نماز بخوان و ما از ورود پیروان مذاهب دیگر بکلیساهای خود ممانعت نمی‌نمائیم . (عمربن‌الخطاب) گفت من همین جا نماز میخوانم و برای ادای فریضه‌واردکلیسا نمیشوم.

پس‌از این گفته (عمربن‌الخطاب) همانجا یعنی مقابل‌کلیسا رو بخانه‌کعبه ایستاد و شروع بخواندن نمازکرد و بعدازاینکه ازادای فریضه فراغت حاصل‌کرد (سوفرونیوس)از اوپرسید ای خلیفه‌مسلمین برای‌چه واردکلیسانشدی تادرآنجا نمازبخوانی؟

(عمربن‌الخطاب) گفت‌ای مرد من‌می‌توانستم واردکلیساشوم‌ودرآنجانماز بخوانم‌ولی طبق قانون ما، وقتی پیغمبر یاجانشین او وارد سرزمینی شودکه بدست مسلمین گشوده‌شده باشد در هرنقطه ازآن سرزمین‌که اولین نمازرا می‌گذارد باید درآنجا مسجدبسازندومن اگر وارد این‌کلیسا میشدم ودرآنجا نماز میخواندم چون اولین‌نماز من دراین‌شهراست می‌باید یك مسجد درآنجا بوجود بیایدو من‌نخواستم‌که براثرنماز خواندن من‌در آن‌جا، کلیسای شما از بین‌برود.

(توضیح - از جوابی‌که عمربن‌الخطاب به (سوفرونیوس) میدهد این طور فهمیده میشودکه نماز گزاردن خلیفه مسلمین وبطورکلی هرمسلمان در کلیسا، مجازاست و این موضوع برای مترجم بی‌مقدار این‌سرگذشت تازگی دارد چون تاامروز نشنیده بودم‌که یك مسلمان میتواند درکلیسا نمازبخواند ولی‌بنده بطوریکه درهمین سرگذشت گفتم وسال قبل درشرح‌حال حضرت ختمی مرتبت صلی‌الله‌علیه‌وآله تذکر دادم مردی هستم بسیار کم اطلاع و برای‌اظهارنظر درمسائل مذهبی صالح نمی‌باشم وفقط‌کسانی می‌توانند راجع بآن گونه مسائل اظهانظر کنندکه‌ازدانشمندان دینی مابشمارمی‌آیند ولی چون تا امروزنشنیده بودم‌که یك‌مسلمان می‌تواند درکلیسانمازبخواند، جواب (عمربن‌الخطاب) به(سوفرونیوس) بنظرم قابل تأمل می‌آید وبردانشمندان دینی‌ماست‌که تعیین‌نمایندآیا جوابی‌که (عمربن‌الخطاب) به (سوفرونیوس) داده(البته بقلم‌کورت فریشلرآلمانی نویسنده این سرگذشت) درست است‌یانه؟ ولی میدانم‌که حضرت ختمی‌مرتبت صلی‌الله‌علیه‌وآله در مدینه بعده‌ای از روحانیون‌مسیحی اجازه دادندکه بمسجد مسلمین‌بروند ودرآنجا مطابق رسم خود عبادت کنند واین واقعه سال قبل درشرح‌حال‌حضرت ختمی‌مرتبت (ص) مندرج درمجله‌خواندنیها ذکر شد- مترجم)

عصر همان‌روز (عمر بن‌الخطاب) درصدد بر آمد محلی‌را که می‌باید در آنجا مسجدی برای مسلمین ساخته‌شود تعیین کند. باو گفتند که در بیت‌المقدس محلی‌هست که در آن‌جا، حضرت ابراهیم میخواست که پسرش رادر راه خدا قربانی‌نمایدوکارد بر گلویش نهاد ولی درآخرین‌لحظه خداوند گوسفندی برایش فرستاد تااینکه‌درعوض پسرجوان خودآن گوسفند را قربانی نماید. (عمر بن‌الخطاب) آن‌محل رادیدوگفت اینجا برای ساختن مسجدخوب ولی کوچك است. بعدنقطه‌ای دیگر را باونشان دادندو آنجا را پسندید ودستورداد در آن نقطه، مسجدی برای عبادت مسلمین بسازند وآن‌مسجد تا امروز (یعنی تازمان معاویه که ثابت‌بن‌ارطاة رئیس پلیس‌خفیه‌اوبود-مترجم) درآنجا باقی‌است.

تسخیر سوریه وفلسطین ازطرف مسلمین، مرحله اول پیروزیهائی بودکه در دوره خلافت (عمر بن‌الخطاب) نصیب مسلمین گردید ودرآن‌دوره مسلمان‌ها درکشورهای مصر و ایران نیز نائل به‌پیروزی شدند ودر اینجا دونامه را ذکر میکنم که یکی‌ازاین‌دونامه از طرف (عمر بن‌العاص) فرمانده قشون مصر، خطاب به‌(عمر بن‌الخطاب) نوشته‌شده و دیگری ازطرف (سعدوقاص)فرمانده‌قشون مسلمین‌درایران‌وازاین‌دونامه‌می‌توان‌فهمید که‌پیروزیهای مسلمان‌ها در دوره خلافت(عمر بن‌الخطاب) چقدر بزرك بوده است.

نامه فرمانده ارتش اسلام به عمر

در باره فتح مصر

(بسم‌الله‌الرحمن‌الرحیم- ازطرف عمر بن‌العاص سردار قشون مسلمین در مصر، خطاب به (عمر بن‌الخطاب) خلیفه مسلمین- من این نامه‌را از شهر اسکندریه درمصر، که دوروز قبل آن را مسخر کردیم برای تو مینویسم. این شهر بقدری بزرك است که من نمی‌توانم درمدت یکماه تمام آن‌را ببینم تاچه‌رسد بمدت دوروز. ای خلیفه برای اینکه بدانی شهر اسکندریه چقدر بزرك است برای تو می‌نویسم که در این شهر چهارهزار حمام و دوازده‌هزار باغ وجوددارد و درون شهر اسکندریه یك شهر دیگر هست که آن‌را دانشگاه می‌خوانند و (کتابخانه) اسکندریه هم آنجا است یعنی آنجا بود چون اکنون عمارت آن کتابخانه، که قسمتی سوخته باقی است اما کتابهائی که در آن بود وجود ندارد.

من باید باتأسف بتواطلاع بدهم که سربازان ما (بدون اطلاع من) کتابهای کتابخانه اسکندریه‌را سوزانیدند و مبدل بخاکستر کردند. قبل از اینکه من عازم مصر شوم چندنفر از دانشمندان خودمان بمن توصیه کردند که بعدازورود بمصر، مراقبت کنم که کتابهای کتابخانه اسکندریه که سیصد وپنجاه هزار کتاب وبروایتی چهارصدوپنجاه هزار کتاب است از بین نرود. ولی بعدازاینکه قشون ما وارد شهر اسکندریه شد برای من نظارت بر دسته‌ای از آنها، در وسط کارزار میسر نگردید و آن دسته سربازانی بودند که خود را به کتابخانه و دانشگاه رسانیدند و وقتی چشمشان به کتابها افتاد چون میدانستند که کتب مزبور بوسیله کفار نوشته شده تصمیم گرفتند که آنها را بسوزانند. این بود که کتابهارا روی هم انباشتند و آتش زدند وچون شماره کتابهازیاد بود عمارت کتابخانه را دستخوش حریق کردند که کتابها زودتر بسوزد. تردیدی وجود ندارد که بین کتابهائی که سوخته کتابهائی وجود داشته که ازلحاظ وقوف برحال اقوام دیگر بی‌فایده نبوده ومن بااینکه متأسفم چرا این واقعه پیش آمد و کتابهای کتابخانه اسکندریه سوخت واز بین رفت خیلی اندوهگین نمیباشم.

زیرا هرچه‌ما بخواهیم درقرآن‌هست وتوای‌خلیفه‌میدانی که‌در قرآن گفته‌شده (لارطب ولایا بس‌الافی کتاب‌مبین). یعنی ازهرخشك‌وتردر قرآن‌وجود داردوچیزی نیست که‌درقرآن نباشدوما مسلما نهاچون‌از قرآن استفاده میکنیم‌نبایدبرای‌سوختن کتابهای کتابخانه‌اسکندریه خیلی متأسف باشیم. اینك من مشغول جمع آوری‌شتران‌هستم تااینکه ده‌کاروان شترهریك دارای‌پانصدحیوان بارکش‌بظرف مدینه بفرستم وبارتمام شترها زر وسیم وعاج وپارچه‌های زربفت وعطروچیزهای گرانبهای‌دیگرخواهدبود.

دراینجا آنقدرغنائم‌جنگی نصیب ماگردیده‌که ماهنوزنتوانسته‌ایم‌صورتی‌از آن‌هاتهیه نمائیم ووجوهی راکه نصیب‌ماشده هنوزنشمرده‌ایم. بطوریکه من تخمین‌میزنم غنائمی‌که در مصرنصیب‌ماگردیده بقدری است که‌هرمرد وزن عرب‌میتواند جامه‌ای ابریشمین دربرکند و یکصدسکه طلادریافت نماید. دراینشهر چهل‌هزاریهودی زندگی میکنند وبعد ازاینکه ما وارد اسکندریه شدیم آن‌هادو ارابه پراز مسکوك‌زروسیم برای قشون اسلام‌هدیه‌فرستادند.

اکثر سکنه‌اسکندریه مسیحی‌وازتیرهٔ قبطی‌میباشند وبطوری‌که تودستور داده بودی‌بعد از اینکه ما اسکندریه رامسخرکردیم من بوسیله جارچیان بمردم‌اطلاع دادم که هرکس که‌یهودی یامسیحی است‌میتوانددین خودرا حفظ کندوماهیچ‌کس رامجبورنمی‌نمائیم که‌دین مارا بپذیرد. معهذا عده‌ای‌ازسکنه‌شهر بسوی‌ما آمدندودین اسلام‌را پذیرفتند ودرموقع‌جنك اسکندریه هم چهارفوج ازسپاهیان‌مصری‌که دارای کیش‌قبطی‌بودند بما ملحق‌شدند.

ای‌خلیفه من‌بعداز اینکه ازکارهای‌اسکندریه فراغت حاصل‌کردم‌تصمیم‌دارم که‌مرکز کار خودرا ازاین‌شهر به‌منطقه‌ای واقع‌در جنوب، درساحل‌رود نیل منتقل‌کنم چون آنجارا برای‌اداره‌امور مصر بهتراز اسکندریه‌میدانم. اگرمن به‌آنجا منتقل‌شوم خواهم‌توانست که مناطق‌جنوب‌مصر راهم‌تحت‌نظربگیرم. دراین‌دوروزه چندتن ازوجوه‌قبطیان‌نزدمن آمدندو بمن گفتند اسکندریه پایتخت یونانیان است‌وآنرا اسکندریونانی‌بنانهاده وبعدسلاطین‌یونانی مصر درآن سلطنت کردندوسپس رومی‌ها درآن حکومت‌نمودند واینك‌که اسلام‌کشورمصر را مسخر کرده‌سزاواراست که‌پایتخت جدیدی‌بنا گردد تااینکه پایتخت‌اسلامی‌مصر باشدواگرآن پایتخت‌بناشود اسکندریه که‌پیوسته‌پایتخت‌مشرکین‌بوده‌از اهمیت‌خواهدافتاد.

من‌نظریه قبطی‌هارا جالب‌توجه یافتم‌وقصد دارم که‌بعد ازفراغت ازکارهای اسکندریه بسوی‌جنوب‌بروم وکنار رودنیل، محلی‌را که‌برای‌احداث‌یك‌شهر جدیدمناسب باشدانتخاب نمایم واگرتوموافقت کنی شهری‌تازه‌بوجود خواهیم‌آورد تااینکه پایتخت‌اسلامی‌مصر باشدو مامجبور نباشیم که‌در شهربت‌پرستان یونانی‌ورومی زندگی نمائیم. هنگامی که ماوارد مصر شدیم من‌بهمه اطلاع دادم که‌هرکس دین‌اسلام‌را بپذیرد ازپرداخت‌هرنوع‌عوارض‌معاف‌است وفقط‌درصورت‌داشتن استطاعت میبایدزکوة بدهد.

عده‌ای کثیر ازروستائیان مصری بعد ازشنیدن‌این بشارت‌در نقاطی که‌قشون‌اسلام قدرت بدست‌آورده‌بود دین‌اسلام‌راپذیرفتندو بما پیوستند. در بعضی‌از نقاط هم‌زارعین‌مصری‌بامالکین اراضی زراعتی که همه‌کناررودنیل‌است نزاع کردندو برخی ازآنهارا کشتند. من‌تصورمیکنم اینك که‌قشون‌اسلام، اسکندریه‌را تسخیر کرده‌تمام زارعین مصری مسلمان خواهندشد تااینکه بتوانندخودرا ازستم‌مالکین که یونانی‌ورومی هستندنجات‌بدهند .

ای‌خلیفه قبل‌ازاینکه‌بمصر بیایم نمیدانستم که‌وضع‌اینجاوکشورهای مجاور چگونه‌است وچه‌جانوران مخوف‌دراین‌قسمت ازجهان زندگی‌میکنند.این‌شهر (یعنی‌اسکندریه ـ نویسنده) دارای‌یك‌باغ بزرك‌میباشدکه انواع‌جانوران مخوف‌رادر آن، جاداده‌اند وانسان‌از مشاهده بعضی‌از آنهاوحشت‌میکند.

درآن‌باغ تمساح‌هائی‌هست که‌میتوانندیك‌انسان‌رایکمرتبه ببلعندو پوست‌آن‌ها بقدری کلفت است که‌نه‌تیر به‌آن‌ها کارگرمیشود نه‌شمشیر. یك‌نوع‌جانورهول‌انگیزدر آن باغ‌هست‌دارای چهاردست‌و پای‌بسیار کلفت‌وجثه‌ای درازتر ازجثه‌اسب ومیگویند که‌اگر آن جانوریکی‌از دست‌ها یاپاهای‌خود راروی‌سینه یکی‌بگذارد او را بقتل می‌رساند . مصریها آن‌جانور را (گاوآبی) می‌خوانند ولی‌یونانی‌ها که‌درمصر هستند نامش را (اسب‌آبی) گذاشته‌اند.

یکی‌دیگرازجانوران که‌درباغ‌حیوانات این‌شهردیده‌میشودیك‌نوع شتراست‌که گردنی بسیاردراز داردو بقدری گردنش‌درازو بلنداست که‌علوفه‌اورا درارتفاع‌شش‌زرعی‌قرارمیدهند تا اینکه بتواندآن‌راتناول نماید.درباغ حیوانات‌این‌شهریکصدشیر نروماده‌وهم‌چنین‌یکصدفیل‌نر وماده‌وجوددارد، وبمن گفتند که‌شماره جانوران(باغ حیوانات)در قدیم‌خیلی بیش از امروز بوده و زیباترین جوان‌ها مأمورمواظبت ازجانوران می‌شدندو (قلبطره) ملکه مصر، عشاق خودراازبین‌مستحفظین باغ‌حیوانات انتخاب میکرده‌است.

(توضیح ـ (قلبطره) همان (کلئوپاتر) ملکه معروف مصر است که سال گذشته شرح حال او در سرگذشتی بعنوان (من کنیزکلئوپاترملکه‌مصر بودم) درمجله‌خواندنیها درج گردید و در آن سرگذشت هم نوشته شده بود که یکی از مستحفظین باغ وحش اسکندریه‌ازطرف (کلئوپاتر) برگزیده‌شدوملکه مصر، اوراکه‌مردی‌جوان بودمحبوب خود کرد ـ مترجم).

دراین شهررسم است که‌هرسال یك‌مرتبه تمام‌جانوران باغ‌حیوانات‌را ازآنجابیرون میآوردند ودرشهرمی‌گردانند وگاهی‌اتفاق‌می‌افتد که درآن‌روزشیرها می‌گریزندودر شهر بمردم حمله‌ور میشوند و آنهـا رابقتل‌میرسانند. ازمصر اگر بطرف جنوب بروند بجائی میرسند که سرزمین‌شیرها وفیل‌ها ومیمون‌های‌بزرك‌است وهرکس‌قدم بآن‌کشوربگذارد طعمه شیرها خواهدشدبااین‌که زیرپی‌پیل بهلاکت‌خواهدرسید. ازروزی که خداونداین جهان را

آفریده هرکس که قدم بآن منطقه گذاشته بهلاکت رسیده وهیچ کس از آنجا مراجعت نکرده تا بگوید که اوضاع آنجا چگونه است. من عقیده دارم که رفتن قشون اسلام بسوی جنوب مصر بدون فایده است زیرا بسرزمین شیرها وفیل‌ها خواهد رسید، اما اگر قشون اسلام بطرف مغرب مصر برود غنائم زیاد بدست خواهد آورد.

درمغرب مصر، کشور طرابلس قرار گرفته واگر از آنجا بگذرند به (قرطاجنه) خواهند رسید. (قرطاجنه کشوری است که اروپائیان کارتاژ میخوانند و امروز تونس نام دارد- مترجم)

میگویند که (قرطاجنه) ودرمغرب آن کشور (قیصریه) از ثروتمندترین کشورهای افریقا است. (قیصریه کشوری است که امروز باسم الجزایر خوانده میشود و کلمه الجزایر برخلاف آنچه بذهن میرسد جمع (جزیره) نیست بلکه همان کلمه قیصریه است که رومی‌ها (سزاره) می‌خواندند و بشکل الجزایر در آمد- مترجم).

ای خلیفه من برای اینکه مبادرت به تسخیر کشورهائی که درمغرب مصر قرار گرفته، بکنم، احتیاج باجازه تو دارم وهمینکه تو اجازه بدهی باقشون اسلام براه خواهم افتاد و آن کشورها رامسخر خواهم کرد و ضمیمه قلمرو اسلام خواهم نمود. ای خلیفه من از خداوند میخواهم که بتو سلامتی وعمری طولانی بدهد ومرا هم موفق نماید که بتوانم بعداز صدور اجازه از طرف تو تمام کشورهای مسکون افریقارا ضمیمه قلمرو اسلام کنم. این اولین نامه است که من بعداز تسخیر اسکندریه برای تو مینویسم وبعد ازاین نامه‌ای مفصل‌تر ازاین، جهت تو خواهم نوشت و اوضاع اینجارا شرح خواهم داد. این نامه در روز هفدهم ماه ذیحجه، در سال نوزدهم بعداز هجرت رسول‌الله درشهر اسکندریه نوشته شد.

نامه سعدوقاص درباره فتح ایران
وعظمت کاخ ساسانیان

من میل دارم که بعداز ذکر نامه‌ای که(عمربن العاص) ازمصر برای (عمربن الخطاب) نوشت، نامه‌ای راهم که(سعدوقاص) فرمانده قشون اسلام درایران برای خلیفه فرستاد ذکر کنم زیرا آن‌هم ازنامه‌های برجسته است. این است مضمون آن نامه که در اینجا ذکرمی کنم:

(بسم‌الله الرحمن الرحیم ازطرف(سعدوقاص) خطاب بخلیفه مسلمین عمربن الخطاب در مدینه. امابعد حمد وثنای خداوندرا بجامیاورم که بمن عمرونصرت داد تااینکه بتوانم این روز راببینم و مشاهده کنم که پرچم اسلام درقلب پایتخت سلاطین ساسانی دراهتزاز است. من حمد وثنای خداوند رابجامی آورم که بماسربازان اسلام نصرت داد تااینکه بتوانیم حکومت ایران‌را که گفته میشدنیرومندترین حکومت جهان است ازپادر آوریم. من اکنون این نامه را در خیمه‌ای مینویسم که آن خیمه‌دروسط باغ قصرسلطنتی مدائن افراشته شده‌است.

اطاق‌های این قصر مفروش از طلااست و بجای خشت در کف اطاق‌ها طلا نصب نموده‌اند ولی من تصمیم دارم که هرچه در کف اطاق‌ها یا بردیوارها هست جمع‌آوری نمایم و باچیزهای دیگر برای تو بفرستم. در بعضی از اطاق‌های این کاخ مجسمه‌هائی ازمرمر ونقره و طلا دیده میشودو من مجسمه‌های زرین وسیمین را باغنائم دیگر برای توخواهم فرستاد تااینکه تحویل بیت‌المال بدهی. هریك از اطاق‌های این کاخ که مستور ازطلامی باشد بدون فرش است. لیکن اطاق‌هائی که کف آن‌را ازطلانپوشانیده‌اند فرش داردوفرش‌ها راقالی بافان برای اطاق‌های این قصر بافته‌اند بطوریکه نه بزرگ است نه کوچك و هرقطعه فرش، یك اطاق رامفروش مینماید.

دراین قصر طالاری است که مخصوص بارعام پادشاه ساسانی بودودر آن طالار یك قطعه فرش گسترده شده که گران بهاترین فرش جهان است وقالی بافان ایران بیست و پنج سال مشغول بافتن آن بوده‌اند. نقشه آن فرش طوری است که منظره صحرا رادرفصل بهارنشان میدهد و تمام علف‌ها ودرختهاو گل‌هاوپرندگان وجانوران در آن نقشه دارای رنك طبیعی است و انسان وقتی آن فرش‌را ازنظرمیگذرانند مثل این است که یك منظره بهاری رامی بیند. دریك طرف این

کاخ که‌من اکنون در آن سکونت دارم عمارتی است که دارای یکصد ذرع ارتفاع میباشد و دارای ده طبقه است.

سلاطین ساسانی، هنگامی که درمدائن بسر می‌بردند، شب‌های تابستان، بالای آن عمارت می‌رفتند ووقتی قدم بطبقه‌دهم می‌نهادندهوا راخنك‌می‌یافتند وتمام‌وسائل راحتی آنها درطبقه دهم‌فراهم‌شده بود. قصرسلطنتی‌در مکانی‌ساخته شده که‌نسبت برود دجله‌ارتفاع دارد وآب‌دجله نزدیك‌این‌قصر، سوار برآن‌نمی‌شود. ولی‌معمارانی که‌این کاخ را ساخته‌اند، از نقطه‌ای دور، در جائی‌که دجله‌ارتفاع دارد، آب‌را به‌قصر آورده‌اند بطوری‌که آب دجله پیوسته‌درجوهای‌این‌قصرجاری است‌وازفواره‌هاجستن‌می‌نمایدوبرای‌اینکه‌هرگز آب گل‌آلود واردحوض‌ها نشوددر قسمتی‌ازکاخ سلطنتی‌یك‌منبع بوجودآورده‌اندو آب‌دجله، بعد ازورود بآن‌منبع ته‌نشین‌میشودو آب‌زلال‌وارد جوهاواستخرها میگردد.

کاخ سلطنتی مدائن‌خود شهری‌است بزرك‌وقبل از اینکه‌ما مدائن‌را مسخره نمائیم سی‌هزارزن درقسمتی ازاین‌کاخ که‌حرمخانه پادشاه‌ساسانی بودزندگی‌می‌کردند واز این سی‌هزار نفر، ده‌هزار تن از آن‌ها، زنهای پادشاه ساسانی بودند و بقیه جزو خدمه بشمار میآمدند واینك‌آن ده هزارزن اسیر من‌هستند. علاوه برزن‌های‌پادشاه ساسانی دختر بزرك اوموسوم به(شهربانو) یعنی(برجسته‌ترین‌زن‌کشور) اسیرمن‌شده ومن‌اورا بااسیران‌برجسته بمدینه نزدتوخواهم فرستادتاهرتصمیم که‌میل‌داری درباره آنهابگیری. در بین زن‌های یزدجرد (یزدگرد-مترجم)پادشاه‌ساسانی زن‌هائی‌یافت‌میشوندکه هرگز باشوهرخودخلوت نکرده‌اند زیراشماره زنهای‌یزدجردبقدری‌زیاد بودکه‌اوفرصت نمیکرد حتی‌بازنهای جدید خودخلوت نماید.

طلائی‌که تاامروز نصیب‌ماشده بقدری‌است‌که مسلمین میتوانند باآن عمارتی بسازند که‌بجای خشت، درآن‌شمش‌های طلاکار گذاشته شودوآنقدر جواهر نصیب ما گردیده که میتوانیم جوال‌هارا پرازجواهر کنیم‌وباترازوی رومی‌آن‌را وزن نمائیم.(مقصود ازترازوی رومی، قپان‌است-مترجم)

ای(عمربن‌الخطاب)من هنوزفرصت نکرده‌ام‌که شرح‌جنك‌قادسیه‌را برای توبنویسم‌وتو را ازچگونگی آن‌جنك مطلع‌کنم. درجنك‌قادسیه‌قشون‌یزدجرد یکصدوبیست‌هزار سربازبود وایرانیان‌فیل‌داشتندومافیل‌نداشتیم. علاوه برفیل‌ایرانیان‌دارای‌تیراندازانی‌بودندکه جزوسکنه مشرق‌ایران محسوب‌میشدند. آنها گونه‌هائی برجسته‌داشتند ودارای چشم‌های‌ریز بودندولی درتیراندازی بیمانند بشمار میآمدند. گفته شدکه آنها ازکودکی مشق تیراندازی میکنندو هرروز، از بام تا شام ، کار آنها تیراندازی ونشانه زدن است چون درتمام دوره کودکی وجوانی‌مشغول‌تیراندازی‌هستندطوری‌درتیرانداختن‌مهارت‌پیدامیکنندکه‌اگرپنجاه تیرپیاپی رهاکنند محال‌است‌که‌یکی‌ازآن‌ها بهدف اصابت‌نکند.

مادرجنك(قادسیه) شصت‌هزار سربازداشتیم وشماره‌سربازان مانصف‌سربازان یزدجرد بود. در آغاز جنك‌ما ازتیر اندازی کمانداران ایرانی که‌همه‌زردپوست‌وکوتاه‌قد بودند، بستوه آمدیم‌ومن بعده‌ای‌از سواران گفتم که‌به‌تیر اندازان مزبورحمله کنند وآنهارا ازپادرآورند تا اینکه‌ازخطر تیرهایشان، ایمن‌باشیم. سواران‌ما حمله کردند وتیراندازان زردپوست‌وریزچشم را ازپا در آوردند. درحالیکه سواران مامشغول حمله به‌تیراندازان ایرانی‌بودند پیل‌های یزدجرد بحرکت‌درآمد.

بالای هرپیل یك‌برج قرارداشت و عده‌ای از تیراندازان ازدرون برج‌بسوی ما تیر میانداختند یابافلاخن سنك‌پرتاب‌میکردند. من‌بسربازان خود گفتم‌که ازدوراه خطرپیل‌ها را ازبین‌ببرند. یکی‌اینکه‌باگرز وپتك‌بفیل‌هاحمله‌ور شوندوضربات شدید گرزیاپتك‌را روی خرطوم آن‌ها واردبیاورند. خرطوم‌فیل، عضو حساس‌آن‌جانور است واگر یك‌ضربت شدید برخرطوم وارد بیایدفیل رابطور موقت‌ناتوان‌میکند.

راه‌دوم‌این‌بودکه عده‌ای‌ازسربازان‌ما باشمشیر، فیل‌هاراپی کنندوآنهاراازپادرآوردند. سربازان مامطابق تعلیمی که من بآن‌ها داده بودم بفیل‌هاحمله‌کردند وگرچه اکثرتمام سربازانی که‌مأمور حمله به‌فیل‌ها شدندبدرجه شهادت‌رسیدندولی ماتوانستیم که‌خطرفیل‌هارا دورکنیم. دورکردن‌خطر تیراندازان وفیلها خیلی‌بماکمك‌کرد وازآن‌پس‌بین‌ماوایرانی‌ها، جنگی‌سخت‌درگرفت. جنك‌مزبوراز‌ثلث‌دوم روزشروع‌شد وتاموقع‌غروب‌آفتاب بطول‌انجامید و وقتی‌آفتاب‌غروب‌کردوجنك‌خاتمه‌یافت‌شصت‌هزار تن‌ازایرانیان کشته‌شده بودند وازمسلمین هشت‌هزارتن بدرجه شهادت رسیدند.

(توضیح- ارقامی‌که (سعدوقاص) فرمانده قشون مسلمین درایران درنامه‌خود خطاب بعمربن‌الخطاب راجع‌به‌تلفات جنك‌قادسیه ذکرمیکند مورد تردیداست‌چون‌بعضی ازمورخین تلفات‌اعراب‌رادرجنك قادسیه سی‌هزارنفرنوشته‌اند وبعید مینماید‌که‌درآن جنك‌از ایرانیان شصت‌هزارتن‌بهلاکت رسیده‌باشندوازاعراب هشت‌هزار نفر-مترجم.)

پیروزی‌ما درقادسیه راه(مدائن)را بروی‌ماگشود ومابسوی‌پایتخت پادشاهان‌ساسانی بحرکت‌درآمدیم وآنرا محاصره کردیم. ازاولین روزمحاصره‌مدائن من‌میدانستم که بایدآب رابروی‌سکنه شهربست تاازبی‌آبی‌مجبوربه‌تسلیم شوند. آب‌رود دجله‌از وسط‌شهر (مدائن) میگذردویك‌قسمت‌ازشهر درساحل‌یمین وقسمتی دیگر درساحل‌یسارشهرقراردارد.

ازطرف‌دیگر چون‌روددجله یك‌شط‌بزرك‌است‌مانمیتوانستیم درمدتی‌قلیل، آب‌رودخانه را ازشهربرگردانیم وبسوی‌دیگرجاری‌نمائیم. برگردانیدن‌آب‌رود دجله‌مستلزم‌مدتی‌صرف وقت‌وکار بود وناگزیر ماشهرمدائن رابدون‌اینکه‌آب‌دجله برگردانیده‌شودمحاصره کردیم.

از روزاول که‌من (مدائن)را محاصره کردم متوجه‌شدم که‌ماباید اول مدائن‌غربی را

تسخیر نمائیم‌وبعداز آن‌درفکر تصرف‌مدائن‌شرقی باشیم. ما نمیتوانستیم دریك‌موقع بدوقسمت شرقی‌وغربی مدائن حمله‌ور شویم. زیرا دجله بین‌دوقسمت‌شهر، فاصله‌ای زیادبوجودآورده است‌واز قضا امسال‌آب‌رودخانه دجله‌بطوری‌که‌سکنه محل‌میگفتند زیادتر ازسنوات گذشته بود. بعدازاینکه محاصره شهر (مدائن) شروع‌شدمن در قشون‌خود انضباطی‌دقیق‌را برقرار کردم‌تا اینکه‌سربازان مادوچار وسوسه شیطان‌نشوندوخمر ننوشند. در مدائن وپیرامون‌آن شراب خرما بحد وفور یافت میشود وعادت‌ایرانیان تاامروز این‌بودکه درموقع‌صرف‌طعام جامی‌ازشراب‌مینوشیدند و درتمام خانه‌ها خمر تهیه‌میکردند ودرمدائن‌وپیرامون‌آن خانه‌ای نبودکه درآن‌شراب خرماوجود نداشته‌باشد.

دراینجا انگور فراوان نیست‌و درعوض خرما فراوان است بهمین‌جهت‌مردم باخرما شراب‌تهیه می‌نمودند.

ای‌خلیفه میدانم‌که تومردی هستی‌که عقیده‌ثابت وجازم‌نسبت باحکام دین‌داری واگر بفهمی یك‌مسلمان احکام‌دین‌رامهمل‌گذاشته او رامجازات میکنی‌وبخاطردارم‌که سال‌گذشته (خالدبن‌ولید) را ازفرماندهی قشون اسلام‌عزل‌کردی‌زیرا در حمام‌مایعی‌را برتن‌خودمالید که‌درآن‌قدری شراب‌وجود داشت.

دوروز بعداز آغازمحاصره دونفراز سربازان مادر حال مستی مشاهده شدند. من‌در حالیکه عده‌ای ازافسران‌وسربازان ماحضور داشتند‌آن‌ها رامورد تحقیق قراردادم تااینکه بدانم خمررا ازکجاتهیه‌کرده‌و نوشیده‌اند. آنهااعتراف نمودندکه واردخانه یك‌دهقان‌شدند واورا وادارکردندکه چندپیمانه‌شراب بآنها بنوشاند. گفتم‌نوشیدن خمر برمسلمانان حرام است‌وشما هنگامی‌که‌مامشغول جهاد فی‌سبیل‌الله هستیم خمر نوشیده‌اید وگناه‌شما بزرگتر از گناه‌یك‌مسلمان است‌که‌در موقع‌عادی شراب بنوشد. شمابانوشیدن خمرنشان دادیدکه جهاد در راه‌خدا را کوچك‌میشمارید و برای فداکاری مسلمین‌که هم‌کیش‌شما هستند قائل‌بارزش نمیباشید. اگردرموقع‌عادی شراب‌مینوشیدیدمن‌درصدد قتل‌شما برنمیآمدم برای‌اینکه‌مجازات نوشیدن‌شراب، قتل‌نیست. ولی‌چون‌دراینموقع شراب نوشیده‌اید بایدبقتل‌برسید وامرکردم که هردورا گردن‌زدندواز‌آن‌موقع تاامروزکه‌این‌نامه‌رابرای تومیفرستم هیچیك‌ازسربازان ماشراب ننوشیده‌اند.

ماقسمت‌غربی مدائن‌را ازشمال ومغرب وجنوب‌محاصره کردیم‌وچون نمیتوانستیم از روددجله که‌پرآب بودعبور کنیم‌من‌عده‌ای‌ازسربازان‌خودرا بقسمت‌علیای‌رودخانه، وعده‌ای‌دیگر رابقسمت سفلی‌فرستادم‌تااینکه بالاوپائین رودخانه‌را تاآنجاکه‌ممکن است ببندند ونگذارند که(مدائن)از راه‌رود دجله، کمك‌دریافت نماید. درضمن‌بسربازان خودمان‌که‌بطرف بالا و پائین رودخانه‌میرفتند گفتم که‌هرقدر کشتی وزورق یافتندبطرف‌مدائن بفرستند تا مابتوانیم

برای‌عبور ازرود دجله‌آنهارا مورد استفاده قرار بدهیم . کاخ‌سلطنتی‌بزرگ مدائن درقسمت شرقی‌شهر واقع‌شده‌ومن‌میدانستم که(یزدگرد)وزنهایش‌درآن کاخ‌هستند. ازروزاول که مغرب مدائن تحت‌محاصره مادرآمد من‌متوجه‌شدم که‌سکنه‌شهر، آنطور که باید‌برای دفاع‌ازمدائن جدیت‌نمیکنند وفقط‌سربازانی که‌ازطرف یزدجرد گمارده میشوند باماميجنگند. درروزهای بعد من‌به‌علت‌سهل‌انگاری سکنه‌مغرب‌مدائن‌پی‌بردم ودانستم آنها ازاین‌جهت سستی مینمایند که‌ازحکومت(یزدجرد)راضی‌نیستند. درروزهای‌بعد، عده‌ای ازرؤسای‌قبایل که‌دربین‌النهرین یعنی‌سرزمینی که‌بین دوشط‌دجله‌وفرات قرارگرفته زندگی میکنند نزد من‌آمدند ومسلمان شدند و گفتندمانه‌فقط اسلام‌میاوریم بلکه حاضریم که‌بکمك قشون توعلیه (یزدجرد) بجنگیم زیرا ازظلم‌این‌مرد وعمال‌او‌بتنگ‌آمده‌ایم.

رؤسای‌قبایل‌میگفتند که‌مااسم اسلام‌را شنیده بودیم‌ولی بخوبی ازآن اطلاع نداشتیم و نمیدانستیم که‌اساس‌دین‌اسلام برمساوات‌وعدالت برقرار گردیده‌وهیچ‌مسلمان نمیتواندبدیگری ظلم کند. اینك میفهمیم که دین‌اسلام بهترین دین‌جهان است زیرادراین‌دین عدالت ومساوات حکمفرما میباشد. ما مشاهده میکنیم بااینکه تو فرمانده‌کل قشون اسلام هستی ، لباسی مانند لباس سربازان خود میپوشی و غذای توفرقی باغذای سربازانت ندارد و مانند آن‌ها برخاك میخوابی.

ازروزی‌که قشون اسلام وارد این‌سرزمین شده جزدوسرباز که بجرم تعدی بيك‌دهقان ونوشیدن شراب او بقتل رسیدند‌ما نشنیدم که يك‌سرباز مسلمان بيك‌زارع تعدی‌کند وبزور، چیزی ازاوبگیرد. توهم‌که فرمانده قشون اسلام هستی‌حتی برای سورسات قشون خودچیزی بزورازمردم‌نگرفته‌ای وهرچه مورداحتیاجت‌باشد خریداری میکنی وبهای‌آن‌رامیپردازی. اما (یزدجرد) هرموقع‌که بخواهد قشون‌کشی‌کند دواب مارا بزور مالك میشود وغله و علوفه مارا تصاحب مینماید و اگر بخواهیم اعتراض و مقاومت‌کنیم سربازانش مارا بقتل میرسانند . علاوه براینکه‌ما پیوسته گرفتارظلم (یزدجرد) هستیم،مؤبدان‌هم‌که دارای‌قدرت ونفوذ میباشند بماظلم میکنند وطمع‌آنهاحدوحصر ندارد ودرهر نقطه ازایران نیمی ازاراضی واملاك،تیول مؤبدان است وزارعین محکوم هستند که درتمام عمر، برای قوت لایموت در املاك موبدان‌کار کنند وبر ثروت‌آنهابیفزایند. من‌ازتوضیحات رؤسای قبایل فهمیدم‌که وضع زارعین ایرانی خیلی بداست وآنها ازکار خود بهره نمیبرند و بدبخت‌ترین زارعین ایران آنهائی هستند‌که دراملاك موبدان‌کارمیکنند. علتش این است‌که املاك موبدان‌بظاهرمتعلق به‌مؤسسات مذهبی‌است وزارعینی‌که دراملاك موبدان‌کارمیکنند خدمتگزارمذهب هستند ولذا نباید انتظاردریافت مزد داشته‌باشند وبایدبرایگان کار کنند وفقط چیزی بآنهاداده میشود‌که بخورند وزنده بمانند تااینکه بتوانندکار کنند.

من ازشنیدن توضیحات رؤسای قبایل بین‌النهرین خوشوقت شدم زیراپیش‌بینی کردم که چون مردم از(یزدجرد) وموبدان ناراضی‌هستندما فاتح خواهیم شد. هرقدرکه محاصره مدائن طولانی‌ترمیشد عده‌ای بیشترازرؤسای قبایل بین النهرین وکشاورزانی که بین‌دو رود دجله وفرات زندگی‌میکردند اسلام میآوردند وحاضر میشدندکه بکمك‌ما،علیه (یزدجرد) وارد جنگ شوند. روزی که‌ما بمدائن رسیدیم من۵۲ هزار سربازداشتم ولی چون رؤسای قبایل بین النهرین بامردان قبیله خود بما پیوستند شماره سربازان اسلام بیکصد وده هزار تن رسید.

روز بیستم‌ماه ذیحجه من دستورحمله عمومی‌را برمغرب مدائن صادرکردم ویکصدوده هزارمسلمان که پنجاه وهشت هزارتن ازآنها مسلمان جدید بودند حمله‌کردند. تاآن روز حملات‌ما برمغرب (مدائن)جنبه موضعی داشت ولی‌ازآن‌روز ببعد حمله عمومی‌ماشروع‌شد. من متوجه شدم سربازانی که جزومسلمانان جدید بودند مثل مسلمین قدیم ، ابراز شهامت میکردند ومیخواستند نشان بدهندکه مسلمان واقعی میباشند. برای اطلاع توای‌خلیفه‌باید بگویم رؤسای قبایل ومردان قبیله‌آن‌هاکه مسلمان شدند وبما پیوستند تاعلیه (یزدجرد) بجنگندایرانی وفارسی‌نیستند بلکه همه جزوسکنه‌بومی بین‌النهرین بشمارمیآیندواگرفارسی بودند شاید با آن‌سرعت اسلام را نمیپذیرفتند وبمانمیپیوستند.

وقتی حمله عمومی‌ما علیه مدائن شروع گردیدما ازوضع دفاع سکنه شهر، میفهمیدیم که درکدام قسمت سکنه بومی‌سکونت دارند ودرکدام قسمت سکنه فارسی. درقسمت‌هائی‌که سکنه بومی بسرمیبردند مقاومت اهالی‌شهرضعیف بود، ومازودآن‌قسمت‌هارا اشغال‌میکردیم. اما درقسمت‌هائی‌که سکنه فارسی وایرانیان اصلی بسرمیبردند،مقاومت مردم شدید میشد و دربعضی ازمناطق زنهای فارسی‌بکمك مردهاوارد جنگ میشدند وعده‌ای‌ازآنها بقتل‌رسیدند ودربعضی‌ازمناطق‌ماتاآخرین نفرازفارسیان‌را بقتل‌میرسانیدیم تابتوانیم منطقه سکونت‌آنهارا مسخرکنیم .

جنگ‌شدیدمادرمنطقه غربی‌مدائن‌تاروز بیستم‌ماه محرم‌ادامه‌داشت ودرآن‌روزتوانستیم آخرین منطقه مقاومت فارسیان‌رادرمغرب مداین تصرف نمائیم. طول مدت جنگ درمغرب (مدائن) ناشی ازاین شدکه ما نمیتوانستیم ازورود نیروی امدادی‌فارسیان که‌ازمشرق مدائن به‌مغرب شهرفرستاده میشد جلوگیری‌کنیم.

مادرآن‌قسمت‌ازشط دجله که‌بین‌شرق‌وغرب شهر بودمداخله نداشتیم وکشتی‌وزورق‌های (یزدجرد) به‌آزادی ازمشرق به‌مغرب وبرعکس حرکت میکردند ونیروی امدادی‌را ازشرق بغرب میرسانیدندوعده‌ای‌ازسکنه شهرتوانستندازهمان راه بگریزند و خودرا به‌قسمت‌شرقی

شهر برسانند . پس‌از اینکه‌ما مغرب‌مدائن‌را تسخیر کردیم ، توانستیم که در شط مداخله کنیم و از روز بیستم مــاه محرم شروع بپل سازی نمودیم.

ما بوسیله استفاده‌ازز ورقهائی که قسمتی‌را از بالای‌شط وقسمتی‌را از پائین آورده بودیم‌پل میساختیم. طرز ساختن پل از این قرار بود که زورقها را درشط کنارهم قرار میدادیم وروی آنها، تخته‌های عریض میانداختیم و بامیخ تخته‌هارا بزورق میکوبیدیم وراهی عریض بوسعت چند ذرع برای عبورسربازان‌ما بوجودمیآمد ولی هردفعه‌که پل‌میساختیم وخودرا به‌مشرق رودخانه نزدیك میکردیم سربازان یزدگرد به‌ما حمله‌ور میشدند و پل‌را ویران میکردند یاآتش میزدند.

من متوجه شدم‌که اگر برای عبورازدجله، ورسیدن به‌مدائن شرقی ازکشتی وزورق استفاده‌کنیم بهتراست. زیرا تاوقتی‌که (یزدجرد) درمدائن شرقی باشد هر دفعه‌که پل ما بمشرق رودخانه نزدیك شود سربازان یزدجرد به‌آن‌حمله‌ور میشوند وپل‌را ویران مینمایند یاآتش‌میزنند. این بودکه من عزم‌کردم شبانه، قسمتی ازسربازان خودمان‌را بوسیله کشتی وزورق ازرود بگذرانم وآنها را درمشرق رودخانه پیاده‌کنیم و ایرانیان را مورد شبیخون قراربدهیم.

مزیت حمله‌ما بوسیله زورق وکشتی نسبت‌به‌پل این بودکه هرگاه عده‌ای ازکشتی‌ها وزورق‌های مارا غرق میکردند، سایرزورقها وکشتی‌ها میتوانستند خودرا بساحل برسانند وسربازان را درمشرق رودخانه پیاده نمایند و بعدهم ، میتوانیم بی‌انقطاع برای سربازانی که پیاده شده‌اند نیروی امدادی بفرستیم ، شب بیست و هشتم ماه محرم من بـافسران و رؤسای قبایل تازه مسلمان‌که متحدمــا بودند گفتم‌که‌امشب باید بوسیله‌کشتی وزورق‌ازدجله عبورکنیم ودرساحل‌شرقی‌رود نیروپیاده نمائیم.

طرح‌جنگی من‌این بودکه‌نیمه‌شب ازساحل‌غربی‌براه بیفتیم‌وبعدازاینکه‌بساحل شرقی رسیدیم‌درسه‌نقطه، نیروپیاده کنیم.

سربازان‌ما بعدازاینکه درساحل شرقی پیاده شدند باید بکوشند قبل ازاینکه روز بدمد یك‌قسمت ازمشرق‌شهررا تسخیر نمایندتااینکه‌یك پایگاه محکم‌درآنجا بوجود بیاید وایرانیان نتوانند درموقع شب یابعد ازدمیدن روز، سربازان‌مارا از آنجا اخراج‌کنند. درنیمه شب بیست وهشتم ماه محرم چهارصدکشتی و زورق‌ماکه سی‌هزارسرباز مسلمان را حمل میکرد ازساحل غربی جداشد وراه مشرق رودخانه راپیش‌گرفت. قبل ازاینکه سربازان‌ما به‌مشرق رودخانه برسند عده‌ای‌ازسربازان (یزدجرد)سواربرزورق بمانزدیك شدند تاازعبورکشتی‌ها

وزورق‌های ما ممانعت نمایند. ولی ما آنهـا را بقتل رسانیدیم یادردجله انداختیم وبراه ادامه دادیم تااینکه بساحل شرقی رسیدیم.

هنگامیکه ماخواستیم ازکشتی‌ها و زورق‌ها پیاده شویم سربـازان (یزدجرد) ساحل شرقی‌را بوسیله مشعل‌هاچون روز روشن کرده بودند زیرا غوغای جنگ ما روی رودخانه توجه ایرانیان‌را درساحل شرقی جلب کرد و آنهافهمیدندکه‌ما بقصدحمله میآئیم ولذامشعل‌افروختند تااینکه مارا ببینند. سربازان‌ما طبق طرح من میباید درسه‌نقطه پیاده شوند ودرهرسه‌موضع مشعل‌ها، نورافشانی میکرد ومانتوانستیم که‌ایرانیان‌راغافل گیرکنیم ودانستیم که باید خودرا برای جنگی بزرگ آماده نمائیم.

درهرسه موضع جنگی خونین بین‌ما و سربازان (یزدجرد) درگرفت و سربازان‌ما میکشتند وکشته میشدندوجلومیرفتند. من چون متوجه شدم که مقاومت سربازان (یزدجرد) شدید است ده‌هزارسربازدیگررا ازساحل غربی بساحل‌شرقی دجله فرستادم که بکمک مجاهدین ما بروند.

آن شب تابامداد بین سربازان ما و سربازان (یزدجرد) جنگ ادامه داشت ووقتی صبح شد ساحل شرقی دجله که میدان جنگ بشمارمیآمد مستورازلاشه سربازان اسلام وکفار بنظرمیرسید لیکن سربازان‌ما توانسته بودندکه درمشرق مدائن جلو بروند وقسمتی ازابنیه شهرراکه مجاور شط بود تصرف نمایند. من فهمیدم که هرگاه به (یزدجرد) مجال داده شود میتواند یك‌قشون نیرومند گردبیاورد ومانع ازپیروزی‌ما شود.

تاروزبیست وهشتم محرم بیست‌هزارتن دیگر ازقبایل بین النهرین مسلمان شدند و بماپیوستند وکمك قبایل بین‌النهرین‌خیلی برای‌مامفیدگردید ومیتوانم بگویم که اگرقبایل بین النهرین‌که ازظلم (یزدجرد) و عمـال اوبه‌تنگ آمده بودند مسلمان نمیشدند و بمـا نمیپیوستند مانمیتوانستیم با۵۲ هزارسربازکه داشتیم مدائن‌را تسخیرکنیم. بعد ازاین‌که‌ما در مدائن شرقی یك‌پـایگاه بوجود آوردیم من توانستم قسمتی از قبایل تازه مسلمان را همچنان بوسیله کشتی وزورق‌ازبالا وپائین شط به‌مدائن شرقی بفرستم وآنهاراأمورمحاصره شهرکنم.

درحالیکه آنها عازم محاصره مدائن شرقی گردیدند من برفشار خودافزودم وسکنه بومی مدائن شرقی که دیدند قشون اسلام وارد شهرگردیده علیه(یزدجرد) مبادرت بشورش کردند. (یزدجرد) وقتی دید علاوه برخطر محاصره باید باسکنه بومی مدائن شرقی نیز بجنگد با شتاب از مدائن بیرون رفت وبعد ازرفتن او، کاربرما آسان‌شد زیراکسانی که‌تا آن موقع مقاومت می‌کردند سست‌شدندو دست‌از مقاومت برداشتند وازآن‌پس قشون‌ما بدون

اینکه بمقاومت برخورد نمایدوارد شهر شدومن دراولین جمعه ماه صفر قدم بکاخ سلطنتی ساسانیان نهادم ونماز جمعه را در آن کاخ که اینک هم مسکن من است خواندم.

ای خلیفه بعدازاینکه شرق وغرب مدائن ازطرف مامسخرشد من تمام اراضی واملاك (یزدجرد) و اعضای خانواده‌اش وهمچنین تمام اراضی موبدان را به نیابت از طرف تو برای بیت المال مسلمین تصرف کردم وطبق قانونی که وضع شده اموال غیرمنقول ازجمله اراضی قابل کشت وزرع و باغها متعلق به بیت المال میباشدو مجاهدین اسلام از اموال غیرمنقول بعنوان غنیمت جنگی سهم نمیبرند.

وجوه نقد ازخزانه (یزدجرد) وخزانه‌های موبدان که تاامروز نصیب ما گردیده یکصد میلیون درهم است وسهم هرسرباز مسلمان که درجنك (مدائن) شرکت کرده، ازغنیمت جنگی بقدری است که تا آخرین روز عمر معاش اورا تأمین خواهد کرد.

درارتش ما انضباطی کامل حکمفرماست و بتو اطمینان میدهم که حتی یك مورد پیش نیامده که من مجبور شوم یك سرباز خطاکاررا تنبیه نمایم. درهیچ موقع، سربازان ما باخلوص عقیده که من اکنون در آنها سراغ دارم نماز نمیخواندند. صف نماز سربازان ما این روزها یکی از باشکوه‌ترین مناظر دینی است وچشم هرمسلمان ازدیدار آن روشن میشود.

ای خلیفه توباید هرچه زودتر مردی را برای حکومت بین النهرین باینجا بفرستی و تصور میکنم که اگر یکی ازپسران (العباس) عموی پیغمبر را بفرستی بهتر خواهد بود. زیرا پسران العباس مردانی پرهیزکار وعادل هستندو میتوانند باعدالت حکومت کنند. من خود نمیتوانم عهده‌دار امور حکومت بین النهرین شوم زیرا مجبورم که (یزدجرد) را تعقیب نمایم.

من اگر (یزدجرد) را تعقیب نکنم او فرصت کافی بدست خواهدآورد که یك قشون بزرك را بسیج کند وبجنك ما بیاید واگر آن مرد بایك قشون بزرك بجنك ما بیاید، معلوم نیست چه خواهدشد. لذا من عزم دارم که بدون تأخیر (یزدجرد) راتعقیب کنم تا اینکه وی نتواند دریکی ازولایات ایران توقف کندودر آنجا یك قشون بسیج نماید.

بطوریکه من اطلاع دارم (یزدجرد) بسوی هکماتانا(همدان- مترجم) رفته است ومن نمیدانم که بعد ازرسیدن بآن شهر آیا بسوی آتورباتن (آذربایجان- مترجم) خواهدرفت یا اینکه راه ولایات شرقی ایران را پیش خواهد گرفت. شاید بعدازاینکه وارد همدان شد راه مناطق کوهستانی (زاکروس) را پیش بگیرد تابتواند عشایر کوه نشین آن مناطق را علیه ما بسیج کند.

درمناطق کوهستانی (زاکروس) عشایری زندگی میکنند که دارای کیش و آئین مخصوص بخود می‌باشند وکیش آنها باایرانیان فرق دارد ولی ازاتباع (یزدجرد) بشمار میآیند و

اگر پای (یزدجرد) بآن منطقه برسد بعید نیست که بکمك او قیام کنند. عزم من این است که هرجا (یزدجرد) برود در تعقیبش روان شوم ولو تا رودخانه سند باشد و رودخانه مزبور حد شرقی کشور پهناور ایران است. امسال بمناسبت افزایش آب دجله وضع محصول در این قسمت از بین النهرین خیلی خوب است و خواربار بحد وفور یافت میشود.

در سالهائی که آب دجله کم باشد مشروب کردن کشتزارهای سواحل دجله بسیار دشوار میشود و زارعین باید با دولاب مزارع خود را مشروب نمایند. ولی هنگامیکه آب دجله افزایش مییابد بسهولت بر کشتزارهای طرفین دجله سوار میشود و زارعین برای مشروب کردن اراضی دوچار زحمت نمیشوند و مزارع بقدر کافی آب دریافت میکند . امسال از آن سالهاست و این هم موهبتی دیگر است که خداوند نصیب مسلمین در ایران کرده است.

بی‌انضباطی سربازان عرب در دمشق

من لازم میدانم که‌دونامه دیگررا هم دراین‌جاذکرکنم چون سبب‌مزید اطلاع‌خواهد شد و یکی ازآن دو، عبارت است از نامه‌ای که (ابوسفیان) حکمران شام و پدر خلیفه کنونی (معاویه) به عمربن‌الخطاب خلیفه دوم نوشت و مضمون نامه مزبور ازاین‌قراراست:

بسم‌الله‌الرحمن‌الرحیم، ازطرف ابوسفیان اموی‌حکمران شام‌خطاب به‌عمربن‌الخطاب خلیفه مسلمین وجانشین پیغمبر، واما بعد، آنچه میخواهم بتو بنویسم مربوط است برفتار سربازان عرب‌که اینك‌درشام هستند وچون سربازان اسلام بشمار میآیند رفتار آنها باید برای همه نمونه باشد.

ای‌خلیفه تو میدانی‌که من درخانواده‌ای توانگر بدنیا آمدم‌و از کودکی باتجمل زندگی میکردم‌واین روش‌را تاامروزادامه میدهم. من‌خوردن غذاهای لذیذ وپوشیدن البسه گرانبهارا دوست می‌دارم وهمچنین‌هنگامی‌که خواهان یك‌کنیز زیبا می‌شوم‌آن‌راخریداری مینمایم. ولی من‌غذاهای لذیذ والبسه فاخروکنیزهای زیبارا بااموال خودفراهم مینمایم و هرگز اتفاق نیفتاده‌که چشم طمع باموال دیگران بدوزم ودردین‌ما نه غذای لذیذحرام‌است نه‌لباس‌فاخر نه‌کنیززیبا . من ازروزی‌که مسلمان شده‌ام لب‌بشراب نیالوده‌وقمار نکرده و ربا دریافت ننموده‌ام . قبل ازاینکه مسلمان‌شوم هرسال مبلغی قابل توجه ازربا نصیب من میشد ولی بعداز مسلمان شدن‌من ازدریافت رباصرف‌نظرکردم تااینکه برخلاف‌قوانین‌دین اسلام رفتارنکرده باشم.

هرسال قبل ازاینکه‌سال جدیدآغاز گردد من‌زکوة‌اموال‌خودرا به‌بیت‌المال‌میپردازم ووقتی سال‌جدیدشروع میشود بابت زکوة، حتی‌یك‌حبه‌بدهکارنیستم. من‌نزد خداسرافرازم که ازروزی‌که اسلام آورده‌ام تاامروزکه‌این نامه‌را بتو مینویسم حتی یکبار ازقوانین‌دین اسلام تخطی نکردم. بهمین‌جهت‌رفتار سربازان مسلمان دراین‌کشور سخت‌مرا رنج‌میدهد و من‌نمیتوانم تحمل‌کنم‌که سربازان اسلام در سرزمین شام اینگونه رفتار کنند. من که

حکمران شام هستم حق مداخله درامور ارتش اسلام را در این کشور ندارم وامور ارتش اسلام در شام برعهده فرمانده آن است.

تاروزیکه (خالدبن‌ولید) فرمانده ارتش اسلام درشام بود، هیچ سرباز جرئت نمیکرد که ازقوانین دین تخلف نماید وسربازان عرب درا ینکشور نمونهٔ پرهیزکاری بشمارمیآمدند. من هنوز نفهمیده‌ام که توبچه گناه (خالدبن‌ولید) رااز فرماندهی ارتش اسلام معزول کردی. میگویندکه علت عزل (خالدبن‌ولید) ازطرف تواین بوده که وی‌درحمام، چیزی بربدن‌خود مالیدکه یکی‌ازترکیبات آن‌خمر بوده‌است.

من این گناه‌را برای‌عزل یك‌سرباز عادی‌کافی نمیدانم تاچه‌رسد برای‌عزل یك‌فرمانده لایق ودلیرچون (خالدبن‌ولید) . چون اولا شاید (خالدبن‌ولید) اطلاع نداشته‌که یکی از ترکیبات داروئی که‌درحمام بربدن خودمالیدخمر بوده‌است. ثانیاً بفرض‌اینکه (خالدبن‌ولید) میدانسته‌که یکی ازترکیبات‌آن دارو خمراست آیابکاربردن خمر بشکل دارو، ازطرف یك مسلمان مجاز نیست؟ آنهم داروئی‌که بربدن مالیده میشودوآنرا نمیخورند.

(خالدبن‌ولید) مبتلا بمرض جرب‌شد و مرض مزبور، روی بدن اززیرگردن تاپاها جوش‌های‌کوچك بوجود میآورد و آن جوش‌ها بشدت میخارد و انسان را ناراحت میکند. درکشورشام مرض جرب‌را به‌اسم (آبله‌رومی) نیز میخوانند وپزشکان‌اینجادرمداوای مرض جرب مهارت‌دارند.

(توضیح ـ پدران‌مادر ایران‌مرض‌جرب راکه‌امروز موسوم‌است به‌گال (آبله‌فرنگی) می‌خواندند ودرشام (سوریه) مرض‌مزبور موسوم به (آبله‌رومی) بودواین قرائن‌نشان میدهد که‌مرض مزبور ازمغرب زمین‌بشرق سرایت‌کرده است ـ مترجم).

طرز مداوای‌مرض جرب‌بطوری که اطبای‌اینجا تجویزمی‌کنند این است که بیمار باید داروی‌مداوای مرض‌را باخودبحمام ببردودر آنجابرتن بمالدومدتی‌در حمام دارو، روی‌بدن اوبماند وبعدخودرا بشویدوپس‌از خروج‌ازحمام جامه‌ای‌غیراز جامه‌ای‌که هنگام ورود بحمام‌در برداشت بپوشدواین عمل‌بایدمدت پنجروز تکرارشود (خالدبن‌ولید) نیز چنین کرده‌و هرروز بحمام‌میرفت‌و داروی‌مرض جرب‌را برتن‌می‌مالید ومدتی‌درحمام می‌ماند و بعداز پنج‌روز خارش‌بدن او ازبین رفت و جوش‌ها ناپدیدشدو بهبودیافت.

آن‌کس که‌بخلیفه اطلاع‌داد که (خالدبن‌ولید) چیزی‌در حمام‌برتن‌خود مالید که‌در آن‌خمر بوده‌بدون تردیدنگفت که (خالد) مبتلابمرض جرب‌شدوبرای اینکه خودرا معالجه کندآن‌را برتن‌مالید. اگرآن‌شخص بخلیفه‌اطلاع می‌دادکه‌خالد برای اینکه از بیماری بهبودیابد، آن‌دارورا برتن‌میمالیدتوای خلیفه‌اورا ازفرماندهی ارتش‌اسلام معزول نمی‌کردی.

خالد چون‌پرهیزکار بود وگرد منهیات‌نمی‌گشت برای سربازانی‌که تحت‌فرماندهی

او بسر میبردند نمونه بشمار میآمد ودرراه فرماندهی(خالدبن‌ولید) هیچ واقعه‌غیر منتظره روِنداد . ولی امروز ، رفتار سربازان عرب در این کشور بخصوص دراین شهر (یعنی شهر دمشق کرسی کشورشام- نویسنده) بسیار قابل‌تأسف است .

ای خلیفه‌من پیش بینی می کنم که‌وقتی گزارش ذیل‌را بخوانی‌از فرط‌تأثر خواهی‌لرزید زیراتو یك‌مسلمان‌واقعی می‌باشی‌وایمان توقبول‌نمی کند کسانی‌خودرا مسلمان‌بدانندو خمر بنوشند وبخانه‌های عمومی که‌زن‌های روسبی‌درآنجاهستند بروندو درآن‌خانه‌ها براثر مستی نزاع کنند .

ازدوماه قبل‌تاامروز سی‌نفر ازسربازان عرب که جزوساخلوی این‌شهرهستند ناپدید شده‌اند وهیچ‌کس نمی‌داند چه‌برسرشان آمده‌وآیازنده هستند یامرده‌و چون کسی از آنها آگاه‌نیست گفته‌میشود که‌گریخته‌اند. گرچه‌اکنون‌در شام‌جنك‌نیست که‌گریختن‌سربازان عرب‌وخیم باشدمعهذا هردفعه‌که من‌میشنوم یك‌سرباز عرب ناپدیدمیگردد احساس‌شرم‌مینمایم وتعصب‌من‌مرا اندوهگین میکندچون‌من‌نمی‌خواهم که یك‌سرباز عرب حتی در دوره صلح بگریزد. ازیك‌ماه قبل‌تاامروز چهارده سربازعرب درخانه‌های‌عمومی دمشق بضرب شمشیر یاخنجرازپادرآمدندوهفت‌نفرازآن‌هامردند. خانه‌های عمومی که‌زن‌های روسبی‌درآن‌سکونت دارندازمسلمانان اینجانیست‌بلکه‌ازاقوامی‌می‌باشد که‌مسلمان‌نیستند. همچنین می‌فروشی‌های این‌شهر بسوداگرانی تعلق‌دارد که‌مسلمان‌نمی‌باشند وبعضی‌از میفروشی‌ها عبارت‌است‌اززیر زمین‌های وسیع‌ودر آن‌زیرزمین‌ها، برای‌میخواران سرگرمی هم فراهم کرده‌اند تااینکه بیشترآنها راتشویق‌بمیخواری نمایند.سربازان عرب‌بآن‌میفروشی‌ها میروندوبعد از این که می‌نوشیدند ومست‌شدند راه‌خانه‌های‌عمومی‌را پیش‌میگیرندو درآنجا بامشتریان‌خانه که‌مثل آنهامست هستندنزاع میکنندو هنگام‌نزاع ضربات‌شمشیر وخنجرمبادله میگردد و عده‌ای مقتول ومجروح‌می‌شوند. اگرفرمانده قشون‌و افسرانش اهل فسق نباشند سربازان آن‌ها جرئت نمیکنندکه‌بمی‌فروشی بروند وخمر بنوشند وسپس‌عازم خانه‌های عمومی‌شوندوبازنهای روسبی درآمیزند.

من باکمال‌تأسف‌می گویم که‌بعضی‌از افسران‌عرب،در اینجا ، برای‌سربازان،سرمشق بدهستندو آن‌ها را بسوی فسادسوق میدهند. من یکی از رؤسای قبایل را می‌شناختم که اکنون‌ازافسران‌ارتش‌عرب درشام‌است. آن‌شخص تاوقتی که‌درعربستان بود خوددرا نمیشست وموی‌سر راشانه‌نمیزد واکنون درشهردمشق هرماه‌بیش ازهزاردرهم عطرخریداری میکند وبرتن میمالدتااینکه ازاوبوئی‌دلکش بمشام‌زنهای‌روسبی که‌باوی همدم میشوند برسد. این مرداینك‌پنجاه جامه‌ابریشمین داردوپول خود رابه‌ربا می‌دهد و از رباخواری‌نمی‌هراسد.

دردمشق یك سیرك بزرك هست که رومی‌ها ساخته‌اند و قبل از اینکه مسلمین شام را مسخر نمایند، در آن سیرك، غلامانی را که باسم جلادیاتور (گلادیاتور- مترجم) خوانده میشدند بجنك می‌انداختند.

بعد از اینکه مسلمین دمشق را مسخر کردند دیگر در آن سیرك، جلادیاتورها را بجان هم نینداختند بدون اینکه ما آنهـا را ممنوع کنیم. زیرا تو ای خلیفه بما دستور داده بودی که در معتقدات و رسوم اقوام دیگر که نمیخواهند اسلام بیاورند لیکن حاضرند بمسلمین مالیات بپردازند مداخله ننمائیم. ولی در دو ماه اخیر سه مرتبه در سیرك دمشق (جلادیاتور)ها را بجان هم انداختند و هر بار عده‌ای از افسران و سربازان عرب برای تماشا حضور بهم رسانیدند و هنگامی که (جلادیاتور) فاتح سر از بدن حریف مغلوب جدا می‌کرد، افسران و سربازان عرب که در سیرك حضور داشتند مانند سایر تماشاچیان ابراز شادی میکردند. درصورتی که جنك (جلادیاتور)ها برخلاف نصوص دین اسلام است و یك مسلمان، نه باید (جلادیاتور)ها را بجان هم بیندازد و نه برای تماشای کشتار آن‌ها برود .

روزی که تو ای خلیفه به بیت‌المقدس آمدی گفتی که افسران و سربازان عرب نمی‌باید در شام و سایر کشورهائی که بتصرف اسلام در میآید زمین و خانه خریداری نمایند چون توقف آن‌ها در یك نقطه طولانی نیست و بمیدان جنك اعزام خواهند شد و از آن گذشته فراهم کـردن زمین و خانه آنها را تجمل‌پرست میکند و استعداد سلحشوری آن‌هـا ضعیف میشود. افسران و سربازان عرب در اینجا از دستور تو سرپیچی مینمایند و زمین و خانه خـریداری میکنند منتها برای اینکه مورد بازخواست قرار نگیرند زمین و خانه را باسم دیگران خـریداری میکنند و بعنوان این که مستأجر هستند در خانه بسر می‌برند و یا خانه را بدیگران اجاره میدهند.

ای خلیفه برای اینکه رفتار نامطلوب و شرم‌آور سربازان عرب در این کشور اصلاح شود تو باید فرمانده قشون اسلام را در شام تغییر بدهی و اگر میل نداری باز (خالدبن ولیـد) را بفرماندهی قشون اسلام در این کشور بگماری مردی را برای فرماندهی انتخاب کن که مسلمان واقعی و پرهیزکار باشد و در این کشور بین افسران و سربازان عرب انضباط را برقرار کند و افسر و سرباز وقتی دید که یك فرمانده پرهیزکار و سخت‌گیر بر او فرماندهی می‌نماید از راه راست منحرف نخواهد شد و خواهد دانست که اگر بخانه‌های عمومی برود و با زن‌های روسبی درآمیزد حد شرعی در مورد او اجرا خواهد گردید. شماره مسیحیانی که در این کشور بدین اسلام در می‌آیند بقدری زیاد است که من شصت و پنج کاتب را مأمور نوشتن نام آنها کرده‌ام و هر روز هزارها تن از عیسویان شام مسلمان میشوند. من نمی‌دانم که وقتی آن‌هـا شهادتین را برزبان جاری مینمایند و اسلام می‌آورند، آیا براستی مسلمان شده‌اند یا اینکه برای فرار از پرداخت جزیه دین اسلام را می‌پذیرند، درهر صورت ما مکلف هستیم هـرکس را کـه اسلام

می‌آورد مسلمان بدانیم و او را برادر شرعی خویش بشمار بیاوریم و فقط خدا میداند که آیا وی براستی مسلمان شده‌است یا نه؟

ای خلیفه من نمیدانم که تو برای حفظ حیثیت و اجرای قوانین اسلام در این کشور چه خواهی کرد . ولی بتو می‌گویم که باید هرچه زودتر بین سربازان عرب که در این کشور هستند انضباط برقرار گردد، و گرنه در شام حیثیت اسلام در معرض خطری بزرگ خواهد بود و من نامه‌ای را که (معاویه) پسرم برای تو نوشته بضمیمه برایت میفرستم و امیدوارم که خداوند بتو طول عمر بدهد و در کارها موفق شوی.

خدمت ناخدایان ایرانی باسلام

نامه معاویه پسر (ابوسفیان) خطاب به خلیفه دوم

بسم‌الله الرحمن الرحیم ازطرف معاویة بن ابوسفیان فرمانده نیروی دریائی اسلام در فنیقیه خطاب به عمر بن الخطاب خلیفه مسلمین.

(توضیح ـ ساحل شرقی دریای مدیترانه راکه امروز سواحل سوریه ولبنان است باسم فنیقیه می‌خواندند ـ مترجم).

من گزارش کارهای مربوط به ساختمان کشتی‌های جنگی رادر نامه‌ای که برایت فرستادم دادم و اینك چون پدرم (ابوسفیان) والی شام برای تونامه می‌فرستد لازم میدانم که از فرصت استفاده کنم و بوسیلهٔ پیکی که عازم (مدینه) میشود گزارشی دیگر از کارهای مربوط بایجاد نیروی دریائی رابتو بدهم. تومیدانی که من پیوسته طرفدار ایجاد یك نیروی دریائی قوی برای اسلام بوده‌ام وعقیده داشتم ودارم که بدون یك نیروی دریائی قوی ما نمیتوانیم (بیزان تیوم) رامسخر کنیم وتاروزی که بیزان ثیوم (یعنی استانبول کنونی ـ مترجم) بتصرف اسلام درنیاید مانخواهیم توانست (روم) را ازپادرآوریم. گرچه ما اینك شام وفلسطین را از (روم) گرفته‌ایم ولی هنوز حکومت (روم) نیرومند است و بر کشورهای وسیع حکومت میکند ولی روزی که اسلام (بیزان تیوم) را تصرف نماید حکومت وقدرت (روم) زوال خواهد پذیرفت.

روزی که تومرا درسرزمین (فنیقیه) بفرماندهی نیروی دریائی اسلام منصوب کردی و بمن دستوردادی که شروع بساختن کشتی‌های جنگی کنم من ازامور مربوط بساختن کشتی‌ها وبحرپیمائی اطلاع نداشتم. خوشبختانه، عده‌ای ازناخدایان وبحرپیمایان ایرانی دراینجا بودند که من توانستم ازکمك آنها برخوردار شوم وبعضی ازآنها مسلمان شدند.

پنج نفر ازناخدایان ایرانی که اینك مسلمان هستند بعقیده من از برجسته‌ترین ناخدایان جهان می‌باشند وبصیرت آنها در بحرپیمائی خارق‌العاده است. این پنج نفر، درگذشته نه فقط تا جابلسا مسافرت کردند بلکه ازآنجاهم گذشتند وبجائی رسیدند که درآن جا آفتاب غروب نمی‌کرد. (توضیح ـ منظور معاویه ازجابلسا انگلستان وآیرلانداست ـ مترجم)

حکایاتی که این پنجنفر ازشگفتی های سرزمین(جابلسا)وهمچنین ازدریاهائی که آفتاب درآنجا غروب نمی کند، می کنندشنیدنی است. دراینجا نه‌فقط عده‌ای از ناخدایان و بحرپیمایان ایرانی هستند بلکه یکقسمت از استادان کشتی سازکه اکنون برای ما کشتی می‌سازند نیز ایرانی می‌باشند.

روزاول که تومرا فرمانده نیروی دریائی کردی ودستور دادی که‌یك نیروی‌دریائی برای اسلام بوجود بیاورم من‌تصورمی کردم که کاری‌آسان‌است. ولی بزودی دانستم که‌بوجود آوردن یك نیروی‌دریائی‌کاری است دشوار وطولانی واگر ناخدایان و بحرپیمایان‌واستادان کشتی‌ساز ایرانی که‌درفنیقیه هستند بمن‌کمك نمیکردند من نمیتوانستم برای اسلام نیروی دریائی بوجودبیاورم. چون بوجودآوردن نیروی دریائی تنها باساختن کشتی‌جنگی میسر نیست‌و علاوه برآن باید جاشوو ناخدا تربیت‌کرد. تربیت‌کردن جاشو دشوارنیست‌ومیتوان درمدتی‌کوتاه عده‌ای زیاد جاشوتربیت‌کرد اماتربیت کردن افسران کشتی و ناخدا دشوار میباشد وبایدسال‌ها بگذرد تابتوان بقدرکافی افسروناخدا برای کشتی‌های‌جنگی‌تربیت‌نمود.

علم بحرپیمائی علمی‌است که باید دردریاهنگام کارفرا گرفت و ناخدایان‌و افسران کشتیهای جنگی(بیزان‌تیوم)همه‌ازکسانی‌هستند که‌علم بحرپیمائی رادر دریا فراگرفته‌اند و دیگران را ازعلوم‌خود برخوردارنمی کنند. ناخدایان(بیزان‌تیوم) طوری‌حسود میباشندکه علم بحرپیمائی خودراحتی‌بهمکاران رومی‌خودتعلیم نمیدهندتاچه‌رسدبدیگران.

ای‌خلیفه، علم بحرپیمائی یك علم‌عملی است‌وچون هرناخدابرای‌فراگرفتن معلومات خود مدتی‌زحمت‌کشیده ودردریاها بسربرده وبدفعات گرفتار غرق‌شده‌دریغش‌می آیدکه آن دانش‌رابرایگان‌دردسترس دیگران بگذارد. ولی‌ناخدایان ایرانی‌ازروزی که‌مسلمان‌شده‌اند بدون دریغ‌جاشوان وافسران مسلمان رااز‌معلومات بحرپیمائی‌خودبرخوردارمیکنند.من‌از ناخدایان ایرانی چیزهاآموخته‌ام که‌تصورمیکنم که‌هیچ‌ملاح ازآن‌آگاه نیست.

یکی‌ازکمك‌هائی‌که ناخدایان‌و استادان کشتی‌سازی ایرانی به‌ماکرده‌اند این‌است که با ابتکارخودکشتی‌های مارا دارای سکان‌کردند. تاامروز کشتی‌ها دارای سکان‌نبودند واینك نیزهیچ کشتی بازرگانی وجنگی‌حتی‌کشتیهای جنگی(بیزان‌تیوم) سکان‌ندارد وبرای اینکه کشتی رابطرف‌راست یاچپ منحرف کنند میباید متوسل به‌پاروهای بلندشوند.

منحرف‌کردن کشتی‌های بزرك بطرف راست یاچپ تا امروز جز بوسیله پاروزنان محال بود. فقط‌کشتی‌های کوچك‌رامیتوانستند بوسیله دوپاروزن‌که عقب‌کشتی میایستادند، براست‌یا چپ‌منحرف نمایند. برای این‌که‌یك‌کشتی بزرك رابطرف راست‌یاچپ منحرف‌کنند میباید یکصدیادویست پاروزن، پاروهای‌طرف‌راست‌را بحرکت درآورندبدون‌اینکه‌پاروهای طرف‌چپ بحرکت‌درآید وبرعکس. اما‌اینك بااختراعی‌که ناخدایان وکشتی‌سازان ایرانی

کرده‌اند میتوان بزرگترین کشتیهارا بوسیله سکان که درعقب کشتی قرار میگیرد بطرف راست‌یاچپ منحرف کردو منحرف کردن کشتی بسوی راست یاچپ بقدری‌سهل‌شده که‌انسان هنگامی که‌سوار برشتراست‌نمیتواندبا آن‌سهولت‌شتررا بطرف راست‌یاچپ منحرف کند.

سکانی که ایرانیان‌در کشتی‌های‌جنگی کار گذاشته‌اند عبارت‌است‌از یك‌قطعه چوب‌طویل وعریض‌بشکل‌لنگه‌در، که عقب‌کشتی‌قرار میگیردو آن را بوسیله‌دسته‌ای‌ازصحنه کشتی بحرکت درمیآورندو باحرکات سکان کشتی بطرف‌راست یاچپ میرود ومیتوان‌دریك‌نیم‌دایره کوچك کشتی‌را وادار کردکه دوربزند چون مامیتوانیم درکشتی‌های خودسکان نصب‌کنیم‌می‌توانیم کشتی‌های بزرگتربسازیم، هرقدر کشتی‌های بزرگتر بسازیم چون‌ازسکان استفاده می‌کنیم کشتی‌های مافرمانبردار خواهندبود ومیتوانیم بسهولت آن‌هارا بچپ وراست منحرف کنیم یا دوربزنیم.

اکنون مادارای سی‌وپنج کشتی بزرك هستیم که‌همه‌ازکشتی‌های جدیدبشمارمی‌آید و سکان‌دارد. سی‌کشتی کوچکترراهم که‌جزو سفاین‌قدیمی‌بشمار میآید مرمت کرده، دارای‌سکان نموده‌ایم. بااین که‌مااینك دارای‌شصت کشتی‌بزرك وکوچك‌هستیم‌نمیتوانیم‌بجنك(بیزانتیوم) برویم برای‌اینکه پادشاه(بیزانتیوم) دارای یك‌نیروی‌دریائی‌بزرك است. گرچه کشتی‌های جنگی(بیزانتیوم) سکان‌نداردولی چون‌شماره آن‌هازیاداست وافسران وجاشوان ورزیده در آن‌ها خدمت میکنند کشتی‌های ماغرق‌خواهد شدوماروزی‌باید به(بیزانتیوم) حمله کنیم که بدانیم فاتح‌خواهیم شد.

من‌بدون وقفه، همچنان کشتی‌خواهم‌ساخت وافسران وجاشوان‌جدیدرا برای کشتی‌های جنگی‌تربیت‌خواهم‌کرد. بااینکه نیروی دریائی‌ماهنوزآن‌طورکه‌بایدقوی نشده‌ومانمیتوانیم به(بیزانتیوم) حمله‌ورشویم نبایدازجنك خودداری کرد. مااگردرحال حاضر نتوانیم بــه (بیزانتیوم) حمله‌ورشویم قادریم که‌به(قبرس) حمله‌ور گردیم.

(توضیح‌ـ قبرس، جزیره‌ایست بزرك واقع‌درمشرق دریای مدیترانه که ازحیث وسعت سومین‌جزیره دریای‌مزبور محسوب‌میشود وباسواحل‌ترکیه بیش‌از ٤٤ میل‌فاصله ندارد‌وجزیره مزبور درصدراسلام از طرف‌مسلمین اشغال‌شدـ‌مترجم)

جزیره قبرس‌دارای‌اهمیت (بیزانتیوم) نیست‌اماجزیره‌ایست حاصلخیز وخوش‌آب و هوا واگرماآن‌را تسخیرکنیم لطمه‌ای بزرك به (بیزانتیوم) خواهیم‌زد. زیرا بعد از اینکه جزیره (قبرس) راتسخیر کردیم میتوانیم رفت‌و آمدکشتی‌های(بیزانتیوم) رادرطول‌سواحل اناطولی(یعنی‌ترکیه‌کنونی‌ـ‌مترجم) متوقف‌کنیم‌و بعددرصددبرآئیم که‌اناطولی‌را نیزازدست (روم) بیرون بیاوریم.

ای خلیفه من منتظر دستور توهستم تااینکه بیدرنك‌بسوی‌قبرس براه بیفتم‌ویقین‌دارم

که‌ما بدون تحمل تلفات سنگین(قبرس) رامنضم بقلمرو اسلام‌خواهیم کردچون پادشاه(روم)در فکر جریزه(قبرس) نیست‌و پیش‌بینی‌نمی‌کند که‌آنجامورد حمله‌قرارخواهند گرفت.

نیروئی که درقبرس میباشد بطوریکه من اطلاع‌یافته‌ام ضعیف‌است ونمیتواند ازتهاجم ما جلوگیری‌نماید. من‌بعد ازاینکه‌جزیره (قبرس) رابرای‌اسلام فتح‌کردم، منتظر خواهم شدکه بفهمم عکس‌العمل رومیها چه‌خواهدشد وآیا درصدد برمیآیندکه درجزیره قبرس بما حمله‌ورشوند یانه؟ اگر فهمیدم‌که رومیها عکس‌العمل نشان ندادندودرصدد استرداد جزیره قبرس‌برنیامدند. بجزیره (رودس) حمله‌ور خواهیم گردید وآنرا نیز برای اسلام‌فتح‌خواهم کرد. روزیکه ماجزیره (رودس) راهم تسخیر نمائیم میتوانیم برسراسر سواحل آناطولی ازسواحل فنیقیه‌گرفته تامدخل‌دریای یونان مسلط شویم‌و ازآن‌پس راه(بیزان‌تیوم)ازطریق دریا بروی‌ما گشوده‌خواهدشد.

(توضیح- جزیره (رودس) یکی ازجزایر دریائی (اژه) است‌که نزدیك خاك ترکیه میباشد وشناگران ماهر میتوانند باشنا ازجزیره مزبور به‌ترکیه بروندوبرگردند. جزیره (رودس) دارای تاریخی قدیمی است‌و دردنیای باستان‌دانشگاه‌آن معروفیت‌جهانی داشت و امروز جزوکشور یونان‌است- مترجم)

وقتی جزیره (رودس) بتصرف مادرآمدتصرف سایر جزایر (روم)که دردریای‌یونان واقع شده برای ماآسان‌خواهد شد وباتصرف‌آن جزایر ماهمسایه (بیزان‌تیوم) میشویم‌ولی آن همسایه‌کافرراااز پادرخواهیم‌آورد.

ای خلیفه بزرگترین‌آرزوی من‌این است‌که روزی خودرا در(بیزان‌تیوم) ببینم و درآنجاصدای اذان‌را بشنوم وبدستور تودرآن‌شهر کلیساهارا مبدل بمسجد نمایم.من‌چون از (مدینه) دورهستم از خبرهائی‌که بآنجا میرسدزیاد اطلاع ندارم ولی باخوشوقتی‌میشنوم که قشون اسلام درایران موفق به‌پیروزیهای‌بزرك شده‌وپایتخت‌پادشاهان ساسانی‌کنار رود دجله بتصرف مسلمین درآمده‌است.

توای خلیفه موفق شدی‌که‌پایتخت سلاطین ساسانی رادرمشرق قلمرو اسلام به‌تصرف درآوردی‌و اگرما بتوانیم(بیزان‌تیوم)پایتخت(روم) راهم به‌تصرف‌درآوریم، دیگردرجهان، مقابل اسلام قدرتی‌که قابل توجه باشد وجود نخواهدداشت واسلام سراسر جهان‌را خواهد گرفت. اگر(بیزان‌تیوم)آن‌طرف‌دریا نبودونیروی دریائی‌قوی نداشت ماآنرامثل(مدائن) تصرف‌کرده بودیم ولی‌چون آنطرف دریا قرار گرفته میباید برای تسخیرآن‌منتظرروزی باشیم‌که نیروی دریائی ماقوی‌شود وامیدوارم که‌خداوندمرا زنده‌نگاه‌دارد تاروزی‌که‌بتوانم بدستور تو پایتخت‌رومیان‌رابرای اسلام‌فتح‌نمایم.

عایشه از عمر خواست که بر مستمری او بیفزاید

من تصمیم گرفتم که مرتبه‌ای دیگر از (ابن‌هشام) که در دوره خلافت عمر بن الخطاب کاتب او بود و بامور مربوط به بیت‌المال رسیدگی مینمود تحقیق کنم و بازراجع به (عایشه) ازاو کسب اطلاع نمایم. (ابن‌هشام) گفت بعدازاینکه عساکر اسلام در دوره خلافت عمر بن الخطاب درشام وایران ومصر موفق به پیروزیهای بزرك شدند وغنائم جنگی فراوان بدست آوردند وضع بیت‌المال بسیار خوب شد وما مجبور شدیم که برای جادادن زروسیم وکالاهای گرانبها خزانه‌های بزرك وجدید بسازیم. چون قشون اسلام درشرق وغرب مشغول جنك بود عده‌ای ازمسلمین در میدان‌های جنك بدرجه شهادت میرسیدند وزن‌ها وفرزندانشان بدون وسیله معاش می‌ماندند. (عمر بن الخطاب) برای تمام زن‌ها و یتیمانی که نان‌آورشان در میدان جنك بقتل میرسیدند مستمری برقرار کرد تااینکه گرسنه نمانند.

زن‌های پیغمبر غیر از (حفصه) دختر عمر بن الخطاب از بیت‌المال مقرری دریافت می‌کردند ولی (حفصه) مستمری‌را نپذیرفت و گفت معاش من میگذرد و آنچه میخواهید بمن بدهید بفقرای اسلام بذل کنید. ولی سایرزن‌های پیغمبر که (ام‌المؤمنین) بودند مستمری خود راازبیت‌المال دریافت می‌کردند.

مستمری (عایشه) سالی دوازده‌هزار درهم (مثل سایرزن‌های پیغمبر) بودو بعدازاینکه وضع بیت‌المال خوب شد عایشه زبان بشکایت گشود و گفت دوازده هزاردرهم برای معاش‌من کم‌است و من نمیتوانم بااین مستمری، آنطور که مایلم زندگی کنم.

(عمر بن الخطاب) باو گفت سایرزن‌های پیغمبر هم باندازه تومستمری میگیرند و براحتی زندگی میکنند. (عایشه) گفت یا (عمر) روزی که من حاضر شدم دوازده هزار درهم مستمری بگیرم برای رعایت وضع بیت‌المال بود. درآن‌روزچون من‌میدیدم که وضع بیت‌المال خوب نیست موافقت کردم که مستمری من سالی‌دوازده هزاردرهم باشد. سایر زن‌های پیغمبر مثل (زینب) و (سوده) وقتی فهمیدند که من‌سالی دوازده‌هزار درهم‌دریافت خواهم‌کرد گفتند که

آنها نیز باید سالی دوازده هزار درهم دریافت کنند. لیکن امروز وضع بیت‌المال بقدری خوب است که حسابداران آن نمی‌دانند که زر و سیم را کجا بدهند لذا من انتظار دارم که بر مستمری من بیفزایند.

(عمر بن الخطاب) گفت ای (ام‌المؤمنین) اگر بر مستمری تو افزوده شود سایر زن‌های پیغمبر هم درخواست می‌کنند که بر مستمری آنها بیفزایند. (عایشه) گفت سایر زنهای پیغمبر نباید این درخواست را بکنند زیرا آن‌ها باندازه من باسلام خدمت نکرده‌اند و نمی‌کنند تا این که سزاوار دریافت مستمری بیشتر باشند. من نه فقط از روزی که همسر پیغمبر شدم باسلام خدمت کردم بلکه مدتی قبل از آن، موقعی که در خانه پدرم (ابوبکر) بسر میبردم مشغول خدمتگزاری باسلام بودم و اینك هم ای خلیفه تصدیق کن که من خدمتگزار اسلام هستم. (عمر بن الخطاب) گفت آری ای (ام‌المؤمنین) من تصدیق می‌کنم که تو امروز باسلام خدمت میکنی.

(عایشه)، در آن موقع مشاور شرعی (عمر بن الخطاب) بود و هر موقع که (عمر) میخواست یکی از آیات قرآن مراجعه کند به (عایشه) مراجعه میکرد. در پیرامون (عمر) کسانی بودند که آیات قرآن رامیدانستندو ازجمله من، یك قسمت از آیات قرآن را می‌دانستم اما تنها کسی که تمام آیات قرآن را ازحفظ داشت (عایشه) بود.

در آن موقع، مثل امروز مجموعه کتبی آیات قرآن در یکصد و چهارده سوره وجود نداشت که مسلمین بتوانند بآن مراجعه کنند. و هر کس مقداری از آیات قرآن رامیدانست و از بقیه بی‌اطلاع بود وچون عایشه تمام آیات قرآن را ازحفظ راشت وشأن نزول تمام آیات را میدانست میتوانست از نظر شرعی خدمات گرانبها به (عمر بن الخطاب) بنماید.

یك روز (ام‌المؤمنین) از (عمر بن الخطاب) خلیفه دوم دعوت کرد که بمنزلش برود و وی را ملاقات کند. (عمر) عازم خانه (عایشه) شد و مرا هم باخود برد برای اینکه حدس میزد که (عایشه) میخواهد راجع به مستمری خود صحبت کند. وقتی وارد خانه (عایشه) که وصل بمسجد مدینه بود شدیم (ام‌المؤمنین) بااحترام، (عمر بن الخطاب) و مرا پذیرفت و بکنیز خود دستور داد که برای ماشربت انگبین بیاورد.

بعد از اینکه خلیفه دوم جرعه‌ای از شربت نوشید پرسید یا (ام‌المؤمنین) با من چه کار داری؟ عایشه گفت میخواهم راجع بلزوم افزایش مستمری خود با تو صحبت کنم. عمر گفت آیا در زندگی ناراحت هستی و وضع معاش تو مساعد نیست؟ بطوریکه من اطلاع دارم وضع معاش تو خوب است و نزد مسلمین احترام داری و همه تو را (ام‌المؤمنین) میدانند. تو دانشمندترین زن در قلمرو اسلام هستی و وضع معاش تو نیز خوب است و از این ببعد باید هم خود را وقف خدمت بخداوند بکنی نه اینکه در فکر جمع‌آوری مال باشی.

(ام‌المؤمنین) گفت من پیوسته در فکر خدا بوده‌ام و از این ببعد هم در فکر خدا خواهم

بود. ازروزی که قدم بمرحله عقل گذاشته‌ام ازفکرخدا غافل نبودم وپیغمبراوراتاسرحدپرستش دوست میداشتم ویقین دارم که پیغمبردرخانهٔ هیچیك اززنهای خودمثل‌خانه من‌سعادتمندنبود برای اینکه میدانست من‌اورا براستی دوست میدارم.

یکی‌ازدلایل غیرقابل تردیدکه ثابت میکند من‌پیوسته درفکرخدا هستم این است‌که (ام‌المؤمنین) میباشم وتمام مردان مسلمان پسرمن‌هستند وهیچیك‌ازآنها نمی‌توانند شوهر من بشوند. خواهی گفت‌که سایرزن‌های‌پیغمبرهم(ام‌المؤمنین) میباشند ونمیتوانندیکی‌ازمردهای مسلمان‌را بشوهری‌انتخاب نمایندولی فرق است بین‌یکزن چون من‌که هنوزجوان است و سایرزنهای پیغمبرکه همه‌سالخورده میباشند. آنها چه‌بخواهند چه‌نخواهند، نمیتوانند شوهر اختیار نمایند ولی یك‌زن‌جوان چون من میتواند شوهراختیارکند وخود داری او، ازاختیار کردن همسر، بپاس احترام نسبت به قوانینی میباشدکه پیغمبرما از طرف خداوند وضع کرده‌است. شوهرکردن، بعد ازپیغمبربرمن حرام است ومن تاروزی‌که زنده هستم نمیتوانم همسر انتخاب‌کنم . بلکه از زندگی بهتربرخوردار شدن برمن حرام نیست وحال‌که من نمیتوانم شوهرکنم، چرا اززندگی بهتر برخوردارنشوم .

من تاچه موقع بایددراین‌خانه محقرکه متصل‌بمسجداست زندگی‌نمایم وصدای مسجد مانع ازاین شودکه من بتوانم دربعضی‌ازساعات روز استراحت‌کنم . من با اینکه مادرتمام مسلمین هستم بیش‌ازیك‌خدمتکارندارم واوهمین بودکه برای‌شما شربت‌آورد. من‌اگردارای چندین خدمتکارباشم بهترزندگی خواهم‌کرد چون‌هریك‌ازآنهارامأموریك قسمت ازکارهای خود خواهم نمود وامور خانه من خیلی بیش ازامروزمرتب خواهدگردید. من بااینکه (ام‌المؤمنین) هستم مجبورم‌که درسرتاسرتابستان درمدینه بسر ببرم و نمیتوانم مثل ارباب بضاعت از این شهر خارج شوم و به‌ییلاق بروم . اگر من بضاعت میداشتم در ییلاق‌خانه‌ای برای خود میساختم و فصل تابستان از این شهر میرفتم ودرجائی زندگی میکردم‌که هوا خنك باشد.

(عمربن‌الخطاب) گفت یا(ام‌المؤمنین) من‌هم درفصل تابستان دراین شهرمیمانم وبه ییلاق نمیروم. (عایشه) گفت ای‌خلیفه تویك‌مرداستثنائی‌هستی‌که بعشق دین اسلام‌تمام لذات حلال زندگی‌را برخود ممنوع کرده‌ای. ولی من مجبورنیستم‌که ازروش توپیروی‌کنم وخود را ازلذات حلال زندگی محروم‌نمایم. من میل‌دارم‌که درخانه وسیع وزیبازندگی‌کنم ودر فصل تابستان ازمدینه به‌ییلاق بروم وغذاهای‌لذیذتناول نمایم والبسه‌قشنك وگران‌بهابپوشم وخدمه متعدد درخانه‌من عهده‌دارکارهایم شوند. چرامن نباید باگوهرهای قیمتی‌سروگردن وگوش‌های‌خودرا مزین‌کنم درصورتیکه درقوانین‌پیغمبر، زینت وآرایش برزن حرام نیست. آیامن‌که زوجه پیغمبر بودم واینك (ام‌المؤمنین) هستم نباید از یك‌پنجم ازغنائم جنگی‌که

نصیب مسلمین میشود بهره‌مند شوم. اگر نبایدازغنائم جنگی برخوردارشوم دلیل براین‌است که شمامرا (ام‌المؤمنین) نمیدانید زیرا زنی‌که زوجه پیغمبر بوده و(ام‌المؤمنین) است حق داردکه ازغنائم جنگی برخوردار گردد. اگر (ام‌المؤمنین) هستم مرا ازغنائمی که درجنگ‌ها نصیب مسلمین میشود مستفیدکنید واگر(ام‌المؤمنین) نیستم بچه مناسبت مرامادر مردهای مسلمان میخوانید و عقیده دارید زنی‌که همسر پیغمبر(ص) بوده نبایدبعدازرسول‌الله(ص)همسر اختیار کند.

من اگریك‌زن مطلقه بودم وپیغمبرقبل ازرحلت مرا طلاق داده بود (گواینکه‌پیغمبر زن‌های خودرا طلاق نمیداد) شماحق داشتیدکه مرا ازدریافت غنائم جنگی محروم نمائید. لیکن هنگامی‌که رسول‌الله(ص) زندگی‌را بدرودمیگفت من‌همسرش‌بودم وبهمین‌جهت امروز (ام‌المؤمنین) و مستوجب دریافت غنائم جنگی میباشم . (عمر بن الخطاب) پرسید توچه میخواهی وبیت‌المال،هرسال چه‌مبلغ باید بتو بپردازد؟ (عایشه) گفت مستمری سالیانه من که اینك سالی دوازده‌هزاردرهم است میباید پانزده برابرشود. (عمربن‌الخطاب) پرسید یا (ام‌المؤمنین) چه میگوئی؟ عایشه گفت میگویم‌که مستمری من‌باید پانزده برابر شود و بیت‌المال هرسال یکصدوهشتادهزاردرهم بمن بپردازد.

(عمر) گفت یا(ام‌المؤمنین) تواین‌همه پول را میخواهی چه‌کنی؟ (عایشه) گفت من میخواهم بااین پول بخوشی زندگی‌نمایم وخودرا از تمام چیزهائی‌که مطابق قوانین اسلام حلال است بهره‌مند کنم واین درخواست اول من‌است. (عمر) پرسید آیادرخواست دیگرهم داری؟ عایشه گفت بلی درخواست دوم من این است‌که تمام‌گوهرهائی‌که سربازان اسلام درکاخ (یزدجرد) پادشاه ساسانی بغنیمت بدست‌آورده‌اند و(سعد وقاص) آنهارا از(مدائن) به (مدینه) فرستاده بمن واگذارشود.

خلیفه‌دوم گفت یا(ام‌المؤمنین) آن‌گوهرهامال بیت‌المال است‌یعنی تعلق بعموم‌مسلمین دارد ونمیتوان آن‌را بیك نفر ازمسلمانها داد. (ام‌المؤمنین) گفت آیا من حق دارم‌که از غنائم جنگی مسلمین سودمند شوم یانه؟ اگرحق‌دارم بایدگوهرهائی‌راکه غنائم جنگی‌است واز(مدائن) به(مدینه) فرستاده شده بمن‌بدهید یالااقل آن‌قسمت ازگوهرهاراکه جزو زیور زنها بوده بمن واگذارید.

(عمربن‌الخطاب) گفت اگرمن فقط‌گوهرهائی راکه‌زنها برای زینت بکار میبرده‌اند بتوواگذارکنم توباید دوصندوق‌را پرازگوهر کنی. (عایشه) گفت آیابیم داری‌که من برای‌جا دادن گوهرها، صندوق نداشته باشم؟(عمربن‌الخطاب) گفت منظورم این است‌که حتی‌گوهرهای زنانه‌که از(مدائن) به(مدینه) فرستاده شده زیاداست. (ام‌المؤمنین) گفت هرچه گوهرزنانه بین غنائم جنگی‌هست بمن بده .

(عمر بن الخطاب) خطاب بمن گفت ای پسر هشام در دفتر (بیت‌المال) بنویس که هر سال یکصدوهشتادهزاردرهم به(ام‌المؤمنین) مستمری بپردازند. علاوه براین در گوهرهائی که از (مدائن) باینجا فرستاده شده جستجو کن وهر گوهر را که بمصرف زینت میرسد کنار بگذار و برای (ام المؤمنین) بفرست. (عایشه) گفت (ابن‌هشام) مردی است دقیق و جدی و میداند گوهرهائی که برای زینت زنها ساخته شده کدام است.

گفتم یا(ام‌المؤمنین) یازده دیهیم در بین گوهرها هست که مخصوص زنها میباشد و همچنین نزدیك یکصدطوق و گوشوار مخصوص زینت زن‌ها بین گوهرها وجوددارد که بعضی از آن‌ها ازالماس ومرواریداست وبعضی از جواهردیگر. (عایشه) گفت تمام آن‌هارا برای من بفرست. گفتم علاوه بردیهیم‌ها وطوقها وگردنبندها ،مقداری دستبندهای زنانه وخلخال بین گوهرها وجوددارد. (عایشه) گفت من میل دارم که آنهارا نیز برای من بفرستی. بعد از این گفتگو، چون ظهر نزدیك می‌شد وهنگام ادای نماز بود (عمر بن الخطاب) از (عایشه) خدا حافظی کرد و ازمنزل او خارج شدو من باتفاق خلیفه به‌مسجدرفتم ونمازخواندم.

پس‌ازخواندن نماز(عمر) به‌خانه خودرفت که‌غذا بخوردومن هم‌راه‌بیت‌المال راپیش گرفتم تاگوهرهای زنانه را ازبین‌جواهری که‌از(مدائن) فرستاده‌شده بودجدا کنم‌وبرای عایشه بفرستم. (عمر بن الخطاب) درصرف‌غذا امساك‌میکرد و موقعی کـه‌من منشی بیت‌المال بودم‌غذای خلیفه‌دوم عبارت‌بود ازده‌عدد خرمایاده‌لقمه‌نان. خلیفه‌بعدازاینکه ناهارقلیل‌خود راصرف‌کرد به‌بیت‌المال آمد تااینکه‌جواهرزنانه راببیند.

جواهری که‌از(مدائن) به(مدینه) فرستاده‌شدزیاد بودوبعضی از آن‌ها از گوهرهای منحصر بفرد بشمار می‌آمد. یکی‌از آن‌هامجسمه‌ای بودازطلاکه یکی از سلاطین ساسانی را سوار براسب نشان‌می‌داد، درآن‌مجسمه هرقسمت‌ازلباس‌سوار رابوسیله جواهر برنك‌اصلی‌در آورده بودند وهمان‌مجسمه میلیونهادرهم میارزید. یکی دیگر از گوهرهای منحصـر بفرد عبارت بوداز یك‌صفحه شطرنج‌بامهره‌هایش که‌خانه‌های آن‌صفحه‌شطرنج راباطلاوعاج‌ساخته بودند بطوری که بعضی از خانه‌ها اززربود وبعضی ازخانه‌ها ازعاج ویکدسته از مهره‌های شطرنج عاج بود و دسته دیگرزر و روی مهره‌های زردانه‌های الماس بنظرمیرسید. شماره صراحی‌های‌زر بقدری‌بود که‌در خاطرم‌نمانده‌و خلیفه دوم‌نیز دستورداد که آنهارا ذوب کنند ومسکوك‌زر ضرب‌نمایند.

آن گونه گوهرها بدرد عایشه‌نمیخورد وغیراز گوهرهائی که‌محقق‌بود موردمصرف مردها میباشد جواهری‌وجود داشت‌که ماموردمصرف آنهارا نمی‌دانستیم.

ازجمله ظروفی بنظرمارسید بسیارکوچك که‌از زرساخته‌بودند وما نمیدانستیم بچه‌کار می‌آید زیرا بقدری‌کوچك‌بود که‌نه‌برای نوشیدن آب مفید بنظر میرسیدنه برای نوشیدن

شراب برسم عجم‌ها و پس از اینکه چند نفر از صاحب منصبان عرب از ایران مراجعت کردند من از آن‌ها پرسیدم مورد مصرف ظروف مزبور چیست؟ آنها جواب دادند که ایرانیان آن ظروف کوچك را پنگان میخوانند (کلمه فنجان همان پنگان فارسی است ــ مترجم) و بوسیله آن معجون مینوشند و معجون عبارت است از عصاره چند نوع گیاه که به‌عقیده ایرانیان برای تولید نشاط و تقویت بدن خیلی مفید است.

دربین جواهری که از (مدائن) به (مدینه) فرستاده‌شد شمشیرها و کاردهای مرصع نیز وجود داشت که بدرد عایشه نمی‌خورد. من آن قسمت از گوهرها را که می‌دانستم بدون تردید برای زینت زنها مورد استفاده قرار می‌گیرد کنار گذاشتم و شماره کردم و بنظر (عمر بن‌ الخطاب) رسانیدم و آن ۲۵۳ قطعه گوهر بود. (عمر بن الخطاب) گفت این جواهر را برای (ام‌المؤمنین) بفرست. گفتم همین که صورت آن‌را برداشتم برای (ام‌المؤمنین) خواهم فرستاد. همان‌روز صورتی از آن‌جواهر تهیه‌شده و من با دوغلام جواهر مزبور را بخانه (عایشه) بردم و باو دادم

وقتی سخن (ابن‌هشام) باینجا رسید من از او پرسیدم بهای جواهری که تو بخانه (عایشه) بردی و باو تسلیم کردی چقدر بود؟ گفت اگر قیمت آن‌جواهر را بنرخ امروز در نظر بگیریم ده‌ها میلیون درهم می‌ارزید. از ابن‌هشام پرسیدم که آیا سالی یکصدوهشتادهزار درهم مستمری که (عایشه) از خلیفه دوم خواست باو پرداخته‌شد یا نه؟

گفت تاروزی که امور بیت‌المال با من بود و خلیفه دوم حیات داشت آن مستمری به (ام‌المؤمنین) پرداخته میشد ولی اطلاع ندارم که بعد از خروج من از خدمت بیت‌المال آیا آن مستمری را کماکان به (عایشه) پرداختند یا نه؟ آنوقت فهمیدم ثروتی که (عایشه) گردآورد از همان زمان بود. از تحقیقاتی که کردم فهمیدم (عایشه) درزمان پیغمبر خیلی بسادگی میزیست و نه‌فقط از تجمل برخوردار نبود بلکه بسیاری از چیزهای ضروری را هم نداشت. بعد از رحلت پیغمبر، در زمان خلافت (ابوبکر) پدر (عایشه)، وضع زندگی (ام‌المؤمنین) بهتر شد و پدرش برای او مقرری وضع کرد اما باز زندگی (ام‌المؤمنین) مقرون با تجمل نبود برای اینکه بیت‌المال آنقدر بضاعت نداشت که مستمری گزاف به (عایشه) بدهد.

درزمان (عمر بن الخطاب) خزانه‌های بیت‌المال مملو از زر و سیم گردید و مستمری عایشه بطوری که (ابن‌هشام) برای من حکایت کرد خیلی زیاد شد و (ام‌المؤمنین) توانست وسائل تجمل را فراهم نماید و چون در عین‌حال زنی باهوش بود، ثروت خود را از دست نداد بلکه بر آن افزود.

بعد من راجع به (عمر بن الخطاب) سؤالاتی از (ابن‌هشام) کردم و گفتم راجع بامساك (عمر) درغذا خوردن، و پرهیز از وسائل تجمل چیزهائی شنیده‌ام و بعضی از آنها را خود ناظر بودم و بچشم خود دیدم که هنگام ورود به بیت‌المقدس (عمر بن الخطاب) خادم خود را برشتر نشانیده بود

و خودعنان شتررا بدست گرفته، بسوی‌ما میآمد. ولی می‌پرسم که‌آیا (عمر بن‌الخطاب) در هر وعده غذا، بده‌دانه‌خرما اکتفا می‌نمودیا ده‌لقمه نان میخورد؟ (ابن‌هشام) گفت ده لقمه‌نان که او میخورد شاید پنج‌لقمه متداول نمی‌شد ومن خوددیدم که‌روزهاوشب‌ها، درهر وعده‌غذا، بده‌دانه‌خرما یاقدری‌نان اکتفامیکرد.

پرسیدم آیاتوروزها بااوبسرمیبردی؟ گفت‌هنگامی که (عمر بن‌الخطاب) دربیت‌المال مشغول رسیدگی بحسابها بودمن‌روز وشب بااو بسرمیبردم ولی‌نمیتوانستم مثل‌وی کارکنم. من بعدازاینکه یك‌شب تاصبح کارمیکردم مجبور بودم‌روز بعداز فرط‌خستگی بخوابم. ولی(عمر بن الخطاب) خسته نمی‌شدوبعد از بامداد تاشب‌دیگر بکارادامه میداد وشب‌بعدهم نمی‌خوابیدو بهمین‌ترتیب روزها و شبها کار میکرد و من درآن ایام‌میدیدم‌که غذای(عمر)ده دانه خرما یاقدری نان‌است.

من‌بدفعات از(عمر بن‌الخطاب) شنیدم‌هنگامی که درمسجد مدینه برای‌مسلمین صحبت میکرد به‌آنهامیگفت‌کسی که عنان‌نفس‌را رهاکندشبیه‌است بکسی‌که ازدامنه‌سراشیب‌یك‌کوه سقوط مینماید. اگروی نتواند بالای‌کوه خود را نگاه‌دارد ومانع‌از فرود آمدن‌خود شود، هرقدرکه بیشتر فرود بیاید سریع‌تر سقوط خواهدکرد. انسان‌بایدجلوی هوسهای‌کوچك نفس‌رابگیرد تااینکه هوس‌کوچك هوس‌هائی بزرگتر وآنگاه هوسهای‌بزرگتر، هوس‌خیلی بزرك بوجود نیاورد. اگردفعه اول‌که‌نفس، هوسی‌کرد آن هوس‌رابکشید میتوانید پیوسته عنان‌نفس‌را دردست داشته‌باشیدوگرنه نفس‌برشما غلبه‌خواهدکرد وشمارابوادی انحراف و انحطاط سوق‌خواهدداد.

یکی‌از چیزهائی‌که چندبار ازدهان عمر بن‌الخطاب شنیدم مربوط بود بزبان عربی. (عمر)میگفت عده‌ای ازبیگانگان تاامروز زبان‌عربی‌را آموخته‌اند وما نمیتوانیم‌که راجع به‌آنها چیزی بگوئیم‌وبعضی ازآنهانیزاینك برای‌ماکار میکنند. ولی‌شماکه فرزندان‌عربستان هستیدنگذاریدکه درآینده‌بیگانگان زبان‌عربی‌را فرابگیرند و بتوانند ازکتاب آسمانی ما بهره‌مندشوند. شمااکنون فرمانروای قسمتی‌از دنیا هستید ودرآینده‌ممکن است فرمانروای سراسرجهان‌شوید وزبان‌عربی مفتاح‌موفقیت‌شماست ونبایداین مفتاح‌بدست بیگانگان‌بیفتد و درنتیجه‌شریك‌فرمانروائی شما شوند. شمافرزندان‌عربستان‌اکنون برکشورهای‌متعددحکومت میکنید ودر آن‌کشورها حکام عرب، امور مردم را رتق وفتق مینمایند. زنهار هنگامی‌که عهده‌دار اداره اموراقوام بیگانه‌هستید قدم ازحدودعدل وانصاف‌وقناعت‌فراترنگذارید. شما اگردرکشورهائی‌که ضمیمه قلمرواسلام‌شودرعایت عدل‌وانصاف‌رابکنیدوخود باقناعت‌زندگی نمائیدحکومت‌شما وفرزندانتان برجهان‌هزارهاسال طول‌خواهدکشید. امااگر درکشورهای دیگر رعایت‌عدل‌وانصاف‌را نکنید وازمردم مالیاتهائی‌که مغایر باموازین شرع‌است بگیرید یاازآنها رشوه بستانید قدرت‌خود را ازدست خواهیدداد.

تاروزی که (عمر بن الخطاب) زنده بود حکامی که‌ازطرف خلیفه برای اداره امور کشورهای دیگر انتخاب میشدند ، از سکنه آن کشورها مالیات‌هائی مغایر باقوانین شرع نمیگرفتند ورشوه نمی‌ستانیدند وبمردم ظلم نمیکردند. ولی بعداز اینکه (عمر بن الخطاب) زندگی را بدرود گفت در زمان خلافت عثمان، حکام عرب در کشورهای دیگر (مدینه) رادور دیدندو ازسکنه‌محلی مالیات‌های نامشروع گرفتند.

در بعضی ازکشورها که در دوره خلافت (عمر بن الخطاب) ضمیمه قلمرو اسلام‌شد، قبل‌از اسلام‌رسم‌رشوه گرفتن جاری‌بودو کسانی که کارهای مردم‌راحل‌وفصل‌میکردند از آنها رشوه‌میگرفتند .

بعدازاینکه اسلام بر آن کشورهامسلط‌شد رسم‌رشوه گرفتن برافتاد. امابعد ازخلافت (عمر بن الخطاب) درهمان‌کشورهاازطرف‌حکام عرب رسم‌رشوه گیری‌متداول گردیدوهنوز هم ادامه‌داد. این‌بود قسمتی ازچیزهائی‌که من‌از (عایشه‌المؤمنین) وعمر بن الخطاب خلیفه دوم‌بیاد دارم.

چگونگی قتل عمر از زبان سلمان فارسی

دیگر از کسانی که‌مورد تحقیق من‌قرار گرفت سلمان‌فارسی بود. سلمان‌فارسی مردی است‌ایرانی ودوره پیغمبر مارا ادراك کرده وخدمات بزرك به‌پیغمبر ماواسلام نموده‌و چون محترم‌است من‌اورا احضار نکردم بلکه خود بملاقاتش‌رفتم.

من میدانستم که‌سلمان‌فارسی بقدری به‌پیغمبر نزدیك بود که‌پیغمبرما اوراچون(اهل‌البیت) میدانست‌یعنی‌جزو اعضای‌خانواده خودرا بشمارمیآورد. من تردیدنداشتم که مردی چون‌سلمان، بمناسبت اینکه خیلی‌بپیغمبر نزدیك‌بوده، راجع‌به (عایشه) اطلاعات بسیاردارد و اظهاراتش برای‌من مفیدواقع‌خواهدشد.

زائداست بتفصیل بگویم که سلمان، هنگامیکه من‌بملاقاتش رفتم‌مردی سالخورده بود ولی‌باوجود پیری‌خوش‌مشرب بنظرمیرسید ومرورایام و آسیب‌هائیکه دید، نشاط طبیعی اورا ازبین نبرد. وضع‌مادی سلمان مثل‌وضع‌مادی تمام‌نزدیکان پیغمبر، بعدازرحلت (رسول‌الله) خوب‌نبود زیراپیغمبرما بطوریکه همه‌میدانندکوچکترین توجه‌نسبت بجمع‌آوری مال‌نداشت ونزدیکان‌اوهم مثل‌وی بمال‌دنیا بی‌اعتنا بودند. سلمان‌در دوره‌خلافت (ابوبکر) هم‌باعسرت میزیست ولـی در دوره خلافت (عمربن‌الخطاب) وضع مادی او خوب شد . روزی‌که من بملاقات سلمان رفتم، خود او چگونگی بهبود وضع مادی خـویش را اینگونه برای من حکایت کرد :

درسال هفدهم بعدازهجرت درزمان‌خلافت عمربن‌الخطاب ازبین‌النهرین خبر رسید که‌دوشهر (کوفه) و(بصره) بکلی‌سوخته وچیزی‌ازآن باقی‌نمانده‌است. (عمربن‌الخطاب)از شنیدن‌آن‌خبر حیرت‌کرد چون‌وی نمیتوانست قبول‌کندکه دوشهر ، طوری بسوزدکه چیزی ازآن باقی‌نماند.

من‌چون ایرانی‌بودم وازاوضاع (مدائن) وشهرهای اطراف آن‌از جمله شهر (کوفه) وشهربصره واقع‌درجنوب بین‌النهرین اطلاع‌داشتم موردمشورت (عمر)قرارگرفتم وباوگفتم شهرهای (کوفه)و(بصره) مثل‌شهرمدینه نبودکه‌اگر درقسمتی‌ازآن حریق‌ایجادشود بزودی

خاموش گردد و بسایر قسمتهای شهر سرایت ننماید. شهرهای (کوفه) و (بصره) با نی ساخته شده بود و غیر از (نی) برای ساختن خانه های شهر مصالح دیگر بکار نبردند. لذا همینکه آتش در یك خانه افتاد بخانه های اطراف سرایت کرد و تمام شهر سوخت و غیر از خاکستر چیزی از آن باقی نماند. (عمر بن الخطاب) از من پرسید چه شد که دو شهر (کوفه) و (بصره) در یك موقع سوخت در صورتیکه من شنیده ام که بین آن دو شهر فاصله ای زیاد وجـود داشت و آیا تصور نمیکنی که سوزانیدن آن دو شهر عمدی بوده و خواسته اند که خانه مسلمانها را آتش بزنند و آنها را بیازارند ؟

من در جواب (عمر) گفتم تصور نمیکنم که اینطور باشد زیرا دو شهر (کوفه) و (بصره) در منطقه ای قرار گرفته بود که سکنه آن اسلام آوردند. اگر این دو شهر درشمال بین النهرین که هنوز قسمتی از سکنه آن مسلمان نشده اند قرار داشت ممکن بود فرض کنیم سکنه محلی که مسلمان نیستند خواسته اند که هموطنان مسلمان خود را بیازارند و خانه هایشان را آتش بزنند. لیکن چون سکنه محلی مسلمان هستند. راضی بآزار هم کیشان خود نمیشو ند و حریق (کوفه) و (بصره) ناشی از بی احتیاطی اهالی بوده است و این واقعه در بین النهرین بی سابقه نیست و در گذشته اتفاق افتاده که دو قریه که از نی ساخته شده بود و باهم فاصله داشت در یکروز طعمه حریق شد (عمر بن الخطاب) گفت ای سلمان من میدانم که تو مردی مهندس و معمار هستی و در جنك (خندق)، خندقی که ما اطراف مدینه حفر کردیم طبق نقشه ای که تو طرح کردی حفر گردید.

توضیح ـ (شرح حفر این خندق براهنمائی سلمان فارسی سال گذشته ضمن شرح حال حضرت ختمی مرتبت صلی الله علیه و آله و سلم در مجله خواندنیها منتشر شد ـ مترجم)

اینك عده ای از هم کیشان ما که همه تازه مسلمان هستند در (کوفه) و (بصره) بی خانمان هستند و تو که از مهندسی و معماری سر رشته داری میتوانی بکمك آنها بشتابی تا شهرهای (کوفه) و (بصره) از نو ساخته شود ولی دقت کن که این مرتبه، شهرها طوری ساخته شود که دستخوش حریق نگردد. گفتم برای اینکه شهرهای جدید (کوفه) و (بصره) دستخوش حریق نشود باید آنها را با آجر یا لااقل باخشت خام ساخت. (عمر بن الخطاب) گفت هر طور که میتوانی شهرها را بساز و من بحکمران خودمان در بین النهرین دستور میدهم که هزینه ساختمان این دو شهر را از محل زکوة و جزیه سکنه بین النهرین که میباید عاید بیت المال شود در دسترس تو بگذارد و تو میدانی که زکوة مالیات شرعی اموال مسلمین است و جزیه عبارت است از مالیاتی که سکنه غیر مسلمان که تحت حمایت اسلام هستند باید بپردازند.

قبل از اینکه من از مدینه بسوی بین النهرین حرکت کنم (عمر بن الخطاب) گفت من اکنون نمیتوانم مزد تو را معلوم نمایم و بگویم چه حق الزحمه باید بتو داد. زیرا نمیدانم وسعت کارهای مهندسی و معماری تو در (کوفه) و (بصره) چه اندازه خواهد بود. ولی بحاکم بین النهرین دستور

میدهم که میزان کارتورا بسنجد وراجع بمزدی که باید بتوبدهد باتو توافق نظر حاصل نماید ومزدتورا هرطورکه مایلی تأدیه کند واگرمیل داری مزدخودرا نقدبگیری مسکوک زروسیم بتو بپردازد. اگرخواهان پول نقدنیستی، حاکم بین النهرین مجاز خواهدبود که مزدتورا جنسی بپردازد وحتی میتوانی درازای مزدخود زمین بگیری.

بموجب قانونی که دردوره خلافت(ابوبکر)وضع شد اراضی کشورهای دیگر که ازطرف مسلمین مسخر میشود بوسیله خلیفه به بیت المال واگذارمیگردد و اختیار استفاده از آن اراضی باخلیفه است ومن میتوانم قسمتی از اراضی بین النهرین را درازای مزد تو، بتوواگذار کنم.

بعدازاین صحبت، من ازمدینه براه افتادم و عازم بین النهرین شدم مدت دوسال من در بین النهرین مشغول ساختن شهرهای (کوفه) و(بصره) بودم و گاهی از(کوفه) راه(بصره) را پیش میگرفتم وزمانی از (بصره) بطرف (کوفه) رهسپارمیشدم ونزدیك آن دوشهر کوره های بزرك بوجودآوردم تااینکه خشت خام درآن ها پخته شود وآجر گردد. کارساختن شهرها با کمك سکنه شهرهای سابق(کوفه)و(بصره) باسرعت پیش میرفت بطوریکه بعداز دوسال، هردوشهر ساخته شد ومن برای (عمربن الخطاب) نامه فرستادم وتمام شدن ساختمان شهرهارا باطلاعش رسانیدم وگفتم اگر موافقت میکند به حاکم بین النهرین دستور بدهد تا بابت دستمزد، بمن زمین بدهند.

(عمربن الخطاب) باتقاضای من موافقت کرد وحاکم بین النهرین، درازای دستمزد، بمن زمین دادومن آن اراضی را مبدل به کشتزار کردم وقسمتی راهم مبدل بباغ نمودم واینك از درآمد آن اراضی امرارمعاش میکنم وبدین ترتیب من دارای قدری بضاعت شدم. گفتم ای(سلمان) ازاین قرار دردوره خلافت (عمربن الخطاب) بتوخوش میگذشت؟ سلمان گفت من مردی هستم قانع وکسیکه قناعت میکند، تمام عمررا بخوشی میگذراند ومن پیوسته عمررا بخوشی میگذرانم ولی آخرین سال خلافت عمربن الخطاب، سخت ترین دوره زندگی من بود. پرسیدم برای چه؟ سلمان فارسی گفت برای اینکه درآن سال نسبت بمن ظنین شدند وتصور کردند که من درقتل (عمربن الخطاب) دست داشته ام.

پرسیدم ای سلمان مگر بین تو وخلیفه دوم خصومت وجودداشت که نسبت بتوبدگمان شدند وتصور کردند که تودرقتل اودست داشته ای؟

سلمان گفت بین من وعمربن الخطاب، کوچکترین کدورت وجودنداشت وعلتی موجود نبود که کدورت ایجادشود. عمربن الخطاب که پیغمبررا خیلی دوست میداشت. تمام کسانی را که ازنزدیکان پیغمبر بودند محترم میشمرد وازجمله هرموقع که مرامیدید نسبت بمن احترام، میکرد وابراز محبت مینمود وبعدازاینکه بنای دوشهر کوفه وبصره خاتمه یافت مزدمرا باتقویم عادله پرداخت ومن نه فقط ازاوناراضی نبودم بلکه خودرارهین وی میدانستم زیرازمینهائی که

او بمن داد وسیله معاش من شد و امروز هم وسیله معاش من است. در سال بیست و سوم بعد از هجرت رسول الله (ص) من در مدینه بودم و در ماه ذیحجه آن سال (عمر بن الخطاب) از زیارت حج مراجعت کرد و دو روز بعد از اینکه وارد مدینه شد من بدیدارش رفتم و مشاهده کردم که علی بن ابیطالب علیه السلام نزد اوست.

من وقتی علی (ع) را نزد خلیفه دیدم بعد از سلام دادن بهر دوی آنها خواستم مراجعت نمایم چون فکر کردم که علی (ع) کاری بزرك با خلیفه دارد که ملاقاتش کرده و من نباید با حضور خود باعث تصدیع آنها شوم.

وقتی علی بن ابیطالب (ع) مشاهده کرد که من قصد مراجعت دارم گفت یا سلمان کجا میروی تو که بیگانه نیستی و انگهی ما صحبتی نمیکردیم که نباید گوش یك بیگانه آنرا بشنود. من وقتی دیدم آن دو اجازه دادند که من وارد شوم و بنشینم وارد گردیدم و نشستم و از رخسار خلیفه حس کردم که گرفته خاطر است. از او پرسیدم تو را چه میشود و برای چه اندوهگین هستی و آیا واقعه‌ای ناگوار برای تو اتفاق افتاده است.

(عمر بن الخطاب) گفت یا سلمان آنچه مرا اندوهگین کرده خوابی است که دیده‌ام و هم اکنون خواب خود را برای علی (ع) نقل کردم و با اینکه پیغمبر ما گفته که تعبیر خواب موضوعی است پیچیده و هر کس نمیتواند راجع به خوابهائی که می بینیم اظهار نظر کند و آنهائی هم که میتوانند اظهار نظر کنند، نباید اظهار نظریك جانبی بنمایند زیرا مفهوم خوابها جهات گوناگون دارد و بهتر آن است که هرگز کسی خواب خود یا دیگران را مورد تعبیر قرار ندهد. من از خوابی که دیده‌ام وحشت دارم و آن خواب از این قرار میباشد:

سه شب قبل در خواب دیدم که خروسی سرخ رنك بمن نزدیك شد. آن خروس با چشم‌های وحشت انگیز مرا مینگریست و منقاری بزرك داشت. وقتی بمن نزدیك شد من خواستم خود را از او دور کنم و نتوانستم و آن خروس بمن حمله‌ور گردید و با منقار خود آنقدر بر صورتم زد که خون از صورتم جاری گردید.

اولین مرتبه که این خواب را دیدم وحشت کردم ولی نه خیلی زیاد و بامداد روز دیگر خواب شب گذشته را فراموش نمودم. شب بعد باز همان خروس وحشت انگیز را در خواب دیدم و باز بمن حمله‌ور شد و از صورتم خون جاری کرد. منظره آن خروس شب دوم وحشت انگیز تر از شب اول بود. دیشب برای سومین مرتبه آن خروس را در خواب دیدم و این بار طوری آن جانور وحشت انگیز بود که مرا از بیم لرزانید. وقتی شب قبل در عالم رؤیا آن خروس بمن حمله‌ور شد من یقین حاصل کردم که مرا بقتل خواهند رسانید. هنگامی که آن جانور بمن منقار میزد من درد منقارهای او را حس میکردم و آنگاه خون از صورتم جاری گردید و بعد از جریان خون از خواب بیدار شدم. چون سه شب متوالی آن جانور را در خواب دیده‌ام بعید میدانم که امشب و فردا

شب و شبهای دیگر بخوابم بیاید و من از حمله این جانور بخود چنین استنباط میکنم که مرگم نزدیک است.

علی (ع) مرتبه‌ای دیگر (عمر) را تسلی داد و باو گفت که نباید برای خواب دیدن قائل باهمیت گردید. من بطوری که گفتم باعمر کاری نداشتم و فقط رفته بودم که اورا به بینم و من نیز قدری خلیفه دوم را تسلی دادم و آنگاه از علی (ع) و خلیفه خداحافظی کردم واز خانه عمر خارج شدم. روز بعد (عمر بن الخطاب) درمسجد مدینه بعداز ادای نماز برای مؤمنین صحبت کرد و گفت ای مردم از روزی که من خلیفه شده‌ام تاامروز که در حضور شما هستم یك گام ازقوانین خدا که بوسیله پیغمبرش برای ماوضع گردیده تخطی نکردم و پیوسته سعی داشتم که احکام خداوند را بموقع اجرا بگذارم. من خوشوقتم ازروزی که مسلمان شده‌ام تاامروز، حتی یك مرتبه عملی نکردم که مغایر بااحکام اسلام باشد وامیدوارم که بعدازمرك من شما خلیفه‌ای را انتخاب نمائید که علاقمند باجرای احکام اسلام و مبری از هوی و هوس و طمع باشد.

ای مؤمنین من بشما توصیه میکنم که بعدازمرك من در درجه اول علی بن ابیطالب (ع) را بخلافت انتخاب کنید زیرا علی (ع) علاوه بر اینکه پسرعمو و داماد پیغمبر است ، مردی است متدین و بی‌هوی و هوس وطمع و هرگز عملی نکرده که مغایر با قوانین اسلام باشد. اگر نتوانستید علی (ع) را بخلافت انتخاب نمائید، خلیفه را از بین این پنجنفر که نام میبرم انتخاب کنید.

اول عثمان که اولین شخص از طائفهٔ بنی‌امیه است که دین اسلام را پذیرفت. دوم عبدالرحمن عوف که می‌دانید از مشاورین خاص پیغمبر ما بود و پیغمبر، دربسیاری از مواقع راجع بمسائل با اهمیت بااو مشورت میکرد. سوم (سعدوقاص) سردار بزرك ما که ایران را برای اسلام فتح کرد. چهارم (طلحه) و پنجم (زبیر) و این دو تن هم بطوری که می‌دانید از سرداران ما هستند.

ای مردم من خوابی وحشت انگیز دیده‌ام و خواب من هر شب تکرار می‌شود و بهمین جهت مرك خود را نزدیك میبینم ولذا قبل ازمرك بشما چند توصیه میکنم اول این که بعدازمرك من حرفه اصلی خود را سربازی قرار بدهید.

شما ای فرزندان عربستان نه احتیاج بزراعت دارید نه بصنعت و نه به تجارت برای این که اگر ازصراط مستقیم دین پیغمبر ما خارج نشوید تمام دنیا مال شما خواهد شد و ملل دنیا برای شما زراعت خواهند کرد و مصنوعاتی را که مورد احتیاج شما است خواهند ساخت و برای شما تجارت خواهند نمود. شما برای این که بتوانید همواره ملل جهان را تحت سلطه خود داشته باشید باید شغل اصلی خودرا سربازی کنید تا این که ملل دنیا پیوسته از شما بیم داشته باشند و اوامر شمارا اطاعت کنند.

محال است ملتی بتواند بدون شمشیر بر ملل جهان فرمانروائی کند وقوم عرب باید فرزندان خودرا از کودکی باشمشیرزدن وفنون حرب آشنا نماید تا در بزرگی سربازانی دلیر شوند. وظیفه قوم عرب باید این باشد که باشمشیر، دین اسلام‌را درسراسر جهان رواج بدهد ولی بدون آن که برای مسلمان کردن دیگران شمشیرخودرا فرود بیاورد.

هرملت که خواست مسلمان شود وارد دین خدا خواهدشد وهرقوم که نخواست مسلمان گردد دین خودرا حفظ خواهد کرد ودرعوض باسلام جزیه خواهد پرداخت. وصیت دوم من این است که نسبت باقوام مغلوب اعم از این که مسلمان بشوند یا نشوند باعدالت رفتار کنید.

اگر نسبت باقوام مغلوب باعدالت رفتار کنید آنها علیه شما طغیان نخواهند کرد. ولی اگر نسبت بآنها ظلم نمائید دست ازجان می‌شویند وعلیه شما شورش میکنند وشما پیوسته باید با اقوام دیگر بجنگید وجنگهای دائمی شمارا خسته وضعیف خواهد کرد. وصیت سوم من این است که زبان عربی را باقوام دیگر نیاموزید واین زبان‌را که قرآن بر آن نازل شده است مانند مفتاح قدرت خود حفظ نمائید ونگذارید که اقوام دیگرزبان عربی را فرا بگیرند و شریك قدرت شما شوند. وصیت چهارم من این است که پیوسته خزانه بیت‌المال‌را پراززروسیم نگاه‌دارید زیرا ثروت یکی ازعوامل مؤثر قدرت است.

شما هرقدر شمشیرزن باشید نمی‌توانید اقوام‌دیگررا وادار نمائید که برای‌شما بجنگ بروند وخودرا بکشتن بدهند تا شما درجنك فاتح‌شوید. اکنون خزانه بیت‌المال پراز زرو سیم است وکشورهای وسیع در دوره خلافت من منضم به‌قلمرو اسلام شده و بعداز این نیز اگر شما مسلمین ازقوانین خدا تخطی نکنید سراسر جهان را بتصرف درخواهید آورد. وصیت پنجم من بشما این‌است که چشم‌طمع باراضی کشورهائیکه بتصرف اسلام در می‌آید ندوزیدو بدانید اراضی تمام کشورها که بتصرف اسلام درمی‌آید متعلق به بیت‌المال یعنی تمام مسلمین است. این اراضی نباید بدیگران واگذارشود مگر طبق‌مصالح مسلمین. من‌در دوره خلافت خود اراضی اسلام‌را بدیگران واگذار نمیکردم مگر بعنوان کارمزد یا برای جبران فداکاری سربازان مسلمان که براثر جنك ازکار افتاده‌بودند.

وقتی‌می‌دیدم که یك‌سرباز، طوری درجنك آسیب دیده که دیگر قادر بشرکت درجنگ دیگر نیست مقداری از اراضی بیت‌المال را باومیدادم تااینکه درآن زراعت کندیابطریقی دیگر از آن استفاده نماید. من انتظاردارم که بعداز من خلفای اسلام‌ازهمین‌روش‌پیروی کنندو زمین‌های‌ممالك وسیع‌راکه‌بتصرف بیت‌المال در می‌آید حفظ نمایندو ازدست ندهند مگربرای پرداخت کارمزدو تأمین‌معاش مجاهدین بی‌بضاعت اسلام‌که براثر جنك، ازکار افتاده‌اند. وصیت‌ششم‌و آخرین وصیت که‌می‌خواهم بشما بکنم این‌است که‌تحت‌تأثیر طبقه‌بندی اجتماعی اقوامی که تحت‌سلطه اسلام درآمده‌اند یا در آینده‌درمیآیند قرارنگیرید.

درکشورهائیکه ما بتصرف درآورده‌ایم اقوامی زندگی‌میکنندکه مانندمسلمین، بین آنها مساوات برقرارنیست‌وگروهی از افراد آن‌کشورها بمناسبت‌حسب‌ونسب وثروت‌یامقام، خودرا برتر ازدیگران میدانند وسایرین را بچشم‌حقارت می‌نگرند. شما چون‌خواه‌نخواه با آن‌اقوام‌معاشرت میکنید ممکن است‌که تحت‌تأثیر رسم‌اجتماعی آنها قرار بگیرید و در نتیجه دراسلام‌هم تفاوتهای‌طبقاتی بوجود بیاید

زنهار ازپذیرفتن رسم اقوام‌بیگانه‌که تحت‌سلطه اسلام درآمده‌اند بپرهیزیدوهمواره بخاطر داشته باشیدکه در اسلام بین‌افرادمساوات‌کامل برقراراست‌وهیچکس بمناسبت‌حسب ونسب‌وثروت ومقام بردیگری مزیت ندارد.

من در دوره خلافت خودهرگز تحت‌تأثیرحسب ونسب وثروت ومقام متخلفین‌قرار نگرفتم وآنهارا طبق قانون خداوندکه بوسیله پیغمبرش برما وضع‌شده مجازات‌کردم،سال قبل بطوریکه می‌دانید کشور(ری) واقع درعراق ازطرف‌سربازان اسلام‌فتح‌شد.

(توضیح- درقدیم منطقه مرکزی ایران را عراق میخواندند واصفهان‌وکاشان وری‌و قزوین جزو شهرهای عراق بشمار می‌آمدومنطقه (ری) درسال بیست‌ودو بعداز هجرت و یکسال قبل ازمرك عمربن‌الخطاب ازطرف‌مسلمین فتح‌شد وبی‌فایده نیست تذکر بدهیم‌که بعداز سقوط (مدائن) ایالات ایران‌از جمله(ری) تامدتی مقابل اعراب مقاومت‌کردند و عربها نتوانستند ایالات‌ایران‌را اشغال‌کنند مگربتدریج-مترجم)

فرمانده قشون‌ما درجنك(ری) (قرظة‌بن‌کعب) بودکه وقتی (ری) بتصرف مادرآمد غنائمی‌که‌از آن‌جا بوسیله (قرظة‌بن‌کعب) برای بیت‌المال فرستاده شد مساوی بود با غنائمی‌که مادر(مدائن) بدست‌آوردیم. بااینکه (قرظة بن‌کعب)آن خدمت بزرگ را باسلام کرد وقتی من‌شنیدم‌که خمرنوشیده وی‌را ازفرماندهي قشون وحکومت (ری) معزول‌نمودم واورا حد زدم چون میدانستم یك‌مسلمان‌که خمرمینوشد، نباید دررأس یك‌قشون‌اسلامی‌قرار بگیرد ووالی یك‌کشورباشد. کسی‌نیست‌که(قدامة بن مظعون) رانشناسند وندانندکه وی‌یکی‌از ثروتمندان‌عرب است. من‌اوراحاکم بحرین کردم‌ولی‌نه برای‌اینکه‌ثروت‌داشت‌بلکه برای‌اینکه فکرمینمودم‌لایق‌اداره‌کردن آنجامیباشد. بعد ازچندی‌که ازحکومت اودر بحرین گذشت اورا متهم بزناکردند وچون شهود اربعه‌گواهی ندادندکه گناه اورابچشم خود دیده‌اند من‌وی راحدنزدم ولی ازحکومت معزولش‌کردم و دیگر باو شغلی‌ندادم . از این شواهد در دورهٔ خلافت من زیاداست وهرگز من تحت تأثیر ثروت یامقام یاشهرت‌کسی‌قرار نگرفتم.

(سعدوقاص) که‌یکی‌ازکسانی‌است‌که‌من‌نام اورابرای‌جانشینی‌خودبردم ایران‌را برای اسلام فتح‌کرد ولی‌همینکه از(مدائن) علیه اوشکایت‌کردند من وی‌راازفرماندهی‌قشون‌اسلام معزول نمودم وبه(مدینه) احضارکردم ولي بعدفهمیدم شکایتی‌که علیه‌اوشده ازروی غرض‌بوده

ولذا مرتبه سابق را بدودادم واگر آن شکایت وارد بود من دیگر به (سعد وقاص) شغل نمیدادم وامروز برای جانشینی خودنام ازاو نمیبردم. اینك ده سال است که من عهده‌دار خلافت هستم وخدارا گواه میگیرم که دراین مدت هرگز از طرف من حکمی صادر نشد که ناشی از کینه وغرض و سودجوئی بنفع خود باشد. هر موقع که من خواستم حکمی صادر کنم قیافه مولای خود خاتم النبیین (ص) را در مدنظر قرار دادم و اندیشیدم که آیا اگر آن حکم را صادر کنم مولای من رسول‌الله (ص) ازمن راضی خواهد شد یا ناراضی و وقتی یقین حاصل میکردم که حکم من مطابق است با مقررات دین خدا و پیغمبر ما از آن ناراضی نخواهد گردید آن را صادر مینمودم.

من در خلافت خود قلمرو اسلام را آن‌قدر وسعت دادم که یکطرف آن به (الجزایر) واقع درافریقا رسیده است وطرف دیگرش برودخانه (سند) واقع درهندوستان. من طوری وضع بیت‌المال را اصلاح کردم که اینك خزانه‌های بیت المال مملو از زر و سیم میباشد. درازای این خدمات من چیزی ازمسلمین نمیخواهم وتصور میکنم که هرخلیفه دیگر بجای من میبود و اخلاص وصمیمیت میداشت همین خدمات را بانجام میرسانید. تنها چیزی که من میخواهم این است که بعدازمرگ مرادر کنارمولایم رسول‌الله (دفن) کنید. زیرا من طوری پیغمبر را دوست میداشتم ومیدارم که گمان ندارم تاامروز، هیچکس معبود خود را آن‌طور دوست داشته باشد. من تاروزی که زنده بودم ، سعی کردم که دین پیغمبر را رواج بدهم وبرقوت آن بیفزایم و محبت خود را نسبت به رسول‌الله (ص) ازراه ترویج وتقویت دین او، آشکار میکردم. ولی بعداز مرگ، دیگر برای دین پیغمبر، کاری ازمن ساخته نیست ودیگران باید عهده‌دار ترویج وتقویت آن شوند. لیکن آرزویم این است که پس‌ازمرگ ازمولای خود جدا نباشم وازشما مؤمنین تقاضا میکنم مرا کنار او دفن کنید. (عمر بن الخطاب) به صحبت خود خاتمه داد وازمسجد خارج شد وبخانه رفت.

عمر بن الخطاب را چگونه کشتند

بدوران خلافت عمر روزی مردی باسم (مغیرة بن شعبه) حاکم یکی از ولایات بین النهرین که قسمتی از حوزه حکمرانی او در بین النهرین و قسمتی در ایران بود وارد مدینه شد تا اینکه گزارش حوزه حکمرانی خود را بخلیفه بدهد و از وی دستور دریافت کند. (مغیرة بن شعبه) مردی بود بلند قامت و فربه و آبله رو و (عمر بن الخطاب) نسبت بوی اعتماد داشت و او را مردی درست میدانست. (مغیرة بن شعبه) هنگام ورود بمدینه ، یک غلام با خود آورده بود باسم (ابولؤلؤ).

(توضیح ـ ابولؤلؤ یک نام عربی است درصورتی که آن مرد ایرانی بوده و نام فارسی داشته ولی تواریخ، اسم فارسی وی را ذکر نکرده اند و او را باسم (ابولؤلؤ) معرفی کرده اند ـ مترجم).

(مغیرة بن شعبه) بعداز نماز ظهر ، از مسجد مدینه با تفاق (عمر بن الخطاب) بخانه او رفت تا با خلیفه مذاکره کند و غلامش ابولؤلؤ نیز با او بود. نزدیک دو ساعت (مغیرة بن شعبه) با (عمر) مذاکره کرد و بعد از اطاق خارج شد تا اینکه از خانه عمر برود و قرار شد که مذاکرات آن دو، روز بعد تجدید گردد . پس از خروج (مغیرة بن شعبه) غلامش (ابولؤلؤ) با (عمر) تنها ماند و باو گفت ای خلیفه من میخواهم مطلبی را که مربوط بمن است با تو در بین بگذارم (عمر بن الخطاب) پرسید چه میخواهی بگوئی.

(ابولؤلؤ) گفت ای خلیفه بر تو پوشیده نیست آنچه سبب گردید که تو موفق شدی در مدتی کم بر کشورهای وسیع مسلط شوی این بود که قشون اسلام وقتی کشورهای دیگر را فتح می کردند بامردم بعدالت رفتار مینمودند و حکامی که از طرف تو برای اداره امور کشورهای دیگر انتخاب می گردیدند بمردم ظلم نمی نمودند.

عمر بن الخطاب پرسید از این مقدمه سازی پیداست که نسبت بتوستم شده است (ابولؤلؤ) گفت بلی ای خلیفه و نسبت بمن ستم روا داشته اند. (عمر بن الخطاب) گفت لا بدیکی از هموطنانت نسبت بتو ظلم کرده است؟ (ابولؤلؤ) گفت نه ای خلیفه و من مورد ظلم یکی از اعراب قرار گرفته ام . عمر بن الخطاب پرسید او کیست؟

(ابولؤلؤ) گفت اسم او (مغیرة بن شعبه) است خلیفه. گفت این مولای تو می باشد؟ (ابولؤلؤ) گفت بلی مولای من است ومن ازاو شکایت دارم. خلیفه گفت آیا تورا گرسنه نگاه میدارد و بتو لباس نمیدهد؟ می بینم که لباس مناسب در برداری واز رخسارت پیداست که دچار گرسنگی نیستی

(ابولؤلؤ) گفت او بمن غذا و لباس میدهد. خلیفه گفت آیا تورا میآزارد و برای آزارش ازاو شکایت میکنی؟ (ابولؤلؤ) گفت نه‌ای خلیفه اومرا آزار نمیکند و بمن اختیار داده که بکارهای سابق خود مشغول شوم یعنی دراوقاتی که مشغول خدمت او نیستم بکارسابق خویش مشغول گردم . عمر بن الخطاب پرسید کارسابق توچه بود؟ (ابولؤلؤ) گفت شغل اصلی من در گذشته نجاری بود ولی من مسگری میکردم واز چلنگری هم اطلاع دارم.

(عمر بن الخطاب) پرسید که در کدام یك ازاین کارها بصیرت ومهارت تو بیشتر است . (ابولؤلؤ) گفت من در هر سه رشته بصیرت دارم ومهارت من دراین رشته‌ها متساوی است. عمر بن الخطاب پرسید اینك بگو که برای چه ازمولای خود شکایت داری؟ (ابولؤلؤ) گفت شکایت من ازاین است که مولای من میگوید که من درهر ماه باید یکصد درهم نقره باو بدهم.

عمر بن الخطاب گفت آیا ازبابت درازای اینکه بتو آزادی میدهد که مشغول کار باشی از تو یکصد درهم نقره میخواهد؟ (ابولؤلؤ) گفت بلی ای خلیفه ومن باید هرماه باو یکصد درهم نقره بپردازم.

(عمر بن الخطاب) گفت تمام اوقات یك غلام متعلق به مولای اوست واگر مولائی موافقت کند که غلام او مشغول کار گردد باید چیزی به مولای خود بپردازد وغلامانی هستند که بیش از افراد آزاد کار میکنند؟

(ابولؤلؤ) گفت یك غلام هرقدر کار بکند نمیتواند مانند یك مرد آزاد بکار مشغول شود. زیرا تمام اوقات یك مرد آزاد متعلق بخود اوست درحالیکه یك غلام، درروز فقط میتواند از قسمتی ازوقت استفاده نماید و بقیه اوقاتش صرف خدمتگزاری نسبت بارباب میشود. (عمر بن الخطاب) گفت منظور من ارزش کار بعضی ازغلامان بود نه ارزش وقت آنها وخواستم بگویم که بعضی از غلامان چون صنعتگر هستند ارزش کارشان بیش از برخی ازمردان آزاد میباشد. بعد (عمر بن الخطاب) از ابولؤلؤ پرسید اینك بگو که ازمن چه میخواهی؟ (ابولؤلؤ) گفت تو خلیفه هستی وهمه از تو گوش شنوا دارند و بارباب من بگو که یا ازمن وجه دریافت نکند یا به ماهی ده درهم نقره اکتفا نماید. (عمر بن الخطاب) گفت من بااینکه خلیفه هستم ومردم ازمن گوش شنوا دارند نمیتوانم بناحق حکم صادر کنم.

بین یکصد درهم نقره که مولایت ازتو مطالبه میکند وده درهم نقره که تو میخواهی باو بدهی خیلی تفاوت وجود دارد ومن نمیتوانم بدون تحقیق، فتوائی صادر نمایم چون مولای تو

فردا نزدمن خواهدآمدوبامن مذاکره خواهدکردمن‌دراین خصوص ازوی‌پرسش‌خواهم‌نمود وآنگاه نظریه‌خودرا بتوخواهم گفت.

روز بعد، بطوریکه (مغیرةبن‌شعبه) وعده داده بود بدیدن (عمربن‌الخطاب) آمد و راجع بمسائل مربوط به‌حوزه حکومت خودباوی‌صحبت کرد. (عمربن‌الخطاب) بعدازخاتمه مذاکرات اداری وسیاسی مسئله (ابولؤلؤ) راپیش‌کشید و به (مغیرةبن‌شعبه) گفت غلام تو شکایت میکندکه مبلغ یکصد درهم نقره که توازاو مطالبه می‌نمائی خیلی زیاداست‌واو نمیتواند هرماه این مبلغ رابتو بپردازد ولی‌قادراست‌که‌ماهی ده‌درهم بتو بدهد.

من‌چون تفاوت بین‌این دورقم‌را دیدم‌خواستم ازتو بپرسم که آیا (ابولؤلؤ) میتواند هرماه این مبلغ‌را بتو بپردازد یانه؟ (مغیرةبن‌شعبه) گفت (ابولؤلؤ) یك صنعتگر زبردست است‌و علاوه برنجاری ومسگری، چلنگرهم میباشد و بخصوص درساختن آسیاب‌های بادی بسیارمهارت‌داردودرعراق وبین‌النهرین کسی نیست‌که بتواند ازلحاظ‌ساختن‌آسیاب‌های‌بادی بااوبرابری‌نماید. برای(ابولؤلؤ) کنارگذاشتن‌یکصددرهم نقره‌درماه برای‌اینکه بمن‌پرداخته شودکاری است‌آسان. ولی‌اوخودراناتوان‌جلوه میدهدکه ازپرداخت این‌مبلغ معاف باشد.

همان‌روزبعدازاینکه (مغیرةبن‌شعبه) ازاطاق (عمربن‌الخطاب) خارج شد (ابولؤلؤ) از خلیفه پرسیدکه نتیجه مذاکره با (مغیره) چه‌شد؟ عمربن‌الخطاب گفت بعد ازاینکه من راجع به‌تو از(مغیره) تحقیق‌کردم اوگفت‌که تویك‌صنعتگرماهرهستی وبخصوص درساختن آسیابهای بادی مهارت داری و درعراق و بین‌النهرین کسی چون تو نمیتواند آسیاب‌های بادی‌را بسازد. لذا برای تو، کنارگذاشتن‌یکصددرهم نقره درماه، برای‌اینکه‌بمولای‌خود بپردازی دشوارنیست.

(ابولؤلؤ) گفت ای خلیفه تو به (مغیره) نگفتی غلامی‌که بتواند درهرماه‌یکصددرهم نقره بمولای خود بپردازد برای‌چه این‌مبلغ‌را بابت خریدن خود از مولی تأدیه نکند. (عمربن‌الخطاب) گفت من نمیتوانم‌بمولای‌تو بگویم‌که این مبلغ‌را بابت‌بهای‌تودریافت‌کند تا اینکه‌تو بتوانی بعدازاینکه قیمت‌خودرا پرداختی‌آزادشوی موافقت‌بااین‌موضوع مربوط بمولای تو میباشد. ومن‌نمیتوانم مولای‌تورامجبور بااین‌معامله کنم.

(ابولؤلؤ) گفت‌ای‌خلیفه اینکه‌تومیگوئی‌طرفداری‌ازستم است. یاموافقت کن‌من کارکنم وباکارخودخویش‌را ازارباب‌ خریداری‌نمایم. یااینکه‌بارباب بگو مراازکار کردن معاف‌کند ونه‌من‌کارهای نجاری و چلنگری کنم و نه‌او چیزی ازمن‌دریافت نماید.

خلیفه‌دوم گفت من نمیتوانم ازمولایت بخواهم‌که توراازکارکردن معاف‌کند. زیرااو تورا برای کارکردن خریداری‌کرده‌است واگر نمی‌دانست‌که تونجار ومسگروچلنگرهستی توراخریداری‌نمی کرد.

(ابولؤلؤ) گفت او نمیدانست که من نجار ومسگر وچلنگر هستم ومیتوانم آسیاب بادی بسازم وبعد ازاینکه مرا غلام خود کرد مطلع شد که من صنعتگر میباشم. عمر بن الخطاب پرسید چه شد که تو غلام (مغیره) شدی؟ (ابولؤلؤ) گفت من جزو اسیران جنگی بودم وآن‌ها را بغلامی بین اعراب تقسیم کردند ومن به (مغیرة بن شعبه) رسیدم. موقعیکه من غلام اوشدم وی از هنرهای من اطلاع نداشت وبعد بهنرهایم پی برد. (عمر) پرسید آیا دیگران باو گفتند که تو هنرمند هستی؟ (ابولؤلؤ) گفت دیگران این موضوع را باو نگفتند بلکه من باکارهایم نشان دادم که یك صنعتگر میباشم. زیراهنگامیکه درخانه احتیاج بیك دریا پنجره داشتند من آن را میساختم ووقتی محتاج نرده‌ای ازآهن بودند من آن نرده را بوجود میآوردم و رفته رفته (مغیره) متوجه گردید که من صنعتگر میباشم. آن‌وقت بمن گفت که بایدکار کنم و ازدرآمد خود هرماه یکصد درهم نقره باو بدهم.

خلیفه گفت بازهم برای تو ازمن کاری ساخته نیست. چون توغلام (مغیره) هستی وهمه چیزت ازجمله کارهای صنعتی تومال اوست وفقط وی میتواند راجع بکارت تصمیم بگیرد و من نمیتوانم اورا مجبور نمایم که تورا بکار وانداردیا اینکه ازتووجهی دریافت نکند. سپس عمر بن الخطاب گفت ای (ابولؤلؤ) توکه درساختن آسیاب‌های بادی مهارت داری برای چه یك آسیاب بادی دراینجا نمیسازی تااین گندم مارا آرد نماید. (ابولؤلؤ) گفت آسیای بادی باید درجائی ساخته شود که درآنجا بادبوزد وجائیکه که بادگیر نیست یاوزش باددرآن کم است برای آسیاب بادی خوب نمیباشد.

عمر بن الخطاب گفت شهرمکه بادگیراست وتومیتوانی یك آسیاب بادی درمکه بسازی. (ابولؤلؤ) گفت ساختن آسیای بادی درمکه کاری است بدون فایده زیرا درمکه گندم بقدری کمیاب میباشد که مردم برای آردکردن آن، محتاج آسیاب بادی نخواهندبود و میتوانند با آسیاب‌های دستی آنراآرد کنند.

عمر بن الخطاب گفت ممکن است آسیاب بادی که تودرمکه میسازی برای آرد کردن گندم مفید نباشد ولی باعث تفریح سکنه شهروزوارحج که به مکه میروند میشود. (ابولؤلؤ) گفت ای خلیفه آیا توحاضر نیستی به (مغیره) بگوئی که ازدریافت ماهی یکصد درهم نقره از من صرف نظرنماید یااینکه مرا مجبور بکارهای نجاری ومسگری وچلنگری نکند و بگذارد که فقط غلام وی باشم وعهده دار خدمات خوداوشوم. (عمر بن الخطاب) گفت این درخواست رااز من نکن چون ازمن ساخته نیست ومن نمیتوانم درامری که مربوط بحق مالکیت مولای تو میباشد دخالت کنم. (ابولؤلؤ) گفت ازاینقرار تاروزی که من زنده هستم باید نجاری و مسگری و چلنگری کنم وهرماه یکصد درهم به (مغیره) بدهم بدون اینکه آن مبلغ را بابت بهای من محسوب کند ومن آزاد گردم.

(عمر بن الخطاب) گفت تو ناچاری که ازاوامر مولای خود اطاعت کنی وهرچه بگوید بپذیری. (ابولؤلؤ) گفت ای خلیفه من شنیده بودم که تومردی عادل هستی درصورتیکه اینك میفهمم چیزهائی که راجع به عدالت توشنیدم صحیح نبوده است.

(عمر بن الخطاب) گفت اگر غیرازاین میکردم مرتکب ظلم میشدم. (ابولؤلؤ) گفت تو که دعوی عدالت میکنی باید تحقیق نمائی که آیا برای من ممکن است که بتوانم ماهی یکصد درهم ازمزدکارخویش پس اندازنمایم یانه؟ (عمر بن الخطاب) گفت ارزش کار مردی که هم نجار باشد وهم مسگر وچلنگر وسازنده آسیاب بادی زیاداست وهرعاقل میفهمد که چنین مردمیتواند درهرماه یکصددرهم نقره پس اندازکند وبپردازد.

آنگاه خلیفه دوم از (ابولؤلؤ) پرسید آیا حاضری که دراین شهر (مدینه) یادرشهرمکه یك آسیاب بادی بسازی؟ (ابولؤلؤ) گفت ای خلیفه من برای تویك آسیاب بادی خواهم ساخت که تا آخرین روزدنیا گندم را آرد کند.

بعدازاینکه (ابولؤلؤ) ازخانه عمر خارج گردید (عمر بن الخطاب) باهل خانه گفت مردی که اینك ازاینجا بیرون رفت کلامی برزبان آورد که تهدید بقتل بود. ولی آن تهدید راصریح نگفت بلکه باکنایه برزبان آورد بطوریکه نمیتوان بمناسبت تهدیدبقتل کردن او را مجازات نمود وبطریق اولی نمیتوان اورا بگناه قتل نفس گردن زد، زیراقصاص قبل از جنایت نمیتوان کرد. روزبعدمن ازتیمچه بازرگانان مدینه عبور میکردم و درآنجا (ابولؤلؤ) را دیدم وچون فارسی بود باوی شروع به صحبت کردم. معلوم شد مولایش اورا به تیمچه فرستاده تا ازآنجا چیزی خریداری نماید. من ازاوضاع ایران ازاو پرسش کردم و بعداظهار نمودم که شنیده ام مولایش نزد خلیفه شکایت کرده است.

(ابولؤلؤ) گفت بلی وآنگاه شرح مذاکره خودرا باخلیفه دوم بشرحی که من اکنون برای تو ای (ثابت بن ارطاة) نقل میکنم برای من نقل کرد. پرسیدم برای چه از مولای خود به خلیفه شکایت کرد. (ابولؤلؤ) گفت مولای من، حاکمی است که ازطرف خلیفه گماشته شده ومن میباید بخلیفه اطلاع بدهم حاکمی که اوگماشته مردی است ستمگر، اگرمن این موضوع رابا طلاع خلیفه نمیرسانیدم فکرمیکردم که اوازظلم حاکمی که گماشته اطلاع ندارد. ولی چون اینك به خلیفه شکایت کرده ام میدانم که (عمر بن الخطاب) ازظلم حاکمی که خود نصب کرده مستحضر است وبااینکه میداند وی نسبت بمن ستم میکند جانب اورا میگیرد و باوحق میدهد که نسبت بمن ظلم نماید.

من میدانستم که (عمر بن الخطاب) برای چه جانب (مغیرة بن شعبه) را گرفته زیراوی مولای (ابولؤلؤ) بودو در مورد غلام خود اختیار کامل داشت. ولی (ابولؤلؤ) نمیتوانست این موضوع رابفهمد و تصور میکرد که (عمر بن الخطاب) تعمد دارد که از یك ستمگر حمایت نماید.

من درصدد برآمدم که برای (ابولؤلؤ) توضیح بدهم و باو بفهمانم که اعراب، یك مولی را صاحب اختیار مطلق برده یا بردگان وی میدانند و بردگان نمیتوانند از اجرای دستورهای مولی سرپیچی نمایند. لیکن (ابولؤلؤ) چون از مقررات غلامی در عربستان بخوبی اطلاع نداشت توضیحات مرا نمی‌فهمید.

درآن روز من مدت یکساعت با (ابولؤلؤ) صحبت کردم بی‌آنکه بتوانم وی را متقاعد نمایم که خلیفه از مولای او جانبداری نکرده بلکه از مقررات عمومی اعراب راجع به بردگان پیروی کرده او حرف مرا نپذیرفت و از من جدا شد و رفت. درآن روز، وقتی (ابولؤلؤ) از من جدا گردید من تصور نمیکردم که او ممکن است مبادرت بقتل (عمر بن الخطاب) کند. (ابولؤلؤ) بظاهر مردی آرام بنظر میرسید و وقتی راجع به خلیفه دوم صحبت میکرد، حتی یکبار اثر خشم در قیافه‌اش نمایان نشد و آرام تکلم میکرد. درموقع خداحافظی باو گفتم امیدوارم که باز در مدینه او را ببینم و (ابولؤلؤ) گفت بعد از این سفر، دیگر تو مرا در مدینه نخواهی دید. آن روز من گفته (ابولؤلؤ) را یك حرف بی‌اساس دانستم چون فکر کردم وقتی مولای او بمدینه بیاید او را نیز خواهد آورد ولی بعد از چند روز فهمیدم که منظور (ابولؤلؤ) از آن حرف چه بوده است.

یکروز بعد از مذاکرهٔ من با (ابولؤلؤ) درمدینه شایع شد که چون خلیفه از خدمات (مغیرة بن شعبه) راضی میباشد تصمیم گرفته که او را بحکمرانی (جزیره) برگزینند و نصب مغیرة بن شعبه بحکمرانی (جزیره) برای آن مرد موفقیت و افتخاری بزرگ بود زیرا آن قسمت از (جزیره) که جزو قلمرو اسلام بشمار میآمد یك کشور بزرگ محسوب میگردید.

(توضیح ـ اعراب بعد از اینکه بین‌النهرین را گرفتند قسمت شمالی بین‌النهرین را باسم (جزیره) خواندند و قبل از آن ایرانیان آن سرزمین را بهمین نام (ولی در زبان پهلوی) میخواندند و علتش این بود که درشمال بین‌النهرین رودهای فرات و دجله و شعب آنها زمین را از سه طرف دربرمیگرفت ولذا یك شبه جزیره بوجود میآمد و تمام شهرهای جزیره یعنی منطقه شمالی بین‌النهرین اسامی فارسی یا رومی داشت و اعراب بعد از اشغال بین‌النهرین بعضی از آن اسامی را تغییر دادند ولی نام شهرهای دیگر جزیره بنام فارسی (یارومی) باقی ماند و هنوز هم دارای اسامی مزبور میباشد ـ مترجم)

من چون متصدی ساختن شهرهای (کوفه) و (بصره) بودم و از اوضاع بین‌النهرین اطلاع داشتم میدانستم که در (جزیره) شهرهای بزرگ وجود دارد که ایرانیان آنها را ساخته‌اند و بعضی از آن شهرها از حیث زیبائی، بهترین شهر جهان است و نیز میدانستم در شمال (جزیره) قبایلی سکونت دارند که دین اسلام را نپذیرفتند و هنوز هم حکمرانان عرب نتوانسته‌اند آنها را مسلمان کنند و بعضی از اوقات آن قبایل بشهرهای (جزیره) هجوم میآورند ولذا حکمران (جزیره)

بایدمردی باشددلیروجنگجو که بتواندجلوی قبایل مزبور رابگیرد ومانع ازاین شود که آنها بلاد (جزیره) را بتصرف درآورند.

من خود (مغیرة بن شعبه) رانمیشناختم ولی از روی گفته های کسانیکه وی رامیشناختند میفهمیدم که وی مردی نیست که بتواند جلوی قبایل شمالی (جزیره) رابگیرد ومانع از این شود که شهرهای (جزیره) بدست آنها بیفتد. من چون ازمعماری ومهندسی سررشته داشتم دریغم میآمدکه شهرهای زیبای (جزیره) که بدست استادان ایرانی ساخته شده است بر اثرهجوم قبایل ویران گردد. امروزهم ای (پسرارطاة) آن شهرهاهست وتواگر سفری بجزیره بکنی میتوانی آن بلاد زیباراکه بدست معماران وبناهای ایرانی ساخته شده است ببینی. درآن شهرها، عماراتی وجود داردکه توگوئی بوسیله جواهر سازان ساخته شده زیراطوری سنگهای مرمر، سفیدونارنجی وسنگهای سماق را درآن عمارات بهم جفت کرده اندکه پنداری جواهر سازانی زبردست، گوهرهاراکنارهم نهاده اند معماران و بناهای ایرانی نه فقط درساختن عمارات زیبا وقلاع محکم، سلیقه بخرج میدادند بلکه سلیقه آن ها حتی درساختن متوضاهای عمومی در بلاد جزیره آشکار میشود.

(توضیح ـ متوضا بمعنای محلی است که امروزباسم (توالت) میخوانند ودرزبان عربی بمعنای محلی میباشدکه درآن دست وصورت رامیشویند وکلمه (وضو) نیزباکلمه متوضاریشه مشترك دارد و(وضو) یعنی شستن دست وصورت ـ مترجم)

بهریك ازشهرهای (جزیره) که بروی مشاهده میکنی که در متوضاهای عمومی دونهرآب جاری است یکی دربالا برای نظافت ودیگری درپائین برای دورکردن اسفال وتونظیرآن رادر هیچ یك ازشهرهای جهان نمیبینی.

وقتی سخن (سلمان فارسی) باینجا رسیدمن باوگفتم توچون ایرانی هستی، ازایرانیان تمجید مینمائی ونمیتوانی هموطنان خودرافراموش کنی. سلمان گفت علم وصنعت ایرانیان چیزی است که مورد تصدیق همه است وپیغمبرماهم علم ایرانیان را تصدیق کرده وگفته است که اگرعلم در آسمان باشدایرانیان بدان دسترسی پیدا خواهندکرد.

بطوری که من مطلع شدم روز بعد (ابولؤلؤ) بازنزدخلیفه رفت وباوگفت من از (مغیرة بن شعبه) نزدتوشکایت کردم وگفتم اونسبت بمن ظلم میکندلیکن توبعوض اینکه ازمن رفع ظلم بکنی قصد داری که مقام او رابالاتر ببری واو راحکمران (جزیره نمائی). (عمربن الخطاب) گفت شکایتی که توازمولای خود داری مربوط بمقام اونیست ومن هنوز اوراحاکم (جزیره) نکرده ام واگر میکردم دلیل براین نبودکه بتوظلم شده است.

من بتوگفتم که نمیتوانم در رابطه تووومولایت دخالت کنم. رابطه توبا او، مربوط است بخود شما ومن بطوری که بتوگفتم، دریافت ماهی یکصد درهم نقره را ازتو، ازطرف مولایت ظلم

ندانستم. (ابولؤلؤ) دیگر چیزی نگفت و عمر را ترك کرد ورفت. عمر که مردی راستگو بود، حقیقت را به (ابولؤلؤ) گفت و تا آن روز فرمان نصب (مغیرة بن شعبه) را بحکومت (جزیره) صادر نکرد و بعدهم فوت نمود و آن فرمان صادر نشد. سه روز بعداز اینکه من (ابولؤلؤ) را در تیمچه بازرگانان مدینه دیدم، هنگامی که درخانه بودم صدای همهمه را شنیدم.

من برای اینکه بدانم مردم چرا همهمه میکنند درب خانه را گشودم ومشاهده کردم که عده‌ای درکوچه میدوند. ازآنها پرسیدم چرا میدوید وکجا میروید؟ یکی ازآنها درحالی که میدوید گفت خلیفه را کشتند. پرسیدم که او را کشت؟ آن مرد بی‌آنکه درنگ نماید جواب داد میگویند یك غلام اورا کشته است . من از خانه خارج شدم و مثل دیگران بسوی مسجد براه افتادم .

هنگامی که بمسجد رسیدم مشاهده کردم که (عمر بن الخطاب) را روی یك تخت روان نهاده‌اند و ازمسجد خارج میکنند تا بخانه‌اش ببرند. بعداز اینکه (عمر بن الخطاب) را ازمسجد بخانه بردند من وارد گردیدم ومشاهده کردم که نزدیك محراب مسجد، زمین مستور ازخون است وجنازه مردی هم درآنجا، برزمین دیده میشود. با اینکه جنازه مزبور خون آلود بود، من درنظر اول آن را شناختم ودانستم که (ابولؤلؤ) است. ازکسانیکه در مسجد بودند پرسیدم این واقعه چگونه اتفاق افتاد؟ چند نفر ازمؤمنین آماده شدند که شرح واقعه را برایم بیان کنند ویکی ازآنها چون بهتر ازدیگران، چگونگی واقعه را دید چنین گفت:

امروز قبل ازاینکه صدای اذان بگوش برسد من برای خواندن نماز براه افتادم و واردمسجد شدم. وقتی من به مسجد رسیدم، هنوز کسی برای نمازخواندن نیامده، صدای اذان هم بلند نشده بود. من ازفرصت استفاده نمودم وبهترین مکان را که پشت سرخلیفه باشد برای نماز گزاردن انتخاب کردم. آنگاه صدای اذان برخاست ومؤمنین برای نمازوواردمسجد شدند و کسانی که وارد گردیدند درطرف چپ وراست من نشستند وصف اول بسته شد وعقب ما صف دوم وسوم بوجود آمد. آنگاه طولی نکشید که خلیفه قدم بمسجد نهاد وبمسلمین سلام کرد ودر جای خود که مقابل من بود نشست و روبرگردانید وازمن پرسید حالت چگونه است؟ گفتم ای خلیفه بحمدالله سالم هستم.

(عمر بن الخطاب) ازتمام آنهائی که درصف اول نشسته بودند ومیتوانست باآنها صحبت کند احوالپرسی کرد و سپس نماز شروع شد. رکعت اول ورکعت دوم نماز باتمام رسید و رکعت سوم شروع گردید. (عمر بن الخطاب) مشغول خواندن سوره الحمد شد ومن ودیگران که باواقتدا کرده بودیم گوش میدادیم زیرا بطوری که میدانی وقتی امام جماعت مشغول خواندن سوره‌های (فاتحه) و (اخلاص) یعنی دوسوره‌ایست که درهریك ازرکعت‌های نماز خوانده میشود مأموم باید سکوت کند وگوش فرا بدهد برای اینکه وقتی آیات قرآن خوانده

میشود مسلمین باید سکوت نمایند و گوش بدهندتا آنچه میشنوند بگوش‌هوش بسپارند.

من‌هم مشغول گوش دادن بسوره (فـاتحه) بودم وقبل ازاینکه عمربن‌الخطاب سوره (فاتحه) را تمام‌کند،دیدم شخصی ازطرف چپ صف‌اول سر بدرآورد وازجلوی نمازگزاران گذشت وبمن نزدیك‌شد. من حیرت‌کردم که آن‌مرد برای‌چه بمن نزدیك شد وچکاردارد و یك‌مرتبه دیدم‌که اززیرلباس خود دشنه‌ای بیرون‌آورد ومحکم برپشت (عمربن‌الخطاب) زد طوری آن عمل برای من غیر منتظره بودکه من در آغـاز نفهمیدم‌که وی نسبت به خلیفه سوء قصدکرد.وقتی‌آن‌مردضربت اول را برپشت خلیفه واردآورد،(عمربن‌الخطاب) میگفت (اهدناالصراط المستقیم).

ضارب،ضربت دوم را واردساخت و(عمربن‌الخطاب) همچنان مشغول خواندن نمازو برزبان‌آوردن دنباله‌آیات سورهٔ (فاتحه) بود. غیرازمن چندنفرازکسانیکه درصف‌اول بودند ضارب رادیدند ولی‌هیچیك ازآن‌ها تصورنمیکردکه آن‌مرد خلیفه‌رامضروب کرده چون ناله‌ای ازدهان (عمربن‌الخطاب) خارج نشد ووی‌همچنان بخواندن نمازوبرزبان‌آوردن آیات سوره فاتحه ادامه میداد وماتصورکردیم که آن‌مردباخلیفه شوخی‌میکند وشاید دیوانه میباشد چون فقط یك‌دیوانه درموقع‌نمازباخلیفه شوخی مینماید.

ما میتوانستیم‌که مـانع از ادامه شوخی آن‌مرد دیوانه شویم ولی نمیخواستیم نمازرا بشکنیم ومن چندبارازدهان(عمربن‌الخطاب) شنیدم‌که گفت اگردرموقع‌نمازضربت شمشیرهم برشما وارد بیاید نباید نمازرانشکنید وخود او ، درآن‌روز نشان داد که بآنچه میگوید ، عقیده دارد زیراضارب، شش‌مرتبه دشنه خودرا درپشت خلیفه فروکرد و (عمربن‌الخطاب) نمازرا نشکست.

بعدازاینکه ضربت ششم برخلیفه وارد آمد نتوانست برکوع برود وبرزمین افتاد و خون ازبدنش جاری‌گردید. ضارب میخواست ضربتی دیگربراو واردبیاورد ولی من دیگر نتوانستم خود داری‌کنم ونمازراشکستم وفریاد زدم‌ای‌کافرچه‌کردی وازعقب طوری قاتل‌را بغل‌کردم‌که دو دستش ازکار افتاد. دیگران‌هم مثل من نماز را شکستند و به‌قـاتل هجوم آوردند وکسانیکه باخود چاقو یادشنه داشتند به‌اوحمله‌ور شدند. در آن موقع هیچکس‌در فکر(عمربن‌الخطاب) نبودونمی‌شنیدکه وی‌چه‌میگویدوهمه‌میخواستند قاتل رابکیفر برسانند.

من‌تصورمیکنم دربین‌کسانیکه درآن‌موقع بقاتل حمله میکردند وضربات چاقوودشنه رابراوفرودمیآوردند هیچکس‌ضارب رانمیشناخت ومن‌هم اورانمیشناختم وبعدازاینکه ضارب برزمین افتاد ونتوانست تکان‌بخوردچندنفرازکسانی‌که نمازخودراشکستند وبضارب حمله‌ور شدند واورابقتل رسانیدند وی‌راشناختند وگفتند که اوابولؤلؤغلام (مغیرة بن شعبه) میباشد

واسلام نیاورده بلکه ازمجوسان است. آن‌وقت‌ما بسوی (عمر بن الخطاب)رفتیم ودیدیم که هوش وحواس دارد ومیتواند حرف بزند وگفت برای‌چه شمانمازراشکستید؟

من گفتم برای اینکه (ابولؤلؤ) غلام (مغیرة بن شعبه) بتو حمله‌ور گردید ومیخواست تورا به‌قتل برساند. (عمر بن‌الخطاب) گفت میخواستید بگذارید مرا بقتل برساند وقتل من بدست او بهتر ازاین بود که شمانمازجماعت‌را برهم بزنید. سپس گفت آیااظهار کردید که قاتل من (ابولؤلؤ) غلام (مغیرة بن شعبه) میباشدمن‌ودیگران گفتیم‌بلی. (عمر بن‌الخطاب) چشم‌ها را متوجه آسمان کرد وگفت خدایا ازتوسپاسگزارم که بدست یك‌مجوس بقتل رسیدم نه‌بدست یك‌مسلمان‌واگر یك‌مسلمان مراکشته بود، هرگز تسکین نمیبافتم که چرایك‌مؤمن، بسوی مؤمن دیگرشمشیر یاخنجر کشیده‌است.

درآن‌موقع چون برمسلمین معلوم شد که نمیتوان خلیفه دوم را درمسجد موردمداوا قرارداد تصمیم گرفتند که اورا بخانه‌اش منتقل نمایند تااینکه درآنجاموردمداواقرار بگیرد و تخت روان‌آوردند وبطوری‌که مشاهده‌کردی اورا بخانه بردند. هنگامی که من میخواستم‌از مسجد خارج شوم وبطرف خانه (عمر بن‌الخطاب) بروم مشاهده کردم‌که جنازه ابولؤلؤرا ازمسجد خارج مینمایندپس‌ازاینکه واردخانه (عمر بن‌الخطاب) شدم مشاهده‌کردم‌که عده‌ای ازمردم‌آنجاهستند وهمه برای احوالپرسی‌آمده بودند. هریك ازآنهاوارداطاقی‌که (عمر)را درآنجابستری‌کرده بودند میشد وچندلحظه (خلیفه) را میدید و مراجعت میکرد. هیچکس نمی‌توانست در آن موقع باخلیفه صحبت‌کند برای اینکه (عمر بن الخطاب) حال صحبت کردن نداشت.

منهم مثل دیگران وارداطاق شدم ومشاهده‌کردم‌که (عمر) چشم برهم نهاده است. چند لحظه در اطاق ایستادم وعمررا ازنظر گذرانیدم وبعد از اطاق مراجعت‌کردم وبخانه خود رفتم.

من بااینکه بیش‌ازچندلحظه (عمر بن‌الخطاب) رابعدازاینکه شش ضربت ازقفا خورد ندیدم ونتوانستم بااوحرف‌بزنم متوجه شدم‌که خلیفه دوم‌معالجه نخواهدشد وزندگی‌رابدرود خواهدگفت. ولی برای اوبسیارمتاسف بودم چون من چه‌درزمانیکه باپیغمبربسرمیبردم و چه‌بعدازآن، عمررامیشناختم وبصفات نیکوی وی پی‌برده بودم ومیدانستم‌که مرگ آن‌مرد باایمان ودرستکار،ضایعه‌ای بزرگ برای مسلمین میباشد.

مدت‌سه‌روز(عمر بن‌الخطاب) درخانه‌تحت‌مداوا بود وعلاوه‌بر پزشك عرب یك مؤبد ایرانی وی‌رامعالجه مینمود. درآن‌موقع عده‌ای ازایرانیان درمدینه میزیستند وهمه‌صنعتگر بودند وبعد ازاینکه اعراب برایران غلبه کردند صنعت‌گران مزبورراازایران کوچانیدند وبمدینه منتقل کردند زیرا اعراب ازلحاظ صنعتگر فقیر بودند. عده‌ای از ایرانیان هم‌در

بیت‌المال امور حسابداری رااداره میکردند وقسمتی ازصنعت گران ایرانی درمدینه همچنان مجوس بشمار می‌آمدند و دین اسلام‌را نپذیرفتند. مؤبدی که درمدینه عهده‌دار مداوای عمر بن الخطاب بودقبل‌ازاینکه به‌عربستان بیاید در(جیجست) واقع‌درکنار دریائی بهمین‌نام که زادگاه پیغمبر ایرانیان میباشد می‌زیست.

(توضیح- (جیجست) بروزن(بی‌دست) نام‌قدیم‌دریاچه (اور-میه) بود که امروز باسم دریاچه رضائیه خوانده میشود واعراب چون حرف(چ)فارسی ندارندآن‌راجیجست(باجیم) تلفظ میکردندومی‌نوشتندولی‌درکتاب(اوستا) اسم‌دریاچه رضائیه (چیچست)با(چ) نوشته شده است‌وبطوری که‌میدانیم (طبق‌روایت) زردشت پیغمبر قدیم ایرانیان کناردریاچه‌رضائیه‌متولد گردید-مترجم)

مؤبدی که(عمر بن الخطاب)راموردمعالجه‌قرارداد از(جیجست) منتقل بمدینه نشدبلکه هنگام سقوط (مدائن) چون‌درآن‌شهر بود منتقل به(مدینه) گردیدونظر باینکه پزشك‌بشمار میآمد بعداز اینکه‌درمدینه سکونت‌کرد بکارهای پزشکی‌پرداخت و ازایران داروهائی آورد که‌درعربستان کسی‌آن‌هارا نمیشناخت‌وازجمله(توتیا)راواردعربستان کردو (توتیا)ازدریاچه (چیچست)بدست می‌آید.

(توضیح- توتیا ماده‌ایست که‌براثر ترکیب (اوکسیژن) باروی (فلزمعروف) بدست می‌آید ودرقدیم کناردریاچه رضائیه وبقولی‌روی آب‌های آن بدست میآمد وقدماء برای‌آن قائل بخاصیت طبی‌بودند- مترجم)

یکی ازچیزهائی که مؤبدایرانی به‌اعراب آموخت اینکه چگونه پارچه‌های‌خودرا با(قرمزی)رنگین نمایندو(قرمزی) کرمی‌است که‌درمنطقه (جیجست)یافت‌میشودومردم‌آن سامان آن کرم‌را از خاك‌برمیدارندو باآن‌پارچه‌ها رارنگین مینمایند و پارچه برنك سرخ زیباو درخشنده درمیآید وبهمین‌جهت‌در زبان ایرانیان کلمه(قرمزی)و(قرمز) بمعنای سرخ رنك شده درصورتیکه معنای‌اصلی آن کرمی‌است‌که برای رنك‌کردن پارچه‌ها مورد استفاده قرار می گیرد.

من‌صحبت سلمان راقطع کردم وباو گفتم‌که تومردی هستی بسیار محترم وچون از مقربان پیغمبر بودی نزدمامسلمین خیلی‌عزت‌داری ومن نمی‌خواهم برصحبت‌توایرادبگیرم ولی توباید بفهمی که‌موضوع‌داروهای‌ایرانی واینکه‌درایران(قرمزی) که‌اسم‌یك کرم میباشد بمعنای سرخ رنك‌است مورد علاقه‌من نیست. آنچه‌من‌میخواهم ازتوبفهمم مسائلی‌است‌مربوط بعایشه(ام‌المؤمنین)وتومسئله قتل(عمر بن الخطاب)راپیش‌آوردی‌واینك‌راجع بداروهای‌ایرانی صحبت‌میکنی‌وآیا موضوع قتل(عمر بن الخطاب)ربطی‌به(عایشه) دارد یانه؟ سلمان گفت بلی ای‌پسرارطاة ومن‌از این‌جهت‌موضوع‌قتل(عمر بن الخطاب)رابمیان‌آوردم که‌مربوط‌به(عایشه)

می‌شود تومیدانی که سه‌روز بعداز اینکه (عمر بن الخطاب)را از مسجد بخانه منتقل کردند زندگی را بدرود گفت. پس‌ازاینکه عمر بخانه منتقل شد، هنگامی که حواس داشت میگفت که نمیباید(ابولؤلؤ) رابقتل برسانند وچون اورا کشتند، لذاخون‌من جبران‌شدوکسی‌دیگر مسئول قتل من نیست.قبل‌ازاین که (عمر بن الخطاب) زندگی را بدرود بگوید از اطرافیان درخواست‌کرد که‌ام‌المؤمنین(عایشه)را بربالین اوبیاورند چون میخواهدباوی‌صحبت‌کند.

عایشه‌در آن‌موقع ازخانه قدیم خودکه‌رسول‌الله(ص)درآن دفن شده بود بخانه دیگر منتقل گردیده، درخانه جدیدید که‌وسیعترو بهتر بود میزیست.

وقتی (ام‌المؤمنین) شنیدکه(عمر بن الخطاب)وی‌را احضار کرده باشتاب‌خودرا بربالین خلیفه‌ثانی رسانیدو کنارش‌نشست وعمر بن الخطاب گفت‌ای(ام‌المؤمنین)چندین‌روزقبل‌ازاین که‌من بقتل برسم هرشب‌خوابی وحشتناك میدیدم وپیش‌بینی مینمودم که‌مرگم‌نزدیك‌است‌ودر مسجدهم این‌موضوع‌رابمؤمنین گفتم و وصیت‌کردم‌وگفتم درازای خدماتی‌که‌باسلام‌کرده‌ام چیزی نمیخواهم‌زیرا وظیفه‌هرمسلمان، بخصوص‌اگر خلیفه باشداین است‌که برای توسعه و تقویت‌اسلام‌بکوشد اما‌آرزودارم که‌بعدازمرگ‌درجوارمولای‌خودرسول‌الله(ص)مدفون‌شوم‌وچون پیغمبردرخانه‌تومدفون‌شده‌موافقت‌توبرای‌این که‌من‌درجوارمولای‌خودمدفون‌شوم‌ضروری‌است.

(عایشه) گفت‌من‌فکرمیکنم‌که تومعالجه خواهی شدوزنده‌خواهی ماندولی‌اگرزندگی رابدرود گفتی‌من‌طبق درخواست‌توعمل‌خواهم‌کردو موافقت‌خواهم نمودتوکنارشوهرم‌مدفون شوی‌لیکن آیافکر جانشین‌خودراکرده‌ای؟ عمر بن الخطاب گفت‌من‌درمسجد ازشش نفرنام بردم‌وگفتم که‌مسلمین‌یکی‌ازآن‌هارا بعداز مرگ‌من‌بخلافت انتخاب‌نمایند.(عایشه) گفت‌من شنیدم‌که تودر مسجداسم‌شش‌نفر رابردی‌ولی نام علی (ع) را قبل از دیگران ذکر کردی. عمر بن الخطاب گفت‌برای اینکه من‌علی(ع)رایك‌مسلمان واقعی‌میدانم‌واورا بخوبی میشناسم واطلاع دارم‌مردی‌است‌بی‌هوی‌وهوس‌وحب وبغض رادر احکام دین و وظائف خلافت مداخله نمی‌دهد. (عایشه) گفت‌اگرعلی(ع) خلیفه‌شود افراد قبیلهٔ(هاشم) برعربستان‌وتمام‌کشورهای اسلامی‌مسلط خواهند شد.

(عمر بن الخطاب) گفت(ع)مردی نیست‌که بعدازاینکه‌خلیفه‌شد افرادقبیله خودرابر عربستان و کشورهای اسلامی مسلط کند مگر اینکه دربین افراد مزبور کسانی باشند که علی(ع) از لحاظ دیانت وامانت‌وصداقت آن‌ها رابرای حکومت بلاداسلام صالح بداند که‌در این صورت جائزاست‌حکمران شوندومن‌قضاوت علی‌بن‌ابیطالب‌علیه‌السلام را درمورد انتخاب‌حکمران‌هااعم از اینکه افراد قبیله اویادیگران‌باشند درست‌میدانم. (ام‌المؤمنین) گفت‌آیافکرمراهم کرده‌ای؟ (عمر بن الخطاب) پرسیدبرای‌چه این‌سئوال را ازمن‌میکنی؟ من تاآنجاکه‌میتوانستم برای بهبودزندگی تومساعدت‌کردم وتو اینك‌هرسال یکصدوهشتاد

هزاردرهم ازبیت‌المال‌مستمری میگیری ومیتوانی هرطورکه‌مایل‌هستی زندگی کنی . عایشه گفت‌ولی‌اگر بعدازتوعلی(ع) بخلافت برسدمستمری‌من قطع‌خواهدشد.

(عمربن‌الخطاب) گفت علی(ع)ازفدائیان پیغمبر بود وبارهاجان‌خودرابرای حراست ازپیغمبربه‌خطرانداخت واومستمری زوجه پیغمبررا قطع نخواهدکرد. (عایشه) اظهارکرد میدانم که علی(ع)مستمری‌مرا بکلی‌قطع‌نخواهدکردلیکن ازآن‌خواهدکاست وخواهدگفت برای چه(عایشه)هرسال یکصدوهشتاد هزاردرهم ازبیت‌المال مستمری بگیرد ولی مستمری سایرزن‌های‌پیغمبرسالی‌دوازده‌هزاردرهم‌باشد.

دربین کسانیکه تودرمسجدبرای خلافت ازآنها نام‌بردی من به(عثمان) بیش‌ازهمه اعتماددارم ومطمئن‌هستم بعد ازاینکه بخلافت‌رسیدقدمی برعلیه‌من‌برنخواهد داشت‌ومن‌ازتو ای‌خلیفه انتظاردارم که‌وصیت خودرا تغییربدهی وبجای‌علی(ع) که‌نام اوراقبل از دیگران بردی‌نام(عثمان)را ببری تاهمه بدانندکه تو در درجهٔ اول‌عثمان‌را برای جانشینی خود برگزیده‌ای. ولی‌درآن‌موقع(عمربن‌الخطاب) نتوانست‌جوابی‌به(عایشه) بدهدبراینکه‌حالش طوری‌بدشدکه توانائی حرف‌زدن‌نداشت .

عایشه مدتی صبرکرد که شاید حال خلیفه بهترشود و بتواند جواب بدهد . ولی (عمربن‌الخطاب) بهبودنیافت وعایشه‌که از انتظارخسته‌شد ازآن‌خانه بیرون رفت وپس از رفتن طولی‌نکشیدکه‌خلیفه‌دوم زندگی‌را بدرود گفت. بعداز فوت(عمربن‌الخطاب)طلحه‌که درمدینه بود نزدعایشه‌رفت‌وباو گفت ای(ام‌المؤمنین) آیاغیرت تو قبول‌میکندکه‌یك‌مجوس خلیفه‌مارا بقتل‌برساند ومادست‌روی‌دست‌بگذاریم وانتقام خون‌خلیفه‌را ازمجوسان نگیریم ؟

(عایشه) گفت آیا تو میگوئی‌که باید مجوسان‌را بقتل‌رسانید؟ (طلحه) گفت بلی‌ای (ام‌المؤمنین) ومن‌میگویم که‌تمام‌مجوسان‌را که‌درمدینه‌هستند‌باید معدوم کردزیرادرقتل‌خلیفه شرکت‌داشته‌اند . (عایشه) اظهارکردخود خلیفه گفت که‌چون(ابولؤلؤ) به‌قتل رسیده انتقام اوگرفته شده ودیگرکسی وجود نداردکه مسئول قتل اوباشد. (طلحه) اظهار کرد که (عمربن‌الخطاب)هنگامی این‌حرف‌را زدکه‌ازفرط‌درد وضعف نمیتوانست‌واردعمق‌وکنه‌قضایا شود . ولی‌مامیدانیم که قتل‌خلیفه مسلمین، بدست (ابولؤلؤ) یك‌موضوع ساده‌نیست و یك‌غلام نمیتواند بارادهٔ خودبجان‌یك‌خلیفه سوء قصدکند ومجوسانی‌که درمدینه هستند اورا تحریك بقتل(عمربن‌الخطاب) کرده‌اند.(عایشه) گفت‌مجوسانی‌که‌درمدینه هستنداز (عمربن‌الخطاب) ناراضی‌نبودند تااینکه(ابولؤلؤ)راتحریك بقتل اونمایند وآنها ازقتل خلیفه سودنمیبردنـد تااینکه بدست(ابولؤلؤ) وی رابقتل‌برسانند. (طلحه) گفت‌مجوسها‌بامادشمن‌هستندو باخلیفه ماهم‌دشمنی‌دارند وازفرط‌خصومت(ابولؤلؤ)را تحریك‌بقتل‌خلیفه‌کرده‌اند. (عایشه)مجوسانی

را که درمدینه بودند شریك قتل (عمر بن الخطاب) نمیدانست وعقیده داشت که آنها بی گناه هستند وهمینطور نیز بود.

من تمام مجوسانی را که درمدینه بسر میبردند میشناختم ومیدانستم مردمی سلیم هستند و هیچیك از آنها نمیخواستند که (عمر بن الخطاب) بقتل برسد و (ابولؤلؤ) بدون اطلاع ایرانیانی که درمدینه بودند خلیفه ثانی را بقتل رسانید. لیکن عقیده (طلحه) طوردیگر بود و اومیگفت که ایرانیان مقیم مدینه که گفتم همه صنعتگر بودند در قتل خلیفه دوم شرکت داشته‌اند و(ابولؤلو) بتحریك آنها عمر بن الخطاب را بقتل رسانید. (طلحه) نتوانست (عایشه) را برای قتل عام ایرانیان مقیم مدینه باخود موافق کند ولی عده‌ای ازاعراب را باخود موافق کرد. طلحه فرماندهی عده‌ای ازسواران را داشت وبعداز اینکه عده‌ای ازاعراب را باخود موافق کرد یکمرتبه با سواران خود به ایرانیانی که درمدینه مشغول کاربودند حمله‌ور گردید. هرایرانی که بدست طلحه وسواران اوافتاد به قتل رسید وعده‌ای از ایرانیان گریختند وخودرا به بیت المال رسانیدند زیرامیدانستند که آن جا مکانی امن میباشد.

یکی ازکسانیکه بدست سواران طلحه مقتول شد همان مؤبد بود که (عمر بن الخطاب) را تحت مداوا قرارداد. پس ازاینکه طلحه وسربازانش فهمیدند که عده‌ای از مجوسان گریخته و به بیت المال پناهنده شده‌اند تصمیم گرفتند که به بیت المال حمله‌ورشوند وتمام ایرانیان را که در آنجا هستند از جمله حسابداران ایرانی بیت المال را بقتل برسانند. اگرعلی (ع) که نسبت بایرانیان توجه داشت درآن موقع بدادمجوسان نمیرسید (طلحه) وسربازانش همه ایرانیان را در بیت المال بقتل میرسانیدند. ولی علی (ع) خودرا به بیت المال که درهای آن بسته بود رسانید و به طلحه گفت کسانی که تومیخواهی آنها رابقتل برسانی درپناه اسلام هستند وآنها باعتماد قوانین دین ما، دراین شهرسکونت کرده‌اند وجان ومال خودرا درپناه قوانین اسلام میدانستند. اگریك مسلمان مرتکب قتل نفس شود آیا باید تمام مسلمین را بقتل رسانید؟ وآیا کسی میتواند فتوی بدهد که تمام مسلمین بقصاص قتل یك نفر باید معدوم شوند؟ مجوسان نیزچنین هستند واگر یك مجوس مرتکب قتل نفس گردد نباید سایر مجوسان را بقتل رسانید.

قبل از اینکه علی (ع) برای حمایت ازجان ایرانیان به بیت المال برود و (طلحه) و سوارانش را ازآنجا برگرداند عده‌ای از سواران اوبخانه من آمدند وگفتند که اگر تو مسلمان نبودی توراهم مثل سایرایرانیان بقتل میرسانیدیم ولی چون مسلمان هستی اینك ازقتل توصرفنظر میکنیم ودرعوض تورا محبوس مینمائیم تااینکه تکلیف آینده تومعلوم شود؟ گفتم من مرتکب چه گناه شده‌ام که میخواهیدمرا محبوس کنید؟ سواران (طلحه) گفتند گناه تواین است که در قتل (عمر بن الخطاب) دست داشته‌ای وعده‌ای تورا دیدند که درتیمچه بازرگانان با (ابولؤلؤ) صحبت میکردی وبدون تردیددر آن روز، تووا و، مشغول توطئه برای قتل خلیفه

بودید . گفتم شما یك بی گناه را حبس میکنید ؟ آنها گفتند اگر تو بی گناه هستی برای چه در تیمچه بازرگانان با (ابولؤلؤ) صحبت میکردی؟

گفتم من در آن روز که (ابولؤلؤ) را در تیمچه بازرگانان دیدم بر حسب تصادف با او برخورد کردم و مولایش اورا به تیمچه فرستاده بود که چیزی خریداری نماید و من در آن موقع وارد تیمچه شدم و اورا دیدم واو بمن گفت که نزد خلیفه رفته و از مولایش که ماهی یکصد درهم نقره از او مطالبه میکند شکایت نموده و خلیفه مطالبه (مغیرة بن شعبه) را امری عادی دانسته و باو گفته مردی چون او که دارای چند صنعت است میتواند ماهی یکصد درهم بمولای خود بپردازد.

من خدارا گواه میگیرم که در آن روز که من (ابولؤلؤ) را در تیمچه بازرگانان دیدم نه او گفت که قصد دارد خلیفه را بقتل برساند و نه من حدس زدم که وی ممکن است نسبت به (عمر بن الخطاب) سوءقصد نماید و اگر پیش بینی میکردم که وی قصد دارد خلیفه را بقتل برساند بطور حتم اورا منصرف مینمودم . سواران (طلحه) توضیح مرا نپذیرفتند و مرا از خانه بیرون بردند و حبس کردند . ولی علی (ع) بعد از اینکه ایرانیانی را که به بیت المال پناهنده شده بودند از مرگ نجات داد مرا نیز آزاد کرد و اگر در آن روز علی (ع) مرا از حبس آزاد نمیکرد ممکن بود که مدتی درحبس بمانم و شاید (طلحه) مرا بیگناه بقتل میرسانید. چون (طلحه) قبل از اینکه مبادرت به قتل عام مجوسان (مدینه) بکند نزد عایشه رفته بود، بعضی شهرت دادند که (ام المؤمنین) طلحه را وادار کرد که ایرانیان را قتل عام نماید ولی (عایشه) برخلاف شهرتی که داده شد خواهان مرگ مجوسان نبود و پس از اینکه شنید که عده‌ای از ایرانیان بقتل رسیده‌اند متأسف گردید.

فعالیت (عایشه) برای خلافت عثمان

(عمر بن الخطاب) قبل‌از فوت وصیت کرده بود که پس‌ازمرگ وی‌یکی ازشش تن را (که‌نام‌برد) بخلافت انتخاب کنند ودر رأس آنها علی‌بن ابیطالب (ع) قرارد اشت. (عایشه) نمیخواست که‌علی(ع) بخلافت انتخاب‌شودچون‌میترسید که علی(ع) ازمستمری‌وی که‌از بیت‌المال دریافت میکرد بکاهد. بعدازاین که (عمر بن الخطاب)را درخانه سابق(عایشه) کنارقبرپیغمبر بخاك سپردند من‌بخانه علی(ع) رفتم وراجع بجانشینی (عمر بن‌الخطاب) با وی صحبت کردم واز اظهارات پسرعموی‌پیغمبردانستم که اوقصد نداردبرای احرازخلافت قدم بجلو بگذارد. ازاوپرسیدم‌چرا برای جانشینی (عمر بن‌الخطاب)قدم‌بجلو نمیگذاری.علی(ع) جواب‌داد برای اینکه‌اگرمن جهت جانشینی‌عمر بن‌الخطاب قدم‌بجلو بگذارم خواهند گفت‌که من خلافت را برای مزایای مادی آن میخواهم . گفتم یا علی (ع) هیچکس این تصور را در مورد تو نخواهدکرد مگر کسانی‌که‌تورا نشناسند و درعربستان کسی‌نیست که‌تورا نشناسد وفقط ممکن است درکشورهای دیگر، تو باندازه عربستان معروفیت نداشته‌باشی ولی‌تکلیف‌جانشینی‌خلیفه را اعراب عربستان تعیین میکنند نه‌اقوام دیگر. بعدبه علی(ع) گفتم‌یاعلی تومردی بزرگ ونیك نفس هستی وبر گردن من حق داری چون مراازحبس‌نجات دادی.اگراین مساعدت رانسبت بمن‌نمیکردی باز من‌تورا برای خلافت ازهمه صالح‌تر میدانستم. ولی‌اگر توقدم بجلو نگذاری خلیفه نخواهی‌شد ومن‌اطلاع دارم که‌(عایشه) با(طلحه) مشغول کاراست‌تا اینکه (طلحه)را بخلافت‌انتخاب کنند.علی(ع) گفت (طلحه) خلیفه نخواهدشد واگرهم خلیفه شود بزودی‌برکنار خواهد گردید.

گفتم من(طلحه) را میشناسم ومیدانم مردی‌است طماع وحریص وکینه توز وبیرحم وبرای خلافت‌صالح‌نمیباشد ولی چون(عایشه) ازوی طرفداری میکند، بعید نیست که بخلافت برسد. اگر(عمر بن‌الخطاب) طلحه را بدرستی میشناخت نام اورا بعنوان شخصی‌که شایسته است بخلافت برسد برزبان‌نمیآورد. ولی(عمر) این‌مردرا بدرستی‌نمیشناخت و(طلحه)توانسته

بود که خود را در نظر آن مرد، صالح و با تقوی جلوه بدهد. نتیجه صحبت من آن روز با علی(ع) این شد که وی گفت من خود برای خلافت اقدام نخواهم کرد وفقط بیك شرط حاضرم که خلافت را بپذیرم و آن اینکه مردم بسوی من بیایند ومرا خلیفه کنند.

من یقین داشتم که (عایشه) تصمیم گرفته که (طلحه) را بجای (عمر بن الخطاب) بنشاند ولی میشنیدم که مردم میل ندارند که (طلحه) بخلافت انتخاب شود. خودمن از کسانی بودم که هرگاه (طلحه) بخلافت انتخاب میشد با او بیعت نمیکردم ومیفهمیدم که عده‌ای کثیر از مسلمین مثل من با (طلحه) بیعت نخواهند نمود. (عایشه) خدمه خود را بخانه سرشناسان مدینه فرستاد واز آنها دعوت کرد که روز سوم ماه محرم الحرام (درسال بیست وچهارم بعد از هجرت) در تیمچه بازرگانان مدینه جمع شوند وراجع بجانشینی عمر بن الخطاب تصمیم بگیرند.

عایشه بخدمه خود گفته بود که وقتی پیام اورا بسرشناسان مدینه میرسانند بآنها بگویند که روز سوم محرم، موضوع انتخاب (طلحه) بسمت خلیفه مطرح خواهد شد. من تا روز سوم محرم الحرام با هرکس که راجع به (طلحه) صحبت کردم شنیدم که اظهار عدم رضایت میکند ومیگوید بعد از اینکه در تیمچه بازرگانان حضور بهم رسانید با انتخاب (طلحه) بسمت خلافت، مخالفت خواهد کرد.

روز سوم محرم ، بعد از نماز صبح من نتوانستم بخوابم زیرا طوری تشویش داشتم که نمیتوانستم بخواب بروم. بعد از اینکه آفتاب قدری بالا آمد از خانه خارج شدم وبطرف تیمچه بازرگانان بحرکت درآمدم.

من تصور میکردم اولین کسی هستم که وارد تیمچه میشوم ولی وقتی بآنجا رسیدم مشاهده کردم که عده‌ای از سرشناسان (مدینه) قبل از من در تیمچه حضور یافته‌اند. حاضرین، دو نفر وسه نفر، مشغول مذاکره بودند وهمه راجع به (طلحه) صحبت میکردند ومیگفتند اگر نام طلحه برای خلافت برده شود باوی مخالفت خواهند کرد.

بعد از ساعتی مجلس مشاوره برای انتخاب خلیفه تشکیل گردید (زبیر) بالای کرسی رفت وبطرفداری از خلافت از (طلحه) شروع به صحبت کرد و گفت (طلحه) یکی از دلیران اسلام است ودر شجاعت کم نظیر میباشد ودر چندین جنگ بزرگ سمت فرماندهی داشته وفاتح شده است وشما اگر اورا بخلافت انتخاب نمائید شایسته‌ترین مرد را باین سمت انتخاب کرده‌اید و (طلحه) ممکن است سراسر جهان را برای اسلام فتح کند. بعد از اینکه صحبت (زبیر) باتمام رسید (عبدالله بن کعب انصاری) بالای کرسی رفت و گفت شجاعت یکی از صفاتی است که باید در خلیفه باشد ولی غیر از دلیری، صفات دیگر هم برای خلیفه ضروری است.

من تصدیق میکنم که (طلحه) مردی است دلیر اما واجد صفات دیگر نمیباشد. درصورتی که علی بن ابیطالب (ع) هم شجاع است، هم پرهیزکار و دانشمند و امین وقانع. علی (ع) با اینکه میتوانست

از بیت المال مسلمین استفاده کند و برای خود یا فرزندانش که نوهٔ پیغمبر هستند مستمری دریافت نماید تاامروز یك پشیز مستمری دریافت نکرده است و بطوریکه همه میدانید ومحتاج توضیح نیست علی(ع) ازبام تاشام کارمیکند وازکد یمین غذای خانواده خودرا تأمین مینماید ومن اطلاع دارم که گاهی ازاوقات یك ماه میگذرد ودودی ازمطبخ خانه علی(ع) به آسمان نمیرود.

من عقیده دارم که علی بن ابیطالب(علیه السلام) بسمت خلافت انتخاب شود واو ازهمه حیث شایستگی دارد که جانشین مردانی چون (ابوبکر) و(عمر) شود. بعدازاینکه صحبت (عبدالله بن کعب انصاری) خاتمه یافت (سرداقة بن مالك المدلجی) روی کرسی قرار گرفت و گفت :

دراینجا صحبت از دونفر شد، یکی (طلحه) ودیگری علی(ع)، من صریح میگویم که (طلحه) برای خلافت زمینه ندارد وغیراز (زبیر) که دراینجا ازوی طرفداری کرد هیچکس دراین تیمچه طرفدار خلافت وی نیست وبااو بیعت نخواهد نمود. واما درخصوص خلافت علی(ع) باید دونکته را بگویم.

اول اینکه خود علی (ع) مایل بخلافت نیست ودلیلش این است که دراین مجمع حضور ندارد. من نتوانستم سکوت کنم و صحبت (سرادقه) را قطع کردم و گفتم علی(ع) گفت که خود برای خلافت خویش اقدام نخواهد کرد ولی اگر مسلمین اورا بخلافت انتخاب نمایند خواهد پذیرفت.

(توضیح ـ مایکبار گفتیم و باردیگر میگوئیم که قسمت‌هائی ازاین سرگذشت ازکتب واسناد اهل سنت اقتباس گردیده و(کورت فریشلر) آلمانی نویسنده این سرگذشت آن اندازه که ازمنابع اهل سنت استفاده کرده ازمنابع شیعه استفاده ننموده است وبرای ماشیعیان تردیدی درخلافت حضرت مولیٰ (علی بن ابیطالب) علیه السلام نیست و بطور حتم بعقیده ماشیعیان آن حضرت ازطرف پیغمبر بخلافت انتخاب شده بود ـ مترجم).

(سرادقه) گفت ای سلمان فارسی تومردی محترم وراستگو هستی ودرصحت قول تو تردید ندارم ولی باید بتو بگویم که علی(ع) هم مانند (طلحه) برای خلافت زمینه ندارد واگر رأی گرفته شود دیده خواهدشد که علی(ع) دارای اکثریت نیست واین دومین نکته بود که من میخواستم بگویم . همان طور که (عبدالله بن کعب انصاری) گفت علی مردی است دلیرو با تقوی لیکن بسیار سخت گیر میباشد وماخواهان خلیفه‌ای هستیم که بامردم بنرمی رفتار نماید. من گفتم که علی(ع) اهل سازش نیست وسخت گیری اوناشی ازاین میباشد که عقیده دارد احکام خدا باید طبق روح آن اجری شود. (سرادقه) گفت ای (سلمان فارسی) خداوند در یك قسمت ازآیات قرآن مسلمین را توصیه به مماشات ومدارا کرده است وخلیفه مسلمین باید بیش ازهمه ازاین صفت برخوردار باشد. من پیشنهاد میکنم که بجای (طلحه) وعلی(ع) عثمان بخلافت انتخاب

شود. عثمان مردی‌است آرام ولین‌ومیتواند در موقع ضرورت، مدارا و مماشات کند و تصور نمیکنم که جز قبیله (هاشم) کسی باخلافت اومخالفت نماید.

من نظری باطراف انداختم ومشاهده کردم که ازافراد قبیله (هاشم) گذشته ، درقیافه دیگران آثار رضایت آشکار گردید. درآن موقع من نمیدانستم که (سرادقة بن مالك المدلجی) از(عایشه) الهام گرفته و(ام‌المؤمنین) اورامأمور کرد که درجلسه مشاوره، نام عثمان‌را برای خلافت برزبـان بیاورد. طرزعمل (عایشه) ازاین قرار بودکه وی درآغاز اسم (طلحه) را برزبان‌ها بیندازد.

عایشه میدانست که مردم از(طلحه) متنفرهستند واورا برای خلافت انتخاب نخواهند کرد وازاین جهت نام اورا برزبان‌ها انداخت که مردم دوچار تشویش شوند وباخلافت طلحه مخالفت نمایندو آن‌وقت نام عثمان را ببرد تا اینکه مردم ازبیم آنکه مبادا (طلحه) بخلافت انتخاب شود عثمان‌را بخلافت انتخاب نمایندو بااو بیعت کنند. لذا (عایشه) ازاول خواهان خلافت عثمان بود وعثمان هم‌ازاین موضوع اطلاع‌داشت. بعدازاینکه‌عثمان بخلافت رسید عده‌ای گفتندکه بین (عثمان) و(عایشه) موافقت‌شده که(عایشه) برای‌خلافت‌عثمان جدیت کند واورا برجای (عمر بن‌الخطاب) بنشاند ودرعوض عثمان برمستمری (عایشه) بیفزاید وهرسال از بیت‌المال پانصدهزار درهم باومستمری بدهد.

من این شایعه‌را باورنکردم وبخود گفتم که ازطرف بدگویـان منتشر شده تـااینکه مطلع‌شدم مناسبات دوستانه (عایشه) و(عثمان) مبدل به‌روابط خصمانه شده است. آن‌وقت‌فکر کردم که شاید شایعه مربوط به‌تعهدی که (عثمان) درقبـال (عایشه) کرده بود صحت دارد و چون عثمان به‌تعهد خودعمل نکرد (عایشه) بااودشمن شد.

باری من‌ازقیافه حضارفهمیدم که با خلافت عثمان موافق هستند، نه ازآنجهت که اورا برای خلافت خیلی شایسته میدانندبلکه ازآن‌جهت که نمیخواهند مردی‌چون(طلحه) بخلافت برسد. (سعدوقاص) که‌آن موقع در (مدینه) بود ودرجلسه مشاوره حضور داشت‌بعد ازکسب اجازه برای صحبت کردن، روی کرسی‌قرارگرفت وگفت: روزی که پیغمبرمازندگی رابدرود گفت، وقتی صحبت‌ازخلافت‌علی(ع) کردندبعضی گفتندکه اوبرای خلافت جوان‌است وخلیفه مسلمین‌بایدمردی جاافتاده‌باشد.

امروزچهارده سال‌ازآن‌تاریخ میگذرد ودیگرعلی‌بن‌ابیطالب(ع) یك مرد جوان نیست وپیرهم نمیباشد. بلکه دردوره‌ای ازعمر بسرمیبردکه نیروی جسمی وعقلی مردبمرحله‌کمال رسیده است.

بعدازرحلت‌پیغمبرپس‌ازاین که صحبت‌ازخلافت علی(ع) شدبعضی‌ازمسلمین میگفتندکه درجنگ‌های صدراسلام، برادریاپدر یاعموی‌آنهابدست علی(ع) بقتل رسیدند و بهمین جهت

نمیتوانند با خلافت وی موافقت نمایند درصورتی که آنها کافر حربی بودند نه مسلمان وعلی(ع) هر گز دست بخون یك مسلمان نیالود و هر موقع که توانست کفار را تحت حمایت قرارداد و نگذاشت که آنها را بقتل برسانند همچنان که درچند روز اخیر بحمایت مجوسان برخاست وجان آن‌ها را ازمرگ رهانید.

درهرحال، ایرادهائی که بعضی ازمردم پس ازرحلت پیغمبر برعلی(ع) میگرفتند امروز منتفی‌شده وعلی بن ابیطالب دراین دوره جوان نیست وجنگهای صدراسلام که(ع) درآنها شرکت داشت جزو وقایع تاریخی گذشته گردیده است. علی(ع) دربین کسانی که (عمر بن الخطاب) برای جانشینی خود تعیین کرد ازهمه شایسته‌تر است.

من بگفته دیگران مردی شجاع هستم ولی یك دهم سایر صفات علی که یکی از آنها قناعت است ندارم واگر بیت المال بمن حقوق نپردازد معاش من معوق میماند و نخواهم دانست که ازچه راه معاش خودرا تحصیل کنم. ولی علی(ع) نه درزمان حیات پیغمبر از بیت المال استفاده میکرد نه بعداز مرگ او وپیوسته خود را بزحمت میانداخت وکار میکرد تا اینکه معاش خود و خانواده‌اش را تأمین نماید ومن پیشنهاد میکنم که (علی بن ابیطالب) را بخلافت انتخاب کنید.

وقتی صحبت (سعدوقاص) تمام شد عثمان که تا آن موقع در تیمچه حضور نداشت وارد تیمچه بازرگانان گردید و (سرداقة بن مالك المدلجی) باصدای بلند گفت خلیفه جدید مسلمین آمد. بااین که (عثمان) درآن مجلس حضور یافت من یقین دارم آنچه سبب گردید که درآن روز علی بن ابیطالب (ع) بخلافت انتخاب نگردید عدم حضور علی(ع) درمجلس مشاوره بود. اگر علی درآن مجلس حضور مییافت بدون هیچ تردید اورا بخلافت انتخاب مینمودند ولی چون حضور نداشت وعثمان برعکس حاضر بود لذا هنگامی که رأی میگرفتند مردم غیراز افراد قبیله هاشم بسود عثمان رأی دادند وآنگاه با وی بیعت کردند. (طلحه) بعدازاینکه مشاهده کرد مردم عثمان را بخلافت انتخاب کردند متأثر نشد درصورتی که میبایدا اندوهگین شود. بعد من فهمیدم که (طلحه) ازسیاست (عایشه) مستحضر بود ومیدانسته که عایشه میل دارد که عثمان خلیفه شود و بعدازاینکه عثمان بخلافت رسید، مزایای بزرك نصیب (طلحه) شد.

من درآغاز خلافت عثمان جزو کسانی بودم که مغضوب بشمار میآمدم وعثمان نسبت بمن بی‌اعتنائی میکرد. چون عثمان بخاطر داشت که من درمجلس مشاوره، بنفع علی بن ابیطالب(ع) صحبت میکردم واز خلافت او طرفداری مینمودم. سعد وقاص هم که درآن مجلس ازخلافت علی بن ابیطالب(ع) طرفداری کرد درسال دوم خلافت عثمان اورا ازمنصب انداخت. ولی بعد با توصیه علی بن ابیطالب(ع) مناسبات عثمان ومن خوب شد وحتی عثمان مرا بمأموریت جنگی بکشور جبال فرستاد.

(توضیح ـ قسمتی ازکشور ایران که بعد موسوم شد بعراق عجم درعربستان باسم (کشور جبال)

خوانده میشد وکشورجبال عبارت بود ازآذربایجان وکردستان‌وکرمانشاهان وری واصفهان وغیره وبعدها اعراب‌اسم‌کشورجبال‌را مبدل به (عراق عجم) کردندتااینکه‌باعراق‌عرب‌یعنی بین‌النهرین‌اشتباه نشود- مترجم)

بااینکه مناسبات عثمان ومن با وساطت علی‌بن‌ابیطالب(ع) خوب شد واوبمن منصب داد می‌باید بگویم که عثمان خلیفه‌ای خوب نبود وپول بیت‌المال رابین خویشاوندان‌وافراد قبیله خود تقسیم میکرد . درزمان خلافت عثمان بیت‌المال مسلمین چون یك‌خوان گسترده بودکه هرکس باعثمان‌قرابت نسبی یاسببی‌داشت می‌توانست کنارآن بنشیند وباندازهٔاشتهای خود تناول کند .

بعد ازاین‌که مناسبات عثمان و من بهبود یافت روزی خلیفه سوم مرا احضارکرد و گفت یا(سلمان)چون توازمعماری سررشته‌داری میخواهم درخصوص‌توسعه مسجد پیغمبر باتو صحبت‌کنم . مقصود عثمان ازمسجد پیغمبرعبارت بود از مسجدی که رسول‌الله(ص) بعد از ورود بمدینه باکمك مسلمین درآن‌جا ساخت . باید بگویم که بعدازرحلت پیغمبر(ابوبکر) وپس ازوی (عمربن‌الخطاب) بفکرافتادندکه مسجد پیغمبررا درمدینه مرمت نمایند وتعمیر هم‌کردند ولی درصدد توسعه مسجد برنیامدند. آن روز که عثمان مرا احضارکردگفت من ازچگونگی ساختمان مسجد پیغمبراطلاع دارم وبطوری‌که میدانی ازمسلمین صدراسلام‌هستم وازطائفه (امیه) اولین شخصی‌که دین‌اسلام‌را پذیرفت من بودم.

من میدانم روزیکه پیغمبرمسجدمدینه‌راساخت شماره مسلمین‌محدود بودبه مسلمانهای مدینه و مسلمانهائی که از مکه بمدینه هجرت کرده بودند.ولی‌امروز شماره مسلمین در عربستان وکشورهای دیگر بقدری زیاد است که احصاء نمی‌توان‌کرد وهرسال عده‌ای‌کثیر ازمسلمین ازمصروشام وبین‌النهرین وکشورجبال (یعنی قسمت مرکزی ایران وآذربایجان که بعدموسوم‌شدبه‌عراق عجم- مترجم) برای زیارت‌کعبه بعربستان می‌آیند و خط سیرآن‌ها جهت رفتن‌به مکه‌طوری‌است‌که هنگام رفتن ومراجعت از(مدینه) عبورمی‌کنند وهرمسلمان که وارد مدینه میشود میل داردکه درمسجد پیغمبرنمازبخواند. تومیدانی‌که بعضی‌ازروزها صفوف نمازگزاران بقدری متعدد است‌که ازمحوطه مسجد تجاوزمی‌کند ومسلمین درخارج ازمسجد صف می‌بندند ونمازمیخوانند وباید دروسط صفوف مسلمان ها چند گوینده تکبیر باشد تامسلمین بفهمندکه امام‌جماعت چه موقع برکوع وسجود میرود. روزهائی که‌هواخوب است صف بستن نمازگزاران درصحن مسجد وخارج ازمسجد مشکل نیست لیکن روزهائی که باران‌میبارد نماز خواندن مسلمین دشوارمی‌شودومسلمان‌ها باید درصحن مسجدوخارج ازمسجد زیرباران صف ببندند ونمازبخوانند . این است‌که من بفکرافتاده‌ام‌که مسجد را

توسعه بدهم و در آن شبستان‌های بزرك بوجود بیاورم تا این که در روزهای بارانی مسلمین مجبور نباشند در صحن مسجد و خارج از آن صف ببندند و نماز بخوانند.

گفتم‌ای خلیفه ، تو چگونه مسجدرا توسعه میدهی در صورتیکه اطراف مسجد خانه‌های مسلمین قرار گرفته و تو هر گاه بخواهی مسجدرا توسعه بدهی می‌باید خانه های مردم را خراب کنی و آیا سزاوار است که خانه‌های مسلمین ویران گردد تا بتوان مسجدی‌را که پیغمبر ساخته توسعه داد؟ عثمان گفت من خانه‌های مسلمین‌را بدون رضایت آن‌ها ویران نمیکنم و همانطور که پیغمبر بعد از ورود به‌مدینه، زمین مسجدرا از صاحب آن خریداری کرد وقیمتی بیش از قیمت عادله پرداخت من‌هم خانه‌های مسلمین‌را باقیمتی زیادتر از بهای آن خریداری مینمایم تا بتوانند در جای دیگر خانه بسازند.

گفتم‌ای خلیفه چون مرا احضار کرده‌ای تا در این خصوص با من مشورت نمائی من می‌گویم که با علی‌بن‌ابیطالب (ع) هم مشورت کن و از نظریه او آگاه شو و بعد تصمیم بگیر. من در جلسه مشاوره عثمان با علی‌بن‌ابیطالب (ع) نبودم ولی شنیدم که علی (ع) بعثمان گفت در گذشته ساختن خانه درمدینه آسان بود زیرا مدینه وسعت نداشت و مردم از حیث مسکن ناراحت نبودند. ولی امروز، مدینه مرکز دنیای اسلام است و روزی نیست که یك هیئت از وجوه سکنه کشورهای اسلام به‌مدینه نیایند غیر از زائرین حج که در ماههای حرام به تعداد زیاد برای رفتن بمکه وارد مدینه می‌شوند یا بعد از مراجعت از مکه از این شهر میگذرند . چون جمعیت مدینه افزایش یافته موضوع تهیه مسکن برای مردم نسبت بگذشته مشکل شده و اگر تو خانه‌های مردم‌را که اطراف مسجد است خریداری کنی و از بیت‌المال بهای آن‌را بپردازی و بعد خانه‌هارا ویران نمائی تا اینکه مسجد وسعت بهم برساند ممکن است کسانی که بهای خانه خود را از تو دریافت کرده‌اند نتوانند خانه‌ای برای سکونت خود بسازند .

پس قبل از اینکه خانه‌هارا ویران کنی، برای کسانی که منازلشان ویران می‌شود در جای دیگر از محل قیمت خانه خود آن‌ها خانه بساز و خانه‌هارا هم بوسیله مباشرینی بنا کن که قصد انتفاع نداشته باشند و هزینه خانه‌سازی‌را گران محسوب نکنند. زمین اطراف مسجد زمینی است مرغوب و قیمت آن گران‌تر از زمین اطراف شهر است و برحسب قاعده کسانی که خانه‌هایشان جزو مسجد می‌شود نه‌فقط باید خانه‌ای جدید دریافت کنند بلکه مبلغی‌هم بابت اضافه بهای زمین به‌آن‌ها پرداخت شود .

عثمان نظریه علی(ع)را پذیرفت و مرتبه‌ای دیگر مرا احضار کرد و گفت زمینی‌را در نظر بگیر که سکنه اطراف مسجد، در آن جا سکونت کنند و بعد از اینکه زمین‌را در نظر گرفتی من تورا مأمور خرید آن زمین و ساختن خانه برای مردم میکنم و هر کس راکه برای کمك

بخود میخواهی انتخاب کن و پس از اینکه خانه های جدید ساخته شد و سکنه اطراف مسجد بمنازل نو منتقل شدند شروع به‌خراب کردن خانه‌ها خواهیم کرد ومسجدرا توسعه خواهیم دید .

گفتم ای‌خلیفه از این قرارخانه (عایشه) هم‌که قبر پیغمبر و (عمر بن الخطاب) در آنجاست ضمیمه مسجد می شود ؟ عثمان گفت بلی یاسلمان ومن تصورمیکنم بهتر این‌است که قبر پیغمبردرون مسجدباشد . بعد درخصوص خرید زمین وساختن خانه درآن، برای‌مردم صحبت شد ومن گفتم این موضوع موکول میشود باین‌که بدانیم مسجد پیغمبر چقدر توسعه بهم‌میرساند وچندخانه باچه‌وسعت که‌دراطراف مسجدقرارگرفته باید منضم‌بآن شود.

آنگاه راجع بطول‌وعرض‌مسجد صحبت‌کردیم وعثمان گفت چون‌پیغمبر هنگامی که این‌مسجدرامیساخت، طول‌آن‌راقدری بیش‌ازعرض مسجدقراردادما باید باحترام (رسول‌الله) همین‌تناسب راحفظ‌کنیم وطول‌مسجد رابیش‌ازعرض آن‌درنظر بگیریم. من نظریه‌خودراراجع بطول وعرض مسجدبروزبعد محول‌کردم چون‌میباید حساب کنم و بدانم که‌چقدراز مسجد زیربنامیرودوچه‌مقداراز زمین آن‌جزوصحن‌مسجد میشود.روز بعدبعثمان گفتم که طول‌مسجد باید یکصدوشصت‌ذرع شودوعرض آن‌یکصدوپنجاه ذرع‌وآنگاه‌چگونگی بنای‌مسجدرا باطلاعش رسانیدم وعثمان نظریه‌مراپذیرفت.

گفتم درمدینه آهك‌هست‌وگچ هم‌یافت‌میشود ولی گچ‌مدینه‌مرغوب‌نیست‌و برای‌ساختن مسجد پیغمبرمناسب نمیباشد. در کوههای اطراف مدینه سنك هست‌ولی نه‌سنگی که جهت ساختن ستون‌های‌مسجد پیغمبر مفید باشدو باید سنك وگچ‌رااز خارج‌وارد کرد.متأسفانه‌عده‌ای ازصنعتگران ایرانی که‌درمدینه بودندبدست (طلحه)وسربازانش‌بقتل‌رسیدند و ما برای بنای مسجدپیغمبر باید عده‌ای‌ازسنك‌تراشان وبناهای ایران رابمدینه بیاوریم.عثمان گفت‌برکارهای مربوط بتوسعه وساختن مسجد پیغمبر من بتواختیارتام میدهم وهرطورکه‌صلاح‌میدانی‌عمل‌کن وازهرجاکه میل‌داری‌سنك‌وگچ بیاور وسنك‌تراشان وبناهای ایرانی رااستخدام‌نماتابتوان هرچه‌زودترمسجدپیغمبر راتوسعه‌داد .

من درحاشیه‌شهریك‌قطعه‌زمین رابرای‌خریدن‌درنظر گرفتم و آن‌را باپول بیت‌المال خریداری کردم .

آنگاه آب‌جاری‌مدینه رابآن زمین‌بردم تااینکه‌دارای‌آب‌باشد وسپس شروع بساختن خانه‌کردم. من‌میدانستم که‌براثر‌توسعه مسجدمدینه ۴۲خانه که‌اطراف مسجدقرارگرفته ویران خواهد شد ولذا باید درزمینی‌که خریداری‌شده ۴۲خانه‌ساخت. من‌نقشه‌خانه‌ها را طوری‌طرح کردم که‌هرکس خانه‌ای دریافت کند بوسعت‌خانه‌ای‌مجاور مسجد داشته است. لذاخانه‌هایك‌اندازه نبودو مساحت آنها باهم‌فرق‌داشت روزی که‌خانه‌های‌جدیدبناگردیدمن

از عثمان درخواست کردم که باتفاق کسانی که باید در آن منازل سکونت کنند برودو آن خانه ها را ببیند. عثمان باتفاق کسانی که در مجاورت مسجد پیغمبر خانه داشتند رفت و آن خانه ها را دیدومن هم رفتم تا اینکه خانه جدید هر کس را باو نشان بدهم و همه از خانه های تازه خود ابراز رضایت کردند و از روز بعد بخانه های جدید منتقل شدند.

بعداز اینکه منازل اطراف مسجد خالی از سکنه شد، آنها را خراب کردند تا اینکه ضمیمه مسجد نمایند. تمام وسائل برای ساختن مسجد جدید پیغمبر آماده شدومن از ایران عده ای سنگتراش و بناء بمدینه آوردم که همه مسلمان بودندومن میدانستم که باشوق بکار مشغول خواهند شد چون میدانند که برای عبادت مسلمین، مسجد میسازند.

قیام مردم آذربایجان علیه اعراب

وقتی ساختن مسجد جدید شروع شد واقعه‌ای پیش آمد که من نتوانستم در مدینه بمانم و کارهای مربوط بساختن مسجد را بایرانیان واگذاشتم و برحسب دستور عثمان بسوی ایران براه افتادم. شرح واقعه مزبور از این قرار است که در آذربایجان که یکی از کشورهای ایران میباشد و در عرب ستان آن را جزو سرزمین جبال میدانند، مردم علیه (ولید بن عقبه) که والی آذربایجان بود و در (جیجست) بسر میبرد شوریدند. (امروز جیجست باسم رضائیه خوانده میشود ــ مترجم)

(ولید بن عقبه) برای خلیفه خبر فرستاد که او از عهده سکنه آذربایجان بر نمیآید و خلیفه باید برایش کمك بفرستد تا موفق شود مردم را بر جای آن‌ها بنشاند. خلیفه یکی از سرداران عرب باسم (سلمان بن ربیعه باهلی) را برای فرماندهی قشونی که باید بآذربایجان بفرستد انتخاب کرد. ولی (سلمان باهلی) بایران نرفته و از اوضاع آذربایجان اطلاع نداشت و لذا (عثمان) بمن گفت چون ایرانی هستی و از اوضاع کشور ایران اطلاع داری با (سلمان باهلی) بآذربایجان برو و راهنمای وی باش. عثمان میدانست که بر اثر رفتن من بایران کارهای مربوط بساختن مسجد پیغمبر متوقف نخواهد شد. این بود که من باسمت، مشاور و راهنما وارد قشون (سلمان بن ربیعه باهلی) شدم و بسوی ایران براه افتادم. (سلمان باهلی) طوری ازوضع ایران بی اطلاع بود که نمیدانست (جیجست) در کجاست و من باو گفتم که (جیجست) شهری است واقع در کنار دریاچه‌ای بهمین اسم. لیکن (سلمان بن ربیعه باهلی) مردی بود دلیر و آگاه از فنون حرب و خیلی خشن و من وقتی بهتر اورا شناختم خوشوقت شدم که خلیفه مرا برای مشاورت و راهنمائی او انتخاب کرد، چون میتوانستم جلوی خشونت و بیرحمی اورا بگیرم.

ما برای اینکه خود را بآذربایجان برسانیم میبایید از شام بگذریم و بعد راه جزیره (یعنی شمال بین النهرین ــ مترجم) را پیش بگیریم تا اینکه بآذربایجان برسیم. از روزی که مسلمین آذربایجان را اشغال کرده بودند اتفاق نیفتاد که سکنه آذربایجان شورش نمایند زیرا ولاة و حکام مسلمان که برای اداره امور آذربایجان و شهرهای آن انتخاب میشدند با مردم بعدل رفتار

میکردند. بعداز اینکه عثمان خلیفه‌شدوالی وحاکم اکثر کشورها و بلاد اسلام‌را تغییرداد و کسانی‌را بولایت وحکومت گماشت که‌از طائفه او واز خویشاوندانش‌بودند. آنهاهم باتکای اینکه‌خلیفه‌ازطائفه او است‌یاخویشاوندش میباشددست تعدی گشودند واز‌مردم رشوه گرفتندو درصددغصب املاك‌دیگران برآمدند. (ولیدبن‌عقبه)هم‌در آذربایجان‌شروع به‌رشوه گیری کرد وبفکرجمع آوری ثروت افتادوطوری افراط نمودکه‌مردم رابستوه‌آوردوآنها هم‌شوریدند. اما(ولید) درگزارشی که برای عثمان فرستاد علت‌شورش مردم را بیدینی‌ذکر کرده‌بودو میگفت‌که سکنه آذربایجان خروج‌نموده‌اند تااینکه بدین‌سابق برگردند.

وقتی‌ماوارد آذربایجان‌شدیم فهمیدم‌که‌اینطور نیست‌وسکنه‌مسلمان آنجا، نمیخواهند ازدین‌اسلام دست‌بکشند و بدین‌سابق برگردند. آنهائی هم‌که مجوس بودند ومسلمان‌نشدند، جزیه‌میپرداختند وکسی‌از آنهاانتظار نداشت‌که‌مسلمان‌شوند. درجنوب آذربایجان اوضاع کشورآرام‌بود ولی‌درشمال هرج‌ومرج حکمفرمائی میکرد وبما گفتندکه (جیجست) تحت محاصره‌شورشیان است‌وچون آن‌شهر خندق وحصار دارد مقابل شورشیان مقاومت مینماید وگرنه(ولیدبن‌عقبه)ازپادرمیآمد. (سلمان‌باهلی) بسوی (جیجست) بحرکت‌در آمد تااینکه کنار دریای(جیجست) رسیدیم وشهری‌بهمین‌نام نمایان گردید.

ماتحقیق‌کرده میدانستیم فرمانده قشونی‌که (جیجست)رامحاصره کرده مردی‌است‌بنام (مهرداد) و یکی از رؤسای قبایل (سبلان‌کوه). او دانست‌که ماعزم‌داریم(جیجست)را از محاصره برهانیم‌وباقسمتی ازقشون‌خود بسوی‌ما آمدوراه رابرمابست. (سلمان‌باهلی) برای (مهرداد)پیام فرستاد وپرسیددین توچیست؟

آن‌مرد گفت من‌دارای‌کیش پدران‌خودهستم ونمیتوانم‌قبول‌کنم که‌یك‌عرب آن‌هم یك عرب‌ستمگر برماحکومت‌کند وتواز راهی‌که‌آمده‌ای مراجعت‌کن واز‌آذربایجان خارج‌شو وگرنه‌بقتل‌خواهی‌رسید. (سلمان‌باهلی)جواب‌دادمن‌ازکشته‌شدن بیم‌ندارم‌ومرگ‌مرانمیترساند چون‌میدانم اگرمن‌کشته شوم‌به‌بهشت خواهم‌رفت.

(سلمان‌باهلی) بمن‌گفت‌که ما برای‌کمك به(ولیدبن‌عقبه) اینجا آمده‌ایم ونمیتوانیم مراجعت نمائیم وباید(ولید)را ازمحاصره‌نجات بدهیم یااینکه کشته‌شویم ومن‌فکر میکنم‌که باید حمله‌کرد.

گفتم‌توفرمانده‌قشون هستی واختیار جنك‌دردست‌تومیباشدومن‌فقط یك‌مشاورهستم‌ولی تصورنمیکنم‌که‌توبتوانی‌باقشونی‌که‌اکنون داری‌بر(مهرداد)غلبه‌نمائی‌زیرابا اینکه(مهرداد) شهر(جیجست) راهمچنان‌تحت‌محاصره‌دارد بایك‌قشون بزرك باستقبال توآمده‌تانگذارد تو به(جیجست)برسی. (سلمان‌باهلی) پرسید آیامیگوئی ازجنك‌بااین مجوسان صرف‌نظر کنم‌و

بگذارم که (ولیدبن‌عقبه) را ازپا درآورند و بقتل برسانند. گفتم‌نه، ومن نمیگویم که‌تو با (مهرداد) جنك‌نکن.

بلکه میگویم خودراقوی‌نما وبااوبجنك. تومیتوانی‌ازمسلمین جنوب‌آذربایجان کمك بخواهی وچندین هزارنفرازآنهارا بقشون خودملحق کنی‌وبعدبه مهردادحمله‌ورشوی ودرآن صورت موفقیت توحتمی خواهد بود. (سلمان‌باهلی) گفت تا من مراجعت‌کنم و از مسلمین جنوب آذربایجان‌کمك بخواهم(مهرداد) بر(جیجست) غلبه‌کرده (ولیدبن‌عقبه) رااز پا در آورده است.

گفتم(ولید) که تاامروزمقاومت‌کرده میتواندبازهم‌پایداری نماید. اماا گرتواکنون به (مهرداد)حمله‌کنی هم‌قشون خودراگرفتارنابودی خواهی کردوهم(ولیدبن‌عقبه)نابودخواهد گردید.(سلمان‌باهلی)اندرزمراپذیرفت ومامراجعت‌کردیم ودرجنوب‌آذربایجان برای‌کمك گرفتن ازسکنه مسلمان‌آن جااتراق‌کردیم.

وقتی بجنوب‌آذربایجان رسیدیم (سلمان‌باهلی) بهتر آن دانست‌که به (ری) برود و درآن جایك قشون بزرك‌گرد بیاورد وآنگاه راه‌آذربایجان را پیش بگیرد وبه (جیجست) حمله ورگردد.

من‌نظریه‌او راپسندیدم وبه اوگفتم‌که (ری)بزرگترین‌شهرسرزمین جبال‌است وطول آن‌یك فرسنك ونیم وعرض‌آن یك فرسنك ونیم میباشد ودرسرراه (کمندان) و(یهودیه)قرار گرفته و اومیتواندهم‌ازسکنه(ری)کمك‌بخواهد هم‌ازسکنه (کمندان) و (یهودیه).

(توضیح ـ کمندان شهری بود که امروز باسم (قم) خوانده میشود واعراب اول‌نام آن‌را قمندان‌کردند وبعدچهارحرف آخررا حذف‌نمودند وبشکل(قم) درآوردند و(یهودیه) شهری‌بوده درشمال زاینده‌رود درمحلی‌که اکنون‌شهر اصفهان‌است‌وازاین‌جهت‌آن‌را یهودیه میخواندندکه سکنه‌آن، ازیهودیان مهاجر (بابل) بشمار میآمدند ودرپناه حکومت ایران بسعادت زندگی‌میکردند وبعدازاینکه اعراب ایران‌رااشغال‌کردند عده‌ای‌ازسکنه(یهودیه) مسلمان‌شدند وبعضی‌ازآنها مذهب‌خودرا حفظ‌کردند، بنده‌نمیدانم‌که درآن‌موقع‌شهرکنونی اصفهان چه‌وضع‌داشته‌ولی‌شایدشهری‌که امروزباسم‌اصفهان خوانده میشود درجنوب رودخانه زاینده‌رودبوده‌چون کتابهای جغرافیائی قدیم‌درشمال‌زاینده‌رودفقط‌ازدوشهر(جی)و (یهودیه) اسم‌میبرد ونمیگویدکه شهراصفهان درشمال‌زاینده‌رودبود ـ مترجم)

درطرف شمال(ری) تاکناردریای طبرستان اقوامی‌وجود داشتندکه اسلام‌نیاوردند و اعراب‌نتوانستند برکشورهای آنهامستولی‌شوند وامروزهم چنین‌است وسکنه‌آن نقاط هنوز مسلمان نشده‌اند وچون راههائیکـه منتهی بممالك آنها میشود بسیار صعب است وقشونهای

بزرك نمیتوانند ازآن عبور کنند تصور نمینمایم که تامدتی بعدازاین، اعراب بتوانند سکنه آن مناطق را مسلمان کنند.

وقتی که مادر(ری) بودیم، والی (ری) درقزوین یك ساخلوی نیرومند گماشته بود تا اینکه مانع ازتجاوز اقوام شمالی بسوی جنوب شوند. زیرااقوامی که درشمال(ری) پشت کوهها تاساحل دریای طبرستان زندگی میکردند نه فقط اعراب را بکشورهای خودراه نمیدادند بلکه گاهی بجنوب حمله ور میشدندومبادرت بتاخت وتاز میکردند. منطقه سکونت اقوام مزبور در ساحل دریای طبرستان ازمغرب محدوداست به منطقه (جیل) (یعنی گیلان- مترجم) وازمشرق محدود به مصب رودخانه جیحون میباشد که بدریای طبرستان میریزد.

(توضیح- دردوره سلمان فارسی یعنی در صدراسلام رودخانه بزرك جیحون که امروز بدریای (آرال) میریزدراه مغرب را پیش میگرفت وواردِدریای مازندران میشدمترجم بیمقدار این سرگذشت چون دراین موقع فقط ازروی حافظه، توضیح میدهد نمیتواندبگوید درچه موقع خط سیرشط جیحون عوض شد وراه مشرق را پیش گرفت وبطرف دریاچه (آرال) رفت ولی تصور میکنم که تاقرن ششم هجری شط جیحون وارددریای مازندران میشد وزمین های لم یزرع کنونی ترکستان درآن موقع بمناسبت اینکه شط جیحون ازآن میگذشت ازاراضی آباد وحاصلخیز بشمار میآمد-مترجم)

(سلمان باهلی) درمدت سه ماه توانست در(ری) یك قشون مجهز شصت هزارنفری بوجود بیاورد. سربازان آن قشون متشکل بودند از اعراب وعده‌ای ازسکنه (ری) وجمعی ازسکنه (کمندان)و(یهودیه). وقتی قشون اسلام آماده حرکت شد فصل سرما آغاز گردید وعده‌ای از سکنه مسلمان به(سلمان باهلی) گفتند که دراین فصل نمیتوان به آذربایجان وجیجست قشون کشید. زیرا آنجاجزومناطق سردسیر است وبزودی برف‌های سنگین نازل خواهدشد وعبور قوافل قطع میشود مدت دویاسه ماه، راهها بر اثر برف مسدود میباشد و اگرتو دراین فصل بسوی آذربایجان وجیجست بروی برف گیر خواهی شد وممکن است که قشون تو ازبرودت نابود گردد خاصه آنکه قسمتی ازسربازانت عرب هستند ودرگرمسیر زندگی کرده‌اندوتاب برودت مناطق سردسیر راندارند. (سلمان بن ربیعه باهلی) میل نداشت که فصل زمستان را در(ری) بگذراند و میخواست که هرچه زودتر بجیجست حمله ورشود و (ولیدبن عقبه) را ازمحاصره نجات بدهد و بمن گفت اگرمن منتظر فرارسیدن بهارشوم وبعد براه بیفتم(ولیدبن عقبه) بهلاکت خواهدرسید. (سلمان باهلی) اندرزسکنه(ری) رانپذیرفت وفرمان حرکت قشون راصادرکردومادرآخرفصل پائیزاز(ری) براه افتادیم وبه(قزوین) رسیدیم وسپس عازم آذربایجان شدیم. ولی برخلاف انتظار، هواسردتر ازآنچه بودنشدو برف نبارید وبعد ازاینکه بآذربایجان رسیدیم زمستان آغازگردید بدون اینکه برف ببارد. سکنه آذربایجان میگفتند بخاطر ندارند که زمستان آغازشود و درآن

دیار برف نبارد. (سلمان باهلی) از زیبائی سکنه آذربایجان بوجد در می‌آمد و میگفت وی کشورهای متعدد را دیده ولی در هیچ کشور، زیبارویانی چون زیبارویان آذربایجان را مشاهده نکرده و نیز میگفت میل دارد بعد از خاتمه جنگ، از خلیفه اجازه بگیرد که در آذربایجان سکونت کند و چند زن زیبا از سکنه آن شهر را بحباله نکاح در آورد.

در طول راه، با اینکه فصل زمستان بود، ما دوچار مضیقه آذوقه و علیق نشدیم زیرا عده‌ای از سربازان اسلام جلو میرفتند و آذوقه و علیق برای قشون فراهم مینمودند. (سلمان باهلی) بعد از اینکه (به جیجست) رسید بیدرنگ حمله کرد و محسوس بود که (مهرداد) انتظار نداشت که فرمانده قشون اسلام در فصل زمستان مبادرت بجنگ کند. بمناسبت فصل زمستان عده‌ای از سربازانش که از قبایل (سبلان کوه) بودند مراجعت کردند و فقط آن عده از سربازان که (جیجست) را در محاصره داشتند بجا ماندند و آنها بر اثر حمله شدید مسلمین از پا در آمدند و خود (مهرداد) از میدان جنگ خارج شد و رفت و سربازان اسلام وارد (جیجست) گردیدند.

(ولید بن عقبه) و سربازانش از محاصره رهائی یافتند و معلوم شد که در طول محاصره، آنها از حیث آذوقه زیاد در مضیقه نبودند ولی عده‌ای کثیر از سکنه شهر (جیجست) از گرسنگی مردند پس از خاتمه جنگ (جیجست) و آزادی محصورین، من به (سلمان باهلی) گفتم برای اینکه بازمانده سکنه شهر از گرسنگی نمیرند باید از اطراف، آذوقه وارد شهر کرد.

سکنه شهر آن‌قدر از گرسنگی ناتوان شده بودند که نمیتوانستند خود بطلب آذوقه از شهر خارج شوند و انسان از مشاهده آنها، وحشت مینمود زیرا گوشت در بدنشان وجود نداشت و باستخوان اموات که روی آن پوستی کشیده شده باشد شباهت داشتند و اگر بآن‌ها آذوقه نمیرسانیدند ممکن بود که همه از گرسنگی بمیرند. فرمانده قشون اسلام بمن گفت یا (سلمان) تو مردی هستی که زبان مردم این سامان را میدانی و از اوضاع محلی بخوبی آگاهی داری و بهتر از دیگران میتوانی بمردم گرسنه این شهر آذوقه برسانی و من خود تو را مأمور فراهم کردن آذوقه می‌نمایم.

من بعد از دریافت پول، برای خریدن خواروبار براه افتادم و در ظرف دو روز، از قصباتی که پیرامون (جیجست) بود مقداری آذوقه بشهر رسانیدم و بعد از آن کوشیدم که بر موجودی آذوقه در شهر افزوده شود تا اینکه محیط قحطی که در آن شهر، حکمفرمائی میکرد از بین برود.

من می‌دانستم که مشاهده خواربار در بینندگان اثر نیکو دارد و آنچه سبب میشود که در سنوات قحطی، مردم اکول میشوند و هرچه بخورند احساس سیری نمی‌نمایند این است که خواربار را نمی‌بینند چون کسانی که دارای خواربار هستند، آن را از انظار پنهان می‌کنند

تا اینکه مورد دستبرد قرار نگیرد یااینکه بجانشان سوء قصد نشود . من سوداگران شهر (جیجست) راتشویق کردم که از خارج خواربار وارد کنند وآنهاهم مقادیری خواربار وارد شهر نمودند.

آنگاه برف نزول کرد وراه‌ها مسدود گردید. اگرمن برای تأمین آذوقه شهر جدیت نمی‌کردم بعد ازاینکه برف نزول می‌نمود و راه قطع میشد بازمانده سکنه شهر ازگرسنگی میمردند. ولی جدیت من سبب شدکه بعداز نزول برف، مردم باز از حیث خواربار دوچار عسرت نشدند.

(ولیدبن‌عقبه) بعد ازاینکه ازمحاصره نجات یافت باتفاق چندتن از افسرانش راه (مدینه)را پیش گرفت ولی (سلمان باهلی) در (جیجست) مانده ومن‌هم ماندم وآنگاه برف نزول کرد وتوقف (سلمان باهلی) رادر (جیجست) اجباری نمود . روزیکه (سلمان باهلی) می‌خواست ازمدینه حرکت کند عثمان باو اختیار دادکه بعد از گشودن (جیجست) اگر بتواند بکشورهائی که درشمال آذربایجان قرارگرفته حمله‌ور شود وسکنه آن ممالك را مسلمان کند .(سلمان باهلی)پس ازاینکه ازکار (جیجست) فراغت حاصل کردبفکر افتاد که بطرف کشورهای شمال آذربایجان برود وآن ممالك را برای اسلام متصرف شود و سکنه آن‌را مسلمان نماید. (سلمان باهلی) راجع بکشورهای مزبور ازمن توضیح‌میخواست‌و میل داشت بداند آن کشورها چگونه‌است.

من باو گفتم که درشمال آذربایجان بعد ازاینکه ازیك‌رود باسم(ارس) میگذرندوارد منطقه‌ای می‌شوند که جزو دامنه‌های پائین کوه قاف است و هرقدر بسوی شمال بروند وارددامنه‌های مرتفع‌تر میگردند تااینکه بکوه قاف میرسند وکوه‌قاف ازدریای طبرستان تا دریای (بینس) کشیده‌شده‌است.

(توضیح ـ عربها دریای‌سیاه راباسم دریای(بینس)میخواندند واین کلمه تحریفی‌بوداز کلمه‌پنتس (پونتوس) یونانی ومیدانیم که‌یونانیان‌دریای سیاه‌را دریای(پونتوس)نام گذاشته بودندواعراب که‌حرف(پ) ندارند آنرا(بونتوس) خواندند ونوشتند وچون این‌کلمه را بدون دو واو مینوشتند ، براثرمرورزمان وبی‌اطلاعی نویسندگان‌ادوار بعد مبدل به(بینس) شدـ مترجم).

عبورازکوه (قاف)بسیار دشوار استوآن کوه بیش‌از دومعبر نداردوسلاطین قدیم‌ایران مقابل‌هردومعبر سدبسته‌اند تااینکه قبایل‌صحرا گردکه دربیابان‌های‌شمال‌کوه قاف‌زندگی میکنندبآذربایجان حمله‌ورنشوند، دردورهٔ پادشاهان‌ایران، پیوسته، درپشت آن‌سدها یك‌عده سرباز آماده‌دفاع بودندولی‌امروزنمیدانم‌آنجاچه‌وضع‌دارد.(سلمان باهلی)ازمن پرسیداقوام صحرا گردکه‌درشمال‌کوه‌قاف زندگی‌میکنند چه‌مذهب‌دارند.

گفتم هیچکس ازمذهب آنهاآگاه نیست وهمین‌قدر میدانم که آن‌ها متدین بهیچ‌یك

ازمذاهب توحیدی نمیباشندو بت‌راهم نمیپرستند چون بین آنها بت‌دیده نشده و بهمین‌جهت بعضی حدس‌میزنند که‌شاید‌آفتاب‌وماه‌وستارگان‌را پرستش‌میکنند. (سلمان باهلی) گفت من میل‌دارم که‌از کوه‌قاف بگذرم‌واقوام بیابان گردشمال کوه‌قاف‌را مسلمان کنم. گفتم‌ای (ابن‌ربیعه باهلی) تو اگرفقط اقوام‌ساکن‌جنوب کوه‌(قاف) را مسلمان کنی خدمتی بزرك باسلام‌خواهی کرد.

(لابدخوانندگان محترم متوجه میباشندکه منظور سلمان فارسی از کوه (قاف)کوه قفقازاست که سرزمین قفقازیه رابدومنطقه شمالی وجنوبی تقسیم‌میکند-مترجم)

(سلمان باهلی) گفت بعدازاینکه‌فصل زمستان سپری گردید و برف ذوب‌شدو بهار رسید من‌ازاینجا براه میافتم وازرود(ارس) خواهم گذشت وخودرا بدامنه‌های جنوبی کوه‌(قاف) خواهم‌رسانیدو‌تمام اقوام‌آنجا رامسلمان‌خواهم کرد. اگراقوام مزبور دارای‌مذهب‌توحیدی باشندو نخواهندمسلمان‌شوند من‌آنهارا بحال‌خود میگذارم که‌دین‌خویش‌را بپرستندودرعوض ازآنان برای بیت‌المال، جزیه‌دریافت خواهم‌کرد. اما اگرمشرك باشند و نخواهند مسلمان شوندهمه‌را ازدم‌تیغ‌خواهم گذرانید. گفتم‌ای (ابن‌ربیعه باهلی) هرطورکه‌قرآن‌دستور میدهد عمل‌کن. (سلمان باهلی) گفت افسوس که من‌بتمام‌قرآن دسترسی ندارم‌وفقط معدودی ازآیات آنرا میدانم‌وتصور میکنم که‌توهم تمام‌آیات‌قرآن‌را ندانی. گفتم‌من‌نیز مثل توهستم وفقط قسمتی‌از آیات قرآن‌رامیدانم.

آیات قرآن چگونه جمع آوری شد

(سلمان باهلی) میگوید روزی نزد خلیفه (عثمان) بودم وراجع به ملتهائی که مطیع اسلام شدند صحبت میکردیم ومن این آیه را خواندم (ولکل امة اجل فاذاجاء اجلهم لایستأخرون ساعة ولایستقدمون)

(توضیح ـ این آیه اینك آیه سی و ششم ازسوره هفتم قرآن موسوم به سوره (اعراف) است و معنای آن چنین می باشد هرقوم که خداوند برای آن پیغمبر فرستاده دارای ضرب الاجل است واگر تاآن موقع ایمان به پیغمبر خداآورد فبها ودرغیر این صورت برآن عذاب نازل می شودو نزول عذاب نه ساعتی بتأخیر می افتد نه ساعتی جلومیرود ـ مترجم)

عثمان گفت آفرین برتو ای (سلمان بن ربیعه) که آیه ای مناسب خواندی ومن بخاطر دارم که این آیه درمکه برپیغمبرما نازل گردیدوبعد ازآن چندآیه دیگر نازل شدکه مکمل این آیه است وآیا توآن آیات راازحفظ داری؟

گفتم نه ای خلیفه ومن فقط همین یك آیه راازحفظ دارم. عثمان گفت من هم آن آیات را از حفظ ندارم. آنگاه ازچند نفر دیگر که حضورداشتند پرسید آیاشما میدانید آیاتی که مکمل این آیه می باشد کدام است؟

همه جواب منفی دادند و(عثمان) گفت بادوام این وضع، من بیم دارم که دین خداآنقدر ضعیف شودکه ازبین برود زیراهریك ازمسلمین فقط آیاتی چند ازقرآن را ازحفظ دارند و ازآیات دیگر بیخبرند واگرماکه هریك آیاتی چند، ازقرآن رامیدانیم بمیریم قرآن که ازطرف خداوند برپیغمبرما نازل شده به محاق نسیان سپرده خواهد شد ووقتی قرآن نباشد قانونی برای دین اسلام وجودنخواهد داشت وناگزیر باید تمام آیات قرآن را دریك جا جمع نمود تااینکه همه بدان دسترسی داشته باشند. مامسلمان ها میمیریم وچیزهائیکه ازحفظ داریم، بعد ازمرگ برای دیگران ازبین میرود ولی برای خودما باقی است زیرا اگرثوابکار باشیم در بهشت مکان خواهیم داشت واگرگناهکارباشیم درجهنم. لیکن بااینکه ما پس ازمرگ دربهشت یاجهنم باقی هستیم. زندگان ازمحفوظات ما استفاده نخواهندکرد. اما (مکتوب) باقی میماند

وهرگزازبین نمیرود واگرماتمام‌آیات قرآن را دریك‌کتاب جمع‌آوری‌کنیم، تمام مسلمین همواره ازآن‌استفاده خواهندکرد وقرآن‌هیچوقت بمحاق‌فراموشی‌سپرده نخواهدشد.

گفتم آیا (عثمان) برای جمع‌آوری آیـات قرآن اقدام‌کرد؟ (سلمان باهلی)گفت همان‌روز (عثمان) ازعده‌ای درخواست‌کردکه برای‌مشورت نزد وی‌بروند تـامعلوم شودکه آیات قرآن‌را چگونه باید جمع‌آوری نمود ونوشت. روزی‌که (سلمان‌باهلی) راجع‌به‌قرآن بامن صحبت میکرد من‌پیش‌بینی نمینمودم‌که ممکن‌است من ازطرف خلیفه سوم احضارشوم ولی بعد دانستم‌که خلیفه سوم برای جمع‌آوری آیات قرآن تمام‌کسانی‌راکه از نزدیکان رسول‌الله(ص) بودند ودوره اورا ادراك‌کردند احضارنموده‌است تاازحافظه‌آن‌هامددبخواهد. علاوه براصحاب پیغمبر، تمام قراء قرآن ازطرف عثمان احضارشدند من از(سلمان باهلی) جداگردیدم وبمدینه مراجعت‌کردم وبعدهاشنیدم‌که سلمان‌باهلی‌توانست‌تمام‌کشورهای واقع درشمال‌آذربایجان را تاکوه (قاف) برای اسلام فتح‌کند.

بعدازاینکه بمدینه مراجعت‌کردم راجع‌به‌پیروزی‌های اسلام اخبارجدید شنیدم ومعلوم شدکه سربازان مسلمان تمام صفحات جنوب ایران راتاخلیج فارس فتح‌کرده‌اند ومعاویه پسر(ابوسفیان) موفق بتصرف جزیره (رودس) شده‌است.

روزی‌که‌قطعات بت‌بزرگ جزیره رودس‌را بمدینه‌آوردند من درآنجابودم وازدیدن آن بت عظیم‌حیرت‌کردم. هیچکس نمی‌دانست‌که‌آن‌بت‌که بامفرغ ساخته شده بوددرچه‌دوره بناگردیده است. معاویه بعد ازفتح جزیره (رودس) در نامه‌ای‌که بخلیفه سوم نوشت‌گفت: هیچیك ازسکنه جزیره (رودس) نتوانستند بگویندکه‌آن بت درچه‌تـاریخ ساخته شده ولی قدرمسلم این است‌که قرن‌ها قبل ازمیلاد مسیح آن‌بت درجزیره (رودس) بوده است. سکنه جزیره (رودس)بطوری‌که معاویه درنامه خودخطاب بعثمان نوشته بودآن‌بت‌راخدای‌مفرغ میدانستند ومیگفتندکه‌اوست‌که طرزساختن واستفاده ازمفرغ رابآدمیان‌آموخت واگروی‌نبود نوع بشرنمیتوانست ازچندفلزمفرغ بسازد واحتیاجات خودرارفع‌کند. معاویه بدوجهت آن بت را درهم شکست. اول اینکه در جزیره (رودس) بت‌پرستی را از بین ببرد ودوم اینکه قطعات‌آن‌بت را بعربستان بفرستندتااینکه مفرغ‌آن‌مورد استفاده قراربگیرد.

بت‌مفرغی‌آن‌قدرمرتفع وحجیم بودکه‌نمیتوانستندآن‌راسرنگون‌کنند ومعاویه امرکرد که اطراف‌آن‌بت چوب بست بوجودآورند وکارگران فلزکارازچوب بست بـالابروند واز بالای بت، قطعه قطعه، مفرغ را ازآن‌جدا نمایند وپائین بیندازندتااینکه بت‌مفرغی بکلی‌خرد شود. معاویه بکارگران فلزکاردستورداده بودکه قطعات بت‌راطوری قطع‌کنندکه دوتکه از آن، قابل حمل بایك‌شتر باشد زیرا بعد ازاینکه آن‌قطعات باکشتی بساحل شام رسید میباید بوسیله شترحمل شود تابعربستان پرسد. کارگران فلزکار مدت چندین ماه مشغول‌کار بودند

تا توانستند آن بت را قطعه قطعه کنند ومعاویه قطعات بت را با کشتی بساحل شام فرستاد وازآنجا باشتر بعربستان حمل شد.

(توضیح ـ بت‌مفرغی جزیره (رودس) که معاویه خردکرد از عجائب هفتگانه دنیای قدیم بود ودرتواریخ مغرب زمین ازآن یادشده است ولی‌مسئله حمل تمام قطعات آن مجسمهٔ مفرغی به‌مدینه موردتردید است وگویامعاویه برای اینکه پیروزی خودرامسجل کند قطعاتی ازآن‌مجسمه‌مفرغی‌رابعربستان فرستاد اما نتوانست یانخواست که تمام قطعات مجسمه را به عربستان حمل نماید وجزیره (رودس) جزیره‌ایست کوچك نزدیك کشورکنونی ترکیه که در قدیم یکی‌ازمراکزتمدن بوده است ـ مترجم).

بعدازمراجعت بمدینه قبل ازاینکه نزدعثمان بروم واردمسجد پیغمبرشدم. هنوزبنای مسجد ناتمام بود ولی‌نشان میداد که‌آن مسجدیکی ازابنیهٔ بزرگ وزیبای اسلام خواهدشد. خانه‌های اطراف مسجد ازجمله خانه عایشه‌راکه قبرپیغمبردرآن‌قرارداشت جزومسجدکرده بودندودرآن بناطبق نقشه‌من، ستون‌های‌سنگی‌استوارمینمودند. ازدیدن آن‌مسجد بسیارخوشوقت شدم وآنگاه نزدخلیفه سوم رفتم‌واوبعدازاینکه راجع به‌آذربایجان و(جیجست) ازمن‌توضیح خواست گفت ای‌سلمان فارسی من‌ازاین‌جهت تورا احضارکردم تااینکه از تو در مجمعی که میبایدآیات‌قرآن‌را جمع‌آوری نماید استفاده کنیم. پرسیدم سایراعضای‌آن‌مجمع که هستند؟

عثمان گفت: علی‌بن‌ابیطالب(علیه‌السلام) (ابوسفیان بن حرث‌بن‌عبدالمطلب) و(طفیل) برادراو و(ابوطلحه انصاری) و(عبدالرحمن بن ربیعه) و(ابودرداء انصاری) وعده‌ای‌دیگر ازاصحاب پیغمبروهمچنین عده‌ای ازقراء قرآن درآن‌مجمع حضورمییابند وخودمن‌هم، سعی میکنم تاآنجاکه ممکن‌بود درجلسات مجمع حاضرشوم.

گفتم ای‌خلیفه من‌عقیده دارم که حضورام‌المؤمنین (عایشه)درجلسات‌آن‌مجمع‌ضروری است‌زیرااوتمام‌آیات قرآن‌را ازحفظ دارد ومیتواند برای‌جمع‌آوری‌آیات خدا، خیلی بما کمك کند.

وقتی عثمان گفته مراشنید بفکرفرورفت وگفتم ای‌خلیفه چرافکرمیکنی؟ عثمان گفت (عایشه) حاضر نیست که درجلسات مجمع قرآن‌شرکت کند. من ازگفته خلیفه سوم حیرت کردم چون ازمیزان‌علاقه (عایشه) نسبت به‌رسول‌الله(ص) اطلاع داشتم ومیدانستم که دردوره خلافت (ابوبکر) و(عمربن‌الخطاب) هروقت که‌آن دونفر میخواستند بآیات قرآن مراجعه نمایند از(عایشه) میخواستند که‌آیات قرآن‌را برای‌آنها بخواند. دراین‌صورت برای‌چه‌عایشه حاضرنمیشود درمجمعی که برای جمع‌آوری‌آیات قرآن منعقد میگرددحضوربهم برساند و باحافظه خود بکسانی که مشغول جمع‌آوری‌آیات قرآن هستندکمك کند.

علت خود داری (عایشه) ازحضوردرآن‌مجمع برمن نامعلوم بودتااینکه بعدشنیدم که

راجع به‌مستمری عایشه بین خلیفه سوم و (ام‌المؤمنین) اختلاف بوجود آمده وعثمان نخواسته‌است که طبق تقاضای عایشه باو مستمری بپردازد (وشایع بود که عایشه بمناسبت کمکی که به عثمان کرد واو را بخلافت رسانید نیم میلیون درهم مستمری سالیانه ازاو خواسته وعثمان درخواست عایشه را اجابت نکرد یاخود اووعده نیم میلیون مستمری سالیانه رابعایشه داد و بوعده عمل ننمود).

درتمام عربستان و بلاد اسلامی جارچیان جار زدند وبمردم گفتند هر کس یك یاچند آیه ازآیات قرآن رابشکل مکتوب دردست دارد بمجمع قرآن ارائه بدهد وبهای آن رانقد دریافت نماید وکسانی که نمیتوانند خود درمجمع قرآن حضوربهم برسانند میتوانند نوشته خویش رابحکام محل بفروشندتاآن‌ها برای مجمع قرآن ارسال دارند.

(توضیح ـ شرح مفصل جمع آوری آیات قرآن درزمان خلافت عثمان وتدوین قرآن باین شکل که اینك موردا ستفاده ماست درهیجده سال قبل ازاین بقلم پروفسور (رژی ـ بلاشر) استاد زبانهای شرقی دردانشگاه پاریس وبه ترجمه این ناتوان درمجله خواندنیها منتشر گردید ـ مترجم).

پس ازاینکه مجمع قرآن شروع بکار کرد وکسانی آمدند وآیات مکتوب قرآن راکه داشتند به‌آن مجمع ارائه دادند علی بن ابیطالب(ع) متوجه گردید که مسلمین آیات قرآن را غلط میخوانند.

ای پسر ارطاة درآن موقع خط عربی این‌طورکه توامروز میبینی نبود این خط را علی بن ابیطالب(ع) برای خواندن آیات قرآن بوجود آورد. درخط عربی نقطه وجودنداشت ونمیتوانستند بین صاد وضاد و (ط) و (ظ) فرق بگذارند. همچنین علائمی وجودنداشت که خوانندگان قرآن بتوانند حرکات حروف را اداکنند. آنهائی که بذاته فصیح بودند برای خواندن آیات قرآن (اگرسواد داشتند) محتاج نقطه وعلائم اعراب نبودند.

فصحای عرب ولو بیسواد بودند آیات قرآن رابدون غلط میخواندند. ولی شماره فصحاء کم بود واکثرسکنه عربستان راکسانی تشکیل میدادند که ازفصاحت ذاتی عرب بهرهٔ زیادنداشتند و آنها آیات قرآن را غلط میخواندند و نمیتوانستند بین منصوب ومجرور فرق بگذارند. علی بن ابیطالب (ع)هم برای حروف نقطه وضع کردتااین که باهم مشتبهٔ نشوند وهم قواعدی وضع نمود تا خوانندگان قرآن بفهمند که کدام حرف صدای فتحه داردوکدام حرف صدای کسره وغیره وآن علم که علی بن ابیطالب(ع) بوجود آورد بنام علم نحوخوانده میشد.

هرروزمجمع قرآن، آیات مکتوب راازکسانی که صاحب آن بودندخریداری میکرد و یك نماینده ازبیت‌المال که درمجمع حضورداشت بهای آنها رامیپرداخت. بعد ازاینکه آیه یا آیات که بیشتر روی پوست وگاهی روی استخوان کتف شتر نوشته شده بودخریداری میگردیدآن را میخواندند واگر نمیتوانستند بدرستی بخوانند به‌راهنمائی علی بن ابیطالب(ع) طرزخواندن

صحیح آن را فرا میگرفتند و بعد مینوشتند. یکی از فوائد حضور اصحاب (از جمله من) در آن مجمع این بود که میتوانستند بگویند ردیف نزول آیات قرآن چگونه بوده تا آیاتی که دنبال هم نازل گردیده پشت هم نوشته شود. معهذا بعضی از آیات قرآن بود که هیچکس نمیتوانست بخاطر بیاورد که ماقبل و مابعد آنها چه آیات بوده و ناگزیر آن آیات را طوری نوشتند که ماقبل و مابعد آن با آیات مزبور مربوط نمیشود. با اینکه عثمان لیاقت و پرهیزکاری (ابوبکر) و (عمر) را نداشت و در آمد بیت المال را تفریط کرد و با عضای طائفه و خویشاوندانش بخشید باید تصدیق نمود که با جمع آوری آیات قرآن در یک کتاب، یک خدمت بزرگ بدین خدا و مسلمین کرد و اگر عثمان مبادرت به جمع آوری آیات قرآن نمینمود و آنها را در یک کتاب گرد نمیآورد ممکن بود بر اثر مرگ اصحاب پیغمبر و قراء قرآن و کسانی که آیات مکتوب قرآن را داشتند کلام خدا بمحاق فراموشی سپرده شود.

همچنانکه بعد از خاتمه کارهای مجمع قرآن، عده‌ای از اصحاب پیغمبر که عضو آن مجمع بودند زندگی را بدرود گفتند مانند (ابودرداء انصاری) و (ابوطلحه انصاری) و (ابوسفیان بن-حرث بن عبدالمطلب) که نباید او را با (ابوسفیان) از طائفه (امیه) که پدر (معاویه) بود اشتباه کرد وغیره. علی بن ابیطالب (ع) هم با وضع قواعد برای خواندن آیات قرآن که بعد موسوم به علم نحو گردید خدمتی بزرگ باسلام نمود و بعد از اینکه تمام آیات قرآن جمع آوری و نوشته شد (عثمان) دستور داد که تمام نوشته‌هائی را که روی پوست و استخوان و چیزهای دیگر بودند از بین ببرند که دیگر در دسترس مردم نباشد و چنین کردند و در نتیجه، بین مسلمین، بیش از یک قرآن باقی نماند و آن همین قرآن است که امروز در تمام کشورهای اسلامی آنرا میخوانند.

آغاز مخالفت عایشه با عثمان

اندکی بعد از اینکه کار مجمع قرآن خاتمه یافت (عایشه) شروع بمخالفت علنی با عثمان کرد و ومخالفت عایشه از اینجا شروع شد که یك صورت از اسامی حکام بلاد اسلامی که از طرف عثمان گماشته شده بودند با خط خود نوشت و در آن صورت نام یکصدوهفتاد حاکم کل وجزء دیده میشد که همه از خویشاوندان یا اعضای طائفه عثمان بودند. عایشه نشان میداد که عثمان یکصدوهفتاد تن از خویشاوندان واعضای طائفه خود را با حقوق گزاف حاکم کرده ودرهمه جا بر مسلمین مسلط نموده وبا اینکه آنها حقوق گزاف میگیرند از مردم رشوه دریافت میکنند ومردم از حکامی که عثمان نصب کرده شکایت مینمایند اما عثمان به شکایات مردم ترتیب اثر نمیدهد ورفع ظلم نمینماید. صورتی که عایشه با خط خود نوشته بود بین مسلمین دست بدست میگشت وکسانیکه سواد داشتند آن اسامی را مینوشتند که نگاه دارند.

دست بدست گشتن صورت مزبور خیلی باعث نفرت مردم از عثمان شد زیرا آنچه عایشه نوشته بود حقیقت داشت وهمه میدانستند کسانی که نامشان در آن صورت نوشته شده از خویشاوندان یا اعضای طائفه عثمان هستند واو بر حقوق حکام کل وجزء نسبت بدوره خلافت عمر بن الحطاب خیلی افزوده است.

من چون متصدی ساختمان خانه‌هائی بودم که بعد از توسعه مسجد مدینه، برای سکنه مجاور مسجد ساخته شده بود روزی جهت دیدن آن خانه ها که گفتم در حاشیه شهر قرار داشت رفتم وچشمم به (سودان بن حمران) افتاد. (سودان بن حمران) وقتی مرا دید درصدد بر آمد چیزی را زیر جامه خود پنهان نماید. من برای آن حرکت قائل به اهمیت نشدم وهنگامی که بهم رسیدیم باو گفتم صبحکم الله بالخیر یا (ابن حمران). او جواب مرا داد و بعد از حالش پرسیدم و بمن گفت که در خانه ام المؤمنین (عایشه) بودم. عایشه منزل خود را تغییر داده در خانه‌ای واقع در حومه شهر مدینه میزیست و (سودان بن حمران) گفت امروز با (ام المؤمنین) راجع به عثمان صحبت میکردیم واو میگفت ادامه خلافت مردی چون عثمان برای مسلمین باعث ننگ میباشد وسبب خواهد شد که دین پیغمبر از بین برود.

من گفتم یا (ام‌المؤمنین) اگر اشتباه نکنم تو برای خلافت عثمان بیش‌ازهمه جدیت کردی وازپا ننشستی تااینکه اورا بجای (ابوحفص عمر بن‌الخطاب) خلیفه دوم نشانیدی. عایشه گفت من عثمان‌را مردی میدانستم که برای خلافت شایسته است‌ولی وقتی‌شروع بکار کردمتوجه‌شدم‌مردی است فاسد وحریص که‌جزانباشتن صندوق خود وپر کردن کیسه خویشاوندان واعضای‌قبیله‌اش هیچ منظورندارد ومن‌اطلاع دارم‌که درهمه جا،مردم ازظلم حکامی که (عثمان) نصب کرده بجان‌آمده‌اند وچون هرچه نامه به(عثمان) مینویسندوشکایت میکنندبی‌اثراست‌تصمیم گرفته‌اند که‌بهیئت اجتماع کوچ کنند وبمدینه بیایند ودراینجا، شفاهی شکایت نمایندکه‌شاید ازشکایت خود نتیجه‌ای بگیرند.

از(سودان‌بن‌حمران) پرسیدم مردم ازکجا می‌خواهندبهیئت اجتماع بمدینه بیایند و شفاهی‌شکایت کنند؟او گفت‌سکنه (مصر)وسکنه(بصره)و(کوفه)و(ری) عزم‌دارند براه بیفتند و خود رابمدینه برسانند تاصدایشان بگوش(عثمان) برسدوشایدآن مردرا وادارندکه‌دست ستمگری‌حکامی‌راکه برمردم گماشته کوتاه نماید.

بعد ازاین‌صحبت من از (سودان‌بن‌حمران) جدا شدم و برای بازدید خانه‌هائی که ساخته بودم رفتم ومراجعت نمودم. بعد ازده‌روز عده‌ای از سکنه مصر بعنوان شاکی وارد مدینه‌شدندومعلوم گردیدقبل‌ازاینکه‌واردشوند، مسکن‌آنهاآماده گردیده‌و(سودان‌بن‌حمران) عهده‌دار رفع احتیاجات آنها میباشد. بعد ازوقوف‌براین موضوع آن روزرا بیادآوردم که (سودان)رادرکوچه دیدم و مشاهده‌کردم‌که چیزی‌را زیرجامه‌خود پنهان می‌کند. در آن روز من‌نخواستم بفهمم آنچه سودان پنهان مینمایدچیست؛ ولی بعدازاینکه سکنه مصر وارد مدینه شدند و(سودان‌بن‌حمران) مأمور رفع احتیاجات‌آنهاگردید بخاطرآوردم چیزی‌که آن‌روز (سودان) از نظر من پنهان میکرد شبیه‌بکیسه‌پول‌بود. آنوقت‌حدس‌زدم که‌آن‌پول‌از طرف (عایشه) باوداده شد تااینکه وسیله رفع احتیاج سکنه مصر راکه به (مدینه) می‌آیند فراهم نماید وچون (ام‌المؤمنین) بوسیله (سودان‌بن‌حمران) احتیاجات سکنه مصر را در (مدینه)رفع میکرد بعید نبود خوداو، سکنه‌مصررا‌تحریک‌کرده باشدکه برای‌شکایت‌شفاهی به‌مدینه بیایند.

درحالیکه سکنه مصردر (مدینه) بودند عده‌ای ازسکنه (بصره) وارد مدینه شدند و آنهاهم می‌خواستند شفاهی ازحاکم‌بصره شکایت نمایند و (کنانة‌بن‌البشرالنجیبی) که من میدانستم ازنزدیکان عایشه است مأمور رفع احتیاجات‌آنها شد. یکروز، خادمی از طرف (عایشه) بخانه من‌آمدوگفت (ام‌المؤمنین) تورا احضارکرده و میخواهد باتو صحبت‌کند. من ازاحضار مزبورکه غیرمنتظره بود تعجب‌کردم و نمیتوانستم حدس بزنم‌که (عایشه) با من‌چکار دارد.

بعد از اینکه وارد خانه‌اش شدم او اذن جلوس‌دادو گفت‌یا (سلمان) تومیدانی که‌من چه دردوره‌حیات شوهرم (رسول‌الله) وچه بعداز رحلت اونسبت بتو نیك‌بین بوده‌ام. گفتم بلی یا (ام‌المؤمنین) واز توجه تو نسبت بخود ممنونم . (عایشه) گفت مذاکره‌ای که من میخواهم امروز باتوبکنم محرمانه‌است وانتظار دارم‌کاری راکه بتو محول میکنم بپذیری.

پرسیدم‌آن‌کارچیست؟ (عایشه) گفت ولی اگرکاری‌راکه بتو میگویم نپذیری‌مذاکره مارا بدیگری ابراز نکن . گفتم هرچه تو بگوئی نزد من خواهد ماند و بدیگری ابراز نخواهم‌کرد. عایشه گفت تو میدانی که مردم ازظلم حکامی که عثمان انتخاب کرده بستوه آمده‌اند وچون شکایات آن‌ها مؤثر واقع نمیشود از اوطان خود براه افتاده‌اند تا بمدینه بیایند ودراینجا، به (عثمان) شکایت کنندکه شاید شکایت‌آنها دراینجا مؤثر واقع گردد و عده‌ای ازآنها اینك درمدینه هستند وبقیه بتدریج خواهندآمد. از جمله سکنه (ری) تایك هفته یاده‌روز دیگر وارد مدینه خواهندشد و شماره‌آنها دویست نفراست وآنان بعداز ورود باین‌شهر احتیاج بمسکن‌وغذادارند. آنها، هزینه غذای‌خودراخواهندپرداخت‌ولی‌چون در این‌شهرغریب هستند باید مسکنی جهت آنان فراهم کرد و چون‌تو مردی هستی معمار و مهندس وازاین گذشته اهل‌ایران میباشی من بفکرافتاده‌ام‌از تودرخواست‌نمایم‌که‌برای این دویست‌نفر،مسکنی تهیه‌کنی وچون‌زبان‌آنهارا میدانی بین‌آنان‌ودیگران وبخصوص‌من‌رابط باشی‌و اینك‌بگوکه برای‌فراهم‌کردن مسکن‌جهت‌این دویست‌نفر، چقدر پول‌میخواهی؟

گفتم‌برای‌سکونت‌دادن‌دویست‌نفر بایدیك‌خانه بزرك‌رااجاره کرد واگرنتوان خانه‌ای فراخور دویست نفر بدست آوردباید چندخانه برای سکونت‌آنهااجاره‌نمود. (عایشه) گفت اگر مجبورشدی که‌برای سکونت‌مردم(ری)چندخانه‌اجاره نمائی متوجه باش‌که‌منازل مزبور کنارهم باشدتااینکه سکنه(ری)درمحلات این‌شهر متفرق نشوند. گفتم‌ای (ام‌المؤمنین) من فقط‌نظریه‌خودرا راجع‌بسکونت‌مردم(ری)بتوگفتم ومعلوم نیست‌که بتوانم این‌کاررابرعهده بگیرم.(عایشه) پرسیدبرای‌چه؟ گفتم‌برای اینکه مناسبات من‌و(عثمان) تیره بودوباوساطت ابوالحسن(علی‌بن‌ابیطالب علیه‌السلام) بهبود یافت واگرمن‌برای سکنه(ری)که‌اینجامیآیند مسکن فراهم‌کنم‌وازآنهاپذیرائی نمایم، بازمناسباتم باعثمان تیره‌میشود(عایشه)گفت آیاتو اینقدر ازعثمان میترسی که‌حتی‌بدرخواست‌من‌که مادرتووسایر مسلمین‌هستم‌نمیخواهی‌مسکنی برای سکنه(ری) که‌اینجامیآیند فراهم نمائی گفتم من‌ازعثمان نمیترسم‌اماچون‌مناسباتم‌بااو خوب‌شده، این‌عمل‌را مغایر باروابط دوستانه میدانم.

(عایشه) گفت‌پس‌درنظرتو(عثمان) ازمن‌برتر است زیرا برای‌اینکه‌اورانرنجانی‌ازقبول درخواست‌من‌استنکاف‌میکنی. گفتم ای(ام‌المؤمنین)من عثمان‌راازتو برترنمیدانم‌وتوبطوری که گفتی همسررسول‌الله(ص)ومادرهمه‌مسلمین‌هستی‌وهیچ کس‌باتو برابرنمی‌شودتاچه‌رسدباینکه

از تو برتر باشد. ولی اگر شخصی به انسان نیکی کرد، نباید باو بدی نمود و خودداری من از قبول درخواست تو نه از بیم عثمان است و نه بدان مناسبت که او را برتر از تو میدانم بلکه فکر میکنم که نباید نسبت به عثمان حق ناشناسی کرد و در ازای خوبی او بدی نمود. (عایشه) وقتی دانست که من درخواست او را نمیپذیرم و حاضر نیستم که برای سکنه (ری) خانه فراهم کنم و بعد از ورود شان به (مدینه) از آنها پذیرائی نمایم گفت بسیار خوب یا (سلمان) ولی امیدوارم که این موضوع را که من بتو پیشنهاد کردم بهیچکس ابراز نکنی. گفتم ای (ام المؤمنین) تا روزی که من یا عثمان زنده هستیم این موضوع را بکسی ابراز نخواهم کرد.

وقتی از خانه عایشه خارج شدم بر من محقق شد که مسافرت نمایندگان سکنه (مصر) و (بصره) که در (مدینه) بسر میبردند و مسافرت نمایندگان سکنه (ری) که میباید به (مدینه) بیایند ناشی از تحریك عایشه است یا اینکه عایشه تصمیم گرفته از ورود نمایندگان (مصر) و (بصره) و (ری) به (مدینه) بضد عثمان استفاده کند و آنها را در دست خود داشته باشد. روز بعد بخانه علی (ع) رفتم و وقتی وارد شدم مشاهده کردم که وی مشغول کتابت است. علی (ع) مرا نشانید و گفت امروز قبل از اینکه تو بیائی (عمرو بن حمول) نزد من بود و میگفت که روز گذشته ام المؤمنین (عایشه) او را احضار کرد و باو گفت که یك خانه بزرك یا چند خانه کوچك اجاره کند تا اینکه سکنه (ری) که برای شکایت وارد (مدینه) میشوند در آن خانه‌ها سکونت نمایند. من چون به (عایشه) قول داده بودم که مذاکره با او را افشاء نکنم سکوت نمودم.

علی (ع) گفت عایشه مشغول دسیسه بضد عثمان است و من تصور میکنم که مخالفت او با عثمان ناشی از مسائل مادی می باشد چون (ام المؤمنین) جز برای مسائل مادی با کسی اختلاف پیدا نمیکند. گفتم یا علی (ع) تو چه پیش بینی میکنی و در آینده چه خواهد شد؟ علی (ع) گفت اگر مردم از حکامی که عثمان بر آنها گمارده راضی بودند مخالفت عایشه با او اثر نداشت. اما چون مردم از حکام عثمان ناراضی هستند اگر حکام مزبور تعویض نشوند مخالفت (عایشه) عثمان را دچار زحمت خواهد کرد. من چون دیده بودم که علی (ع) مشغول کتابت بود و برای صحبت کردن با من قلم را بر زمین نهاد آن روز زیاد توقف نکردم و از علی (ع) خداحافظی کردم و از خانه خارج شدم.

بعد از اینکه نمایندگان (ری) وارد مدینه شدند اقدامات نمایندگان (مصر) و (بصره) و (ری) مطیع قاعده کلی شد و من میفهمیدم که عایشه بوسیله میهماندارانی که برای آنها انتخاب کرده دستور صادر میکند و نمایندگان مزبور را راهنمائی مینماید چه کنند. هر روز نمایندگان مزبور برای نماز بمسجد میرفتند و بعد از ادای فریضه عثمان را احاطه میکردند و از او میخواستند که والی مصر و حکام (بصره) و (ری) را معزول کند و عثمان با ملایمت با آنها میگفت صبر کنند.

بعد از ورود نمایندگان (ری) دسته‌ای از مردم (کوفه) آمدند. گفتم که شهرهای جدید (کوفه) و (بصره) را من ساختم و عده‌ای از سکنه (کوفه) و (بصره) که به (مدینه) آمدند مرا

میشناختند و بخانه‌ام قدم نهادند وازمن خواستند که بمحل سکونت آنها بروم. من در آن‌موقع دوچاروضعی دشوارشدم. چون اگر باسکنه(بصره) و(کوفه) که مرا میشناختند گرم میگرفتم مورد بیمهری عثمان واقع میشدم‌واوتصورمیکرد که من‌طرفدارشاکیان هستم‌اگرنسبت به‌سکنه آن‌دوشهر بی‌اعتنائی مینمودم‌آنهارا ازخود میرنجانیدم.

بعدازاینکه نمایندگان (کوفه) واردمدینه شدند ازمصر،عده‌ای به‌پایتخت اسلام‌ورود نمودند وآن‌هامیگفتندماآمده‌ایم به‌خلیفه‌اطلاع بدهیم که سکنه مصرازرفتار والی‌رضایت‌کامل دارند ووالی مصر، باعدالت رفتارمینماید وکسانی‌که‌بعنوان نمایندگی ازطرف سکنه مصر، واردمدینه شده‌اند تاازوالی‌شکایت‌نمایندمغرض‌هستند یادشمنان‌خلیفه آنهاراآلت‌دست‌کرده‌اند. نمایندگان سکنه مصرکه برای شکایت‌آمده بودند زبان باعتراض گشودند وگفتند اینان که ازوالی‌مصر،ابرازرضایت مینمایند فرستادگان خودوالی هستند واوباین‌هاهزینه سفرداده تا به‌مدینه بیایند وشکایت نمایندگان حقیقی سکنه مصرراکه‌ماهستیم‌خنثی کنند وما برای اینکه ازنمایندگان والی‌مصرمتمایز باشیم‌علامت سفیدرا انتخاب میکنیم. ازآن‌ببعد، نمایندگان‌واقعی سکنه مصرهرجاکه بودند یك‌پرچم سفید باخود حمل میکردند تاشناخته شوند. نمایندگان والی مصرهم ناگزیربرای اینکه خودرابشناسانند پرچم سیاه راعلامت خودقراردادند.طولی نکشیدکه از(بصره) و(ری) و(کوفه) نیزنمایندگان واردمدینه شدندکه میگفتندنمایندگان مردم هستند واظهارمیکردندکه آمدند بخلیفه اطلاع بدهندکه مردم ازرفتارحـاکم راضی هستند وازوی شکایت ندارند.آنهاهم بعدازورودبمدینه بتقلیدنمایندگان والی‌مصر،پرچم سیاه راعلامت خودکردند. لذادرمدینه،ازنمایندگان سکنه اقـالیم دیگردودسته بوجودآمد.یکی حاملین‌پرچم سفیدکه‌نمایندگان واقعی‌مردم‌بودند ودیگری‌حاملین‌پرچمهای سیاه که میگفتند نمایندگان مردم هستند امادرواقع نمایندگان حکام بشمارمیآمدند.

یکروزمن دیدم آنهائی‌که علامتشان پرچم سفید بود درکوچه‌هـای مدینه بحرکت درآمدند ودسته جمعی، شعری‌را میخواندند مبنی برهجای عثمان. درآن‌شعر عثمان راتشبیه بکفتارمیکردند ومیگفتند چون اومردی است طماع وحرص مال داردکسانی‌رابعنوان والی وحاکم برمسلمانان گماشته‌که مثل اوهستند وحریص میباشند وچون ازهمدستـان اومحسوب میشوند عثمان حاضرنیست بشکایات مردم بضدولاة وحکام مزبورترتیب اثربدهد. تاآن‌روز، من درمدینه‌آن منظره را ندیده بودم. من هنوزهم نمیدانم‌که سراینده آن شعرکه بود واز هرکس پرسیدم‌آن‌شعرراکه سروده نتوانست نام سراینده رابگوید. بهمین‌جهت حدس میزنم که‌آن شعرازطرف خود(عایشه) سروده شد وانسخه‌ای‌ازآن‌شعررابه‌نمایندگان مصروبصره وری وکوفه دادتاحفظ‌کنند وبهیئت اجتماع درکوچه‌های مدینه بخوانند.

من تصورمیکنم‌آنچه سبب شد فکر برکناری (عثمان) بوجودبیاید همان‌شعر بودکه در

آن روز نمایندگان سکنه شاکی بلاد مختلف اسلامی در کوچه‌های مدینه خواندند و حتی من که دست عایشه را در کار میدیدم تحت تأثیر آن شعر قرار گرفتم. آخرین بیت شعر مزبور دارای این مضمون بود: (تا وقتی عثمان از خلافت بر کنار نشود مسلما نها روی آسایش را نخواهند دید). وقتی مردم آن شعر را میشنیدند، عثمان را مورد لعن قرار میدادند و میگفتند که وی باید از خلافت بر کنار گردد.

شخصی که آن شعر را سروده بود (و به تصور من عایشه) از موقع استفاده کرد. چون در آن سال سکنه مدینه، از حیث خوار بار در مضیقه بودند. علت کمبود خوار بار این بود که در آن سال باران نبارید و آب در مدینه کم شد و قسمتی از مزارع بر اثر کم آبی خشك گردید. عثمان برای جبران کمبود خوار بار، از مصر گندم خواست اما وصول گندم از مصر بتأخیر افتاد. مردم که از کمی خوار بار و گرانی آن ناراضی بودند برای مخالفت با خلیفه بیشتر آمادگی داشتند.

دو روز بعد از اینکه نمایندگان سکنه شاکی، در کوچه‌های مدینه شعر خواندند و عثمان را هجو کردند، و لزوم بر کناری او را ذکر نمودند آنهائی که علامت سیاه داشتند و نمایندگان ولاة و حکام بودند در کوچه‌های شهر بحرکت در آمدند و شعری خواندند مبنی بر مدح خلیفه و در آن شعر برای طول عمر خلیفه دعا میکردند و میگفتند حکامی که عثمان گماشته در کشورها و بلاد اسلامی وسیله اجرای عدالت خلیفه هستند. نمایندگان مردم شاکی وقتی مشاهده کردند که حاملین پرچمهای سیاه بحرکت در آمدند، دسته‌های خود را جمع آوری کردند و درحالیکه پرچم سفید حمل مینمودند براه افتادند.

شهر مدینه، گرچه نسبت بگذشته توسعه بهم رسانیده بود ولی نه آن اندازه که آن دو دسته بزرگ، هنگام حرکت در کوچه‌های شهر بهم تلاقی نکنند و همینکه تلاقی کردند پیکار آغاز گردید. دسته سفید و دسته سیاه با شمشیر و خنجر بجان هم افتادند و چند لحظه دیگر خون جاری گردید. (سودان بن حمران) و (کنانة بن بشر النجیبی) در وسط زد و خورد فریاد میزدند ای مردم تا روزی که عثمان خلیفه است خون شما هدر خواهد رفت. وقتی خون جاری شد سکنه مدینه که متوجه شدند آنهائی که علامت سیاه دارند از اعمال و مأمورین ولاة و حکام دست نشانده عثمان هستند به کمك دسته سفید وارد پیکار شدند و عده‌ای از افراد دسته سیاه را کشتند و بقیه را متواری کردند و آنگاه بانبار غله حمله نمودند و قبل از اینکه نگهبانان انبار مزبور بتوانند جلوی مردم را بگیرند مقداری از غله را بردند.

(سودان بن حمران) و (کنانة بن بشر النجیبی) بدون انقطاع مردم را تحریك به قتل عثمان میکردند و مسلمین واقعی و متعصب خواهان نابودی عثمان شدند. زیرا عثمان نه فقط حکام ستمگر خود را بر سکنه کشورهای مختلف اسلامی مسلط کرد بلکه سادگی دستگاه خلافت را از بین برد. (عمر بن الخطاب) در یك خانه خشتی که با خشت خام ساخته بود زندگی میکرد و با کاسه

سفالین آب‌مینوشید وروی بوریا مینشست وهمانجا میخوابید. ولی عثمان درمدینه، یك کاخ بزرگ ازسنگهای سفید وسیاه برای‌خودساخت وآن کاخ را باقالی‌های ایران مفروش کرد و پیوسته‌عده‌ای ازخدمه‌وغلامان درآن کاخ‌عهده‌دار خدمات‌او بودند. (عمر بن‌الخطاب) جامه‌ای ازپشم‌شتردر برمیکرد ودردوره‌خلافت‌ده‌ساله‌اش فقط سه‌بارجامه‌روئین‌راعوض نمود. ولی‌عثمان لباسهای ابریشمین میپوشید وهرروز جامه‌خودراعوض مینمودواولین‌مردکه‌درعربستان برسم ایرانیان‌عمامه‌برسرنهادعثمان بود. درکشور مصرکسانی‌بودندکه میتوانستند دندان‌مصنوعی بسازند وعثمان دونفر ازآنها رابمدینه احضارکرد تابرایش دندان‌هائی ازطلا وعاج‌بسازند وآنهارا بجای‌دندانهائی‌که ازلثه‌هایش افتاده‌بودمورد استفاده‌قراربدهد.

(توضیح ـ فن‌ساختن‌دندان‌های مصنوعی درکشورمصر سابقه‌ای عتیق دارد و(سینوهه) پزشك‌مخصوص فرعون مصر که کتاب‌خودرادرهزاروسیصد وپنجاه‌سال‌قبل‌ازمیلاد نوشته‌میگوید که‌درآن‌زمان‌درکشورمصر دندان‌های‌مصنوعی‌ساخته‌میشدومورداستفاده‌قرارمیگرفت ـ مترجم)

من‌خدمات عثمان‌را باسلام گفتم وتذکردادم که‌وی‌آیات قرآن‌را جمع‌آوری‌کرد و مسجد‌پیغمبر را درمدینه وسعت داد وازنوساخت ودردورهٔ‌خلافت اوکشورهای جدید ضمیمهٔ قلمرواسلام‌شد وارتش‌های اسلام درشرق وغرب موفق به‌پیروزی‌شدند. اما دردورهٔ خلافت عثمان عمل کردن‌باحکام شرع‌سست شد برای‌اینکه خلیفه باوجود سالخوردگی، قسمتی از اوقات‌خودرا بعیش‌میگذرانید وبااینکه بیش‌ازهفتادسال ازعمرش‌میگذشت دوشیزگان جوان وزیبا را بعنوان کنیزخریداری‌مینمود تاازآنها برخوردارشود.

سستی دراجرای‌احکام شرع بپایه‌ای رسیدکه درمدینه‌دکان شراب‌فروشی گشوده شد. شب‌ها وبعضی ازاوقات روزها ازکاخ خلیفه سوم‌آهنگهای‌موسیقی بگوش میرسید ورقاصگان مقابل‌آن‌پیرمرد میرقصیدند. معلوم‌است وقتی خلیفه مسلمین عیاش شود بعضی ازمسلمان‌ها باو تأسی میکنند وعیاش میشوند. یکی‌ازوظائف ولاة وحکام اسلامی نسبت به‌عثمان‌این‌بودکه زیباترین کنیزورقاصه‌را ازکشورهای مختلف برای‌خلیفه بفرستند وعثمان بولاةوحکام‌برای کنیزان‌صبیح‌المنظر ورقاصه‌های دلپذیر اعتبار نامحدودداده‌بود. اشراف‌مدینه‌مثل‌خلیفه کنیزهای زیباخریداری‌میکردند ودرخانه‌های‌آنهاشراب‌های (قبرس)وشام‌نوشیده میشد ورجال طائفه (امیه)درمکه گلاب‌را باآب‌مخلوط‌میکردند وبدن‌را میشستند.

دردوره‌خلافت عمر، اسلام خیلی ثروتمندشد اماتجمل‌بوجود نیامد برای اینکه‌عمر نمیگذاشت که‌درآمدبیت‌المال‌نصیب‌کسانی که استحقاق ندارند بشود. دردوره عثمان درآمد بیت‌المال‌بمناسبت‌اینکه اراضی‌جدیدمنضم به‌قلمرو اسلام گردید بیشترشد. اماعثمان برخلاف (عمربن‌الخطاب)درآمدبیت‌المال‌راتفریط‌میکرد وباشراف مکه‌ومدینه‌مستمری‌های گزاف از محل‌بیت‌المال‌می‌پرداخت وآنها‌بدون‌اینکه‌کاری‌را بانجام‌برسانند باتجمل زندگی میکردند

طوری رعایت احکام دین اسلام سست شده بود که یك روز (ولید بن عقبه) درحالیکه مست بود وارد مسجد مدینه شد .

من نام (ولید بن عقبه) را بردم و گفتم که او حاکم جیجست (یعنی اورمیه ـ مترجم) بود ودر آذربایجان براوشوریدند و (سلمان باهلی) رفت وویرا ازمحاصره نجات داد این مرد روزی درحال مستی وارد مسجد مدینه شد و آن چنان مست بود که نمیتوانست راه برود اگر (عمر بن الخطاب) خلیفه بود بی درنگ (ولید بن عقبه) را گردن میزد . ولی چون (عثمان) خلافت میکرد و (ولید بن عقبه) ازطائفه خود عثمان محسوب میگردید چیزی باو نگفتند وحکمران مدینه (که اوهم مردی از طائفه امیه بشمار میآمد) تخت روان فرستاد و (ولید بن عقبه) را که نمیتوانست راه برود در تخت روان قرارداد ندواو را بخانه اش بردند . مسلمین واقعی ومتعصب که شاهد آن وقایع ومناظر بودند دندان برجگر میگذاشتند وچیزی نمیگفتند

شورش مردم بر خلیفه و محاصره
کاخ عثمان و قتل او

در آخرین سنوات خلافت عثمان پول آنقدر فراوان بود که سرمایه‌داران نمیتوانستند پول خود را بکار اندازند زیرا کسی برای کارهای انتفاعی احتیاج بپول آن‌ها نداشت ولی در همان موقع عده‌ای از مسلمین حتی در خود (مدینه) گرسنه میماندند و نمیتوانستند شکم فرزندان خود را سیر کنند وعثمان از بیت المال، بخویشاوندان خود مستمریهای گزاف میداد لیکن بمساکین کمك نمیکرد در صورتیکه طبق قوانین اسلام کمك بمساکین ضروری است. این بود که وقتی صدای مخالفت علنی باعثمان برخاست تمام سکنه (مدینه) غیر از اشراف، قیام کردند. با اینکه سکنه (مدینه) و نمایندگان بلاد دیگر که در (مدینه) حضور داشتند نسبت به عثمان بدبین بودند نمیخواستند اورا بقتل برسانند و آن چه سبب قتل عثمان شد دو چیز بود یکی تحریکات عایشه بوسیله عمالش (سودان بن حمران) و (کنانة بن البشر النجیبی) و دیگری بی‌احتیاطی حکمران مدینه.

سکنه مدینه خواهان برکناری عثمان از خلافت بودند و بسوی خانه‌اش روان شدند تا اینکه اعتراضات خود را باو بگویند و ویرا از خلافت بیندازند. ولی حکمران (مدینه) سربازان دار الحکومه را برای محافظت کاخ عثمان فرستاد و وقتی مردم خواستند وارد خانه عثمان شوند سربازان بمردم حمله‌ور گردیدند و چند نفر از آنها را بقتل رسانیدند. نمایندگان سکنه بلاد دیگر، که در جنك بامأمورین ولاة و حکام عده‌ای کشته داده بودند بتحریك همدستان (عایشه) سکنه مدینه را تشجیع کردند که بدار الحکومه حمله‌ور شوند و حاکم (مدینه) را بقتل برسانند. گفتم که حاکم (مدینه) مردی بود از طائفه‌ای که حتی یکی از افراد آن ساکن مدینه نبودند بلکه افراد آن طائفه در مکه بسر میبردند.

از روزی که عثمان مردی از طائفه (امیه) را حاکم (مدینه) کرد مردم با نظر کینه آن حاکم را مینگریستند چون اورا اجنبی میدانستند. عثمان با انتخاب یکی از مردان طائفه (امیه) بحکومت (مدینه) احساسات سکنه آن شهر را جریحه‌دار کرد و برخلاف شعائر اعراب رفتار نمود. زیرا رسم این بود که هر طائفه در هر نقطه از عربستان که میزیست استقلال داشت وجزاز

رئیس خود از کسی دیگر اطاعت نمیکرد. اگر هم گاهی برای یك منطقه حاکمی انتخاب میشد از بین رؤسای طوائف محلی انتخاب میگردید. ولی عثمان مردی را که نسبت بسکنه مدینه بیگانه بشمار میآمد حاکم آن شهر کرد و اجنبی را بر سکنه مدینه مسلط نمود. لذا وقتی عمال (عایشه) مردم مدینه را تحریك بقتل حاکم اموی آن شهر نمودند نه فقط کسانی که از نظر مذهبی متعصب بودند، شمشیر و نیزه برداشتند و برای قتل حاکم براه افتادند. بلکه آنهائی هم که تعصب مذهبی نداشتند بمناسبت اینکه حاکم شهر را بیگانه و غاصب بشمار میآوردند، با شمشیر و نیزه برای قتل حاکم مدینه براه افتادند. وقتی حکمران مدینه متوجه شد که مردم برای قتل او براه افتادند سربازان را مأمور دفاع از دار الحکومه کرد. سربازان وقتی مردم را دیدند بطرف آنها تیر اندازی کردند و عده‌ای از سکنه مدینه بخاك افتادند.

(کنانة بن بشر النجیبی) فریاد زد ای مردم، حمله کنید و خانه حاکم بیگانه و خونخوار را ویران نمائید و سکنه مدینه، درحالیکه از خشم نعره میزدند حمله کردند. باز هم عده‌ای از آنها بدست تیراندازان حاکم از پا در آمدند اما بقیه بدون توجه به تلفات خود را بدار الحکومه رسانیدند و داخل شدند و سربازان را با نیزه و شمشیر کشتند و راه اطاق حاکم را در پیش گرفتند و درهمان اطاق وی را هلاك کردند و سرش را بریدند و بر نیزه زدند و سپس بتحریك همدستان عایشه بطرف کاخ عثمان بحرکت در آمدند.

خانه عثمان که باسنك‌های سفید و سیاه بنا شده بود علاوه بر اینکه شکوه داشت، چون یك دژ بشمار میآمد و وقتی دروازه آنرا بستند و سربازان پشت دروازه قرار گرفتند مهاجمین، متوقف شدند و نتوانستند قدم بآن خانه بگذارند. سکنه مدینه پیرامون خانه عثمان فریاد میزدند و میگفتند ای پیرمرد ظالم و آدمکش که سربازان خود را مأمور قتل مسلمین میکنی، سر بریده حاکمی را که برای ما تعیین کردی ببین. بطوری که بعد شنیدم (عثمان) درون خانه خود صدای مردم را میشنید و سر بریده حاکم مدینه را هم میدید.

آن روز که حاکم مدینه را کشتند و سرش را بریدند روز یازدهم ماه ذیقعده از سال سی و پنجم هجری بود و مردم آن روز تا وقتی که شب فرود آمد، اطراف خانه عثمان غوغا کردند و تهدید نمودند. بعد از فرود آمدن تاریکی مردم میخواستند متفرق شوند ولی (سودان بن حمران) و (کنانة بن بشر النجیبی) بآن‌ها گفتند که اینك عثمان در مدینه قشون ندارد ولی میتواند که از شام یا مصر یا ایران، قشون وارد مدینه کند و اگر دست از محاصره خانه‌اش بردارید او بحکامی که در مصر و شام و ایران و جاهای دیگر دست نشانده‌اش هستند اطلاع خواهد داد که برای کمك او قشون بفرستند و بعد از آمدن قشون تمام سکنه مدینه قتل عام خواهند شد. لذا نباید دست از محاصره خانه (عثمان) بردارید و محاصره را آنقدر ادامه بدهید که این پیرمرد تن پرور فاسد از خلافت بر کنار شود. مردم فکر کردند که آنها درست میگویند و تصمیم گرفتند به محاصره خانه عثمان ادامه بدهند. آن شب، تا صبح مردم

اطراف خانه عثمان بودند و بعضی‌از آنها همانجا بخواب رفتند و برخی بیدار ماندند و نگهبانی میکردند تااینکه مورد حمله ناگهانی سربازان محافظ عثمان قرار نگیرند و خلیفه سوم نتواند ازخارج درخواست کمك کند.

روز دوازدهم ماه ذیقعده که مردم خانه (عثمان) را همچنان محاصره کرده بودند من بار دیگر بخانه علی بن ابیطالب (ع) رفتم. دفعه قبل که بخانه علی (ع) رفتم او بمن گفت اگر مردم ازحکامی که (عثمان) بر آن‌ها گمارده راضی بودند مخالفت (عایشه) باعثمان اثر نداشت. در آن روز علی (ع) راجع به عیاشی وتجمل‌پرستی وولخرجی عثمان از محل بیت‌المال چیزی نگفت ودفعه بعدهم که بمنزل علی (ع) رفتم راجع بزندگی خصوصی عثمان صحبت نکرد. چون علی بن ابیطالب (ع) مردی بودمتین ولب به بدگوئی از اشخاص نمیگشود و اگر میخواست صفات ناپسند کسی را بزبان بیاورد بخود او میگفت نه این که درقفای وی بگوید.

علی (ع) در آن روز هم عقیده داشت که مخالفت عایشه با (عثمان) ازاین جهت مؤثر واقع شد که مردم از حکامی که (عثمان) بر آنها گمارده بود ازجمله حاکم مدینه، رضایت نداشتند. با این که علی (ع) راجع بزندگی خصوصی ولهوولعب خلیفه سوم چیزی نگفت من فکر کردم که وی میخواهد بگوید که اگر مردم ازحکامی که عثمان بر آنها گمارد راضی بودند زندگی خصوصی خلیفه سبب قیام آنها نمیگردید.

(توضیح ـ ازروزیکه توضیحات (سلمان فارسی) دراین سلسله ازمقالات تاریخی بقلم (کورت‌فریشلر) آلمانی شروع شده چندنفر ازخوانندگان فاضل مجله خواندنیها بما نوشته‌اند که سلمان فارسی نمیتوانسته با (ثابت‌بن‌ارطاة) رئیس پلیس خفیه معاویه مذاکره کند چون قبل ازآن تاریخ زندگی‌را بدرود گفته بود.

خوانندگان فاضل ماکه نامه‌های مزبوررا نوشته‌اند فکر کرده‌اندکه ما از روایات مربوط بمرك سلمان فارسی بی‌اطلاع هستیم درصورتیکه ما آن روایات را دیده‌ایم ومیدانیم که طبق بعضی ازروایات سلمان فارسی درسال سی‌وپنجم هجری زندگی‌را بدرود گفته‌وطبق روایات دیگر در سال پنجاه ویك یاپنجاه‌وهفت هجری و غیره و بطور کلی تاریخ قرن اول هجری درمورد تواریخ مرك عده‌ای ازسرشناسان اسلام مشخص نیست‌همچنانکه تاریخ‌فوت هیچ یك ازهمسران حضرت رسول‌الله (ص) مشخص نمی‌باشد و بین روایات مختلف راجع به تاریخ فوت زن‌های پیغمبر گاهی پنجاه‌سال اختلاف وجود دارد واگرمترجم این بحث، در هرصفحه یاهرستون روایات مربوط به‌تاریخ مرك اشخاص را ذکر نکند دلیل بر بی‌اطلاعی او نیست ـ مترجم).

مسئله سخت‌گیری عثمان درمورد (عایشه) برای من یك موضوع لاینحل شده بود. چون (عثمان) درمورد دیگران سخت‌گیری نمی‌کرد وپول بیت‌المال‌را برایگان بسوی کیسه آنها

روانه می‌نمود وعجیب بود که آن مرد نمی‌خواست به (عایشه) نیزازمحل بیت‌المال‌پول‌زیاد بدهد واورا راضی نماید درصورتی که عایشه برای خلافت عثمان زحمت کشید. گرچه کمکی که (عایشه) بعثمان کرد برای مخالفت باعلی(ع) بود وازاینجهت عثمان‌را بمیان آورد که علی(ع) خلیفه نشود معهذا، عثمان از نظر اخلاقی مدیون عایشه بود و می‌باید دین خودرا نسبت بوی ادا نماید. من درآن روز، آن مسئله‌را باعلی(ع) در بین نهادم واوگفت شاید این موضوع علت خصوصی دارد ومن ازآن بی‌اطلاع هستم.

عصر آن روز عمال (عایشه) بسکنهٔ مدینه گفتند که باید بخانهٔ عثمان حمله کنند و زودتر وی‌را ازپا درآورند. آن‌ها گفتند گرچه خود عثمان تحت محاصره است و باخارج رابطه ندارد ولی دوستان او در(مدینه)وخارج ازمدینه آزادهستند ومی‌توانند استمداد کنند وازحکام کشورهای دیگر بخواهند که برای نجات خلیفه قشون بفرستند. مردم بعد ازشنیدن آن سخن درصدد برآمدند که باسرعت عثمان‌را ازپا درآورند ومجرای آب جاری راکه بخانه خلیفه میرفت ویران کردند تا این‌که آب بخانه عثمان نرسد. خانه عثمان خانه‌ای بود پرجمعیت وعده‌ای اززن‌ها وکودکان درآن زندگی می‌کردند وپس ازاینکه مردم آب را برآن خانه بستند زنها وبخصوص کودکان درمضیقه قرارگرفتند.

روز دوم بعد ازقطع‌آب عده‌ای اززن‌ها کنار پنجره‌ها قرارگرفتند و بربام آمدند و اطفال خودرا بمردم نشان دادند وگفتند ای‌مردم شما مسلمان هستید ونباید راضی شوید که کودکان ما ازتشنگی بهلاکت برسند. مردم گفتند که مرك فرزندان عثمان برای ما بدون اهمیت است ومابشما آب نمی‌دهیم مگرهنگامی که عثمان ازخلافت برکنار گردد. آن‌روز، برای اولین باربین سکنه (مدینه) شایعه‌ای منتشر گردید که تاآن موقع بی‌سابقه بود ومن حدس زدم که آن شایعه از طرف (عایشه)منتشرشده است. شایعه مزبور این بود که مردم می‌گفتند که (عثمان) ازاین جهت‌ام‌المؤمنین عایشه‌را درمجمعی که آیات قرآن‌راجمع‌آوری می‌کرد شریك ننمود که ازحافظه‌آن زن که تمام آیات قرآن را از حفظ داشت می‌ترسید و می‌دانست که‌اگر(عایشه) درمجمع مزبورشرکت کند وی نمی‌تواند درآیات قرآن‌دست‌ببرد.

(توضیح لازم ـ مامسلمان‌ها عقیده داریم که درآیات قرآن‌کوچکترین دخل‌وتصرف نشده وقرآنی‌که امروزدردست ماست بدون‌کوچکترین تفاوت همان قرآن است که ازطرف خدا برپیغمبراسلام نازل شد وهیچکس تاامروزنتوانسته وبعد ازاین‌هم نخواهد توانست در قرآن دخل‌وتصرف نماید بدلیل اینکه طبق عقیده ما مسلمین، حافظ قرآن خدا است و خداوند می‌فرماید. (انانزلناالذکروانالهلحافظون) یعنی ما قرآن‌را نازل کردیم وخودمان حافظ آن هستیم وبنابراین به‌عقیده ماشایعه‌ای‌که بین سکنه مدینه‌منتشر گردید بدون‌اساس بوده است ـ مترجم)

(عمروبن حمول) و(سودان بن حمران) و(کنانة بن بشرالنجیبی) بسکنه مدینه می گفتند که چون عثمان درقرآن دست برده و بعضی از آیات قرآن را بسود خود تغییر داده قتلش واجب است . این گفته بعقل عوام درست می آمد چون فکر می کردند که اگر عثمان نمی خواست آیات قرآن را تغییر بدهد مانع از شرکت (عایشه) درمجمع قرآن نمی شد. مردم تصور می کردند که (عایشه) قصد داشت درمجمعی که باید آیات قرآن را جمع آوری نماید شرکت کند اما عثمان ممانعت کرد. شایعه ایکه بوسیله عمال (عایشه) بین مردم منتشر گردید زیر کانه بود زیرا هرمسلمانی که درمدینه میزیست بعد از شنیدن آن حرف ، فکر کرد که عثمان اورا فریب داده و کتابی برایش تدوین کرده که با کتاب آسمانی فرق دارد . تاآن موقع صحبت از قتل عثمان نمی شد ومردم می گفتند که باید اورا از خلافت بر کنار کرد . ولی درآن موقع صحبت قتل عثمان پیش آمد ومردم گفتند که باید وی را بقتل رسانید .

روز دوم بعد ازاینکه زنهای مقیم خانه عثمان از دریافت آب محروم شدند براثر بی تابی فرزندان خود صدای شیون وزاری را بلند کردند، شیون زنها و فریاد و گریه کودکان تشنه درآن روز براستی غم انگیز بود ومن بسوی خانه (علی بن ابیطالب) علیه السلام روان شدم که از او بخواهم فکری برای کودکان تشنه وزنهای بی تاب بکند. وقتی وارد خانه علی(ع) شدم مشاهده کردم که چند تن از اشراف مدینه که از هواخواهان عثمان بودند آنجا حضور دارند و حسین(ع) فرزند علی بن ابیطالب(ع) نیز آنجا حضور داشت .

اشراف مدینه از علی(ع) درخواست می کردند که عثمان را نجات بدهد یالااقل اقدام کند که مردم آب را رها نمایند تا کودکان خانه عثمان از تشنگی نمیرند. حسین بن(ع) از شنیدن خبر تشنگی کودکان خیلی متأثر شد و گفت من چون خود درقبال تشنگی حساس هستم وادامه عطش مرا خیلی ناراحت می کند می فهمم که کودکان خانه عثمان چقدر رنج میبرند . علی بن- ابیطالب(ع) بعد از مذاکره با کسانی که بخانه اش آمده بودند حسین(ع) را مأمور کرد که برود واز کسانی که خانه عثمان را محاصره کرده اند بخواهد که آب را بروی اهل آن خانه بگشایند .

وقتی حسین(ع) می خواست ازمنزل خارج شود من ازعلی(ع) خداحافظی کردم وبا حسین(ع) بسوی خانه عثمان براه افتادم. وقتی به آنجا رسیدیم ازدرون خانه، صدای گریه کودکان وشیون زنها شنیده می شد . حسین بن علی(ع) خطاب به جمعیت گفت ای مردم، آب را بروی اهل این خانه بگشائید . مردم فریاد بر آوردند لا ... لا ... یعنی نه ...نه ... حسین(ع) گفت آیا شما صدای گریه وبی تابی کودکان وضجه زنها را نمی شنوید و آیا دل شما برای کودکان معصوم و زنهای ناتوان نمی سوزد . اگر اینها زنان و کودکان شما بودند آیا می توانستید گریه وبی تابی آنها را ببینید و به آنها آب ندهید واگر کسی این عمل را بازنها و

کودکان شما بکند چه‌حال بشما دست می‌دهد. بفرض اینکه عثمان مردی گناهکار باشد زنها و کودکانی که درخانه‌اش زندگی میکنند گناه ندارند وشما نباید کودکان‌را ازتشنگی بهلاکت برسانید . من‌متوجه شدم که گفته حسین(ع) درمردم مؤثرواقع گردید ودریافتند که زن‌ها و کودکانی که درخانه عثمان بسر میبردند گناه ندارند ومن حس کردم که مردم با گشودن راه آب ، موافق هستند . لیکن (کنانة بن البشر النجیبی) گفت اگر ماراه آب‌را بگشائیم و آب بخانه عثمان برسد اوومستحفظین خانه مدتی مدید مقاومت خواهندکرد وباید سکنه‌خانه‌را از آب محروم کنیم تااینکه مستحفظین خانه وخود عثمان ازپا درآیند وتسلیم شوند.

حسین(ع) گفت اگرشما، به‌خانه عثمان آب نرسانید کودکان‌از تشنگی خواهند مرد. (سودان بن حمران) گفت یاحسین بن علی(ع) اصرار نکن‌زیرا اصرار تو بدون فایده‌است وما نخواهیم گذاشت که آب بخانه عثمان برسد زیرا این‌مرد واجب‌القتل میباشدوباید از پادرآید وکشته‌شود. حسین(ع) گفت آیا شمامیخواهید این‌پیرمرد هفتادوشش‌ساله رابقتل برسانید؟ (سودان بن حمران) گفت بلی یاحسین(ع) وازپدرت که درجنگها اشعار(امرءالقیس) معروف به(ملك‌الضلیل) رامیخواند پپرس تابدانی که (ملك الضلیل) گفته‌است که هرقدر انسان سالخورده‌تر شود درصورت ارتکاب گناه بایدشدیدتر مجازات گردد برای‌اینکه عقل‌وفهم او بیشتر میباشد ونمیتوان گفت که بن[illegible]ترجوانی نفهمید.

(توضیح ـ (امرءالقیس) یکی‌ازهفت شاعر دوره جاهلیت(دوره قبل ازاسلام) بودکه شعر خودرا بدیوارخانه کعبه آویخت تاتمام سکنه عربستان که‌سواددارند آن‌شعررا بخوانندوعربها وی‌را(ملك الضلیل) میخواندند یعنی(سلطان‌سرگردان) یا(سلطان‌آواره) زیرا مثل عده‌ای از شعرای‌دوره جاهلیت دربیابانها بسرمیبرد دوکلمه (ضلیل)را باید با(ضاد) که‌بقول‌اعراب‌خواهر (صاد)است‌نوشت وکسانیکه‌وارد در ادب‌قوم عرب‌هستند (امرءالقیس) را برجسته‌ترین شاعر دورهٔ‌جاهلیت‌میدانند ـ مترجم)

حسین(ع) گفت‌شماکه نمیگذارید آب به‌اطفال و زنهای این‌خانه‌برسد لااقل موافقت نمائید که‌زنها وکودکان‌از این‌خانه خارج‌شوند واز بی‌آبی بهلاکت‌نرسند. (کنانة بن البشر ـ النجیبی) این‌نظریه‌را پذیرفت ومردم هم‌موافقت کردند که‌زنهاوکودکان‌از خانه‌عثمان‌خارج گردندتا اینکه ازبی‌آبی‌رنج‌نبرند.(کنانه)امربسکوت کرد ومردم که اطراف‌خانه عثمان‌را گرفته بودند ساکت شدند.

(کنانه) فریادزد ای زنهاکه درخانه عثمان‌هستید وشکایت دارید که فرزندان شمااز تشنگی هلاك خواهندشد بدانید که حسین بن علی(ع) که دراینجا حضوردارد پیشنهاد کرده‌است که شما بافرزندان خود ازخانه‌عثمان خارج شوید واگر منظورشما این‌است که‌فرزندانتان ازتشنگی بهلاکت نرسند پیشنهاد حسین(ع) را بپذیرید واز آن‌جاخارج‌شویدو آگاه‌باشید که محال است ما بگذاریم آب‌بخانه عثمان برسد .

زنهاکه براثر گریه و بی‌تابی کودکان بستوه آمده‌بودند آماده برای خروج ازمنزل شدند وهرزن چیزهائی‌راکه‌ضروری‌ترمیدانست بدست گرفت که باکودکان‌از منزل‌خارج‌شود اما مستحفظین خانه عثمان مانع ازخروج زنها و کودکان شدند چون میدانستندکه‌اگرزنها وکودکان درخانه باشند امیدواری هست که سکنه‌مدینه آب‌را بگشایند. لیکن اگرزنها و کودکان از خانه عثمان خارج‌شوند چون کسی‌آب‌را بروی‌آنخانه نخواهدگشودتمام کسانی که در خانه‌عثمان هستند ازتشنگی بهلاکت خواهند رسید.

حسین‌بن‌علی(ع)وقتی‌دیدکه‌مستحفظین خانه (عثمان) مانع از خروج زنها وکودکان میشوندبآنها گفت: مردان همواره از زنهاوکودکان حمایت‌کنندوآنها رادرپناه خود قرار دهند نه‌اینکه زنها وکودکان راگروبگیرند تا اینکه درپناه آنها باشندمگر شما نمی‌بینید که این‌کودکان معصوم از فرط‌تشنگی خود را برخاك‌میمالندومگرنشنیدیدکه زنهامیگویند ازتشنگی شیردر پستان ندارند تابکودکان شیرخوار بدهند . راه بدهید و بگذارید زنها و کودکان خارج شوند و بعداز آن اگر شما بخواهید مقاومت کنید ، بهتر مقاومت خواهید کرد . حضور زنها وکودکان دراین خانه برای شماکه مدافعین این‌کاخ هستید تولیدزحمت می‌کند ولی بعد از این‌که زن‌ها و اطفال از خانه خارج شدند می‌توانید با فراغت‌خاطر دفاع نمائید .

مرتبه‌ای دیگر گفته حسین‌بن‌علی(ع) مؤثر واقع گردید ومستحفظین خانه عثمان‌راه دادند زنها و کودکان ازخانه خارج شدند وخودرا بآب‌رسانیدند وآب نوشیدندولی‌معلوم شدکه جائی برای سکونت ندارند و آنهائیکه اطراف خانه عثمان بودند گفتندکه زن‌ها و اطفال به‌مسجد پیغمبر بروند ودرآن‌جاسکونت کنندتااینکه‌کارجنك خاتمه بپذیرد. پس‌ازاینکه زنها وکودکان منتقل به مسجد شدند کسانیکه اطراف خانه‌عثمان بودند حمله‌ای شدید را آغاز نمودند ومثل این‌بودکه آنهاهم بعداز رفتن زن‌ها وکودکان ازآن‌خانه، بیشتراحساس فراغت خاطر کردند .

(سودان‌بن‌حمران) (کنانة‌بن‌البشرالنجیبی) و (عمروبن‌حمول)که سرداران حمله بودند جنگجویان‌را تحریص میکردندکه‌زودتر برکاخ عثمان غلبه نمایند وبآن‌ها می‌گفتند هرگاه تأخیر کنید ازاطراف حکام دست نشانده عثمان بکمك وی‌خواهند آمدوشما راقتل عام خواهندکرد .

آن‌روز تاشب، سکنه مدینه‌با مستحفظین خانه عثمان می‌جنگیدند و بعدازفرودآمدن تاریکی از بیم آنکه ازخارج بکمك عثمان بیایند بجنك ادامه دادند. صبح‌روز بعد حسین‌بن علی(ع) خواست وساطت‌کند تا اینکه مردم از عثمان دست بردارند یا آب را بروی او و سربازان ومردانیکه درخانه‌اش بودند بگشایند ولی‌مردم نپذیرفتند و فریاد میزدندکه تا

عثمان را بقتل نرسانند ازپا نخواهند نشست همانروز من مطلع‌شدم که (عایشه) بقصد زیارت خانه خدا از مدینه، خارج‌شده، راه مکه راپیش گرفت.

رفتن(عایشه) به‌مکه برای زیارت کعبه، یك‌واقعه عادی جلوه‌میکرد زیرا ماه زیارت کعبه بود. اما بعد من متوجه شدم که مسافرت (عایشه) بعنوان زیارت کعبه برای این‌بود که هنگام قتل عثمان در(مدینه) حضور نداشته باشد تا این که پس‌از قتل‌او بتواند بگوید که در قتل خلیفه سوم دخالت نداشته‌است؟ آیا(عایشه) موقعیکه بسوی مکه‌میرفت میدانست که‌عثمان بطور حتم کشته خواهدشد؟ آیا(کنانه) و(سودان)و (عمرو) که‌سرداران قشون مدینه‌بودند به(عایشه) اطمینان دادند که‌عثمان بطور حتم‌بقتل خواهد رسید؟ این‌موضوعی است که من هرگز بواقعیت آن‌پی‌نبردم‌و(کنانه)و(سودان) و(عمرو) نیز هیچگاه‌لب بسخن نگشودند‌تا بدانیم آیاعایشه‌رامطمئن کرده بودنـد که عثمان نابود خواهد شد.

هنگامیکه جنك بین‌سکنه مدینه‌ومستحفظین عثمان ادامه‌داشت‌خبری‌ناگوار بمن‌رسید وآن‌اینکه درعراق (یعنی‌بین‌النهرین–مترجم) به‌ملك‌من‌حمله‌ور شدندوهرچه قابل بردن‌بود بردند. ملك‌من‌درعراق همان‌بود که گفتم(عمر بن‌الخطاب) خلیفه‌دوم‌در ازای‌ساختن‌شهرهای (کوفه)و(بصره) بابت‌دستمزد بمن‌دادوچون یگانه وسیله معیشت‌من‌آن‌ملك‌بود نتوانستم در مدینه‌توقف‌نمایم وبراه‌افتادم تا ببینم‌برملك من‌چه‌آمده‌است‌وهنگامی که(عثمان) بقتل‌رسید من در(مدینه) نبودم واین‌است آنچه من‌راجع‌بعایشه میدانستم.

مقدمات خلافت علی بن ابیطالب(ع)
و گفتگو با عایشه

یکی دیگر از کسانی که‌مورد تحقیق من‌قرار گرفت (یلال) بود که شغل صرافی داشت و ثروتمندترین مردعربستان بشمارمیآمد. (یلال) بطوریکه شنیدم درگذشته عهده‌داربکارانداختن پول(عایشه) بود و (عایشه) تمام‌یاقسمتی ازپول‌خود رانزد (یلال) صراف بودیعه میگذاشت تااینکه برایش بکاربیندازد. لذا لازم دانستم که‌راجع بعایشه از (یلال)صراف هم تحقیق کنم و او گفت : ای(ابن‌ارطاة) دوره دوازده ساله‌خلافت‌عثمان‌را بایددورۀ تحول‌زندگی‌اعراب‌در عربستان‌دانست.

قبل‌ازعثمان، اعراب‌درعربستان همچنان‌زندگی بدوی داشتند وزندگی سکنه‌شهرهای مکه‌ومدینه ازسکونت درخانه گذشته، بازندگی اعراب بادیه فرق‌نداشت.ولی‌در دورۀخلافت عثمان رسوم‌ومدهای‌خارجی واردعربستان شدوعده‌ای‌کثیری از صنعتگران‌وحتی کشاورزان خارجی‌درعربستان‌سکونت‌نمودند. خانواده‌های اشراف عربستان، براثراینکه از بیت‌المال مستمری‌های گزاف‌دریافت‌مینمودندثروتمندشدند وهرخانواده‌بدست‌معماران‌وبناهاوصنعتگران خارجی‌برای‌خود یك‌کاخ‌ساخت. دردوره دوازده‌ساله خلافت عثمان‌زندگی بدوی چندهزار ساله‌اعراب مبدل‌بزندگی تجملی گردید. قبل‌ازعثمان تجمل‌ثروتمندان در عربستان عبارت بود ازشتر، وتوانگران بیشترازافراد کم‌بضاعت شترداشتند. ولی در دوره‌خلافت عثمان ، تجمل‌عبارت‌شد از کاخهای بزرك که‌باسنگهای رنگارنك ساخته میشد وقالی‌های گرانبهای ایرانی‌وپرده‌های‌زربفت‌وکنیزان‌وغلامان‌زیبا که‌ببهای گزاف درعربستان یادرسایرکشورهای اسلامی‌خریده میشدند.

در دورۀ خلافت(ابوبکر)و(عمربن‌الخطاب)هرکس‌باخلیفه کاری‌داشت‌بخانه‌اش‌میرفت و باوی‌مذاکره میکردوجواب‌میشنید ودرب‌خانه خلفا، مثل‌خانه رسول‌الله(ص) پیوسته بروی مردم‌بازبود. ولی‌در دورۀعثمان، علاوه بررسوم‌ومدهای خارجی‌که وارد عربستان گردید، درب‌خانه‌خلیفه، مانند خانه‌امراء‌وحکام‌ممالك‌خارجی بروی‌مردم بسته‌شد ومسلمین عثمان‌را

نمیدیدند مگر در مسجد، هنگام نماز، وعثمان هر روز برای نماز خواندن بمسجد نمی‌آمد و روزهائی هم که وارد مسجد میشد عده‌ای از ملازمانش اطراف او بودند و بعداز نماز وی را بخانه برمیگردانیدند.

هرکس میخواست خلیفه را ببیند میبایدبملازمان او مراجعه کندوتوضیح بدهد که برای چه کار خواهان دیدن خلیفه است و آنها اگر مقتضی میدانستندوسیله ملاقات وی را با خلیفه فراهم میکردند وگرنه اجازه نمیدادند که او با خلیفه ملاقات نماید.

عثمان بمناسبت سالخوردگی و بخصوص بر اثر عیش وخوشگذرانی نمیتوانست امور کشورهای وسیع اسلامی را اداره نمایدو اداره امور آن کشور به(مروان) واگذار شد.(مروان) در آغاز منشی عثمان بودورفته رفته بمناسبت عیاشی وتن پروری وسالخوردگی عثمان، مقام وزارت اورا پیدا کرد ورسم انتخاب وزیر که در ایران مرسوم بود بعربستان سرایت نمود بدون اینکه نام وزیر را روی(مروان) بگذارند.(مروان) بجای خلیفه عهده‌دار اداره امور تمام کارها گردید. اوهم ازطائفه(امیه) بودوتمام مشاغل ومناصب را بافراد طائفه خود میداد ولی نه برایگان بلکه از کسانی که درخواست شغل ومنصب میکردند رشوه میگرفت.

من بمناسبت اینکه صراف بودم و باشخاص وام میدادم میفهمیدم که(مروان) برای بعضی از مشاغل ومناصب چقدر رشوه میگیرد زیرا بعضی ازافراد که خواهان شغل ومنصب بودند وپول نداشتند که رشوه بدهند ازمن وام میگرفتندو تعهد میکردند که بعداز اینکه شروع بکار نمودند قرض خود را بپردازند. من نمیدانم آیا(مروان)وزیر عثمان که مقام وزارت داشت امادارای عنوان وزیر نبود، رشوه‌هائی را که دریافت میکرد به تنهائی مورد تملك قرار میداد یاقسمتی از آنرا به(عثمان) می‌پرداخت وفقط خدا میداند که آیا خلیفه سوم رشوه میگرفت یا نه؟

در دوره خلافت عثمان چون تمام مشاغل ومناصب در درجه اول بافراد طائفه (امیه)داده میشد، آن طائفه خیلی ثروتمند گردید وبرعکس اعضای طائفه(هاشمی) که پیغمبر از آن طائفه بود بی بضاعت ترشدند. بایدبگویم طائفه(هاشمی) ازلحاظ اصالت، از برجسته‌ترین طوائف عربستان بشمار میآمد وطائفه(امیه) ازطائفه(هاشمی) ازلحاظ اصالت، مقام دوم راداشت. قبل از پیغمبر هم طائفه (امیه) ازطائفه(هاشمی) ثروتمندتر بود ودردوره خلافت عثمان تفاوت مادی بین دوطائفه بیشتر شد وچون اعضای طائفه(امیه) دارای اصالت افراد طائفه(هاشمی) نبودند، عقده حقارت را با ابراز نخوت جبران میکردندو ازهر فرصت استفاده مینمودند که ثروت وتجمل خود را برخ مردم وبخصوص افراد طائفه(هاشمی) بکشند. قبل از خلافت عثمان، مسلمین، خلیفه را بمناسبت اینکه جانشین پیغمبر بود مردی برجسته‌تر از افراد بشر میدانستند وتصور میکردند همانطور که پیغمبر اعلم واکمل بود وهرگز خطا نمیکرد خلیفه نیز اعلم واکمل است وهرگز خطا نمیکند.

تقوای(ابوبکر) خلیفه اول وپرهیزکاری وسادگی و قناعت ((عمر بن الخطاب) آن عقیده

راتقویت نمودوبراستی، مردم خلیفه‌رایك انسان کامل میدانستند که هرگزخطاواشتباه نمیکند امادورهٔ خلافت‌عثمان آن عقیده‌را ازبین برد ومردم‌فهمیدند که خلیفه نه‌فقط یك انسان‌کامل نیست وممکن‌است مرتکب اشتباه شود بلکه‌ممکن‌است که‌خودمرتکب‌منهیات گردد یااینکه باسکوت خویش‌موافقت کند که‌اطرافیانش‌مرتکب‌منهیات‌شوند.

در دورهٔ‌خلافت(عمربن‌الخطاب) درعربستان یك‌محتاج‌وجودنداشت چون (عمر)طبق دستورهای قرآن‌نمیگذاشت‌کسی‌نیازمند شود. ولی‌دردوره‌خلافت‌عثمان بااینکه‌ثروت‌اشراف خیلی‌زیاد شدوتجمل‌بزرگان‌عرب‌چشم‌را خیره‌میکرد روزبروز به‌شماره‌فقیران‌افزوده‌میشدو هیچکس درصدد دستگیری ازمحتاجان برنمیآمد وفقط بعضی‌ازافراد طائفه(هاشمی) بخصوص علی‌بن‌ابیطالب(ع) ازمحتاجان دستگیری‌میکردند. امروزمن میشنوم کسانی‌هستند که‌راجع بقتل‌عثمان اشتباه میکنندوتصور مینمایند که‌طائفه(هاشمی)در قتل‌عثمان‌دست‌داشته‌اند‌درصورتی که‌افرادطائفه(هاشمی) درقتل‌عثمان بی گناه بودند ومن‌اطلاع‌صحیح‌دارم که‌علی‌بن‌ابیطالب(ع) سعی‌میکرد که‌عثمان‌را ازقتل‌نجات‌بدهدولی نتوانست چون‌مردم‌طوری از(عثمان)و (مروان) وحکامی که‌خلیفه سوم‌برمردم گماشت‌عاصی بودند که‌جز‌باقتل عثمان‌آرام نمیگرفتند .

عامل اصلی ومؤثرقتل عثمان شهوترانی وعیاشی خلیفه‌سوم وحرص(مروان) وزیراو و ظلم‌حکامی بود که‌خلیفه‌برمردم گماشت.لیکن(عایشه)ازعدم‌رضایت مردم برای‌نابود کردن عثمان بخوبی‌استفاده‌کرد . تاروزیکه (عایشه‌ام‌المؤمنین) بضدعثمان‌قیام نکرده بود، مردم سکوت میکردند وصدائی‌ازکسی برخاسته نمیشد. (عایشه)مردم‌رادارای جرئت‌کردوعیوب عثمان‌وطرزخلافت‌اووظلم‌حکامش‌را بطور علنی باطلاع‌مردم رسید.

درمدینه‌هیچ‌کس نمیدانست که‌نمایندگانی‌ازکشورهای‌اسلامی‌درراه‌هستندتااینکه‌بمدینه بیایند وازحکامی که‌عثمان برآنها گماشته‌شکایت کنند.ولی‌من‌و(عایشه)ازاین‌موضوع‌مطلع‌بودیم زیرا نمایندگان مزبور بتحریك (عایشه‌ام‌المؤمنین)از(مصر) و(ری)و(کوفه) و(بصره) براه افتادند وبمدینه آمدندوهزینه سفرآنها را من‌برحسب‌حواله‌عایشه پرداختم.

(عایشه) اولین بار برادر خود (محمدبن‌ابوبکر) را با دویست هزاردرهم که من‌باو پرداختم به‌مصرفرستاد تادرآنجاعده‌ای‌از ناراضیان‌راتشویق‌نمایدکه‌برای شکایت‌ازحکمران مصربمدینه بیایند. بعدبوسیله(طلحه)که درآن‌موقع حاکم‌فلسطین بود و دارالحکومه‌اش‌در بیت‌المقدس قرار داشت سه‌نفررا عازم(ری) و(بصره) و(کوفه)کردکه گروهی از سکنه‌آن بلادرا به‌عنوان‌شکایت‌ازحکام کوچ‌بدهندوبمدینه بیاورند. (طلحه) بااینکه حاکم فلسطین‌بود ومیبایدپیوسته‌در(بیت‌المقدس)باشد بیشتراوقات خودرادر مدینه‌ودر خانه(عایشه)میگذرانید وشهرت‌داشت که(طلحه)ازاین‌جهت‌درخانه(عایشه) بسرمیبرد که‌قرائت‌قرآن‌راازام‌المؤمنین) یاد بگیرد.

(عایشه) از کمك (طلحه) خیلی استفاده کرد و با پرداخت یکصدو بیست هزار درهم به (زبیر) مانع از این شد که آن مرد بحمایت (عثمان) بر خیزد. آن یکصدو بیست هزار درهم را من خود بهزبیر (البته بر حسب حواله عایشه) پرداختم و روزیکه عایشه مرا احضار کرد تا بگوید یکصد و بیست هزار درهم بهزبیر بپردازم گفت این مرد اگر با من دشمن باشد میتواند لااقل هزار مرد جنگجو را وادارد که با من پیکار کنند و من در واقع هزار مرد جنگجو را از قرار هر مرد یکصدو بیست درهم خریداری میکنم.

(ام المؤمنین) در عین حال که (طلحه) و (زبیر) را بضد عثمان با خود همدست میکرد با معاویه خلیفه کنونی مامکاتبه مینمود. بمن گفت که معاویه بقدری ثروتمند است که احتیاج به دریافت رشوه از من ندارد ولی من، از راه دیگر اورا باخود همدست میکنم. راهی که (عایشه) برای همدست کردن معاویه پیش گرفت این بود که ویرا امیدوار کرد بعداز بر کناری (عثمان) خلیفه خواهد شد ومعاویه طوری از وعدهٔ (عایشه) دلگرم بود که کوچکترین قدم در راه مساعدت نسبت به (عثمان) برنداشت در صورتیکه از طائفه (امیه) بشمار میآمد و میبایدبعثمان کمك کند و نگذارد که دشمنان، خلیفه سوم را از پا در آورند.

بعد از اینکه نمایندگان سکنه شاکی کشورهای مختلف بمدینه آمدند (عایشه) که برای کارهای خود زیاد مرا احضار میکرد بازمرا فراخواند. وقتی من وارد اطاق (ام المؤمنین) شدم مشاهده کردم که نامه‌ای را مقابل خود نهاده است. (عایشه) اجازه جلوس داد و من نشستم و گفت (بلال) من از تو درخواست کردم که اینجا بیائی تا بدانی برادرساده لوح من در مصر چه کرده است؟ پرسیدم یا (ام المؤمنین) برادرت در مصر چه کرد؟ (عایشه) گفت قبل از اینکه برادرم از اینجا برود من باو سپردم که بعداز ورود بمصر، مردم را علیه (عثمان) تهییج نماید و آنها بگویند که دیگر نمیتوانند خلافت عثمان را تحمل کنند و او باید بر کنار شود و مردی که از حیث سن و لیاقت شایسته خلافت باشد جای اورا بگیرد. لیکن برادرمن اسم علی بن ابیطالب (ع) را بر زبان‌ها انداخته و در این نامه که بمن نوشته میگوید که او درمصر برای خلافت علی(ع) جدیت میکند.

قبل از اینکه (محمدبن ابوبکر) از عربستان براه بیفتد وعازم مصر شود من میدانستم که وی از دوستان علی بن ابیطالب (ع) است ولی پیش بینی نمیکردم که برادر (عایشه) درمصر برای خلافت علی اقدام کند. تا آن موقع، درعربستان اسمی ازخلافت علی بن ابیطالب (ع) نبود وخود علی (ع) هم برای خلافت اقدام نمینمود و اولین بار (محمدبن ابوبکر) نام علی (ع) را برای خلافت بر زبان‌ها انداخت تا اینکه پس از بر کناری (عثمان) خلیفه شود.

برادرم نمیداند که اگر بعد از بر کناری (عثمان) علی بن ابیطالب (ع) خلیفه مسلمین شود تمام کارها بدست اعضای طائفه (هاشمی) خواهد افتاد. من سکوت کردم و (عایشه) گفت من

نمیتوانم باخلافت‌علی(ع)موافقت کنم زیرا اگروی بخلافت برسد این‌مستمری(قلیل) که‌من‌از بیت‌المال میگیرم‌قطع‌خواهدشد . من‌یقین‌داشتم که (عایشه) هرگزدرصدد بر نمیآمد باخلافت علی‌بن‌ابیطالب(ع)موافقت کند . لیکن یك‌روز ناگهان بمن گفت (یلال) من‌تصمیم گرفته‌ام که باعلی(ع) کناربیایم زیرا حس‌میکنم که علی(ع) بین‌مردم زمینه برای خلافت دارد وممکن است‌خلیفه‌شود واگر بعدازخلافت‌وی، بین‌ما مناسبات‌دوستانه برقرارباشد بهتر ازاین‌است که دشمن باشیم. بهمین‌جهت‌من‌ازعلی(ع) دعوت کرده‌ام که‌فردا بخانه‌من‌بیایدوتوهم‌بیاودراطاق مجاوربنشین که‌بتوانی‌صحبت‌های‌مارابشنوی.

گفتم‌آیاعلی(ع) دعوت‌تورا خواهدپذیرفت وبخانه‌ات خواهدآمد. (عایشه) گفت از موقعی که برای‌خلافت‌پدرم اقدام کردم مناسبات ماتیره‌شد ولی‌چون من‌زوجه پیغمبرهستم ، علی (ع) باحترام‌رسول‌الله(ص)دعوت‌مراخواهدپذیرفت وفرداخواهدآمد. روزبعد،من بخانه (عایشه)رفتم ودر اطاقی‌مجاور اطاق(ام‌المؤمنین) نشستم.من کسانی‌راکه‌وارد آن‌اطاق‌میشدند نمیدیدم‌ولی‌صدای‌آنهارامیشنیدم‌وشنیدم که علی(ع) وارد آن‌اطاق گردید .

(عایشه)علی رابااحترام‌زیادپذیرفت وشنیدم که‌درموقع تکلم اورابعنوان(ای‌برادرمن) طرف‌خطاب قرارمیداد وبعداز اینکه‌علی(ع) نشست‌عایشه گفت: ای‌برادرمن، از این‌جهت ازتودرخواست کردم که‌قبول‌زحمت‌کنی واینجا بیائی تا من‌بتوانم ازعمل‌گذشته خود پوزش بخواهم و بتو بگویم که بدکردم و از تو انتظار دارم مرا ببخشائی. علی (ع) گفت‌ای (ام‌المؤمنین) منظورتوکدام عمل‌است؟ عایشه گفت منظورمن عملی است که من‌بعد ازرحلت پیغمبر کردم.

درآن‌موقع، تصورمینمودم که اگر برای‌خلافت پدرم(ابوبکر) اقدام کنم‌واوراجانشین پیغمبرنمایم‌مطابق مشیت خدا رفتار کرده‌ام. ولی‌بعدفهمیدم که اشتباه مینمودم وتوای برادر میبایدجانشین‌پیغمبر شوی زیرا توبرای‌خلافت احق واولی بودی. وچون علی(ع) سکوت کرده‌بودعایشه گفت ای‌برادر من،میدانم برای‌چه‌سکوت کرده‌ای؟ وعلت سکوت تو این‌است که ازمن‌رنجش‌داری ونمیتوانی گذشته‌را فراموش‌نمائی.لیکن تصدیق کن که من‌هم حق‌دارم که ازتورنجش‌داشته‌باشم زیرا درزمان حیات‌پیغمبر، تو باوتوصیه کرده بودی که مرا طلاق بدهد. بازهم‌علی(ع) لب‌بسخن‌نگشود و(عایشه) گفت‌ای‌برادر (محمدبن‌ابوبکر) برادرمن نامه‌ای‌ازمصر نوشته‌ودرآن میگویدمردم‌مصر خواهان برکناری‌عثمان‌هستند ومیل‌دارند که شخصی دیگر بخلافت انتخاب‌شود وآیامیتوانی‌حدس‌بزنی که‌آن‌شخص کیست؟

علی(ع) همچنان سکوت کرده‌بودوحرف نمیزد.(عایشه) گفت‌آن‌شخص که‌سکنه‌مصر خواهان‌خلافتش‌هستندتوهستی یاابوالحسن.

علی(ع) گفت‌ای (ام‌المؤمنین) وقتی‌توغلامت‌رابخانه‌من‌فرستادی‌و گفتی امروز اینجا

بیایم تصور کردم که کاری داری که از من ساخته است ولی اینک میشنوم که راجع بگذشته و همچنین راجع بخلافت من صحبت میکنی(عایشه) گفت کاری که من باتو دارم همین است که از تو بخواهم گذشته را عفو نمائی و در عوض، من برای خلافت تو جدیت خواهم کرد. علی(ع) گفت یا(ام المؤمنین) آیا مرا شخصی دانسته‌ای که وعده خلافت او را تطمیع کند ؟

(عایشه) گفت نه‌ای برادر من، و من مدتی است طولانی که تو را میشناسم و میدانم که مزایای دنیوی و مادی در نظر تو بدون ارزش است اما برای وظیفه دینی خود قائل باهمیت زیاد هستی. علی(ع) گفت هر مسلمان باید برای وظیفه دینی خود قائل باهمیت زیاد باشد .

عایشه گفت ای برادر من، تو میبینی که عثمان، خلافت را از مجرای آن خارج کرد و دستگاه خلافت عثمان شبیه بدستگاه سلطان (روم) شده و دیگر کسی به خلیفه دسترسی ندارد حتی من که مادر مسلمین هستم. مردم نه فقط خواهان برکناری (عثمان) هستند بلکه خواهان قتل وی میباشند و همه میل دارند که (عثمان) از بین برود و بجای او خلیفه‌ای جلوس کند که طبق احکام قرآن بر مسلمین حکومت نماید و دستگاه خلافت را مانند دوره خلافت پدرم (ابوبکر) و (عمر بن الخطاب) ساده کند. همه میدانند که امروز بین مسلمانها، کسی نیست که مثل تو سزاوار خلافت باشد. ممکن است کسانی داوطلب خلافت شوند زیرا خلافت مقامی است که بسیاری از اشخاص خواهان آن میباشند. لیکن مسلمین حاضر نیستند که باداوطلبان خلافت، غیر از تو، بیعت کنند. چون همه را میشناسند و میدانند که تمام آنها برای مزایای مادی خواهان خلافت هستند و فقط تو هستی که اگر خلافت را بپذیری برای این است که بدین خدا خدمت کنی برادر من(محمد) چون پسر(ابوبکر) است احتمال دارد که بعد از (عثمان) بخلافت انتخاب شود ولی او، خود طرفدار خلافت تو میباشد و در مصر برای خلافت تو، جدیت میکند زیرا میداند که محبوبیت تو بین مسلمین خیلی بیشتر از اوست.

علی(ع) گفت من روزی ممکن است خلافت را بپذیرم که نه فقط سکنه مصر، بلکه سکنه تمام کشورهای اسلامی باخلافت من موافق باشند. (عایشه) گفت ای برادر من، بتو اطمینان میدهم که سکنه تمام کشورهای اسلامی باخلافت تو موافق هستند و آیا حاضر هستی که بعد از عثمان خلیفه مسلمین بشوی؟ علی(ع) گفت من باسه شرط حاضرم که خلیفه مسلمین شوم.

اول اینکه مسلمانها، خواهان خلافت من باشند و خودشان مرا باین سمت انتخاب نمایند. دوم اینکه جان و مال (عثمان) مصون باشد و کسی آن پیرمرد را آزار ننماید و او را از خلافت برکنار نکنند مگر اینکه محقق گردد که حاضر نیست (مروان) را معزول کند و روش خود را تغییر بدهد. سوم اینکه تو‌ای(ام المؤمنین) برای کمکی که جهت خلافت من میکنی از من پاداش مادی نخواهی. (عایشه) گفت من یقین دارم که (عثمان) روش خود را تغییر نخواهد داد و اگر راضی بعزل (مروان) شود، باری از اعمال خود دست نخواهد کشید. بنا براین گزیری نیست جز اینکه عثمان از خلافت برکنار شود.

علی(ع) گفت دراینصورت باید جان ومال اومصون باشد وکسی‌اورا مورد آزارقرار ندهد. (عایشه) گفت راجع به پاداش مادی باید بگویم که اقدامات‌ما برای برکنار کردن عثمان ازخلافت خرج دارد وهزینه‌هائی که بمصرف میرسد باید جبران گردد.

ای‌برادرمن، تومیدانی که من‌دارای ثروت نیستم و معیشت من‌ازراه مستمری که از بیت‌المال‌دریافت میکنم‌میگذرد واگرآن مستمری‌بمن نرسد برای معاش معطل خواهم‌ماند. لذا هزینه‌هائی که برای برکناری (عثمان) از خلافت بمصرف میرسد باید جبران شود وتو ای‌برادر من آن‌را بپردازی. علی(ع) گفت من ثروت شخصی ندارم که بتوانم هزینه‌های مزبوررا ازثروت خود بپردازم. (عایشه) گفت ازبیت‌المال بپرداز.

علی(ع) گفت من نمیتوانم این‌نوع هزینه‌ها را از بیت‌المال بپردازم. (عایشه) گفت مگرپولی‌که برای برکناری عثمان ازخلافت بمصرف میرسد درراه خیروصلاح مسلمین‌صرف نمیگردد وچرا نباید این پول ازطرف بیت‌المال پرداخته شود. علی(ع) گفت خیروصلاح مسلمین مواردی است مشخص نه‌غیر معین. توای (ام‌المؤمنین) اکنون میخواهی پول برای برکناری (عثمان)ازخلافت خرج کنی ومعلوم نیست‌که (عثمان) ازخلافت برکنار بشودیانه؟ (عایشه) گفت‌اگر(عثمان) ازخلافت برکنارنشود توخلیفه‌نخواهی شد وچون خلیفه‌نمیشوی، پولی‌راکه خرج شده ازبیت‌المال نخواهی پرداخت.

علی(ع) گفت‌اگرعثمان‌هم‌ازخلافت‌برکنارشودمن‌نمیتوانم‌پولی‌راکه توای(ام‌المؤمنین) برای برکناری اوخرج میکنی ازمحل بیت‌المال بپردازم. چندلحظه سکوت شد ومن‌که‌در اطاق مجاور بودم حس‌کردم‌که عایشه بفکر فرو رفت. آنگاه گفت ای‌برادر من، چون توبعدازمدتی طولانی، امروز، برحسب دعوت من بخانه‌ام‌آمدی میخواهم هدیه‌ای‌بتوبدهم.

علی(ع) گفت ای (ام‌المؤمنین) من‌ازتوانتظاردریافت‌هدیه رانداشتم وندارم. (عایشه) گفت یا(ابوالحسن) هدیه‌ای‌که میخواهم بتوبدهم چون جان من‌عزیزاست وازاین‌جهت‌این هدیه رابتو میدهم‌که میدانم تونیز آنرا مثل جان خودعزیز خواهی داشت. علی(ع) پرسید یا(ام‌المؤمنین) چه میخواهی بمن بدهی؟ (عایشه) گفت من میخواهم جامه‌پیغمبررا بتوبدهم. من داخل اطاق‌ءرانمیدیدم‌که ببینم شنیدن این حرف درقیافه علی(ع) چه‌اثر بوجود آورد ولی صدای اوراشنیدم‌که باحیرت وشعف بانک‌زد یا(ام‌المؤمنین)آیابراستی قصدداری جامهٔ پیغمبررابمن بدهی؟ (ام‌المؤمنین) گفت بلی ای‌برادرمن،ومن‌اطمینان دارم‌که هرگاه‌ثروت جهان رابتوبدهند توازدریافت‌آن باندازه دریافت این‌جامه خوشوقت نخواهی‌شد. علی(ع) گفت‌آری یاام‌المؤمنین وسال‌ها بودکه شادی بقلب من راه نمی‌یافت وخودرامسرورنمیدیدم واین بشارت‌که توبمن دادی مرا مسرورکرد. لیکن اکنون که این‌مژده‌رابمن داده‌ای من نمیتوانم صبرکنم وهرچه زودتربوعده عمل‌کن. (عایشه) گفت جامهٔ پیغمبر همین‌جا است و

من اکنون بتوخواهم داد. آنگاه عایشه بقچه‌ای راکه کنارخود گذاشته بود ومن قبل‌ازآمدن علی (ع) آن را دیده بودم گشود و جامه‌ای از آن بیرون‌آورد و گفت این است جـامه رسول‌الله(ص) که من تاامروزمثل جان خودآن راحفظ کردم واینك بتومیدهم.

گفتم که من داخل اطاقی راکه (عایشه) و علی(ع) در آن بودند نمیدیدم ولی حس میکردم که علی(ع) پس‌ازاینکه جامهٔ پیغمبر را ازدست (عایشه) گرفت بوئید وبرسر نهاد و بانك زدیارسول‌الله(ص) جانم بفدای توباد. عایشه فهمید که علی(ع) ازدریافت جـامه پیغمبر بسیارخوشوقت گردیده ودرصدد برآمد که درآن‌موقع علی(ع) را باپرداخت هزینه برکناری عثمان (ازمحل بیت‌المال) موافق نماید. ولی بازعلی(ع) امتناع کرد وگفت یا(ام‌المؤمنین) من‌نمیتوانم وجوهی‌را که توبرای برکنار کردن عثمان از خلافت خرج میکنی از محل بیت‌المال بپردازم.

(عایشه) گفت یا(ابوالحسن) آیاتوحاضری‌که برای برکنارکردن عثمان، باماموافقت نمائی. علی(ع) گفت بلی زیرامن‌عثمان راشایسته خلافت نمیدانم ولی‌میل ندارم که آسیبی‌باو برسد. (عایشه) گفت آسیبی به(عثمـان) نخواهد رسید. در آن موقع مذاکره (ام‌المؤمنین) باعلی(ع) خاتمه یافت وعلی‌بن‌ابیطالب(ع) باجامه پیغمبرکه (عایشه) باوداده بودازآن‌خانه خارج شد. بعدازاینکه علی(ع) رفت من‌وارداطاق (عایشه) شدم و(ام‌المؤمنین) گفت من‌تصور میکردم که علی(ع) پس‌ازاینکه جامه پیغمبررا ازمن دریافت‌نمود حاضرخواهدشد که راجع به‌پرداخت هزینه‌ها روی موافق نشان بدهد ولی بطوری‌که شنیدی موافقت نکرد. لیکن‌ما مجبوریم که از نفوذ و محبوبیت علی(ع) برای برکنارکردن عثمان از خلافت استفاده‌کنیم ومردم اگر بدانند که علی (ع) مخالف باادامه خلافت عثمـان است بیشتر استقامت بخرج خواهند داد. بطوری که گفتم‌درآن‌موقع، عده‌ای‌ازسکنه‌مصروبصره‌وکوفه و (ری) بمدینه آمده بودند تااینکه ازحکام محلی، به(عثمان) شکایت‌کنند واز خلیفه بخواهند که حکام مزبور را معزول کنند. ولی‌هنوزمردم‌بخانه عثمان‌حمله‌ور نشده بودندوآن‌حمله‌راهم‌عایشه‌رهبری کرد.

چگونگی قتل عثمان وغارت بیت المال

همان روزکه علی (ع) باجامه پیغمبر از منزل عایشه رفت (ام‌المؤمنین) بمن گفت من تصمیم‌دارم که به برادرم(محمد)اطلاع بدهم که‌ازمصر بیاید وعده‌ای‌ازسر بازان‌خودرا بیاورد. همچنین میخواهم از (طلحه) بخواهم‌که با عده‌ای از سر بازان خود بیایند. زیرا کسانی که برای شکایت از(ری) و (کوفه) و(بصره) و(مصر)آمده‌اند سر باز نیستند ومردان جنگی نمیباشند. اماسر بازان برادرمن، وهمچنین سر بازان (طلحه) مردانی هستند سلحشور که‌از بیست سال‌باین طرف درمیدان جنگ بسر میبرند ومیتوانند عثمان‌راازپا درآورند.

گفتم‌ای(ام‌المؤمنین) مگر نشنیدی‌علی(ع) گفت‌که مال وجان عثمان‌باید مصون‌باشد و کسی‌اورا موردآزارقرار ندهد. (عایشه) گفت علی(ع)تصورمینماید‌که میتوان (عثمان) رابا اندرزواورد راه راست‌کرد ولی‌این مرداندرزپذیر نیست واگرهم‌بخواهد‌نصیحت‌بپذیردوزیرش (مروان) نمیگذاردومن‌یقین دارم‌که‌تا وقتی‌برعثمان فشاروارد نیاید(مروان)رامعزول نخواهد نمود. همان‌روزمن بحواله(عایشه) مبلغی‌پول برای (طلحه) به(بیت‌المقدس)وبرای(محمدبن‌ابو بکر) به مصر فرستادم.

(ام‌المؤمنین) هم‌برای‌برادرش‌وطلحه نامه‌نوشت‌ودرنامه‌ها گفت‌که باعده‌ای‌ازسر بازان خودکه هرچه بیشتر باشندبهتراست راه‌عربستان‌را درپیش بگیرند وخودرا به(مدینه) برسانند. (عایشه) درنامه خودخطاب بآن دونفرتوصیه‌کردکه بسر بازان‌خودبفهمانندکه‌برای بر‌کنار کردن(عثمان) ازخلافت،راه عربستان‌را درپیش میگیرند وعیوب ومضارخلافت عثمان‌را برای آنها‌تشریح کنندتااینکه سر بازان بعدازورودبه(مدینه)باایمان محکم‌به (عثمان) حمله‌ورشوند وعنوان خلیفه که‌هنوزبرای‌کسانی که‌دورازمدینه بسرمیبرندمحترم‌است‌آنهارامتزلزل نکند.

گفتم که(عایشه) برای‌اینکه(زبیر)رابی‌طرف کندمبلغ‌یکصدو بیست‌هزاردرهم‌باوپرداخت آنگاه (زبیر) که‌از دریافت‌آن مبلغ‌رضایت حاصل‌کرده بودموافقت‌نمودکه برای‌ازپادرآوردن عثمان،عده‌ای سر بازگردبیاورد وتوانست‌که چهارصد سر باز رابسیج‌نماید. وقتی‌عایشه مطلع شدکه (محمدبن‌ابوبکر) برادرش و(طلحه) حکمران(فلسطین) و (زبیر)باسر بازانی‌که باید

بیاورند به (مدینه) نزدیك شده‌اند، زیارت خانه خدا را بهانه کرد وازمدینه خارج شد وراه مکه راپیش گرفت. درآنموقع بدستور (عایشه) سه نفرازعمال اوباسم (سودان بن حمران) (عمرو بن حمول) و (کنانة بن البشر النجیبی) سکنه مدینه وشاکیانی راکه ازکشورهای دیگر آمده بودند تحریك کردندکه بخانه عثمان حمله ورشوندولی کسانی که خانه عثمان را در (مدینه) محاصره نمودند مردان جنگی نبودند ونمیتوانستندمقاومت سربازان مسلح گارد (عثمان) راازبین ببرند. وقتی (عایشه) بعنوان زیارت کعبه ازمدینه خارج شدمرا باخودبرد وما دردومنزلی (مدینه) به (محمدبن ابوبکر) و (طلحه) و (زبیر) رسیدیم ومعلوم شدکه آن سه نفردارای هزارودویست مردجنگی هستند.

یك قشون هزارودویست نفری یك سپاه بزرگ نیست اما چون سربازان آن سپاه، مردان سلحشور بودند، وبعضی ازآنها ازبیست سال قبل ازآن تاریخ، تاآن روزبی انقطاع میجنگیدندقشون هزارودویست نفری (محمدبن ابوبکر) و (طلحه) و (زبیر) یکقشون نیرومندبشمارمیآمد. (عایشه) بعدازاینکه به آن قشون رسید دستورداد که افسران وسربازان مجتمع شوند وهمه، پیاده، مجتمع شدندو (عایشه) برشترسوار گردیدتااینکه برهمه مشرف باشد وصدایش را بخوبی بشنوند وگفت:

ای مجاهدین اسلام که بعضی ازشما دردوره خلافت پدرم (ابوبکر) تاامروزبدون وقفه واستراحت برای توسعه وتقویت اسلام شمشیرمیزنید بدانیدکه (عثمان) آبروی خلافت راازبین برد واحکام دین خداراازیرپاگذاشت وکاربجائی کشیدکه درشهرمدینه پایتخت اسلام، مردم علنی خمرمیفروشند وخمرمینوشند وزنهای خودفروش، درب منازل خودرا باز میگذارندکه هرکس میل دارد واردخانه آنها شود.

این سستی وفسادناشی ازسستی وفساد خلیفه است ووقتی خلیفه مسلمین اوقات خودرا صرف عیش کند ووزیراو (مروان) بی‌محابا ازمردم رشوه بگیرد احترام قوانین ازبین میرود.

(عایشه) سپس خطاب به قشون محمدابن ابوبکروطلحه وزبیر چنین گفت: شما، درشرق وغرب جهان، برای پیشرفت وتقویت اسلام شمشیرمیزنیدوخون خودرا نثار راه خدا می‌نمائید وخزانه بیت المال باجانفشانی شما پرمیشود اما آن زروسیم بمصرف عیاشی خلیفه وخویشاوندان واعضای طائفه او، که هریك ازبیت المال مستمری گزاف دریافت مینمایندمیشود.

ای مجاهدین راه خدا ضررو آسیبی که از (عثمان) و وزیرش (مروان) براسلام ومسلمین وارد میآیدازخصومت کفار حربی خیلی بیشتروخطرناکتراست زیراتکلیف شمامسلمانها با کفار حربی معلوم می‌باشد ومیدانیدکه باآن‌هاچگونه بایدرفتار کرد اما (عثمان) و وزیرش (مروان) دشمنانی مخوف هستند که خودرا مسلمان جلوه میدهند ولی احکام خدا را زیرپا میگذارند وبرای دیگران سرمشق فسق ورشوه گرفتن میشوند. ای مجاهدین اسلام، شمادرشرق و غرب دنیا شمشیر میزنید وخون خودرا نثارمیکنید تااینکه قرآن راترویج بدهیداما (عثمان)

درمدینه بعنوان جمع آوری آیات قرآن، در کلام خدا دست بردو قسمتی از آن را تغییر داد و این گناهی است نابخشودنی وشما که مجاهد فی سبیل الله هستید نباید بگذارید که این گناهکار بزرك بدون کیفر بسر ببرد و بسزای گناه عظیم خود نرسد .

(توضیح ـ بازمیگوئیم که بعقیده ما مسلمین، هیچ کس نتوانسته آیات قرآن را تغییر بدهد وتا پایان جهان نیز کسی قادر به تغییر قرآن نخواهد بود زیرا حافظ قرآن خدا میباشد ـ مترجم)

بعد(عایشه) گفت، ای پسران من شما میدانید که من، مادر همگی شما هستم واطلاع دارید که من مقرب ترین همسر رسول الله(ص) بودم و می‌دانم که روح بزرك پیغمبر اسلام اینك در بهشت ازفجایع اعمال(عثمان)و(مروان)وحکامی که ازطرف عثمان انتخاب شده‌اند ناراضی است و شما ای فرزندان من، نباید راضی شوید که روح پیغمبرما از اوضاع کنونی ناراضی باشد. من بنام پیغمبر اسلام وخاتم النبیین(ص) ازشما که فرزندان من هستید درخواست می کنم که(عثمان) را از خلافت برکنار کنید و اگر مقاومت کرد و نخواست برکنار شود خونش را بریزید واسلام ومسلمین را نجات بدهید وهرقدر زودتر خلافت عثمان خاتمه بپذیرد برای اسلام ومسلمین بهتر است .

قبل ازاینکه بگویم عثمان چگونه بقتل رسید لازم است دو نکته را که بعقیده من ضروری است ذکر نمایم. اول اینکه(عایشه) وقتی برای سربازان(محمدبن ابوبکر)و(طلحه) و(زبیر) نطق کرد و به آنها گفت که باید(عثمان)را از خلافت برکنار کنند راجع بخلافت علی بن ابیطالب (ع) چیزی بر زبان نیاورد . در صورتی که بگوش خود شنیدم که (عایشه) به علی(ع) گفت که بعد ازبرکنارشدن عثمان او باید خلیفه مسلمین شود بـرای اینکه بیش ازهمه کس زمینه و محبوبیت دارد .

من آن روز فهمیدم که(عایشه) میل ندارد که علی(ع) خلیفه شود چون اگر طرفدار خلافت علی(ع) بود میباید بسربازان بگوید بعدازاینکه عثمان را ازخلافت برکنار کردید برای خلافت علی(ع) جهد کنید؟ من میدانستم که عایشه میل ندارد(معاویه) بعدازبرکناری عثمان به خلافت برسد ودر آن روز دانستم که باخلافت علی(ع) موافق نیست. شاید میخواست (طلحه) را خلیفه کند یا اینکه دیگری را برای خلافت در نظر گرفته بود و من نمیدانستم. موضوع دیگر که باید بگویم وخود شاهد آن بودم مربوط است به تهمتی که(عایشه) برعلی(ع) درمورد شرکت درقتل(عثمان) زد در صورتیکه علی(ع) درقتل عثمان شرکت نداشت بلکه دومرتبه درصدد برآمد که عثمان را ازخشم مردم نجات بدهد یکی قبل ازاینکه مردم برعثمان بشورند ودیگری هنگامی که مردم خانه عثمان رامحاصره کردند علی(ع) پسرخود حسین (ع) را فرستاد تااینکه بسکنه خانه عثمان آب برساند و با (عایشه) هم شرط کرد که عثمان باید طوری برکنار شود که جان و مالش مصون باشد .

قبل ازاینکه مردم برعثمان بشورند گروهی از مسلمانها نزد علی(ع) رفتند . آن

زمان، موقعی بود که عده‌ای از سکنه کشورهای اسلامی (بطوری که گفتم بتحریك عایشه) به‌مدینه آمدند تا اینکه ازحکامی که عثمان بر آنها گمارده بود شکایت کنند. قبل از آن موقع عثمان بندرت بمسجد میآمد و بعدازاینکه نمایندگان بلاد اسلامی چندبار درمسجد باوشکایت کردند، قدم بمسجد نگذاشت ودیگردست مسلمین باو نرسید. عده‌ای ازمسلمانها وقتی از دسترسی بخلیفه ناامید شدند بخانه علی(ع) رفتند وباو گفتند تومورد احترام عثمان‌هستی‌و ازتو گوش‌شنوا دارد. برو وباو بگو که مردم به‌تنك آمده‌اند اگرروش خودرا تغییر ندهد و (مروان)را ازکار برکنارنکند وظلم‌حکام ستمگررا ازسرمردم کوتاه ننماید مردم که بستوه آمده‌اند ممکن‌است دست به‌اقدامات شدیدبزنند.

علی(ع) بخانه عثمان رفت وبا او مذاکره کرد ودرخواست‌های مردم‌را باطلاع وی رسانید. من ازجزئیات مذاکره علی(ع) باعثمان اطلاع ندارم‌زیراکسی درجلسهٔ مذاکره‌آن دونفر نبود . ولی میدانم روزیکه علی(ع) بخانهٔ عثمان رفت ، (مروان) در مدینه حضور نداشت و برای یك مسافرت‌کوتاه از مدینه خارج شده بودونیز دیدم که در همان روز علی(ع) عثمان‌را بمسجد آورد واین موضوع ثابت میکرد که اندرزعلی(ع) درخلیفه مؤثر گردیده وگرنه بمسجد نمی‌آمد.

بعد ازورود بمسجد، عثمان که دارای ریش‌سفید بود، شروع بصحبت‌کرد و گفت ای مسلمین امروز ابوالحسن (ع) نزدمن آمدودرخواست‌های شمارا باطلاع من‌رسانیدومن‌از وقایعی که پیش‌آمده‌اندوهگین هستم‌وحاضرم که تمام‌درخواست‌های‌شمارا بپذیرم.

(عثمان)هنگام صحبت‌کردن طوری متأثر گردیدکه بگریه درآمد و اشکهای اوروی ریش‌سفیدش میافتاد ومردم‌هم وقتی دیدندکه خلیفه سالخورده میگرید متأثرشدندوچشم‌بعضی ازمؤمنین اشك‌آلودشد. آن‌روز تمام‌کسانی‌که درمسجد حضورداشتند ازجمله من‌یقین‌حاصل کردیم که روش‌عثمان تغییر خواهدکرد واو (مروان)را از کار برکنار خواهد نمود و در آینده سعی‌خواهدکردکه احکام قرآن، مطابق‌روح‌آن اجرا شود وخوداو برای دیگران سرمشق‌تقوی‌خواهد گردید.

دوروز بعد (مروان) که بمسافرت رفته بود مراجعت‌کرد ووقتی شنید که (عثمان)در مسجد مدینه قول داده‌که تمام درخواست‌های مردم‌را اجابت نماید واز جمله (مروان)را ازوزارت معزول‌کند بطوری‌که شنیدم ریش‌سفید عثمان را گرفت و تکانش داد و گفت تو ننك طائفه(امیه) هستی زیراجرئت‌تو بیش ازیك‌کودك نیست ودرغیاب‌من نتوانستی حتی‌یك روز مقابل هیاهوی‌مردم‌مقاومت‌کنی.

بعد (مروان) بخلیفه سوم گفت تو بایدهم‌اکنون بمسجدبروی‌و بمردم بگوئی‌وعده‌هائی که بآنها دادی براثر تهدیدبود و توخودنمیخواستی‌آن وعده‌ها رابمردم بدهی‌بلکه‌چون‌در

فشار قرار گرفتی، ناگزیر وعده دادی. (عثمان) گفت من نمیتوانم این کارها را بکنم وچون وعده‌هائی بمردم داده‌ام قادر نیستم بمسجد بروم وقول خود را پس بگیرم.

وقتی مروان فهمید که عثمان برای پس گرفتن قول خود بمسجد نخواهد رفت اورا وادار نمود که نامه‌هائی به چندتن از بزرگان (مدینه) بنویسد و در آن نامه‌ها بگوید که چون با فشار وتهدید قول داده، قول او از نظر شرعی وعرفی دارای ارزش نیست وخود را مکلف نمیداند که به آن قول وفا نماید.

عثمان هم نامه‌ای به علی بن ابیطالب (ع) ونامه‌هائی دیگر بچند تن از بزرگان مدینه نوشت ودر آنها باستناد اینکه براثر فشار وتهدید قول داده، گفت مکلف نیست بآن وعده وفا نماید و قول خود را پس میگیرد. با اینکه عثمان در نامه خود، بدروغ گفت که وی مورد تهدید قرار گرفته وبراثر فشاری که بروی وارد آمده، قول داده که (مروان) را معزول کند، از طرف علی (ع) علیه او اقدامی نشد ولی دیگران که از خلیفه سوم نامه دریافت کرده بودند فهمیدند که دیگر نمیتوان با وی مماشات کرد. سپس خانه عثمان را محاصره کردند و همانروز که خانه عثمان محاصره گردید محمدبن ابوبکر و (طلحه) و (زبیر) باقشون خود بدو منزلی مدینه رسیدند و بطوریکه گفتم (عایشه) ببهانه اینکه قصد دارد برای زیارت خانه‌خدا برود از (مدینه) خارج گردید.

بعداز اینکه قشون (محمدبن ابوبکر) و (طلحه) و (زبیر) وارد مدینه شد با اینکه علی (ع) میدانست که عثمان مسلمین را مأیوس کرد وکار او ازخلف وعده وخیم‌تر است باز بمردم توصیه مینمود که ازریختن خون عثمان خودداری نمایندو آن پیرمرد راکه معلوم میشود براثر کهولت دوچار ضعف اراده شده بقتل نرسانند . اما مردم طوری از دروغگوئی و عهدشکنی عثمان خشمگین بودند که حرف علی (ع) را برای خودداری از کشتن عثمان نمی‌پذیرفتند .

بعداز اینکه قشون (محمدبن ابوبکر) و (طلحه) و (زبیر) وارد مدینه شدند وبآنهائی که خانه عثمان را محاصره کرده بودند پیوستند من تصور میکردم که (عایشه) درراه مکه، بسوی خانه خدا پیش میرود. ولی حیرت‌زده یکی ازغلامان (عایشه) را دیدم که وارد خانه من شد وبمن گفت که (ام المؤمنین) تورا احضار کرده است.

پرسیدم (ام المؤمنین) کجاست؟ غلام گفت او درنزدیک شهر میباشد ولی نخواست وارد شهر شود چون نمیخواهد که مردم بدانند وی درجوار (مدینه) است. وتوهم خبر حضور اورا دراین حدود بهیچ کس مگو. من بعداز دریافت پیام (عایشه) از (مدینه) خارج شدم ودر بیابان به (عایشه) پیوستم و مشاهده کردم که (محمدبن ابوبکر) نیز آنجاست. معلوم شد که (عایشه) برادرش را هم از شهر فراخوانده تااینکه باحضور من باوی مذاکره نماید. موضوع مذاکره این بود که عایشه میگفت من

درراه‌مکه متوجه‌شدم که‌باید برگردم و بشما بگویم که حضور شما در مدینه بصلاح نیست. (محمدبن‌ابوبکر) گفت برای‌چه؟ مگر تو بمن‌دستور ندادی که هرچه بیشتر ممکن است سرباز با خود بیاورم‌تااینکه عثمان‌را ازخلافت برکنار کنیم؟

(عایشه) گفت من‌این‌دستور رابتودادم اینك‌هم‌میگویم که‌عثمان بایدازخلافت برکنار شودواگر لجاجت کرد وتسلیم‌نشدبایداورا بقتل رسانید. درتصمیم من‌راجع‌به‌برکناری‌عثمان یاقتل‌او‌تغییری‌حاصل‌نشده‌اما‌نظریه‌من‌راجع بشمادونفر تغییر کرده‌است.من‌نمیخواهم که‌گفته شود برادرمن(محمدبن‌ابوبکر)درقتل‌عثمان (اگروی کشته‌شود)دست‌داشته‌است.

من نمیخواهم گفته شود که صراف من(یلال) شریك قتل‌عثمان بوده‌است ولذا شمادونفر بایدبا من‌بعنوان‌زیارت خانه خدابمکه بیائید وهنگام قتل‌عثمان وروزهای‌بعدازآن درمدینه نباشید. (محمدبن‌ابوبکر) گفت حضورصراف‌تو(یلال) درمکه‌زیاد مهم‌نیست چون وظیفه او این‌بودکه‌برای‌پیشرفت‌کارما‌بحواله توپول‌بدهد وداده است‌اما حضورمن در(مدینه) ضرورت دارد. چون من‌فرمانده سربازان خودهستم وبه (طلحه) و(زبیر) برای‌برکنار‌کردن عثمان قول همکاری داده‌ام واگراز(مدینه) خارج شوم لطمه‌ای غیرقابل جبران‌برحیثیت من وارد خواهد آمد ومن مانند مردی خواهم بودکه درمیدان جنگ، یاران خود رامقابل خصم‌تنها گذاشته، برای‌نجات خویش‌ازمیدان‌نبرد گریخته‌است.

(عایشه)گفت (محمد)این حرف‌تو کودکانه است. آنچه‌اهمیت دارداین‌است‌که انسان بتواند قدرت‌را‌بدست بیاورد.

شجاعت‌یابرعکس جبون‌بودن‌یا خوش‌قولی‌یابرعکس بدقولی بیش‌از چندکلمه نیست و انسان‌بایدازمفهوم‌این‌کلمات برای‌پیشرفت مقاصدخود استفاده‌کندنه اینکه خودرا مقیدبآنها نماید وازتحصیل موفقیت بازبماند. آنچه من‌بتومیگویم‌بپذیر وبا من‌بمکه مسافرت‌کن‌که در موقع قتل‌عثمان در(مدینه) نباشی ولی(محمدبن‌ابوبکر) پیشنهاد(عایشه)رانپذیرفت وگفت‌من نمیتوانم‌کسانی‌راکه برای‌برکنارکردن‌یاقتل عثمان‌باآنها همدست شده‌ام‌رهاکنم وباتوبمکه مسافرت نمایم.

(عایشه)نتوانست برادرش‌رامتقاعدنماید و(محمدبن‌ابوبکر) بمدینه مراجعت‌کرد.ولی من‌که صراف (عایشه)بودم‌بدستور او، باتفاق (ام‌المؤمنین) راه مکه راپیش‌گرفتم وموقع‌قتل عثمان در(مدینه)نبودم.

***

سلمان‌فارسی‌بطوریکه گفتیم هنگام قتل‌عثمان درمدینه نبودتابمن بگویدکه خلیفه سوم را چگونه کشتند. (یلال) صراف‌عایشه هم درموقع قتل عثمان در(مدینه) حضور نداشت که مشاهدات خودرا بمن‌بگوید. این بود من که(ثابت‌بن‌ارطاة)هستم‌درصدد برآمدم‌راجع بقتل‌عثمان

از کسان دیگر تحقیق نمایم تا بدانم که عثمان‌را چگونه بقتل‌رسانیدند. ازتحقیقاتی که‌از دیگران کردم وشرح آن گذشت معلوم‌شدکه خانه عثمان‌را محاصره کرده بودند وگارد محافظ او، از آن خانه ودرواقع‌ازآن کاخ دفاع مینمود. آنهائی که‌کاخ عثمان‌را محاصره کردند مردجنگی بشمار نمیآمدند وتجربه سربازان(محمدبن‌ابوبکر) و(طلحه) و(زبیر)را نداشتند ونمیتوانستند که سربازان محافظ(عثمان)راازپا درآورند.

وقتی سربازان(محمدبن‌ابوبکر)و(طلحه)و(زبیر) بمدینه‌رسیدند، جنگ، دارای شکلی دیگرشد وآن سه‌نفر وبخصوص (محمدبن‌ابوبکر) که سردار جنگی بودندبا استفاده ازقواعد جنگ بکاخ‌عثمان حمله‌ورشدند وعده‌ای‌ازسربازان‌خود رااطراف‌مدینه گماشتند که‌رابطه‌دوستان عثمان باخارج‌قطع شود ونتوانند کسانی‌را برای درخواست کمک بخارج بفرستند. (محمدبن‌ـ ابوبکر)موضوعی‌را به‌حمله کنندگان گفت که خودآنهااز آن‌وقوف‌داشتند وآن‌اینکه بایدهرچه زودتر کارعثمان‌راساخت. زیرا بعیدنبودکه قشونهائی درراه‌باشد تااینکه بکمک‌عثمان برسد و میبایدعثمان‌راازکار خلافت برکنار کردیا کشت تااگر کسانی برای کمک به (عثمان)درراه هستند مقابل‌امرانجام‌یافته قرار بگیرند.

درکاخ‌عثمان مقداری‌زیادچوب بکار رفته‌بود و(محمدبن‌ابوبکر) به مهاجمین دستور داد که‌کاخ خلیفه راآتش‌بزنند. پسرابوبکراظهار کرد که مستحفظین‌آن کاخ‌برای مبارزه باآتش آب ندارند ودراندك مدت، آتش‌توسعه خواهدیافت‌وهمه جارادربرخواهد گرفت ومستحفظین مجبور میشوندتسلیم گردند. مهاجمین دستوربرادر (عایشه) رابموقع‌اجرا گذاشتند وکاخ را آتش زدند.

سرداران گروه‌مهاجم‌درآنروز علاوه بر(محمدبن‌ابوبکر) عبارت بودند از (سودان‌ـ بن‌حمران) و (عمروبن‌حمول) و (کنانة‌بن‌البشرالنجیبی) وآنها مردم‌را تحریص میکردند که ازتوسعه حریق استفاده نمایند،وخانه عثمان‌را ویران‌کنند تااینکه بتوانند راه‌رابگشایند ودرآن خانه جلو بروند. مستحفظین خانه‌عثمان‌که شماره آنها را پانصد نفر گفته‌اند خوب دفاع میکردندو پانصد نفر دیگر مأمور بودند که از خزانه‌های بیت‌المال دفاع نمایند. تا وقتی قسمت مقدم خانه عثمان ویران نگردید مهاجمین نتوانستند واردکاخ‌مزبور شوند.

(محمدبن‌ابوبکر) تصور میکرد که بعداز توسعه حریق ، نگهبانان کاخ عثمان تسلیم خواهند شد. ولی‌آنها تسلیم‌نشدند و بقسمتهای درونی‌کاخ رفتندو درآنجا مقاومت‌نمودند. از فضا رایحه گوشت سوخته بمشام میرسید و معلوم میشد اجساد مستحفظین که در آتش افتاده است میسوزد .

(محمدبن‌ابوبکر) بعدازاینکه قدری ازآتش‌سوزی گذشت بوسیله مستحفظینی که آنها را میدید برای (عثمان) پیام فرستاد وگفت تو اگر دستور ترك مقاومت بدهی‌و تسلیم‌شوی

ما بتو کاری نخواهیم داشت ومی گذاریم که از مدینه بیرون بروی ودرجنوب عربستان زندگی نمائی یا اینکه درکشورجبال (یعنی ایران ـ مترجم) بسر ببری. اما اگرمقاومت نمائی بقتل خواهی رسید.

(عثمان) در جواب (محمدبن ابوبکر) بوسیله همان مستحفظین پیام فرستاد که من خلیفه مسلمین هستم وازجانب خداوند بخلافت انتخاب شده‌ام وشما نمیتوانید مرا بقتل برسانیدوخداوند پشتیبان من است.

(کنانة بن البشر النجیبی) فریاد زد اگر تو از جانب خداوند بخلافت انتخاب شده‌ای برای چه اوقات خودرا صرف عیش و نوش میکنی و چرا چون سلاطین (روم) برای خود کاخ ساخته‌ای و مانند آنها قدغن کرده‌ای که هیچ کس نباید وارد خانه‌ات شود و هر کس کاری داشت بملازمان تو مراجعه نماید. تو اگر از جانب خداوند خلیفه مسلمین شده‌ای چرا مردی چون (مروان حکم) را وزیر خود کرده‌ای که از مردم رشوه بگیرد وبساط رشوه‌خواری را رواج بدهد.

آیا خداوند بتو گفته که مردان طائفه (امیه) را در بلاد اسلامی حکمران کنی و آنها مالك الرقاب مال وجان مردم باشند و هرچه ازظلم آنها بتوشکایت مینمایند ترتیب اثر ندهی. عثمان بوسیله مستحفظین گفت هرچه من کردم بنا بدستور خداوند بود. (کنانة بن البشر-النجیبی) گفت دروغ نگو وخداوند برای مردی چون تو دستور نمیفرستد وفقط برپیغمبر (وحی) نازل میشد وخلفای پیغمبر وحی دریافت نمیکنند. از آن گذشته، ماهمه شاهد بودیم ودیدیم که خداوند تورا بخلافت انتخاب نکرد بلکه مردم ترا بخلافت انتخاب کردند چون تصور میکردند تو خواهی توانست باعدل وانصاف خلافت کنی ولی بعداز دوازده سال آزمایش ازتو ناامیدشدند ودانستند که تو اصلاح پذیر نیستی وآنقدر مسلمین را بوسیله (مروان حکم) یاحکام وعمال دیگر خود مورد آزار قرار داد که آنها شوریدند و ازپا نخواهند نشست تااینکه تورا ازخلافت بر کنار کنند.

(عثمان) تسلیم نشد وهمچنان میگفت که اواز طرف خداوند بخلافت انتخاب گردیده و هرچه کرده برحسب دستور خداوند بوده است. (عمر بن حمول) خطاب بکسانی که کاخ عثمان را محاصره کرده بودند گفت این مرد اگر يك مسلمان واقعی چون (عمر بن الخطاب) بود ما میتوانستیم تصور کنیم که قوت قلب او ناشی از ایمان بخداست ویقین دارد که خداوند اورا درپناه خود قرار خواهدداد ومانع ازاین خواهد شد که دیگران، باو گزند برسانند. لیکن ما میدانیم که این پیرمرد عیاش وشهوت پرست يك مسلمان واقعی نیست وبخداوند عقیده وایمان کامل ندارد و این قوت قلب که ازوی بظهور میرسد ناشی ازاین است که امیدوار بدریافت، کمك میباشد. او،

خود یا بوسیله دوستانش از حکامی که در کشورهای اسلامی دست نشانده او هستند کمك خواسته و امیدوار است که نیروی آنها بکمکش برسد.

(عثمان) میاندیشد که اگر بتواند یکساعت بیشتر مقاومت کند نجات خواهد یافت چون ممکن است که در همان یکساعت نیروی حکام ولایات که در راه است بمدینه برسد و اورا از محاصره نجات بدهد. پس ما باید بدون درنك بحمله ادامه بدهیم و آنقدر فشار بیاوریم تا اینکه مقاومت مستحفظین عثمان از بین برود و بعد خود اورا به قتل برسانیم. این گفته مورد قبول همه قرار گرفت و کسانی که خانه عثمان را محاصره کردند باهمتی جدید مبادرت بحمله نمودند.

سربازانی که مستحفظ عثمان بودند پایداری کردند و با اینکه از تشنگی رنج میبردند (زیرا آب بخانه عثمان نمیرسید) دست از مقاومت بر نمیداشتند. اگر حریق توسعه نمییافت یا اگر در کاخ عثمان آب یافت میشد که بتوانند آتش را خاموش نمایند، حمله کنندگان نمیتوانستند بزودی مقاومت مستحفظین عثمان را درهم بشکنند. ولی توسعه حریق سبب گردید که تمام سربازانی که از عثمان دفاع میکردند در آخرین قسمت کاخ که خود عثمان آنجا بود مجتمع شدند. مهاجمین بدون توجه به تلفات خودشان، بی انقطاع برای از پادرآوردن مستحفظین عثمان حمله میکردند و در ضمن دقت داشتند که کسی نتواند از حلقه محاصره عبور کند و خود را نجات بدهد. مستحفظین عثمان بوسیله تیر و نیزه و سنك و فلاخن عده‌ای کثیر از مهاجمین را کشتند و هرقدر تلفات مهاجمین بیشتر میشد خشم آنها علیه نگهبانان عثمان زیادتر میگردید و از چهار طرف پیشرفت مینمود. عاقبت توانستند بین آن عده از نگهبانان عثمان که هنوز زنده بودند و پایداری میکردند و خود خلیفه، فاصله بوجود بیاورند.

عده‌ای از مهاجمین که (محمد بن ابوبکر) هم با آنها بود وارد اطاقی شدند که عثمان در آنجا نشسته قرآن میخواند. در آنجا (محمد بن ابوبکر) ریش سفید عثمان را گرفت و گفت ای پیرمرد شهوت پرست و حریص، تو که احکام قرآن را زیر پا گذاشته‌ای آیا خجالت نمی کشی که قرآن میخوانی؟

عثمان گفت ای (محمد بن ابوبکر) پدرت مردی بزرك بود و من برای او طلب مغفرت میکنم ولی تو شبیه باو نیستی زیرا فرزند ناخلف پدر میباشی. (محمد بن ابوبکر) دست از ریش عثمان برداشت و گفت عیش و شهوت پرستی و حرص تو عاقبت آثار شوم خود را بظهور رسانید و خون عده‌ای کثیر از مسلمانها ریخته شد. تو مستوجب قتل هستی ولی من بهتر آن میدانم که در قتل تو شرکت نکنم بدو شرط:

شرط اول اینست که تو (مروان بن حکم) را بما تسلیم کنی زیرا از روزی که مسلمین بخانه تو حمله‌ور گردیده‌اند او ناپدید شده است و ما نمیدانیم در کجاست لیکن تو از مکانش آگاه هستی و میدانی در کجاست؟

شرط دوم این است که بخط خود از خلافت استعفا بدهی و بنویسی که علی بن ابیطالب(ع) را برای خلافت از همه اصلح میدانی وحاضری که با او بیعت نمائی. عثمان پرسید آیا علی بن ابیطالب(ع) تورا اینجا فرستاده که به من بگوئی که بخط خود از خلافت استعفا بدهم واورا جانشین خود نمایم و بگویم که باوی بیعت میکنم. (محمد بن ابوبکر) گفت علی بن ابیطالب(ع) هیچ از این موضوع اطلاع ندارد و نمیداند که من اینک از تو میخواهم که بنفع او از خلافت استعفا بدهی و بنویسی که وی را برای خلافت از همه صالحتر میدانی ومن از این جهت از تو میخواهم که بخط خود بعد از ازخلافت، علی(ع) را برای جانشینی خود انتخاب نمائی که اورا یك مسلمان واقعی میدانم و عقیده دارم که هیچ کس برای خلافت، شایسته تر از علی(ع) نیست. عثمان گفت من از خلافت استعفا استعفا نمیدهم زیرا خداوند مرا بخلافت انتخاب کرده و فقط خداوند میتواند مرا از خلافت بر کنار کند.

مردی باسم (حمدان) که از مهاجمین بود پرسید آیا نمیگوئی که (مروان بن حکم) کجاست که ما وی را دستگیر کنیم و بسزایش برسانیم. (عثمان) گفت من نمیدانم که او کجاست؟ (حمدان) گفت دروغ میگوئی و بعد از این گفته یك ضربت شمشیر بر عثمان زد و ضربت اوروی شانه خلیفه سوم فرود آمد. بعد از (حمدان)، ضربت دوم را برعثمان وارد آوردند و آن ضربت از دست (کنانة بن البشر النجیبی) بود و آنگاه (سودان بن حمران) ضربتی برعثمان وارد آورد. مردی بنام (قیتره) نیز برعثمان ضربت زد ومیگویند که (محمد بن ابوبکر) که نیزه‌ای در دست داشت سلاح خود را در تن عثمان فرو کرد. بطور کلی ۹ ضربت از طرف ۹ نفر از مهاجمین برعثمان وارد آمد و این واقعه در روز هیجدهم از ماه ذیحجه در سال سی و پنجم هجرت اتفاق افتاد و هنگامیکه عثمان را بقتل میرسانیدند قرآن گشوده ، کنارش بود وخون عثمان روی صفحه قرآن ریخت.

بعد از اینکه عثمان کشته شد کسانی که در آن اطاق بودند بمناسبت حرارت ودود حریق نتوانستند باز توقف کنند وجسد عثمان را در آن اطاق نهادند و خارج شدند. از پانصد تن نگهبان که مستحفظ کاخ بودند چهارصدوشصت وهشت تن بقتل رسیدند وسی ودو نفر اسیر شدند. سربازان شورشیان از یکایك آن سی ودو نفر راجع بمکان (مروان بن حکم) وزیر عثمان تحقیق کردند، تا بدانند آن مرد در کجاست؟ هر اسیر که مورد تحقیق قرار میگرفت جواب میداد که نمیداند (مروان) در کجا میباشد وسران شورشیان امر میکردند که گردنش را بزنند ولحظه دیگر یکی از مهاجمین یك ضربت شمشیر از قفا بر گردن آن مرد میزد و وی بقتل میرسید . اما آخرین اسیر که نفر سی ودوم بود اظهار نمود که میداند (مروان بن حکم) با سربازانی که از بیت المال محافظت میکنند بسر میبرد ودر آنجاست. لذا از قتل اسیر مزبور خودداری کردند و آن مرد زنده ماند.

بطوریکه من یعنی(ثابت ابن ارطاة نویسنده این یادداشت‌های تاریخی) ، مطلع شدم در دورهٔ خلافت(عثمان) غیر از کسانی که بحکم او حاکم میشدند و بر مسند حکومت تکیه میزدند وجز آنهائی که ازدست عثمان وازمحل بیت المال مستمری دریافت میکردند هیچیك از مسلمین ازخلیفه سوم راضی نبودند. ولی نمیتوان انکار کرد که عثمان شجاعت داشت و بادلیری مرد. گفته اند پایداری عثمان ناشی ازاین بود که انتظار نیروی امدادی را میکشید وفکر میکرد که اگرساعتی بیشتر مقاومت نماید ممکن است که نیروی امدادی به(مدینه) برسدواورا آزاد کنند. ولی وقتی مهاجمین باشمشیر ونیزه وارداطاق عثمان شدند وی فهمید که نبایدامیدوارُ برستگاری باشدمعهذا درآن موقع نیز جرئت را ازدست نداد وحاضر نشدکه بگوید (مروان) وزیر او در کجاست واستعفای ازخلافت را ننوشت. معلوم میشود که(مروان بن حکم) وزیر عثمان، درخلیفه سوم نفوذی فوق العاده داشته که آن مرد دلیررا واداشته تاازقولی که در مسجد به مسلمین داد (راجع باینکه مروان را ازوزارت معزول خواهد کردوحکام بلاداسلامی راعوض خواهدنمود) عدول نماید چون انسان انتظار ندارد مردی که مقابل مرك حتمی آن قدر شجاع است، زیرقول خود بزندوعهدخویش رانکول نماید.

بموجب اطلاعاتی که من بدست آوردم آنقدر که مردم نسبت به(مروان بن حکم) خصومت داشتند نسبت به عثمان دارای خصومت نبودند. اگرعثمان در آخرین لحظه بروزمیداد که(مروان) درکجاست مردم ازقتل وی صرف نظر میکردند ولی چون محل مروان را بروز نداد شورشیان را واداشت که اورا بقتل برسانند. وقتی مردم دانستند که(مروان) دربیت المال است بسوی آن عمارت حمله ورشدند. بیت المال درزمان عثمان، بتقریب یك دژ بود ومخزنهای بزرك برای حفظ زرو سیم وجواهروفرش وپارچه‌های ابریشمین وعطرواشیای گرانبهای دیگر داشت ومردم میدانستند که تسخیر بیت المال آسان نیست.

سران شورش خواستند (بیت المال)را هم مانندخانه عثمان آتش بزنندولی بنای آن عمارت طوری بود که آتش نمیگرفت مگرازداخل ولذادرصدد برآمدند که آن راویران نمایند.(مروان حکم)خود فرماندهی نیروی مدافع (بیت المال)را برعهده داشت و سربازان او بدون ترحم مهاجمین را بقتل میرسانیدند وبهیچ یك از آنها امان نمیدادند. قسمتی ازسکنه بی بضاعت مدینه، برای ویران کردن (بیت المال) کلنك وبیل بدست گرفته بودندو دیوارها را خراب میکردندو عده‌ای دیگر ازسکنه بی بضاعت شهر بمدافعین سنك میباریدند تااینکه بآنها مجال تیراندازی و استفاده ازفلاخن ندهند. همین که قسمتی ازدیوار بیت المال ویران گردید، شورشیان هجوم آوردند وواردعمارت شدند. آنروز (مروان حکم)در مقابل هزارها از مهاجمین که هزارو دویست تن از آنان سربازان مجرب وجنك دیده بودند مقاومتی شایان تحسین کردوعاقبت هم موفق شد جان خودرا نجات بدهد.

علت اینکه (مروان بن‌حکم) موفق گردید خودرا از عرصه قتال خارج کند این بودکه مهاجمین بعداز اینکه خود را به خزینه‌های زرو سیم وفرش وپارچه‌های گرانبها و جواهر رسانیدند (مروان بن‌حکم) رافراموش کردندوشروع بغارت نمودند. هرچه (محمدبن‌ابوبکر) فریاد زدای‌مردم، پول‌واموال بیت‌المال‌خیانت نکنید درگوش کسی فرو نرفت. آنگاه‌بین‌خود غارتگران، برای اینکه بتوانند بیشتر مسکوك طلاو نقره وجواهر ببرند جنك‌درگرفت‌وسربازان آزموده وجنك‌دیده که‌ازخارج بمدینه آمده بودند عده‌ای‌ازسکنه‌مدینه‌را بخاك‌هلاك انداختند تااینکه‌خود بیشتر ازمسکوك‌زروسیم وجواهر ببرند.

اگرکسانیکه به بیت‌المال حمله‌کردند‌دچار حرص‌غارت نمیشدند (مروان‌بن‌حکم) نمیتوانست جان‌بدربیرد ومانندسرباز انش‌بقتل میرسید. ولی‌غارتگری مردم‌اورا‌ازمرك‌نجات داد وخودرا‌بخانه‌یکی‌از اشراف مدینه که ازدوستان او بودرسانید وآن‌مردیکی ازشتران سریع‌السیرخودرا به (مروان) داد و(مروان بن‌حکم) ازمدینه خارج گردیدوتوانست خویش را به مکه برساند.

تمام سکنه مدینه‌اطلاع‌یافتندکه خلیفه‌کشته شد وشهر بدون زمامداراست وآنهائیکه نتوانستندزروسیم وجواهر وسایراموال بیت‌المال رابغارت ببرند وآنقدر زورنداشتندکه سهیم غارت‌بیت‌المال گردندبخانه‌اشراف حمله‌ورشدند وهرصاحب خانه‌که مقاومت‌کرد بقتل رسید واموالش‌بتاراج‌رفت. چون‌اموال خانه‌اشراف کفاف‌غارتگران‌را نمیداد آنها، بخانه‌های‌دیگران نیزحمله‌ورشدند وحتی بعضی ازمنازل فقرانیزاز حمله غارتگران مصون‌نماند. تمام قواعد جوانمردی وتعصب قوم عرب‌زیرپاگذاشته شد واگرزنی‌درصدددفاع ازاموال خود برمیآمد غارتگران وی‌را بقتل میرسانیدند. هرکس‌با دیگری دشمنی‌داشت اوراکشت بدون اینکه از مکافات‌عمل‌بیم داشته‌باشد. تیمچه‌بازرگانان مدینه‌هم موردچپاول‌قرارگرفت وغارتگران هر چه توانستندبردند وآنگاه‌تیمچه راآتش‌زدند.

درمدینه عده‌ای از مسیحیان ویهودیان وزردشتیان زندگی میکردندکه طبق قوانین اسلام‌درپناه‌حکومت‌اسلامی‌بودندوجزیه‌میپرداختندوهرگزکسی‌درصددآزارآنها برنیامده بود. ولی‌غارتگران‌بدکانهاوخانه‌های‌مسیحیان وکلیمیان وزردشتیان‌هم حمله‌کردند وصاحبان‌دکانها ومنازل راکشتند وخانه‌های آنان‌را آتش‌زدندودیده شدکه‌بعضی‌ازآنهارا درآتش‌انداختند.

هرکس‌که‌جزو جماعت‌غارتگرنبود و نمیتوانست‌ناظرآن وضع‌فجیع‌باشدیاجان خودرا درخطرمیدیدبا فرزندانش‌از(مدینه) گریخت وبقبایل صحرانشین پناه‌برد. مدت سه‌روز وسه شب، آن‌هرج‌ومرج وغارتگری‌و آدم‌کشی در(مدینه) ادامه‌داشت و سران شورش نمیتوانستند جلوی‌غارتگران رابگیرندو میدانستندکه هرگاه سخت‌بگیرندخودآنهابدست شورشیان‌کشته خواهند شد.

دردورهٔ خلافت (عمربن‌الخطاب) بیت‌المال پراززروسیم وجواهرشد. عثمان دردورهٔ خلافت دوازده ساله‌اش مقداری زیادازدرآمدبیت‌المال را بخویشاوندان واعضای‌طائفه خود بخشید. معهذاروزی‌که عثمان بقتل رسید نودوپنج‌میلیون دینارمسکوك زروسیم درخزانه‌های بیت‌المال بود غیرازجواهر وفرش‌های گرانبها و مجسمه‌های طلاوعاج وپارچه‌های زربفت و ابریشمین واشیای قیمتی دیگر. ازموجودی دوخزینه زیرزمینی‌که مهاجمین نتوانستند پیدا کنندگذشته، تمام اموال بیت‌المال بیغمارفت وبراثرآن واقعه ناوری بربیت‌المال لطمه وارد آمدکه تامدتی جبران نشد.

خلافت علی بن ابیطالب علیه‌السلام

بعدازقتل عثمان سران شورش وقتی دیدند که اختیاراز دستشان بدر رفته متوجه شدند،
که هرچه زودتر باید یك خلیفه با اراده جدی که محبوبیت داشته باشد انتخاب شود تا بتواند
با نفوذ کلام و قدرت اراده خویش بآن هرج ومرج خاتمه بدهد، (محمدبن ابوبکر) گفت در
حال حاضر فقط یك نفر میتواند بهرج ومرج که عنقریب ازمدینه بتمام بلاد اسلامی سرایت
خواهد کرد خاتمه بدهد واوعلی بن ابیطالب (ع) است ودر حال حاضر هیچکس نفوذ کلام و
محبوبیت علی(ع) را ندارد. اما بعضی ازسران شورش با نظریه (محمدبن ابوبکر) موافق نبودند
زیرا میخواستند خودرا بخلافت برسانند. مدت سه روز جنازهٔ عثمان در آن کاخ ماند وبا اینکه
تمام خانه عثمان سوخت جنازه آن مرد از آتش آسیب ندید و در مدینه گفته شد که چون
جنازه عثمان کنار قرآن قرار داشت لذا برکت قرآن مانع از این گردید که جسد خلیفه
سوم بسوزد.

در آن سه روز که جسدعثمان در آن خانه ماند طوری وضع شهر مغشوش بود که دوستان
عثمان نتوانستند خودرا بخانه سوخته وویران آن مرد برسانند ولاشه اش را ازز مین بردارند و
دفن کنند وبعضی از آنها تصور میکردند که جسد عثمان هم مثل جسدعده‌ای از مستحفظین وی
در آتش سوخته‌است. در حالی که شهر مدینه در معرض غارت بود روز چهارم پس ازمرگ عثمان
عده‌ای ازمعاریف که جزو خیرخواهان بشمار میآمدند در مسجد پیغمبر (درمدینه) که محل امن
بشمار میآمد اجتماع کردند که چاره‌ای بیندیشند. برجستگان آنها عبارت بودند از (محمدبن
ابوبکر) و (عمار بن یاسر) و (رفاعة بن رافع) و (مالك بن عجلان) و (خالد بن یزید) و (مالك بن
حارث نخعی) معروف به (اشتر) وچندتن دیگر.

(عمار بن یاسر) گفت بطوری که میدانید وضع شهر طوری مغشوش است که در هیچ دوره
درمدینه این وضع سابقه نداشته و هر کس با دیگری خصومت دارد اورا بقتل میرساند بدون
اینکه کیفر ببیند وهر کس که بتواند خانه‌ها و دکان‌های مسلمین را مورد غارت قرار میدهد.
علت این هرج ومرج این است که بعدازقتل عثمان ، کسی زمامدار مدینه وکشورهای اسلامی

نیست وبزودی اغتشاش این‌شهر به‌بلاد دیگرسرایت خواهدکرد ومللی‌که امروزمطیع هستند سربلند خواهندنمود وکشورهائی‌که قوم عرب برآنهاحکومت میکنند ازماجداخواهندشد و باید هرچه زودترخلیفه‌ای انتخاب‌کرد وبجای عثمان نشانید.

(محمدبن‌ابوبکر) گفت اینموضوع غیرقابل تردید است اماخلیفه‌ای را باید انتخاب نمودکه بین مردم احترام ونفوذکلام داشته باشد وبتواند بااراده قوی باین هرج ومرج خاتمه بدهد. (مالك بن حارث نخعی) معروف به (اشتر) گفت درحال حاضر فقط یك‌نفر میتواند باین هرج ومرج وقتل وکشتار خاتمه بدهد واو (ابوالحسن علی‌بن‌ابیطالب) است. چون‌هم احترام ونفوذکلمه دارد وهم‌شجاعت واراده قوی. این‌راهم بدانیدکه در این‌دوره اگریك‌خلیفه ضعیف را انتخاب نمایند ممکن‌است بدست مردم بقتل برسد. زیرا عده‌ای از مردم عادت به‌قتل وغارت‌کرده‌اند ونمیتوانند بزودی مطیع انضباط شوند و عده‌ای دیگر از مردم طوری ازاوضاع خشمگین هستندکه ممکن است برخلیفه ضعیف بشورند و اورا بقتل برسانند. ماباید مردی رابخلافت‌انتخاب‌کنیم‌که اگردستوری برای برقراری انضباط صادر کرد ومردم به‌آن‌دستور عمل ننمودند شمشیررا ازنیام بکشد واشرار را ازدم تیغ بگذراند. یك‌چنین خلیفه علی‌بن‌ابیطالب(ع) است‌که ازمرگ بیم ندارد واشراررابجای خود مینشاند ودرمدینه وکشورهای اسلامی‌نظم رابرقرارمیکند وآرامش بوجود میآورد.

علی(ع) مثل (عثمان) نیست‌که وقتی مردم بخانه‌اش هجوم آوردند برود ودر اطاقی بنشیند و درب اطاق رابروی خودببندد وهمانجابماند تابقتل‌برسد. اوشمشیررا ازنیام میکشد وبمهاجمین حمله‌ورمیشود وآنهارا ازخانه‌خوددورمینمایدیابقتل میرسد. در تقوی وبی‌طمعی علی(ع)هم تصورنمیکنم‌که‌کسی تردید داشته باشد و ازروزی‌که اسلام دارای بیت‌المال شده تاامروز علی(ع) دیناری ازبیت المال دریافت نکرده درصورتیکه اگرمستمری دریافت‌کند سزاواراست زیرا فرزندان اونوه‌های پیغمبرهستند.

(مالك بن عجلان) گفت آنچه توگفتی‌موردتصدیق من‌است ومن‌علی(ع) رابرای‌خلافت شایسته میدانم ولی بعضی ازطوائف باخلافت اوموافق نیستند. (مالك بن حارث نخعی) گفت میدانم بعضی ازطوائف عرب باخلافت علی(ع) موافق نیستند وبخصوص طائفه (امیه) بشدت باخلافت علی(ع) مخالف میباشند. ولی‌مارأی اکثریت مردم رامورد‌توجه قرارمیدهیم نه‌رأی چند طائفه‌راکه دراقلیت میباشند. امروزدرمدینه وسایر قسمتهای عربستان، اکثریت مردم علی(ع) رابرای خلافت شایسته میدانند.

درآن‌موقع مردی‌گفت شمادراینجافقط نام از علی(ع) میبرید وفراموش‌کرده‌ایدکه دراسلام‌مردانی‌هستند چون(معاویة بن ابوسفیان) و(عمروبن‌عاص) وآنهابرای‌خلافت‌شایستگی دارند زیراهم‌درجنگها ازآنان رشادت بظهوررسیده وهم‌ثابت‌کرده‌اندکه میتوانندکشورهارا

اداره بنمایند ولی ما تا کنون از علی(ع) ندیده ایم که کشوری را اداره کند واو فقط یك مرد جنگی است واگر بخلافت برسد مبادرت بجنگ خواهد کرد. (مالك بن حارث) معروف به(اشتر) گفت مگر (ابوبکر) و (عمر بن الخطاب) و (عثمان) مبادرت بجنك نکردند. از روزی که (ابوبکر) جانشین پیغمبر شد تا امروز سالی نبوده که قشون اسلام در یك کشور مشغول جنگ نباشد. اگر جنگیدن عیب است برای چه تو(ابوبکر) و(عمر) و(عثمان) را مورد نکوهش قرار نمیدهی که چرا مبادرت بجنگ کردند. مردی که نام (معاویه) و(عمرو بن عاص) را برد گفت (ابوبکر) و(عمر) و(عثمان) با کفار جنگیدند تا آنها را مسلمان کنند وقلمرو اسلامی را توسعه بدهند لیکن اگر علی(ع) به خلافت برسد جنگ برادر کشی آغاز خواهد شد و مسلمین بجان هم خواهند افتاد. (مالك بن حارث) گفت بفرض اینکه بخواهند (معاویه) یا(عمرو بن عاص)را خلیفه کنند تا آنها از شام ومصر به(مدینه) بیایند در این شهر خانه‌ای باقی نخواهد ماند و(مدینه) مبدل بویرانه خواهد شد واغتشاش اینجا به(مکه) و (طائف) سرایت خواهد کرد وآن شهرها هم ویرانه خواهد گردید.

درآن وقت از یکطرف شهر صدای صیحه زنها که فریاد میزدند واویلا... وامحمدا... بگوش کسانیکه درمسجد بودند رسید و(مالك بن حارث) گفت آیا این صدارا میشنوید وتا چه موقع شما میخواهید این وضع درمدینه ادامه داشته باشد. من پیشنهاد میکنم که هم اکنون برخیزیم وبخانه علی(ع) برویم وازاو درخواست کنیم که خلافت را برعهده بگیرد وبهرج ومرج خاتمه بدهد. وضع روحی مجلسیان براثر شیون زنهای(مدینه) که خانه‌هایشان مورد حمله غارتگران قرارمیگرفت طوری آماده برای پذیرفتن خلافت علی(ع) شد که همه برخاستند تا اینکه عازم خانه علی(ع) شوند وازوی بخواهند که خلافت را بپذیرد.

(توضیح ـ از بیان ثابت بن ارطاة) رئیس پلیس خفیه(معاویه) پیداست کسانی که درمسجد بودند، روز اول با خلافت علی(ع) موافقت کردند وبرخاستند تا بخانه مولی بروند واز او تقاضا نمایند که خلافت را بپذیرد اما طبق روایت دیگر، آن عده از مسلمین مدینه که درمسجد پیغمبر جمع شدند مدت سه روز راجع به خلافت علی(ع) شور کردند واگر توجه شود که درآن موقع بقول(ثابت بن ارطاة) درمدینه قتل وغارت حکمفرما بوده بعید است که مسلمین برای انتخاب خلیفه سه روز شور کرده باشند زیرا ضرورت ایجاب میکرد که بیدرنك یك خلیفه لایق وبااراده انتخاب شود ونظم وآرامش را برقرار نماید دیگر اینکه راجع به اولین کسی که بامولای متقیان(ع) بیعت(برای قبول خلافت او) کرد اختلاف وجود دارد ومترجم بیمقدار این یادداشتهای تاریخی چند روایت دراین خصوص شنیده واگر آنها را ذکر نکند دلیل بر بی اطلاعی وی نیست ـ مترجم).

مسلمانها ازمسجد خارج شدند وبسوی خانه علی براه افتادند. طوری صدای همهمه آنها انعکاس پیدا کرد که علی(ع) تصور نمود که غارتگران بسوی خانه اومیآیند که خانه‌اش را مورد

یغما قرار بدهندو از این موضوع حیرت نمود زیرا در خانه علی(ع) چیزی که بدرد غارتگران بخورد یافت نمیشد. علی(ع) برای دفاع از سکنه خانه خود با شمشیر از منزل خارج گردید لیکن شمشیر را از غلاف نکشید زیرا تقریباً تمام کسانی را که بسوی خانه او میآمدند شناخت. (عمار بن یاسر) گفت یا علی(ع) ما آمده‌ایم از تو درخواست کنیم که خلافت را بپذیری و باین هرج ومرج خاتمه بدهی واگر این خونریزی و غارت ادامه داشته باشد نه‌فقط مدینه ویران میگردد بلکه سایر شهرهای عربستان هم ویران خواهد شد وآنچه از کشورهای بیگانه نصیب اسلام گردیده از دست خواهد رفت. علی(ع) گفت دیگری را بخلافت انتخاب کنید ومن حاضرم که برای برقراری نظم، با او همکاری نمایم. (عمار بن یاسر) گفت ما از بامداد امروز تا این موقع که نزد تو آمده‌ایم در مسجد راجع با نتخاب خلیفه شور میکردیم و کسی را برای خلافت لایق‌تر از تو ندانستیم و آمده‌ایم تا باتو بیعت کنیم.

علی(ع) گفت ای پسر (یاسر) ممکن است که تو یا دیگران بعد از اینکه با من بیعت کردند پشیمان شوند. (عمار بن یاسر) پرسید برای چه ممکن است پشیمان شوم؟ علی(ع) گفت برای اینکه من سازشکار نیستم واحکام خدا را مطابق روح قرآن اجرا خواهم کرد واین موضوع بر عده‌ای گران خواهد آمد (مالك بن حارث نخعی) گفت یا علی(ع) کسی که مسلمان است از اجرای احکام قرآن ناراضی نمیشود ومن هم اکنون باتو بیعت میکنم وتو را خلیفه مسلمین میشناسم. آنگاه (مالك بن حارث نخعی) معروف به (اشتر) با علی(ع) بیعت کرد. دیگران هم خواستند با علی(ع) بیعت کنند ولی وی گفت من تصمیم گرفته‌ام که خلافت را نپذیرم مگر اینکه تمام یا اکثریت مسلمین با خلافت من موافق باشند.

(محمد بن ابوبکر) گفت اکثر مسلمین با خلافت تو موافق هستند علی(ع) گفت برای اینکه من از نظریه اکثریت مردم اطلاع حاصل کنم باید برویم بمسجد. (مالك بن حارث) گفت یا (علی) انتظار نداشته باش در این شهر آشفته که هرکس در فکر حفظ جان یا خانه خود میباشد اکثر مردم بتوانند برای اینکه باتو بیعت کنند بمسجد بیایند. علی(ع) گفت با این وصف مردم باید اطلاع حاصل کنند تا اینکه مقابل امر بانجام رسیده قرار نگیرند.

آنگاه علی(ع) با آن جماعت بسوی مسجد براه افتاد و در راه هرکس که آنها را دید و فهمید که به مسجد میروند تا با علی(ع) بیعت نمایند عقب آنها روان گردید. تمام کسانی که در مسجد بودند حتی آنهائی که عقیده داشتند که دیگران میباید خلیفه شوند با علی(ع) بیعت کردند چون دریافتند که در آن موقع، جز علی(ع) کسی نمیتواند در آن شهر مغشوش نظم و آرامش را برقرار نماید و روزی که مردم در مسجد مدینه با علی(ع) بیعت کردند روز بیست و دوم ماه ذیحجه و در سال سی و پنجم بعد از هجرت بود.

اولین کاری که علی(ع) بعداز بیعت مردم(بااو) کرد این بود که چهار نفر ازمسلمین را که درمسجدحضور داشتندانتخاب نمودوچهاردسته ازمسلمانهای حاضر درمسجدرا نیزانتخاب کرد وتحت فرماندهی آن چهارنفر قرارداد و بآنها گفت هرکس سلاح ندارد بخانه برودوسلاح بردارد ومراجعت کند وبدسته خودملحق گردد.

هر یك از آن چهارتن که بفرماندهی یکی از دسته‌ها انتخاب شدند مأمور گردیدند بادسته خود بیکطرف شهر بروند ودر آنجا از طرف علی(ع) خلیفه جدید جار بزنند که از آن لحظه ببعد هرکس مبادرت به غارت بکند بحکم قانون اسلام کشته خواهد شد. خود(علی) هم یکدسته از مسلمین را انتخاب نمود وخود فرماندهی آنهارا درمرکزشهر برعهده گرفت. درمدتی که ازیکساعت تجاوز نکرد شهر آرام‌شد وغارتگران دست‌ازغارت کشیدندوبخانه‌های خود رفتند وبعضی از آن‌ها از شهر خارج‌شدند.

عصر آن‌روزاز طرف‌خلیفه جدید بوسیله‌جارچیان، جارزده‌شدکه‌هرکس هرچه بیغما برده، اعم از این‌که ازبیت‌المال یا از خانه مسلمین، یا ازمنازل یهودیان و مسیحیان و زردشتیان بغارت‌رفته باشد باید نقد یاجنس مسروق را بهمان‌جا که ازآن مکان‌سرقت‌کرده برگرداند. اطاعت‌از این حکم برای کسانی که‌سکه‌های طلاونقره‌وجواهر بیت‌المال راغارت کرده بودند بسیار مشکل‌بود. عده‌ای از آن‌ها قبل از خلافت علی (ع) بازروسیم یاجواهر مسروق از(مدینه) رفتندچون‌پیش‌بینی کردند که روزی پای حساب پیش می‌آید وآنها مورد بازخواست‌قرار خواهندگرفت. آنهائی‌هم که درمدینه بودندبعداز این‌که صدای جارچیان را شنیدندگریختند. سارقین‌بیت‌المال ناپدید شدندولی‌کسانی‌که اموال مردم را بغارت‌برده بودند پس دادند.

مدت سه‌روز اوقات علی (ع) درمدینه صرف این‌شد که وضع شهررا مثل سابق کند و کسانی که دکان دارند کسب خود را از سربگیرند. در آن سه‌روز علی(ع) فرصت نکرد بحساب بیت‌المال برسد ولی بعداز آن بحساب بیت‌المال رسید ومطلع گردیدکه دومخزن، از مخازن بیت‌المال مورد دستبرد قرار نگرفت زیرا غارتگران نتوانستند مدخل آن را پیدا کنند.

پس ازاین‌که وضع شهربحال عادی برگشت عده‌ای ازبازرگانان مدینه که در واقعه غارت تیمچه‌بازرگانان هستی خودرا ازدست داده‌بودند نزدعلی(ع) رفتندو گفتندای‌خلیفه، ما درگذشته توانگربودیم وامروزمسکین شده‌ایم وبموجب قوانین اسلام مستوجب دستگیری هستیم بماکمك‌کن. علی(ع) گفت من هنوز بحساب بیت‌المال نرسیده‌ام وبا این‌که اطلاع دارم‌که شما دردورهٔ خلافت عثمان زکوةاموال خودرا نمیدادید حاضرم در حدود توانائی بیت‌المال با شماکمك نمایم. آنگاه علی(ع) درصدد برآمدکه بحساب بیت‌المال رسیدگی

کند. موقعی که مردم پس ازقتل عثمان به بیت‌المال حمله کردند، حسابداران ایرانی که در آن جامشغول کار بودند نتوانستند که زروسیم وسایراشیای گرانبهای بیت‌المال‌را ازخطر دستبرد برهانند ولی درعوض موفق شدند که دفاتر بیت‌المال‌را حفظ کنند.

وقتی علی(ع) بدفاتر بیت‌المال مراجعه کرد دید که دردورهٔ خلافت‌عثمان عده‌ای کثیر ازاشراف وتوانگران (مدینه) و(مکه) و(طائف) وسایر بلاد عربستان ازبیت‌المال مستمری دریافت می‌کرده‌اند بدون این‌که احتیاج به مستمری داشته باشند. علی(ع) می‌دانست که عثمان، بعده‌ای کثیر ازخویشاوندان وافراد طائفه خود از محل بیت‌المال مستمری می‌دهد ولی اطلاع نداشت که شماره کسانی که مستمری ازبیت‌المال می‌گیرند آنقدرزیاد باشدوحتی توانگران درجه‌اول(مدینه) و(مکه) وسایر بلاد عربستان ازبیت‌المال مقرری دریافت نمایند. دوازده روزبعدازاینکه علی(ع) بخلافت رسیدبوسیله‌جارچی‌ها جارزدکه ازاین‌ببعد مستمری کسانی‌که در دوره خلافت (عثمان) بدون استحقاق ازطرف بیت‌المال پرداخته می‌شد قطع می‌شود. چون علاوه براینکه آن مستمریها ناحق بوده چون مقداری زیاد از وجوه نقد و مجموع جواهرواشیاء نفیس بیت‌المال بتاراج رفته نمیتوان مستمری‌هارا پرداخت.

وقتی صدای جارچیان بگوش کسانی‌که ازبیت‌المال مستمری دریافت می‌کردند رسید از فرط وحشت وخشم لرزیدند. آنها عادت کرده بودند که در دورهٔ دوازده ساله حکومت عثمان بدون‌این‌که کار کنندازمحل بیت‌المال درآمدهای گزاف داشته‌باشند وباتجمل زندگی نمایند واوقات خودرا بمصرف عیش ولعب برسانند. ولی‌درآن روزیك مرتبه متوجه‌شدندکه ریشه درآمدگزاف رایگان‌آنها خشك شد ودیگر نمی‌توانند غلامان وکنیزان زیبا خریداری کنند وباتجمل زندگی نمایند. سه روزبعد ازاین واقعه مرتبه‌ای دیگرجارچی‌هاازطرف علی(ع) جارزدند و این مرتبه، خلیفه بکسانی‌که در دورهٔ عثمان بدون استحقاق مستمری می‌گرفتند اخطار کرد که نه‌فقط بعد ازآن مستمری قطع‌میشود بلکه هرچه در دوره دوازده ساله خلافت عثمان ازبیت‌المال دریافت کرده‌اند بایدپس بدهند. (عماربن‌یاسر) بعدازاینکه صدای جارچی‌را شنید باشتاب خودرا به خانه علی(ع) رسانید و گفت یاعلی (ع) آیا فکر کرده‌ای‌که اثراحکام‌جدیدتوچه خواهد بود وچگونه عده‌ای‌کثیررا باتودشمن خواهد کرد؟ تودرفاصله سه‌روز دوحکم‌صادر کردی یکی‌راجع بقطع مستمری کسانیکه تاامروزازبیت‌المال مستمری دریافت میکردند ودیگری راجع بلزوم مسترد داشتن وجوهی‌که تا امروز همان اشخاص ازبیت‌المال دریافت کرده‌اند. حکم اول تو، برای آن اشخاص بقدر کافی ناهموار بود وآنهارا باتودشمن کرد. لیکن این‌حکم‌که امروزصادر کرده‌ای، برای آن‌ها غیرقابل تحمل است وچگونه‌آنها می‌توانند وجوهی راکه درمدت دوازده سال از بیت‌المال بعنوان مستمری دریافت کرده‌اند، امروز بپردازند؟

علی(ع) گفت پولی که بناحق گرفته شده باید مسترد گردد و من حکم خدارا بموقع اجرا میگذارم وازخصومت کسانی که مستمری می گرفته‌اند ، بیم ندارم. پیش‌بینی (عماربن یاسر) درست درآمد وهنوز بیست روزازخلافت علی(ع) نگذشته بودکه تمام کسانی که در دوره عثمان از بیت‌المال مستمری‌های گزاف می گرفتند با علی(ع) دشمن شدند ودر همان موقع (عایشه) که ازمکه مراجعت می کرد نزدیك شهرمدینه به‌محل قبیله(بنی‌لیث)رسید.

رئیس قبیله(بنی‌لیث)مردی بود باسم(عبیده سلمه)وبعد ازاینکه مطلع‌شد(ام‌المؤمنین) وارد محل قبیله اوشده دستورداد که برای سکونت عایشه یك خیمه بزرك دارای دو دیرك برافرازند وچند نفر ازافراد قبیله خودرا مأمور پذیرائی از (عایشه)کرد . بعد از اینکه اولین غذا صرف شد (عایشه) راجع به اوضاع (مدینه) از(عبیده سلمه) پرسش کردواو گفت که عثمان را در(مدینه) بقتل رسانیدند وآنچه تومیخواستی بوقوع پیوست . (عایشه)گفت چطورمیگوئی که من می‌خواستم عثمان بقتل برسد (عبیده سلمه) گفت‌ای (ام‌المؤمنین) مگر تو، قبل ازاینکه برای زیارت حج بروی تقریباً درهمین نقطه ، برای سربازان (محمدبن ابوبکر) و(طلحه) و(زبیر) خطابه ایرادنکردی وبآنها نگفتی که بایدعثمان‌را ازبین ببرند؟ (عایشه) گفت منظور من این نبود که (عثمان)را بقتل برسانند بلکه می‌خواستم اورا متنبه کنند تاروش خودراتغییر بدهد. (عبیده سلمه) گفت ولی سربازان (محمدبن‌ابوبکر)و(طلحه) و(زبیر) نمی‌توانستند باندیشه باطنی پی‌توببرند . آن‌ها اززبان توشنیدندکه باید عثمان‌را بقتل رسانید واورا بقتل رسانیدند. (عایشه) گفت بعد ازقتل عثمان چه شد ؟

(عبیده سلمه) گفت بعد ازقتل عثمان، رشته انضباط گسیخت ودر(مدینه) قتل و غارت ادامه یافت تااینکه مردم علی(ع) را بخلافت انتخاب کردند واو، نظم وآرامش‌را برقرار کرد واکنون (مدینه) امن ومنظم‌استولی عده‌ای کثیر با علی (ع) دشمن شده‌اند . (عایشه) پرسید برای چه باعلی(ع) دشمن شده‌اند. (عبیده‌سلمه) گفت برای اینکه علی(ع) مستمری تمام‌کسانی‌راکه بناحق ازبیت‌المال دریافت میکردند قطع نمود. (عایشه) وقتی این‌حرف‌را شنید تکان خورد چون متوجه گردیدکه اگرمستمری اشخاص قطع شده باشد، بعید نیست که مستمری اورا هم قطع‌کرده باشند . بعدگفت آیا مستمری زن‌های پیغمبرراهم قطع کرده‌اند؟

(عبیده‌سلمه) گفت من از جزئیات اطلاع ندارم و نمی‌دانم کسانی که بدون استحقاق مستمری میگرفته‌اند چه‌کسان هستند. اما تصورنمی کنم که علی(ع) مستمری زن‌های پیغمبر را قطع‌کرده باشد زیرا برای پیغمبرخیلی قائل باحترام می‌باشد. لیکن خلیفه‌جدیداخطار کرده تمام‌کسانی‌که در دوره دوازده‌ساله خلافت عثمان مستمری‌های‌بدون استحقاق‌دریافت می‌کرده‌اند می‌باید آنچه گرفته‌اند به‌بیت‌المال پس بدهند . عایشه بعد ازشنیدن این خبر، بیشتر مضطرب شد .

گرچه مستمری عایشه در دوره خلافت عثمان زیاد نشد و (ام‌المؤمنین) همچنان در سال یکصد وهشتاد هزار درهم مستمری دریافت می‌کرد لیکن بیم داشت که علی (ع) از آن مستمری بکاهد ودرصدد برآمد تحقیق کندتا بداندآیا مستمری اوکاسته شده‌یا نه؛ ام‌المؤمنین (یلال) راکه باخود به (مکه) برده بود به (مدینه) فرستاد که راجع بمستمری وی تحقیق نماید وخود درمحل قبیله (بنی‌لیث) ماند تا (یلال) مراجعت کند. (یلال) بعد ازاینکه‌وارد (مدینه) گردید تصمیم گرفت که بجای مراجعه باین وآن، مستقیم بخود خلیفه‌مراجعه نماید.

در دوره خلافت علی (ع) رسم سابق که مردم در هر موقع از روز می توانستند بدون اشکال نزد خلیفه بروند تجدید گردید و(یلال) بی‌زحمت نزد علی(ع) رفت ودیدچند تن‌از ارباب رجوع آنجا حضوردارند وبعد ازاینکه بکارآن‌ها رسیدگی کرد ورفتند از(یلال)پرسید چه کارداری؟ (یلال) گفت‌ای خلیفه‌من آمده‌ام که راجع به‌مستمری ام‌المؤمنین (عایشه)پرسش کنم وبدانم‌که‌آیا مستمری‌اوهم‌قطع شده استیانه ؟ علی(ع) گفت من مستمری(ام‌المؤمنین) را قطع نکردم بلکه هشتاد هزار درهم ازمستمری اوکاستم وازحالا تا دوسال (ام‌المؤمنین) سالی یکصد هزار درهم مستمری دریافت خواهد کرد وبعد از دو سال مستمری او کماکان یکصدوهشتادهزاردرهم‌خواهدشدوعلت‌کاهش‌مستمری(ام‌المؤمنین)این‌است‌که‌اموال بیت‌المال‌را بسرقت برده‌اند وروزی‌که من خلیفه شدم دربیت‌المال، پول نبود مگردر دوخزانه پنهانی که سارقین نتوانسته بودند آن دورا پیداکنند واکنون تمام هزینه‌ها ازوجوه این‌دوخزانه پرداخته میشود و درهرحال به (ام‌المؤمنین) بگوکه دو سال دیگر ، مستمری او همچنان یکصد وهشتادهزار درهم درسال خواهد شد .

(یلال) از مدینه مراجعت‌کرد وآنچه از علی(ع) شنیده‌بودبه(عایشه)گفت. (عایشه) وقتی‌شنیدکه هشتادهزاردرهم ازمستمری سالیانه اوکاسته شده‌بسیار خشمگین گردید وازهمان لحظه دشمن علی(ع) شد وبه (یلال) گفت توبه(مدینه) برو ولی‌من به‌مکه مراجعت میکنم. (یلال) پرسید برای‌چه بمکه میروی؟ (عایشه) گفت برای‌اینکه وسیله برکنارکردن علی(ع) را ازخلافت فراهم نمایم. چون اکنون درمدینه، علیه علی(ع)کاری ازمن ساخته‌نیست زیرا علی(ع) بوسیله قطع مستمریها وهمچنین‌لزوم مسترداشتن وجوهی‌که بابت مستمری‌گرفته شده، عوام الناس راباخودمساعدکرده وامروز، غیرازکسانی‌که مستمری دریافت میکردندهمه باعلی(ع)موافق‌هستند ولی‌درمکه اینطورنیست ومن‌میتوانم‌درمکه، علیه‌علی(ع)شروع بفعالیت کنم تااورا ازخلافت برکنارنمایم. قبل ازاینکه عایشه ازمحل‌قبیله(بنی‌لیث) به‌مکه‌مراجعت نماید برای(طلحه) و(زبیر) پیغام فرستادکه درمکه باوملحق‌شوند.

(طلحه) و(زبیر)هم ازکسانی بودندکه ازبیت المال مستمری میگرفتند وبعد ازاینکه مستمری‌آنهاقطع گردیدبشدت خشمگین شدند آنهاچون درقتل عثمان دست داشتند امیدوار

بودندکه علی(ع) برمستمری آنها بیفزاید و به‌پاداش قتل‌عثمان‌بآنها جائزه بدهد. لیکن‌علی(ع) مستمری آن‌دورا نیز قطع کرد و گفت (طلحه) وزبیر توانگرهستندوبه‌مستمری بیت‌المال احتیاج ندارند.(طلحه) و(زبیر) عزم کردندکه بملاقات علی(ع) بروند و به‌او بگویندکه آنهامستوجب دریافت جائزه هستند نه‌قطع مستمری، زیرااگربرای قتل عثمان اقدام نمیکردند و خلیفه سوم مقتول نمیشد علی(ع) بخلافت نمیرسید وعلی(ع) باید خودرامدیون آنهابداند وبرمستمری آنان بیفزاید نه‌اینکه مستمری سابقشان راهم‌قطع نماید.

وقتی واردمنزل علی(ع) شدند شب بود وعلی(ع) درروشنائی چراغ، چیزی مینوشت و(طلحه) و(زبیر) صبرکردند تانوشتن خلیفه تمام شود، بعدازاینکه علی(ع) ازنوشتن‌فارغ شد برخاست وچراغی آورد وفتیله چراغ دوم را باآتش چراغ اول مشتعل نمود وآنگاه چراغ اول راکشت. (طلحه) ازآن‌کار متحیرشد وپرسید ای‌خلیفه برای‌چه چراغ دیگر را روشن‌کردی وچراغ اول راکشتی ومیخواستی بگذاری چراغ اول مشتعل بماند.علی(ع) گفت وقتی‌شماواردشدید من مشغول رسیدگی بکارهای بیت‌المال بودم ولذادرروشنائی‌چراغی که روغن‌آن ازبیت المال است نویسندگی میکردم. ولی‌شما بامن‌کار خصوصی دارید ومن نمیتوانم روغن بیت‌المال را برای‌یك‌کارخصوصی بسوزانم ولذاچراغ دیگرراکه روغن‌آن‌از خود من‌است‌روشن‌کردم وچراغ بیت‌المال راکشتم‌تاروغنی‌که به‌عموم مسلمین‌تعلق‌داردصرف کارخصوصی من‌نشود.

(طلحه) و(زبیر) نظری بهم انداختند وآنگاه طلحة بن عبیدالله یتمی (یعنی ازقبیله یتم) که مردی بود توانگر واز بزرگان اسلام بشمار میآمـد و میگفتند در تمام‌جنگهای دورهٔ رسول‌الله (ص) غیراز جنگ بدر حضور داشته ودرجنگهای مزبورشرکت نموده گفت ای‌خلیفه توچگونه خود را راضی‌کردی‌که مستمری مراقطع‌نمائی درصورتیکه اگرکوشش من نبودعثمان بقتل نمیرسید وتوبخلافت‌نمیرسیدی. علی(ع) گفت من نمیخواستم‌که (عثمان) بقتل برسد تااینکه من‌بخلافت برسم وبه(عایشه)ام‌المؤمنین گفتم که‌یکی ازشروط موافقت‌من بابرکناری (عثمان) ازخلافت این‌است‌که جان ومال اومصون بماند. (طلحه) گفت‌ای‌خلیفه اینکه تومیگوئی تعلیق برمحال بود. زیرا اگرجان ومال عثمان مصون میماند اوازخلافت برکنارنمیشد واگرهم‌وی‌را بطورموقت‌ازخلافت برکنارمینمودند بادست دوستان‌وهواخواهانش توطئه میکردوباز بخلافت میرسید وبرای‌اینکه عثمان ازخلافت برکنارشودچاره‌ای غیرازقتل اونبود. علی(ع) گفت منظورتوچیست؟ (طلحه) گفت ای‌خلیفه منظور من‌این است‌که اگرما عثمان رانابود نمیکردیم توبخلافت نمیرسیدی.من یقین داشتم‌که توبپاداش خدمتی‌که‌ما بتو کرده‌ایم مرا والی‌یکی‌ازکشورهای اسلامی خواهی‌کرد و(زبیر) راوالی‌کشور دیگر ولی‌تو نه‌فقط‌مارا والی دوکشورازممالك اسلام‌نکردی‌بلکه مستمری‌ماراهم قطع‌نمودی. گیرم‌که من

خدمتی بتو نکرده بودم آیا سوابق درخشان من ایجاب نمیکرد که من همچنان از بیت‌المال مستمری بگیرم؟ علی (ع) گفت ای (طلحه) تو مردی توانگر هستی و احتیاج به مستمری بیت‌المال نداری.

(طلحه) گفت ای خلیفه اکنون که مستمری مرا از بیت‌المال قطع کردی ولایت یکی از کشورهای اسلامی را بمن بده تا من بتوانم حقوق حکمران را دریافت کنم و بزندگی خود سروصورت بدهم. علی (ع) جواب دادمن تورا برای حکومت بر مسلمانان صالح نمیدانم تا اینکه حکومت یکی از کشورهای اسلامی را بتو بدهم. (طلحه) سکوت کرد و (زبیر بن عوام بن خویلد) بسخن درآمد و گفت ای خلیفه تو مستمری مرا از بیت‌المال نیز قطع کرده‌ای و این عمل تو علاوه بر اینکه نسبت بمن نارواست بر خلاف صله رحم نیز هست. زیرا من پسر عمه رسول‌الله (ص) وهمچنین پسرعمهٔ تو، و برادرزاده (خدیجه ام‌المؤمنین) رحمت‌الله علیها اولین زن پیغمبر میباشم وتو نمی‌باید بامن اینگونه رفتار کنی. علی (ع) گفت ای (زبیر بن عوام) تو اگر برادر رسول‌الله (ص) هم بودی ومن میدانستم که تو توانگر هستی واحتیاجی به مستمری بیت‌المال نداری مستمری تورا قطع میکردم.

(زبیر بن عوام بن خویلد) گفت ای خلیفه من درسن پانزده سالگی مسلمان شدم و از آن موقع تا کنون مردی پرهیزکار هستم وسر از اطاعت احکام اسلام نپیچیده‌ام وآیا پاداش من این است که مستمری من قطع گردد. علی (ع) گفت ای (زبیر بن عوام) تو اگر مردی پرهیزکار باشی پاداش خودرا از خداخواهی گرفت ومن که خلیفه مسلمین هستم نباید بمناسبت اینکه تو پرهیزکار هستی از محل بیت‌المال بتو چیزی بدهم یعنی اموال مسلمین را بتو بذل کنم. من در یك صورت می‌باید از محل بیت‌المال بتو مستمری بدهم وآن اینکه تو بی بضاعت باشی ونتوانی معاش خود و فرزندانت را اداره کنی.

لیکن من میدانم که تو دارای بضاعت هستی ویا اینکه یك اسب سواری برای تو کافی است ده‌ها اسب داری ودارای صدها شتر می‌باشی وخانه تو شبیه است بقصر توانگران ایران وروم. مردیکه این چنین بضاعت دارد نیازمند دریافت مستمری از بیت‌المال نیست و بهمین جهت من مستمری تورا قطع کردم. (زبیر بن عوام) گفت ای خلیفه این است سزای من که برای نابود کردن عثمان و بوجود آوردن زمینه خلافت تو فداکاری کردم.

علی (ع) گفت من نمیخواستم (عثمان) بقتل برسد وقتل آن پیرمرد مرا غمگین کرد و زمینه خلافت مرا تو بوجود نیاوردی وبفرض اینکه تو زمینه خلافت مرا بوجود آورده باشی، نباید از محل بیت‌المال بوسیله من پاداش بگیری. یا من در بین مسلمین شایسته خلافت بودم یا نه؟ اگر مرا شایسته خلافت می‌دانستی و برای تهیه زمینه خلافت من جدیت نمودی به وظیفه دینی خود عمل کرده‌ای و همچنین پاداش تو باخداست واگر مرا شایسته خلافت نمی‌دانستی و

برای تهیه زمینه خلافت من جدیت کردی اهل سالوس و دغل می باشی و مرا با تو کاری نیست .

(زبیر بن عوام بن خویلد) گفت با علی (ع) آیا این آخرین حرف تو است. علی(ع) جواب داد بلی آخرین حرف من است.

(زبیر) خطاب به(طلحه) اظهار کرد تصور میکنم که ادامه صحبت ما بی فایده است ، برخیز تا برویم (طلحه) از جا برخاست و بدون اینکه آن دو ازعلی(ع) خداحافظی کنند از اطاق خارج گردیدند بعداز اینکه وارد کوچه شدند(زبیر) گفت ازامشب تکلیف من نسبت باین مرد روشن شد وچاره نداریم جز اینکه اورا بقتل برسانیم.(طلحه) گفت کشتن علی(ع) بقدری مشکل است که میتوانم گفت امکان ندارد مگر وقتیکه این مرد عبادت می کند. درمواقع دیگر، نمی توان علی(ع) راغافلگیر کرد و بقتل رسانید و آیا برای تو اتفاق افتاده که علی(ع) را درمیدان جنك ببینی؟

(زبیر بن عوام) گفت نه.(طلحه) گفت اگر تو این مرد را در میدان جنگ میدیدی میفهمیدی که بجای یك جان، ده جان، بلکه صد جان دارد و کشته نمی شود. درزمان پیغمبر، در جنگ(احد) آنقدر ضربت شمشیر و نیزه و تیر براین مرد زدند که می توان گفت قطعه قطعه شد و باز زنده ماند وحال آنکه درآن جنگ هنوز تقریبا طفل بود .

(زبیر) گفت علی(ع) از این جهت درآن جنگ زنده ماند که شمشیر یا نیزه بجای حساس اونخورده و اگر یك ضربت شمشیر یا گرز برسرش میزدند یا نیزه ای در قلبش فرومیکردند کشته می شد. راه آن دو نفر طوری بود که (زبیر) برای اینکه بخانه خود برود می بایدازمقابل خانه (طلحه) بگذرد. نزدیك خانه طلحه دونفر صحبت میکردند. (زبیر) یکی از آن دو را شناخت ودانست که غلام(طلحه) می باشد و آن غلام با مردی صحبت می نمود که شتر خود را نزدیك خانه (طلحه) نشانیده بود. وقتی(طلحه)و(زبیر) به آن دو نزدیك شدند غلام(طلحه) گفت این مولای من است و تو میتوانی نامه ای را که آورده ای بخود او بدهی.(طلحه) بمرد شتردار نزدیك گردید و پرسید آیا تو برای من نامه ای آورده ای. شتردار سئوال کرد اسم تو چیست (طلحه) گفت اسم من(طلحة بن عبیدالله یتمی) می باشد .

شتردار گفت دراین صورت یکی ازدو نامه ای که آورده ام باید بتو برسد، بعد نامه ای را به(طلحه) تقدیم کرد و گفت این نامه باید بتو تسلیم گردد ومن خوشوقتم که نامه را بدست خود تو دادم واینك آیا ممکن است بمن بگوئی خانه (زبیر بن عوام بن خویلد) کجاست؟(زبیر) گفت من خود (زبیر بن عوام بن خویلد) هستم. مرد شتردار، در روشنائی چراغی که غلام طلحه در دست داشت قدری(زبیر) رانگریست گفت آری، تو(زبیر بن عوام بن خویلد)هستی زیرا نشانیهای قیافه تو باآنچه(ام المؤمنین) گفت مطابقت می کند. (زبیر) پرسید آیا(ام المؤمنین) عایشه را میگوئی؟ مرد شتردار جواب مثبت داد و گفت(ام المؤمنین) دونامه بمن سپرد که یکی را به

(طلحة بن عبیدالله) بدهم ودیگری بتو واینك که نامه‌ها را بکسانی که باید آن‌را دریافت نمایند داده‌ام وکارم تمام‌شده مراجعت می‌نمایم.

(طلحه) پرسید ای مرد تو از کجا میآئی؟ شتردار گفت من از قبیله (بنی‌لیث) می‌آیم.

(طلحه) سئوال کرد آیا (ام‌المؤمنین) آنجا است مرد شتردار گفت (ام‌المؤمنین) آنجا بود ولی بسوی مکه رفت. پس از آن گفته مرد شتردار خواست سوار شتر خود بشود و براه بیفتد ولی (طلحه) گفت تو از راه رسیده‌ای وخسته هستی ومیتوانی امشب را در این خانه استراحت کنی وصبح روز دیگر باجواب این دو نامه که آورده‌ای مراجعت نمائی، مرد شتردار اظهار کرد که (ام‌المؤمنین) بمن گفت که این دو نامه جواب ندارد یعنی من نمی‌باید برای دریافت جواب نامه‌ها معطل بشوم.

(طلحه) وقتی متوجه‌شد که آن‌مرد قصد دارد مراجعت کند به غلام خود گفت مقداری خواربار از منزل بیاورد وباو بدهد که در راه بدون توشه نباشد ومشك وی‌را پر از آب نماید وچند درهم نیز بآن‌قاصد بذل کرد. (زبیر) که قصد داشت بخانه برود از رفتن بخانه خویش منصرف گردید وبا (طلحه) وارد خانه‌اوشد تا از مضمون نامه (ام‌المؤمنین) مطلع شود. (طلحه) و(زبیر) با اینکه از بزرگان بودند سواد درست نداشتند ودرموقع خواندن نامه‌ها وجواب‌دادن بآنها از دیگران استفاده میکردند وطلحه دارای غلامی بود که میتوانست بخواند وبنویسد. آن غلام نامه (ام‌المؤمنین) را برای (طلحه) و(زبیر) خواند.

نامه‌ای که (عایشه) برای آن‌دو نوشت، دارای یك مضمون بود ودر نامه‌ها می‌گفت که از علی(ع) باید قطع امید کرد و خلافت وی برخلاف تمایل اوبوده وهر گاه در مدینه حضور می‌داشت مانع از این می‌شد که علی(ع) را بخلافت انتخاب کنند وباوی بیعت نمایند. لیکن اکنون تیر از کمان رهاشده وعلی(ع) بخلافت رسیده وآنها باید بدانند که نمی‌توان با اقدامات سطحی وکوچك، مردی یك‌دنده چون علی(ع) را از خلافت برکنار کرد و برای برکنار نمودن او باید دست باقدامات اساسی زد.

اما محیط مدینه برای آن اقدامات مساعد نیست زیرا در مدینه عوام‌الناس طرفدار علی(ع) هستند وباید درمکه برای برکنار کردن علی(ع) از خلافت اقدام کرد. عایشه در نامه‌های خود از (طلحه) و(زبیر) میخواست که بدون درنك درمکه باو ملحق شوند. (طلحه) وزبیر متوجه شدند که نظریه عایشه صحیح است ودرمدینه از آن‌ها، کاری بضد علی(ع) ساخته نیست زیرا در حالیکه علی بن ابیطالب (ع) مستمری اشراف را قطع کرد از محل بیت‌المال بتمام کسانی که در مدینه بی‌بضاعت یا مسکین بودند کمك نمود وطبقه محروم، برای اولین مرتبه پس از دوازده سال غذای سیر خوردند.

برطبق دستور علی(ع) جارچی‌ها در (مدینه) اسامی کسانی راکه در دوره خلافت عثمان

بناحق مستمری می گرفتند جار زدند و طبقه عوام‌الناس ومحروم مدینه فهمیدند درحالی که آنها در تمام مدت دوازده ساله خلافت عثمان گرسنه بودند عده‌ای از اشراف و توانگران بی نیاز، از بیت‌المال مستمری‌های گزاف دریافت میکرده‌اند . طوری مردم از شنیدن نام توانگران مدینه که برایگان از بیت‌المال مستمری میگرفتند بخشم درآمدند که اگر بیم از علی (ع) نبود بخانه آنان حمله‌ور میشدند و آنها را بقتل میرسانیدند. (طلحه) و (زبیر) میفهمیدند که چون اشراف و توانگران مدینه بشدت مورد نفرت قرار گرفته‌اند نمیتوانند از لحاظ مبارزه برای دور کردن علی (ع) از خلافت مؤثر واقع شوند زیرا نزد مردم منفور و بدنام میباشند. ولی مکه برای مخالفت با علی (ع) محیطی مناسب است ومیتوان در آنجا یك کانون بزرك جهت خصومت با علی (ع) بوجود آورد وقشون بسیج کرد و بسوی (مدینه) براه افتاد و با علی (ع) جنگید واورا از خلافت بر کنار نمود یا بقتل رسانند.

(طلحه) و (زبیر) پیش بینی کردند همین که یك کانون مخالفت با علی (ع) درمکه بوجود آمد تمام اشراف وتوانگران مدینه و (طائف) و سایر بلاد عربستان که مستمری آنها از طرف علی (ع) قطع شده درمکه مجتمع خواهندشد وچون مکه در تمام ادوار (قبل از هجرت رسول‌الله بمدینه) مرکز عربستان بوده اگر یك خلافت از طرف ناراضی‌ها و دشمنان علی (ع) درمکه بوجود بیاید، خلافت علی (ع) در (مدینه) تحت‌الشعاع قرار خواهد گرفت ومردم عربستان خلافت مکه را برسمیت خواهند شناخت و بعداز اینکه در عربستان مردم خلافت مکه را برسمیت شناختند سکنه سایر کشورهای اسلامی هم به پیروی از عربستان خلافت مکه را برسمیت میشناسند .

(طلحه) گفت حتی اگر درمکه یك مرکز خلافت بوجود بیاید، تا ما علی (ع) را از بین نبریم نخواهیم توانست او را ازخلافت بیندازیم زیرا علاوه براین که عوام‌الناس طرفدار او هستند خوداو مردی است سرسخت و بااستقامت واز غوغا بیم ندارد ومن یقین دارم که بدون قشون کشی وجنك نمیتوان علی (ع) را ازخلافت بر کنار کرد.

باری از روز بعد، (طلحه) و (زبیر) که ادامه توقف در (مدینه) را بیفایده میدانستند، دعوت (عایشه) را پذیرفتند وعزم کردند که به (مکه) بروند، هنگام خروج از (مدینه) برای مسافرت به مکه بیم داشتند که اموالشان مصادره شود زیرا درشهر شایع شده بود آنهائی که در دوره خلافت عثمان بناحق مستمری گرفته‌اند اگر وجوه دریافت شده را پس ندهند اموالشان از طرف خلیفه مصادره خواهد شد وقتی (طلحه) و (زبیر) وارد (مکه) شدند مشاهده کردند که عایشه در آن شهر گروهی از افراد ناراضی بوجود آورده که یکی از آنها (مروان بن حکم) وزیر (عثمان) است که از (مدینه) گریخته خودرا بمکه رسانده بود. عایشه ودیگران خودرا عزادار جلوه میدادند وهر روز، یکی از آنها در میدانی بزرگ که مقابل خانه کعبه بود حضور بهم میرسانیدند و برای سکنه مکه نطق میکردند.

روزهائی که (عایشه) مادرمؤمنین در آنجا حضور بهم میرسانید و برای مردم نطق میکرد، عده مستمعین زیادتر از روزهای دیگر میشد و هریك از سکنه مکه که میتوانست کارخودرا رها کند مقابل خانه کعبه حضور بهم میرسانید تا بفهمد که عایشه چه میگوید. عایشه در نطق‌های خود میگفت ایها الناس، دین خدا را از زیر پا گذاشتند و درمدینه، مردم بتحریك علی(ع) بخانه عثمان حمله کردند و جانشین پیغمبر را در سن هشتاد و دوسالگی (و بروایتی هفتاد و شش سالگی- نویسنده) بقتل رسانیدند. علی(ع) میدانست تا روزی که عثمان زنده است او بخلافت نخواهد رسید و هیچکس باوی بیعت نخواهد کرد و مردم را تحریك کرد که عثمان را بقتل برسانند و بیت المال را مورد یغما قرار دهند تا بتواند بخلافت برسد. اگر شما مسلمان هستید و رسول الله (ص) را پیغمبر میدانید نباید بگذارید که خون عثمان هدر رود و باید برای قصاص، قیام نمائید، جهاد فی سبیل الله این است که سلاح بدست بگیرید و بمدینه حمله‌ور شوید و دستگاه خلافت علی(ع) را برهم بزنید و اگر مقاومت کرد وی را بقتل برسانید. ممکن است علی(ع) بگوید روزی که عثمان را بقتل میرسانیدند او درخانه عثمان نبوده و درقتل شرکت نداشته لیکن شما نباید عذر او را بپذیرید چون محرك اصلی قتل، او بود و برای اینکه به آرزوی دیرین خود که خلافت است برسد یك عده آدمکش را مأمور کرد که بروند و یك پیرمرد باتقوی را هنگامی که مشغول خواندن قرآن بود بقتل برسانند و خون آن مرد پاك سرشت روی صفحات قرآنی که خود او با تحمل رنج آیات آن را جمع آوری کرد و مدون نمود دریخته و کلام خدا با خون خلیفه اسلام رنگین شد.

آغاز مخالفت با خلافت علی(ع)

(عایشه) هنگامی که در(مکه) میکوشید مردم را بضد علی(ع) بشوراند خیلی بکمك مولای من(معاویه) که اینك خلیفه مسلمین است امیدوار بود. در آن موقع بطوریکه همه میدانند مولای من معاویه حکمران شام بود و(عایشه) بعد از ورود به(مکه) نامه‌ای برای او نوشت و در آن گفت بعد از مرگ (عثمان) چون من در(مدینه) نبودم ما غافلگیر شدیم و علی(ع) موفق گردید که خلیفه شود. لیکن اساس کار او هنوز محکم نشده و خلافتش قوام نگرفته و ما اگر زود بجنبیم میتوانیم اورا از خلافت بر کنار نمائیم و تو، بجای او خلیفه مسلمین شوی. اگر در موقع مرگ عثمان در(مدینه) بودم نمیگذاشتم که علی(ع) بخلافت برسد و تورا بخلافت میرسانیدم. ولی اینك هم میتوان مافات را جبران کرد وتورا به خلافت رسانید. طرح من برای اینکه بتوان علی(ع) را از خلافت بر کنار کرد از این قرار است. من در اینجا یعنی مکه سعی میکنم که یك قشون بسیج نمایم و برای قصاص قاتل عثمان که علی(ع) میباشد بسوی مدینه براه بیفتم. تو هم باید با یك قشون بزرگ از شام براه بیفتی و خودرا به مدینه برسانی. ما باید طوری حرکت کنیم که قشون تو و قشون من، در یك موقع بمدینه برسد و بتوانیم بیدرنگ مدینه را محاصره کنیم و مبادرت بحمله نمائیم

من بتو میگویم که علی(ع) با تهدید جای خودرا خالی نمیکند وچون اورا میشناسم اطلاع دارم که بعد از اینکه مدینه را تحت محاصره دید باز مقاومت خواهد کرد و خواهد جنگید وما باید با قهر بر او غلبه کنیم و وی را بجرم قتل عثمان بقصاص برسانیم.

وقتی این نامه به مولای من (معاویه) رسید نخواست که پیشنهاد (ام المؤمنین) را بپذیرد. چون(معاویة بن ابوسفیان) از اوضاع مدینه اطلاع داشت و میدانست که(عایشه) قبل از مرگ(عثمان) از این جهت از(مدینه) به مکه رفت که در موقع بر کنار کردن عثمان از خلافت در مدینه حضور نداشته باشد و عدم حضور او در(مدینه) در موقع مرگ عثمان عمدی بوده نه اتفاقی.

مولای من شنیده بود که(عایشه) تصمیم داشته که بعد از بر کناری عثمان از خلافت (طلحه) و شاید(زبیر) را بخلافت برساند و بعید نیست که باز در این فکر باشد. من در مقدمه این یادداشتها وخاطرات گفتم که مولای من (معاویه)، از (عایشه ام المؤمنین) بیم داشت و میگفت که پدرش

(ابوسفیان) باواندرزداده که از(عایشه) برحذر باشد. این بودکه بجای اینکه جواب عایشه‌را بدهد، شخصی‌را وادارکرد که‌چند نامه‌ازطرف خودبه(عایشه) و(مروان بن‌حکم) و(طلحه) و(زبیر) بنویسد.

در آن نامه‌ها، نویسنده بعنوان شخصی دلسوز به(ام‌المؤمنین)و (مروان بن‌حکم) ودیگران میگفت که‌شمااز مردی‌چون(معاویه) انتظار کمك نداشته باشید. معاویه‌ازعثمان که‌عضو قبیله‌او بود، حمایت نکرد وبرای‌حفظ‌حیات آن‌مردسالخورده، قدمی برنداشت‌وچگونه انتظاردارید که‌از شماحمایت کند.(ام‌المؤمنین) باهوش‌فطری‌خود متوجه‌شد نامه‌های مرد دلسوز بدستور خود معاویه‌نوشته‌شده ودریافت که‌نباید برای‌جنگیدن باعلی(ع)انتظار کمك‌ازمعاویه داشته‌باشد. در حالیکه (عایشه) درمکه‌بودوامیدواری‌داشت که‌مردم راعلیه‌علی(ع)بشورانند، علی(ع)درصدد برآمدکه‌والی‌شام‌را عوض کند.

من‌تصور میکنم (این‌جمله را ثابت‌بن‌ارطاة راوی‌این‌وقایع برزبان‌میاورد ـ نویسنده) یك‌قسمت‌از مشکلات که برای علی(ع) پیش‌آمدناشی از این‌بودکه تصمیم‌گرفت مولای‌من (معاویه) را ازولایت‌شام برکنار نماید. گفتم‌بعد ازاینکه عثمان به‌قتل رسیدو(مدینه) دوچار هرج‌ومرج شد، عده‌ای ازبرجستگان مسلمین درمسجدپیغمبر مجلس‌شور منعقدکردند تااین که‌یکنفر رابجای عثمان بخلافت انتخاب نمایندتابآن هرج‌ومرج خاتمه‌بدهد.

درآن‌مجلس‌ضمن‌مذاکرات گفته‌شدکه علی(ع) مردی‌است دلیرو شجاعت خود رادر جنگهای‌متعدد بثبوت رسانیده اما هرگز کشوری را اداره‌نکرده واز رموزکشورداری آگاه نمیباشد واین‌موضوع هنگامی که‌علی(ع) مصمم شدمولای‌مرا ازولایت‌شام معزول کندمحسوس وآشکار شد. اگرعلی(ع) مردی کشوردار‌بود وبرموز سیاست وقوف داشت متوجه میشدکه نمیتوان مولای‌من (معاویه)را ازولایت‌شام (کشور کنونی سوریه‌ـ مترجم) برکنار کردمولای من‌ازسال‌هیجدهم بعدازهجرت، والی‌شام بودوروزی که‌علی(ع)عزم کرد که‌وی‌رااز‌خلافت برکنار نمایدمولای‌من بیش‌ازهفده‌سال، حکومت‌شام‌را داشت‌ودرآن کشوریك‌قشون ایجادکردوعده‌ای ازبزرگان محلی و رؤسای‌قبایل‌شام طـرفدار(معاویه) بودند. لیکن علی(ع) مشکلات‌عزل معاویه راندیدواورا از ولایت معزول کرد و(سهل‌بن‌حنیف)را والی‌شام‌کرد.

چندتن‌ازدوستان خلیفه‌علی(ع)را از آن‌کار منع کردند وگفتندکه عزل (معاویة‌بن‌ـ ابوسفیان) که‌بیش‌از هفده‌سال‌والی‌شام بوده برخلاف مصلحت‌است‌وبهتر آنکه خلیفه بااومدارا کند تااینکه درموقعی دیگر بتواند اورا ازشام دور نماید. ولی‌علی(ع) گفت‌معاویه برای حکومت‌صالح‌نیست وباید‌برکنارشودو(سهل‌بن‌حنیف) بجای‌او، والی‌شام گردد.(سهل‌بن‌حنیف) بایك‌غلام‌از مدینه براه‌افتاد وبطرف‌شمال‌رفت که‌خودرابشام برساند. ولی‌درمرز عربستان‌و شام‌اورامتوقف کردند وپرسیدندکیست وبکجا میرود.

(سهل بن حنیف) گفت من والی شام هستم و بر حسب امر خلیفه (علی بن ابیطالب) (ع) بولایت شام منصوب شده‌ام. باو گفتند که آنها علی بن ابیطالب(ع) را خلیفه نمیشناسند لذا حاکمی را که از طرف وی منصوب شده قبول ندارند. (سهل بن حنیف) پرسید که بشما دستور داده که با من اینطور تکلم کنید؟ آنها جواب دادند که ما بر طبق امر (معاویة بن ابوسفیان) والی شام با تو اینطور صحبت میکنیم.

(سهل بن حنیف) گفت مرا نزد معاویه ببرید تا خود را باو بشناسانم و باوی صحبت کنم. زیرا من تصور نمی نمایم که معاویه بشما دستور داده باشد که از ورود والی شام که از طرف خلیفه منصوب گردیده جلوگیری کنید و بگوئید که علی بن ابیطالب (ع) را خلیفه مسلمین نمیشناسید. مأمورین معاویه گفتند آنچه ما بتو میگوئیم دستوری است که از طرف (معاویه) والی شام صادر گردید ولی خود ما هم علی بن ابیطالب (ع) را خلیفه نمیشناسیم زیرا اوی عثمان را بقتل رسانیده است. (سهل بن حنیف) گفت شما اشتباه کرده‌اید و (عثمان) را علی (ع) بقتل نرسانید بلکه اعمال آن مرد سبب گردید که مردم شوریدند و اورا در خانه‌اش کشتند. مأمورین معاویه اظهار کردند که شوریدن مردم بر عثمان بر اثر تحریك علی (ع) بود و هرگاه وی مردم را تحریك نمینمود عثمان کشته نمیشد.

(سهل بن حنیف) گفت آیا به (معاویه) اطلاع نمیدهید که اینجا نزد من بیاید و با او صحبت کنم. مأمورین (معاویه) جواب دادند ما اجازه نداریم که بگذاریم تو نزد (معاویه) بروی و (معاویه) هم برای صحبت با تو اینجا نخواهد آمد. (سهل بن حنیف) گفت عمل (معاویه) خروج بر خلیفه و جانشین پیغمبر است و من این موضوع را باطلاع خلیفه خواهم رسانید و اطمینان دارم که علی (ع) از نافرمانی معاویه، صرف نظر نخواهد کرد.

بعد از این گفته (سهل بن حنیف) از مرز شام مراجعت کرد و وارد مدینه شد و به علی (ع) گفت که معاویه اورا بشام راه نداد و گفت علی بن ابیطالب (ع) را خلیفه مسلمین نمیداند. وقتی (سهیل بن حنیف) به (مدینه) مراجعت کرد متوجه شد که اشراف (مدینه) منتظر آمدن قشون (عایشه) هستند. آنها میگفتند که (عایشه ام المؤمنین) در مکه مشغول تجهیز یك قشون بزرك است و عزم دارد که به (مدینه) حمله‌ور شود و علی را از خلافت بر کنار نماید. با اینکه بین مکه و (مدینه) فاصله‌ای زیاد نیست، اشراف مدینه از وضع (ام المؤمنین) در مکه اطلاع نداشتند و نمیدانستند که عایشه نتوانسته است سکنه (مکه) را علیه علی (ع) بشوراند.

پنج چیز سبب گردید که (عایشه) با اینکه خیلی سعی کرد سکنه مکه را علیه علی (ع) بشوراند از عهده بر نیامد. اول اینکه (عایشه) در ماه محرم الحرام وارد مکه شد و در آن ماه، طبق سنت جنك ممنوع است و مردم حاصر نبودند که در ماه محرم اقدامی برای جنك نمایند. دوم اینکه (عایشه) میخواست بنام خونخواهی عثمان مردم را بضد علی (ع) بشوراند.

روزهائی که عایشه مقابل خانه کعبه نطق میکرد مردم جهت استماع اظهارات او جمع

میشدند و بسخنانش گوش فرامیدادند زیرا سکنه‌مکه‌سخنوری‌را دوست‌میداشتندواز شنیدن کلام دیگران بخصوص کلام‌زنی‌چون(ام‌المؤمنین‌عایشه) لذت‌میبردند. ولی‌نمیخواستند برای خون خواهی خلیفه‌ای‌چون‌عثمان‌فداکاری کنند.

سوم‌اینکه سکنه‌مکه انتظار داشتند که (معاویه) والی شام بکمك (عایشه) قیام‌کند و بایك قشون نیرومند ازشام براه بیفتد و خود را بعربستان برساند وبه(مدینه) حمله‌ور شود. ولی‌دریافتندکه (معاویه) نمیخواهد باعلی(ع)بجنگد درصورتیکه(معاویه)بمناسبت‌این که‌رئیس‌قبیله (امیه)بود وقبیله مزبوربیش‌از قبایل‌دیگر باقبیله‌هاشم (قبیله‌ای که‌علی(ع) از آن‌قبیله بود) خصومت داشت میبایید بیدرنك، دعوت (عایشه) رابپذیرد وقشون خودرا براه بیندازد وواردعربستان‌شود وانتقام‌خون عثمان‌راکه اوهم‌ازقبیله(امیه)بود ازعلی(ع)بگیرد. سکنه‌مکه وقتی‌دریافتندکه معاویه‌حاضربکمك به(عایشه) نیست‌ازکمك باوخودداری کردند. چهارم‌اینکه‌سکنه‌مکه ازعلی‌بن‌ابیطالب (ع)میترسیدند. آنها میدانستند علی(ع) مردی‌است دلیروبی‌باك‌ویك‌دنده ودرمسائل مربوط‌بدین بسیارسختگیر.

سکنه مکه میدانستند که‌اگر باعلی(ع) بجنگند، نخواهند توانست بزودی او را مغلوب نمایندوغلبه برعلی(ع) دشواراست‌واگرمغلوب شوند چون برخلیفه خروج کرده‌اند همه بقتل خواهندرسید واموال‌آنها ضبط خواهدشد وسکنه مکه که بازرگان بودنداموال خودرا دوست میداشتند. علت پنجم که مانع ازاین‌شد سکنه‌مکه، بضد علی (ع) قیام کنند این‌بودکه‌مثل همه بازرگانان، درکارها حساب‌سودوزیان را میکردند ومتوجه شدندکه‌اگر طبق تقاضای عایشه یك‌قشون بسیج‌کنندوبرای‌جنك باعلی(ع) بمدینه بروند سودمحقق‌نیست ولی اگرشکست‌بخورند بکلی‌نابودخواهندشد.

گفتم‌که (طلحه) و(زبیر) فکرکردندکه‌مکه مرکز خلافت اسلامی خواهدشدومدینه ازجلوه خواهدافتاد. آنهامیاندیشیدندکه‌وقتی سکنه عربستان بدانندکه در مکه یك مرکز خلافت بوجود آمده رؤسای قبایل‌آن مرکزرارسمی خواهند دانست‌و خلافت علی (ع) در مدینه بی‌جلوه‌خواهدشد. لیکن وقتی مشاهده‌کردندکه سکنه (مکه) مایل نیستندکه برای گرفتن‌انتقام خون عثمان با(عایشه) کمك‌کنند مأیوس گردیدند وخواستند ازادامهٔ مبارزه صرفنظر نمایند.

(عایشه) گفت من‌شمارا تواناتر ازآن میدانستم‌که ازیك عدم موفقیت طوری دلسرد شویدکه‌ازادامه‌مبارزه‌خودداری نمائید. توای(طلحه)مردی‌هستی‌که‌دوران‌شوهرم‌رسول‌الله(ص) را ادراك کرده‌ای و درجنك‌ها، بااو بودی‌ومیدیدی‌که هیچ عدم موفقیت درروحیه‌رسول‌الله تأثیر بد نمیکردوهرگز ناامید نمیشد و پیوسته میگفت‌که پیروزی نهائی بااوست. مااینجا آمدیم چون تصور میکردیم که سکنه مکه حاضر خواهند شدکه باماکمك‌کنند و دراینجا

یك قشون بوجود خواهیم آورد و (بمدینه) حمله‌ور خواهیم شد. لیکن سکنه جبان مکه حاضر نشدند که باما کمك کنند و(معاویه) هم بما کمك نخواهد کرد و اگر بخواهیم بشام برویم مارا راه نخواهد داد. اینك ما باید منطقه‌ای دیگررا برای مرکز اعمال خود علیه علی(ع) انتخاب کنیم ودر آنجا مردم‌را بر (علی بن ابیطالب)(ع) بشورانیم.(طلحه) گفت اگر مردی غیر ازعلی (ع) خلیفه بود من دوچار یأس نمیشدم لیکن من این مردرا میشناسم ومیدانم چقدر سرسخت میباشد.

(عایشه)اظهار کرد آدمی هر قدر سرسخت باشد باگوشت واستخوان ساخته شده وکسی نیست که نتوان اوراز پادرآورد وعلی(ع) مثل دیگران با شمشیر از پادرمیآید. (طلحه) گفت یا (ام‌المومنین) برای ادامه مبارزه باعلی (ع) میتوانیم به فلسطین برویم ومرا در آنجامیشناسند ودارای نفوذ محلی‌هستم‌ومیتوان درآنجا قشونی بسیج کرد و بعد ،به (مدینه) حمله نمود.

(عایشه) گفت(فلسطین)جائی نیست که بتوان آنجارا مرکز مبارزه باعلی(ع)قرارداد. زیرا شماره مسلمانها درفلسطین کم است و شمارهٔ یهودیان وعیسویان زیاد وآنها بما علاقه ندارند تااینکه کمکی بما بکنند. من عقیده دارم که فقط یك کشور است که میتوانیم از آنجا بطرزی مؤثر برای برانداختن خلافت (ع) اقدام کنیم ویك قشون بزرك بسیج نمائیم وآن کشور (عراق) میباشد.

من درعراق دارای نفوذ هستم ومیتوانم مردم عراق‌را بخونخواهی عثمان بشورانم و ثروتمندان عراق‌را وادارم که برای بسیج‌قشون ما پول بدهند. درعراق زمین‌هائی است‌وسیع که به بیت‌المال تعلق داردوتمام آن اراضی ازآب شطوط (دجله) و(فرات) مشروب میشود و چون ما خلافت‌علی (ع) رابرسمیت نمیشناسیم، بعد ازورود بعراق آن اراضی‌راتحت نظر قرار خواهیم دادواز درآمدآن برخوردار خواهیم شد ودرآمد اراضی مزبور قسمتی‌مهم از احتیاجات قشون‌ما رارفع خواهدکرد واگر ثروتمندان عراق‌برای خرج قشون بما کمك ننمایند ما خواهیم توانست بادرآمد آن اراضی وعوارض بیت‌المال که از عراق‌بدست‌میآید قشون خودرا بسیج‌وتقویت‌نمائیم. (زبیر) گفت آنگاه که قوی‌شدیم به مدینه‌حمله‌خواهیم کردو علی(ع)را ازخلافت برکنار خواهیم نمود.

(عایشه) خندیدوگفت ممکن است که ما بمدینه حمله‌ور نشویم بلکه علی(ع) مدینه را رهاکندو بعراق بیاید. (زبیر) گفت آیا فکرمیکنی که علی(ع) مدینه راکه مرکز خلافت است‌رها کندوبعراق بیاید. (عایشه) گفت یقین‌ندارم ولی تاآنجاکه از خوی علی(ع) مطلع هستم بعید نمیدانم که او (مدینه) رارها کند وبرای جنك باما بعراق بیاید و این موضوع بسودماست. چون در(مدینه) عوام‌الناس طرفدار علی(ع) هستندولی در عراق عوام‌الناس از علی(ع) طرفداری نمینماید بلکه بیطرف‌میباشند.

(زبیر) گفت ای (ام المؤمنین) نظریه‌من با تومتفاوت است ومن اطلاع دارم که‌علی(ع) درعراق‌دارای طرفداران‌زیادمیباشد. (عایشه) پرسید طرفداران علی(ع) درعراق که‌هستند؟ (زبیر) گفت ایرانیانی که‌در عراق سکونت‌دارند طرفدارعلی(ع) میباشند. عایشه گفت بعداز اینکه ماواردعراق شویم سعی خواهیم نمود که ایرانیان‌را طرفدارخودمان بکنیم.

همینکه عایشه مصمم‌شدکه ازمکه بعراق برود ودرآنجا بضد علی(ع) اقدام‌کند، تصمیم خودرا به‌موقع‌اجرا گذاشت. من‌وقتی به‌این‌قسمت از وقایع زندگی عایشه رسیدم (این را ثابت‌بن‌ارطاة راوی این خاطرات تاریخی میگوید) از تهور (عایشه) متحیر شدم زیرا ام‌المؤمنین (عایشه) برای‌اینکه از(مکه) به‌عراق برود راهی را انتخاب کردکه‌یکی از مخوف‌ترین بیابان‌های عربستان است . کسانی که بخواهند از (مکه) به عراق عزیمت نمایند بطرف شمال میروند و خود را بمدینه می‌رسانند . از (مدینه) از دوراه می‌توان بطرف‌عراق‌رفت، یکی‌ازراه‌شام که راهی‌است سهل‌وبی‌زحمت و درتمام نقاط آن آب یافت میشودودوم‌از راه(جبل)و(جبل)منطقه‌ایست‌واقع‌دروسط‌عربستان. در راه(جبل) باندازه راه (شام) آب‌بدست نمیآید معهذامسافر، ازبی‌آبی گرفتار خطرمرك‌نمیشود ودرخود جبل واقع دروسط عربستان ومشرق(مدینه) آب‌فراوان‌است. پس‌ازاینکه مسافراز(جبل) گذشت و راه مشرق‌راپیش گرفت باز گرفتارکم‌آبی میشودولی‌نه بطوری‌که تولیدخطر نمایدتا این‌که به (بصره)واقع‌درعراق برسد.

(عایشه) که‌تصمیم گرفته بوداز(مکه) به(عراق) برود نمیتوانست‌خودرا به(مدینه) برساند وازراه(جبل)عازم عراق گردد.

چون‌خصومت او درمکه باعلی(ع) باطلاع خلیفه‌مسلمین‌رسیده‌بود (عایشه)میاندیشید که‌هرگاه به(مدینه) برود، علی(ع) مانع‌عزیمتش‌بسوی‌عراق‌خواهد گردید. ازآن گذشته(عایشه) نمیخواست که‌علی(ع) ازعزیمت اوبسوی‌عراق‌مطلع شودومیخواست که‌خلیفه‌رامقابل‌امرانجام یافته‌قرار بدهد. این‌بودکه تصمیمی گرفت که من‌بااین‌که مرد هستم جرئت ندارم‌آن‌کار را بکنم وعزم‌کردکه ازمکه براه بیفتد وبسوی‌مشرق‌برود وازیکی‌از مخوف ترین بیابان‌های بی‌آب‌وعلف‌عربستان بگذردو خودرا بـه بصره برساند. آن‌بیابان‌هولناك که‌عایشه‌مصمم‌شداز آن‌بگذرده‌وسوم‌است‌به(ربع‌الخالی)وعایشه‌میبایدازضلع شمالی‌آن‌صحرا عبور نماید تااینکه خودرا به منطقه‌ای موسوم‌به(رویضه) برساند.

(توضیح ـ رویضه منطقه‌ای بود نزدیك پایتخت کنونی عربستان سعودی موسوم به ریاض‌ـ‌مترجم)

(عایشه)بعداز اینکه ازمکه براه میافتاد وبسوی مشرق‌میرفت‌در راه بیش‌ازچند چاه آب‌نمی‌یافت‌وپس‌ازاینکه ازآخرین چاه‌میگذشت واردبیابانی‌میگردیدکه تانزدیك(رویضه)

آب در آن یافت نمیشد و آن زن میباید در آن بیابان وسیع بی آبی را تحمل نماید تا اینکه خود را به (رویضه) برساند. در شمال بیابان (ربع الخالی) یك منطقه شن زار (یعنی منطقه‌ای که مستور از ماسه است ـ نویسنده) وجود دارد که یکی از شن زارهای بزرك عربستان بشمار میآید و در آن جا تپه‌هائی از رمل هست بارتفاع بیست ذرع و بیست و پنج ذرع و اگر هنگام عبور کاروان طوفان بوزد و رمل را در فضا متفرق نماید اثر جاده از بین خواهد رفت و کاروان بعد از وقفه طوفان راه خود را نخواهد یافت.

در آن منطقه وسیع شنزار وخشك حتی یك بوته خار نمیروید که بمصرف تغذیه شتر برسد وشتران که در سایر قسمت‌های شمال ربع الخالی میتوانند با خار بیابان شکم را سیر کنند هنگام عبور از آن صحرا گرسنه میمانند. کاروانی که از شمال ربع الخالی میگذرد باید علاوه بر آب مقداری علف یا نواله برای شتران ببرد تا در موقع عبور از آن منطقه شن زار شترانش گرسنه نمانند.

قسمتی از شمال بیابان ربع الخالی آنقدر خشك است که حتی مارهای زهردار هم که خیلی کم بآب احتیاج دارند در آن دیده نمیشوند. زیرا حتی مارهای زهردار برای ادامه حیات محتاج قدری رطوبت میباشند و در بعضی از نقاط مقعر شمال بیابان ربع الخالی هر دهسال یکمرتبه باران میبارد و در مواقع دیگر خشك میباشد. با وجود تمام اشکالاتی که در آن راه وجود داشت (عایشه) تصمیم گرفت که از شمال بیابان ربع الخالی بگذرد وخود را به (رویضه) برساند و از آنجا راه (بصره) را در عراق پیش بگیرد. اگر عایشه میتوانست خود را به (رویضه) برساند، مسافرت از آنجا تا عراق برایش آسان میگردید زیرا در آن قسمت از بیابان، آب یافت میشود.

من شنیدم که میگویند روزیکه (عایشه) باتفاق (طلحه) و (زبیر) ازمکه براه افتاد با هزار مرد جنگی عازم عراق شد و خرج قشون او را (یعلی بن امیه) داد. بعید نیست که (یعلی بن امیه) که با علی (ع) دشمن بود مبلغی پول به (عایشه) داده باشد تا وی وسائل سفر را مهیا نماید ولی نمیتوان قبول کرد که (عایشه) روزی که از مکه حرکت کرد هزار مرد سلحشور داشت. چون خروج هزار مرد جنگی از شهری چون مکه واقعه‌ایست که پنهان نمیماند.

درصورتیکه عایشه طوری ازمکه رفت که کسی متوجه غیبت وی نگردید و بعد از چند روز شهرت پیچید که عایشه به یمن رفته است.

شهرت مسافرت به (یمن) واقع در جنوب عربستان را خود (عایشه) بوجود آورده بود تا پس از اینکه ازمکه رفت مردم تصور نمایند راه جنوب را پیش گرفته درصورتی که بسوی مشرق میرفت. من از این جهت عزیمت هزار سرباز را از مکه با (عایشه) درست نمیدانم که عایشه نمیتوانست با آن قشون از شمال بیابان ربع الخالی بگذرد. من تصور میکنم که عایشه با یکصد و پنجاه وحداکثر دویست مرد جنگی که اجیر کرده بود ازمکه بسوی (رویضه) براه افتاد که از آنجا عازم عراق شود.

آن‌عده شترسوار بودندواسب نداشتندزیرا اسب نمیتواند گرسنگی و تشنگی طولانی‌را تحمل نمایدوازضلع‌شمالی بیابان ربع‌الخالی بگذرد. من تردیدندارم که قسمتی‌ازشتران که‌در کاروان‌عایشه بودند آب‌حمل‌میکردند وعایشه‌راویه‌های بزرگ پرازآب‌را بارشتران کرده‌بود تاهنگام عبورازبیابان ازتشنگی‌هلاك نشوند.

راجع بچگونگی مسافرت‌عایشه‌وهمراهانش ازمکه‌تا(رویضه) اطلاعی‌در دست‌نیست‌ولی میتوان‌حدس‌زدکه آنها دربیابان‌سختی کشیدند وحرارت آفتاب‌را تحمل کردند. امااز‌وضع مسافرت‌عایشه‌وهمراهان اواز(رویضه) ببعد اطلاع‌دارم ومیدانم‌آنهابعد از اینکه به(رویضه) رسیدندبجای اینکه‌ازراه بیابان‌خودرا به(بصره) برسانندترجیح‌دادند به‌دریا نزدیك‌شوندو درطول‌تپه‌های‌مشجر که‌درآن‌منطقه هست‌خودرا به‌عراق برسانند.

(توضیح‌ـ‌مقصود ازدریادر اینجاخلیج فارس‌است‌ـ‌مترجم).

وقتی‌عایشه وهمراهانش به(بصره) رسیدندهنوز درمدینه‌کسی‌اطلاع نداشت‌که(عایشه) راه‌عراق‌راپیش گرفته و همه‌تصور میکردندکه (ام‌المؤمنین) به(یمن)واقع‌در جنوب‌عربستان رفته‌است. حاکم‌بصره‌درآن موقع‌مردی‌بود باسم(عثمان‌بن‌حنیف) ازطرفداران علی(ع) واو ازوقایع (مدینه)و(مکه) اطلاع نداشت ونمیدانست‌که (عایشه) پس‌ازاینکه‌از(مدینه) رفت‌در (مکه) بضدعلی(ع) علم‌مخالفت‌برافراشت. درمدینه هم‌علی‌بن‌ابیطالب(ع) نمیدانست‌که عایشه راه(بصره)را پیش گرفته وبااینکه مطلع شد ام‌المؤمنین از(مکه)خارج گردیده‌اما ازرفتنش به(بصره)اطلاع نداشت تااینکه خبرعزیمت (عایشه)را بسوی‌عراق باطلاع(عثمان‌بن‌حنیف) برساند. وقتی(عایشه) به(بصره) نزدیك‌گردید اطرافیانش‌شهرت دادندکه (ام‌المؤمنین)از طرفداران خلافت علی‌بن‌ابیطالب(ع)میباشدو(عثمان‌بن‌حنیف) این‌شایعه‌راباورکرد ودرصدد برنیامدکه‌ازاسکان‌عایشه درعراق‌ممانعت‌نماید.

(طلحه) و(زبیر) پس‌ازورود بعراق، باسرعت عده‌ای از هواخواهان (عایشه) راوارد قشون (ام‌المؤمنین)کردند بطوری‌که عایشه دارای یك‌قشون هزارنفری شد وهمینکه شمارهٔ سپاهیان (ام‌المؤمنین) برای‌بدست‌گرفتن حکومت‌کافی‌گردید (ام‌المؤمنین) مبادرت‌به‌حمله نمودو(بصره) را اشغال‌کرد.

(عثمان‌بن‌حنیف) وقتی خودرا درخطر دید ازراه دریا گریخت و(عایشه) بعدازاشغال (بصره) قلمروحکومت خودراتوسعه داد وقسمت‌های‌دیگر ازعراق‌راکه‌درشمال (بصره) قرار گرفته،ضمیمه قلمروخودنمود.چون‌بصره‌کنارخلیج‌فارس قرارگرفته وازآنجامیتوان‌بمناطق جنوبی‌ایران رفت (ام‌المؤمنین) درصددبرآمدکه ازراه دریا‌بمناطق جنوبی‌ایران حمله‌ور گردد وآن‌سرزمین را اشغال‌کند. (ام‌المؤمنین) بعدازاینکه در (بصره) مستقر گردید چند کشتی رابسیج‌کرد وباعده‌ای ازسربازان بجنوب ایران فرستاد. ولی سربازان (عایشه) در

جنوب مواجه با مقاومت شدید مردم شدند و بدون اینکه بتوانند پایگاهی بوجود آورند مراجعت کردند. (ام‌المؤمنین) پس از اینکه حاکم بصره شد چون تا آن‌موقع رسم نبود که یك‌زن در اسلام حکومت کند، بظاهر امور حکومت را به(طلحه) و(زبیر) واگذاشت ولی آن‌دو، فقط مجری دستورهای (عایشه) بودند وبدون اجازه وصوابدید اواقدامی نمیکردند.

(عایشه) بآن دو گفت هرحکومت احتیاج بیك‌خزانه معموردارد وهیچ‌حکومت نمیتواند بدون یك‌خزانهٔ آباد قدرت بدست بیاورد. زیرا بدون وجود یك‌خزانه آباد، نه‌میتوان قشون بسیج کرد، نه‌قبایل ناراضی یابیطرف راباخود همدست نمود وماباید فوری درصدد تهیه پول برآئیم وبرای‌بدست‌آوردن پول باید تمام املاك واراضی‌بیت‌المال راکه درعراق هست‌تحت نظر بگیریم. من‌تصورمیکنم که‌اگر(ام‌المؤمنین)فرصت‌بدست میآورد درعراق یك‌مرکزخلافت ایجاد میکرد.چون‌علاوه براینکه‌خود اودارای نفوذواسم ورسم‌بود(طلحة‌بن عبیدالله‌یتمی) و (زبیربن عوام بن خویلد)که ازسرداران وی محسوب میشدند واز طرف (ام‌المؤمنین) در (بصره) حکومت میکردند، اسم ورسم داشتند ومردم میدانستندکه (طلحه) ازاصحاب‌پیغمبر بود ودرتمام جنگها (غیرازیك‌جنگ) باپیغمبر میجنگید. آنچه سبب گردیدکه (ام‌المؤمنین) نتواند درعراق یك‌مرکزخلافت بوجود بیاورد عکس‌العمل فوری علی(ع) درمدینه بود.

علی(ع) خلیفه مسلمین(عایشه) رامیشناخت ومیدانست که‌اگردفع الوقت‌کند،(عایشه) درعراق یك‌مرکزخلافت اسلامی بوجود خواهد آورد وهم‌یك‌قشون نیرومند رابسیج خواهد کرد. لذاهمینکه درمدینه به علی(ع) خبررسیدکه (عایشه)دربصره‌است و(عثمان‌بن حنیف) را ازحکومت بصره برکنارکرده وخودجای اوراگرفته، براه افتاد. روزی‌که علی(ع) از مدینه براه افتاد تااینکه خودرا به‌عراق‌برساند هنوزازاقدامات مفصل (ام‌المؤمنین) دربصره مطلع نبود ونمیدانست‌که (عایشه) پس ازاستقرار دربصره اززبان (طلحه) و(زبیر) بخون خواهی عثمان برخاسته وسکنه عراق را تحریك مینمایدکه برای گرفتن انتقام خون عثمان قیام‌کنند وعلی(ع) را ازخلافت برکنارنمایند. ولی حدس میزدکه (ام‌المؤمنین) در(بصره) هم مباحثی‌که در(مکه) بزبان میآوردتکرارخواهدکرد واورا متهم بقتل‌عثمان خواهدنمود.

وقتی (علی‌بن‌ابیطالب) (ع) ازمدینه برای عراق براه افتاد پسرش حسن‌بن‌علی(ع) وچندتن ازهواخواهان برجسته‌اش مثل (مالك‌اشتر) و (محمدبن ابوبکر) وغیره بااو بودند درمنطقه (جبل)علی‌به‌پسرش حسن‌بن‌علی (ع) و (مالك‌اشتر) و(محمدبن‌ابوبکر) وچندنفر دیگر گفت قشونی‌که اکنون بامن‌است ومن میخواهم به‌بصره ببرم ضعیف میباشد وبعیدنیست که (ام‌المؤمنین) یك‌قشون نیرومندرا دربصره بسیج‌کرده باشد ومن اگربایك‌قشون ضعیف بجنگ قشون اوبروم،ممکن است شکست بخورم. این است‌که ازشماانتظاردارم ازاینجا، راه (کوفه) را پیش بگیرید وبعد ازاینکه بآنجا رسیدید چون من در (کوفه)دارای طرفداران

زیاد هستم ازبین آنها عده‌ای سربازرا بسیج کنید وبعد، بطرف (بصره) عزیمت نمائید وبمن ملحق شوید.

یکی ازکارهای ضروری شمابعدازورود بکوفه باید این‌باشدکه بمردم بفهمانیدکه من درقتل عثمان نه‌دخالت مستقیم داشتم نه‌دخالت غیرمستقیم ونمیخواستم‌که آن‌پیرمرد را بقتل برسانند وبه(ام‌المؤمنین) گفتم‌که شرط قبول خلافت ازطرف من‌این‌است‌که (عثمان) طوری ازخلافت برکنارشودکه جان ومال اومصون بماند. همچنین بمردم بگوئیدکه وقتی مردم خانه عثمان رامحاصره‌کردند وآب رابروی او واهل خانه‌اش بستند من‌پسرم حسین(ع)را فرستادم تابمردم اندرزبدهدکه‌آب بروی عثمان واهل بیت اوبگشایند وآنهارادوچارعسرت تشنگی نکنند وپسرم‌حسین(ع) وقتی متوجه شدکه مردم حاضر نیستندآب رابسوی خانه عثمان جاری نمایند پیشنهادکردلااقل موافقت‌کنندکه‌کودکان تشنه وزنها ازآن‌خانه خارج شوند وآب بنوشند ومردم باپیشنهادپسرم موافقت‌کردند واطفال ازهلاکت،وزنهاازتشنگی‌رهائی یافتند. بمردم‌بگوئیدکسی‌که مبادرت باین اقدامات‌کرده، نباید متهم به‌شرکت درقتل‌عثمان شود یااورامتهم‌کنندکه محرك قتل اوبوده است.

بعد ازقتل عثمان هم من اقدامی برای خلافت خود نکردم بلکه مردم بعداز اینکه درمسجد پیغمبر شور نمودند بدرب خانه من‌آمدند وازمن خواستندکه خلافت را بپذیرم و بهرج‌و مرج‌و خونریزی در(مدینه) خاتمه بدهم ومن‌چون حس کردم‌که اگر خلافت را نپذیرم‌و برای برقراری نظم وامنیت اقدام‌نکنم، هرج‌و مرج بهمه‌جا سرایت خواهد کرد درخواست‌کسانی‌راکه بدرب‌خانه‌ام آمده بودند پذیرفتم معهذا خلافت خودراموکول باین کردم که‌مردم‌ازروی رغبت‌ورضادرمسجدبامن بیعت‌نمایند.

عده‌ای‌کثیر ازایرانیان وعده‌ای از اعراب‌که در (کوفه) سکونت داشتند طرفدار علی(ع) بودندو میدانستندکه علی(ع) برخلاف عثمان، فقط طرفدار اشراف ومتنفذین و اعضای قبیله‌خودنیست وعقیده‌داردکه مسلمین بایدبالسویه ازمواهب موجود استفاده نمایند. ولی حاکم (کوفه) باسم (عبدالله‌بن‌قبس) و مشهوربه (ابوموسی‌اشعری) از کسانی بود که میگفت باید قاتلین عثمان بقصاص‌برسند.

(ابوموسی‌اشعری) نام‌علی(ع) را بطور صریح نمی‌برد و نمیگفت که او محرك قتل عثمان‌گردید ولی ازهرفرصت استفاده میکرد تااینکه غیرمستقیم، ازعلی(ع) نام‌ببردواورا محرك‌قتل عثمان معرفی نماید وحتی‌میگفت مسئول بتاراج‌رفتن بیت‌المال در(مدینه) وقتل‌عام سکنه شهر وبه‌یغمارفتن اموال‌مردم درآن‌شهر، همان‌کسی است که محرك قتل عثمان شد. بعد حسن‌بن علی (ع) وعده‌ای از اطرافیان علی(ع) وارد کوفه شدند. حسن‌بن علی(ع)

مسجد کوفه برای مردم صحبت کرد و گفت پدرم علی(ع) که خلیفه مسلمین است از مدینه بعراق آمد تا اینکه مانع از بروز جنك برادر کشی بین مسلمین شود.

حسن بن علی(ع) در مسجد نامی از (ام المومنین) نبرد و گفت (طلحه) و (زبیر) بعد از اینکه پدرم از طرف مسلمین بخلافت رسید نزد او آمدند و درخواست کردند که بآنها منصب حکومت داده شود و پدرم چون آنها را برای حکمرانی صالح نمیدانست تقاضایشان را اجابت نکرد. آنها هم درصدد طغیان برآمدند وراه عراق را پیش گرفتند و اینك در (بصره) هستند و در آنجا قشونی گردآورده‌اند و منظورشان یکی از این دو کار است. یا امیدوارند که در بصره مرکزی برای خلافت بوجود بیاورند ویکی از آن دو خلیفه شود. یا اینکه قصد دارند عراق را ازقلمرو اسلام مجزی نمایند وخوددرآن حکومت کنند وهردوعمل، خروج برخلیفه مسلمین است و(طلحه) و(زبیر) مرتد هستند وباید بمجازات برسند پدرم مرا مأمور کرده که به(کوفه) بیایم واز مسلمین درخواست کنم که برای کمك بپدرم در جنگ با (طلحه) و (زبیر) سلاح بردارند وبامن براه بیفتند تا به‌پدرم ملحق شویم و باتفاق علیه کسانی که مرتد شده‌اند وبضد خلیفه مسلمین علم طغیان برافراشته‌اند بجنگیم. وعدهٔ من وشما، فردادرهمین مسجد وتمام کسانیکه میل دارند به‌کمك پدرم بشتابند فردا درهمینجا حضوربهم برسانند و باید بگویم پاداشی‌که به‌آنهاداده میشود، عین پاداشی است‌که بتمام سربازان مسلمان بذل میگردد وآنها جیره خواهندگرفت وبعد از خاتمه جنگ ازغنائم استفاده خواهندکرد ودر صورتیکه شهید شوند زن وفرزندان آنها گرسنه نخواهند ماند واز طرف بیت‌المال به‌آنها مستمری داده خواهدشد.

عده‌ای ازمردم‌که درمسجدحضورداشتندگفتند مافرداصبح اینجاحضورخواهیم یافت و برای حرکت آماده خواهیم بود. حسن بن علی(ع) گفت اکنون مانمیتوانیم برای تمام کسانی که ازاینجابکمك پدرم براه میافتند مرکوب سواری آماده نمائیم وهرکس دارای مرکوب است، بامرکب خود براه بیفتد وسعی کنیدکه لااقل آذوقه یك‌هفته خودرا بردارید تااینکه در روزهای اول ، ازحیث آذوقه درمضیقه نباشیم. کسانیکه بامرکب خودبراه میافتند جیرهٔ اضافی برای نگاهداری ازمرکب دریافت خواهندکرد وچون‌ازفرداجیره بندی آنهامحسوب‌خواهد شد بابت فراهم آوردن آذوقه دوچارزیان نمیشوند.

نتیجه صحبت حسن بن علی(ع) این‌شدکه روز بعدکسانیکه میل‌دارند بکمك علی (ع) بروند درمسجد حضوربهم برسانند تااینکه اسم آنها برای دریافت جیره ومزایای دیگرثبت شود. طبق قاعده‌کلی وقتی خلیفه‌میگویدکه بایدبکمك اوبشتابندیابسوی میدان جنگ‌بروند تمام مردانیکه میتوانند عازم میدان جنگ شوند باید سلاح بردارند وبراه بیفتند مگر مردانی‌که بیمارهستند یاکسانیکه اگر بمیدان‌جنگ بروند زن وفرزندانشان گرسنه‌میمانند.

درنقاطی که بیت‌المال میتواند هزینه زن وفرزندان راتقبل نماید مردان بی‌بضاعت‌هم مکلف میباشند عازم میدان جنگ شوند.

صبح روز بعد حسن بن علی(ع) وچندتن ازکسانیکه بااو بودند بسوی مسجد رفتند تااینکه اسامی کسانی‌راکه باید عزیمت نمایند بثبت برسانند ولی وقتی بمسجد رسیدندحیرت زده مشاهده کردندکه مسجدتحت محاصره عده‌ای‌ازسربازان حاکم (کوفه) است. حسن‌بن علی(ع) از سربازان پرسید برای‌چه مسجدرا محاصره کرده‌اید؟ سربازان گفتند (ابوموسی اشعری) حاکم اینجابمادستورداده که مسجد را محاصره نمائیم ونگذاریم که توو‌همراهانت واردمسجد شوید.

حسن بن علی(ع) گفت شماکه مسلمان هستید چرادستور (ابوموسی اشعری)رابموقع اجراگذاشتید ومسجدراکه محل عبادت مسلمین‌است محاصره کردید ونمیگذاریدکسی وارد مسجدشود. سربازان گفتندماچاره نداریم. جزاینکه‌حکم (ابوموسی) رابموقع‌اجرابگذاریم. حسن بن‌علی(ع) ازمردی‌که فرمانده سربازان بود پرسید برای‌چه (ابوموسی) دستورداده که مسجد رامحاصره کنند؟ آنمردگفت برای اینکه تونتوانی امروزاسامی‌اشخاص را دراین مسجد به‌ثبت برسانی وآنهارابرای‌کمك به‌علی(ع) ببری. حسن‌بن‌علی(ع) گفت من‌این‌کاررا خودسرنمیکنم بلکه پدرم‌که خلیفه‌است‌بمن دستورداده که دراینجاازمردم بخواهم‌که بکمك پدرم بشتابند وممانعت (ابوموسی) ازاین‌کارمانتند قیام علیه خلیفه‌است.

مردی‌که فرمانده نگهبانان‌بودگفت وی‌نمیتواند راجع بروش‌حکمران (کوفه)اظهار نظرکند واگرحسن‌بن‌علی(ع) میل دارد درخصوص روش (ابوموسی) توضیح بخواهد باید بخود وی‌مراجعه نماید. حسن‌بن‌علی (ع)که نتوانسته‌بود واردمسجد گردد‌باتفاق‌همراهـان مراجعت‌کرد وباکسانی‌که بااوبودند مشورت نمود.

(محمدبن‌ابوبکر) گفت من وچندنفردیگر درشهربراه میافتیم وجار میزنیم‌کسانی‌که میباید امروز برای‌کمك‌کردن بخلیفه در مسجد جمع شوند در محوطه‌ای‌که مقابل میدان مال فروش‌ها قرارگرفته اجتماع نمایند تااینکه نامشان به‌ثبت برسد. حسن‌بن‌علی(ع) گفت چون (ابوموسی) مانع ازاین‌شده‌که مردم درمسجد اجتماع نمایند ممکن‌است‌که ازاجتماع مردم درمحوطه‌مقابل میدان مال فروش‌ها نیز ممانعت‌کنند.

(محمدبن‌ابوبکر) گفت‌اگر(ابوموسی) مرتبه‌ای‌دیگرازاجتماع‌مردم‌ممانعت‌کرد، ماباید ازخلیفه بخواهیم‌که‌وی‌راازحکومت‌کوفه‌معزول‌کند. آنگاه (محمدبن‌ابوبکر)وچندتن‌دیگر ازکسانیکه‌باحسن‌بن‌علی(ع) به(کوفه) آمده بودند درمعابرشهر براه افتادند ودربعضی‌ازنقاط میایستادند وفریادمیزدندکه ای‌کسانیکه میخواهید به‌یاری علی(ع) خلیفه خودبشتابیدبجای مسجد در محوطه‌ای‌که مقابل میدان مال فروشها قرارگرفته اجتماع‌کنید. (ابوموسی) از

این موضوع مستحضر گردید وعده‌ای دیگر ازسربازان رافرستاد که بروند وآن محوطه‌را محاصره نمایندونگذارند که هیچکس وارد آن‌محوطه گردد .

شهرت داشت که (ابوموسی اشعری) مردی بود ساده و دهان بین که هرچه دیگران میگفتند میپذیرفت ونمیتوانست باعقل خود، راجع به گفته اشخاص یاوقایعی که پیش میآمد قضاوت کند، من‌تصورمیکنم آنچه راجع به‌آن‌مرد گفته‌اند صحیح بوده زیرا طرزعمل حاکم (کوفه) درموردحسن بن‌علی(ع) وهمراهانش نشان میدهد که‌آن‌مرد بی‌اطلاع وسطحی بوده است چون‌تصورمیکرد که‌اگرمانع ازاجتماع‌مردم درمسجدیادرمحوطه مقابل‌میدان‌مالفروشها شود میتواند ازعزیمت مردان، برای کمك به‌علی(ع) ممانعت کند. (ابوموسی) اگرمیخواست نگذارد که کسی بکمك‌علی(ع) برودمیبایدحسن بن‌علی(ع) و(محمدبن‌ابوبکر) و(مالك‌اشتر) ودیگران‌را که‌باحسن(ع) درکوفه بودندازآن‌شهردور نماید. زیراتاموقعی که‌آنهادرآن‌شهر بودند میتوانستند مردم‌را ترغیب نمایند که برای کمك بخلیفه ازآن‌شهرعزیمت کنند.

باری وقتی‌مردم‌خواستند واردمحوطه‌ای که مقابل‌میدان مال فروشهاقرارداشت‌بشوند سربازان حاکم ممانعت کردند وگفتند که کسی نباید وارد محوطه مزبور گردد. حسن(ع) وقتی متوجه شدکه (ابوموسی) مانع ازاین‌است که مردم برای‌نام نویسی اجتماع کنندتصمیم گرفت که نزدحاکم برود وباوبفهماندکه عمل وی‌یاغیگری وخروج به‌خلیفه مسلمین است. این بودکه بسوی دارالحکومه که عمارتی باشکوه بشمارمیآمد براه افتاد وپس‌ازاینکه‌بآنجا رسید خودرا معرفی کرد وگفت که میخواهد حاکم را ملاقات کند. کسانیکه دردارالحکومه بودند خبرورود حسن(ع) راباطلاع (ابوموسی) رسانیدند وحاکم (کوفه) ازپذیرفتن پسر علی(ع) خودداری کرد.

(محمدبن‌ابوبکر) بعدازمراجعت‌حسن(ع) ازدارالحکومه گفت که‌حاضراست که بیدرنگ براه بیفتدوبه‌ذیقار(یا ذوقار ــ مترجم) که علی(ع) آنجابودبرود و رفتار(ابوموسی) راباطلاع خلیفه برساند وازوی‌بخواهدکه‌آن مردرا ازحکومت کوفه عزل نماید ودیگری‌را بجایش‌نصب کند. حسن(ع) گفت‌درهرحال‌رفتاراین مرد باید باطلاع پدرم برسدواو بداندکه (ابوموسی)مانع ازاین‌شدکه‌مردم‌ازکوفه براه بیفتندوخودرا به(ذیقار) برسانند. عده‌ای‌ازداوطلبان که‌میخواستند از(کوفه) به‌کمك‌علی(ع) بروندمقابل‌خانه‌ای که مسکن‌حسن(ع) وهمراهانش در(کوفه) بود اجتماع کردندوگفتند که ماآماده برای‌حرکت‌هستیم وهرجاکه حسن(ع) بگوید میرویم.

شماره آنهالحظه بلحظه‌زیادتر میشدونسبت‌به (ابوموسی) که‌مانع‌ازاجتماع آنهادرمسجدو مقابل‌میدان‌مال‌فروش‌ها گردیده‌ابرازخشم میکردندومیگفتند (ابوموسی)مردی‌است که‌ازطرف عثمان بحکومت(کوفه)منصوب شده وبهمین جهت باکسانیکه بخون‌خواهی‌عثمان برخاسته‌اند همصدا گردیده‌است .

بطوری که من تحقیق کرده‌ام (این‌را ثابت‌بن‌ارطاة راوی این وقایع میگوید) ابوموسی با اینکه ازطرف‌عثمان به حکومت کوفه منسوب گردید، بخلیفه سوم عقیده نداشت ودهان‌بین بود. اومیدید که(ام‌المؤمنین‌عایشه) و(طلحه) و(زبیر)عنوان خونخواهی‌عثمان راپیش کشیده‌اند وحس میکردآنچه میگویندعوام‌را میفریبد وعده‌ای‌را اطراف آنها جمع میکند.(ابوموسی) فکرمیکرد که اگربجمع خونخواهان عثمان بپیوندد بسود اوخواهدبود وچون هنگام قتل عثمان در(مدینه) حضور نداشت شاید باور کرد که‌علی(ع) محرك قتل‌خلیفه سوم بوده‌است.

قبل‌ازاینکه عثمان بقتل برسد(ابوموسی) میدانست که‌علی(ع) نسبت به (عثمان) نیك‌بین نیست واورا برای خلافت‌صالح نمیداند. زیراعلی مردی‌بودصریح‌اللهجه ونظریه خودرا راجع باشخاص برزبان میاوردبی‌آنکه ازخصومت‌آنها بیم‌داشته‌باشد علی(ع) درزمان خلافت(عثمان) گفته‌بود که‌آن مردبرای خلافت صالح نمیباشد ومصلحت‌اسلام دراین‌است که عثمان ازخلافت برکنار شود ودیگری جایش رابگیرد. چون بعداز(عثمان) علــی(ع) بخلافت رسید یحتمل (ابوموسی) هم مثل‌عده‌ای دیگر تصور مینمودکه چون‌علی(ع) جای عثمان راگرفته ومرك عثمان‌بسود اوتمام شده، لذا وی محرك قتل عثمان‌بوده است.

هنوز(محمدبن‌ابوبکر)از(کوفه) بسوی(ذیقار) براه‌نیفتاده بود که مقابل‌خانه حسن(ع) ازکسانی‌که میخواستنداز (کوفه) براه بیفتندوبکمك علی(ع)بروندغوغا درگرفت محمدابن-ابوبکر) به حسن(ع) گفت‌باید ازاین‌فرصت استفاده‌کرد ومزاحمت (ابوموسی)رارفع نمود. حسن(ع)که واقعه‌قتل‌عثمان‌را در(مدینه)بیاد داشت گفت ممکن‌است خون‌ریزی‌شود وعده‌ای بهلاکت‌برسند وبهتر آنکه‌توبروی ورفتار(ابوموسی) راباطلاع پدرم‌برسانی‌تااورا ازحکومت کوفه‌معزول نماید وازآن پس چون(ابوموسی)اختیاری ندارد وکسی‌حکم اورا اجرانمیکند نمیتواندمانع‌ازگرویدن‌مردم بپدرم‌شود.

(محمدبن‌ابوبکر) گفت من‌نیزاین‌فکررا میکردم وتصورمینمودم‌بعدازاینکه حکم‌عزل این مردازطرف پدرت صادرشداونخواهدتوانست‌برای ماتولید زحمت‌نماید. ولی‌بعد متذکر گردیدم همانطورکه (ابوموسی) دراین موقع‌برای ماتولیدزحمت مینمایدبعدازاینکه حکم عزلش صادرگردید ممکن‌است‌اطاعت‌نکند ودرصددمقاومت‌برآید وشایددرآنموقع‌این فرصت دردسترس مانباشدکه وی‌را ازحکومت‌برکنارکنیم. این‌مردچون مانع‌ازاجرای دستورخلیفه میشودیاغی‌است وبخودی خود ازحکومت(کوفه) برکنارمیباشد ومابایدازاین فرصت‌استفاده نمائیم‌تا اینکه‌دیگردوچارمزاحمت‌اونشویم. بعد(محمدبن‌ابوبکر) خطاب به‌مردم که‌همه مسلح بودندگفت براه بیفتیم‌وبطرف دارالحکومه برویم‌واز(ابوموسی) بخواهیم که باما‌مذاکره‌کند.

مردم پیشنهاد (محمدبن‌ابوبکر) راپذیرفتند وبطرف دارالحکومه براه افتادند. بــه (ابوموسی) خبردادندکه عده کثیری‌ازمردم که همه مسلح هستندبسوی دارالحکومه میآیند و

ازفریادهای آنها پیداست که قصددارندتورا بقتل برسانند.(ابوموسی)ترسید وقبل ازاینکه مردم به دارالحکومه برسند ازآنجا گریخت. سربازانی که درآنجا بودند بعداز فرار (ابوموسی) مقاومت نکردند ودارالحکومه بدون خونریزی ازطرف مردم که طرفدارعلی(ع)بودنداشغال شد. آنگاه(محمدبن ابوبکر)براه افتادتا خود رابه (ذیقار)برساند وبه علی(ع)اطلاع بدهدکه (ابوموسی)از(کوفه) گریخته وباید حاکمی به جای اومنصوب گردد. تانصب حاکم جدیداداره امورشهر برعهده حسن(ع)قرار گرفت واونظم را حفظ کرد وروزهای بعد اسامی کسانی راکه میخواستند بکمك علی(ع)بروندثبت کردند وحسن بن علی(ع) وکسانی که بااوبودندآماده شدند تابا سربازان کوفه بسوی (ذیقار)براه بیفتند وهمین که حاکم جدید (کوفه) ازطرف خلیفه معلوم شدبراه افتادند.

وقتی قشون کوفه برای کمك به علی(ع)به(ذیقار)رسیدهوا سرد شد.سربازانی که باعلی(ع) بودند وسربازانیکه ازکوفه به(ذیقار)رفتندلباس گرم نداشتند وخلیفه مجبور شدباسرعت برای سربازان بالاپوش فراهم کندتااینکه سرما نخورند.چندنفرازطرف علی به(بصره)وعده‌ای به(کوفه) رفتندکه بالاپوش ابتیاع نمایند. علی(ع)مثل سربازان خود لباس گرم نداشت ولی ازسرماشکایت نمیکرد. یکی ازافسران قشون علی(ع) مردی بودباسم (هارون بن عنتره) ویکشب که هوا سرد شد واردخیمه علی(ع) گردید ودیدکه مشغول نوشتن است امالباس گرم دربرندارد. باوگفت ای خلیفه آیاتوازسرما معذب نمیشوی؟ علی(ع) جواب دادچرا. (هارون بن عنتره) گفت پس برای چه لباس گرم نمیپوشی. علی(ع) گفت سربازان اسلام که دراین اردوگاه هستندلباس گرم ندارند وتابرای آنها بالاپوش فراهم نشودمن لباس گرم نخواهم پوشید.

(هارون بن عنتره) گفت ای خلیفه سربازان توگرچه لباس گرم ندارند ولی درخیمه‌های آنها آتش وجود دارد وازحرارت آتش گرم میشونددرصورتیکه اینجا آتش نیست وبگوکه برای توآتش بیاورندعلی(ع) گفت من تعمددارم که درخیمه‌ام آتش وجودنداشته باشد زیراآتش مرا گرم میکند وبعد از اینکه بدنم از حرارت آتش آسوده‌شد سرما را احساس نخواهم نمود و فراموش خواهم کردکه برسربازان اسلام که بالاپوش ندارندچه میگذرد. لیکن وقتی دراین خیمه آتش نباشد من پیوسته سرمارا احساس خواهم کرد ولذاوضع سربازان اسلام را فراموش نخواهم نمود وخواهم کوشیدکه زودتر بآنها بالاپوش برسد.

یکروزبعد ازاینکه حسن بن علی(ع) باقشون کوفه وارد(ذیقار) شدعلی(ع) مجلس شور منعقد کرد. علی(ع) درآن مجمع گفت که (عایشه ام المؤمنین) و(طلحه) و(زبیر) در(بصره) یك حکومت بوجود آورده اندو بموجب اطلاعی که من دارم قصددارندکه درآنجا یك خلافت بوجود آورند. راجع بانتخاب خلیفه بین (طلحه) و(زبیر) اختلاف وجود دارد و هیچ یك از آن دومایل نیست که دیگری خلیفه شود.

من اطلاع دارم برای اینکه یکی از آن دو نتواند خلیفه شود و دیگری را از خلافت محروم نماید یکروز (طلحه) در مسجد نماز میخواند وروز دیگر (زبیر) و بفرض اینکه من از خلافت بر کنار شوم (طلحه) و (زبیر) نمیتوانند بایکدیگر بسازند و (ام المؤمنین) هم بمناسبت اینکه زن است نمیتواند خلیفه شود. اصرار (ام المؤمنین) و (طلحه) و (زبیر) برای بوجود آوردن یك خلافت در بصره سبب بروز جنك خانگی خواهد شد و مسلمین بروی هم شمشیر خواهند کشید. من مایل نیستم که خون یك مسلمان در جنگ برادر کشی برزمین ریخته شود و بهمین جهت پیشنهاد میکنم که هیئتی از طرف ما انتخاب شود و به بصره برود و در آنجا با (ام المؤمنین) و (طلحه) و (زبیر) مذاکره نماید.

این هیئت دو وظیفه خواهد داشت یکی اینکه بسکنه بصره و اطرافیان (ام المؤمنین) و (طلحه) و (زبیر) بفهماند که من در قتل عثمان دخالت نداشته‌ام و دیگر اینکه مضار بروز جنگ خانگی بین مسلمین را برای آنها تشریح نماید تا بدانند که بر اثر جنك خانگی اسلام ضعیف شد خواهد و ممکن است کشورهائیکه مسلمانها با فدا کردن جان خود ضمیمه قلمرو اسلام کردند از دست مسلمین خارج گردد. آیا شما بافرستادن این هیئت به (بصره) موافق هستید واینکار را بصلاح میدانید یا نه؟ (هارون بن عنتره) گفت ای خلیفه فرستادن هیئتی از اینجا به بصره بذاته خوب است ولی فایده ندارد چون (ام المؤمنن) زنی است که وقتی تصمیمی گرفت منصرف نمیشود و (طلحه) و (زبیر) هم کسانی نیستند که اندرز را بپذیرند و برای احتراز از جنگ برادر کشی دست از مقاومت بکشند. آنها مقام دینوی و مال میخواهند ومصلحت اسلام ومسلمین در نظرشان بدون اهمیت است. علی (ع) گفت بااین وصف من فکر میکنم که قبل از اینکه جنگ شروع شود ما باید با آنها مذاکره کنیم و بآنان بفهمانیم که جنگ برادر کشی اسلام را ناتوان خواهد کرد وشاید اندرز ما مؤثر واقع گردد و آنها دست از لجاجت بردارند.

یکی ازحضار باسم (قعقاع بن عمرو) گفت ای خلیفه در گفتن اثری هست که در نگفتن نیست و اگر از طرف تو هیئتی برای مذاکره ببصره فرستاده شود بهتر است. زیرا اگر جنگ شروع شود کسانی نخواهند توانست بگویند که اختلاف ازراه مذاکره حل میشد و میتوانستند از جنگ پرهیز نمایند.

(هارون بن عنتره) خطاب بعلی (ع) گفت ای خلیفه، اگر (طلحه) و (زبیر) برای تسلیم شدن درخواست منصب کنند آیا حاضر هستی که بآنها منصب بدهی و این موضوع را وجه المصالحه نمائی. علی (ع) گفت من هیچیك از این دو نفر را برای امارت وحکومت صالح نمیدانم و بآنها منصب نخواهم داد وامور مسلمین را بدستشان نخواهم سپرد. (هارون بن عنتره) گفت در این صورت فرستادن هیئتی از طرف ما به بصره برای مذاکره با آنها بدون فایده است. ولی اکثر کسانیکه در

آن جمع بودند عقیده داشتند که فرستادن هیئتی به (بصره) برای مذاکره با ام المؤمنین و (طلحه) و (زبیر) بهتر از نفرستادن هیئت مزبور است.

اعضای آن هیئت در همان مجمع انتخاب گردیدند و علی (ع) (قعقاع بن عمرو) را بریاست آن هیئت گماشت و مرتبه‌ای دیگر وظیفه هیئت را به رئیس و اعضای آن تذکر داد و آن هیئت بسوی (بصره) روان شد (قعقاع بن عمرو) بعد از ورود به (بصره) از (طلحه) و (زبیر) دعوت کرد که نزد او بروند تا اینکه راجع به مأموریت خود و اعضای هیئت با آنها مذاکره کند. آن دو نفر دعوت (قعقاع بن عمرو) را نپذیرفتند و نزد او نرفتند ناگزیر (قعقاع) و اعضای هیئت نزد (طلحه) رفتند و بعد خود (طلحه) به (زبیر) اطلاع داد که نزد او بیاید.

بعد از اینکه (زبیر) آمد قعقاع از آن دو نفر پرسید که (ام المؤمنین) وشما دو نفر چه میخواهید؟ (طلحه) گفت خواهان قصاص قاتل عثمان هستیم. قعقاع گفت از این قرار خواهان این هستید که شما را بقتل برسانند برای اینکه خود شما در قتل عثمان دست داشته‌اید؟ آیا (ام المؤمنین) عایشه مردم را بضد عثمان تحریک نمیکرد و آیا نزدیك مدینه خطاب بسربازانی که توای (طلحه) وهمچنین تو ای (زبیر) آورده بودید نگفت که آنها باید عثمان را معدوم نمایند. آیا شما دو نفر برای قتل (عثمان) قشون بسیج نکرده بودید و به مدینه نرفتید وقشون شما بکاخ عثمان حمله‌ور نگردید؟

(طلحه) و (زبیر) اظهارات (قعقاع) را نپذیرفتند و گفتند سربازان ما از این جهت بخانه عثمان نزدیك شدند که خلیفه را تحت حمایت قرار بدهند و نگذارند که وی را بقتل برسانند. اما از عهده برنیامدند. (قعقاع بن عمرو) گفت واقعه حمله بکاخ عثمان یك واقعه قدیمی نیست که از خاطره‌ها فراموش شده باشد این واقعه بتازگی در (مدینه) اتفاق افتاده وسکنه (مدینه) آنرا بخاطر دارند و میدانند که قشون تو وهمچنین قشون (زبیر) بکاخ عثمان حمله‌ور شدند و او را بقتل رسانیدند و من حاضرم این موضوع را با کمك گرفتن از شهادت سکنه (مدینه) به ثبوت برسانم. البته (ام المؤمنین) در موقع قتل عثمان در (مدینه) نبود ولی مقدمات را (ام المؤمنین عایشه) فراهم کرد وقبل از اینکه عثمان بقتل برسد از (مدینه) خارج شد و به مکه رفت.

(طلحه) گفت ما از خونخواهی صرف نظر نخواهیم کرد وتا روزی که قاتلین عثمان بقصاص نرسند از پا نخواهیم نشست زیرا قتل عثمان خلیفه مسلمین ومردیکه برای پیشرفت وتقویت اسلام خیلی زحمت کشید جنایتی بود غیرقابل بخشایش. (قعقاع) به (طلحه) گفت آیا فراموش کرده‌ای که تو خود در یك موقع عثمان را متهم کردی که مرتد است واورا واجب القتل دانستی. (طلحه) پرسید من چه موقع عثمان را متهم کردم که مرتد است واورا واجب القتل دانستم. (قعقاع) گفت درهمان موقع که (ابوسفیان) رئیس قبیله (امیه) منکر اصول دین اسلام شد وتوحید و نبوت ومعاد را انکار کرد.

(طلحه) تجاهل نمود و گفت من بخاطر ندارم که (ابوسفیان) منکر اصول دین اسلام شده باشد. (قعقاع) کسانی را که عضو هیئت اعزامی بودند بشهادت طلبید و گفت آیا شما تصدیق میکنید بعد از اینکه عثمان خلیفه شد (ابوسفیان) رئیس قبیله (امیه) منکر توحید ومنکر نبوت وهمچنین منکر معاد گردید و گفت ای مردم قسم بآن کسیکه من دوست میدارم هرچه محمد(ص) گفته بی‌اساس است ونه توحید هست نه معاد وبهشت وجهنم هم وجود ندارد وبعد از این جهان. جهانی نیست که در آنجا نیکوکاران را پاداش نیك بدهند وبدکاران را بسزای اعمال بدآنها برسانند و هرکس باید بکوشد که در این جهان حداعلای استفاده را از لذات دنیا بکند وهیچیك از اعمال آدمی، دردنیای دیگر انعکاس ندارد. زیرا دنیای دیگر نیست تاکسی در آنجا بحساب اعمال مردم برسد. آیا این حرفها را (ابوسفیان) رئیس قبیله (امیه) بعد از اینکه (عثمان) خلیفه شد باصدای بلند برزبان آورد یا نه؟ یکایك اعضای هیئت اعزامی شهادت دادند که (ابوسفیان) آن حرفها را برزبان آورد ومنکر اصول دین اسلام شد.

(قعقاع بن عمرو) گفت وظیفه (عثمان) خلیفهٔ مسلمین این بود که (ابوسفیان) را بگناه اینکه مرتد شده و اصول دین اسلام را انکار کرده، بقتل برساند. ولی (عثمان) اورا به‌قتل نرسانید زیرا (ابوسفیان) رئیس قبیله (امیه) بود و (عثمان) نخواست که رئیس قبیله خودرا مورد مجازات قرار بدهد. اعضای هیئت اعزامی اظهارات (قعقاع) را تصدیق کردند.

(قعقاع) گفت در آن موقع تو ای (طلحه) طوری از سهل‌انگاری (عثمان) در مورد (ابوسفیان) خشمگین شدی که خلیفه‌را متهم به‌ارتداد کردی و گفتی اگر خلیفه خودمرتد نباشد بایك مرتد، آنگونه مماشات نمیکند واگر (عمر بن الخطاب) خلیفه بود (ابوسفیان) را گردن میزد همچنانکه پسرخودرا بمجازات حدشرعی رسانید ولی نه برای گناه ارتداد که مجازات آن قتل مرتد است بلکه برای گناهی کوچکتر از آن. (طلحه) منکر شد که چنان مطلب را برزبان آورده باشد.

(قعقاع) گفت ای (طلحه) توامروز بخونخواهی عثمان قیام کرده‌ای درصورتیکه خود درقتل او شرکت داشتی آیا فراموش نمودی که درمورد دیگر راجع به عثمان چه گفتی؟ (طلحه) پرسید آن مورد کدام است؟ (قعقاع) گفت موردی را میخواهم بگویم که (ولید بن عقبه) برادر عثمان باحال مستی بمسجد رفت وامام نماز جماعت شد.

(توضیح- (ولید بن عقبه) که در این خاطرات تاریخی اسمش درفصول گذشته ذکر شده از طرف مادر، برادر عثمان خلیفه سوم محسوب میشد وازسوی پدر از عثمان جدا بود- مترجم)

(ولید بن عقبه) فرزند (عقبه) که درجنگ (بدر) بدست علی بن ابیطالب (ع) بقتل رسید چون برادر (عثمان) بود بعد از خلافت او، حاکم (کوفه) گردید وآن قدر شراب می نوشید که هنگام روز، وقتی میخواست برای خواندن نماز بمسجد برود مست بود ومردم بدفعات اورا درحال مستی

درمسجدمشاهده کردندو بر اثر مستی شماره رکعت‌های نماز را فراموش میکرد ونماز صبح‌را که دورکعت است چهار رکعت میخواند وحتی یکبار بر اثر افراط در نوشیدن شراب، درمسجد دوچار تهوع شد وآنچه خورده بود از شکمش خارج گردید و بوی متعفن خمر درفضای مسجد پیچید.

هرقدر مسلمانها از (ولیدبن‌عقبه) به برادرش (عثمان) شکایت کردند، خلیفه بشکایات مردم ترتیب اثر نداد وچون شاکیان پافشاری مینمودند وعزل حاکم شرابخوار را میخواستند (عثمان) حکم کرد که شاکیان‌را بعنوان اینکه مفتری هستند حدبهتان ناحق زدند و توای (طلحه) درآن‌موقع علیه عثمان اعتراض کردی وگفتی آن ستمگری که از خلیفه دیده شد، حتی در دوره جاهلیت نظیر نداشته است وچگونه تو امروز، برای خونخواهی یك چنین مرد قیام میکنی؟

(طلحه) گفت من بخاطر ندارم که این‌حرف را زده باشم. (قعقاع‌بن‌عمرو) گفت ما اعضای هیئتی که از ذیقار (یاذوقار- مترجم) ببصره آمده‌ایم‌دو وظیفه‌داریم اول‌اینکه بمردم بفهمانیم که خلیفه‌ما علی(ع) درقتل عثمان دخالت نداشته‌است‌بلکه‌عثمان بتحریك‌ام‌المؤمنین (عایشه) و باشرکت شما ای(طلحه) وای (زبیر) بقتل‌رسید. وظیفه دوم‌ما این است‌که بشما بگوئیم که دست از لجاجت بردارید وسبب‌ایجادجنگ برادرکشی بین مسلمین نشویدوخون خودرا نریزید.

اگر براثرلجاجت شما، بین‌مسلمین‌جنگ‌برادرکشی‌شروع شودخون‌ها ریخته‌خواهد شد اما شما سودی نخواهیدبرد بلکه جان را بر سرلجاجت ازدست خواهیدداد. شماکسانی هستیدکه باعلی(ع) بیعت کردید واوراخلیفه مسلمین‌دانستید. روزیکه باعلی(ع) بیعت‌نمودید راجع بخون عثمان چیزی نگفتید ونشان ندادید که میخواهید بخونخواهی وی قیام‌کنید ولی اینك مسئله خون‌عثمان را بهانه کرده‌اید درصورتیکه می‌دانید علی(ع) درقتل (عثمان) نه دخالت مستقیم داشت نه‌دخالت‌غیر مستقیم.

شماعلی(ع) رامی‌شناسید و می‌دانید که از این‌دست‌آویز شما بیم‌ندارد و اگر ما را ببصره فرستاده تاباشما مذاکره کنیم ازترس نیست بلکه برای این‌است‌که بین‌مسلمین‌جنگ برادرکشی شروع نشود. برشما پوشیده‌نیست‌که علی(ع) از هرچه بترسد از جنگ‌بیم ندارد برای اینکه یك‌مرد سلحشورمی‌باشد وپایداری وی‌نیز درجنگ‌ برشمامعلوم‌میباشدو نخواهید توانست با استقامت‌خوداورا خسته کنیدوازادامه‌جنك‌منصرف نمائید وهمان‌بهتر که باعلی(ع) آشتی‌کنید ودست ازلجاجت بردارید تاجنگ خانگی بین مسلمین آغاز نشود.

هرقدر که‌قعقاع‌خواست (طلحه)و(زبیر) راازجنگ برادرکشی برحذر بدارد بخرج آن دو نرفت و گفتند که ماخواهان قصاص‌هستیم وکسانی‌که عثمان رابقتل رسانیده‌اند باید بقصاص‌برسند. قعقاع درخواست کرد که‌با(ام‌المؤمنین) مذاکره کند تاازاو بخواهدکه

به(طلحه)و(زبیر) اندرز بدهد که آن‌دو، دست از لجاجت بکشند و بین مسلمین جنگ خانگی راشعله‌ور نکنند. (عایشه)از آمدن قعقاع مطلع شده بود ومی‌دانست که وی باهیئتی از(ذیقار) آمده تااینکه نگذارند که بین مسلمین جنگ خانگی آغاز گردد .آیا (ام‌المؤمنین) در آن‌موقع خواهان جنگ بودیا اینکه میخواست باعلی(ع) کنار بیاید.

من دراین خصوص از عده‌ای ازمطلعین کسب اطلاع نموده‌ام وآنها گفتند قبل از این که جنگ جمل شروع شود(ام‌المؤمنین) میل داشت که باعلی(ع) کنار بیاید. ولی(طلحه)و(زبیر) باو گفتند که‌علی(ع) نه بتوچیزی خواهد داد نه بماوما فقط دریک‌صورت می‌توانیم استفاده کنیم و آن اینکه بخلافت برسیم وتاروزی که علی(ع) خلیفه میباشد ما، بهره‌ای غیر از محرومیت نخواهیم داشت. مطلعین بمن گفتند اگر علی(ع) مردی سازشکار بود وحاضر می‌شد که به(طلحه) و(زبیر) منصب بدهد جنگ(جمل) پیش نمی‌آمد.ولی علی(ع) سازشکار نبود ورضایت نمیداد که آن‌دو را بحکومت وامارت منصوب نماید.روزی که قعقاع در رأس هیئتی وارد بصره شد(طلحه) و (زبیر) یقین حاصل کردند که‌علی میخواهد بآنها مزیتی بدهد تااینکه دست ازمخالفت بردارند. آنها گوش بدهان قعقاع دوخته بودند تا بدانند چه‌موقع می‌گوید که‌علی(ع) موافقت کرده بآنها منصب حکومت بدهد. ولی وقتی دریافتند که قعقاع فقط اندرز میدهد و موضوع حکومت وامارت دربین نیست، عزم کردند که‌پایداری نمایند.

جنگ جمل

قعقاع فرستاده علی (ع) و هیئتی که وی در رأس آن قرار داشت بدون اخذ نتیجه مثبت از بصره مراجعت کردند وچگونگـی مذاکرات را باطلاع علی(ع) رسانیدند و گفتند که (طلحه) و(زبیر) میگویند که میخواهیم خون(عثمان) را قصاص کنیم. آنها گفتند که میخـواستند با(ام المؤمنین) مذاکره نمایند واورا تشویق کنند که (طلحه) و(زبیر) راا ندرز بدهد و آنها را ازلجاجت بازدارد .ولی موفق نشدند کـه با (ام المؤمنین عایشه) مذاکره نمایند. بعداز این که قعقاع و همراهانش از بصره مراجعت کردند. علی(ع) در (ذیقار) برای سپاه خود که دارای بالا پـوش شده بودند خطابه‌ای ایراد کرد. در آن خطابه علی(ع) سوابق (طلحه) و (زبیر) را باطلاع سربازان وافسران خود رسانید و گفت این دونفر منصب ومال دنیارا برتراز مصالح اسلام ومسلمین میدانند ومن با اینکه میدانستم میل دارند بجنگند هیئتی را بریاست(قعقاع) ببصره فرستادم تااینکه شاید دست ازلجاجت بردارند ولی آن‌ها تغییر رأی ندادند ومن ناگزیرم که باآن‌ها بجنگم .

روز بعد برحسب دستور علی(ع) قشون از(ذیقار) حرکت کردو بسوی بصره براه افتاد. قشون بصره هم بفرماندهی(عایشه ام المؤمنین) بحرکت درآمده وفریقین بهم رسیدند .من شنیدم در روزی که قشون بصره و قشون علی(ع) بهم رسیدند(عایشه) زره دربر کرده، برشتری بزرك ونیرومند و سرخ مو سوارشده بود . بطوری که مطلعین بمن گفتند قبل ازاینکه جنك شروع شود علی(ع) که خود فرمانده جبهه خویش بود بطور موقت فرماندهـی را بیکی ازافسران سپرد ورکاب باسب کشیدو بطرف زبیر رفت وبانك زد پیش بیا . (زبیر) پرسید یا ابوالحسن با من چکار داری؟

علی(ع) گفت آیاشرم نمیکنی که میخواهی بامن بجنگی آن هم به خونخواهی(عثمان) که توخوددرقتل وی شرکت داشته‌ای .اگر توخواهان گرفتن قصاص هستی نزد وراث عثمان بروو خود را باآنها معرفی کن و بگو که تودر قتل وی دست داشته‌ای تااینکه تورا بقصاص برسانند. آیا شرم نمیکنی که سوگندخود را زیرپا میگذاری؟مگر تو در گذشته سوگند یادنکردی که

هرگز بامن نجنگی و آیا آن قسم را در حضور رسول‌الله (ص) ایراد ننمودی؟ زبیر از شنیدن اظهارات علی(ع) ناراحت شد وعلی(ع) گفت زبیر تو مرتکب سه گناه می‌شوی.

اول این که سوگند خود را زیر پا میگذاری درصورتیکه آن سوگند را در حضور رسول‌الله(ص) ایراد کرده‌ای. دوم اینکه بمن تهمت ناحق میزنی و مرا در قتل (عثمان) شریك میدانی و حال آنکه اطلاع داری که من نه مستقیم در قتل عثمان شرکت داشته‌ام نه غیر مستقیم. سوم اینکه بیعت خود را بامن نقض میکنی. ای (زبیر) هنوز هم وقت باقی است که تو از عملی که پیش گرفته‌ای پشیمان شوی وروش خود را تغییر بدهی.

علی(ع) با صدای بلند صحبت میکرد بطوریکه عده‌ای از سپاهیان اظهاراتش را می‌شنیدند واز جمله عایشه اظهارات خلیفه را میشنید. (زبیر) بطور وضوح متأثر شده بود و علی(ع) که دریافت اظهاراتش در آن مرد مؤثر گردیده مراجعت نمود و همچنان فرماندهی جبهه خود را بر عهده گرفت. (عایشه) که اظهارات علی(ع) را شنید و متوجه شد که (زبیر) متأثر گردیده به (عبدالله) پسر زبیر که یکی از افسران قشون بصره بود گفت برو و به پدرت بگو که برای چه خود را گم کرده‌ای؟.. آیا از علی(ع) ترسیدی؟ (زبیر) گفت نه ای پسر، ومن از علی(ع) نترسیدم بلکه سوگندی را که در گذشته ایراد کردم بخاطر آوردم.

من فراموش کرده بودم که درقدیم، درحضور رسول‌الله (ص) قسم خورده بودم که هرگز باعلی (ع) نجنگم وامروز علی(ع) آن موضوع را بخاطرم آورد. (عبدالله) گفت ای پدر اکنون که سوگند خود را بخاطر آورده‌ای آیا قصد داری که ازجنك خودداری نمائی. (زبیر) گفت ای پسر مردی که وارد جنك می‌شود باید مجموع نیروی جسمی وروحی خود را وارد جنك نماید و این کار میسر نمی‌شود مگر اینکه بکاری که پیش گرفته ایمان داشته باشد.

(عبدالله) گفت ای پدر من تصور میکردم که تو ایمان داری که باید برهبری (ام‌المؤمنین) برای گرفتن انتقام قتل عثمان وارد جنك شوی. (زبیر) گفت اکنون هم عزم من متزلزل نگردیده ولی سوگندی که در قدیم ایراد کرده‌ام مرا ناراحت می کند. (عبدالله) گفت ای پدر تو قسم خورده‌ای که باعلی نجنگی ولی میتوانی سوگند خود را کان لم یکن بدانی وکافی است که برای ادای کفارهٔ سوگند، غلامی را آزاد کنی. (زبیر) گفت آری من میتوانم غلامی را آزاد کنم تا اینکه کفاره سوگند خود را تأدیه نمایم. (عبدالله) گفت پس چرا دغدغه داری و برای چه نمیخواهی که وارد جنك شوی. (زبیر) گفت اکنون وارد جنك خواهم شد.

آنگاه نیزه‌ای بدست گرفت وبطرف قشون علی رفت و برجز خواندن مشغول شد و پس از اینکه چند دقیقه مشغول خواندن رجز بود حمله نمود. (زبیر) درآن روز که اولین روز جنك بین نیروی علی(ع) و نیروی بصره بود سه بار، وبروایتی پنج بار، حمله کرد و بعد از میدان کارزار خارج شد و هرچه (عبدالله) فریاد زد ای پدر کجا میروی و چرا ازمیدان جنك خارج شدی،

(زبیر) اعتناء نکردو براه ادامه دادتااز نظر ناپدید گردید. کسی نمیتواند بتحقیق بگوید که (زبیر) بعدازسه بار یا پنج بار حمله، چرا ازمیدان جنگ خارج گردید. زیرا (زبیر) بعدازاینکه ازمیدان جنك خارج شد دیگر باکسی راجع به جنگ صحبت نکرد تادانسته شود برای چه از میدان جنك خارج شده بود کسانی که خود را اهل اطلاع معرفی کرده‌اند می گویند (زبیر) چندمرتبه حمله کرد تا به (عایشه) و پسرس (عبدالله) و دیگران بفهماندکه وی ازجنك و مرك نمیترسد. اما بعد، بمناسبت اینکه از نقض سوگند پشیمان شد، نتوانست درمیدان جنك مقاومت نماید وبراه افتاد وراه منطقه‌ای را پیش گرفت که موسوم بود به (وادی السباع) . عجیب است که (زبیر) که یك روز قبل از آغاز جنك جمل (آن جنك را بمناسبت اینکه عایشه برشتر سوار بود باسم جنك جمـل خوانده‌انـد ـ مترجم) عزم داشت که باعلی (ع) بجنگد بعدازاینکه علی (ع) را درمیدان جنك دیدو اظهاراتش راشنید، تغییر عزم داد وازجنك منصرف گردید.

همانطور که مطلعین گفته‌اند فسخ عزیمت (زبیر) ناشی از ترس نبود چون اگرازمرگ میترسید بقشون علی (ع) حمله‌ور نمی‌شد بلکه علتی دیگر سبب گردید که بفاصله یك شبانه‌روز، عقیده (زبیر) تغییر کرد وچون (زبیر) بعداز خروج ازمیدان جنك ورفتن به منطقه موسوم به وادی السباع کشته شد وراجع به فسخ عزیمت خود باکسی صحبت نکرد هیچکس نمیداند که آن مرد برای چه جنك را ترك کرد در صورتیکه امیدوار بود بخلافت برسد وبر کشورهای اسلامی حکومت کند. مگر آنکه فرض اهل اطلاع رامعتبر بدانیم و بگوئیم که (زبیر) طوری از نقض سوگند خود ناراحت شد که نتوانست بجنك ادامـه بدهد وسر به بیابان نهاد. در وادی السباع قبیله‌ای بسر میبرد که رئیس آن را (عمروبن جرموز) میخواندند . (زبیر) وارد قبیله مزبور شدو پرسید که خیمه رئیس قبیله کجاست؟

اعضای قبیله، خیمه (عمروبن جرموز) را باو نشان دادند و (زبیر بن عوام بن خویلد) وارد خیمه (عمروبن جرموز) شد وخودرا معرفی کردو گفت از میدان جنك میآید. (عمروبن جرموز) ازاو پرسید باکه میجنگیدی؟ (زبیر) جواب داد باعلی بن ابیطالب (ع) (عمروبن جرموز) پرسید بسود که می‌جنگیدی؟

زبیر گفت بسود (ام المؤمنین عایشه) وخود من. (عمروبن جرموز) پـرسید لابد شکست خوردی که باینجا آمدی چون اگر فاتح میشدی راه اینمنطقه راپیش نمیگرفتی. (زبیر) گفت شکست نخورده‌ام وفاتح نشده‌ام بلکه ازمیدان جنـك خارج گردیدم واینك گرسنه و تشنه‌هستم واز تومیخواهم چیـزی بمن بدهی تناول کنم تا گرسنگی‌ام ازبین برود و مکانی را بمن واگذاری که‌درآنجا بخوابم .(عمروبن جرموز) گفـت هم‌اکنون یك شتربچه را برای توذبح میکنم وگوشت آن راکباب مینمایم و مقابل تو میگذارم تا گرسنگی‌ات رفع شود.(زبیر) گفت شتر

بچه‌راذبح‌نکن‌زیرا بکباب میل ندارم و قدری شیرشتر بانیم قرص نان برای سد جوع من کافی است .

(عمروبن‌جرموز)دستورداد که برای میهمان‌شیردوشیدند و بایك‌قرص نان مقابلش‌نهادند (زبیر) که گرسنه‌بود با اشتهـاغذا خورد و بعد ازاینکـه سیرشد، پرسید آیا دراینجا آب برای وضوگرفتن یافت میشود ؟ (عمروبن‌جرموز) محل نهری راکه از آن نزدیکی میگـذشت به‌میهمان نشان‌داد و(زبیر) کنارنهررفت ووضوگرفت ونمازخواندوبعد از ادای نمازخواست بخوابد(عمروبن‌جرموز) بمیهمان گفت در همین‌خیمه بخواب ومن به‌خیمه‌دیگر میروم .(زبیر) از(عمرو)پرسیدتوازطرفداران (ام‌المؤمنین) هستی‌یاازطرف‌داران علی(ع)(عمروبن‌جرموز) جواب‌دادمن‌از طرف‌داران علی(ع) هستم .

(زبیر) گفت آیامن‌میتوانم‌بدون‌تشویش در خیمه تو بخوابم‌وبجان‌من سوءقصد نخواهی کرد؟(عمروبن‌جرموز) گفت نه‌ای(زبیر).(زبیر)درخیمه(عمرو)خوابیدو(عمروبن‌جرموز) که از آن خیمه‌خارج شده بودبزنش گفت(زبیر)باپای خود به‌سوی‌قتلگاه آمده‌است‌زن‌پرسید برای‌چه این‌حرف‌را میزنی؟ (عمروبن‌جرموز) گفت برای اینکه من میخواهم (زبیر) را بقتل برسانم .

زن اظهارکرد این‌کار رانکن‌زیرا این‌مرد میهمان‌تـومیباشد ومیهمان رانباید بقتل رسانید .(عمروبن‌جرموز) گفت‌این‌مرد یکی از مخالفان بزرك‌علی(ع)است‌و من باید ازاین فرصت‌استفاده کنم‌و اورا بقتل‌برسانم‌وبعدازقتل‌زبیرسرش رابرای علی(ع)خواهم‌بردوپاداشی بزرك خواهم‌گرفت. زن گفت‌علی(ع) اگر مطلع‌شودکه این‌مرد، میهمان توبود وتومیهمان را در خیمه‌خود کشته‌ای‌ناراضی خواهدشدو نسبت‌بتوخشمگین خواهد گردید .

(عمروبن‌جرموز) گفت (زبیر)مردی است که‌برخلیفه‌خروج کرده‌وقتلش ضرورت دارد و من مطمئن‌هستم‌که علی(ع) بعداز اینکـه سر(زبیر) را دید خوشوقت‌خواهد شد وپاداشی بزرك‌بمن‌خواهدداد.زن گفت این‌مردکه بر خلیفه‌خروج کرده‌اینك میهمان‌تواست وپناهنده میباشدو نباید وی را به قتل‌رسانید .ولی(عمروبن‌جرموز) نظریه‌زن‌را نپذیرفت‌وعقیده‌داشت که(زبیر)چون بر خلیفه خروج کرده بایدبه‌قتل‌برسدو خنجری‌رابدست گرفت وبسوی خیمه خودکـه (زبیر) آنجاخوابیده بود روان‌شدوبایك‌ضربت‌خنجرحلقوم وشاهرك‌زبیررا برید و بعد ازاینکه‌جریان‌خون‌قطع گردیدسرش را ازبدن‌جدانمودوانگشتری زبیر را از انگشتش خارج‌کرد .آنگاه بمردان قبیله‌خود گفت که‌لاشه بی‌سر(زبیر)رابخاك‌بسپارند و خود باسر بریده وانگشتر(زبیر)با سرعت براه افتاد تا اینکه سروانگشتر را به علی(ع) نشان بدهدو پاداش بگیرد .

وقتی‌که (عمروبن‌جرموز) به‌علی(ع) رسید جنك‌جمل باپیروزی‌علی(ع) خاتمه یافته

بوداما خلیفه‌هنوزدر اردوگاه‌بسر میبرد. (عمروبن‌جرموز) برخلیفه‌وارد شدوسر(زبیر)را از کیسه‌ای که‌حمل‌میکرد خارج‌نمودومقابل خلیفه‌نهادوانگشترش راهم کنارسرش قرارداد.

(زبیر) ازخویشاوندان‌علی(ع)محسوب‌میشدو خلیفه ازمشاهده سر بریدهٔ آن‌مردمتأثر گردید وقدری‌سکوت کرد و آنگاه گفت(زبیر)مستوجب‌این عاقبت‌نبود. (عمروبن‌جرموز) گفت‌ای‌خلیفه می‌بینم که ازمشاهده این‌سرغمگین‌شده‌ای درصورتیکه باید خرسندباشی زیرا من‌سریکی‌ازبزرگترین‌دشمنان تورا آوردم‌تابدانی که‌بعداز این(زبیر) زنده‌نیست ونخواهد توانست‌باتو مخالفت‌کند. علی(ع)پرسیدآیاتوخود(زبیر) رابقتل رسانیدی؟(عمرو) گفت بلی ای‌خلیفه‌واوبه‌قبیله من آمد ودرآنجا غذاخوردوخوابید وهنگام خواب اورا به‌قتل‌رسانیدم. علی(ع) گفت آیا اوخصمانه‌وباغلبه‌واردقبیله توشده‌بود؟ (عمروبن‌جرموز) گفت نه‌ای‌خلیفه، واوبعنوان میهمان‌وارد قبیله ماشد. علی(ع) پرسید آیاتو هم او رابعنوان‌میهمان پذیرفتی؟ (عمروبن‌جرموز) گفت بلی. خلیفه پرسیدپس چرا میهمان‌خودراکشتی؟ (عمرو) گفت برای اینکه می‌دانستم وی‌ازدشمنان بزرك‌تومیباشدومیخواستم یکی ازدشمنان بزرگت‌را نابودکنم‌و سرش‌را نزدتو بیاورم‌و ازتو پاداش بگیرم. علی(ع) گفت بدکردی که میهمان‌خودرا بقتل رسانیدی.

(عمرو) گفت ای خلیفه‌آیابمن‌پاداش نمیدهی؟ علی(ع) گفت نه‌ای (عمروبن‌جرموز) ومن برای اینکاربتوپاداش نخواهم دادو این‌سررا ببرو در هرنقطه که جسد (زبیر)را بخاك سپرده‌ای بخاك بسپار. (عمروبن‌جرموز) مجبورشدکه‌سررا درکیسه بگذاردو مراجعت‌کندوآن راکنارلاشه(زبیر) بخاك بسپارد. جنك‌جمل‌مدت‌سه‌روز طول کشید ودرآن‌جنك‌شتر(ام‌المؤمنین) را باقطع‌دودست، برزمین‌انداختندوعایشه اسیرگردیدولی‌علی(ع) باوی باحترام رفتارکرد. وقتی (عایشه)ازشترفرودآورده‌شد همه دیدندکه زره دربرکرده‌است. علی(ع) ام‌المومنین‌را ببرادرش(محمدبن‌ابوبکر)سپردو گفت که‌اورا به‌بصره ببردوآنگاه به (مدینه) برساندو(عایشه) اول به(بصره) برده‌شد و آنگاه اورا به(مدینه) منتقل‌کردند. علی(ع) توقف‌عایشه رادربصره صلاح‌ندانست‌چون‌ممکن‌بودکه(ام‌المؤمنین) بازدرصددبرآیدکه‌علیه‌خلیفه وبعنوان‌خونخواهی (عثمان) یك‌قشون بسیج‌کند و با علی(ع) بجنگد. ولی در(مدینه) بطوریکه خود(ام‌المؤمنین) نیز دریافته‌بود آن‌زن‌نمیتوانست علیه علی(ع) یك‌قشون‌بسیج نماید. (طلحه) درجنك (جمل) بقتل‌رسید وعلت‌مرك اواصابت یك‌تیر بودو بعد از اصابت‌تیر، آن‌قدرخون‌از(طلحه) رفت که‌اورا بی‌حال‌کرد.

غلام (طلحه)اورا اززمین‌بلندنمود وبریك‌اسب‌و بروایتی‌بریك‌استرقرار دادوازمیدان جنك‌خارج‌کرد تااینکه برایش‌جراح‌بیاوردووسیله مداوایش فراهم‌گردد. ولی قبل‌از اینکه جراح بیایدو زخم طلحه‌را مرهم بگذارد آن‌مردبغلام خود گفت‌من‌بزودی‌خواهم‌مرد وتو

از کنارمن دور نشو ومیل‌دارم که قبل‌ازمرگ‌وصیت کنم. لیکن آن‌مرد که‌دارای‌اراضی‌وسیع بودنتوانست وصیت کندوهمانجا که‌قرار داشت جان‌سپرد وعلی(ع)جسد (طلحه) را درمیدان جنگ‌دید. شکستی که درجنگ(جمل) برعایشه واردآمد(ام‌المؤمنین)راخیلی‌متأثر کرد. درآن موقع که من راجع به(ام‌المؤمنین) تحقیق‌میکردم مطلعین‌می گفتند که‌هنوز (عایشه)واقعه‌جنگ (جمل) را فراموش‌نکرده است‌وهرزمان که شکست‌خودرا درآن‌جنگ‌بخاطر میآوردناراحت میشود. میگویند که‌جنگ(جمل) درروزجمعه بیستم‌ماه جمادی‌الاولی درسال سی‌وششم هجری خاتمه‌یافت.

راجع به‌تلفات قشون‌علی(ع)وقشون(عایشه)درآن‌جنگ‌من‌نتوانستم‌ارقام صحیح بدست بیاورم. بعضی میگفتند که‌تلفات‌قشون علی(ع)درجنگ(جمل) هزاروپانصد نفربودو بعضی آن راهزاروهفتصدنفر میدانستند وبرخی‌هم اظهار می‌کردند که درجنگ (جمل)پنج‌هزارتن از قشون‌علی(ع) بقتل‌رسیدند. درخصوص تلفات‌قشون (ام‌المؤمنین)هم‌ارقام متفاوت‌ذکرمیشود. بعضی میگویند که هفت‌هزارتن‌ازقشون(عایشه) بقتل‌رسیدندوبرخی‌اظهار مینمایند که‌هفده‌هزار نفر ازافسران و سربازان عایشه در آن‌جنگ که‌سه‌روز بطول‌انجامید بقتل‌رسیدند وبیش‌ازهمه ازمردان قبیله(ازد)که طرفدار عایشه‌بودند کشته‌شدند وچهارهزار مرد از آن قبیله‌بهلاکت رسیدند. از مجموع‌اطلاعاتی‌که من به‌دست آوردم چنین مستفاد می‌شودکه در جنگ(جمل) تلفات‌قشون(عایشه) بیش‌ازمقتولین‌قشون‌علی(قشون‌کوفه) بوده‌است. دیگر اینکه‌درجنگ(جمل) علی(ع) بااینکه‌فرمانده قشون (کوفه) بوددرجنگ‌شرکت‌کردوابراز شجاعت‌کرد. درمدت سه‌روزکه‌آن‌جنگ‌طول‌کشید چند مرتبه دیدندکه سراپای‌علی(ع) ازخون ارغوانی گردیده، از شمشیرش‌خون‌فرومیچکدافسران‌وسربازان‌قشون بصره (قشون‌ام‌المؤمنین‌عایشه)ازعلی(ع) میترسیدندودر هرنقطه که‌خلیفه حمله‌ور میشداز او دوری میگزیدندکه کشته‌نشوند. بعد از اینکه‌جنگ(جمل) باپیروزی‌خلیفه‌خاتمه‌یافت‌علی(ع)چند روزدرمیدان‌جنگ‌ماندو آنگاه وارد بصره شد.

پس از ورود بشهر (بصره) به‌مسجد آن شهررفت‌ونماز خواندوبعداز نمازبرای‌مردم صحبت کردو گفت: من میدانم که بمناسبت بعدمسافت بین(مدینه) واین‌شهرشمامردم (بصره)آن طورکه باید ازاوضاع‌مدینه‌اطلاع‌صحیح نداشتیدو نمیدانستید که(عثمان) بتحریک‌چه اشخاص‌و بدست‌چه کسانی کشته‌شد. چون کم اطلاع بودیدوقتی‌عده‌ای‌باین‌شهر آمدند وبشما گفتند که من محرک‌قتل‌عثمان بوده‌ام باور کردیدومرا قاتل‌آن پیرمرددانستیددرصورتی که من‌درقتل عثمان نه‌دخالت‌مستقیم داشتم‌نه‌غیرمستقیم. من بطوریکه در دورهٔ حیات‌عثمان هم گفتم‌آن‌مردرا برای خلافت‌صالح نمی‌دانستم اماخواهان قتل‌او نبودم واتهام‌قتل‌عثمان که برمن واردآمد تهمتی‌بود ناروا. اکنون کسانیکه مرامتهم بقتل‌عثمان میکردند وبرای جنگ بامن‌قشون‌بسیج نمودند

شکست خورده‌اند و بعضی از آنها بقتل رسیدند. من شما سکنه بصره را بمناسبت کم اطلاعی از اوضاع (مدینه) درجنگی که پیش آمد گناهکار نمی‌دانم. شما چون اطلاع نداشتید اغفال شدید و چون شما را گناهکار نمیدانم آنهائی که ازسکنه بصره هستند و علیه من قیام کردند مجازات نخواهند شد. شنیده‌ام که عده‌ای ازسکنه بصره از بیم اینکه ازطرف من مورد مجازات قرار بگیرند کوچ کرده‌اند و دسته‌ای دیگر در همین شهر هستند و خود را پنهان کرده‌اند. من بهمه می‌گویم که بوطن خویش مراجعت نمایند و خود را پنهان نکنند و بدانند که بعد از این امنیت خواهند داشت وجان و مال آنها از تعرض مصون است. وضع بصره درمدتی که ازطرف دشمنان ما اشغال شده بود انتظام نداشت و آن بی نظمی دوام دارد.

من قدری در بصره خواهم ماند تا اینکه اوضاع اینجا را مرتب کنم و آنگاه از اینجا به (کوفه) خواهم رفت و عزم دارم که (کوفه) را مرکز خلافت نمایم. از روز اول که من ازطرف مردم بسمت خلیفه انتخاب شدم متوجه گردیدم که (مدینه) با اینکه شهری است که اسلام در آنجا رشد کرد از نظر ارضی دارای مرکزیت نمیباشد و مرکز خلافت باید بنقطه دیگر منتقل شود. زیرا اسلام در شمال و مشرق وجنوب خیلی توسعه یافته و شهر (مدینه) از نظر ارضی ازکشورهای شرقی و شمالی وجنوبی اسلام دور افتاده ولی بین النهرین، نسبت بکشورهای اسلامی دارای مرکزیت است. شاید برخی بهتر بدانند که من (مدائن) را مرکز خلافت کنم. ولی (مدائن) در گذشته پایتخت سلاطین عجم بوده و من نمیخواهم که آنجا را مرکز خلافت نمایم. (بصره) برای مرکز خلافت بد نیست ولی آب و هوای (کوفه) بمزاج من، بیشتر سازگار است و بهمین مناسبت (کوفه) را مرکز خلافت خواهم کرد. علی (ع) بعد از اینکه وضع (بصره) را منظم کرد برای آن شهر حکمرانی انتخاب نمود و درماه رجب سال سی و ششم هجری منتقل به (کوفه) شد. وقتی خلیفه به (کوفه) رفت آن شهر یك دارالحکومه بزرك و باشکوه داشت و وجوه شهر خواستند که علی (ع) را بدارالحکومه ببرند و او نرفت و گفت برای سکونت من (رحبه) کافی است. مردم حیرت کردند و گفتند ای خلیفه آیا تو میخواهی در (رحبه) بنشینی و امور امت اسلام را اداره کنی؟ علی (ع) گفت آنچه امور امت اسلام را اداره میکند دین و ایمان خلیفه است نه سنك و خشت و گل که برای ساختمان ابنیه بزرك و گرانبها بکار میرود و خلیفه اگر دین و ایمان داشته باشد از (رحبه) نیز میتواند امور امت را اداره نماید. (رحبه) عبارت بود از سرسرای مسجد کوفه و در آنجا بوریائی دیده میشد که علی (ع) بر آن نشست و درحالیکه وجوه سکنه (کوفه) اطرافش را گرفته بودند گفت: شما مردم (کوفه) دعوت مرا پذیرفتید و لبیك اجابت بر زبان آوردید و براه افتادید و در راه حق جهاد کردید و فاتح شدید. چون در راه حق کوشش کردید شاید انتظار داشته باشید که ازطرف من، از محل بیت المال پاداش دریافت کنید. ولی بشما میگویم که یك درهم از محل بیت المال بعنوان پاداش، بکسی پرداخته نخواهد شد و اجر شما، با خدا است و آن پاداش را در دنیای آخرت از خداوند دریافت

ای مردم، کسی که متقی باشد نباید تصور کند که بپاداش تقوی، در این جهان، ثروتمند خواهد شد. این دنیا سرای موقتی ماست و سرای جاوید نوع بشر دنیای آخرت است و هر کس که پرهیزکار باشد در جهان آخرت، از خداوند پاداش خواهد گرفت و اگر گناهکار باشد کیفر خواهد دید. ای مردم اسلام دینی است که مخالف با دروغ و ریا و خدعه و اغماض است و من که پیرو این دین هستم نمیتوانم دروغ بگویم و باوعده بی اساس، شما را سر گرم کنم. این است که بشما میگویم که بمناسبت جهاد در راه حق، پاداشی از بیت المال دریافت نخواهید کرد. وقتی مردم آن اظهارات را از علی(ع) شنیدند نظرهائی باهم مبادله کردند، ولی کسی چیزی نگفت و صحبت علی(ع) تمام شد و آنهائی که در مسجد بودند رفتند .

جنك صفين

بعدازخاتمه جنگ‌جمل‌تاچندروز علی(ع) مشغول انتخاب حکام جدیدبرای کشورهای بزرك اسلام بود وهرحاکم، بعد از اینکه انتخاب میشد بصوب حوزه حکومت خودمیرفت. ازجمله (مالك‌بن‌حارث‌نخعی) حاکم (نصیبین) شدولی وقتی بحوزهٔحکومت‌خود رسیدمردی باسم (ضحاك‌بن‌قیس‌قهری)از ورود حاکم‌جدیدممانعت‌کرد وگفت‌من‌ازطرف‌معاویه والی‌شام بحکومت این‌منطقه منصوب شده‌امو علی(ع)را خلیفه‌مسلمین نمیدانم تااینکه حاکمی‌راکه فرستاده است برسمیت بشناسم وجای خودرا باو بدهم.

(مالك‌بن‌حارث‌نخعی)مجبورشد با(ضحاك‌بن‌قیس‌قهری) بجنگدو آن‌اولین زدوخوردبودکه بین‌طرفداران‌علی(ع)ومأمورین‌معاویه‌درگرفت. علی(ع) بطوری‌که‌دراین‌خاطرات‌گفته شد مرد سیاست نبودیعنی آنقدرصریح‌اللهجه ویك‌دنده بشمارمیآمدکه نمیتوانست مردسیاست‌بشمار بیاید.هرعقیده که راجع بهرکس‌داشت بدون‌محابا میگفت‌و نمیاندیشید چه‌عواقب، ببار خواهدآورد.

وقتی‌نسبت بیك‌نفر بدبین‌بود، ازثروت‌وقدرت‌ونفوذ او نمیاندیشیدو نمیخواست‌متوجه شودکه دشمنی‌اش‌برای وی گران تمام خواهدشد. اگرعلی(ع) مرد سیاست بودمیتوانست که بامولای من(معاویه)کناربیاید. چون‌درآغازکه‌علی(ع)خلیفه‌شده بود(معاویه)نمیخواست بااوبجنگدو خصومت شدیــد معاویه باعلی(ع)ازموقعی‌شروع‌شدکه‌معاویه فهمیدکه علی(ع) قصددارداوراازولایت‌شام(سوریه‌ـمترجم) معزول کند. اگرعلی(ع)معاویه‌را برولایت‌شام باقی میگذاشت جنگ(صفین) پیش‌نمیآمد.مولای‌من(معاویه)در شام‌خیلی بانفوذشده‌بود و مردم‌و رؤسای قبایل‌غیراز اوکسی‌رانمیشناختند وروزی که‌علی(ع)درمدینه بخلافت‌انتخاب شددر شام، سکنه محلی از یکدیگر میپرسیدندکه علی(ع کیست؟ علی(ع) نفوذ وقدرت وثروت رادرشام‌ندیده‌گرفت وبعد از اینکه(ضحاك‌بن‌قیس‌قهری) حاکم معاویه‌جلوی(مالك‌بن‌حارث نخعی) حاکم‌علی(ع)راگرفت وجنك درگیرشد،علی (ع) نامه‌ای به‌معاویه نوشت‌و گفت‌که (ضحــاك‌بن‌قیس‌قهری)برخلیفه خروج کرده وباغی شده‌واگر او (یعنی معاویه) از(ضحاك)

طرفداری کندو دستور خلیفه‌را نپذیرد او هم کسی است که برخلیفه خروج کرده‌ومستوجب مجازات‌میباشد. (معاویه) که میدانست علی(ع) بطورحتم اورا ازولایت‌شام‌برکنار خواهد کرد تصمیم گرفت مقاومت نماید و برای اینکه افکارعمومی سکنه‌شام‌راعلیه‌علی (ع) تحریك کند اورامتهم‌بقتل‌عثمان کرد. همان‌طورکه علی(ع)درشام، بمناسبت‌طول مدت ولایت(معاویه) در آن کشور، معروفیت‌نداشت (عثمان) هم معروف‌نبود و وقایع‌مدینه، درشام‌انعکاس‌زیاد تولید نمیکردوقسمتی‌ازسکنه شام‌اسم(عثمان)را بعنوان‌این‌که‌خلیفه‌مسلمین میباشدنشنیده‌بودند.

مولای‌من(معاویه) درمسجددمشق یکبار هنگامی‌که راجع به(عثمان)صحبت‌میکرد گریست وگفت (عثمان) مردی بود باتقوی وزاهد وجز راه‌حق نمی‌پیمود ولی‌علی(ع) و همدستانش‌که طمع‌خلافت وحکومت راداشتند آن‌پیرمرد خداشناس ومسلمان‌وجانشین پیغمبر راباشکم‌گرسنه‌ولب تشنه، درحالی‌که مشغول‌خواندن قرآن بودبقتل‌رسانیدندوروزی که مولای من، معاویه بر(عثمان) گریست‌پیراهن خون‌آلودعثمان‌را بمسجددمشق آورده‌بودند ومردم‌آن‌پیراهن‌را دیدند. تاروزیکه(مدینه) مرکزجهان‌اسلامی‌بودسکنه‌مسلمان شام، مرکز اسلام‌را بادیده احترام مینگریستندچون می‌دانستندکه آنجا پایتخت پیغمبر اسلام بود و اسلام درمدینه‌قوت‌گرفت واز آنجا بنقاط دیگرتوسعه یافت. ولی بعد از اینکه علی(ع) شهر(کوفه) واقع درعراق‌رامرکزجهان اسلام‌کرد سکنه شام برای (کوفه) قائل باحترام نشدند و مولای من(معاویه) از این‌واقعه‌استفاده‌تبلیغی‌کرد ودرمسجد دمشق‌به‌مردم‌میگفت اگر شما، انتقام‌خون عثمان رانگیرید وخلافت‌علی(ع) را از بین نبرید برده سکنه عراق خواهیدشدوآنها اموال‌ونوامیس شمارا بتصرف‌درخواهند آورد.

بطوریکه گفتم چون حاکم(نصیبین) که ازطرف‌معاویه انتخاب‌شده‌بودحاکم‌منصوب ازطرف‌علی(ع) رانپذیرفت‌علی(ع)تصمیم گرفت‌که بامعاویه بجنگد.

(توضیح- بین‌النهرین، دارای‌دومنطقه‌متمایز است‌ومنطقه‌شمالی‌آن‌سنگلاخ میباشدومنطقه جنوبی‌رسوبی‌وحاصل‌خیزوهمین‌منطقه جنوبی‌است‌که درقدیم‌موسوم بود به(بابل) واما منطقه شمالی‌بین‌النهرین‌درقدیم(نینوا) نام‌داشت وعربها آن‌راباسم (جزیره) میخواندند زیرا در شمال‌بین‌النهرین آبهای شطوط فرات ودجله، طوری آن منطقه را احاطه‌میکردکه تقریبا یك‌جزیره بوجودمیآمد و(جزیره)چندشهر بزرگ‌داشت‌که یکی ازآنها شهر (نصیبین) بودکه رومیها آن‌را (نسی‌بیس) می‌خواندند ویونانیها بنام(سوکورس)یا(مکدوئیس) موسوم کرده بودند(نصیبین) از شهرهای آباد وحاصل‌خیزجزیره بود ولی عقربهائی خطرناك داشت و هنوز اینشهردرعراق‌هست امانه‌بعظمت سابق -مترجم)

علی(ع) برای‌جنك‌بامولای‌من‌در(کوفه)مشغول مجهزکردن‌قشون شدودر شوال سال سی وششم‌هجری‌با سپاه خودبسوی‌شام‌حرکت‌نمود. معاویه که می‌دانست علی(ع) باوی خواهد

جنگید یك قشون نیرومند گرد آورد ودرمنطقه (صفین) نزدیك فرات دو قشون بهم رسیدند و جنك در گرفت وعده‌ای کثیر ازطرفین کشته‌شدند وجنك طولانی گردید .

(توضیح ـ ثابت ابن ارطاة نویسنده این یادداشت‌ها، شماره سربازان ، فریقین راذکر نکرده ولی مورخین شیعه نوشته‌اند که قشون مولی امیرالمؤمنین (علی) علیه‌السلام در آن جنك دوازده تا بیست هزار سرباز بود وقشون معاویه یکصدوپنجاه‌هزارسرباز ومدت جنك هم طبق روایات گوناگون متفاوت است و بعضی ازمورخین شیعه مدت جنك راده روز و برخی چهل روز وعده‌ای ازآن‌ها دوماه، ودسته‌ای ازمورخین دوازده‌ماه (یکسال) وجمعی از آنهاچهارده‌ماه (یکسال ودوماه) دانسته‌اند و(لیلة‌الهریر) آخرین شب جنك صفین بودودوروز بعدازآن‌عده‌ای ازسربازان قشون معاویه قرآن‌ها را برسرنیزه کردند ومانع از ادامه جنك شدند مترجم ـ)

یك شب که جنك خیلی شدت داشت و آن را (لیلة‌الهریر) خوانده‌اند یعنی درشبی که صدای زوزه سك شنیده‌می‌شد (زیرا جنگجویان زوزه می کشیدند) جنك تا بامدادادامه یافت ووقتی صبح دمید عده‌ای ازسربازان معاویه که پیشاپیش قشون بودند قرآن‌هارا برسر نیزه زدندو بلندنمودندو گفتند ماخواهان حکومت قرآن هستیم وازجنك و برادرکشی نفرت‌داریم وتقاضای ما این‌است که قرآن بین‌مسلمین حکومت کند. علی(ع) دستور داد که حمله را ادامه دهندولی (اشعث‌بن‌قیس کندی) که ازسرداران قشون علی(ع) بود شمشیرخودرا غلاف کردو گفت یا علی(ع) من بروی قرآن شمشیر نمیکشم.

(توضیح ـ مولی علی(ع) چون فهمید که بلند کردن قرآن با نیزه از طرف سربازان معاویه خدعه است خطاب بسرداران وسربازان خود گفت‌ای مردم آنها قرآن را برخ شمامیکشند که شماراکه درآستانه پیروزی هستید از ادامه جنك مانع شوندولی خستگی مفرط سربازها از یکطرف وکناره گیری (اشعث بن قیس کندی) ازجنك ازطرف دیگر، سربازان راسست کرد و علی(ع) را مجبور نمودند که به (مالك بن حارث نخعی) ملقب به (اشتر) که بدون توجه بخستگی میجنگید دستور بدهد که دست ازجنك بکشد وبدین‌ترتیب، یك اشتباه غیرقابل جبران جنگی صورت گرفت ودرنتیجه معاویه بخلافت رسید ومولای ما علی(ع) تاروزیکه زنده بود بمسلمانها می گفت هرچه برسرشما می‌آید ناشی ازاین است که آن روزدست ازجنك کشیدید واگرتاظهر بجنك ادامه‌میدادیدفاتح‌می‌شدید وباسربلندی ونیك نامی زندگی میکردید ـ مترجم)

من تصورمیکنم که دنباله وقایع را همه‌می‌دانندواطلاع‌دارند که‌چون سرداران وسربازان علی(ع) نخواستند بقرآن حمله‌ور شوند، جنك متارکه‌شد ودوحکم تعیین گردیدتااینکه تکلیف خلافت مسلمین را تعیین‌نمایند .حکم قشون معاویه(عمروعاص) بود وحکم قشون علی(ع) (ابوموسی اشعری) وآن‌دوحکم موافقت کردند که برای برقراری صلح علی (ع)را از خلافت معزول نمایند و(معاویه)رابجای اوخلیفه‌مسلمین کنند.

(توضیح- طبق نوشته‌مورخین‌شیعه ابوموسی‌اشعری که مردی‌بودساده‌و سالخورده فریب (عمروعاص)را خورد و عمروعاص با خدعه‌توانست خلافت معاویه را اعلام کندو این‌واقعه نزد ماشیعیان مشهورتراز آن است که خوانندگان‌احتیاج به‌توضیح‌مفصل‌ماداشته‌باشند-مترجم)

علی(ع) و طرفداران اورأی‌حکمیت رانپذیرفتند و دعوی کردندکه(ابوموسی‌اشعری) فریب خورده است و پس‌ازاینکه‌علی(ع)ازجنگ(صفین) مراجعت‌نمودتصمیم گرفت یك‌قشون جدید رامجهزکندوباز بامعاویه بجنگد.ولی یك سلسله‌وقایع که‌یکی‌بعد از دیگری برای علی(ع) رودادمانع‌از این‌شدکه وی موفق گردد یك‌سپاه‌جدید راعلیه(معاویه)بحرکت‌درآورد . از جمله (محمدبن‌ابوبکر) که‌علی(ع) اورا والی‌مصرکرده‌بوددرآن کشوربقتل‌رسیدو(مالك‌بن-حارث‌نخعی‌ملقب به‌اشتر) مسموم گردیدوزندگی‌رابدرود گفت‌وازیك‌طرف‌سکنه کشور (یمن) وازطرف‌دیگرجمعیتی باسم(خوارج) که‌علی(ع) راخلیفه‌نمی‌دانستند وخلافت (معاویه) راهم نمی‌پذیرفتند برعلی(ع)شوریدندوعلی(ع)مجبورشدکه‌درمنطقه(نهروان) با آنها بجنگد. یکی ازدلائل این که‌علی(ع)مرد سیاست بمعنی‌امروز وتزویرنبود، نصب (محمدبن‌ابوبکر) بولایت مصرمیباشد، شایدچون‌علی-ع-(محمدبن‌ابوبکر)رامانندپسرخود می‌دانست‌ویراوالی‌مصرکرد زیرامادر(محمدبن‌ابوبکر) همسر علی(ع)بشمارمیامد .

اسم مادر (محمدبن‌ابوبکر)(اسماءبنت‌عمیس)بود ودر آغاز زن(جعفربن‌ابیطالب)شدو پسری‌زائیدباسم(عبدالله بن‌جعفر)پس ازاینکه(جعفربن‌ابیطالب) درجنگ‌در راه‌اسلام‌بقتل‌رسید (اسماءبنت‌عمیس)زوجه (ابوبکر) گردید.این ازدواج طبق‌توصیه پیغمبراسلام صورت گرفت چون پیغمبرما توصیه نمودکه مردان مسلمان ، بازوجه بیوه‌شهدای‌اسلام‌ازدواج کنندتاز نهای بیوه وفرزندانشان‌ازحیث‌معاش‌معطل نباشند.

(اسماء) پس‌از اینکه زوجه(ابوبکر) شد (محمدبن‌ابوبکر)رازائید و بعدازفوت (ابوبکر) همسرعلی‌بن‌ابیطالب(ع) گردیدودرخانه‌اش‌پسری باسم (یحیی) را بوجود آورد. چون (اسماءبنت‌عمیس)همسرعلی(ع) بود،علی(ع)محمدبن ابوبکررا بچشم‌پسرخودمینگریست واوراوالی‌مصرکرد و (محمدبن‌ابوبکر)درآنجاکشته‌شد(شرح شهادت محمدبن‌ابوبکر بالب تشنه در همین‌کتاب‌ذکرشده‌است-مترجم)

باوجود اشکالاتی‌که برای‌علی(ع) پیش‌آمد عزم جزم داشت که معاویه را ازخلافت برکنار کند وچون‌در ایران دارای طرفداران بسیار بود نامه‌هائی به‌سران قبایل‌ایران نوشت‌وازآنهاخواست‌تاآنجاکه‌ممکن باشدازبین افراد رشیدقبیله سربازان‌مجهز را انتخاب کنندوبعراق بفرستند. درخودعراق وهمچنین درحجاز نیز از طرف علی(ع) سرباز جمع آوری شد بطوری که در آغاز ماه رمضان سال چهلم هجری یك‌قشون‌یکصدهزارنفری‌تحت فرمان‌علی(ع) درعراق گرد آمد و علی(ع) نقشه جنگ‌آن‌قشون راکشید و واحدهای جنگی

رامعین کرد و برای هر واحد، یک فرمانده انتخاب نمود و فرماندهی واحد اول متشکل از ده هزار سرباز را به پسر خود حسین (علیه السلام) داد و آن قشون عظیم میبایدبسوی شام حرکت کند. اگر آن قشون بطرف شام بحرکت درمیامد چون متشکل از سربازان رشید بود و سردارانی برجسته فرماندهی واحدهای آن را داشتند و فرماندهی کل را یک مرد دلیر و سلحشور چون علی (ع) برعهده گرفته بود، باحتمال زیاد معاویه شکست می‌خورد. لیکن درهمان ماه رمضان علی (ع) بدست عبدالرحمن بن ملجم مرادی که یکی از خوارج بود ضربت خورد و براثر آن ضربت زندگی را بدرود گفت و قشونی که برای حمله بشام گرد آمده بود متفرق شد (شرح شهادت مولای متقیان سلام‌الله علیه درهمین کتاب آمده است-مترجم).

محاکمه ومرك عایشه

بطوری که نوشتم برطبق دستورخلیفه(معاویه) من عایشه‌را توقیف کردم‌ولی باوی‌باحترام رفتار میکردم ومنتظر بودم که ازطرف خلیفه دستوری در خصوص ام‌المؤمنین بمن برسد. تااینکه‌معاویه ازدمشق نامه‌ای‌بمن که‌آن هنگام در(مدینه) بودم‌نوشت‌وامرکرد که(عایشه)را برای‌اینکه‌مورد محاکمه قرار بگیرد به(دمشق)منتقل کنم وخود باعده‌ای‌ازمأمورین پلیس خفیه، که درتحقیق‌مربوط بسوابق عایشه‌دست داشته‌اند به(دمشق)مسافرت نمایم.خلیفه‌درنامهٔ خود نوشته‌بود که‌انتقال عایشه به(مدینه) باید بدون‌اطلاع‌مردم صورت‌بگیرد وهیچ‌کس‌نفهمد که وی‌قصد داردعایشه‌رادردمشق‌موردمحاکمه قراربدهدومحاکمه هم‌سری خواهد بود و جز او(یعنی‌معاویه) ومن ومعاون‌من وفرمانده‌نگهبانان عایشه ویك‌منشی‌مورد اعتمادبرای صورت جلسه یاجلسات، کسی‌نبایددرجلسه‌محاکمه حضوربهم‌برساند.

من‌دستورخلیفه‌را بموقع اجراگذاشتم و(عایشه) را بدون اطلاع‌مردم به‌دمشق منتقل کردم وجلسه محاکمه (عایشه) منعقدگردید واین‌اشخاص درجلسه محاکمه بودند(معاویة‌بن ابوسفیان) خلیفه‌پنجم مسلمین‌وجانشین رسول‌الله ـ (ثابت‌بن‌ارطاة)یعنی‌من رئیس پلیس خفیه (یزیدبن‌الواشی) معاون‌من ـ (مردوك) فرمانده‌نگهبانان (عایشه)ویك‌منشی‌مورد اعتمادباسم (بشیربن‌الخرب)که صورت‌جلسه‌را مینوشت.

بعدازاینکه جلسه مفتوح شد (معاویه)خطاب‌به(ام‌المؤمنین)گفت‌توازطرف من مورد محاکمه قرار میگیری ومکلف هستی‌که پاسخ هرسئوال رابدرستی‌بدهی واگر دروغ‌بگوئی بالمضاعف مسئول خواهی شد زیرامقابل خلیفه دروغ‌گفته‌ای ولذاخداوند سنگینی‌گناه تورا دوبرابرخواهدکردوآیاتومرامی‌شناسی‌یانه؟ (عایشه)گفت ای‌پسر(ابوسفیان) من‌تو راخوب میشناسم واولین‌مرتبه هنگامی توراادیدم‌که‌باپدرت ابوسفیان به‌بازارمکاره (عکاظ)آمده‌بودی وبطرف رسول‌الله(ص) سنك میانداختی‌وپدرت‌قاه‌قاه میخندید وباخنده‌های خودتورا تشویق مینمودکه‌بیشتر بطرف رسول‌الله(ص) سنك‌بیندازی. (مردوك) (فرمانده) نگهبانان خطاب

بمعاویه گفت ای خلیفه آیا اجازه میدهی که من این زن را شلاق بزنم تا اینکه این طور بخلیفه مسلمین توهین ننماید؟ معاویه گفت نه... ومن از گفته این زن متاثر نمیشوم.

آنگاه خطاب به (عایشه) گفت مثل این است که تو از وضع وخیم خود مطلع نیستی و نمیدانی که زندگی تو وابسته بچند کلمه حرف من است و من میتوانم تا ساعت دیگر، تو را بدنیای دیگر بفرستم (عایشه) جواب نداد ولی دیدم که از چشمهایش برق جست.

(معاویه) گفت اولین پرسشی که من از تو میکنم این است که برای چه علیه من، مبادرت بتوطئه کردی و من یادستگاه خلافتم با تو چه بدی کرده بودیم که تو تصمیم گرفتی بضد من دسیسه کنی؟ (عایشه) گفت من در هر قدم تو را در سر راه خود میبیافتم و میدیدم که مانع اجرای نقشه‌های من هستی و بهمین جهت در صدد برآمدم که با تو مخالفت کنم. (معاویه) گفت معلوم میشود زنی هستی بسیار منهور که اینگونه مقابل من صحبت میکنی؟ عایشه اظهار کرد مگر تو خود بمن تأکید نکردی که راست بگویم ودراین صورت چرا ازراستگوئی من مکدر میشوی؟ معاویه گفت من میخواهم بتو بگویم که راجع بکارهای خود، در دوره‌ای که عثمان بقتل رسید، وهم چنین بعداز مرگ او، توضیح بدهی.

(ام المؤمنین) گفت کارهای من قبل از قتل عثمان و بعداز قتل او، روشن است وتصور نمیکنم که احتیاج بتوضیح داشته باشد. معاویه اظهار کرد (یلال) که صراف تو بود میگوید قبل از اینکه عثمان بقتل برسد تو از (مدینه) رفتی وبگو برای چه پیش از قتل (عثمان) مدینه را ترك کردی. (عایشه) گفت قبل از اینکه عثمان بقتل برسد من اوضاع مدینه را مغشوش دیدم و بمن گفتند که گروهی خانه عثمان را محاصره کرده‌اند وچون موقع حج اکبر فرارسیده بود بسوی مکه براه افتادم که خانه خدا را زیارت کنم ودرضمن ازخدا بخواهم که (عثمان) را تحت حمایت خود قرار بدهد.

(معاویه) گفت شخصی که مردم را تحریك بقتل عثمان کرد تو بودی و توافراد مؤثر را جمع آوری نمودی وبآنها گفتی که باید عثمان را معدوم کنند، در این صورت چرا وقتی دانستی که (عثمان) بزودی کشته خواهد شد ازمدینه رفتی و آنجا نماندی تا موفقیت خود را ببینی. (عایشه) گفت بقتل رسانیدن یك پیرمرد هشتاد ودوساله نه یك منظره تماشائی است نه یك موفقیت ومن نمی‌خواستم درمدینه بمانم تا اینکه ناظر فجایع گریه آور باشم ومشاهده کنم که مردم بی گناه (مدینه) قتل عام می‌شوند واموال مردم بتاراج میرود وغارتگران حتی ازقتل زنها خودداری نمینمایند.

(معاویه) گفت رفتاری که تو در آن موقع کردی واز مدینه رفتی رفتار مردم جبان است و تو مقدمات قتل عثمان وتاراج وآتش زدن (مدینه) را فراهم کردی وشمشیر برای قتل عام و مشعل جهت آتش زدن، بدست مردم دادی وهنگامیکه دانستی قتل وغارت شروع خواهدشد

از مدینه‌رفتی که مبادا وبال کارهای تو، دامان خودت‌را بگیرد. در هرحال، تحقیقاتی که راجع بتو شده‌و اظهاراتی که هم اکنون کردی نشان میدهد که تو میدانستی در (مدینه) چه وقایع اتفاق خواهد افتاد و اینك بگو چه موقع مطلع شدی که عثمان بقتل رسیده‌است؟

(عایشه) گفت بعد اززیارت کعبه‌من بمدینه‌مراجعت کردم‌و دردومنزلی مدینه، شنیدم که عثمان را بقتل‌رسانیده‌اند. معاویه اظهارکرد لابد ازقتل عثمان بسیار خوشنودشدی‌وحس کردی که بآرزوی‌خویش رسیده‌ای؟ (عایشه) گفت من وقتی از چگونگی قتل عثمان مطلع گردیدم اندوهگین شدم‌زیرا نمیخواستم که وی بقتل برسد و کشته شدن او، باآن وضع، نقشه مرا برهم‌زد.

معاویه پرسید نقشه تو که براثر قتل (عثمان) برهم خورد چه‌بود؟ (عایشه) گفت من خواهان قدرت بودم‌و میخواستم که قدرت‌را بدست بیاورم تااینکه بتوانیم‌بیرق‌اسلام را در سراسر دنیا باهتزاز درآورم‌و تمام اقوام‌جهان‌را مسلمان کنم وزمین براثر توسعه‌دین‌اسلام که متضمن تأمین سعادت مردم می‌باشد مبدل به بهشت گردد. (معاویه) گفت لابد تو که میخواستی‌بیرق‌اسلام‌رادرسراسر جهان باهتزازدرآوری آرزو داشتی که دیهیم برسربگذاری و ملکه دنیا بشوی آیاچنین نیست؟

عایشه گفت هنگامیکه شوهرم‌رسول‌الله(ص) حیات داشت معتقد بود که درجهان‌میباید فقط یك دین وجودداشته باشد آنهم‌دین‌اسلام، اما نه‌برای اینکه‌وی بعنوان پیغمبر برسراسر جهان حکومت کند بلکه برای‌اینکه تمام معضلات اقتصادی نوع بشردر سایه اسلام‌حل شود وجهانیان دیگر برای معاش درمضیقه نباشندو هم چنین در دنیا صلح دائمی برقرارگردد و هرگز جنك‌بوجود نیاید.

من‌نیز بعد ازرحلت شوهرم، قدرت‌را برای همین مقاصد میخواستم وآرزو داشتم که دین اسلام درتمام کشورهای دنیا استقرارپیداکند تااینکه فقرو عسرت اقتصادی‌وجنك‌برای همیشه ازبین برود وچون من‌زن هستم و نمیتوانم خلیفه شوم عزم داشتم خلیفه‌ای انتخاب نمایم که مطیع اراده من‌باشد و دستورهای مرا برای توسعه دین اسلام بموقع اجرابگذارد.

معاویه پرسید من شنیدم که تو بااینکه تمام آیات قرآن رااز حفظ داشتی درمجمعی که دردوره خلافت عثمان‌تشکیل‌شدشرکت‌نکردی‌وبگوبرای‌چه‌ازشرکت‌درآن‌مجمع‌خودداری کردی؟ عایشه گفت راجع باینموضوع، خیلی شهرت دادندو هرکس طبق استنباط‌خودچیزی گفت. یکی اظهارکردکه‌چون من‌از عثمان،مستمری گزاف میخواستم واو نمیدادمن‌رضایت ندادم که درآن مجمع شرکت‌کنم و دیگری گفت که چون مخالف باخلافت عثمان بودم از شرکت درآن مجمع خودداری‌کردم. لیکن حقیقت چیزدیگری استو‌آن اینکه‌خودعثمان

نخواست که من در آن مجمع شرکت کنم زیرا عزم داشت که قسمتی از آیات قرآن را تغییر بدهد و بعضی از آیات را حذف کند و آیاتی دیگر را که در قرآن نیست بر آن بیفزاید و حضور من در آن مجمع به مناسبت اینکه تمام آیات قرآن را از حفظ داشتم برای او تولید اشکال می‌کرد.

(توضیح- یکبار در این یاداشت‌های تاریخی گفتیم که بعقیده ما مسلمین خداوند خود حافظ قرآن است و هیچکس نتوانسته و نخواهد توانست که آیات قرآن را تغییر بدهد و اگر عثمان چنین خیال داشته بعقیده ما مسلمین موفق نگردیده است- مترجم)

معاویه پرسید تو که میخواستی عثمان را از خلافت برکنار نمائی برای جانشینی او کدام شخص را در نظر گرفته بودی؟ (ام المؤمنین) گفت من (طلحه) را برای خلافت در نظر گرفته بودم. معاویه پرسید در او چه مزیت یافته بودی که ویرا بر دیگران ترجیح دادی؟ (عایشه) جواب داد مزیت طلحه در نظر من این بود که بی‌چون و چرا از دستورهای من اطاعت میکرد و من میدانستم بعد از اینکه خلیفه شد و بقدرت رسید، نخواهد توانست از اوامر من سرپیچی نماید و گرنه از خلافت برکنار خواهد شد.

معاویه پرسید تو، چگونه می‌دانستی که وی بعد از خلیفه شدن اگر از اوامر تو سرپیچی نماید از خلافت برکنار میشود. (ام المؤمنین) گفت (طلحه) سوارکاری ماهر بود و مثل ایرانیان سوار براسب چوگان بازی میکرد ولی در روح او، بیش از روح اسب‌هائی که سوار میشد، عقل وجود نداشت و اگر از اوامر من سرپیچی مینمود من میتوانستم بسهولت آن مرد را از خلافت برکنار کنم.

معاویه گفت (ثابت بن ارطاة) که در اینجا حضور دارد اسنادی بدست آورده که نشان میدهد که تو در اقداماتی که منتهی به قتل عثمان شد دخالت مؤثر داشته‌ای از جمله نامه‌هائی است که امیر (مرزوق) امیر نجد و (عبدالله بن مسلمه) بتو نوشته‌اند. مضمون تمام این نامه‌ها یکی است و نویسندگان نامه حیرت کرده‌اند که تو که قبل از مرگ عثمان آنها را تحریك میکردی که عثمان را از خلافت برکنار کنند برای چه بعد از مرگ عثمان آنها را برمیانگیختی که قاتلین عثمان را بقصاص برسانند.

(عایشه) گفت توضیح مطلب سهل است و من خواهان برکنار کردن عثمان از خلافت بودم نه قتل او و به همین جهت میگفتم که قاتلین عثمان باید بقصاص برسند. معاویه پرسید چه شد که بین تو و علی بن ابیطالب (ع) اختلاف بوجود آمد؟ عایشه جواب داد من میدانستم که محال است علی (ع) از من اطاعت نماید و دستورهای مرا بموقع اجرا بگذارد و قصد داشتم او را از خلافت برکنار کنم و دیگری را که مطیع باشد بجایش بنشانم و برای همین منظور به (بصره) رفتم.

معاویه پرسید راست‌است‌که در جنك (جمل) کسانیکه میبایداز تو حفاظت کنند، بتو خیانت‌کردند؟ عایشه‌جواب‌داد اینموضوع‌حقیقت ندارد ودرجنك جمل کسانیکه‌مستحفظ من بودند فداکاری‌کردندو هزارویکصد و هشتادتن از آنها کشته شدند در صورتیکه شماره سربازان‌گارد مخصوص من‌هزار ودویست‌تن بود. آن هزار و دویست نفر اطراف شتری راکه من‌برآن سوار بودم وباسم (عسکر) خوانده میشد گرفتند و علی (ع) با سواران شترسوار خود به‌گارد مخصوص من حمله‌ورگردیدوشترسواران علی(ع)سربازانی سرسخت بودند ومبارزه باآنهادشواربود. معاویه گفت من خود در جنك (صفین) آزموده‌ام که شتر سواران علی(ع) سربازانی‌متهوربودند.

عایشه‌گفت من میدیدم‌که سربازان‌گارد مخصوص من بقتل‌میرسند ولی درصف آنها شکاف بوجودنمیآمد وهمینکه‌یك‌نفر ازپادرمی‌آید دیگری جایش‌را پرمیکند. اینوضع‌ادامه داشت تااینکه شترمن یکمرتبه برزمین افتاد وبعد، فهمیدم‌که دودست شترم‌را قطع‌کرده‌اند ووقتی جنك خاتمه یافت ازهزار ودویست سربازگارد مخصوص من بیش از بیست تن زنده نبودند. معاویه پرسید شنیدم‌که تودر سوءقصدی‌که علیه من‌صورت‌گرفت دست‌داشته‌ای‌و آیا این شایعه حقیقت‌دارد؟

(ام‌المؤمنین) گفت یکروز سه‌نفر ازکسانیکه نام فرقه‌آنهارا خوارج‌میخواندند نزد من آمدند وبمن‌گفتند برای اینکه جنك برادرکشی بین مسلمین ازبین برود باید سه‌نفر بقتل برسند یکی علی‌بن‌ابیطالب (ع)دیگری (معاویةبن‌ابوسفیان) وسومی (عمروعاص) واز من خواستندکه برای قتل آن سه‌نفر بآنهاکمك‌کنم ولی بآنها جواب دادم‌که‌من درآن‌کار دخالت نخواهم‌کرد. معاویه‌گفت فقط یکی‌ازآن سه‌تن توانست‌طوری‌مبادرت‌بسوءقصد کندکه منتهی به‌قتل شودوآن قتل‌علی‌بن‌ابیطالب(ع) بود.

آنگاه‌خلیفه سئوالی دیگررابرزبان‌آوردو گفت‌تااین لحظه هرچه ازتوپرسیدم‌مربوط بودبگذشته واکنون سئوالی ازتومیکنم‌که مربوط بزمان حال است . (ام‌المؤمنین) پرسید سئوال توچیست؟ معاویه‌گفت (ثابت‌بن‌ارطاة) که دراینجا حضور دارد هشتادوسه مدرك‌کتبی و شفاهی راجع بتو بدست‌آورده‌که همه‌مربوط است‌بنامه‌ها ومذاکرات تو باامرای‌عربستان وعراق‌و تو بموجب‌آن مدارك میخواستی‌که عده‌ای‌از امراورؤسای قبایل عربستان‌وعراق‌را علیه‌من بشورانی ومرا از خلافت برکنارکنی و قرار بودکه درعراق وکشور یمن واقع‌در جنوب عربستان، امسال ، در فصل زمستان علیه‌من شورش کنندوآیا اعتراف میکنی‌که این توطئه، ازطرف‌تو، علیه‌من واقعیت‌دارد؟

عایشه‌گفت آنچه‌راکه تو (توطئه) میخوانی من‌عملی میدانم‌که بصلاح اسلام‌ومسلمین بودوامروزهم اگر صورت بگیرد بصلاح اسلام ومسلمین میباشد. معاویه‌گفت ازاین‌قرارتو

اعتراف میکنی که علیه من باعده‌ای ازامرا ورؤسای قبایل عربستان وعراق واردمکاتبه ومذاکره شده بودی؟ (عایشه) گفت بلی اعتراف می کنم. معاویه گفت آیا میدانی مجازات کسیکه علیه خلیفه مسلمین توطئه کندچیست؟

(عایشه) گفت ممکن است من علیه حاکم وقت اقدامی کرده باشم ولی علیه خلیفه مسلمین توطئه نکرده‌ام. معاویه گفت آیا میخواهی بگوئی که مرا خلیفه مسلمین نمیدانی، عایشه گفت نه. معاویه گفت ازخداوند سپاسگزار باش که همسر رسول الله(ص) بوده‌ای واگر همسر پیغمبر ما نبودی و عنوان (ام المؤمنین) را نداشتی امر میکردم که اعضای بدن تورا بچهار شتر ببندند وازچهار طرف شترها را بحرکت درآورند تااینکه بدنت پاره پاره شود. لیکن چون زوجه پیغمبر بودی ودارای عنوان (ام المؤمنین) میباشی ازقتلت صرفنظر میکنم ومجازات تواینست که (بمدینه) منتقل شوی وتا آخرین روز زندگی، درخانه خود درمدینه بسر ببری و(مردوك) که اینجا حضور دارد باعده‌ای ازسربازانش مأمورخواهدشد که پیوسته ازتو محافظت نماید. تودر (مدینه) فرصت خواهی داشت ازروح شوهرت رسول الله(ص) درخواست کنی که نزد خداوند شفیع شودتا ازگناهان توصرفنظر نماید. (عایشه) گفت توقصدداری در (مدینه) مرا درخانه‌ام محبوس نمائی ومن نخواهم توانست به مسجدبروم وقبر رسول الله(ص) را به بینم. معاویه گفت من به مردوك دستورمیدهم که تورا به مسجد(مدینه) ببرد تابتوانی قبر رسول الله(ع) را ببینی. عایشه گفت پس دستور بده روزی یکمرتبه مرا بمسجد ببرندتا بتوانم درآنجا نماز بخوانم وهم قبر رسول الله(ص) را ببینم.

(معاویه) گفت بسیارخوب. من دستورمیدهم تورا بمسجد ببرند وقتی معاویه آن جمله را برزبان آوردچون آفتاب غروب کرده بودصدای مؤذن برخاست وگفت اشهد ان لااله الاالله... اشهدان محمد رسول الله...

معاویه شهادتین را آهسته تکرار کردو گفت من هم باحترام رسول الله(ص) که پیغمبر برحق ما میباشدازمجازات توصرف نظر نمودم. سپس به(مردوك) گفت محبوس را ازاینجا خارج کن، و فرداصبح اورا به مدینه رجعت بده و(مردوك) فرمانده نگهبانان عایشه، (ام المؤمنین) را ازاطاق خارج کرد.

* * *

بطوریکه (مردوك) فرمانده نگهبانان (ام المؤمنین عایشه) ازمدینه گزارش داد درروز بیست وپنجم ماه ذیحجه (ازسال پنجاه وچهارم هجری) طبق دستوری که معاویه باو داده بودهنگام بامداد (ام المؤمنین) را ازمنزلش خارج کرد وبمسجد بردتااینکه درآنجا نماز بخواند وقبر پیغمبر را ببیند. (ام المؤمنین عایشه) بعدازخواندن نماز، بسوی قبر پیغمبر رفت ومثل روزهای دیگر، کنارقبر نشست وباروح رسول الله شروع به رازونیاز نمود. آن روز، رازونیاز (عایشه) باروح پیغمبر بیش ازروزهای دیگر طول کشید وبعد(ام المؤمنین) سرراروی قبر نهاد ودست رادرازکرد ومثل

این بود که قصدداردسنگ قبررادر بر بگیرد.(مردوك) مدتی صبر کردتا(ام المؤمنین) سررااز قبربردارد ولی عایشه سرازقبر بر نمیداشت. چون مراجعت بخانه بتأخیرافتاد (مردوك) گفت یا(ام المؤمنین) برخیزتا مراجعت کنیم.لیکن (عایشه) جواب نداد.

(مردوك)تصور کرد که عایشه روی قبر پیغمبر بخواب رفته‌وخواست وی‌رااز خواب بیدار کنداما وقتی باونزدیك گردید متوجه شدکه زندگی‌را بدرود گفته است. (مردوك) گزارش‌داد که وقتی (ام المؤمنین) زندگی‌را بدرود گفت‌قیافه‌اش عادی بود واورا بامانت سپردندتا تکلیف دفن وی ازطرف خلیفه معین شود و(معاویه) دستورداد که جسد (ام المؤمنین)را کنارقبر پیغمبر دفن نمایند وجنازه عایشه کنار آرامگاه رسول‌الله بخاك سپرده شد.

پایان